COLLECTION 2 CONTINENTS

SÉRIE BEST-SELLERS

DRAKKAR

Données de catalogage avant publication (Canada)

Ohl, Paul E.

   Drakkar
   (Collection Deux continents).
   ISBN: 2-89037-449-1

   I. Titre. II. Collection.

PS8579.H56D72 1989   C843'.54   C89-096079-8
PS9579.H56D72 1989
PQ3919.2.044D72 1989

Ce livre a été produit avec un ordinateur Macintosh de
Apple Computer inc. 

Dépôt légal:
Bibliothèque nationale du Québec
1er trimestre 1989
ISBN 2-89037-449-1

Montage
Andréa Joseph

PAUL OHL

DRAKKAR

LE ROMAN DES VIKINGS

ÉDITIONS QUÉBEC/AMÉRIQUE

425, rue Saint-Jean-Baptiste, Montréal, Québec H2Y 2Z7 (514) 393-1450

Du même auteur

Les Arts martiaux: l'héritage des Samouraï,
Montréal, Éditions La Presse, 1975.

La Guerre olympique,
Paris, Éditions Robert Laffont, 1977.

Les Gladiateurs de l'Amérique,
Paris et Montréal,
Éditions Internationales Alain Stanké, 1977.

Knockout inc. (roman),
Montréal, Éditions Internationales Alain Stanké,
1979.

Le Dieu sauvage,
Montréal, Éditions Libre Expression, 1980.

La Machine à tuer,
Montréal, Éditions Libre Expression, 1981.

Katana: le roman du Japon,
Montréal, Éditions Québec/Amérique, 1987.

La réalisation de *Drakkar* a été possible grâce à de nombreuses et précieuses collaborations. Je remercie très sincèrement madame Gerd Halle, du Consulat général de Norvège à Montréal, madame Oda Slettnes du ministère norvégien des Affaires étrangères, madame la professeure Ellen Karine Hougen de l'Oslo University Museum of Antiquities, le professeur Per Sivas Andersen de l'Université d'Oslo, Me Dan Halle du Norvegian Club, le personnel du Viking Ship Museum et du Norsk Folkemuseum de Bydgoy, en Norvège, monsieur Reynir Karlsson du ministère de l'Éducation d'Islande, le professeur Olafur Halldorsson de l'Université de Reykjavik en Islande, ainsi que le personnel du Musée National d'Islande.

J'exprime des remerciements fraternels et ma vive reconnaissance à Ingolfur Hannesson et à Thorsteinn Einarsson. Ils furent, l'un et l'autre, des hôtes incomparables et des guides merveilleux. Mais au-delà de leur contribution, ils m'ont honoré de leur amitié.

Le personnel des Éditions Québec/Amérique n'a pas ménagé son soutien. Le président, Jacques Fortin, a eu foi dans le projet, Emmanuel Blanc lui a donné sa forme définitive, Diane Martin, discrète mais combien efficace, en a fait un bien meilleur livre que le manuscrit original et Andréa Joseph en a réalisé le montage. Je les en remercie de tout cœur.

Gina Laveau, ma collaboratrice de toujours, a déchiffré mon écriture et soutenu la production. Christian, Jan-Erik et Brigitte étaient là, fidèles. Ils se reconnaîtront dans ce roman.

À Hélène,
qui fut et demeure
toute mon inspiration

Un serviteur bien gras
n'est pas un grand homme.
Un esclave que l'on rosse
est un grand homme,
car dans sa poitrine
habite la liberté.

Halldor Kiljan Laxness
Prix Nobel

Nous avons conscience d'être
les rejetons d'un vieil arbre
qui était déjà puissant
bien longtemps
avant notre époque.

Selma Lagerlof
Prix Nobel

Sois toi-même,
le roi te recevra...

Félix Leclerc

Viking

Ce roman est inspiré des légendes, des sagas et des temps obscurs du Moyen Âge. C'était une époque marquée de la grande peur des Temps derniers. La Création était ébranlée par autant d'événements exceptionnels que les moines, les seuls à savoir manier la plume et à interpréter les Écritures, annonçaient comme précurseurs de l'Apocalypse. Il se commettait en ces temps-là beaucoup de crimes. Chacun voyait la justice dans sa propre volonté. Les rois francs, intronisés par leur élévation sur le pavois, portaient pour tout insigne, à la place du sceptre, la lance, et pour signe distinctif, la longue chevelure. Les impôts ne rentrant pas, la richesse des rois se réduisait à des caisses de pièces d'or, de verroterie, de bijoux que les femmes, les concubines, les enfants, les bâtards se disputaient à leur mort comme ils se partageaient les terres, le royaume lui-même. Dans le désordre des invasions, évêques et moines étaient devenus les chefs d'un monde désorganisé.

Beaucoup plus au Nord existait une terre sauvage; un monde à part. Il y avait la mer, une suite de falaises, des forêts sans fin. Sous le grand manteau

des arbres et des brumes se trouvait le refuge des génies païens et des runes magiques. La mort était
omniprésente, souvent violente, parfois étrange. Elle
frappait les navigateurs, surgissait au détour d'un
chemin, fauchait ceux qui portaient les armes tout
comme ceux qui gardaient le bétail. Ce monde était
celui des rites antiques, des fantômes et des revenants. Le peuple qui l'habitait était cruel, sans merci.
Son cri de guerre résonnait comme le fracas d'une
mer furieuse. On appelait ces gens Vikings, et leur
génie était né des eaux. Guerriers certes, mais marins aussi; les plus audacieux du monde, capables de
traverser l'Atlantique sur des nefs non pontées, à la
limite des glaces de l'Arctique. Ils étaient héroïques et
brutaux, tout à la fois. Leur quotidien tenait de la
légende. Ils s'inspiraient de la magie, de la prophétie,
de l'apparition des morts, de la froidure et de la quête.

Au tournant du millénaire, l'hégémonie viking battait son plein. Les chefs de guerre fondaient leur autorité sur une tradition ancestrale, sur le pillage saison-
nier et sur un mode particulier d'association inspiré
par les nécessités du moment. La nation norvégienne
n'existait pas encore, sinon par une poussière d'États
minuscules, parfois réduits à un fond de fjord, une
vallée, une bande côtière. Chacun de ces lieux était devenu, à la longue, une sorte de petite enclave plus ou
moins indépendante, gouvernée par des chefs qui
avaient fini par constituer autant de petites dynasties.
Pourtant, les Vikings, malgré l'esprit d'indépendance
farouche qui leur inspirait autant d'entités différentes, volontiers antagonistes, se retrouvaient dans les
assemblées du peuple, ces Thing où se prenaient, en
commun, entre hommes libres, les décisions intéressant toute une communauté, et partageaient de vieilles habitudes fondées sur la religion païenne comme le
culte de la famille et une conception de la justice, également sacrée.

La cruauté des Vikings n'est pas un mythe; pas plus d'ailleurs que leurs exploits marins, leurs chefs-d'œuvres poétiques et leur lutte pour l'indépendance. Les sagas nous parlent avant tout des Vikings du Xe siècle: des hommes complets, fermiers, pêcheurs, forgerons, artisans, juristes, poètes, à l'occasion magiciens; leurs épouses étant des maîtresses femmes, aussi attentives à la bonne marche de la maisonnée qu'à la préservation de l'honneur du clan, parfois voyantes, un peu sorcières, passablement autoritaires, et gardiennes fidèles des traditions. Pionniers de la mer, les Vikings s'embarquaient avec femmes, enfants, bétail et mobilier pour affronter les mers inclémentes et aborder des pays inconnus. Ils peuplèrent ainsi l'Islande et en firent un pays sensiblement différent des autres nations scandinaves. Dans ce pays il n'y avait pas de roi, aucun pouvoir héréditaire de quelque nature que ce fût. Un pays qui devint le phare de l'indépendance.

Mais si les Vikings étaient grands voyageurs, hôtes magnifiques, fins connaisseurs en chevaux de combat, intransigeants défenseurs de leur réputation, ils étaient également guerriers redoutables et pillards. En trois siècles, ils ont attaqué et souvent détruit la plupart des villes et des monastères du monde chrétien: en Irlande, en Grande-Bretagne, en Germanie, aux Pays-Bas, en Belgique, en France, en Espagne, au Portugal, au Maroc, en Italie et en Turquie. Le premier raid sur la côte anglaise, en 789, n'engageait que cent vingt hommes. Cent ans plus tard, une flotte de sept cents drakkars remontait la Seine, pénétrait au cœur de la France et entreprenait le grand siège de Paris avec plus de trente mille guerriers. En 1066, le dernier descendant viking, Guillaume le Conquérant, attaquait l'Angleterre avec mille cinq cents drakkars et soixante mille hommes.

Si l'Histoire demeura marquée par les grandes

invasions barbares, trois siècles de pillages qui mirent l'Occident chrétien à feu et à sang, il faut également se souvenir que les Vikings entreprirent avant quiconque la grande migration vers l'ouest, qui aboutit à la colonisation de l'Islande, du Groenland et, d'une certaine façon, de l'Amérique du Nord. Sans avoir changé la face du monde, refusant de bâtir des empires, ils léguèrent à la postérité la maîtrise des choses de la mer et, pour foncièrement individualistes qu'ils furent, un certain sens de la démocratie et de la liberté.

Les personnages de ce roman sont fictifs pour la plupart, à l'exception toutefois d'Olaf Tryggvesson, roi de Norvège de 995 à 999, d'Eirik Raudi dit le Rouge, colonisateur du Groenland, de son fils, Leif Eiriksson, découvreur de l'Amérique, d'Egill Skallagrimsson, le poète le plus célèbre d'Islande, et de Gerbert d'Aurillac, devenu en 999 Sylvestre II, le pape de l'an mil.

Le contexte d'époque est cependant authentique. La trame du roman s'appuie sur les grands ouvrages de référence, les seuls véritables témoins de cet âge assez obscur. Ces ouvrages ont tous été écrits entre le XIIe et le XIIIe siècle. Il s'agit du **Heimskringla** (Sagas des rois de Norvège) de Snorri Sturluson; du **Islendingabök** (Livre des Islandais) de Ari Thorgilsson dit le Savant; du **Landnamabök** (Livre de la colonisation de l'Islande) du même Ari Thorgilsson; de l'**Islendinga Saga** (Saga des Islandais) de Sturla Thördarson; de l'**Edda** et particulièrement du **Hävamäl** (Dits du Très-Haut) de Snorri Sturluson; du **Konungsskuggsja** (Miroir Royal ou Speculum Regale), ouvrage norvégien du XIIIe siècle et des quinze sagas islandaises, parmi lesquelles la Saga d'Eirik le Rouge, la Saga des Groenlandais et la Saga d'Egill, fils de Grimr le Chauve, toutes traduites et annotées par un des grands spécialistes des questions scandinaves de notre époque, monsieur Régis Boyer.

Voici mille ans, le mot «Viking» était prononcé en

Occident avec épouvante. En vérité, l'Histoire montre qu'au seuil du second millénaire, chaque Viking constituait un royaume de solitude et de liberté, portant en lui la mer, le roc, un champ de neige et la poésie. Les mers étaient siennes parce qu'il était seul à oser les affronter. Il était taillé dans la pierre, lavé de pluie, fouetté de froid, de neige et de sel, et offert, chaque fois, aux dieux nordiques. Il en fut ainsi jusqu'au crépuscule des Puissances.

Prologue

Avant que les Norvégiens colonisent l'Islande, l'île était habitée par des hommes que les Nordiques appelèrent «papars»; ils étaient chrétiens et les gens considéraient qu'ils étaient venus des îles Britanniques parce que, entre autres choses, on trouva après leur départ des livres, des cloches, des crosses.

Dans un manuscrit, **De Mensura orbis Terrae**, Dicuil consigna en 825 une description des voyages effectués par des moines irlandais, jusqu'à des îles se trouvant dans le Nord-Ouest, que l'on peut identifier avec les îles Féroé et l'Islande; ces moines désiraient s'établir sur ces terres en tant qu'ermites et y répandre la foi chrétienne.

Tout autour de notre île d'Hibernia, il y a des îles: Elles sont particulièrement nombreuses dans le Nord-Ouest et dans le Nord. Sur certaines de ces îles, j'ai vécu, sur certaines j'ai débarqué; d'autres, je les ai aperçues et à propos d'autres encore j'ai lu: Il y a maintenant trente ans que des clercs qui avaient demeuré dans cette île, Thulé, c'est-à-dire Islande, depuis les calendes de février jusqu'à celles d'août, me racontèrent que non seulement lors du solstice d'été, mais encore quelques jours avant et après, le soleil disparaît pour peu de temps, et semble seulement se cacher derrière une colline; de sorte que, même pendant cette courte absence, on n'est pas privé de jours. Aussi voit-on assez clair pour se livrer à toute sorte d'occupation, et l'on pourrait même chercher ses poux, comme en plein jour; il est probable que si l'on était sur le sommet d'une haute montagne, on ne verrait pas le soleil se coucher. Au milieu de ce très bref instant, il est minuit au milieu de la Terre et de même je suppose qu'au solstice d'hiver et l'espace de quelques jours de part et d'autre de cette date, l'aube n'est vue qu'un court instant à Thulé, alors qu'il est midi au milieu de la Terre. Au reste, ceux qui ont écrit que cette île était entourée d'une mer de glace en ont évidemment menti, de même que ceux qui ont prétendu que, depuis l'équinoxe de printemps jusqu'à celui d'automne, on jouissait sans interruption de la lumière du soleil, et vice-versa, qu'on en était privé jusqu'à l'équinoxe de printemps de l'année suivante; car les clercs qui ont vogué vers cette île, dans le temps du grand froid, ont pu y aborder; et en y demeurant ils ont continuellement vu l'alternance du jour et de la nuit. Il est vrai qu'à une journée de navigation au nord de cette île ils ont trouvé la mer gelée.

Depuis le début des siècles, ces îles étaient désertes et elles le sont redevenues à présent à cause des pirates nordiques qui ont chassé les papars. Cependant, elles sont pleines de moutons et d'oiseaux de mer. Nous n'avons jamais retrouvé mention de ces îles dans les livres.

Harald, fils de Halfdan le Noir, avait repris l'héritage de son père dans le Vik. Il avait fait serment de ne pas se faire couper ni peigner les cheveux tant qu'il ne serait pas le roi absolu de toute la Norvège. On le surnommait Harald aux Longs Cheveux. Il se battit contre les rois les plus proches et les vainquit. Il se rendit au nord et y livra maintes batailles. Puis il se porta contre les derniers rois: les frères Herlaug et Hrollaug. Mais quand les frères apprirent ses expéditions, Herlaug entra, avec onze hommes, dans le tertre qu'il avait fait faire trois hivers avant. Puis le tertre fut refermé. Harald devint le souverain unique de la Norvège.

Lorsque ce roi commença à lever des impôts sur tous les paysans libres, ces Vikings ne purent le tolérer. Ils passèrent la mer, naviguant vers l'inconnu, jusqu'à une grande île, mystérieuse, située aux confins de la mer des glaces. Ultima Thulé, disait-on. C'était l'Islande. Il n'y avait ni roi ni nobles; l'autorité d'un homme se mesurait au nombre de ses partisans. Ils découvrirent le lieu où, à l'époque du solstice d'été, ils pouvaient, une fois l'an, élaborer les lois et rendre justice. Un espace sacré, Thingvellir, où le souffle des dieux avait rendu l'esprit et la sagesse à la pierre.

Un siècle encore passa. Il fut prédit que l'an mil allait marquer la fin des temps. Il fut également prédit qu'il y aurait des signes annonciateurs de l'Apocalypse; un de ces signes serait la fureur des hommes du Nord.

La vision des espaces du Nord évoque alors la terreur. La Norvège n'est pas encore véritablement un pays et l'Islande, à peine une immense rocaille ourlée par le feu, le vent et les glaces.

Nous sommes en 970.

Première partie

Le maître des runes

On dit aussi que nul n'obtient
Compensation pour fils
S'il n'en engendre lui-même un autre
Qui pour autrui soit
Estimé même homme que son frère.

(*Saga d'Egill*, fils de Grimr le Chauve)

La magicienne

Une nature impressionnante régnait avec ses hauts glaciers, ses pentes boisées et ses ravines. Aldis, la vieille magicienne, frissonnait sous ses hardes. L'air était glacial. Une faible neige folâtrait autour d'un rassemblement de bâtiments couverts de tourbe. Les masures étaient blotties au pied de la montagne, à l'endroit le plus menacé par les avalanches. La plupart étaient déjetées, avec des toits roussis et sans âge et des cheminées fumantes. Sur le terrain plat, il y avait un parc à moutons aux clôtures de pierres. C'était le pays du silence et du froid. La vieille Aldis se souvenait mal, mais elle savait que droit devant se dressait la paroi verticale de la montagne. Et que sur l'autre versant s'étendait une forêt sombre. Ensuite surgissaient d'autres montagnes, d'autres forêts. Il y avait des pentes abruptes couvertes de taillis, des passes de montagnes tapissées d'une herbe drue. Plus bas, des landes à bruyère parsemées de cascades et de rivières tumultueuses donnaient sur des fjords d'où émergeaient des îlots et des récifs. Des troupeaux de phoques y dormaient sur la pierre. Mais là s'arrêtaient les souvenirs de la vieille.

Le froid devenait mordant et Aldis sentait que ses doigts s'engourdissaient rapidement. Elle avait la taille voûtée, mais, malgré l'âge, elle montrait encore une belle assurance. Son visage, large d'une aune, avait la texture du vieux cuir. Ses mains, à la peau violacée par les intempéries, étaient épaisses, parsemées de cals et de durillons, comme celles des Vikings qui, durant toute leur vie, tiraient sur les rames des drakkars. Sa cotte mal coupée, élimée dans le bas, traînait sur des vieilles bottes déformées et racornies.

La neige tombait maintenant en abondance. C'était la première chute de l'année. Aldis savait que l'hiver serait long et dur. Elle se hâta vers une des masures basses dont le toit de tourbe descendait jusqu'au sol. Un fumet âcre enveloppait les lieux: un mélange d'odeurs de poisson, d'émanations de fumier, de relents de terre humide et de puanteur de détritus. Alentour traînaient des chiffons de bure moisis, des bouts de ficelle, de la corde à filets, des fermoirs de sangles en cuivre, même des contrepoids de métiers à tisser.

Aldis poussa avec vigueur les lourds battants et s'engouffra dans des lieux sombres et enfumés. L'odeur de fumier de mouton régnait partout. Sur un étal de bois massif, on avait entassé des ouïes de morue séchée. Tout près, les hommes avaient aligné plusieurs tonneaux d'huile de phoque. Sur le même étal, une grande écuelle de bois était pleine de lait caillé. Des chopes grossièrement taillées débordaient de lait de chèvre fraîchement tiré.

En apercevant la vieille magicienne, Bàrd l'Épée descendit du haut-siège, la place d'honneur qui dominait les bancs, et vint à sa rencontre. On disait de lui qu'il était plus dur que la pierre et plus sauvage qu'un animal. Il avait été prévenu que la vieille rôdait dans les parages. Elle avait été aperçue depuis quelque temps par tous les vagabonds de la région.

Bàrd savait qu'il devait lui réserver bon accueil pour qu'elle ne portât pas malheur. En la voyant s'ébrouer lourdement sur le pas des battants, Bàrd imagina un ours en haillons.

— Sois la bienvenue à Vigg, grommela le maître de la maison.

— Je te remercie, grasseya la vieille. Ton accueil prouve que les dieux m'ont bien guidée.

Aldis jeta un coup d'œil circulaire sur les lieux. Les murs étaient nus. Sans doute les belles tapisseries dormaient-elles dans les coffres en attendant le prochain festin de Jol, qui ne tarderait pas d'ailleurs puisque chaque jour se faisait de plus en plus avare de lumière. Elle vit aussi que des armes de prix et de nombreux boucliers, longs ou ronds, pendaient aux poutres. Dans un coin, près du grand feu, un homme maigre ciselait un petit coffre de bois. Ailleurs, des femmes tissaient le vadmal en se servant des ballots de laine des moutons que les hommes avaient pourchassés dans les montagnes pendant l'automne. Pour tous ces gens, l'apparition soudaine de la magicienne en même temps que la première neige était de mauvais augure. Il faudrait procéder aux sacrifices rituels, à l'immolation des bœufs, l'inciter aux vocatifs magiques et lui confier les rêves prémonitoires.

Bàrd s'empressa de verser à la vieille une corne pleine d'hydromel.

— Je te prie de prononcer les paroles sacrées sur la corne, Aldis, fit-il en lui présentant l'objet.

Aldis examina la corne ciselée rehaussée d'or et murmura des mots incompréhensibles avant de la porter à ses lèvres gercées. Elle but l'hydromel d'une seule gorgée.

— Une boisson digne de Thor, gloussa-t-elle.

Bàrd se détendit. Il fit remplir d'autres cornes et ordonna qu'on les passe à l'assemblée.

— Il s'est bien écoulé dix hivers depuis que tu nous

as honorés de ta visite, Aldis, s'exclama Bàrd, rendu joyeux par le compliment qu'avait fait la magicienne au sujet de la boisson. Je te trouve une bien bonne mine...

La vieille leva les bras et ricana:

— Tu rends hommage à ma taille d'elfe, Bàrd, n'est-ce pas? Ou crains-tu plutôt le troll qui sommeille en moi?

Elle retira la cape en peau d'ours qui lui recouvrait les épaules et la jeta négligemment aux pieds de Bàrd.

— Tu te surprends peut-être de ma visite, Bàrd, murmura la vieille. Sa voix avait perdu son timbre aigu. Sache qu'en venant jusqu'ici j'avais un dessein. Ce n'est certes pas pour me chauffer à bon feu. Malgré mes soixante-dix hivers, je n'ai pas encore le crâne qui bronche. Mes jambes et mes oreilles ne sont pas épuisées et je ne clopine pas pour m'asseoir près des brandons. Même si ses talons glacés ont besoin de flamme, la vieille hors d'âge que je suis se targue toujours de vivre sans défense d'un roi. Alors, dis-moi, Bàrd, est-il vrai que bientôt il se livrera bataille en expédition Viking?

Bàrd eut un geste évasif. Il but à grandes lampées et déposa bruyamment la corne sur la table de chêne.

— Thor me soit témoin, vieille femme, grogna le maître des lieux, qu'il est du destin d'un Viking de donner à dîner au corbeau ou à l'aigle. Ce n'est pas toi qui t'en étonneras! Et puis, ce que je redoute le plus, c'est de voir arriver la vieillesse à plus grands pas que la guerre!

La vieille Aldis secoua énergiquement la tête. Elle s'approcha de Bàrd à le toucher et le fixa de ses petits yeux porcins.

— Au nord d'ici, il y a deux tertres, souffla-t-elle. L'un est un gros tas de terre avec une pierre dressée dessus. L'autre, tout près, est bas et couvert d'herbe.

Autour, il y a un cercle de pierres. Les aigles les survolent sans cesse. Les aigles affectionnent les tumulus hantés!

Bàrd passa nerveusement ses mains dans sa barbe hirsute.

— Mais le tertre de Gisli est là depuis plus de vingt hivers, rétorqua-t-il.

— Je le sais, glapit la magicienne. Mais voilà que j'ai eu des songes. J'ai vu en rêve Gisli monté sur un cheval gris qui m'invitait à me rendre à son tertre funéraire. J'ai vu tes femmes qui se promenaient avec d'inquiétants sacs en peau de chèvre. J'ai vu des sorcières chevaucher des humains; des têtes séparées du corps qui parlaient en vers sinistres au creux des failles. J'ai vu des montagnes s'ouvrir d'elles-mêmes pour laisser entrer les Vikings de Vigg péris en mer. Tout cela présage de grands événements... Et toi, Bàrd, n'as-tu point eu de songes?

— Oui, avoua le maître des lieux après un instant d'hésitation. Je dors encore très mal. L'automne s'est écoulé, mais les rêves n'ont pas diminué; au contraire, ils s'intensifient à l'approche de Jol. Tu sauras certainement m'en dire la cause, Aldis! N'es-tu pas la plus grande des magiciennes?

— La mauvaise chance est quelque chose que l'on élève chez soi, la bonne chance devient mauvaise si elle n'est pas élevée à la maison, le sais-tu, Bàrd?

— Je le sais, femme, reprit Bàrd, je le sais!... **An err ills gengis nema heiman hafi**...

— Raconte-moi tes songes, insista la magicienne.

Bàrd hésita. Il jeta des regards soupçonneux à droite et à gauche. Chacun s'empressa de vaquer à ses tâches, feignant d'ignorer les propos d'Aldis et du maître des lieux. Rassuré, Bàrd se confia à la vieille femme.

— Je rêve toujours de cette femme qui vient à moi. Elle est couverte d'un grand manteau gris. Elle attache sur ma tête un bonnet dégouttant de sang, après m'avoir lavé la tête dans le sang, et m'en avoir aspergé tout entier... Le rêve revient sans cesse, si bien que j'ai maintenant peur de l'obscurité. C'est ma honte; moi, un Viking!

Aldis prit la tête de Bàrd l'Épée entre ses mains et la serra de toute la force de ses doigts griffus. Puis elle déclama une visa:

— Je voyais une femme
Me lavant les cheveux
Dans le sang rouge
De mes blessures.
Je voyais les mains
De cette femme
Rouge sombre
Du sang de l'homme!

La vieille magicienne ne s'était pas trompée. Les présages de morts imminentes se manifestaient de partout jusqu'à venir la hanter dans la lointaine grotte. Aldis secoua la tête de Bàrd quelques instants encore puis elle murmura à son oreille:

— À présent, je vais changer tout ce que t'a dit ta femme de rêve et je vais faire en sorte qu'il n'arrive rien de ce qu'elle t'a dit. Ce ne seront pas les tromperies d'une femme qui seront cause de ta mort...

À ces mots, Bàrd tressaillit. Il fixa la vieille femme, qui maintenant lui souriait de sa bouche édentée. Le regard du maître des lieux se porta sur les armes qui pendaient aux poutres. Il se sentait déjà plus calme.

— Je te suis reconnaissant, femme! Je sais à présent que je vais être tué par les armes. Tu sais bien, toi aussi, que la garde dorée et la poignée tressée d'argent prêtent à rire si elles ne vont pas de pair avec un métal d'une trempe irréprochable. Maintenant, je suis pressé de courir au terme de mon destin; mais, s'il est de la volonté des Puissances, que dois-je savoir d'autre?

Aldis n'hésita pas à lui répondre.

— Tu survivras au combat, mais tu devras quitter cette terre. Tu affronteras des montagnes de vagues hautes comme des parois de rochers. Tu trouveras une terre noire, mais tu auras perdu toutes tes richesses...

— Quelles richesses? l'interrompit Bàrd, incrédule. Je n'ai que cinq vaches, dix porcs et quinze moutons. J'ai déjà perdu trois esclaves. Il ne me reste que Bork; il boite et il n'a plus qu'un œil. Et je dois fournir de nouveaux impôts avant la fin de l'hiver: une peau d'ours, dix peaux de martre, dix seaux de plumes, deux cordages de soixante aunes chacun et plusieurs mesures en peaux de morse et de phoque. Bientôt nous devrons ajouter de l'écorce de pin à la farine d'orge si nous voulons que nos héritiers soient dignes d'être vikings!

— D'autres avant toi iront à Hel, continua la vieille magicienne sans se soucier du propos de Bàrd. Moi, je te dis que tu verras tes héritiers avant le grand blot de Jol (c'était le grand sacrifice païen qui célébrait le solstice d'hiver)...

— Que me dis-tu, femme! s'exclama le maître des lieux. Et par quel prodige cela serait-il?

— Ta femme est déjà entrée dans les douleurs, n'est-ce pas? s'enquit Aldis sans s'émouvoir outre mesure.

Bàrd ne dit mot mais secoua la tête pour signifier que sa femme Siegrid n'avait pas encore éprouvé les contractions précédant l'enfantement.

— Tu as bien dit... les héritiers! répéta lentement Bàrd.

— Il n'y aura ni mouillage, ni fortification, ni château, ni rempart qui sera à l'abri de leur renommée, ajouta la vieille femme. Oui, j'ai dit les héritiers! Elle appuya bien sur les dernières syllabes.

Bàrd prit un air renfrogné. Aldis l'ignora. Elle s'approcha de l'âtre, ferma les yeux et, d'une voix sourde, tint des propos énigmatiques:

— Le dieu Rig se promena sur terre. Il arriva à une

salle, la porte donnait au soleil. Le maître du logis
tordait la corde, tendait l'arc, épointait des flèches. La
femme s'occupait des vêtements, lissait les manches,
tendait le drap... Rig leur donna bon conseil. Le dieu
partagea la couche nuptiale. Il resta là pendant trois
nuits. Maintenant ont passé neuf lunes. La mère mit
au monde un fils, elle l'enveloppa dans la soie. Ils le
baignèrent et le nommèrent Bjorn. Blonds étaient ses
cheveux, claire sa joue, perçants ses yeux comme ceux
du serpent... des cheveux aussi longs que ceux de
Harald lorsqu'il eut juré de ne pas se les faire couper
tant qu'il n'aurait pas soumis toute la Norvège.

La magicienne fit une pause.

... Le dieu Rig était parti ailleurs, poursuivit-elle.
Il arriva à une cabane. La porte était contre le montant. Il y avait du feu à l'intérieur. Un couple était
assis, un vieillard près du foyer, une vieille, coiffée
d'un vieux bonnet. La vieille apporta du pain grossier,
dur, plein de cosses. Il resta là pendant trois nuits.
Maintenant ont passé neuf lunes. La vieille mit au
monde un garçon noir. Ils le baignèrent et le nommèrent Ulf. Ses mains étaient ridées et rugueuses,
ses ongles noirs, les traits durs, les os noueux, le dos
voûté, les doigts épais, les talons énormes... Voilà
comment Rig exerça son droit de dieu!

Bàrd écouta attentivement les paroles mystérieuses de la vieille Aldis.

— Quelle est cette énigme, femme?

— Tout ce qui pousse et prospère dans les fermes
est précieux, répondit la magicienne. Le bétail et les
céréales, les esclaves, les fils et les filles. Cette nuit
tu sauras que ceux qui naîtront dans une fourrure de
poil de chèvre auront un autre destin que de forger
des socs de charrue et de domestiquer des bœufs.
Cette nuit tu sauras!

La vieille femme ne prononça plus une autre parole. Elle resta près du feu, tassée, ignorant l'entou-

rage. Elle ressemblait plus à un tas de hardes qu'à un être humain. Le soir même un messager vint porter à Bàrd la flèche de guerre: un bâton taillé en forme de flèche que l'on faisait circuler de ferme en ferme; une coutume par laquelle on convoquait les hommes à la guerre. Bàrd fit venir Finn le Forgeron. Les deux hommes allèrent à la forge et en refermèrent les portes derrière eux. Ensemble ils tirèrent une lame du brasier. Ils firent des incrustations sur la poignée, sur la longueur d'une empaumure. Ces incrustations étaient des runes, auxquelles étaient attribués des pouvoirs magiques.

Cette nuit-là, Siegrid, la femme de Bàrd l'Épée, accoucha de jumeaux, des garçons. L'un était tout frais, rose, un duvet blond sur le crâne, l'autre avait une peau plus sombre et une tignasse toute noire, ébouriffée. Le premier pleurait à peine, le second hurlait à pleins poumons.

La vieille Aldis n'avait pas assisté à la naissance. Ne trouvant pas le sommeil, tant elle se sentait mal à l'aise, elle sortit. Au-dehors, le temps était froid, mais calme et serein. La voilà qui s'était mise à tourner plusieurs fois autour de la masure de Bàrd dans le sens contraire du soleil, à renifler à toutes les aires du vent et à dresser les narines.

— Gémissent les marais de la lande, clamait-elle. Les rocs se mettent à tomber. Vacarme quand passe le bruit violent de l'escarpement sombre... Elle leva les bras au ciel, suppliants... À grands pas, parcourt le vacarme des monts!

Elle recommença plusieurs fois, accentuant le pas, haussant le ton. Et voilà que le temps se mit à changer. Un filet d'eau, d'abord, qui puisait sa force dans la raideur de la pente, avant de s'élancer en torrent, arrachant les blocs de rochers et d'immenses plaques de neige. Des trombes d'eau qui s'abattaient en même temps que se levait une tempête de neige.

Un énorme bouillonnement qui déversait son flot sur le lieu de Vigg. Au matin, seules quelques masures avaient été épargnées.

Pour Bàrd et tous les survivants de Vigg, c'était l'avertissement des dieux. C'était aussi la manifestation non équivoque de la puissance de la magie d'Aldis.

Mais Bàrd l'Épée devait se préparer à la guerre. Au temps du dagmal, comme le soleil donnait faiblement sur la crête, il apparut avec son bonnet de peau d'ours sur la tête, son épée à la main. Il appelait cette épée Fotbitr, c'est-à-dire Mord-Jambe; une grande arme, à la garde en dents de morse, avec une lame acérée à deux tranchants. Il n'y aurait jamais de rouille dessus et elle ne rougirait qu'au sang de l'ennemi. À la ceinture pendait la hache snaghyrndr. Son manche, enveloppé d'un treillis de fer, était encore plein de suie parce qu'elle avait été suspendue à la place d'honneur, auprès de l'âtre. C'était une arme redoutable dotée d'un fer très large et terminée par deux pointes en forme de cornes. Il l'appelait la mauvaise cornue.

Alors Bàrd, entouré de tous ses hommes en armes, ordonna que l'on amenât les nouveau-nés. Les femmes déposèrent à ses pieds les deux petits corps grouillants. L'un, au duvet blond, était enveloppé dans une épaisse pièce de vadmal; l'autre, à la tignasse noire et drue, reposait sur une peau en poil de chèvre. Bàrd les examina longuement. Puis il prit dans ses bras l'enfant blond et l'éleva vers le ciel, en offrande aux divinités du destin. Tout près, derrière les hommes de Vigg, la vieille Aldis suivait les moindres gestes de Bàrd. Ce dernier demanda de l'eau. Il en aspergea abondamment l'enfant, le consacrant ainsi aux grands éléments. Il le déposa de nouveau au sol, à même la neige.

— Maintenant tu es reçu par la terre mère, dit-il.

Sur ces mots, Bàrd posa à côté de l'enfant son épée nue.

— Je ne te laisse aucun héritage, ajouta-t-il, et ce-la seulement que tu gagneras par l'épée sera tien... Tu es Bjorn, fils de Bàrd!

Bàrd regarda ses compagnons d'armes. Il vit Aldis qui le fixait. Il sut qu'elle devinait déjà le sort qu'il réservait à l'autre enfant, car celui-là il ne voulait pas le reconnaître. Selon la coutume, il ordonnerait que l'enfant soit exposé aux éléments et livré aux bêtes. Aldis, enveloppée dans sa vieille peau d'ours, s'avança. Elle fit face à Bàrd.

— Je sais que se dresse un frêne, qui s'appelle Yggdrasil, murmura-t-elle. L'arbre élevé, aspergé de blancs remous. De là vient la rosée; éternellement il se dresse. Au pied d'Yggdrasil jaillissent plusieurs sources. Des hommes s'agitent dans ses branches, des serpents se tapissent dans ses racines, les dieux s'assemblent sous ses ombrages. Le destin de chacun s'y accomplit.

Elle s'accroupit et étendit ses mains sur l'enfant que Bàrd avait reconnu et nommé Bjorn.

— À cet arbre dont nul ne sait d'où proviennent les racines, je scrutais en dessous, je ramassais les runes. Hurlant les ramassai! Toi, Bjorn, tu auras le don de la parole et les faveurs d'Odin. Le monde que nous connaissons changera. Les rois aussi. Tu seras la mémoire des rois, du Norse, du temps... Tu porteras l'écu, sculpteras les arcs, nageras dans l'eau, expli-queras les runes, comprendras le langage des oi-seaux et verras des terres lointaines...

Elle se redressa péniblement et dit à Bàrd:

— Puisque celui-là est déjà mort, confie-le-moi. Ce sera le prix de ta vie...

Bàrd ne répondit pas mais approuva d'un cligne-ment d'yeux. Alors Aldis ramassa l'autre enfant et l'emmaillota dans la peau de chèvre.

— Tu fumeras des champs, donneras à manger aux porcs, garderas les chèvres, extrairas la tourbe.

Tes mains deviendront dures comme pierre. On t'appellera loup partout où le monde est habité et on tentera de te chasser et de t'expulser de partout. Mais
tu posséderas des secrets comme nul autre...

Serrant l'enfant contre elle, Aldis ajouta:

— Hurlaient les guerriers-fauves
　Bataille dans le cœur.
　Hurlaient les peaux-de-loups
　Et le fer rougissait...

La vieille magicienne ne se retourna point. Elle
quitta le bourg à demi enseveli de Vigg, s'éloignant à
pas lents, sa progression rendue pénible par la neige
épaisse. Devant elle il n'y avait que brume, glaces et
tourmentes.

— Toi, tu es Ulf, souffla-t-elle. Ulf, fils de Fenrir, le
loup géant, capable d'engloutir les dieux. Tu es de
cette race terrible qui fera trembler Yggdrasil...

Le piquet d'infamie

Il fallut sept nuits à Bàrd et à sa quinzaine d'hommes pour se rendre à la ferme du chef de clan, Gunnar Magnusson.

C'est dans la maison longue du jarl Gunnar que se tint le conseil de guerre. L'édifice avait un grand toit dont les versants reposaient directement sur les murs. Il était couvert de plaques de tourbes maintenues en place par des pierres plates. Les murs, élevés sur un soubassement de grosses pierres, étaient légèrement incurvés, rappelant quelque peu un drakkar retourné. Deux rangées de piliers supportaient la toiture. D'épaisses planches, enfoncées verticalement dans le sol, étaient soutenues par des traverses à la base du mur et à la hauteur du toit. Les interstices étaient comblés par un torchis de terre et de paille.

Tous les chefs de famille, les bondis, s'étaient rassemblés dans la grande pièce. L'air y était poussiéreux. Seul un orifice grossièrement ménagé dans la toiture permettait une lente évacuation de la fumée. Le rougeoiement d'une flamme constamment avivée dans un foyer bordé d'une rangée de pierres jetait une lumière vacillante dans l'enceinte surchauffée. Les lieux étaient grouillants de guerriers, de concubines, d'enfants, de serviteurs et d'esclaves. Tous ces hommes étaient d'un lignage unique, se réclamant depuis plus de quatre générations du même ancêtre: Ottar le Chasseur. Il y avait là, réunis autour du jarl Gunnar, outre Bàrd l'Épée, Sigurd la Truie, aux allures de cul-terreux, Harek Pied-d'Arbre, dont la jambe amputée avait été remplacée par un pilon de bois, Thorfinn aux Crânes, réputé pour ses prouesses avec la hache de combat, Thrain le Paon, qui affectionnait le linge fin, et Helgi le Maigre, aux traits osseux et aux membres si démesurés que ses hommes lui trouvaient une ressemblance avec un dragon.

Les hommes, serrés les uns contre les autres, occupaient les banquettes de terre bordées de planches, alignées en remblais le long des murs. Une forte odeur de viande régnait dans l'espace clos. Les serviteurs s'affairaient à faire bouillir des quartiers de mouton dans des chaudrons de fer. D'autres servaient de bonnes rasades de bière d'orge. Plusieurs hommes présentaient un rôti à la flamme le long d'une fourche.

Lorsque tous furent rassasiés, Gunnar prit place sur le haut-siège. C'était une pièce d'artisan remarquable, véritable trône de bois flanqué de deux piliers ornés de nombreuses sculptures aux motifs floraux avec, au centre, une représentation en relief du dieu Freyr.

Le jarl Gunnar avait une stature imposante ainsi qu'un visage large aux traits marqués; un nez droit, des lèvres épaisses sans avoir la bouche laide, les yeux grands et bien disposés, une chevelure claire cascadant en boucles sur ses épaules.

— L'été dernier, commença Gunnar, a été organisé un combat de chevaux dans lequel on devait lâcher tous les étalons qui se trouvaient dans la région. Nous devions opposer les nôtres à ceux du clan Bjarni.

Il y avait là une grande quantité d'étalons; on s'amusa beaucoup et les combats furent à peu près égaux. Beaucoup de combats de chevaux eurent lieu ce jour-là. Il arriva, pour finir, qu'un égal nombre d'étalons avait mordu dans tous les sens, et qu'un égal nombre s'était enfui. Bjarni et moi nous entendîmes pour décréter les combats à égalité de part et d'autre. Mais durant la nuit, Bjarni et ses hommes enlevèrent deux Freyfaxi, les étalons que j'avais consacrés à Freyr, le dieu de la fécondité et de notre clan. Non seulement ont-ils enlevé les étalons sacrés, mais ils les ont abattus et mangés...

Cris et vociférations fusèrent aussitôt. Gunnar, d'un signe de la main, réclama le silence.

— Je sais que la fête de Jol approche et qu'elle est consacrée au repos, poursuivit-il. Quelle période est mieux indiquée que celle où le soleil lui-même se repose! Mais ce repos est-il possible devant un tel affront fait à notre clan? Pouvons-nous boire «til aar og fred» — pour la bonne récolte et pour la paix — avant qu'une telle offense ne soit lavée?

Les cris reprirent de plus belle. Les hommes portèrent haut les épées et les haches de combat en réclamant la vengeance dans le sang.

— Et le Thing? demanda soudain Thrain le Paon.

— L'assemblée du Thing a jugé l'affaire délicate, expliqua le jarl. Bjarni a le respect de plusieurs chefs et il s'est soumis à l'ordalie. Il a saisi sans broncher la poignée de cailloux portés au rouge...

— As-tu été témoin, Gunnar? ironisa Sigurd la Truie.

— J'en témoigne, répondit simplement le jarl. Lorsque les juges ont examiné les plaies, quatre jours après celui d'Odin, les brûlures étaient propres. Ils ont déclaré Bjarni innocent. Il n'eut même pas à acquitter la valeur des étalons en pièces d'argent. Aussi n'est-ce pas seulement notre clan qui fut offensé mais surtout Freyr, notre dieu! Pour cela, je vous demande de décider du châtiment!

Les bondis discutèrent ferme. Il y eut des éclats de voix, des empoignades même. L'un demandait le duel, un autre estimait équitable d'incendier la ferme de Bjarni, un troisième voulait exterminer ses esclaves. Enfin, le soir venu, tous s'entendirent sur une expédition punitive et sur la mort de Bjarni, des membres de sa famille et de son bétail.

— Le Thing sera impitoyable pour nous tous, conclut Gunnar Magnusson. Il nous condamnera sans aucun doute au bannissement. Aussi, je le crains, devrons-nous dire adieu à cette terre!

— Le bannissement plutôt que de mourir de vieillesse dans mon lit, gloussa joyeusement Bàrd l'Épée.

Le bondi de Vigg pensa à Bjorn, son nouveau-né. Les paroles d'Aldis la magicienne lui revinrent à la mémoire. Une terre noire, la perte de ses richesses...

Sans attendre, les hommes chargèrent les traîneaux. Casques coniques à nasal de fer et cottes de mailles s'entassèrent sur les boucliers en bois de tilleul. Ils étaient rouges, la couleur de la guerre déclarée. Puis ils préparèrent les armes: l'épée à deux tranchants, la hache de guerre à long manche et l'arc en bois d'if.

Gunnar circulait parmi les chefs en répétant sans cesse:

— Mikil verda hermdarverk — grandes sont les actions de la haine — !

Il s'arrêta devant Bàrd et prit un air solennel.

— Toi, Bàrd l'Épée, commença-t-il, tu es mon plus fidèle compagnon, sur mer comme sur terre. L'honneur d'envoyer un messager à Bjarni sera tien.

Bàrd fit signe à un de ses guerriers, un géant qui répondait au nom de Oleg. Il dépassait ses compagnons de la hauteur de sa tignasse rousse. Il se planta devant Gunnar.

— Voici ce que tu diras aux hommes de Bjarni, lui annonça le jarl. Que Bjarni connaîtra son destin avant le temps de Jol. Que Hel en personne viendra choisir sur le lieu du combat les habitants de son royaume. Que celui qui versera tant de sang que le corbeau s'y baignera en y laissant son sillage est un noble homme de Norvège qu'il connaît, car il se nomme Gunnar, fils de Magnus, un grand Viking qui ne fait pas jeter les enfants sur la pointe des lances. Que l'offense faite au dieu Freyr et à Gunnar ne sera plus l'affaire du Thing, car seul maintenant un festin des aigles pourra compenser la mort des étalons Freyfaxi! Et tu planteras devant eux ce bâton de reconnaissance qui porte mon signe!

Il tendit à Oleg un bâton noueux marqué de runes. Le géant salua Bàrd et partit sur-le-champ. Gunnar prit Bàrd par les épaules et l'invita à boire, lui disant avec un sourire énigmatique:

— Serait-ce pour nous que le scalde a clamé un jour: «Dépérit le jeune pin qui se dresse en un lieu sans abri: ne l'abritent ni écorce ni aiguilles; ainsi l'homme que n'aime personne, pourquoi vivrait-il longtemps?»

*   *   *

Oleg revint au bout de quatre nuits. Il était à bout de forces lorsqu'il se présenta devant Gunnar et les bondis. Des glaçons s'étaient formés dans sa barbe rouquine et son manteau de fourrure était détrempé.

Oleg raconta que lorsque Bjarni eut entendu les paroles de Gunnar, il s'empara d'un pieu de noisetier, monta sur un promontoire orienté vers le lieu du jarl, fit abattre un cheval et empala sa tête sur le piquet. Il parla ainsi: «J'érige ici un piquet d'infamie et je le tourne contre le jarl Gunnar et tous ses compagnons. Je tourne cette malédiction contre les esprits tutélaires qui habitent le lieu de Gunnar, afin qu'ils s'égarent tous.» Il ajouta que Bjarni enfonça ensuite le piquet dans la neige et y grava des runes.

— Bjarni m'a-t-il destiné un autre message? demanda Gunnar.

— Oui, répondit Oleg. Le voici: «Je te fis courber, Gunnar, comme un porc, devant l'assemblée du Thing. Maintenant, tu as l'imprudence de te comparer à nous ou peut-être même de me provoquer en duel! Qu'il en soit donc ainsi. Nous nous rencontrerons dans un délai de sept nuits dans l'enclos près de ma ferme, à Borgund. Nos hommes cesseront de guerroyer, à leur gré, et la chance ira à ceux auxquels elle aura été échue! Mais quant à nous, il n'y aura à épargner ni l'un ni l'autre. Et s'il en est qui ne viennent pas, on leur érigera un bâton d'infamie avec cette formule: qu'il soit infâme pour tous et ne se trouve en aucun cas dans la compagnie d'honnêtes gens, qu'il encoure la colère des dieux et qu'il porte à jamais le nom de violateur.» C'est là le message que te fait parvenir Bjarni.

— Es-tu prêt, Gunnar, pour un duel? demanda Bàrd.

— Nous partons maintenant, annonça le jarl sans répondre à la question du bondi de Vigg.

On frappa aux battants de l'entrée. Un serviteur se présenta, secoua sa capote enneigée et fit part aux hommes qu'il y avait eu une si énorme chute de neige accompagnée de gel que nul être vivant ne pouvait se frayer un chemin jusqu'à Borgund.

— Oleg, demanda le jarl, semble-t-il possible d'y aller, car il fait bien mauvais temps?

— Certes, il me semble, répondit le géant roux qui grelottait encore de tous ses membres. Surtout que tu as les meilleurs chevaux de la région...

— Nous mettrons donc notre foi en nos chevaux, décida Gunnar. Que l'on attelle les Freyfaxi et que l'on couvre les traîneaux avec des peaux. Nous nous partagerons les traîneaux à tour de rôle et les autres marcheront devant pour reconnaître le chemin.

Sur ces mots, le jarl fit signe à Bàrd de le suivre. Les deux hommes allèrent à la bergerie pour y prendre un pieu qu'ils portèrent ensuite près de l'enclos. Gunnar sculpta une tête d'homme sur le bout du pieu et grava dessus des runes. Puis il fit tuer une jument, l'ouvrit à la hauteur du poitrail et l'empala sur le pieu en la tournant en direction de Borgund. «Si tu crois, Bjarni, que personne ne peut circuler par un temps pareil, grommela-t-il, c'est que tu penses que Gunnar n'est pas l'homme que tu crois. Nul dans ce clan ne supportera honte sur honte!»

Se dressant comme pour dominer la tempête, il clama d'une voix forte:

— J'érige ici un piquet d'infamie et le tourne contre Bjarni le voleur. Que les esprits tutélaires de ces lieux et la volonté de Freyr accompagnent cette vengeance et donnent à Bjarni et à sa descendance une coiffe de sang!

L'expédition se mit en route. Les hommes, emmitouflés dans d'épaisses fourrures, courbaient l'échine sous la tourmente. Les chevaux soufflaient bruyamment lorsqu'ils s'enfonçaient dans la neige jusqu'au poitrail et se dégageaient ensuite avec de brusques et puissantes ruades. Pendant ce temps, les hommes s'arc-boutaient et peinaient pour empêcher les traîneaux de se renverser et de répandre leur précieux chargement. Hommes et bêtes avançaient péniblement sous un froid mordant qui raidissait peu à peu les membres.

Le lendemain, c'était la même tempête, sinon pire. Cela dura ainsi trois jours et trois nuits. Les hommes de Gunnar crevèrent deux chevaux. La dernière nuit ils s'abritèrent sous les carcasses.

À l'aube du quatrième jour, le groupe arriva, exténué, sur les hauteurs de Borgund. Plus bas, enfouie sous un linceul blanc, ils distinguèrent les contours de la ferme de Bjarni. Ce dernier avait déjà délimité l'aire de combat avec des branches de noisetier. Gunnar et ses hommes virent des ombres mouvantes. Des silhouettes massives s'avançaient entre les bâtiments, laissant derrière eux un sillon profond, tout frais. Bjarni et une trentaine d'hommes armés s'approchèrent de l'enclos et se disposèrent en demi-cercle.

— Pas de temps pour faire des feux et dégeler nos habits et nos corps, remarqua Gunnar en voyant les préparatifs de combat de ses adversaires. Nous risquerions de décevoir les corbeaux d'Odin. Le jugement des lances aura lieu sitôt que nous aurons rallié l'enclos de cet arrogant! Nous n'aurons pas d'autre chance de nous faire valoir...

En bas, les hommes de Bjarni brandissaient leurs armes et raillaient leurs adversaires qui se frayaient péniblement un chemin, trébuchant parfois les uns sur les autres, dans la neige duveteuse mais profonde.

— Le corbeau aura de la viande crue à lacérer, hurlait l'un d'eux.

— Gunnar, cria Bjarni, cela ne fera pas de mal au cheval si tu le montes, puisque tu sembles si mal en point!

Gunnar serra les dents et ses doigts se crispèrent autour du manche de sa hache de combat.

— C'est moi qui déciderai, gronda-t-il. Tu ne chevaucheras pas davantage Freyfaxi; ni pour cette fois, ni jamais plus!

Comme les hommes de Gunnar approchaient de l'enclos, ils passèrent près de la bergerie. Un homme se tenait près des portes basses, appuyé sur son bâton. Il était légèrement voûté et tendait le cou. Thorfinn aux Crânes l'interpella.

— Ho! Es-tu un homme de Bjarni?

— Je suis Sküf, le berger, répondit l'homme d'un ton aigre.

Thorfinn prit sa hache et assena un coup sur la tête de Sküf, lui fendant le crâne jusqu'aux épaules.

— Bjarni, hurla Thorfinn, cet homme n'a pas eu de chance. Voilà déjà de la viande pour le corbeau...

Avec un ahan féroce, il extirpa le fer profondément enfoncé dans le corps affalé du berger et se rua à l'attaque. Bouclier contre bouclier, les guerriers formèrent un cercle protecteur autour de Gunnar, pendant que la hache de Thorfinn semait la mort dans les rangs de Bjarni. Les sinistres tournoiements de l'arme éclaboussaient la neige de larges fleurs de sang. Morts et blessés jonchèrent rapidement les lieux empourprés. Les hommes de Gunnar se battirent avec une telle rage qu'ils eurent tôt fait de décimer le clan de Bjarni. Seuls quelques hommes valides, parmi les meilleurs combattants, résistaient encore aux assauts de la petite troupe de Gunnar. Ce dernier ordonna alors aux siens de surseoir au massacre.

— Bjarni, lança-t-il, le mieux serait maintenant que nous nous attaquions, car tel fut ton défi; et je serais curieux d'éprouver contre toi qui je suis: les autres ne se mêleront pas de notre joute!

— Il me plaît qu'il en soit ainsi, haleta Bjarni, déjà ensanglanté par plusieurs blessures.

Gunnar laissa tomber son grand manteau de fourrure et retira sa cotte de mailles. Il ne garda pour tout vêtement qu'une chemise de bure et des braies de gros vadmal. Il serra fortement ses bandes molletières et se noua la corde d'écorce de tilleul que lui tendit Bàrd autour des reins. Il assura le manche de sa hache au creux de la main et s'avança droit sur Bjarni.

— La compensation pour un esclave vivant est de douze onces d'argent, ironisa Bjarni une fois Gunnar parvenu à sa portée. Un cent d'argent est tenu pour une somme suffisante en compensation du meurtre de Sküf... mais je me contenterai de trois cents aunes de vadmal ou de quatre vaches!

— Il n'y aura pas de prix pour les étalons sacrés, rétorqua Gunnar. Mais certainement que trois cents d'argent sera tenu pour une somme princière en compensation de ton meurtre!

Ils s'attaquèrent avec férocité et se battirent hache contre épée. Ils étaient habiles au maniement des armes l'un et l'autre, mais ce fut la hache de Gunnar qui prévalut. Frappant à coups redoublés, Gunnar déchiqueta le bouclier de Bjarni avant d'assener à ce dernier le coup fatal. La force fut telle qu'elle ouvrit la cage thoracique de Bjarni et lui mit les poumons à nu. Pendant quelques instants, les deux lobes battirent comme des ailes dans l'ultime halètement de la victime. Le jarl contempla la dépouille de son adversaire et murmura: «Voici que l'aigle de sang est sculpté à la gloire de Freyr.» Puis il se tourna vers les survivants du clan de Bjarni et leur dit:

— Prenez soin de votre maître et de ses compagnons pour que les bêtes ou les oiseaux ne lacèrent pas leurs charognes.

Sigurd la Truie s'approcha du corps sanglant de Bjarni et l'examina avec minutie.

— On dit que le cœur des hommes courageux est plus petit que celui des couards, fit-il de sa voix grinçante. On dit qu'il y a moins de sang dans un petit cœur que dans un grand et que la peur accompagne le sang du cœur. Que dirais-tu, Gunnar, si nous montrions le cœur de Bjarni à ces juments? Il désigna de l'épée les quelques survivants qui avaient peine à se tenir debout.

— Non, Sigurd, répondit Gunnar avec fermeté. Bjarni aurait mérité d'être précipité au bas d'une falaise avec une peau de veau sur la tête pour avoir exécuté les chevaux Freyfaxi! Le destin lui est venu par mon bras; mais ici s'arrête notre vengeance!

Sigurd prit un air sournois. Un mauvais rictus déforma sa bouche aux dents gâtées:

— Toi, Gunnar, tu as sûrement un cœur qui n'est pas plus gros qu'une noix, dur comme un cal et dépourvu de sang!

Gunnar ignora le propos de Sigurd. Il ordonna aux hommes de mettre le feu à la ferme et d'occire le bétail.

— Et les esclaves? demanda-t-on.

— Qu'on les pende! répondit Gunnar.

Lorsqu'ils prirent le chemin du retour, ils laissèrent derrière eux des ruines fumantes et quelques cadavres carbonisés.

— La loi est sacrée, Gunnar, lui dit Thrain le Paon lors d'une halte nocturne. Même si celui-ci est dans son droit en faisant pendre des esclaves et en mettant le feu à une ferme, il sera pourtant puni parce qu'il ne les a pas pendus à la période fixée par le Thing et à l'endroit convenu!

— Le dieu Tyr n'a-t-il pas la main droite pour passer un pacte inviolable avec les puissances du désordre? rétorqua Gunnar.

— C'est ce qu'on dit, renchérit Thrain.

— Alors que Freyr décide de notre sort, car je lui ai tendu un présent à la pointe de mon épée!

*   *   *

Le froid et la neige avaient fait leur apparition définitive et écrasaient tout le pays sous la glace. Il semblait que le soleil se fut arrêté et qu'il hésitait à reprendre sa course. C'était la période des longues nuits. Seule une lueur pâle montait à l'horizon; passage fugace d'une clarté de jour.

Le jarl Gunnar trônait, drapé dans ses manteaux

de martre sur lesquels flottait une cape de coupe élégante. La fête de Jol battait son plein. À cette occasion, Gunnar avait fait venir le plus gros sanglier qu'il avait pu trouver, en l'honneur de Freyr, le dieu de la fécondité, dont on disait que le sanglier Gullinborsti portait des soies d'or si brillantes qu'elles illuminaient la nuit autour de lui. Gunnar, au milieu des siens, la main posée sur les soies de son sanglier, avait fait un vœu.

Une animation intense régnait dans la grande salle illuminée par des torches de résine. De jeunes garçons revêtus d'une peau d'animal et portant des cornes de bouc mimaient le rite des boucs de Thor. Ils se battaient, les torses nus, luisants, trempés de sueur.

Partout, l'hydromel coulait à flots. Les grands abattages d'automne offraient aujourd'hui de la viande fraîche et les serviteurs entretenaient plusieurs feux en même temps qu'ils rôtissaient des quartiers de porc et de cheval.

Sur les grandes tables recouvertes de nappes en lin, ils disposèrent des pains de froment, des chopes de lait, du lait caillé, du lait au fromage ainsi que des plats à décor d'argent, remplis de lard brun et d'oiseaux rôtis.

Les hommes en profitaient pour évoquer leurs exploits et déclamer les meilleurs poèmes. Ils parlèrent d'épées, de tempêtes, de revenants, de magie, d'affronts et de vengeances de clan. Un père regrettait la mort de ses fils, réclamés prématurément par Ran, le dieu des mers. Un autre vantait les siens qui se promenaient en équilibre et au pas de course sur les rames hors de la lisse du drakkar. Les incidents les plus ridicules prenaient valeur d'offenses. Certains, parmi les plus rageurs, en vinrent aux prises: debout, leurs poignards tirés mais cachés sous le manteau. Le visage en feu, ils se tenaient poitrine contre poitrine, le défi au bord des lèvres. Gunnar, impassible, restait assis sur le haut-siège, jouant négligemment avec le manche de sa hache de combat. Chacun sentait l'offense, mais nul ne voulait violer les droits d'hospitalité du jarl. En grommelant, les belligérants se retiraient dans les coins les plus sombres, se couchaient sur la paille fraîchement étalée et s'endormaient aussitôt.

Les festivités durèrent plusieurs nuits, jusqu'à épuisement des uns et des autres. Ce fut Bàrd l'Épée qui s'empressa de complimenter son hôte en lui disant que les repas avaient été très bons et que le jarl leur avait servi la plus excellente des bières. Puis il changea de ton:

— J'ai observé qu'une douleur cuisante faisait baisser les yeux du courageux fils de Magnus. Une peine terrible, sûrement...

Gunnar haussa les épaules. Ses yeux cernés par les excès du festin et le manque de sommeil avaient perdu tout leur éclat.

— Je ne pourrai jamais me plaindre, soupira-t-il. Mais au Thing du printemps, nous serons déclarés coupables d'avoir défié la décision du Gulathing. Toute réconciliation avec le clan de Bjarni est impossible et le versement d'un **wergild** – prix du sang – pour chaque homme tué ne nous laissera même plus de paille pour dormir. Ce sera le bannissement... C'est inévitable!

— Moi, Bàrd, fils d'Egil, ne crains pas d'affronter les mers, répondit le bondi de Vigg avec un accent de défi dans la voix. Les dieux ont déjà frappé mon lieu et je ne tiens pas à voir mon fils sans recours ni abri! Bjorn aura droit à un navire, en digne fils de Viking, et il pourra aller, avec de solides rameurs, chercher du butin. Pourquoi ne mériterait-il pas de se tenir debout sur l'étrave et de piloter sa carène, égal aux héros?

Gunnar fit comme s'il n'avait pas entendu Bàrd.

— Savais-tu, Bàrd, que jadis Herlaug se fit enter-

rer vivant dans un tumulus plutôt que de se soumettre à Harald Halfdanson? Je préfère moi aussi
quitter ce lieu, plutôt que de voir un seul homme qui
se dit roi percevoir des impôts qu'il ne garde que
pour lui! Par surcroît, un roi qui refuse d'offrir la
coupe à Thor et de manger du cheval... peut-être est-
ce un futur roi que tu élèves, Bàrd!

— Si telle est ton opinion, Gunnar, je te donne l'enfant, fit Bàrd.

Le jarl sourit et lui mit la main sur l'épaule.

— Il nous faut des navires, poursuivit Gunnar. Il
faudra fabriquer beaucoup de mâts avec les plus
hauts arbres, tailler des gouvernails, des rames, tisser des voiles, câbler des cordages, forger des armes,
fabriquer du petit outillage... il faudra tuer beaucoup
d'animaux à fourrure! Nous irons sur les grands
marchés de Hedeby et de Birka. Nous y ferons commerce... On dit qu'on obtient un fort esclave pour un
cheval sellé!

— Où irons-nous ensuite? demanda Bàrd.

Nous irons là où va le soleil... Si le soleil peut y
aller, nous le pouvons!

— Nous allons vers les hommes de l'Ouest?

— Si telle est la volonté des dieux, nous devien-
drons aussi des hommes de l'Ouest, répondit Gunnar.

Bàrd resta pensif. Puis, d'une voix à peine audible:

— Des hommes de l'Ouest! répéta-t-il. On raconte
qu'un de ces hommes faisait douze aunes et qu'il était
capable de sauter tout armé sa propre hauteur, en
avant et en arrière. On dit aussi qu'il y a dans ces
lieux, à l'Ouest, plus de revenants et de démons que
d'hommes; et que ces hommes enterrent du requin
sous le fumier et le mangent ensuite!

— Peut-être, Bàrd, peut-être! Mais on dit également que les jeunes filles sont des vierges claires et
qu'elles ont le corps comme celui des elfes!

La terre d'Islande

Bàrd avait peine à envisager l'effrayant périple vers l'ouest. Il avait le sentiment d'entrer vivant dans le royaume de la mort. Là-bas, c'était un lieu où nul n'entendait la course des ours velus qui, tels des fantômes, semblaient glisser plutôt que marcher sur la surface blanche et glaciale. Point d'oiseaux, pensait-il, point même de mouettes qui accompagnaient les longues traversées. Mais Bàrd avait surtout grande peine à quitter les pentes des montagnes et les dunes blafardes sur lesquelles bouleaux, pins et sapins couvraient d'immenses espaces. Son père lui avait appris à aimer leurs longs et maigres fûts qui s'élevaient avec mélancolie dans le ciel tourmenté de la Norvège. Il aimait cette nature engourdie où seule la chute d'une branche, seules les cimes de pins et de bouleaux se heurtant, rythmaient le silence absolu. Il aimait le souffle du vent qui courbait ces bouleaux et ces pins, comme il aimait le voisinage des fjords, des lacs et tourbières, des pâturages et des bosquets de pins et d'érables. Il aimait les hauts sapins encore frais de résine odorante...

Bàrd avait entendu dire qu'à l'ouest les trolls et

les revenants des Vikings engloutis dans des nau-
frages possédaient le peu de terre qui résistait à la
sorcellerie des aurores et des crépuscules et que la
lumière de la lune était plus fréquente que celle du
soleil. On disait aussi que la neige se contentait de
disparaître quelque temps entre les hivers, et que des
buissons chétifs, des brindilles étriquées, des mousses
sans épaisseur cherchaient à ne pas mourir plutôt
qu'à vivre entre deux rochers.

Comment alors ne pas s'effrayer devant la colère
insensée des glaces? Comment le soc de la charrue
pourra-t-il fendre la pierre? Comment le paysan pourra-t-il cultiver le seigle et l'orge, nourrir les vaches, les
porcs, les chèvres et les moutons? Comment ne pas
craindre une île flottante où rien d'autre ne pousse
que des pierres funéraires?

Mais Bàrd était lié à Gunnar, le jarl de Urnes, par
le serment de la fraternité. Il pressa donc sa communauté aux préparatifs du grand départ. Les femmes
s'activèrent sur le métier à tisser. Elles nettoyèrent,
dégraissèrent et cardèrent toute la laine des tontes;
elles la filèrent à la quenouille et au fuseau avant de
la tordre et de la teindre avec diverses sortes de lichens. Les hommes fourbirent les instruments de
bois: fourches, râteaux, pioches et houes, tout en
sculptant et gravant l'os des peignes, des manches de
haches, d'épées et de couteaux. Puis vint la chasse. Ils
sillonnèrent les futaies et les bois, pénétrèrent au
plus profond des verts chaînons, frissonnants encore
sous la cape de neige. Ils abattirent loups et gloutons,
martres, perdrix des neiges, coqs de bruyère, lièvres,
renards, cerfs, chevreuils et gélinottes. Ils en tirèrent
une abondance de fourrures et de venaison qu'ils mirent en terre.

Chaque matin, sous un ciel brumeux et pendant
que tombaient encore dru les flocons de neige, Bàrd,
aux aguets, cherchant à deviner la provenance du

moindre bruit, surveillait son bétail. Les quelques bêtes survivaient à peine. Pour Bàrd, c'était une lutte sans trêve ni merci; la seule lutte de son existence: toujours se méfier des autres et de lui-même. Sur cette terre, où il avait été établi, l'homme, fils d'Odin, devait lutter avec un autre fils d'Odin, le terrible Loki, père du loup, du serpent, de la sorcière et de la mort; lutter contre le mal, le mensonge, l'hypocrisie, la haine et le trépas obscur.

Bàrd savait, comme son père et comme ses ancêtres, que lorsqu'un bruit insolite rompait le silence de la nuit, lorsqu'une tempête s'élevait et s'enflait avec rage, c'était Odin qui passait sa fureur sur les hommes. Et pendant les longues soirées d'automne, quand, sur les bruyères, soufflait le vent de l'ouest, c'était Odin qui chassait. Bàrd n'oublierait surtout pas de laisser trois épis debout dans les champs que lui et les siens abandonneraient bientôt; ce serait la part d'Odin pour nourrir ses chevaux célestes.

Les neiges n'avaient pas encore cessé que Gunnar mobilisa tous les bondis. Du matin au soir, s'arrachant péniblement aux couches humides, les hommes s'attaquèrent à la forêt, abattant les meilleurs chênes et les plus hauts pins. De bûcherons ils devinrent charpentiers de proue, forgerons et calfateurs. Ils maniaient avec autant de dextérité la tarière à creuser le bois, le doloire pour débiter les troncs noueux et en tirer de grosses poutres, la gouge, le racloir, le marteau, les pinces et les tenailles. Une journée ils assemblaient la quille aux massifs d'étrave et de poupe, le lendemain ils posaient les bordés, les calfataient et montaient enfin les couples et les barrots. Ils dressaient ensuite les mâts, très lourds car taillés dans du bois de pin. Venaient alors les bordés qui se chevauchaient, comme de longues tuiles, solidement rivés aux membrures par des taquets de bois. D'autres s'occupaient de lisser les rames et de percer les trous de nage. Les femmes tissaient sans relâche pour fabriquer d'immenses voiles rectangulaires, en laine brute de double épaisseur, qu'on hisserait en haute mer. Enfin, les artisans érigèrent en proue et en poupe des têtes de dragons aux gueules menaçantes, finement ciselées, censées prémunir les équipages contre les esprits maléfiques de la mer. En quelques semaines, six drakkars étaient prêts à entreprendre la route vers l'inconnu.

Satisfait, Gunnar ordonna que l'on mît les navires à l'abri des brisants. De grandes côtes de baleine furent enfoncées dans le sol pour servir de rouleaux et leurs bouts furent assurés par des pierres. À force de bras, les hommes halèrent ensuite chaque drakkar sur une haute dune de galets, loin du ressac. Le jarl savait qu'il ne restait plus qu'à armer les navires pour pouvoir appareiller. Mais, auparavant, tous devaient rendre un ultime hommage aux dieux. Gunnar convoqua Einar Barbe-de-Soie, un homme à la stature d'aigle, chevelure et barbe blanches, connu dans toutes les régions de Urnes comme le maître des runes.

— Que disent les runes? demanda Gunnar.

Einar interrogea la volonté des dieux. Lui aussi, comme Odin, avait élevé avec autant de soin que de patience trois corbeaux avec lesquels il s'entretenait familièrement. Il les envoyait, dociles comme des pigeons, survoler la contrée au moment des grands bouleversements de saisons, afin qu'ils lui rapportassent des signes prémonitoires.

— La mer et les vents seront à notre service, dit-il simplement. Ils nous jetteront où nous voulons aller. C'est ce que dit le chant du premier corbeau...

Il consulta ensuite les runes sculptées sur les rochers, sur certaines pierres et stèles, et sur les écorces des arbres. Pour la plupart, elles énonçaient des sentences religieuses ou mentionnaient les noms des divinités. Ces runes, depuis la nuit des temps, avaient autant une valeur pratique pour l'échange des pensées qu'une valeur mystérieuse et sacrée. Chaque signe runique avait sa vertu propre et son caractère magique. Le maître des runes, seul, pouvait interpréter leur sens et utiliser leur redoutable puissance.

Les mains d'Einar coururent sur la pierre, ses doigts agiles retraçant les traits incrustés. Il murmura:

— Ainsi parle Odin: je sais que je pendis à l'arbre battu des vents neuf nuits pleines...

Il continua à palper la pierre froide. Quel signe annoncera l'orage? Quel autre prédira le mauvais œil? Les morts seront-ils ranimés dans les tumulus?

— Tous les gibiers qui étaient dans les bois et dans les champs oublièrent où ils devaient courir, marmonna-t-il. Que vous êtes puissantes, ô runes! Le faucon gris s'était arrêté sur la branche. Il étendit ses ailes sans pouvoir s'envoler. Que vous êtes puissantes, ô runes! La prairie fleurissait déjà; tout se couvrait de feuilles alentour. Que vous êtes puissantes, ô runes! Féroce Ran a fait ravage autour de moi, la mer a rompu les liens de ma race. Que vous êtes puissantes, ô runes! Nul n'obtient compensation de fils s'il n'en engendre lui-même un autre qui soit estimé même homme que son frère. Que vous êtes puissantes, ô runes! Il a doté d'un art l'ennemi du Loup et de cette nature fera obliger le frère à se dévoiler. Que vous êtes puissantes, ô runes!

Einar était épuisé. Il observa un long silence, prostré, les bras ballants.

— Est-ce tout ce que disent les runes? questionna Gunnar.

Einar se redressa lentement.

— Il ne faut pas abuser du chant du corbeau d'Odin, observa-t-il, car quel est le voyageur pour lequel le ciel et la terre n'ont aucun secret? Les runes viennent de te livrer le destin de ton clan, Gunnar! Te faut-il aussi savoir quand tu chevaucheras jusqu'au Valhöll?

— De quel fils parlent les runes? s'inquiéta le jarl.

— Bàrd l'Épée n'a-t-il pas reconnu pour sien un mâle et rejeté un autre?

Gunnar approuva en silence.

— Odin, poursuivit le maître des runes en fixant Gunnar, a demandé au géant Gagnandr quelles étaient les paroles que lui-même, Odin, avait murmurées dans l'oreille de son fils Baldr, au moment où ce dernier était placé sur le bûcher. «Aucun mortel ne peut savoir les paroles sauf toi, Odin, qui les a murmurées à l'oreille de ton fils, au commencement des âges», répondit le géant. «Voici que je lis maintenant ma condamnation écrite en caractères magiques et décrétée par les destinées célestes, parce que j'ai osé discuter sur la science sacrée avec Odin, le plus savant de tous les dieux!» Il ne faut pas tenter Odin, ajouta Einar en baissant le ton, car nous risquerions de nous égarer pour toujours. Un secret peut être gardé fidèlement par une personne et pour un temps, mais il n'y a pas de secret ni de temps pour les dieux!

Pour honorer les dieux une dernière fois, le **blot** sacrificiel eut lieu dans le bois sacré situé à quelque distance des fermes. Neuf nuits pleines, ainsi que l'avait annoncé le maître des runes. Chaque nuit on sacrifia un homme, à l'épée ou à la hache. Les victimes furent choisies parmi les plus vieux et les plus faibles du clan; neuf têtes humaines pour apaiser les dieux. Le sang fut recueilli dans un vase sacré et servit à des aspersions et aux augures. Les corps furent pendus dans le bosquet, et avec eux, des chiens et des chevaux, les uns à côté des autres, dans un enchevêtrement de cadavres exsangues. Ils les laissèrent là afin que les rapaces puissent s'en repaître. Ainsi, lorsque les lieux seraient abandonnés par le clan, y aurait-il pour toujours des murmures étranges et lugubres dans le bois sacré; pour chaque arbre qui aurait porté dans ses branches les pendus de

Urnes, la rumeur d'une légende qu'emporterait le temps.

* * *

Les jours allongeaient, le soleil montait plus haut et les nuits raccourcissaient au même rythme.

— Nous ne fouinerons plus dans ces terres, annonça Gunnar un matin. Les vents deviennent favorables et nous n'avons plus à craindre ni brisants ni hauts-fonds. Nous ne nous soumettrons à aucun roi et les grands marchés nous attendent...

Ils échouèrent les navires à marée basse et dressèrent les mâts à l'aide d'étais. Puis ils chargèrent les outils, les armes, les ustensiles et les fourrures pour les arrimer sur les demi-ponts avant et arrière. Sur le rivage ils entassèrent le foin pour les animaux et le roulèrent en ballots. Les hommes les plus vigoureux montèrent des barils d'eau douce, de poisson séché et de viande salée. Vinrent enfin les animaux qu'on attacha aux poutres. Les embarcations de secours furent installées sur les côtés des cales à ciel ouvert. On remisa soigneusement trois cents aunes de bonne laine pour réparer les toiles, un bon nombre de grosses aiguilles et une réserve de fil et de câble, ainsi qu'une quantité de clous, d'épissoirs et de rivets.

Le moment du départ était arrivé. C'était l'adieu à la terre des ancêtres: la Norvège des fjords et des montagnes; la terre verte et blanche.

Les quilles de chêne raclèrent doucement le fond sablonneux, puis glissèrent silencieusement sous la poussée énergique des rames. Les drakkars s'éloignaient peu à peu de la côte. Les proues se soulevaient à peine. Avec leur coque profonde, une lisse assez haute et un bordé mince, ces navires pouvaient être portés comme des feuilles par la houle océanique. Les proues et les poupes fortement recourbées permettaient aux timoniers de manœuvrer le navire en douceur même par fortes vagues arrières: la poupe fendait les montagnes d'eau aussi aisément que la proue et, ainsi soulevée, empêchait le navire d'embarquer de l'eau par l'arrière.

Ils naviguèrent en direction de la cité marchande de Hedeby, située sur la rive orientale du Jutland. C'était une ville sale et bruyante, dont les habitants, des Vikings danois, accrochaient des animaux sacrifiés à des poteaux plantés devant leurs maisons. La cité occupait un site privilégié à l'abri d'une baie où de petites embarcations pouvaient s'échouer pour être chargées, déchargées ou réparées. Les drakkars, plus imposants, étaient amarrés à un robuste brise-lames en bois disposé en demi-cercle. Les portes de la cité étaient surmontées de tours de guet. Un fossé entourait les fortifications. Un ruisseau coulait au cœur de la cité et ses rives étaient épaulées par des murs de soutènement. Entre les murs et les habitations, les marchands plantaient leur tente encombrée de joaillerie, de peaux, de tissus, de verroterie et d'esclaves. Les rues étroites de la cité regorgeaient de monde et d'animaux. Des caillebotis en bois les protégeaient de la boue du dégel printanier. On y retrouvait, pêle-mêle, de tristes cheptels d'esclaves, des artisans sculptant des manches de poignards dans des bois de rennes, des forgerons attisant leurs feux, des porcs et des chèvres emmenés au marché.

Gunnar s'était adonné à un rapide négoce qui lui avait rapporté quelques esclaves avant de cingler vers Birka, la grande cité marchande sise sur les bords du lac Malar. L'accès à Birka n'était pas facile. Les navires durent se faufiler au milieu d'un dédale impressionnant d'îles et de hauts-fonds, traverser ensuite un goulot très resserré, louvoyer entre d'innombrables îlots avant d'atteindre l'île de Bjorko où, enfin, se trouvait Birka.

L'accès à la ville était protégé par un à-pic rocheux et, plus loin, par un épais rempart de terre. L'activité marchande commençait au bord même de l'eau. Des hommes, soit en pataugeant dans l'eau boueuse, soit à l'aide de barques, chargeaient et déchargeaient les navires. Ces derniers étaient amarrés à des pieux de chêne enfoncés dans un banc de sable.

Le marché de Birka regorgeait de vivres et de marchandises qui allaient et venaient au gré d'un flot incessant de troc. L'orge, le poisson, la viande, les outils s'échangeaient contre les peaux de cheval et de chèvre; les poignées d'épées contre des noix, des noisettes et des glands de chêne; l'ivoire de morse contre le bois des andouillers de rennes. Parmi toutes les ressources, les fourrures occupaient toutefois une position privilégiée. Des zibelines noires, des renards au poil roux, des fourrures de lynx semblables à une frondaison printanière, du castor sans poil, du petit-gris brillant et des gros paquets de fourrure d'hermine s'entassaient à dos d'âne et attisaient toutes les convoitises. Ces précieuses fourrures empilées valaient en échange plusieurs esclaves francs, celtes ou irlandais; ou encore de grandes jarres en céramique à deux anses, emplies de vins blancs et parfumés; même des trésors d'argenterie arrachés aux autels irlandais ainsi que des broches ouvragées et une certaine quantité de pièces d'argent.

Lorsque Gunnar et les bondis quittèrent le site grouillant de Birka, ils savaient que les drakkars ne risquaient plus de s'écraser contre les énormes récifs disséminés près des côtes car ils devaient maintenant s'aventurer sur l'immensité déserte de l'océan de l'ouest; un monde de brouillards, de vents contraires, de courants perfides; peut-être même un gouffre fourmillant de monstres. Que trouveraient-ils de l'autre côté des brumes? Y avait-il un pays aux fins herbages ou un désert où les plus gros arbres ne seraient que des bouleaux rabougris? Les girouettes aux motifs ajourés, montées sur les proues et les têtes de mâts, frissonnaient au moindre souffle de vent. Les figures de dragons, menaçantes, pointaient droit vers le soleil. Déjà l'astre restait au-dessus de l'horizon pendant une grande partie du jour et de la nuit. Les vents tournaient franchement à l'ouest alors qu'à la tombée de la première nuit de grand large, les uns et les autres se serraient dans des sacs de couchage en peau, en palpant les amulettes gravées de runes et en invoquant les dieux.

*   *   *

Pendant quatre jours et quatre nuits, Gunnar se tint en proue de son drakkar, son regard bleu rivé à l'horizon. Les traits de son visage buriné, barré de moustaches farouches et d'une barbe embroussaillée, étaient de plus en plus ravagés par les embruns salés.

Jusque-là, la mer s'était levée tôt, calme, fraîche et riante. Mais un brusque coup de vent plongea le clan entassé dans les six drakkars dans une lutte désespérée pour sa survie. Le gréement claqua lugubrement dans la bourrasque. Dans chaque bateau, des hommes se précipitaient pour écoper l'eau qui pénétrait en trombes par-dessus bord. On tentait d'apaiser les animaux et de protéger les enfants sur le pont. À l'arrière, les timoniers soulevaient les barres pour que les navires puissent éviter les énormes vagues. Les neuf filles d'Aegir, déesse des océans, étaient déchaînées et chacune d'elles, la Hurleuse ou l'Attrapeuse, essayait d'attirer un drakkar vers les abîmes.

La mer était terrible. L'air sentait la moisissure et la laine mouillée. Le vent soufflait de tous côtés, en rafales grondantes. Il creusait des lames profondes comme des vallées. Les hommes, arc-boutés, le ventre collé sur les genoux, agrippaient le bois mouillé des rames. Pliés sous les rafales, en lutte continue, ils s'efforçaient de garder les drakkars en ligne, afin d'éviter d'être pris en travers par les vagues déferlantes.

Des paquets de mer s'abattaient sur les bâtiments, roulant avec eux des débris que les hommes, immergés dans l'eau glacée jusqu'au ventre, déblayaient à coups de hache.

Ils tinrent ainsi des jours. Une partie du bétail et plusieurs enfants moururent. On les jeta par-dessus bord. Mais alors qu'ils désespéraient sans pourtant jamais abandonner, le calme survint et avec lui, un épais brouillard qui effaça jusqu'au reflet de la mer. Pendant combien de temps avaient duré ces rafales, ces vents contraires, ces vagues hurlantes? Difficile à dire, puisque les hommes ne se souvenaient même plus de la dernière nuit pure, brillante d'étoiles.

Lorsque le brouillard se dissipa brusquement, les hommes, exténués, crurent au mirage. Devant eux se dressait un promontoire de falaises noirâtres, coupées de failles. Ils aperçurent aussi, crucifiées sur des récifs qui couraient à fleur d'eau, les épaves de plusieurs drakkars, avec leurs tronçons de mâts, leurs ponts défoncés, leurs membrures déjà rongées par l'humidité et le sel de mer. Ils ressemblaient à des fantômes traînant avec eux les ombres de leurs équipages disparus.

— De la chair d'Ymir la terre fut façonnée, et de ses os, les montagnes; le ciel fut le crâne du géant froid comme le givre, et son sang fut la mer, murmura Einar, le maître des runes, en contemplant les formes ravagées. Odin changeait de forme. Alors son corps gisait comme endormi ou mort, mais lui était oiseau ou bête, poisson ou serpent, et allait en un clin d'œil dans les pays lointains. Nos esprits tutélaires nous

attendent, beaucoup plus loin, car ici il n'y a que
champ de ténèbres!

Sitôt, d'autres vents les repoussèrent, et ce qui ne
fut qu'une brève vision disparut à l'horizon. Ils es-
suyèrent alors une tempête de neige, suivie d'une
longue errance dans d'interminables bancs de brouillard, sortant de l'un pour être aussitôt avalés par un
autre. Ici et là, ils entendaient la plainte étouffée des
cornes de brume. Depuis des jours, Gunnar avait
perdu de vue les autres drakkars, aussi se réjouis-
sait-il de ces sons, si distants fussent-ils. Cela signifiait que des équipages étaient toujours à flot.

Le roulis violent de la longue houle avait cessé.
Les brumes se dissipaient peu à peu. L'étendue bleue
d'une mer sans vent se précisait à nouveau.

— Einar, commanda le jarl, lâche un corbeau!

Le gros volatile prit son envol en croassant. Il s'é-
coula un certain temps. L'oiseau revint en battant
bruyamment des ailes.

Gunnar continuait de scruter la mer. L'eau, à peine
ridée par des vaguelettes, était d'un bleu métallique.

— Einar, ordonna-t-il de nouveau, lâche un autre
corbeau!

L'oiseau revint encore une fois. Pourtant, Gunnar
ne doutait plus: l'eau avait changé de couleur et la
précieuse pierre solaire qu'il consultait fréquemment
avait viré du jaune au bleu. La terre ne pouvait être
loin.

— Là, hurla un des hommes, le grand poisson noir
des abysses!

Tous virent le jet d'eau puissant du mammifère
qui venait de faire surface.

Gunnar se rappelait l'histoire qu'il avait entendue
dans son enfance. On racontait que l'ancêtre du clan,
Ottar le Chasseur, avait tué un tel poisson, de cinquante aunes de long, près de la mer des glaces, là
où aucun Viking ne s'était aventuré!

— Einar, lâche le dernier corbeau!

L'attente fut interminable. Tous les yeux épiaient le ciel avec anxiété; des yeux brûlés par le sel et les intempéries. Le corbeau ne revint pas.

Longtemps encore, Gunnar resta immobile, se confondant presque avec l'effigie de dragon montée en proue. Seuls ses yeux étaient vivants, scrutant à la fois la mer, le ciel et l'horizon. Puis il fit un grand geste de la main:

— Prenez cette direction, hurla-t-il presque. Sortez les rames et nagez... Nagez de toutes vos forces! Nous avons passé les ténèbres et vaincu les filles d'Aegir! Devant nous, là, il y a une terre dont les pierres brillent comme le soleil!

Ils ramèrent toute une nuit. À l'aube, trempés de sueur, ils virent les contours d'une terre. Lentement, la côte se précisa. Elle était toute de pierre, tombait de très haut dans la mer, en plis noirs, monumentaux, dessinant des baies, sculptant des fjords. Dans le lointain, une étendue blanche, brillante, véritable plaine de neige sans fin. Au ras de l'eau, les falaises noires et grises constituaient un paysage de commencement du monde. On entendait le cri douloureux du vent qui heurtait les murailles de roc comme s'il se fut agi d'une complainte des dieux.

Les arrivants avaient vaincu les périls de la mer et triomphé des embûches de Ran. Gunnar s'en réjouissait profondément et il interpella Svann, le scalde.

— Alors, Svann, as-tu perdu la voix?

Le scalde sourit en toute candeur.

— Crois-tu donc, Gunnar, que tu mérites un éloge, répliqua-t-il, alors que voilà plus de cent hivers Ingolf a mis pied au lieu où le soleil luit au milieu de la nuit?

Ses paroles hardies provoquèrent un éclat de rire général. Sur quoi Svann le scalde déclama d'une voix mélodieuse:

> — Par-dessus les lames qui déferlent,
> La voile gonflée, le nez écumant
> Tel un oiseau filait le navire
> Jusqu'à ce qu'au jour prochain
> Resplendissent les falaises, les collines élevées
> Et l'étendue de la terre.
> Le grand large était vaincu.
> Qui est cet homme inconnu de moi
> qui a suscité mon périlleux voyage?
> J'étais noyé de neige et battu de pluie
> et trempé de rosée!
> J'étais poussé entre les bras des filles d'Aegir
> et déjà tiré vers le monde des Brumes!
> Et cet homme inconnu de moi a chevauché la nef
> Pour s'asseoir encore sur le haut-siège.
> Si je vois des sorcières chevaucher par les airs
> je ferai en sorte que Gunnar les égare!

Gunnar le remercia d'un geste. Puis il ordonna à ses hommes de lancer à la mer les **innstafar** et le haut-siège.

— Nous réalisons les oracles des dieux, dit-il. Nous nous établirons là où les vents et les vagues les pousseront à s'échouer.

Les hommes jetèrent à la mer les chambranles des portes de la demeure abandonnée de Gunnar et les grands piliers de bois de son ancien logis à Urnes.

Sur ce, Gunnar se confia au maître des runes. Il lui fit part que deux drakkars manquaient toujours à l'appel des cornes de brume et qu'ils avaient probablement été engloutis.

— Cela m'est dur, avoua-t-il à Einar, de penser que ma maison commence à mourir comme les branches dans les gémissements de la tempête. Cruel est le vide que la mer grondante a creusé dans les rangs si serrés de mon clan!

— Ran a réclamé sa part dans ta victoire sur le grand large, dit à son tour le maître des runes. Tu dois souhaiter que les dieux nous procurent une terre fertile où le lait coule de toute plante et le beurre, de tout brin d'herbe; où les animaux peuvent subsister sans abri au plus fort de l'hiver; où les bois abondent et les rivières sont pleines de poissons et où les mers voisinent, abondantes de grands poissons...

Ils dérivèrent encore une journée entière avant que les pièces de bois n'échouent dans une petite baie. Les falaises du bord grouillaient d'une vie bruyante: des colonies d'oiseaux parmi lesquels des macareux et des sternes voletaient autour des nids étroitement serrés sur chaque saillie puis filaient à tire-d'aile vers la mer en quête de nourriture.

Une fois débarqués, les arrivants découvrirent une terre fruste et aride à laquelle seuls quelques plantes vivaces et les oiseaux apportaient une certaine couleur. Des étendues de mousse donnaient un aspect moins sévère à d'immenses champs de lave en couvrant ces masses figées de verdure. Entre les étendues érodées, pleines de cailloux, de roches et de sable, les houppes cotonneuses de la linaigrette ornaient les terrains humides, où, près des étangs, dans les trous de lave, d'autres oiseaux nichaient dans la bruyère.

Autour d'eux ils ne virent que des étendues de sable noir aux promontoires rocheux et aux escarpements à pic; des formes douces sur des surfaces dures sur lesquelles s'abattaient sans répit les vagues de l'océan. Des montagnes ourlées par des brumes et blanchies par les neiges hérissaient les alentours.

Gunnar fit venir Gyrd, l'interprète des lois.

— Nous prenons possession d'une partie de cette terre, dit-il à celui qui était la mémoire de toutes les lois de la Norvège, mais nous ne sommes pas les premiers à nous établir en ces lieux. Que dit la loi?

— Voici ce que dit la loi, répondit calmement Gyrd. Et il récita à voix haute: Personne n'a le droit de prendre plus de terre qu'il ne peut en un jour en faire le tour avec le feu en compagnie de son équipage. On doit allumer un feu quand le soleil est à l'est. On doit ensuite allumer d'autres feux pour faire de la fumée, de manière que l'on puisse voir un feu d'un autre. Mais les feux allumés quand le soleil était à l'est doivent brûler jusqu'à la nuit. Ensuite, on doit marcher jusqu'à ce que le soleil soit à l'ouest et alors allumer d'autres feux. Ces terres sont à toi. Telle est la loi!

— Puisque Thrain le Paon et Helgi le Maigre ne sont plus avec nous, annonça le jarl, toi Bàrd, toi Harek et toi Sigurd, ainsi que toi Thorfinn, aurez chacun une torche allumée de plus et vous circonscrirez toute la terre que ces Vikings auraient réclamée comme leur, eussent-ils été avec nous. À l'aube nous serons prêts!

Le soleil, encore bas sur l'horizon, était en train de se lever. De toute la nuit, il ne s'était pas véritablement couché, si bien que tous, hommes, femmes et enfants, glissés dans les sacs de peau imprégnés du sel marin, n'avaient pas véritablement dormi. Au premier rougeoiement, les flammes pointues d'un feu s'élevèrent en crépitant vers un ciel tout en demi-teintes. Gunnar, armé d'une lance et suivi des membres de son clan, s'avançait d'un pas énergique. Les animaux se bousculaient et les jeunes enfants pleuraient.

— À partir de cet instant, dit-il d'une voix puissante, je ne vous convie ni au repos ni au répit; je ne veux entendre que le bruit du travail. Nous tournerons tous la lourde pierre pour broyer le grain!

Les arrivants de la Norvège commençaient à prendre possession d'une portion de la terre d'Islande.

Le frère Juré

Styr était le frère juré du défunt Bjarni. Sa taille était hors du commun. C'était un colosse à la tignasse rousse, véritable crinière fauve lui tombant sur les épaules. Son corps était épais, et ses membres, noueux. On le nommait Force-de-Bœuf à cause de sa poigne de fer. Recouvert de son ample manteau de fourrure qui lui allait presque aux chevilles, il ressemblait à un ours.

Son père, Klaufi le forgeron, lui avait dit qu'il trouverait Aldis la magicienne aux confins d'un pays de mystère; qu'en ces lieux imprécis il y avait des pentes fréquentées par les loups, des promontoires battus par les vents, un dangereux sentier de marécages où le torrent de montagne lui-même se perd sous les roches embrumées.

«On ne lui connaît pas de gîte, avait dit Klaufi à son fils, elle vit dans une grotte; au-dessus sont suspendus des buissons couverts de givre et des arbres accrochés par leurs racines surplombent les eaux noires. Là, chaque nuit à ce qu'on dit, on peut voir des choses mystérieuses et terrifiantes. Parfois il y a du feu sur les flots.» «Et que sais-tu d'autre?» avait demandé Styr à son père. «Il me fut confié, jadis, qu'Aldis est une Heidr. Elle vient des caps du Nord, où le crépuscule et l'aube se confondent et où les mousses, les marais et les lacs s'étendent sans fin. On dit qu'elle prophétisa les destins des rois. Un jour, paraît-il, on lui fit occuper le haut-siège lors d'un banquet, et chacun, depuis sa place, pouvait s'enquérir de son destin. Le jarl qui, un peu malgré lui, avait cédé sa place, lui dit: «Je n'ai pas envie de connaître mon destin avant qu'il ne se manifeste et je ne crois pas que mon lot se trouve sous les racines de ta langue.» Sur quoi elle aurait répondu: «Je te le dirai pourtant, sans que tu l'aies demandé. Tu ne quitteras jamais ce lieu, ni ce haut-siège.» Au matin, après le banquet, on l'y trouva mort. Même les plus braves craignent maintenant la vieille Lapone. Depuis de nombreux hivers, on raconte qu'Aldis rôde dans le pays; elle y réclamerait les nouveau-nés qui n'ont pas été reconnus ainsi que les enfants d'esclaves. Mais nul ne se souvient qu'elle ait versé le prix de douze aurar d'argent... Nul n'aurait osé le lui demander! Je n'ai vu Aldis qu'une fois, ajouta Klaufi, et j'en frissonne encore. Elle n'a pu être engendrée que par un troll! Et là où est Aldis, la solitude est peuplée de trolls qui jettent sans cesse leurs mauvais sorts!»

Styr prépara un sac de provisions pour dix jours, qu'il passa en bandoulière. Puis armé de son épée et de sa hache, il prit seul la direction du Geirangerfjord. Celui-ci s'enfonçait profondément entre des à-pics prodigieux. Partout le roc et l'eau se partageaient l'espace. Les sommets avaient gardé leur parure de neige, d'où filaient torrents et cascades. Un chemin sinuant sur les flancs érodés s'étirait en lacets serrés, et se perdait, beaucoup plus loin, dans une interminable forêt.

Styr suivit le sentier pendant des jours, traversant des monts qui se succédaient comme les vagues de la mer. En chemin il put déguster des airelles et des myrtilles. Il rencontra tantôt un renne ou un coq de bruyère; tantôt une grande bécassine, un bruant des neiges ou un pluvier doré.

Puis Styr s'engagea résolument dans la forêt. La masse des troncs se fondait dans une clarté diffuse. La terre dégageait une brume qui envahissait les creux, stagnait sur l'étendue des marécages et noyait la futaie dans la grisaille. Des troncs gigantesques, vaincus par les ans, jonchaient le sol. Les bois morts se mêlaient étroitement à l'humus. Dans le taillis, Styr vit des formes mouvantes se glisser, et parfois secouer les muscles puissants qui roulaient sous la laine sombre pour se libérer de l'emprise des grands arbres. Les mufles des bisons se redressaient alors, cherchant à saisir les effluves que charriait le vent. Leurs souffles exhalaient des traînées de vapeurs; celles-ci s'étalaient en gouttelettes luisantes sur les toisons. La harde passa très près de Styr. Celui-ci, immobile, retenant son souffle, vit les grands animaux s'enfoncer, un à un, dans la ligne des arbres. La forêt absorba rapidement les silhouettes massives qui laissaient sur la neige de larges empreintes et l'éclaboussure de leurs excréments...

Les derniers appels de nocturnes se dissipaient à peine lorsque Styr déboucha dans le sous-bois. Il se retrouva rapidement à la lisière d'une vaste clairière, nichée sous le clair-obscur d'une falaise. De profondes échancrures entre les parois granitiques dissimulaient l'entrée d'une grotte.

Styr sentit les premiers rayons du soleil qui commençaient à réchauffer l'air et, tout à la fois, à dissiper les derniers lambeaux de brouillard.

Une clameur soudaine lui fit lever la tête. Sa main chercha la poignée de son épée. Dans un fouettement d'ailes, un faucon s'élevait en vol direct, les ailes pointues, la silhouette élancée, le ventre lavé de

blanc. Le colosse roux entendit une voix menue, che-
vrotante:

— Est-ce l'animal de tes rêves?

Il chercha alentour et vit une silhouette à l'entrée
de la grotte. Elle se mouvait avec peine, la démarche
claudicante.

Styr s'approcha. Ce qu'il vit n'était pas un être
humain, mais une sorte de griffon à tête blanche. Il
devina toutefois que jadis ce fut une femme. Elle
était voûtée et toute ridée, avec un visage de morte;
des yeux avalés par des orbites profondes, toutes
noires, et une bouche édentée, sans cesse grimaçante. Ses épaules supportaient mal l'amas de mau-
vaises fourrures dont elle s'enveloppait. La voyant
ainsi, Styr se crut véritablement en présence d'un
monstre des forêts. «Un troll qui m'attire dans sa
grotte pour m'y déchirer», pensa Styr en réprimant
un frisson.

La vieille esquissa un signe fragile de la main.

— Je suis Aldis. Je crois que tu me cherches...

— Je viens te consulter, Aldis, commença Styr
d'une voix hésitante. Je suis possédé par mon frère
juré...

Aldis s'approcha du colosse et le dévisagea avec
avidité. Ses yeux reprenaient vie. Elle agrippa Styr.
Ce dernier s'étonna de la force de la vieille. Il eut l'impression que son bras était pris dans des serres de
glace.

— Tu dois tout me dire, souffla-t-elle. Tout de
suite...

Envoûté par le mystère des lieux et du personnage d'Aldis, Styr se mit à raconter.

— Bjarni et moi étions des frères jurés. Nous
avions fait le serment que celui qui survivrait à l'autre entreprendrait la quête de la vengeance, quoi qu'il
arrivât. En outre, il devait lui édifier un tertre funéraire, l'y placer avec ses biens et passer avec lui les

trois premières nuits. Hélas, soupira Styr, durant les jours où Gunnar prépara le meurtre de Bjarni, et après le forfait, la tempête faisait rage et mon navire était en grand péril. Je dus même faire le sacrifice de plusieurs vies à Ran. À mon retour, je n'ai trouvé qu'os et cendres. On m'a raconté que Bjarni avait connu sa fin, tout sanglant, et que la hache de Gunnar sortait de lui... Alors j'ai voulu m'acquitter du serment et j'ai fait élever un grand tertre dans lequel j'ai placé les ossements qui gisaient parmi les ruines calcinées de la ferme de Bjarni... Mais comment savoir si j'ai donné le repos à Bjarni, car je ne suis pas resté trois nuits dans le tertre! Et voilà près de cinq hivers que mes nuits sont hantées...

— Cinq hivers? l'interrompit Aldis. Car voilà cinq hivers, Bàrd l'Épée a reçu une flèche de guerre la nuit même où naissaient deux mâles... Alors, ces songes? le pressa la vieille.

— C'est comme cela, continua Styr, je rêve que j'érige le tertre, que j'y dépose Bjarni avec son cheval sellé et bridé, ses armes, son faucon et son chien, et j'y entre moi-même pour accomplir le vœu. On referme le tumulus.

La première nuit, Bjarni se lève, tue et mange le faucon et le chien. La seconde nuit, il tue le cheval, le met en pièces et le dévore; il m'invite à partager le sanglant repas. La troisième nuit, pendant que je m'assoupis, Bjarni se jette sur moi et veut me dévorer...

Styr se prit la tête à deux mains et secoua sa tignasse.

— Je ne connais plus de repos, se lamenta-t-il encore. Ni pain de froment, ni bière, ni gibier, ni bonne lutte avec un vaillant adversaire pour calmer mon trouble!

— Est-ce tout? fit la magicienne.

— Non pas! Voilà que depuis plusieurs nuits Bjarni entre de nouveau dans mon sommeil pour me faire savoir que le destin lui avait donné le pouvoir trois fois de quitter son tumulus et qu'il n'en sortira plus que lorsqu'il sera pleinement vengé par un loup. Et alors, je m'éveille trempé de la tête aux pieds!

Aldis lui saisit de nouveau le bras.

— Qui es-tu? lui demanda-t-elle à brûle-pourpoint.

— Je suis Styr, fils de Klaufi le forgeron. On me surnomme Force-de-Bœuf, répondit-il avec fierté.

— Que m'apportes-tu? demanda-t-elle encore en tendant une main décharnée, couleur de terre.

Styr fouilla dans son sac et en retira un anneau d'argent qu'il remit à la vieille. Celle-ci le scruta avec avidité, le soupesa et le tourna dans tous les sens.

— Ouais, grommela-t-elle. Un anneau qui vaut bien deux épées...! Bon! Là-bas, sous la falaise, tu trouveras le lieu de Gorm. Tu lui diras que je lui demande de t'y laisser dormir cinq nuits à la file. Sa maison est assez vaste pour qu'il t'y agrée. Tu ne parleras à personne. Tu resteras près du feu et fixeras les cendres, comme un véritable mord-braises. Tu ne partageras aucune couche; ni servante, ni esclave. Rappelle-toi précisément si tu fais quelque rêve. Si les nuits te sont propices, envoie ensuite Gest, le berger, celui que l'on nomme Tête-de-travers, me trouver. Je lui ferai savoir si tu dois venir me voir ou pas. Si tu ne rêves pas, ce n'est pas la peine de rester en ce lieu: tu oublieras alors mon nom et moi le tien. Va...

Styr fit ce qu'Aldis lui avait commandé. Le soleil était haut lorsqu'il rencontra un berger qui menait un troupeau de moutons hors des abris vers la forêt. Là, le feuillage des premières lignes d'arbres était battu à la gaule et ébranché à la hache. Surveillant la marche des bêtes, le petit homme chauve les dirigeait par de longs sifflements et quelques onomatopées sèches et puissantes. De temps à autre, il ramassait des pierres grosses comme un poing d'enfant et, grâce à des jets précis, orientait les bêtes qui pre-

naient la direction voulue au son des pierres heurtant le sol. Styr l'interpella. Il lui demanda de lui
indiquer la maison de Gorm. «Celle dont le porche
est entièrement sculpté», lui dit le berger en montrant au loin des maisons basses dont on apercevait
à peine les toits tourbés. Styr vit alors que la tête
curieusement bosselée du berger pendait de travers.

— Quel est ton nom? demanda-t-il.

— Gest. Je suis de la maison de Gorm...

— Aldis la magicienne m'a parlé de toi...

Gest émit une sorte de gémissement et gesticula
en direction de la forêt. Styr approuva d'un hochement de tête et s'éloigna.

Un peu plus loin s'élevait un tumulus de fort dia-
mètre et, à quelques pas du tertre, il vit trois pierres
levées couvertes d'inscriptions runiques. Les maisons
basses étaient tout près, tassées les unes sur les
autres, comme glissées sous les surplombs rocheux.
Des greniers sur pilotis, pour isoler les maigres récoltes des rongeurs et de l'humidité, s'abritaient sous
des toits herbus.

Styr examina les porches, un à un. L'un d'eux, quoique d'apparence modeste, était rehaussé de fines cise-
lures, entrelacs d'animaux griffus, aux grimaces fé-
lines. Dans le pré, à l'abri d'un muret en grosses pierres, des servantes faisaient des tas de bois et de fumier
de mouton. Des chiens couraient autour en jappant.

Styr frappa aux battants. N'entendant rien, il frappa de nouveau, ébranlant les lourdes portes de ses
poings énormes. Cette fois une voix bourrue le pria
d'entrer. Dans la pénombre de la grande salle où régnait une forte odeur de terre remuée, il ne distingua
que des silhouettes grouillantes. Sans dire un mot,
Styr s'accroupit près des portes et garda ses armes
près de lui. L'homme qui semblait être le maître des
lieux fit un signe. On apporta à Styr des tripes de
mouton et une tête de morue séchée. Il regarda l'é-

cuelle de bois, mais ne toucha pas à la nourriture.

Les activités avaient repris dans tous les coins. Des femmes étalaient de la laine pendant que Gorm traitait des esclaves de peaux de vaches et de culs de pierre tout en les rouant de coups.

Styr s'était approché de l'âtre et il ne quittait plus le brasier des yeux...

*   *   *

La journée s'annonçait claire et calme et le soleil, qu'on ne voyait pas encore, teintait les rares nuages de sa dorure matinale.

Gest Tête-de-travers arriva tout essoufflé à la grotte d'Aldis. Il la trouva à quatre pattes, baragouinant des mots incompréhensibles et fouinant entre les roches et les racines. Elle faisait une cueillette de champignons. En voyant Gest la surprendre ainsi, la vieille magicienne le fixa d'un mauvais œil.

— Chien des enfers, persifla-t-elle en se redressant avec peine, je n'ai pas sauvé ta vilaine tête du billot pour te laisser faire de vieux os sur mon dos! Alors, que m'apportes-tu?

Gest, apeuré, se mit à bafouiller et à gesticuler.

— Rat puant, fit Aldis en s'appuyant sur son bâton, j'aurais dû laisser le bourreau te raccourcir; mais Hel elle-même ne voudrait pas d'un tel pouilleux dans son monde des Ténèbres. Peut-être, après tout, que la hache aurait inspiré, ne fût-ce que pour un court moment, ta chienne de vie, et que tu aurais déclamé une strophe... Mais non! siffla-t-elle avec mépris. Tu préfères être cent fois flagellé... Et puis tant mieux! Ainsi un autre nom vivra tant que le pays sera habité... Et celui-là est de ma création...

Elle ricana. S'approchant de Gest, la vieille le menaça de son bâton. Le berger leva les bras pour se protéger le visage.

— Il a rêvé... Il a rêvé! cria-t-il.

Aldis fit alors un effort pour se redresser davantage. Ses yeux s'ouvrirent tout grand au milieu de leur affreux cerne noir.

— Il a rêvé, reprit-elle. Dis... Allons dis!

— Il a rêvé trois nuits à la file que Gunnar le Meurtrier avait décidé de piller la tombe de Bjarni. Lui et les siens commencèrent à creuser le tertre, mais jamais une journée ne vit leur ouvrage achevé, et le lendemain matin, le tumulus était exactement comme s'il n'avait jamais été creusé... Mais Gunnar entre alors en possession d'une épée merveilleuse prêtée par le dieu Odin et, dès lors, le tertre ne se referme plus...

Gest se tordait les mains et grimaçait. Aldis lui tapa alors sur le crâne. Le bâton sifflait et s'abattait avec un bruit lugubre.

— Ce n'est pas tout, hein? Ce n'est pas tout... glapit-elle, tout en le frappant encore et encore.

— Non, haleta Gest, non... il m'a encore dit des choses... Il a dit qu'il avait rêvé deux autres nuits à la file... il avait élevé deux faucons, de beaux oiseaux forts et farouches, mais que deux aigles, sous ses yeux, les déchiraient de leurs serres. Ce sont ses mots justes...

La colère d'Aldis l'avait épuisée. Elle vacillait sur ses jambes décharnées.

— Qu'il vienne à la grotte cette nuit-même! Va et ne reviens plus ici.

Gest prit ses jambes à son cou et fila sans se retourner, hurlant comme un chien qui sentait la mort.

Aldis s'était remise à quatre pattes. Elle reniflait le sol humide en quête de champignons...

«Er hann kom til Valhallar, Bjarni reid til haugsins... Il arriva au Valhöll, il chevaucha jusqu'au tertre, répétait-elle sans cesse. **Er hann kom til Valhallar**...»

*   *   *

Le soir venu, Styr trouva Aldis en face de la grotte, au coin d'un petit feu, immobile, son épouvantable tête mi-femme mi-bête émergeant à peine de ses fourrures. Il régnait un parfum de forêt et de cendres chaudes dans l'air nocturne.

C'est Aldis qui parla, sans bouger, d'une voix basse mais audible.

— Bjarni a été, après sa mort, inhumé sous un tumulus; mais il ne s'est pas acquitté de ses devoirs de Viking... Quand il arriva au Valhöll, Odin ne lui offrit point de régner sur toutes choses avec lui. Bjarni n'a pu franchir aucune des portes du Valhöll; il n'a vu que le loup qui pend à l'ouest et l'aigle qui plane au-dessus... Bjarni n'a pas encore mérité le paradis des guerriers et il a dû regagner son tertre en attendant que le frère juré proclame que le tertre du trépassé s'ouvre et que celui-ci s'arrache à l'empire des morts... La vengeance de Bjarni est en toi! Alors toi, Styr Force-de-Bœuf, tu portes en toi le fantôme vivant de Bjarni ainsi que ses pouvoirs!

— Dois-je alors traverser les mers dans le sillon de Gunnar? questionna Styr.

— Avant cela, et si tu le veux, Styr, ton nom et un autre vivront tant que le pays sera habité, répondit Aldis. Ton nom et un autre porteront le triomphe d'Odin là où son nom est maintenant méprisé... Viens!

Elle l'invita à la suivre dans la grotte. Il s'en dégageait une odeur rance, un mélange de sueur séchée, de vieilles cendres et de plantes. Lentement, les yeux de Styr s'habituèrent à l'obscurité et tout à coup, il vit qu'Aldis n'était pas seule. Il y avait une autre présence humaine dans la grotte. Par la silhouette, Styr devina que ce n'était qu'un enfant, mais il ne distinguait pas ses traits.

— Laisse, grogna Aldis. Tu sauras assez tôt! Vois tout ceci...

Du bâton elle remua des tas de champignons.

Styr vit qu'elle avait accumulé des monceaux de champignons partout dans la grotte.

— Vois, continua-t-elle. Viennent-ils de la sève s'épanchant hors du tronc et des racines? Du limon de la terre? Sont-ils le fruit de la terre qui s'entrouvre par temps d'orage? Reçoivent-ils l'influence du ciel lorsque le tonnerre gronde?... Les dieux seuls ont percé leurs secrets! Ils naissent des arbres blessés et pourtant ils n'attaquent pas les tissus vivants de l'arbre, mais seulement le bois de cœur... Ils sont capables de résister aux vents les plus violents sans se rompre ni se coucher. D'autres tapissent le manteau des aiguilles tombées, d'autres deviennent poussière au moindre choc des pluies...

Aldis chercha le bras de Styr et s'y cramponna.

— Ces champignons ont un liquide dont l'odeur attire les insectes qui l'absorbent et s'en gorgent. Ils ont aussi la vertu d'échauffer et d'ouvrir les intestins; de purger la colère, la mélancolie et le flegme... Et ils ont le pouvoir de faire vivre ton nom tant que le pays sera habité!

Styr tressaillit.

— La braise est bien rouge, dit-elle, en le poussant hors de la grotte. Comme les yeux de ceux qui ne vivent que la nuit...

À l'aube, Styr n'avait pas vraiment dormi. À peine s'était-il assoupi. Mais il savait qu'il n'avait pas rêvé.

Le colosse vit Aldis qui attisait le feu. Elle avait disposé à ses côtés un tas de champignons et une marmite. Elle flairait et passait sa langue sur chaque champignon. Voyant que Styr l'observait, elle grimaça:

— Débusquer les senteurs, fit-elle de sa voix cassée. Chacune est différente; douce ou amère, ou âcre, ou brûlante...

Lestement, avec des gestes précis, elle enlevait la croûte noirâtre, frottait la chair jusqu'à ce qu'elle devienne molle, l'écrasait avec une pierre plate, la mouillait de temps en temps avant d'enfouir la pâte dans la marmite.

— C'est pour toi, annonça-t-elle.

— Pour moi? s'étonna Styr.

— Pour toi et pour l'autre! Ainsi le veulent les dieux! Vos noms vivront tant que ce pays sera habité par tous les pouvoirs qui viendront en vous!

— Pour quel autre? fit Styr.

— Pour celui que tu adopteras comme ton fils et que tu consacreras à Odin et à Thor. Il se nomme Ulf!

Le soir même, les gens de Gorm qui étaient dans les maisons purent voir une demi-lune se profiler sur les murs; elle grossissait à vue d'œil et se déplaçait dans le sens inverse de la course du soleil.

— C'est la lune fantastique, déclara Gorm. Mort de beaucoup d'hommes s'ensuivra!

Soir après soir, la lune fantastique entra dans les maisons. Jusqu'au soir où un guerrier-fauve, le torse dénudé, l'écume à la bouche, fondit en hurlant le nom de Thor, sur le lieu de Gorm. À la hache et à l'épée il massacra tous les habitants. Il n'épargna qu'un berger; un petit homme dont la tête pendait curieusement de travers. Plus loin, près des trois pierres runiques, un garçon à la peau sombre, à la chevelure noire et au regard inquiétant attendait paisiblement la fin du carnage.

La famine

Gunnar et ceux de son clan avaient rêvé d'un pays vert, aux pâturages abondants et aux rivières pleines de poissons. Ils découvrirent plutôt un pays né de la lave, où une nouvelle montagne s'érigeait là où, auparavant, il y avait un pâturage, avec la neige qui blanchissait les pentes de pierre ponce. Chacun n'y trouva que des étendues couvertes d'ombres et de brumes, presque sans arbres. Rien que des montagnes et des glaciers, du lichen, des broussailles et des herbes sauvages. Aucune plante ne poussait bien haut. À perte de vue, le sol était recouvert de lave grise, brune ou ocre, avec, partout, des fumerolles à l'odeur de soufre qui montaient en lentes spirales.

Gunnar ainsi que plusieurs bondis, dont Bàrd l'Épée, avaient pris possession d'une partie de la péninsule qui s'avançait entre Hvalfjordur et Borgarfjordur, un peu au nord d'un lieu que l'on appelait Reykjavik, la baie des brumes.

La ferme de Gunnar se composait d'une douzaine de petits bâtiments séparés, bâtisses aux murs faits de tourbe et de poutres de bois, à la toiture gazonnée, mal éclairées mais bien défendues contre le froid.

Chacun de ces bâtiments, étable, bergerie, forge, laiterie, était enclos d'une barrière. La ferme comprenait encore un pré clos situé devant le bâtiment principal où l'on faisait paître les animaux réservés au sacrifice de Jol. D'autres prés, des champs fumés, étaient situés à l'intérieur de l'enclos et servaient à épandre le fumier et à nourrir les bêtes.

Après le troisième hiver, Gunnar fit construire une maison dans laquelle on aménagea une eldhüs. Cette pièce principale était la plus grande et la plus belle qu'on ait jamais vue. De célèbres légendes furent dessinées sur les cloisons. Le plafond et les murs furent recouverts de grandes tapisseries. Parmi les sujets de décorations de l'eldhüs figuraient le bûcher funéraire de Baldr, le fils d'Odin, le combat entre Heimdallr et Loki pour la possession du grand collier Brisingamen et les affrontements de Thor avec le grand serpent de Midgardr. Chaque bondi possédait, outre ses terres et sa demeure, une portion de rivage, celle qui correspondait à ses champs. Ce qui s'y échouait, surtout le bois, les carcasses de phoques et de baleines, lui revenait.

Puis vint la famine. Elle ravagea toute l'Islande. De mémoire d'homme, ce fut la plus grande famine à jamais s'abattre sur cette nouvelle terre, comme sur l'ancienne d'ailleurs. Les gens mangeaient des corbeaux et des renards. Mais surtout des choses non comestibles. Certains firent tuer les vieillards et les indigents en les faisant précipiter du haut des rochers escarpés. Les nouveau-nés furent, pour la plupart, exposés aux intempéries et laissés en pâture aux oiseaux. Beaucoup moururent de faim. Quelques-uns se mirent à voler et furent pour cela condamnés et tués. Les proscrits s'entre-tuèrent car il fut légalement établi que tout proscrit qui tuerait trois condamnés se libérerait de la sorte. Les ressources et les vivres vinrent à manquer aux mieux nantis. Le bétail mourait rapidement. Gunnar tint conseil. Sigurd la Truie fut le premier à se lamenter.

Je suis convoqué devant le Thing de Kjarlarnes. J'ai dû sacrifier mon dernier bœuf pour nourrir les miens. Il ne me restait qu'un seul esclave. Avais-je le choix? Je l'ai mis à la place du bœuf pour tirer le soc de la charrue et il en est mort. Voilà que je n'ai pas la somme convenue pour verser la compensation! Serais-je encore banni, jarl Gunnar?

— Ici il n'y a plus de jarl, reprit Gunnar.

— Il faudrait trouver un trésor, fit Harek Pied-d'Arbre.

— Et que ferions-nous d'un trésor, si nous ne pouvons trouver ni bétail ni esclaves? ironisa Bàrd l'Épée.

— Retourner à l'Est et offrir nos têtes et compensation au roi! insinua Sigurd.

— Jamais, trancha Gunnar. Nos têtes rouleront ici s'il le faut, mais aucun roi n'aura de moi un aurar. Notre maison est ici, notre terre est ici, notre destin est ici! Pourtant nous ne pouvons plus nous contenter de ce qui échoue sur nos rivages!

— Et que devons-nous faire selon toi? dit Harek.

Ce fut Einar, le maître des runes, silencieux jusque-là, qui prit la parole.

— La vie est là, fit-il en pointant en direction de l'océan. Cette mer constitue le véritable pâturage. Ces eaux grouillent de grands poissons. Ils vont et viennent, au gré des courants, comme des bandes vagabondes, pour prendre possession des grandes réserves de la mer. Nous devons faire comme faisait jadis Ottar le Chasseur...

— Je le crois aussi, enchaîna Gunnar. Il nous faut chasser le grand taureau des mers et le souffleur à grande tête.

— Chut! fit Harek. Il est dangereux de prononcer leur nom! Si l'on en parle, ils viendront détruire nos bateaux!

— Ne vois pas d'offense où il n'y en a pas, corrigea Einar. Il faut éviter de le nommer une fois en mer, mais ici même, tu ne risques pas la malédiction...

— Je sais qu'une de ces choses est plus forte que quinze bisons en furie, reprit Gunnar, mais ce sont aussi des conducteurs de poissons, n'est-ce pas? Ils poussent les harengs et toutes sortes d'autres poissons depuis la pleine mer jusqu'au rivage.

— Serons-nous donc des chasseurs de ces... souffleurs à grande tête? demanda de nouveau Harek.

Gunnar ne répondit pas immédiatement. Il vit les bondis, inquiets, s'interrogeant du regard.

— Nous le serons, laissa-t-il finalement tomber. Et nous serons les meilleurs! Il nous faudra cinq karfi; au moins cinq. Des dix-rames, solides, longs de vingt aunes chacun; aussi long que chacun de ces monstres.

— Et où prendrons-nous ces karfi, Gunnar? demanda Bàrd, sceptique. Où prendrons-nous le bois? La Norvège est loin!

— Nous avons le bois, Bàrd, nous l'avons. C'est avec ce bois que nous avons traversé ces mers... nos drakkars! Nous allons démanteler deux drakkars et avec tout ce bois, construire cinq karfi!

— Et qui voudra sacrifier son drakkar? s'indigna Bàrd. Est-ce toi, Gunnar, qui lèvera la hache sur mon drakkar?

Le maître des runes apaisa Bàrd d'un signe de la main.

— Personne n'aura à sacrifier son drakkar, fit-il de sa voix grave. Laissons le sort et les dieux en décider!

Le sort désigna Bàrd l'Épée et Thorfinn aux Crânes. Et lorsque les cinq karfi furent parés à prendre la mer, Gunnar dit aux hommes:

— Celui qui se rendra coupable de prononcer en mer le nom de la bête sera privé de nourriture. Ce grand poisson se nourrit proprement; il ne mange aucune nourriture, si ce n'est l'obscurité et la pluie qui tombe sur la mer; mais il appartient au monde de Ran!

Tous les regards se portèrent au large. On apercevait le bleu de la mer barré d'écume et, très loin à l'horizon, le soleil qui rayonnait dans l'air, pendant que sternes et macareux survolaient les falaises avant de filer vers le large.

* * *

Dans chaque karfi, les hommes portaient de la bouse en quantité et du bois de genévrier afin d'épouvanter les monstres marins et de les empêcher d'engloutir le bateau. Durant six jours, l'océan parut désert.

Ce n'est que dans l'après-midi de la septième journée que les hommes virent ce qui semblait être un rocher mais qui, plus tard, s'avéra être une baleine. Juste alors, la surface de l'eau fut brisée par un panache de brouillard blanc. Un grand dos noir bosselé, marbré de gris, émergea et se courba longuement avant de replonger.

— Il faut qu'il souffle! Il faut bien qu'il souffle, fit une voix, surexcitée.

Il parut de nouveau.

— Le voilà! Il souffle maintenant!

Lorsqu'il bondit hors de l'eau avec fracas, tous les hommes retinrent leur souffle, chacun ressentant la même bouffée d'air glacé qui figeait le cœur et les poumons; le même effroi devant cette véritable montagne mouvante.

L'embarcation de Bàrd était la plus près de la masse noire. Bàrd lui-même tenait, suspendu au-dessus de sa tête, le harpon et attendait l'instant décisif. Il incita ses hommes:

— Plus près, plus près! Nagez encore un peu! Maintenant! cria-t-il.

Aussitôt, son bras se détendit. Il y eut un bref sifflement puis un son mat juste avant que le fer s'enfon-
çât sous la bosse, jusqu'au manche. D'autres harpons
sifflèrent et trouvèrent la cible qui déjà rougissait de
sang. «L'eau qui gronde en tombant des hautes
cascades est moins impétueuse que le sang jaillissant
du cœur du grand poisson», pensa Bàrd.

Le grand triangle de la queue s'était dressé, droit,
ruisselant, marbré de noir. Une odeur de musc accompagna la giclée d'écume bouillonnante. Trop près
des remous, deux karfi tanguèrent dangereusement.
Les hommes souquèrent ferme en marche arrière
pour s'éloigner des violents soubresauts de la baleine
blessée.

Bàrd ordonna de tenir ferme les grandes pièces de
bois qui constituaient le gouvernail.

— Les lignes, retenez les lignes, cria-t-il.

Des mains ruisselantes halèrent les lignes en
rythme aux ordres gutturaux de Bàrd, pendant que
les karfi filaient en bondissant sur les courtes vagues, soulevant des gerbes d'écume.

— Il est quelque part droit devant, constata Bàrd,
à soixante aunes de profondeur. Il faut retenir les
lignes!

La longue corde tressée reliant le harpon de Bàrd
s'accumulait lentement en molles spirales mouillées.
Mais le grand taureau des mers demeurait toujours
immergé.

— Surveillez le vol des oiseaux, fit Bàrd. S'ils se re-
groupent, c'est à cet endroit que le grand poisson fera
surface...

Bàrd et ses hommes scrutaient fiévreusement la
mer calme. «Il est toujours droit devant», se dit Bàrd,
voyant la ligne bien tendue. «Tu nous observes,
grand poisson, tu es étendu sur l'abîme, n'est-ce pas!
Tu fais maintenant la tempête sous l'océan; tu attires
tout ce que ta masse peut engouffrer. Au-dehors de

cette mer, tu es une terre mobile, un promontoire. Mais tu es aussi notre survie!»

Bàrd n'eut pas le temps de penser à autre chose. Le monstre hérissé de harpons dont les hampes sautillaient en oblique vint sourdre à l'avant de l'embarcation, soulevant une masse d'eau salée qui s'engouffra en grondant dans le karfi. Tous les hommes virent sa bouche grande ouverte, comme si elle allait se fendre jusqu'à la queue. «Il pourrait bien attraper tous les poissons de la mer et les contenir», se dit Bàrd tout en armant son bras d'un autre harpon. Pataugeant dans l'eau glacée qui se ramassait au fond d'une embarcation bien alourdie, Bàrd, brandissant son harpon, s'écria:

— S'il nous échappe, il risque de nous engloutir avec lui et de nous envoyer dans le gouffre de Ran!

La baleine tournoya sur elle-même et souffla. Au lieu de son souffle brumeux, elle projeta une vapeur épaisse et cramoisie, comme une haute guirlande de fleurs rouges. Bàrd sut qu'elle se débattait dans l'agonie et qu'elle soufflait le sang.

Les élans à fleur d'eau du monstre le rapprochaient de l'embarcation, si près que les hommes pouvaient frôler des rames les lamelles noires et pelliculeuses de son épiderme. «Le prochain coup devra pénétrer le cœur», avisa Bàrd en plissant ses yeux au ras des sourcils. Au moment de frapper, Bàrd vit les visages de ses hommes; des visages aux traits durcis et aux rides creusées; des visages ravagés par les hallucinations de la faim et de la fatigue.

Il plongea alors la lance directement entre les côtes du grand mammifère, retira le fer et d'un brusque mouvement de reins, perça et reperça la baleine du dard tranchant. Le grand triangle de la queue battit la surface de la mer devenue rouge de sang. Lentement, le grand taureau marin tourna et retourna sur lui-même, agitant les eaux comme s'il voulait creuser

sa tombe mais auparavant, se couvrir d'un linceul
pourpre.

Les rames étaient rentrées. Les hommes, immobiles. La brise était faible. Une nuée d'oiseaux criards
survolait le lieu de l'agonie, s'abattant parfois au ras
de la mer avant de remonter à tire-d'aile en voyant le
grand corps s'agiter de spasmes.

Puis l'énorme mâchoire s'ouvrit lentement et l'animal roula sur le dos; la gueule était blanche, luisante
comme l'ivoire. Il mourut ainsi, l'aileron braqué un
instant vers le ciel, avant de se rabattre mollement,
comme en signe de protestation. Pendant un certain
temps encore, les hommes contemplèrent le cétacé
mort, se retrouvant à sacrifier presque à un rite
profond. Le sillage laissé par le monstre agonisant
brillait encore et les eaux profondes, alentour, en
étaient toutes rouges. Pour les oiseaux de mer, le festin s'amorçait bruyamment.

On employa le reste de la journée à remorquer la
baleine. Tandis qu'ils s'approchaient du rivage et que
la baleine flottait à l'arrière des embarcations, les
hommes lui tranchèrent la tête et la traînèrent elle
aussi le plus près possible de la berge. L'eau à cet endroit avait une dizaine d'aunes de profondeur et déjà
la tête touchait le fond. Ils réussirent enfin à tirer à
sec le reste de la carcasse.

Tard la nuit, des hommes et des femmes armés de
couteaux et de haches, les uns suspendus aux flancs
de l'animal, les autres enfouis dans son flanc entrou-
vert, tailladaient ses chairs en tout sens, choisissant
d'énormes quartiers graisseux que les femmes déposaient sur les galets et qu'elles suspendraient le lendemain aux poteaux pour mieux les apprêter.

On allumait des feux ça et là pour cuire rapidement d'énormes morceaux que les hommes s'arra-
chaient avec avidité.

Mais de l'autre côté du fjord, un groupe d'hommes

armés tenaient un conseil. À leur haleine, leurs gencives caverneuses et ulcérées et leurs articulations enflammées, on devinait aisément que la famine ne leur laissait guère d'alternative.

* * *

À l'aube, trois dix-rames accostèrent silencieusement sur le sable noir du rivage et une trentaine d'hommes armés de haches se ruèrent sur la carcasse éventrée. Ils se mirent aussitôt à dépecer les flancs déjà passablement entamés du cétacé par les hommes de Bàrd.

Les guetteurs, pris au dépourvu, envoyèrent chercher Bàrd. Lorsque celui-ci arriva, les traits hagards, encore fourbu, avec une quinzaine d'hommes armés de tranchoirs et de coutelas, les arrivants chargeaient déjà de grands quartiers de viande dans leurs embarcations. Bàrd et les siens allèrent droit sur eux, menaçants. Un homme s'avança et leur barra la route. Il était de haute taille, très maigre, le visage encadré d'une abondante chevelure grise. Il tenait sa hache en travers de l'épaule.

— Je suis Flosi, annonça-t-il d'une voix calme, et j'habite de l'autre côté du fjord. J'émets une réclamation sur le grand poisson et interdis à vos gens de le dépecer plus avant, de le répartir et de l'emporter. Nous avons le droit de réclamer la moitié de l'épave.

— Je suis Bàrd et je suis établi sur une bonne partie de ces terres. Ce n'est pas une épave, mais une prise de chasse...

— C'est une épave, objecta Flosi, et la loi dit que chacun aura possession à part égale des épaves qui s'échoueront... Toute la côte, d'ici jusqu'à la mer, doit être partagée à parts égales!

— Ceci est notre partie de la côte, rétorqua Bàrd, et la loi dit que chacun possède les épaves qui arrivent sur ses terres à moins qu'il les ait vendues ou données... et je n'ai rien vendu ou donné! Ce grand poisson est donc à nous...

— Ce grand poisson est à un jet de flèche de notre partie de rivage, répliqua encore Flosi, comme il est à un jet de flèche de la vôtre. Il appartient donc aux uns comme aux autres et vous devez le partager. Et comme c'est vous qui avez poussé le poisson sur une partie de notre rivage, il est juste que celui qui a chassé l'animal dispose d'une moitié et que celui qui partage la rive dispose de l'autre moitié...

— Ce poisson, ai-je dit, est à nous, s'obstina Bàrd. Et nous le défendrons par la force s'il le faut!

D'autres hommes armés surgirent alors. À leur tête, il y avait Thorfinn aux Crânes. Arrivé à la hauteur de Bàrd, Thorfinn lui tendit une épée:

— Tiens, je te rends Mord-Jambe. Maintenant que ton bras a occis le grand poisson, il pourra de nouveau faucher une moindre résistance!

Bàrd vit que Flosi et les siens hésitaient à livrer bataille.

— Sommes-nous donc sur une terre où les hommes se battent avec des tranches de baleine? ironisa-t-il. Où les hommes ne sont que des rustauds qui se jettent du lard à la tête?

Flosi blêmit sous l'insulte mais ne donna pas le signal du combat. Il pointa Bàrd du doigt:

— Ne sais-tu pas, homme de l'Est, que si un homme compose sur autrui ne serait-ce qu'une simple visa, avec des mots de raillerie ou de dérision, il sera proscrit par le Thing?

— Est-ce là ton intention? lui demanda Bàrd. Car tu es ici sur notre partie du rivage et tu as les armes à la main!

Flosi se retourna vers ses gens. La colère durcissait davantage leurs traits émaciés et la faim continuait de les tenailler. Le conciliabule fut bref.

— Non, dit Flosi. Ce sera le duel; là-bas, sur le premier îlot. Je suis l'offensé, donc, je choisis la hache. Nous nous battrons à l'aube.

— Et si je suis vaincu? demanda Bàrd.

— Si tu n'es pas tué, je ne payerai aucune compensation pour tes blessures et la moitié de la carcasse sera à nous; mais si tu es tué, nous prendrons le grand poisson en entier.

— Et si je te tue?

— Alors nous ne ferons aucune réclamation, fit Flosi.

— Freyr m'est témoin, s'écria Bàrd. Ce duel sera à mort!

Les hommes des deux camps restèrent sur le rivage et s'assemblèrent, à quelque distance les uns des autres, autour de grands feux. Méfiants, ils surveillaient la carcasse dépecée de la baleine que des centaines d'oiseaux harcelaient à grands coups de bec.

* * *

Nul ne quitta le rivage. Toute la nuit on entendit le grincement des pierres à aiguiser contre les tranchants des haches. Thorfinn aux Crânes resta près de Bàrd.

— Si je tue Flosi, je ferai amener deux taureaux de deux hivers et les ferai abattre, car Odin aime les feux de l'autel, dit Bàrd, solennel.

— Et où trouveras-tu encore un taureau? demanda Thorfinn, moi-même il ne m'en reste que deux.

— J'irai les chercher à l'Est s'il le faut; j'en fais le serment! fit Bàrd, et il ajouta: Toi, Thorfinn, qui as écrasé bien des heaumes avec ta hache, tu seras mon témoin au duel, n'est-ce pas?

— Je serai ton témoin, promit Thorfinn.

— Alors fais le signe du marteau de Thor sur ma hache!

Thorfinn traça le signe de la main sur le fer luisant.

— Je mangerais bien une tête de mouton fumée
avec du skyr, bien arrosée d'un étang de malt, s'exclama Bàrd.

— Si tu sors vainqueur de ce duel, nous aurons du
grand poisson pour nous consoler, renchérit Thorfinn.

— Alors, que les corbeaux d'Odin se préparent à
lui rapporter la nouvelle que Bàrd a triomphé pour
apaiser la faim de tous les siens!

L'aube s'annonçait sans nuage. L'air était mer-
veilleusement pur. Un grand aigle de mer planait
haut dans le ciel. Plus bas, quelques faucons tournoyaient sans cesse, en quête des premières proies
matinales. Les vertigineuses falaises s'ombrageaient
déjà d'une nuée de mouettes, de guillemots, de pétrels, de sternes et de fous. Tous ces oiseaux s'achar-
naient de plus belle sur la carcasse bien entamée de
la baleine.

Bàrd et Flosi étaient prêts et se tenaient à proximité des dix-rames. Ils portaient, l'un comme l'autre,
un heaume de fer à cimier et à visière de bronze, une
tunique de futaine ajustée dans le haut et lacée sur
les côtés et des braies assujetties aux jambes par des
bandes molletières. Ils avaient renoncé aux cottes de
mailles et relevé le pan de leur tunique pour la passer
sous la ceinture. Le bouclier rond et la hache com-
plétaient leur tenue de combat.

Les deux embarcations s'éloignèrent rapidement
du rivage sous la poussée vigoureuse des rames.
L'îlot se détachait avec netteté sur la ligne d'horizon.
«Il n'y a, au-delà de ce soleil, ni à manger, ni à boire,
se disait Bàrd, debout à l'avant du dix-rames, l'œil
fixé sur la masse noirâtre de l'îlot. Pour survivre, il
aurait fallu emporter la terre de Norvège avec nous;
mais ce qui fut tout pour nous n'est plus rien. Il ne
reste que la hache et le destin.» Lui et Flosi se bat-

traient donc à mort pour les restes déjà avariés d'une baleine. Les deux hommes n'avaient pas le choix; un Viking ne pouvait perdre la face, sinon comment mériterait-il le Valhöll? Bàrd comme Flosi pensaient aux siens. La nature impitoyable décimait les bêtes autant que les hommes. Les bêtes les plus faibles termineraient leurs jours dans la solitude des espaces glacés. Il ne resterait d'elles qu'un amas de squelettes. Les plus robustes grattaient patiemment la pierre à la recherche des moindres brins d'herbe. Et elles aussi mourraient. Les hommes, pour retarder l'échéance, augmentaient le volume du peu de farine ou de son qu'ils trouvaient encore, en y mêlant, là où il y en avait, une argile blanchâtre. Ils se traînaient, faces pâles et émaciées, ventre ballonnés, poussant, à bout de forces, de petits cris d'oiseaux mourants.

L'îlot était une véritable forteresse de pierres et de lave avec, au centre, une terre humide recouverte de mousse. Les infiltrations de la mer l'avaient ciselé tout autour, comme un joyau enserré dans un écrin liquide. C'était le lieu de la solitude, hormis pour les oiseaux qui y nichaient. Un lieu aride, sans la moindre végétation grimpante, où rien ne se passait si ce n'est que le vent, infatigable, y soufflait parfois jusqu'à en soulever les cailloux.

Lorsque les deux dix-rames glissèrent sur les galets, le soleil était déjà haut sur l'horizon. Bàrd sentait la rage du combat qui prenait racine dans tout son être; la sensation obsédante de la mer et du clan. En lui resurgissait une houle immense et il imaginait le chant du scalde glorifiant le courage des deux hommes et l'éclatante manière de célébrer le trépas.

Bàrd et Flosi étaient face à face, se toisant, les haches de combat bien en mains, posées en travers des boucliers de bois peint. Puis Bàrd avança de quelques pas, à portée de hache de son adversaire. Il sentait monter en lui des mots venant d'aussi loin que la mémoire des ancêtres. Ses yeux étaient d'un bleu immense, avec des contours de tempête, agités, vifs comme la tourmente.

Plus grand de près d'une tête, Flosi avait l'œil des géants, l'un de feu, l'autre de glace, changeant du tout au tout lorsque Bàrd laissa tomber:

— L'homme que jamais ne blessa aucun fer tranchant eut grand-peur! Son cœur brûlait aussi impétueusement que le feu dans l'âtre; épouvantable était cette peur!

Au fil des mots, la voix de Bàrd s'était gonflée comme une rumeur océane.

Flosi éclata d'un rire sauvage et prit tous les dieux à témoin.

— Ma hache, la tranchante, s'est cherché un gîte dans la tête de Bàrd. Le fer de la hache a craqué en donnant la mort à l'intrus, fit-il.

Avec un cri de rage, Bàrd leva sa hache et frappa — han! — le heaume de Flosi. Mais où la hache passa en sifflant, il n'y avait plus rien. À son tour, Flosi porta un coup terrible. Le fer de sa hache rencontra celui de Bàrd, provoquant un volcan d'étincelles. Ils se portèrent et parèrent en succession de nombreux coups. Puis il y eut des bruits comme lorsqu'un arbre éclate sous la foudre. C'étaient les boucliers qui se brisaient en fragments volant dans toutes les directions. Celui de Bàrd se fendit en deux. Il jeta les débris et saisit sa hache à deux mains.

Le souffle sonore des deux hommes couvrait le bruit du ressac se brisant sur le rivage pierreux. Trempés de sueur, les mèches de cheveux collées au front sous les heaumes, les deux hommes tournaient lentement, s'épiant de leurs yeux injectés de sang.

Ils s'élancèrent encore une fois et se rencontrèrent violemment. La hache de Flosi percuta le heaume de Bàrd pendant que l'arme de ce dernier, quoique

émoussée, touchait Flosi en pleine poitrine, lui brisant les os. Du sang lui emplit la bouche. Il le cracha
en lançant des injures à Bàrd. Chancelant, aveuglé
par le sang qui jaillissait sous son heaume fracassé,
Bàrd se redressa néanmoins et, d'un coup fulgurant,
trancha à vif l'épaule de Flosi. Il frappa, et frappa encore. L'épaule de Flosi sembla s'arracher à son corps.
Le sang s'échappait à flots de la plaie béante. Flosi
tituba. Sa hache n'était plus qu'un poids mort que retenaient à peine ses muscles gourds. Il émit une suite
de grognements, de plus en plus faibles, pendant que
sa mâchoire s'agitait de spasmes d'agonie.

Bàrd sentit ses propres forces s'écouler avec son
sang. Puis le sol trembla et il sut que Flosi venait de
s'abattre avec fracas. Un fragment tourbillonnant de
métal heurta violemment une pierre à ses pieds; c'é-
tait la hache de Flosi.

Bàrd fit quelques pas hésitants en direction de son
adversaire avant de s'affaler à ses côtés. Il sentit son
sang chaud lui couler sur le visage. Il agrippa Flosi et
lui retira péniblement son heaume. Flosi n'était pas
mort. Son visage avait pris la couleur de la cendre,
mais il était paisible, traversé d'un sourire immobile.

— Un froid lit d'angoisse, murmura-t-il. Ton troupeau meurt, ta parenté meurt... tu mourras aussi!

— Mais je sais une chose qui jamais ne meurt...
continua Bàrd.

Flosi fit un effort suprême et balbutia:

— La réputation d'un Viking mort!

Flosi agonisait. Un filet d'écume mêlé de sang
suintait de ses lèvres bleuissantes. Ses yeux soutenaient péniblement le vif de la lumière du jour. On y
décelait un chagrin profond: il quittait la terre, vaincu. Il sentit la chaleur de son corps le quitter rapidement. Une dernière fois il chercha à humer les parfums de la terre. Il lui sembla soudain que des nuages venaient le couvrir d'un immense manteau de

froidure. Seule une lumière grise filtrait encore. Son esprit vacilla: un roc nu, dressé au-dessus d'une mer démontée, des vagues hautes comme des falaises, un drakkar roulant sur une houle marbrée d'écume, et un déferlement d'ouragans et de glaces...

Bàrd se traîna sur quelques pas et ramassa la hache de Flosi; une hache gigantesque, au fer très large terminé par deux pointes en demi-lune. Son propre sang recouvrait les incrustations d'or qui l'ornaient. Puis il tomba face contre terre, inconscient.

Le jour suivant, pendant que Bàrd délirait sous le feu d'une fièvre mortelle, Einar Barbe-de-Soie débarqua sur l'îlot. Il y dressa une pierre et y grava en caractères runiques:

— Bàrd et Flosi s'affrontèrent ici
    pour le grand poisson,
    Jusqu'à ce que mort vienne par
    le fer de la hache.

Sur le rivage, les oiseaux n'avaient laissé de la baleine qu'un immense squelette d'où pendillaient, çà et là, quelques lambeaux de chair.

*   *   *

Une odeur de mort, plus forte et plus persistante que l'odeur rance des lieux, rôdait dans la salle commune de la maison de Bàrd.

Ce dernier, agonisant, gisait sur une couche, le corps recouvert jusqu'au menton d'un amas de fourrures. Son abondante chevelure était poissée de sang séché. Siegrid, sa femme, était tout près, ainsi que Gunnar, Einar et Svann, le scalde. Il y avait aussi un jeune garçon âgé d'à peine huit hivers. Il émanait de tout son être une douceur impondérable avec ses grands yeux gris-vert en si juste harmonie avec la cendre blonde de sa nuque. Ses traits étaient légers; ils avaient encore la fragilité d'une fleur du printemps.

Bàrd cligna des yeux. Il avalait difficilement et sa respiration était sifflante et saccadée.

— Femme, fit-il avec peine, j'ai soif... que l'on me passe une corne à boire... aux autres également!

Siegrid était une femme de grande taille, forte comme un homme. Elle interrogea Gunnar du regard. Ce dernier approuva d'un bref hochement de tête.

— Cette mauvaise cornue, continua Bàrd en ricanant faiblement — il faisait allusion à la gigantesque hache de combat de Flosi — ce féroce loup des blessures me force à la grande traversée...

Siegrid revint avec une corne pleine d'hydromel et l'aida à boire. Il réussit à prendre une petite gorgée et toussa. Il la repoussa, mais du même geste, l'invita à faire circuler la corne. Chacun but sa ration.

— Femme, se plaignit Bàrd lorsque la toux se fut calmée, je ne puis dormir... à cause des cris des oiseaux... là où viennent mourir les brisants...

Einar, le maître des runes, se pencha vers Siegrid:

— Le feu de la fièvre, lui souffla-t-il à l'oreille.

— Le grand poisson est à nous maintenant... nous aurons de la viande pour les nôtres!

Le moribond soufflait avec peine.

Einar s'approcha de la couche; il vit que le regard de Bàrd s'éteignait peu à peu.

— Tu n'auras plus à souffrir de la faim, lui dit-il. Au banquet d'Odin, tu pourras, comme le dieu Thor, manger un bœuf et huit saumons, et boire trois tonneaux d'hydromel...

Les trait cireux de Bàrd se détendirent un peu.

— Garde bien ta hache en main, poursuivit Einar. Quand tu te présenteras aux portes du Valhöll, Thor aura le cœur tout réjouit en voyant le marteau et en entendant de ta bouche la cause que tu as défendue.

— J'ai mal, Einar... mal! Les montagnes de la Norvège me font mal... Où sont les hurlements des loups?

Gunnar intervint.

— Tiens-tu à quelque chose, Bàrd? demanda-t-il.

— Que tu prennes Bjorn comme ton fils adoptif, fit Bàrd, d'une voix presque éteinte.

— Ta volonté est aussi la mienne, le rassura aussitôt Gunnar.

Bàrd tourna péniblement la tête. Le feu de l'âtre éclaira son visage, accentuant davantage les ravages de l'agonie.

— Tiens-tu à quelque chose, mon fils? murmura-t-il à l'intention du jeune garçon.

— Je tiens à ta mémoire, père, répondit l'enfant d'une voix claire.

Einar observait le jeune garçon avec une grande attention. «Déjà, se disait-il, sa voix ne ressemble à aucune autre.» Le maître des runes savait l'enfant possédé d'une vive intelligence. Depuis quelque temps, le propos de Bjorn témoignait d'une maîtrise singulière et toujours plus audacieuse du sens des choses. Il semblait avoir la mémoire du temps. Ses mots d'enfant étaient avant tout un chant, la poussée obscure d'une forme pure, toute rythmée. Nul dans le clan, malgré les misères et la famine, ne se lassait de ses amples suites lyriques. Chaque mot de l'enfant libérait un jaillissement d'images, un déploiement d'énergie. Il passait sans transition de l'émotion tout enfantine à l'interrogation lucide sur le sens de l'existence. Einar voyait en Bjorn celui qui posséderait un jour les secrets et les pouvoirs des runes.

Bjorn regardait son père de ses grands yeux clairs et lui souriait avec candeur.

— Mon épée, Mord-Jambe, est à toi... c'est tout ce que je te laisse, Viking... tu devras mériter le haut-siège... tu vivras désormais dans la maison de Gunnar... et tu le respecteras comme ton père... souviens-toi toujours de ce qui s'est passé dans cet îlot, là-bas...

Bjorn souriait toujours. Il leva les yeux et plongea

son regard dans celui de Gunnar. Puis, se retournant vers la couche, il dit:

— Et toi, père, tiens-tu à quelque chose?

— Donne-moi deux boucles de tes cheveux, fit Bàrd, et... qu'on les tresse pour m'en faire une corde neuve... pour mon arc... je serai ainsi prêt pour le voyage au... Valhöll...

— Tiens-tu à autre chose? lui demanda Gunnar.

— Faire le grand voyage dans le drakkar...

— Tu as déjà sacrifié ton drakkar, répondit Gunnar. Ce fut la volonté des dieux!

Bàrd respira avec peine et ses mains s'agitèrent convulsivement. Il roulait des yeux angoissés.

— Comment franchirai-je les grands espaces humides? soupira-t-il. Je ne veux pas entreprendre le long voyage dans cette couche... Si je ne peux être debout, qu'on me mette dans le haut-siège!

Gunnar approuva. Lui et les autres soulevèrent le corps détrempé de Bàrd et le transportèrent jusqu'au haut-siège.

— La mauvaise cornue, fit-il, en tendant désespérément les mains... la mauvaise cornue!

Ses mains retombèrent inertes. Le corps se tassa, puis s'affala mollement. La tête roula de côté. Le regard de Bàrd était vide, ouvert sur le néant.

— Bàrd est recouvert de la rosée des occis, déclama le maître des runes. Les mains sont glacées, il a perdu liesses et terres, mais boira sous peu précieuses boissons.

Bjorn ne quittait pas des yeux Einar. Il voyait devant lui un prophète impétueux au regard si bleu qu'il faisait oublier la barbe blanche qui lui avalait presque le visage. Le maître des runes lui souriait, ses traits épanouis renvoyant avec éclat toute la passion que lui inspirait la vie. Mais cela, au sens de l'enfant et du sage, n'était encore que la surface des choses.

Les runes

— Einar! Père a-t-il entrepris le grand voyage? questionna l'enfant avec candeur.

— Ton père se prépare à traverser le Niflhel...

— Mais il n'a ni cheval, ni drakkar...

— Il a maintenant toutes les forces pour affronter la longue route jusqu'au Niflhel...

— Où cela se trouve-t-il? demanda l'enfant. Est-ce de l'autre côté des mers?

— Près du Monde des Brumes, fit Einar en pointant en direction du Nord. Au septentrion du monde; c'est là que se trouve Hel, la déesse qui règne sur le Niflhel. C'est un monde entouré de fleuves bruyants que l'on nomme Vacarme-du-Combat, Tumultueux, Péril et Fourmillant-d'Épieux. Pour les traverser, Bàrd devra emprunter un pont, Gjallarbru. C'est le seul pont, et il est jeté sur le Tumultueux. Il devra alors proposer une rançon à la déesse Hel pour qu'elle lui ouvre le chemin qui mène au Valhöll...

— Et quelle rançon pourra-t-il verser, fit Bjorn, puisqu'il ne reste à père que quelques fourrures et sa hache?

— Son courage de Viking, répondit le maître des runes. Car Hel n'a le pouvoir de faire patauger dans les fleuves épais que des hommes lâches et parjures et des loups criminels...

— Alors père pourra parvenir jusqu'au Valhöll? reprit l'enfant d'un air joyeux.

— Si tous ceux dans le monde, vivants aussi bien que morts, l'honorent, alors il pourra se rendre aux portes du Valhöll; mais il restera chez Hel si quelqu'un s'y oppose et ne veut pas l'honorer...

— Et si l'homme mort de l'îlot ne veut pas l'honorer?

— Bjorn, le rassura le maître des runes, le Valhöll accueille les preux, surtout ceux qui sont tombés les armes à la main...

— Alors père combattra de nouveau cet homme, n'est-ce pas?

— Si telle est la volonté d'Odin, fit Einar en souriant.

Il caressa affectueusement la tête blonde de Bjorn et l'attira vers lui.

— Chaque jour, poursuivit Einar, Odin choisit les héros morts en combattant et les partage avec Freyja. Chaque jour, ces Guerriers uniques se battent, mais morts et blessés retrouvent chaque soir vie et santé. Ils s'attablent, mangent la chair du sanglier sacré qui toujours se renouvelle, et boivent de l'hydromel. Il en ira ainsi jusqu'au Ragnarök...

— Père demeurera longtemps au Valhöll, opina l'enfant.

— Très longtemps... Jusqu'au Ragnarök, répéta Einar.

— Et quand arrivera le Ragnarök?

— Même les dieux l'ignorent, fit le maître des runes, en haussant les épaules. Quand chanteront les trois coqs dans Hel, quand le loup Fenrir se libérera, quand le grand chêne Yggdrasil tremblera, quand soleil et lune disparaîtront, quand le grand serpent de Midgardr quittera la mer, quand les géants embarqueront sur le drakkar Naglfar, quand tous les Guerriers uniques livreront aux côté des dieux un ultime combat.

Einar eut un geste d'impuissance:

— Qui sait, Bjorn! Dans un hiver, ou une multitude d'hivers...

— Peut-être jamais? risqua l'enfant.

— Non, un jour! fit Einar.

— Le saurai-je? demanda Bjorn.

— Tu le sauras!

— Alors je suis heureux que père puisse faire un tel voyage, rétorqua l'enfant.

— Bàrd ne manquera plus de rien, Bjorn, l'assura Einar. Tous les loups réunis dans le Monde des Ténèbres ne sauraient le vaincre lorsqu'il aura franchi la porte du Monde de la Joie.

Il y eut un silence. Puis Bjorn fixa le maître des runes et lui dit:

— Einar, tu as vu tant d'hivers, pourquoi ne veux-tu pas faire ce grand voyage? Père serait heureux de te voir!

— Pour moi aussi un grand hiver viendra, Bjorn. Il ne restera que la nuit. Je verrai alors la fureur des dieux et le soleil s'éteindre. Mais ses poussières continueront d'habiter la nuit. Alors j'habiterai ces poussières. Ce sera une grande victoire, car les Ténèbres ne vaincront jamais les étoiles. Que ces paroles t'habitent et qu'Odin nous soit témoin!

Pendant ce temps, Gunnar demandait à Thorfinn et à Harek de s'occuper de la toilette funéraire de Bàrd et de préparer un tertre non loin de la maison, face à la mer.

— Il faut se protéger du mauvais œil, dit Thorfinn à Harek, et empêcher l'esprit de Bàrd de quitter son corps. Il pourrait bien ne pas vouloir s'en aller de ces lieux!

Thorfinn ferma les yeux et la bouche du mort et lui obstrua les narines. Il saisit alors le cadavre de

Bàrd par les épaules et dut employer toute sa force, pourtant grande, pour le descendre du haut-siège. Puis il lui enveloppa la tête d'un linge et demanda qu'on passât aux pieds du mort des chaussures de Hel: «Il gagnera plus facilement l'au-delà», dit-il. Einar, qui observait les préparatifs, leur ordonna de lui couper les ongles.

— Sinon, ajouta-t-il, Naglfar, le bateau des géants, flottera plus tôt que ne le souhaitent les dieux et les hommes... c'est avec les rognures d'ongles qu'ils construisent la grande nef!

Le maître des runes demanda alors à Siegrid par quel endroit de la maison elle souhaitait voir sortir le cadavre.

— Par le mur de derrière, répondit-elle.

Les hommes percèrent une ouverture dans ce mur, qu'ils reboucheraient une fois le corps à l'extérieur, ceci afin d'empêcher le défunt de revenir par le chemin pris pour quitter sa maison.

— Je souhaite que Bàrd soit inhumé sous le tertre avec sa hache et ses outils de forgeron et qu'il soit assis sur son haut-siège, fit savoir Siegrid à Gunnar.

Gunnar acquiesça.

Le soir, très tard, un grand feu jaillit du promontoire pour éclairer ceux qui creusaient le tertre. Le matin suivant, lorsque Thorfinn et quelques hommes voulurent déplacer le cadavre de Bàrd, ils purent à peine le soulever, tellement il était devenu lourd.

— Quel est ce prodige? s'étonna Thorfinn.

— Bàrd refuse de quitter son lieu, opina Einar.

— Il faudra bien sortir son corps, fit Gunnar. Tu as encore deux bœufs, Thorfinn. Alors nous placerons le corps de Bàrd sur un traîneau et attellerons les bœufs.

Thorfinn amena les deux bêtes. Elles étaient de belle taille, mais leurs côtes étaient saillantes et une peau flasque pendait sous leur ventre. En utilisant des planches, les hommes roulèrent pesamment le corps sur le traîneau et attelèrent les bœufs. L'odeur du mort irritait les bêtes. Ces dernières eurent beau tirer, elles avançaient à peine. À la longue, les bœufs se mirent à meugler, puis s'emballèrent et rompirent l'attelage.

— Qu'allons-nous faire maintenant? demanda Gunnar au maître des runes. Nous ne pouvons laisser le corps de Bàrd dehors après le coucher du soleil!

— Nous allons inhumer Bàrd dans son bateau, répondit Einar sans hésiter. Ce fut son ultime souhait.

— Mais il n'a plus de drakkar!

— Il n'a plus de drakkar, mais il a un dix-rames, corrigea Einar.

— Bàrd n'est pas un roi, objecta Harek.

— Pour nous, il n'y a jamais eu de roi, trancha Gunnar. Nous ferons comme tu as dit, Einar.

Les hommes halèrent le dix-rames de Bàrd jusqu'au tertre. Ils dégouttaient de sueur. Ils creusèrent la terre davantage, jusqu'à ce que l'embarcation, la proue dirigée vers la mer, bien retenue grâce à de solides étais, puisse tenir dans l'immense sépulture. Puis ils se hâtèrent de terminer la chambre mortuaire, grossièrement faite de bois d'œuvre pris à même la maison de Bàrd. Ils amenèrent enfin le corps qu'ils purent soulever et transporter cette fois sans aucune difficulté. Ils le couchèrent dans la chambre mortuaire, l'étendant sur une litière de paille fraîche recouverte de fourrures et ils entourèrent le corps de la hache de combat, d'un coffre cerclé de fer contenant des vêtements et d'un baquet dans lequel chaque compagnon avait placé quelques vivres. On y installa aussi le haut-siège.

— Cela ne suffira pas pour un aussi long voyage, lança Thorfinn. Je lui donne un de mes bœufs...

Lui et ses hommes mirent le bœuf en pièces à coups de hache et d'épée et les jetèrent, ensanglantées, sur le bateau.

— Qui veut mourir avec lui? demanda alors Einar d'une voix forte, se conformant au rite funéraire.

Un homme borgne et boiteux s'avança timidement. Il portait des hardes. C'était Bork, le seul esclave que Bàrd possédait.

— Le maître sera bien seul pour un voyage aussi périlleux, balbutia-t-il dans un norrois hésitant.

Gunnar et le maître des runes échangèrent un bref regard.

— Soit! laissa tomber Gunnar.

— Que je sois occis par la hache du maître, supplia Bork.

Thorfinn l'abattit d'un seul coup. Ils placèrent le corps presque décapité de l'esclave à côté de celui de Bàrd, puis obstruèrent la chambre mortuaire pour mettre ce dernier à l'abri des périls du long voyage vers le Valhöll. Ils fixèrent enfin des fourches de bois sur les bords de l'embarcation et y placèrent les rames.

— Il a droit à un navire, clama Einar, pour aller vers le Valhöll; il mérite de se tenir sur l'étrave et de piloter hardiment la carène; bientôt il occupera la cinquième demeure céleste et verra la chèvre Heidrun; de ses pis coule de l'hydromel.

Puis ils boutèrent le feu à l'embarcation. Les flammes ne laissèrent qu'un amas de cendres que les hommes recouvrirent d'un monticule de terre, au milieu duquel fut érigé, avec les restes de ce qui fut jadis le mât en bois du drakkar de Bàrd, un poteau sur lequel Einar traça en caractères runiques:

Bàrd l'Épée, venu de l'Est avec son courage,
toujours sa force était un soutien.

Réunis plus tard dans la maison de Gunnar, ils gardèrent tous un long silence. Ce fut le maître des runes qui s'adressa à Gunnar:

— On ne peut remplacer celui qui part ainsi, si ce

n'est par sa mémoire et par sa propre chair! Maintenant tu as Bjorn...

— Ce n'est pas d'ensevelir Bàrd qui me trouble, répondit Gunnar. Ce qui me trouble, c'est de ne pas
savoir si je pourrai remplacer Bàrd auprès de son fils.

— Que cela ne te trouble point, le rassura Einar.
Odin a fait son choix.

— Pour Bjorn?

— Son nom sera connu à l'Est comme à l'Ouest, fit
Einar.

— Alors mâchons du varech, lança Gunnar. Le goût
en est tellement amer qu'il nous laissera dans la
douleur... celle de l'ami enseveli dans le tumulus!

Au Thing du printemps, à Kjarlarnes, Sigurd la
Truie ne put verser la compensation pour son esclave
mort en tirant la charrue. Il fut condamné au bannissement pour trois ans.

* * *

Deux hivers après la mort de Bàrd, Bjorn avait
encore cette apparence un peu frêle qu'accentuait une
chevelure blonde et bouclée cascadant sur ses épaules; mais il manifestait une volonté d'homme.

— Quand Egill Skallagrimsson eut douze hivers,
lui dit un jour Einar, il était de si grande taille qu'il y
avait peu d'hommes aussi grands et d'une telle force
qu'Egill ne pût vaincre.

— Et qui est ce Egill? demanda le garçon.

— Le plus grand Viking et le scalde le plus renommé de ce pays, répondit Einar sans hésitation.

— Plus grand que toi, Einar? hasarda Bjorn.

— Certes plus fort, fit le maître des runes en prenant un air malicieux. Mais aussi l'homme le plus
riche d'Islande, ajouta-t-il.

— Qui le dit?

— L'histoire de sa longue vie, Bjorn, reprit Einar. Il

a vécu autant d'hivers que moi, sillonné plusieurs mers et conduit maintes expéditions vikings; suffisamment pour que nul n'arrive à expliquer qu'il soit encore en vie.

— Où?

— À Mosfell où il attend que vienne le temps du long voyage!

Bjorn écarta d'un revers de main les mèches blondes qui envahissaient son front.

— Et qu'a-t-il donc fait pour que toi, Einar, celui qui sait tout, le tiennes pour si grand? lui demanda encore le garçon.

Einar lissa sa longue barbe blanche. Bjorn le regardait fixement. Pendant un instant, les yeux du maître des runes eurent l'éclat d'une innocence extraordinaire. Peut-être était-ce leur couleur, tout simplement; ou alors, c'étaient des yeux qui avaient tout vu: toutes les beautés et toutes les laideurs.

— Egill, comme nous tous, vint de l'Est au-delà de la mer et sa terre était la Norvège, commença Einar. Son père était Grimr le Chauve, un Viking d'une grande force et un grand travailleur. Le roi Harald à la belle chevelure s'attribua toutes les terres qu'avait possédées en Norvège Grimr le Chauve, ainsi que tous les autres biens dont il put s'emparer. Il s'enquit soigneusement aussi des gens qui avaient été conseillers, complices ou assistants de Grimr le Chauve dans tout ce qu'ils avaient fait, et la haine que vouait le roi à Grimr et à son fils était telle qu'il détestait même tous ceux dont il savait qu'ils étaient leurs amis. Certains furent châtiés par lui et beaucoup s'enfuirent et cherchèrent refuge: les uns dans le pays, les autres s'exilant avec tous leurs biens. Grimr le Chauve se procura un bateau de haute mer, engagea des hommes pour l'équiper et arriva en Islande. Il fonda une ferme qu'il appela Borg, et le fjord, Borgarfjordur. Ces lieux se trouvent tout près d'ici...

Grimr le Chauve était grand forgeron et faisait fondre du minerai de fer en abondance pendant l'hiver. Mais cet homme ne trouvait aucune pierre qui fût assez dure ou plate pour qu'il l'estime propre à battre le fer dessus. Il plongea donc dans la mer et remonta, seul, une pierre qu'il chargea dans un huit-rames. Il porta cette pierre à sa forge, la posa devant les portes et battit ensuite le fer dessus. Cette pierre s'y trouve encore, il y a beaucoup de scories à côté, et l'on voit sur la pierre qu'on a donné des coups dessus; elle est tout usée par le ressac et différente des autres pierres qu'il y a là: il faudrait au moins quatre hommes pour la soulever.

— Et Egill? l'interrompit Bjorn.

— On dit qu'il n'a jamais tenté de le faire par respect pour Grimr, répondit Einar, tout en poursuivant son récit. Alors qu'Eirikr Blodox, le fils d'Harald, avait pris le pouvoir en Norvège en tuant ses propres frères, il fit envoyer à Grimr le Chauve une hache à cornes, grande et incrustée d'or. Lorsqu'on la lui remit avec les salutations du roi Eirikr, Grimr la prit, la brandit, la regarda un moment sans rien dire et l'accrocha au-dessus de son lit. Puis un jour, à Borg, il fit mener deux bœufs jusqu'au mur d'un bâtiment et les fit placer tête-bêche. Il prit une dalle de pierre de belle taille qu'il glissa sous le cou des bœufs. Avec la hache du roi il décapita les deux bœufs en même temps. La hache arriva dans la pierre si bien que tout le tranchant d'acier éclata et que le fer fut fendu sur toute la partie trempée. Grimr le Chauve regarda le tranchant sans rien dire, puis entra dans la salle, monta sur un coffre et enfonça la hache dans la poutre d'entrée. C'est là qu'elle resta sans que nul homme arrivât à l'en extirper. Egill son fils y parvint lorsqu'il eut douze hivers. Le manche était tout noir et la hache, rouillée.

— Et qu'a fait Egill de cette hache? demanda Bjorn.

— Avec un tranchant émoussé et maintes failles? fit Einar. Rien! Mais cette hache lui servit à vouer le roi de Norvège à l'infamie. Et c'est ce qu'il fit. Plus tard, il abattit Rognvaldr, le fils du roi Eirikr, qu'on nommait Hache-de-Sang. Il érigea un piquet d'infamie et conjura les runes contre le roi Eirikr et sa mère, la reine Gunnhildr. Il racheta sa propre vie en une nuit en commposant le plus merveilleux poème que jamais ne déclama un scalde, à l'Est comme à l'Ouest. Il vainquit en duel Ljotr le Berserkr et Atli le Court. Il but toutes les cornes qu'on lui présenta, même celles qui étaient empoisonnées. Il aida Adalsteinn, le roi des Angles, à vaincre Olafr, le roi des Scots. Et c'est ce jour-là qu'Egill, fils de Grimr le Chauve, devint le Viking le plus riche d'Islande, car ce roi lui fit re- mettre deux grands coffres pleins d'argent et deux bracelets d'or, pesant un marc chacun. Et maintenant Egill veille jour et nuit sur son trésor, pendant que tous les autres veillent sur Egill!

Einar se tut. Bjorn était songeur. Dehors on en- tendait le mugissement du vent et les cris stridents des oies migratrices. Des sons qui ressemblaient aux hurlements d'une meute.

— On dirait la chasse sauvage, observa Einar.

— La chasse sauvage? s'étonna Bjorn.

— Certes, fit Einar. Un frisson des ténèbres qui peut réduire en poussière toutes les vies.

Bjorn ne comprenait pas le sens des paroles du vieil homme.

— Dis-moi, Bjorn, lui lança alors le vieux maître, qui sont les deux montant la chose? Ensemble ils ont trois yeux, dix pieds et une queue, et ainsi ils voyagent.

— Une chose qu'il ne fait certes pas bon rencontrer sur les chemins après le coucher du soleil, répondit Bjorn en prenant un air taquin.

Einar regarda le garçon et lui sourit paisiblement.

— Entendu, Bjorn, fit-il, mais encore?

Il s'approcha de Bjorn et le regarda droit dans les yeux. Bjorn connaissait bien ce regard. C'étaient les mêmes yeux brûlants, au creux des orbites et à l'ombre d'épais sourcils blancs; des yeux qui l'avaient profondément marqué au soir de la mort de Bàrd, son père, il y avait déjà deux hivers de cela. Ce même soir, Einar lui avait longuement parlé d'Odin. Il lui avait dit que le dieu avait perdu un œil pour l'avoir sacrifié à Mimir, le géant gardien du puits sacré de la sagesse. Seul le sacrifice de son œil put permettre à Odin de boire au puits et d'obtenir la sagesse. Pour gagner la sagesse des runes, Odin dut faire le sacrifice suprême. Bjorn regardait Einar et récita ces mots que le maître des runes lui avait appris:

— Alors je me mis à germer, et à savoir, à croître et à prospérer; de parole à parole, la parole me menait...

— Qui sont les deux montant la chose? répéta le vieux Einar, sans quitter Bjorn des yeux, ni même ciller.

— L'un est Odin, répondit Bjorn. L'autre je ne saurais ni voir, ni dire...

— L'autre est Sleipnir, son coursier magique aux huit pattes, l'instruisit Einar. Et la chasse sauvage est conduite par Odin, accompagné des valkyries, des esprits des bois, des guerriers morts du Valhöll et des elfes. Lorsque passe cette meute, mieux vaut se cramponner à un arbre ou à une grosse pierre!

— Père chevauche-t-il avec les valkyries? demanda candidement Bjorn.

— Peut-être, répondit Einar.

— Le verrai-je?

— Tu appartiens à ce monde-ci, Bjorn, fit Einar. Ne te hâte pas vers le carrefour, car tu as un autre chemin à parcourir avant d'aller au-devant de la chasse sauvage.

— De quel chemin parles-tu? demanda Bjorn.

— Sais-tu comment il faut tailler? l'interrogea

Einar sans répondre à la question du garçon.

— Non! dit Bjorn, surpris de cette nouvelle question.

— Einar lui montra la baguette fourchue de noisetier qu'il tenait toujours à la main et lui dit:

— Ceci est aussi puissant que l'épée et la hache du Viking! Ceci agite le repaire tumultueux des génies de l'air, des montagnes et des flots, des lieux où les regards des hommes n'ont jamais pénétré! Sais-tu comment il faut interpréter? Peindre? Éprouver? Demander? Sacrifier? Offrir?... Même immoler?

Le jeune homme fit non de la tête. Alors Einar lui montra le sac de cuir qui pendait à sa ceinture. Un vieux sac, aux coins noircis, grossièrement rapiécé, qui contenait des perles d'ambre, une coquille, des serres de faucon, la peau d'un serpent et les entrailles séchées d'un rongeur.

— Le temps est venu pour toi de découvrir les runes, laissa tomber Einar. Et les tables interprétées, très importantes tables, très puissantes tables que colora le sage suprême, et que firent les Puissances, et que grava le Crieur des Dieux!

Dès lors, Einar et Bjorn passèrent ensemble des jours et des nuits à la découverte de l'art runique. Le vieux maître guida Bjorn pas à pas et lui ouvrit les arcanes de la science d'Odin. Le jeune homme apprit que les runes pouvaient être gravées sur le bois, sur l'os ou sur la pierre.

— Je préfère le bois, expliqua Einar. Le premier de ces bois est l'if. C'est l'arbre associé à l'au-delà. C'est un bois dur et très résistant. Le second bois est le frêne, car c'est à cet arbre qu'Odin se pendit durant neuf jours et neuf nuits afin de recueillir la sagesse des runes. Le troisième bois est le chêne, car il symbolise le feu du ciel!

Les runes d'Einar étaient en bois de frêne, comme Yggdrasil, l'arbre sacré du monde. Le maître les avait colorées avec son propre sang, tiré de sa paume droite. Einar les palpa tour à tour, les tourna et les retourna dans ses mains. Puis il disposa les vingt-quatre runes devant lui, par rangées.

— Observe encore, fit-il à l'endroit de Bjorn, et répète ce que tu sais maintenant: Odin, seigneur de la chasse sauvage, maître des runes, guide nos mains lorsque nous lancerons ces signes sacrés. Puissent nos questions trouver une réponse juste et vraie; aux noms d'Odin et de Freyr, et par le pouvoir du feu et de la glace.

Et Bjorn répéta les paroles sacrées, mot pour mot. Puis Einar étendit un linge blanc et y jeta un groupe de neuf runes. Il en prit trois, au hasard, une à la fois, les examina chacune, et demanda à Bjorn de nommer les symboles qui y étaient marqués. Le jeune homme les nomma tous, sans hésiter une seule fois.

— Hagel, la rune de l'air, fit-il, lorsque Einar lui montra la première rune.

— Hagel, reprit le maître des runes, à l'envers. Le pouvoir du myrd souffle comme le vent. Voici venir une grande épreuve; elle viendra de l'Est, sans avertissement, comme la grêle et la tempête...

— Is, à l'endroit, dit encore Bjorn.

— Is, répéta Einar. La glace est froide et glissante; le feu et la glace seront en opposition.

— Eoh, à l'endroit, continua Bjorn.

— Eoh! L'if est dur et rapide dans le sol, gardien du feu, plaisir de la Terre; mort et renaissance s'affronteront comme l'été et l'hiver, mais à l'endroit! La mort risque de vaincre.

Einar prit trois autres runes. Lui et Bjorn poursuivirent les rites de la pratique divinatoire, tirant au sort, laissant le hasard décider, communiquant avec des forces animées par les symboles mystiques.

— Peorth à l'envers, fit Bjorn.

— Peorth, répéta Einar. Des secrets du passé seront révélés. Toute chose n'est pas telle qu'elle paraît l'être!

— Eolh, à l'envers...

— Eolh, danger venant d'intrus, annonça Einar. Le mauvais œil de la sorcière est tout près, la laîche pousse dans les marais et fleurit l'eau. Elle brûle le sang de quiconque la touche.

— Ing, à l'endroit...

— Ing, souffla le maître des runes. Les gens de l'Est furent les premiers à voir Ing s'embarquer sur les vagues avec son chariot. Aussi fut-il nommé. Le temps seul le dira, mais la rune de la fertilité annonce de grandes choses!

Einar étendit la main trois fois encore. Les dernières runes furent Daeg, la rune de l'aube; Beorc, la rune associée au champignon magique qui pousse dans les forêts de bouleaux et Sigil, la rune du soleil.

Le maître des runes agita alors sa baguette de noisetier.

— Odin, murmura-t-il, je vois au-delà de tous les mondes. Terreur des dieux, tu as plongé ton regard dans le mien. Odin, je sais pourquoi tu as perdu ton œil, caché dans le puits de Mimir.

Puis il se mit à trembler, d'abord des mains, de tous ses membres ensuite. Il se couvrit la tête du linge blanc et s'écria:

— Il te faut graver les runes du feu si tu veux sauver en mer le coursier à voiles; sur l'étrave il faut les graver et sur la lame du gouvernail, par le feu les marquer sur la rame; il n'est brisant si abrupt ni vagues si bleues que tu ne sortes sain et sauf de la mer.

Le corps d'Einar était maintenant agité de véritables spasmes. Il chercha les mains de Bjorn et lorsqu'il les sentit, il les étreignit fébrilement. Sa voix se brisait en sanglots:

— Bjorn! Il te faut connaître les runes de la parole

si tu veux que personne ne te rende tromperie pour haine; les retourner, les brouiller, les placer toutes ensemble au Thing où l'on jugera devant le peuple, les juges étant au complet.

Einar était à bout de forces, effondré.

— Tu les apprendras, Bjorn, et tu en jouiras, jusqu'à ce que les Puissances s'entre-déchirent!

Bjorn prit la tête d'Einar entre ses mains. Il sentit une sueur glacée qui lui mouillait les paumes. Cette sueur coulait sur le visage du vieil homme.

— Je vois un homme gigantesque, une peau de loup, souffla Einar, sa tête reposant sur l'épaule de Bjorn. La rune de Tyr est gravée sur la lame de son glaive. Et toi, Bjorn, ne vois-tu rien?

— Dans mes nuits, je vois une mer de glaces et une terre blanche, répondit le jeune homme. Je ne vois rien d'autre. Quel est ce lieu, Einar?

— Peut-être Hvitrammanland! Les anciens disaient qu'un tel pays existait au-delà des mers. Le pays des Hommes Blancs!

Les Peaux-de-Loups

Quand le gros temps se calma enfin, les trois knorr glissèrent silencieusement sur l'onde, à portée d'un rivage surplombé de falaises dressées comme des murailles. Portés par un vent de sud-ouest, les navires entrèrent dans une baie, abritée entre les parois rocheuses qui répercutaient l'écho de milliers de cris d'oiseaux de mer.

— L'ombre du soleil ne nous a pas trahis, Sigvald, fit le chef de l'expédition d'une voix rude et autoritaire, en s'adressant à celui qui tenait le gouvernail.

— Pas plus que la couleur plus foncée des pétrels et les volées de macareux qui nous suivent sans cesse depuis deux doegr (l'équivalent de quatre jours), renchérit Sigvald.

— C'est bien ici, ajouta le chef. Des haut-fonds, une crique semée d'écueils, une terre qui avance dans la mer et surtout, là-bas, cette montagne toute blanche... C'est Borgarfjordur.

Celui qui parlait ainsi était grand comme un chêne, roux de poil et de peau et noir de regard.

— Une rude besogne nous attend maintenant, gronda-t-il. Il me tarde de rougir le loup des blessures...

Ce disant, il brandit une hache gigantesque et la fit tournoyer au-dessus de sa tête.

— Es-tu certain, père, que c'est bien ici que s'accomplira la vengeance? interrogea le jeune homme qui se tenait à ses côtés.

Styr regarda un moment son fils adoptif. Ce dernier était de haute taille, à l'égal de celle de la plupart des hommes de l'équipage. Ses traits étaient plutôt laids, avec des yeux enfouis sous de forts sourcils, une peau brune semblable à du cuir tanné, et une épaisse chevelure noire qui s'enfouissait dans un front bas.

— Ulf, fit-il, l'esprit de Bjarni n'aura plus à quitter le tumulus après cette nuit... et Gunnar n'aura plus à aller consulter les augures pour savoir quel destin l'attend!

Quelque temps après, les proues dressées, trois longs vaisseaux bas s'échouèrent sur la plage de sable noir. Styr Force-de-Bœuf donna des ordres. Les traits empreints d'une férocité sauvage, des guerriers hirsutes, coiffés de casques coniques, l'épée ou la hache à la main, se répandirent alentour et s'engouffrèrent, à la suite de Styr, dans la nuit hostile et froide.

L'éruption fut soudaine, le drame, sanglant. Le brouillard roulait encore sur les maisons basses de la ferme d'Harek Pied-d'Arbre lorsqu'une meute d'hommes, hurlant comme des bêtes, firent irruption en brandissant leurs armes. Les épées et les haches frappèrent sans distinction, semant une mort rapide. Les assaillants abattirent ensuite les quelques animaux qu'ils trouvèrent, incendièrent les bâtiments et traînèrent les cadavres à quelques pas des brasiers où ils les empalèrent sur des pieux grossièrement taillés. Ils épargnèrent un esclave qui répondait au nom de Skümr et l'amenèrent devant Styr.

— Tu te rendras à la maison de Gunnar, lui ordonna brutalement le géant roux. Tu lui diras que Styr

Force-de-Bœuf a traversé les mers pour venger le meurtre de Bjarni. Je ne lui envoie aucun signe de reconnaissance et ne ferai pas sonner le lüdr royal. J'accomplirai les meurtres en plein jour et ne frapperai pas d'homme endormi. Je proclame que tous les meurtres que je commettrai sont légaux et qu'aucun ne sera honteux... Pour le meurtre de Bjarni, pour ceux que Gunnar a brûlés à l'intérieur de la ferme ainsi que pour le bétail et les esclaves morts, le Thing de Nidaross l'a condamné, voilà treize hivers, à une compensation de vingt marcs légaux et cinq mille aunes de vadmal. Cette fois, la pierre est trop lourde à soulever pour lui... qu'il remette sa tête au roi de Norvège ou alors sa hird entière tombera sous ma hache.

Dans la maison de Gunnar, on s'interrogeait sur les trois knorr qu'on avait aperçus à l'entrée de Borgarfjordur.

— La loi est pourtant connue de tous, s'indigna Gunnar. Il faut enlever les figures de proue lorsque l'on accoste avec des intentions pacifiques. Voilà que les esprits tutélaires de tous ces lieux vont être effrayés.

Les autres mangeaient en silence. Une esclave, coiffée d'un vieux bonnet, apporta du pain grossier, dur, lourd, plein de cosses. Puis elle déposa sur la table un pot rempli de bouillon de poissons. La famine ne sévissait plus, mais la nourriture était encore pauvre. On moulait au jour le jour les grains d'orge dans de grossiers moulins à bras et, comme il était difficile de faire lever la pâte d'orge avec du levain, on avait chaque jour du pain azyme qu'il fallait manger tout chaud; autrement, il devenait dur comme de la pierre.

Quand il eut mangé, Einar, le maître des runes, alla s'asseoir près du feu. Il l'examina longuement.

— Il y a eu du changement depuis peu, finit-il par dire. Voici que le feu est plus couvert de cendres blanches qu'à l'habitude. Il se peut que des hommes viennent ici qui en veulent à nos vies. Mauvais desseins mènent à mal!

Il faisait encore nuit lorsqu'un homme en haillons, le visage ravagé par la peur, arriva à la ferme de Gunnar. C'était Skümr, l'esclave.

— Ulfhednnir, hurlait-il. Ulfhednnir!

— Des Peaux-de-Loups, ici? s'étonna Gunnar.

Skümr fit le récit du massacre dont il avait été le témoin à la ferme d'Harek. Il répéta à Gunnar les paroles de Styr Force-de-Bœuf. Apeurés, les gens de Gunnar invoquèrent les dieux, serrant sur eux les amulettes de Thor et de Freyr qu'ils portaient dans leurs escarcelles pour se protéger contre les mauvais esprits et le mauvais œil. Tous craignaient ces guerriers-fauves et savaient que lorsqu'ils entraient dans une fureur sacrée, ils se rendaient alors capables des plus invraisemblables exploits. Ils se battaient à découvert, le torse nu, l'écume à la bouche; doués de la force d'un ours.

— Je connais Styr, fit Gunnar, incrédule. Depuis quand est-il un berserkr?

— Au combat il a jeté l'immense chêne du beau soleil, balbutia Skümr, en parlant du lourd bouclier en bois de chêne, comparable au soleil par sa forme, que possédait Styr. Il se bat nu et ne craint aucune morsure.

Einar et Bjorn échangèrent un long regard. Le maître des runes sut que le jeune homme avait la vision du destin.

— Styr, un berserkr? répéta Gunnar, en secouant la tête.

— Oui! Car les hurlements des Peaux-de-Loups sont devenus des chants apaisants pour l'oreille d'Aldis, laissa tomber le maître des runes.

— Alors, que le destin des Puissances s'accomplisse, répliqua Gunnar, et que Thor arme mon bras!

*   *   *

Depuis ces instants d'horreur, Bjorn n'était plus enfant et il n'était pas plus un homme. Il sentait la mort encore proche. Le silence lui pesait: silence et mort régnaient et il ne semblait exister aucune rupture entre les deux. Levant les yeux, Bjorn vit un ciel incertain. Il se dit qu'il était certainement peuplé de cauchemars et il se demanda si après une telle épreuve, il trouverait encore une trace de vie.

Malgré la nuit, un crépuscule rouge perdurait. Le soleil, étiré sur la frange d'horizon, avait une pâleur de lune. L'océan respirait à peine. Ciel et mer se fondaient. Désormais, pour des mois, il n'y aurait ni jour ni nuit. Les hommes d'Islande jouiraient de cet éclairage crépusculaire, sans ténèbres; à peine une brume dorée.

Bjorn se souvint peu à peu: la tuerie, les mutilations, les incendies. Des hommes écumant de rage, engagés dans une ronde sanglante; féroces, rugissant comme des loups. Il revit ce géant presque nu, brandissant une lourde hache dotée d'un manche épais comme une massue, creuser un vide autour de lui. C'est lui qui fendit le crâne de Gunnar avec une telle hargne que le tranchant de l'arme fut voilé par le coup. Son compagnon, tout jeune encore, l'œil noir et sauvage, étreignait à deux mains une hache de même taille, comme s'il se fût agi du marteau coudé de Thor. Qui étaient donc ces hommes revêtus de peaux d'animaux, roulant des yeux furibonds, mordant le bord de leur bouclier et poussant des hurlements bestiaux tout en se précipitant au combat? se demandait Bjorn. Et qui du reste n'avaient le moindre souci des épées et des haches de leurs adversaires. Des hommes, des magiciens ou des démons? «Des peaux de loups», avait prédit Einar, quelque temps auparavant. Bjorn n'en savait rien. Il restait avec le seul

souvenir de l'horrible spectacle des siens, tous décapités à la hache afin que les assaillants pussent ramener au roi de l'Est la preuve que le prix du sang
était enfin acquitté.

Bjorn avait échappé au carnage, croyant être l'u-
nique survivant; sauf peut-être pour le maître des
runes. Il lui semblait avoir entendu, au milieu du
fracas des armes entrechoquées, le géant roux ordonner qu'Einar fût épargné et ramené en Norvège.
Bjorn ne sut trop comment il arriva à fuir les lieux
embrasés, ni comment il put éviter la morsure fatale
des haches de combat, ni même comment il put se
soustraire à la poursuite de la horde sauvage. Ce
n'est que plus tard, solitaire au milieu d'une étendue
déserte, qu'il vit que sa jambe droite, à la hauteur de
la cuisse, était entaillée jusqu'à l'os. Il saigna en silence, sans plainte ni gémissement, et serra contre lui
une épée couverte de sang séché: l'épée de Bàrd, son
père.

Au-delà des ruines fumantes de ce qui avait été la
veille encore la ferme de Gunnar, c'était l'inconnu.
Chaque sommet que voyait Bjorn avait sa magie.
Puis c'était la solitude, totale, sauf pour quelques
moutons errant dans la lande et, au loin, dans le noir,
l'océan.

Bjorn marchait droit devant lui, péniblement, en
s'appuyant sur la grande épée. Il oubliait parfois la
douleur de sa jambe blessée en pensant à Einar et à
la magie des runes. Mieux valait croire à la magie des
runes. Mieux valait croire aux forces des dieux qu'à la
réalité terrestre, se disait-il, car les dieux semblaient
l'avoir délaissé. Il trouvait peu de nourriture sur cette
plaine grise parsemée de rochers dénudés; le sol était
tellement aride et sec qu'il avait fini par onduler par
endroits, comme pouvait le faire la neige en montagne sous l'effet du froid et du vent. Parfois il fut
pris de vertige, ne trouvant pas une ombre ou un re-

coin où se terrer lorsqu'il se sentait trop faible pour avancer. Se nourrissant de baies sauvages et de lichens ras, il erra longtemps dans ce semblant de désert. Il eut l'impression que plus rien n'existait d'autre que les forces surnaturelles; un endroit où tout avait peut-être commencé et où tout pouvait recommencer. Puis il foula un tapis végétal tout de mousses, bordé de buissons de genévriers, une sorte d'abri naturel pour les moutons contre l'œil perçant des rapaces. Il vit qu'en bien des endroits, la moindre repousse, le moindre petit arbre était soit mangé par les moutons, soit abattu d'un coup de hache au passage du berger. C'est alors qu'il découvrit de petites constructions dont les pierres assemblées en voûtes étaient liées par un mortier et soutenaient sans charpente une toiture de chaume. Les masures étaient ceinturées d'un muret de pierres sèches. Bjorn comprit que ces réduits servaient d'abris aux bergers lorsque ceux-ci poussaient les moutons le long des voies de transhumance. Il se réfugia dans l'une d'elles. Elle embaumait le foin frais. Sa détresse se noya du coup dans le silence apaisant du lieu clos et il s'endormit.

Bjorn rêva. D'abord qu'il était parmi des hommes d'une grande beauté, sur un drakkar sans pilote ni gouvernail comme les autres vaisseaux; et que ces hommes savaient les pensées et les désirs de chacun. Ensuite il rêva d'Einar. Le maître des runes lui dit en songe que le blé pousserait sous peu à la grandeur du pays. Il lui raconta encore qu'au-delà de l'Océan du Nord était une terre qui touchait aux murs du Ciel, dans une étendue si bien défendue par les banquises que nul n'avait pu encore y déterminer précisément les limites de la terre et de l'eau. Il lui dit encore que lui, Bjorn, verrait ces lieux. Il lui parla enfin d'une sorcière qui était magicienne; une magicienne qui était guérisseuse. Une personne sans âge, disait-il, qui pouvait aussi enchanter, envoûter et anéantir.

Ce furent les oiseaux qui vivaient entre les pierres des abris et dans le sol qui réveillèrent Bjorn. Il ne sut combien de temps il avait dormi, mais il lui sembla qu'il s'était écoulé plusieurs jours. Dehors, des éclairs de soleil suivaient des écharpes de brume sur les pentes herbues. Dès lors, il eut l'impression que la terreur de cette aube sanglante s'était diluée dans les brumes tenaces qu'un vent frais balayait à peine.

Bjorn reprit son errance. Il traînait encore de la jambe, mais la plaie se cicatrisait rapidement. Il parcourut de nouveaux espaces et franchit des plateaux arides. D'un seul coup, le vent devint alors furieux et se mit à courir à travers les étendues sans arbres, se butant aux amas de pierres et cinglant le visage du jeune homme. Courbé sous la rafale, Bjorn arriva en vue de chutes vertigineuses dont les eaux, déployant un immense arc de cercle, se précipitaient, rebond par rebond, dans un gouffre écumant. Bjorn crut défaillir. La nature avait, à ses yeux, quelque chose de tragique. La languide pâleur du soleil, toute cette eau et les sommets irisés dont elle renvoyait la fidèle réplique, rendaient précaire la place qu'y occupait l'homme. Que pouvait-il opposer à la charge des vents, aux fracas des montagnes, des cascades et des torrents, au vertige des hauts plateaux désertiques, aux plans d'eau insondables? N'avait-il pour lot que la haine des hommes, les assauts du climat, le feu de la terre et les fureurs de la mer?

À l'aube du douzième jour, le regard de Bjorn embrassa des terres sans limites, semblables au reflet figé d'un océan minéral. Tout autour, il vit la gamme des noirs, des verts, des rouges et des teintes brunâtres; et plus loin, l'immense steppe neigeuse d'un glacier.

Dans l'interminable crépuscule qui rejoignait l'aurore à travers une progression de coloris, Bjorn vit des bergers qui poussaient des bêtes vers les pâturages. Le cycle naturel qui menait à la floraison n'était pas sitôt entamé que déjà les moutons broutaient et piétinaient les prés nourriciers, arrachant de haute lutte à la faune sauvage les quelques alpages où l'herbe était haute et grasse. Il vit enfin des maisons tassées les unes sur les autres et, à proximité, des tranchées ouvertes suivant un front taillé à la bêche. Des mottes de tourbe étaient soigneusement empilées, mises à sécher en tas avant d'être brûlées. La fumée des foyers stagnait dans l'air immobile. Cette fumée de tourbe qui sortait à travers le toit et qui noircissait tout, c'était la vie aux yeux de Bjorn.

Les maisons se ressemblaient toutes. Des murets de pierres jointoyés à la mousse soutenaient des poutres irrégulières et même des côtes de baleine qui se rejoignaient en une voûte ogivale. Des dalles de lave posées sur une tourbe épaisse assuraient la couverture des toits. Non loin, un torrent dévalait les pentes du glacier et, tout près de son embouchure, des troncs d'arbres étaient plantés en terre, bloqués par des quartiers de roche noire. Au moins cinq drakkars y étaient amarrés. Ils étaient de bonne taille, à quinze rangs de rames au moins, construits à clins, chevillés de bois, calfatés au poil de bœuf, aux francs-bords bas.

Bjorn pénétra dans une des habitations oblongues. Un quinquet à l'huile de phoque dispensait une lumière jaune et vacillante, répandant une odeur rance. Des femmes entretenaient un feu de tourbe sèche dans un foyer en dalles de lave. Des seaux de bois en forme de demi-tonneaux sciés, des gobelets en étain et des plats en bois traînaient sur la grande table. Des couchettes de peaux d'ours et des couettes de duvet d'eider étaient disposés le long des murets. Un homme s'avança vers Bjorn. Il était de haute taille et avait la poigne rude.

— Je suis Arnkell, dit-il tout simplement, on me nomme Regard-d'Aigle.

— Je suis Bjorn, répondit faiblement le jeune homme, fils de Bàrd et adopté par Gunnar. Les miens sont tous morts, tués par des Peaux-de-Loups. Je ne sais pas où je suis...

— Hallveig, lança le maître des lieux en s'adressant à une des femmes, fait servir du smyoer et fait brasser de l'orge, nous avons un invité.

Bjorn apprit de Arnkell qu'il était au pied du Snaefellsnes, le Glacier du Mont des Neiges, à la ferme d'Eirik Raudi, dit le Rouge, fils de Thorvald. Le père et le fils avaient été bannis de Norvège pour cause de meurtres et s'étaient établis en Islande.

— Ce soir tu pourras poser tes pieds au sec, lui dit Arnkell, en faisant allusion aux madriers bruts qui entouraient le petit espace entre le foyer et les lits.

Ce soir-là, Bjorn sut qu'il était devenu un homme. Du doigt, et presque malgré lui, il traça la rune de Tyr, rune de guerre, sur l'épée de son père.

Thingvellir

Ayant accueilli Bjorn sous son toit, Arnkell Regard-d'Aigle décida de le traiter comme son fils. C'est donc de lui que Bjorn apprit qu'Eirik le Rouge se rendrait sous peu à Thingvellir, devant les juges et la Grande Assemblée, afin de les convaincre de le laisser s'établir sur la Terre Verte avec tous ceux qui voudraient bien le suivre.

— La Terre Verte? s'étonna Bjorn.

— Une nouvelle contrée découverte par Eirik le Rouge, expliqua l'autre.

Bjorn entendit alors le récit d'Eirik le Rouge qui tua Eyjolf le Paresseux et Hrafn le Duelliste 'après qu'il eut défriché la terre du Haukadal. Pour ces meurtres, il fut condamné à être banni de ses premières terres. Il colonisa alors l'île aux Bœufs dans le Bridafjordr. Il prêta les poutres de sa grande salle à Thorgest. Ce dernier refusa par la suite de les lui rendre. Eirik les reprit de force. Il tua les fils de Thorgest et plusieurs de leurs hommes. Eirik fut de nouveau condamné à bannissement au Thing de Thorsnes. Alors il se mit à la recherche du pays qu'avait vu Gunnbjorn quand il dériva vers l'ouest par la mer.

Eirik fit voile trois jours jusqu'à perdre terre de vue
au-delà de l'horizon. Le bon vent tomba, les vents du
nord et le brouillard s'installèrent, et pendant de
longs jours ils n'eurent aucune idée de leur itinéraire.
Puis ils virent de nouveau le soleil et purent à nouveau s'orienter. Ils hissèrent la voile et furent en vue
de la terre après une journée de navigation. Ils discutèrent entre eux pour savoir de quel pays il pouvait
s'agir. C'était une contrée inhabitée, fort belle, avec
des glaciers majestueux et de riches prairies bordant
les fjords. Il revint d'exil en se disant qu'il établirait
une grande colonie viking dans cette nouvelle contrée
où la terre était verte, probablement recouverte de
grasses prairies où pourraient paître de grands cheptels de bétail.

— **Eirikr kalladhi Groenland, kvadh menn
that mjok mundu fysa thangat, et landit héti vel**,
expliqua Arnkell. Eirik l'appela Terre Verte parce qu'il
pensait que les hommes désireraient venir dans un
pays qui portait un si beau nom.

— Moi aussi je dois aller à l'Althing, annonça Bjorn
d'un air déterminé.

— Et qu'y feras-tu? lui demanda Arnkell, amusé
par le propos du jeune homme.

— Proclamer des meurtres honteux et réclamer le
prix du sang, répondit Bjorn.

Au ton qu'avait pris Bjorn, Arnkell comprit qu'il
ne servait à rien d'insister. Il se contenta d'admirer
en silence les cheveux couleur des sables et ce regard
qui lui rappelait l'océan des mauvais jours.

— On dit qu'Egill Skallagrimsson sera à l'Althing,
ajouta Arnkell. As-tu déjà entendu ce nom?

Bjorn pensait au maître des runes.

*   *   *

C'était à l'époque du solstice d'été. Thingvellir surgissait droit de l'aube des temps, tel un gigantesque théâtre naturel. Sa façade rocailleuse était parsemée d'une multitude de niches en saillie et bordée de colonnades, d'arcs et de frontons. Alentour s'entassaient des pierres monumentales et des gravats. Il y courait une rivière, l'Oxara, une cascade et, plus loin, s'étendait un lac immense. Passant par une houle de buissons, un sentier s'engageait par des gradins tortueux et débouchait dans une vaste plaine à l'allure océane. Ce lieu était vivifié car les dieux avaient rendu l'esprit de la sagesse à la pierre.

Il apparut à Bjorn que s'étaient assemblés là plus d'hommes et de femmes qu'il en imaginait habitant les terres de l'Est et de l'Ouest. Il pensait que l'Islande était à peine habitée et voilà qu'il voyait des gens venant de tous les coins de ce pays, rassemblés par clans et, parmi eux, pêle-mêle, des vaches, des chevaux, des moutons et des chèvres. Tous ces gens installaient leurs baraquements temporaires.

Guidés par le récitant des lois, véritable mémoire vivante de la justice viking, les trente-six chefs et leur entourage, représentant les douze Things islandais, entamèrent les débats judiciaires et commencèrent à rendre justice. Chacun soutenait sa cause et, tel que le voulait une des lois, tous les verdicts sur les actions intentées devaient être rendus à la tombée de la nuit.

C'est alors que du logberg, la colline du récitant des lois, on vit un groupe d'hommes qui descendaient à cheval le long de l'Oxara. Les boucliers scintillaient. Lorsqu'ils arrivèrent à la hauteur des juges, un homme chevauchait en tête, en manteau bleu, heaume doré, bouclier orné d'or au côté, une lance à crocs à la main. Il était ceint d'une gigantesque épée. Il avait les traits saillants, le front large, d'épais sourcils, un nez assez court mais extrêmement gros, la moustache grise, épaisse et longue, le menton étonnamment large de même que les mâchoires, le cou épais, les épaules vastes, des cheveux d'un gris de loup qui dépassaient du heaume. Ses yeux étaient noirs, quoique cet homme, d'allure si puissante, était presque aveugle. C'était Egill, fils de Grimr le Chauve qui était arrivé là, avec quatre-vingts hommes, tous bien armés, comme s'ils étaient prêts pour la bataille. Egill fit mener les chevaux au pâturage. Puis il monta sur la pente du Thing et regarda longuement les juges. Se tournant alors vers l'assemblée, il dit d'une voix toniturante:

— Est-ce qu'Onund est ici, sur la pente du Thing?

— Oui, fit une voix également forte, je me réjouis de voir, Egill, que tu es venu. Cela va tout arranger dans les affaires qui opposent les gens d'ici!

— Est-ce que c'est toi qui es cause que Steinarr, ton fils, intente une action contre Thorsteinn, mon fils, et qu'il a rassemblé quantité de gens pour faire de Thorsteinn un proscrit? demanda Egill.

— Ce n'est pas moi qui suis cause qu'ils sont en litige, dit Onund. Je suis intervenu d'abondance pour demander à Steinarr de faire la paix avec Thorsteinn, car ton fils m'a constamment épargné tous affronts, et la cause en est l'ancienne et chère amitié qui a régné entre toi, Egill, et moi depuis que nous avons été élevés ici dans le voisinage l'un de l'autre.

— On va bientôt voir clairement, dit Egill, si tu dis cela sérieusement ou par dérision. Je me rappelle les jours où, à l'un comme à l'autre, il nous aurait paru invraisemblable que nous intentions des procès ou ne calmions pas nos fils pour qu'ils ne commettent pas des stupidités comme celles dont j'entends dire qu'il serait question ici. Il me paraît judicieux, tant que nous sommes en vie et si proches de leurs démêlés, que nous nous chargions de cette affaire et l'arrangions, et ne laissions personne exciter nos fils l'un contre l'autre comme des chevaux de bât. Faisons en sorte qu'ils aient autre chose dont tirer profit que de pareilles affaires...

— Tu dis vrai, Egill, dit Onund en se levant, et il ne nous sied pas d'être à l'Althing où nos fils se querellent. Il ne nous arrivera jamais non plus la honte d'être assez pauvres hères pour ne pas les réconcilier.

Bjorn, qui n'avait rien dit depuis deux jours, demanda à Arnkell de quelle action intentée il s'agissait. Arnkell lui expliqua que Thorsteinn, fils d'Egill, avait tué les esclaves de Steinarr parce que ces derniers faisaient paître le bétail de Steinarr sur les terres de Thorsteinn.

Onund se tourna alors vers son fils.

— Maintenant je veux, Steinarr, que tu me confies ce procès et me laisses le mener à ma guise!

— Je ne sais pas, dit Steinarr, si je veux abandonner ainsi mon affaire, car il ne m'est jamais encore arrivé de chercher l'assistance d'hommes puissants. C'est toi surtout qui porteras la responsabilité de la façon dont vont aboutir les affaires, si c'est Egill qui doit en juger.

— Egill m'a fait grand bien, répondit Onund à son fils. Je lui fais bien plus confiance qu'aux autres et d'ailleurs, c'est moi qui en déciderai. Jusqu'ici, c'est moi qui ai décidé pour nous deux, et il en sera encore ainsi.

— Te voilà bien véhément sur cette affaire, père, répliqua Steinarr. Je te confie toutefois le procès et c'est toi qui décideras des poursuites ou de la paix, comme le prescrivent les lois.

Sur ce, Onund alla trouver le père et le fils, Egill et Thorsteinn.

— Je veux maintenant, Egill, que tu décides et statues seul sur cette affaire, comme tu le voudras!

— Soit, fit Egill, je rendrai seul verdict sur cette affaire, ainsi que tu me le demandes. Ce procès sera conclu avant la tombée de la nuit.

Peu de temps après, Egill, fils de Grimr le Chauve, se rendit de nouveau à la pente du Thing avec Thorsteinn et tout leur groupe. Vinrent également Onund et Steinarr.

— Est-ce que Steinarr et son père Onund sont ici de façon à pouvoir entendre mes paroles? demanda Egill.

Onund dit qu'ils étaient là.

— Alors, je veux proclamer les accords entre Steinarr et Thorsteinn, enchaîna Egill. J'entame ces propos en rappelant que Grimr, mon père, est venu en ce pays et a colonisé ici toutes les terres des Myrar et un peu partout dans les environs, qu'il prit résidence à Borg, mais donna à ses amis de quoi s'installer depuis là jusqu'à la côte, terres qu'ils habitèrent ensuite. Il donna à Ani une résidence, là où Onund et Steinarr ont habité jusqu'ici. Nous savons tous, Steinarr, où sont les limites entre les terres de Borg et les vôtres: c'est le Hafsloekr qui en décide. Il n'est pas possible, Steinarr, que tu aies fait paître sans le savoir sur les terres de Thorsteinn et que tu te sois attribué ses propriétés en pensant que ce serait un homme tellement dégénéré qu'il tolérerait que tu le spolies. Vous savez, toi, Steinarr, et toi, Onund, qu'Ani a reçu des terres de Grimr, mon père. Thorsteinn t'a tué deux esclaves? Bon! Il est évident pour tout le monde qu'ils sont tombés victimes de leurs actes et qu'il n'y a pas à verser compensation pour eux, et que ce ne serait pas davantage le cas si c'étaient des hommes libres. Et comme, Steinarr, tu envisageais de spolier Thorsteinn, mon fils, de sa propriété, celle qu'il reprit avec mon consentement et que je reçus en héritage de mon père, tu devras abandonner ta terre et ne recevras pas d'argent pour cela. Il s'ensuivra que tu n'auras ni résidence ni domicile dans la région au sud de la Langa et que tu partiras de tes terres avant que les jours de déménagement soient passés, et que tu seras déchu de ton caractère d'inviolabilité sacrée devant quiconque voudra prêter assistance à Thorsteinn, si tu ne veux pas t'en aller ou ne pas respecter une quelconque des choses que je t'ai imposées.

Egill s'assit. Onund prit la parole.

— Les gens vont dire, Egill, que le verdict que tu as rendu et proclamé est assez injuste. Pour moi, il faut dire que je me suis employé de tout mon pouvoir à prévenir ces difficultés, mais désormais, je n'épargne-rai rien de ce que je pourrai faire pour nuire à Thor-steinn.

Egill demeura assis, mais ses traits se durcirent.

— Je croirais plutôt, dit-il aussitôt, que votre lot, à toi et à ton fils, sera d'autant plus mauvais que nos démêlés dureront plus longtemps. Ton fils a reçu l'honneur qu'il méritait.

N'ayant plus rien à ajouter et considérant le pro-cès clos, Egill et ses hommes se dirigèrent vers les baraquements.

— Vois à ce que les membres du Thing ne man-quent pas de bonne viande durant l'Althing, recom-manda Egill à son fils.

Thorsteinn fit abattre trois bœufs sur-le-champ et fit remettre les quartiers de viande comme pro-visions pour le Thing.

*   *   *

Toute l'Islande entendit Bjorn intenter une action pour meurtres honteux commis contre les siens. Il ne demanda aucune assistance d'hommes honorables. Le jeune homme exposa les faits afin que toute l'assem-blée puisse entendre distinctement ce qui arriva à la hird de Gunnar. Egill s'était approché de la pente, le plus près possible de l'endroit où se tenait Bjorn. Il était impressionné par la voix du jeune homme; elle avait de la tenue, de la portée et un timbre fascinant. Jamais encore au cours de sa longue vie mouvemen-

tée, Egill n'avait-il entendu un adolescent, presque
enfant encore, à en juger par l'allure et par sa tête cas-
quée de cheveux blonds, au visage très pâle, affronter
l'Althing avec autant d'assurance. Il n'y avait aucune
trace de soumission dans son attitude, pas plus que
d'arrogance. Ses yeux brillaient et son visage s'était
lentement enflammé de passion. Egill, les yeux vagues
sous les paupières mi-closes, immobile, se rappela
alors qu'il y avait fort longtemps que rien ne l'avait
plus étonné. Il y eut, sur son visage de vieil homme
parsemé de touffes de poils gris, une espèce de sourire,
comme la trace de la très vieille expérience des choses
du monde, et il fit un geste d'approbation. Ce n'était
geste ni de supériorité ni de condescendance, plutôt
une expression de tendresse; ce qui était tout à fait inhabituel pour cet homme que tous les Vikings d'Islande tenaient pour l'incarnation de la force et même
de la brutalité, ainsi que pour le plus grand orateur. Il
avait marqué tout le monde par le sérieux et le fort
degré de gravité de ses paroles et de ses actes. Egill,
fils de Grimr le Chauve, plus grand que nature et
toujours déçu par l'insignifiance des hommes, souriait
avec indulgence parce qu'il s'était laissé impres-
sionner par la simplicité d'un garçon un peu buté, au
visage résolu.

Bjorn, ayant étalé sa cause devant l'Althing, demanda au récitant des lois:

— Que dit la loi?

Celui-ci, debout sur le logberg, répondit:

— La loi dit qu'il faut se proclamer coupable de
meurtre à la ferme la plus proche avant que ne sur-
vienne la nuit, sinon le meurtre devient meurtre honteux. La loi dit que le meurtre normal est celui qui
s'accomplit en plein jour et que le meurtrier doit laisser son arme dans la blessure s'il ne veut pas être mis
immédiatement hors la loi. La loi dit aussi que le
meurtrier doit recouvrir le cadavre de terre et de pier-

res s'il s'éloigne d'un homme mort afin que ne le mangent ni oiseaux ni bêtes. S'il ne le fait pas, il est passible de bannissement. La loi dit qu'on ne tue pas un homme endormi. Si un homme est condamné pour un meurtre qu'il a commis, à l'Althing, il sera évalué à trois marcs légaux, de même pour qui brûle des gens à l'intérieur de leur maison. Pour celui qui a commis un meurtre honteux, si les témoins se manifestent et les juges estiment légales les accusations et pensent que celui qui réclame justice a obtenu assez de renforts, alors la condamnation est la proscription. Le proscrit n'aura alors plus le droit d'habiter nulle part, hormis dans les forêts. Quiconque le rencontre pourra le tuer sur place impunément...

— Et cela vaut-il pour d'autres terres? demanda encore Bjorn.

— Pour cela, il faudra que des actions soient intentées devant le grand Thing de Nidaross. Seuls les juges de ce Thing peuvent décider pour la Norvège, répondit le récitateur des lois.

Les juges demandèrent à Bjorn de faire entendre ses témoins et de nommer les coupables.

— Je n'ai pas de témoins, fut sa réponse. Je ne connais qu'un seul nom: Styr Force-de-Bœuf!

— Alors nous ne pouvons point constater qu'il y a eu meurtre honteux et, par conséquent, nous ne pouvons condamner Styr. Celui-ci est-il présent pour se défendre?

On appela bien haut le nom de Styr, mais nul homme ne se présenta.

— Il se trouve que je ne saurais exprimer ce qui est faux ou encore injuste, objecta Bjorn. Mes pères ont estimé devoir défendre leurs terres d'une main ferme et avec la dernière ardeur. Ils eussent été des Vikings de piètre valeur si un seul d'entre eux eut pu se rendre devant l'Althing après le défi que ces Peaux-de-Loups ont osé lancer depuis la terre de l'Est. Ces hommes non seulement ont acquis une force qui seule se trouve dans la magie, ils ont de surcroît tué esclaves et bêtes et brûlé jusqu'au dernier madrier!

— Tu n'as pas de témoins, rétorqua un des juges en hochant la tête en signe d'impuissance.

Egill, le géant, attendait, debout dans l'herbe qu'il sentait bouger doucement à ses pieds, sous les nuages qui passaient, que vienne un autre moment de connivence, comme un état de grâce à la fin d'une vie. Il regardait ce jeune inconnu avec gentillesse, presque avec amitié. Et alors Egill le poète, dressé de toute sa hauteur de Viking, déclama:

— Vengeance ne sera point prompte, même si le cœur vous en presse! Faut-il que nos plus rudes rejetons de la race connaissent tous leur fin dans l'île? L'accablant adversaire est loin, ceci est encore plus cruel. Que les dieux chassent, que les dieux lui revaillent le pillage des biens; courroucés soient Odin et les puissances; que Freyr et Njordr fassent fuir de ses terres l'ennemi des hommes qui viola un de nos sanctuaires. Ce serait injustice pour celui qui n'a pu ériger un tertre qui se dressera longtemps, injuste pour celui qui ne trouverait que terrain vide, sans même une piste de mouettes, injuste de ne pas le délivrer d'un heaume de terreur, indigne de nous tous si nous ne laissions à notre fils que railleries ou haineux libelles. Que l'Althing laisse à ce serviteur de la parole, que je vois pour longtemps inébranlable dans le clos de poésie, le droit de juger seul et lui confie le soin de décider lui-même des réparations qu'il exige. Car gît sous sa langue la foudre des rois!

Les propos enthousiastes d'Egill rallièrent l'assemblée et l'Althing approuva. Bjorn déciderait lui-même, seul juge de toutes les réparations ou de toutes les vengeances. Egill se campa devant Bjorn et la frêle silhouette du garçon accentua davantage la stature gigantesque de l'autre. Egill tira son épée du fourreau, ôta de son bras un bracelet d'or de grande taille, le passa à la pointe de son épée et le tendit à Bjorn. Le jeune homme hésita, mais Arnkell l'enjoignit d'accepter le présent du grand poète. Egill posa alors sa main sur l'épaule de Bjorn.

— Un jour tombera le pourvoyeur du loup, lui dit-il, et l'aigle se posera sur sa charogne. Il se peut qu'un roi te concède tous les droits, mais il faut choyer par-dessus tout le chêne sous lequel on habite.

Ce furent ses seules paroles. Egill s'en retourna avec les siens au baraquement et Bjorn resta avec Arnkell. Le même jour l'Althing autorisa Eirik le Rouge à quitter l'Islande pour la Terre Verte afin d'y établir une colonie.

Non loin de la cascade, près de la rivière Oxara, Bjorn vit une enceinte à l'intérieur de laquelle se dressait une pierre à l'arête tranchante. Il demanda à Arnkell quel était ce lieu. «L'enceinte du jugement», lui répondit-il. Il expliqua à Bjorn qu'à l'intérieur de cette enceinte les hommes étaient condamnés à être sacrifiés et qu'on leur brisait l'échine sur cette pierre: la pierre de Thor.

— C'est dans cette enceinte, fit Bjorn, que j'exercerai la vengeance; sur cette pierre.

Il traça sur le sol la rune Thorn.

— L'épine est très acérée et peut blesser quiconque vient sur ce buisson, murmura-t-il.

La Terre Verte

Eirik le Rouge avait dit que ses hommes ne forge-
raient certainement pas le soc de leurs charrues en
sacrifiant leurs épées et que la vie rurale était devenue d'une telle rigueur que les hommes de bonne
naissance autant que les esclaves devaient garder les
maigres troupeaux, fumer et ensemencer les champs.
Il répétait souvent que deux chèvres et une chau-
mière valaient mieux que de mendier, mais que réduit à donner ses habits à deux épouvantails pour
préserver les semailles dans les champs envahis par
les oiseaux de mer, un homme nu perdait confiance
en lui.

Eirik hâtait donc les préparatifs de départ vers le
Groenland. Il n'y avait presque plus de bois pour construire la douzaine de knorrs qui manquaient à l'expédition. Les bouquets de saules et de bouleaux chétifs
et rabougris, situés sur la côte ou en bordure des cours
d'eau, ne fournissaient qu'un bois de chauffage. Ailleurs on ne pouvait trouver un seul orme ou un seul
chêne susceptible de constituer une étrave, un aviron
de queue, une quille ou un mât. Poutres maîtresses et
madriers des maisons constituèrent alors les maté-

riaux de construction des navires. Ils utilisèrent finalement le bois des murs de séparation et des couches qu'ils aplanirent pour en faire des revêtements fixés à l'étrave et à l'étambot. Pendant tout ce temps, ils vivaient à l'abri de tentes en peaux de bêtes, se réunissaient autour d'un foyer creusé à même le sol, qu'ils alimentaient de crottes de moutons séchées, et y cuisinaient des repas de viande bouillie.

Il ne se passait pas une journée sans que Bjorn ne parlât du grand Egill.

— Ce bracelet est tellement grand que je pourrais le passer dans une de mes jambes, remarqua-t-il, en exhibant le bijou royal.

— Ce bracelet est un trésor, souligna Arnkell. Il n'y en a nul autre pareil dans toute l'Islande, sauf celui que porte Egill lui-même à son bras.

— Pourquoi alors m'avoir donné ce trésor plutôt qu'à son fils? s'étonna Bjorn.

— Peut-être parce qu'Egill Skallagrimsson a vu en toi le véritable fils de l'Islande...

— Einar m'a dit un jour qu'Egill était l'homme le plus riche de l'Islande, ajouta Bjorn.

Arnkell ne fit aucun commentaire, mais il raconta à Bjorn que toute l'Islande savait que peu de temps après l'assemblée de Thingvellir, Egill voulut y retourner et emporter les deux coffres pleins d'argent anglais que le roi Adalsteinn lui avait donnés. Il avait l'intention de faire porter ces coffres au logberg, quand il y aurait la grande assemblée. Ensuite, il voulait jeter à la volée cet argent et voir toute l'assemblée du Thing se bagarrer pour le récupérer. Au lieu de cela, Egill serait parti un soir, à cheval, accompagné de deux esclaves. Il aurait emporté les deux coffres. Quand les gens se levèrent, le lendemain matin, ils auraient vu Egill qui clopinait sur la colline, à l'est de l'enclos, tirant son cheval derrière lui. Les esclaves et les coffres avaient disparu. Dans le pays, on fait maintes conjectures sur l'endroit où Egill aurait caché son argent. À l'est de l'enclos, à Mosfell, il y a un ravin qui descend de la montagne. On aurait trouvé, dans le ravin, des monnaies anglaises. Certains présument que c'est là qu'Egill a caché l'argent. En bas du pré clos, à Mosfell, il y a de grands bourbiers extrêmement profonds. Beaucoup croient que c'est là qu'Egill a jeté son argent. Au sud de la rivière, il y a des sources chaudes et, à peu de distance de là, de grands trous dans la terre: certains supposent que c'est là qu'Egill a caché son argent car on y voit souvent des feux follets. Egill aurait dit qu'il avait tué les esclaves et aussi qu'il avait caché son argent, mais que nul ne saurait jamais à quel endroit.

— Peut-être est-il l'homme le plus riche d'Islande, opina enfin Arnkell. Mais ses richesses ne serviront à personne. Egill Skallagrimsson sait que les hommes d'Islande ne trouveront pas ses coffres; peut-être que ces coffres n'existent même pas. Mais je sais que les hommes d'Islande hériteront de la richesse de ses paroles!

Quelque temps après, l'expédition était enfin prête. À la tête de vingt-cinq knorrs bondés d'hommes, de femmes et d'enfants emportant avec eux toute leur fortune, Eirik le Rouge quitta le promontoire de glace du Snaefellsnes qui pointait vers le plein ouest, tel un index géant.

En chemin, l'expédition essuya une tempête qui coula plusieurs vaisseaux. D'autres rebroussèrent chemin. Eirik le Rouge et les plus hardis parmi ses compagnons continuèrent à naviguer vers l'Ouest, se repérant le jour grâce au soleil et grâce à l'étoile polaire durant la nuit. Il s'écoula encore plusieurs jours, lorsqu'un matin Arnkell Regard-d'Aigle aperçut un paysage terrifiant. Dressées devant eux et brillant sous le soleil d'une clarté aveuglante, les falaises d'une monstrueuse calotte glaciaire tombaient à pic

dans la mer et des sommets de montagnes gigantesques pointaient au-dessus de la glace. Par moments,
des bruits sinistres assourdissaient l'espace; dans un
fracas de mille tonnerres, d'énormes icebergs se sépa-
raient des glaciers et des pans entiers de falaise s'ef-
fondraient dans la mer.

— Est-ce le pays des Hommes Blancs? demanda
Bjorn à Arnkell.

— Je n'ai jamais entendu parler d'un tel pays, répondit ce dernier. Ici il n'y a pas d'hommes; nous sommes les premiers!

Eirik avait déjà vu ces lieux et, se fiant à son instinct, il se fraya une route dans un dédale de voies
d'eau qui le menèrent enfin sur la côte orientale. À cet
endroit, la côte était percée de fjords profonds où les
eaux regorgeaient de poissons. Ils virent des baleines,
des bandes de morses et de phoques et des ours po-
laires. D'innombrables colonies d'eiders et de faucons
blancs peuplaient les falaises. Sur les rives poussait
une herbe très verte. La mousse et des myriades de
fleurs sauvages tapissaient le sol. Et il y avait de la
pierre à bâtir.

Quatorze knorrs arrivèrent à bon port et près de
quatre cents Vikings d'Islande commencèrent la colonisation du Groenland, la Terre Verte.

Sur la première pierre qu'il vit, Bjorn grava: *Le
jour est le messager des dieux*. Il la marqua de la rune
Daeg: la rune de l'aube.

Une vengeance

La dernière chose dont Einar se souvint vraiment fut la vision sanglante de deux individus qui traînaient par les jambes un corps nu, sans tête, le dos contre terre et le ventre ouvert. C'était le corps de Gunnar. Il eut le sentiment que son esprit tout comme ses yeux étaient aussitôt plongés dans une nuit interminable.

Puis il se rappela vaguement une longue traversée: le mugissement du vent et l'affreux roulis; les lames glacées balayant le pont, le sel brûlant. On lui avait bandé les yeux et entravé les mains et les pieds. Malgré tout, il s'appliquait à tracer d'une main patiente les interminables signes runiques, comme s'ils eussent été les dernières choses le liant à la vie. Ce furent enfin la terre, la forêt et les montagnes. Il perdit alors toute notion du temps.

Einar était devenu d'une maigreur extrême, mais il vivait toujours. Il ne savait depuis combien de temps on le maintenait dans l'obscurité. Il sentait ses yeux gonflés et sa tête engourdie de douleur. Il était épuisé par toutes les privations. L'humidité suintante des lieux était affreuse. Elle s'attaquait autant à ses vêtements qu'à sa chair et à ses os. Einar pressentit sa fin prochaine. Il portait dignement sa douleur et ne se troublait plus autrement de son sort, sauf qu'il s'inquiétait de savoir comment faire passer la langueur douloureuse de cette solitude dernière.

— Les mots te manquent, Einar, fit alors une voix irréelle. N'est-ce pas que les mots te manquent?

— Par Freyr, murmura le maître des runes, incrédule, je ne te vois pas, mais je reconnaîtrais cette voix partout. Tu es Aldis! Mais que me veux-tu donc?

Affaibli, presque sans nourriture, Einar parvint néanmoins à raidir ses forces défaillantes et à dominer sa condition.

— Tu me croyais au royaume de Hel, ricana la vieille. Avoue que tu ne pensais plus me revoir en vie...

Einar perçut une angoisse chez la magicienne; le sentiment de quelqu'un qui craignait la mort, qui défendait sa vie avec désespoir, même au prix d'une affreuse misère.

— Tu es donc en vie, répondit tranquillement Einar. Je m'en réjouis, Aldis, et je ne connais nul motif pour mériter le sort que tu me fais subir!

— Tu n'as donc de mémoire que pour tes runes, glapit Aldis, courroucée. Crois-tu donc qu'avec le temps et mes pauvres cheveux blanchis, la fierté n'apparaît plus sur moi? Crois-tu que j'aie oublié le serment de celui qui devait tout donner à cette femme qui palpitait, à ce cœur qui battait si vite qu'elle craignait qu'il n'éclatât? Crois-tu que le beau caractère se contente du pire de tous les affronts, au point de ne plus s'attendrir à la vue des plus grandes misères? Je te hais, Einar, parce que tu as privé mes yeux de toutes leurs larmes depuis si longtemps. Je te hais parce que le supplice d'une femme fut pour toi un hommage sensible!

— Un hommage qui t'aura rendue à toutes les libertés et à la puissance de la magie, rectifia Einar.

— Non, Viking! Non! Un hommage qui m'a laissée

me tordant d'angoisse et d'effroi. Car tu ne m'as pas rendue à la liberté, tu m'as condamnée à la solitude; rejetée de tous, réduite au mal et à la magie!

— Je me suis toujours offensé du verbeux étalage d'un sentiment naturel, soupira Einar. Si les mots furent tels que tu les as éprouvés avec trop de force, alors tu fus la seule sincère et la seule méconnue. Un cœur déchiré n'a pas à se répandre en cris ou en larmes inutiles... et aujourd'hui, comme depuis fort longtemps, je ne saurais élever mon cœur jusqu'à mes lèvres. J'ai servi loyalement quiconque se fiait à moi, et la sagesse me fait craindre les jugements inconsidérés. Maintenant tu apparais pour me laisser voir les plus faibles vices à travers les haillons du temps... je deviens donc ton jouet, et toi, l'aiguillon d'une vengeance dont tu veux m'accabler. Alors sache, Aldis, qu'à présent, plus rien ne peut me faire de mal!

— Je n'en crois pas un mot, Einar, le défia Aldis. Les figures des tiens frémissent autour de toi comme les roseaux de la forêt autour d'un arbre gigantesque. Ils hantent tes nuits. Ne sens-tu pas dans ta poitrine une tempête qui gronde?

La crécelle de la voix d'Aldis irritait maintenant l'oreille du maître des runes. Il eut la soudaine envie d'une échappée d'horizon, d'un souffle d'air salin et du grondement du ressac. Mais rien n'arrivait. Pendant un instant, son esprit plongea à pic dans les abîmes du malheur et de la folie. «Il est parfois effrayant de regarder les êtres de si haut, pensa Einar, on a le vertige. Les mots les plus sages, ceux qui nous inclinent à méditer, manquent. J'ai au-dedans de moi une plaie béante qu'avive la colère vengeresse de cette sorcière!» Maintenant qu'Aldis le destinait à une nuit sans fin, il aspirait à une mort rapide, à moins que cette créature dégradée n'éprouvât quelque secret espoir de provoquer en lui de la pitié. Une inépuisable angoisse s'installait en lui.

— Que me veux-tu donc, Aldis? répéta Einar d'un ton las.

— Dresser les bois de ton supplice et ne t'épargner nulle fange pour un mal lointain qui ne fut point expié!

Einar sentit la proximité de la vieille magicienne; elle dégageait l'odeur fétide de la terre et de la bête, tout à la fois. Il y eut un bref silence, puis, tout à coup, elle se précipita sur Einar avec un cri de bête fauve et lui arracha le bandeau qui l'aveuglait. Tout d'abord, le maître des runes ne vit que des contours diffus; ceux-ci se précisèrent peu à peu. Ses yeux s'emplirent alors de la vision d'un être repoussant, dont l'arête aquiline du nez était devenue décharnée, sèche et dure, à croire que l'agonie avait déjà pincé les narines. Le bleu de ses yeux enfoncés n'avait plus d'éclair, plus d'expression; il était froid, presque aigu. Sur son front plissé, le long de ses tempes, échappées d'un bonnet de fourrure, des mèches de cheveux blancs ornaient sa tête d'une parure grotesque.

Einar regarda autour de lui et comprit que sa prison humide et froide était en réalité une caverne.

— La haine, Einar, ne saurait vieillir, lui souffla Aldis au visage. Les rides s'attachent aux plis de la peau, non au squelette. Ma haine est aussi pure qu'au premier jour de ta trahison; elle est aujourd'hui aussi dure que la pierre du fjord. Toi qui as ignoré ma misère et ma détresse, toi qui t'es isolé dans une grandeur superbe et farouche, toi qui as regardé les humbles du faîte de tes connaissances, tu as fait peu de cas de ce que supportent chaque jour les misérables. Sous le poids du malheur, j'ai moi aussi noué un cruel rapport avec les dieux, jusqu'à faire paraître les corbeaux qui battent de l'aile aussi minuscules que des scarabées. À toi, il te faut un bourreau qui n'aura pas la miséricorde de la hache ou du glaive; un bourreau qui te frappera lentement et fera de ton cœur une fleur sanglante...

— Si tu crois, femme, que tu es le premier messager de mort à vouloir ravir mon ombre, tu te trompes! Les clameurs funèbres me sont familières depuis si longtemps...

Einar s'interrompit, glacé d'effroi. Devant lui, Aldis agitait un objet difforme, le balançant d'un côté à l'autre tel un hochet monstrueux. Le regard de la vieille magicienne avait pris une expression atrocement fixe: le regard d'une folle. Au bout d'une pique elle présentait au maître la tête sanglante de Gunnar.

Le maître des runes ferma les yeux. Il oublia tout. Il n'entendit plus le rire démoniaque d'Aldis la magicienne. Il souhaita que la nuit et la neige descendissent du Grand Nord afin d'ensevelir jusqu'au dernier souvenir.

Seconde partie

Le maître des moines

C'est du Nord que va déborder le malheur
sur tous les habitants du pays;
car voici que j'appelle
toutes les familles des royaumes du Nord,
oracle de Yahvé.
Ils viendront et chacun placera son trône
à l'entrée des portes de Jérusalem
contre ses remparts, tout autour,
et contre toutes les villes de Juda.
Je prononcerai contre eux mes jugements
car ils m'ont abandonné,
et ils ont encensé d'autres dieux,
ils se sont prosternés
devant l'œuvre de leurs mains.

(Jérémie, I, 14-17).

fécondité. Le sang qu'ils avaient offert était la racine de vie. Et lorsque la pluie cessa, ils renouèrent avec le seul Dieu, le priant de garder pour eux le secret du village. «N'avons que des choux flétris, disaient les paysans en remuant une terre lourde de pluie, des fruits gâtés dans la hotte. Tout c'que j'ons d'mauvais, c'est tout c'que j'ons! Un peu de grain dans la r'sserre, j'voulons bien garder not'blé d'ici Noël! Pour manger un peu faut' de moyens. N'y a que l'tas d'ordures pour fournir la mince table; n'y a que ces gens à grands appétits, gens de lettres et gens de Dieu, qui s'engraissent!»

Le soleil était à peine levé que déjà Roussel devait se mettre au travail. C'était un robuste gaillard, noir comme charbon, aux yeux écartés comme ceux d'un loup, dont le nez aux narines retroussées et une bouche hersée de dents jaunies rendaient l'allure bestiale. Signes de croix et prières expédiés, Roussel s'habilla à la hâte, enfilant chemise, braies, chausses et souliers, puis procéda à quelques ablutions rapides. Il se frotta les dents et gencives en mordillant une feuille d'arbre puis mâcha une tige de rhubarbe afin de purger la bile.

Pour Roussel comme pour ses compagnons, c'était une autre journée de labeur où seul le soleil rythmait le temps. Son travail s'arrêterait en même temps que le paysan et ses bêtes: lorsqu'ils ne verraient plus rien. De retour alors dans la masure, Roussel allumerait son unique chandelle de suif et avant même complies, il aurait déjà couvert le feu, en ne gardant que quelques braises inoffensives pour le lendemain avant de gagner sa paillasse. Roussel n'était rien dans cette succession immuable et parfaite, fragment d'éternité, qui appartenait à Dieu seul, donc à son Église. Alors que les prières suivaient le rythme du jour et de la nuit et que cloches et tocsins les signalaient entre deux angélus, Roussel attaquait vigoureu-

sement la forêt pour en tirer les bois d'œuvre, les
fascines des routes, des fondations et des murs, le
petit bois du chauffage et le charbon. À l'aide de sar-
cloirs, de herses et de charrues, lui et ses compagnons
transformaient les sols profonds des terres maréca-
geuses en terres à blé. La forte cognée mordait sur les
futaies et l'herminette combattait les broussailles sans
cesse renaissantes. Les souches difficiles à carboniser
sur place étaient coupées à la hache ou extraites au
palan et à la charrue. De temps en temps, en récompense, on permettait aux travailleurs de cueillir champignons, fruits des châtaigniers, des noisetiers, des
pins, même des chênes ou des hêtres, avec lesquels ils
préparaient la bouillie de glands et l'huile de faîne.

Un jour, Roussel reçut l'ordre de se joindre à la légion de travailleurs qui peinaient autour de la grande
abbaye de Saint-Ouen. Tous étaient vêtus d'un même
type d'habit ample, flottant et long; la tiretaine, la
bure, la toile grossière les habillaient tous. Les uns
taillaient la pierre, d'autres pétrissaient l'argile en y
mêlant de la paille hachée, certains, parmi lesquels
Roussel, transportaient de lourdes poutres, renfor-
çaient des pieux ou encore taillaient des chevrons
pour les toits.

— Y fait soif! se plaignait-on.

Des moines firent passer des baquets d'eau. Roussel prit une lampée, grimaça et recracha avec dégoût.

— Pouah! fit-il, de l'eau de pluie, encore! C'est-y
une offense à Dieu que d'espérer un peu de cervoise
ou une goutte de prunelle?

— Faut bien croire que c'est pas aux gueux d'attendre que vienne sur la table de la cervoise, pas plus
que du marcassin, de la tanche ou de l'anguille, ironisa un compagnon.

— Tout juste une queue de sanglier, ricana un autre.

— T'auras toujours du méteil, pis t'as qu'à cueillir
des sorbes et des prunelles...

— Souhaite-nous encore le mal des ardents tant qu'à faire, rétorqua brutalement Roussel en montrant son poing énorme.

D'un geste rageur il rabattit sur ses yeux le bonnet qui lui couvrait la tête, renifla et regarda d'un mauvais œil les formes massives de l'abbaye. Roussel songeait aux moines qui, derrière ces murs, au milieu des vastes terres exploitées par paysans et serfs, prêchaient la crainte d'un Dieu juste et terrible. À l'ombre de ces murs, ils s'offraient les mets préparés, les poissons de tout genre, les œufs, les laitages, le vin, amélioré par l'addition d'épices et de miel. À la coule noire s'ajoutait fréquemment une douillette pelisse. Hors les murs, le dur travail des champs était le lot d'un bœuf, non ferré, tirant un araire de bois, tandis que le serf taillait les arbres avec un morceau de bois, retournait la terre avec une bêche en bois, écrasait le grain entre deux meules de pierre qu'il actionnait à bras. Il élevait aussi quelques porcs, qui vivaient, à demi sauvages, avec des soies longues et hérissées, les dents proéminentes comme des boutoirs de sangliers, dans le bois communal, où ils dévoraient faînes, glands et châtaignes. Une viande qui finirait dans les cuisines de l'abbaye. Toujours les mêmes gestes dans un cadre chiche et austère, au rythme du soleil et des saisons, du lever au coucher du soleil: bêcher le sol, brandir la faux à long manche; couper à la faucille les épis à mi-hauteur, laissant le chaume haut; battre le grain au fléau sur l'aire, puis le vanner, éparpillant au vent la balle; récolter les fruits à la gaule, sans pouvoir en manger; cueillir les grappes sur le cep ou la treille; tirer le grain d'une besace et le lancer à la volée pour les semailles; tout cela pour nourrir les autres. Roussel poussa alors un cri de rage.

— Diable, es-tu là? hurla-t-il. Je sais que tu es là. Alors, montre-toi. Depuis le temps qu'on parle de toi;

montre-toi. Moi, je te verrai et eux aussi te verront! Parions que tu leur donneras des idées à tous ces moines. Ils arroseront ces terres d'eau bénite. N'est-ce pas que tu t'intéresses aux âmes en or?

Puis Roussel cracha violemment en direction de l'abbaye.

La tentation

Geoffroy de Prié, l'abbé du monastère de Saint-Ouen, avait passé toute la nuit à l'extérieur de l'abbaye. La nuit avait eu une présence inquiétante, une vie bruissante. Il avait senti son intimité; le chœur des insectes avait été une pulsation intense qui avait donné à l'obscurité plus d'épaisseur encore; comme une respiration précipitée.

Maintenant, Geoffroy de Prié avait surtout peur. Il avait beaucoup entendu parler de cet homme; un jeune pâtre qui, il n'y avait pas si longtemps, avait encore mené son troupeau sur les maigres herbages parfumés de serpolet du Cantal. C'était un Aquitain d'origine et les Aquitains se prétendaient toujours différents des autres peuples et surtout de ceux du Nord; des hommes pleins de légèreté, de vanité et de mœurs aussi différentes. Cet homme, justement, était le favori de l'empereur Otton et l'ami fidèle de Hugues Capet.

Geoffroy de Prié avait peur parce que Gerbert d'Aurillac, l'écolâtre, avait conquis l'archevêché de Reims. «Une très inquiétante montée vers les honneurs», ne put-il s'empêcher de penser. Ne disait-on pas qu'à sa naissance le coq avait chanté trois fois et qu'on l'avait entendu jusqu'à Rome? On disait également qu'il avait écrit au pape Jean, en rappelant à ce dernier qu'il lui était loisible de rallier le camp où toute sa part était faite à la loi des hommes et aucune à celle de Dieu, si le pape relâchait sa grandeur d'âme, ce qui signifiait, bien entendu, qu'il était prêt à abandonner la vie monastique pour s'installer à la Cour impériale, si jamais on le contrariait sérieusement.

Évidemment que Reims n'était pas encore Rome, se disait Geoffroy de Prié, mais le titulaire de l'épiscopat de Reims était l'un des plus grands personnages du Royaume, avec, de surcroît, un pied dans le Vatican. Et voici que Gerbert d'Aurillac venait d'annoncer des intentions grandioses d'évangélisation dans les royaumes du Nord!

«Edwin, roi de Northumbrie, avait-il commencé par dire, imaginait la vie comme étant un court passage entre le temps qui précède et celui qui doit venir. Ce temps étant ténébreux, si les chrétiens savaient nous en dire quelque chose de certain, ils méritaient d'être écoutés.» Or quand les rois deviennent chrétiens, les peuples le deviennent avec eux. «Pour notre mérite à tous, avait ajouté Gerbert d'Aurillac, il suffit que les rois deviennent chrétiens à Reims; ou encore à Rouen!»

Pour le nouvel archevêque de Reims, avait compris l'abbé Geoffroy de Prié, l'œuvre de lumière était une idée impériale en quelque sorte; une mission qui ne devait être compromise ni par le zèle excessif, ni par le rêve de la palme du martyr. Gerbert d'Aurillac avait expliqué que puisque des chrétiens étaient établis au Danemark, que la Norvège comptait également quelques fidèles, que la Suède était sur le point de devenir un royaume catholique, il fallait qu'un archevêché soit comme un trait d'union entre les États normands et les États carolingiens; aux marches de l'empire carolingien et à proximité de la Germanie centrale... Il avait insisté sur le fait qu'il ne servait à rien de condamner, ou encore de brûler; plutôt fallait-il conserver et ennoblir. Ce qui impliquait que les temples des païens devinssent des chapelles; le marteau de Thor, une croix; les lieux de sépultures païennes, des rendez-vous de prières. Convaincre les barbares que la triade Odin, Thor et Freyr n'était qu'une préfiguration de la Sainte-Trinité; que Loki n'était que le nom norrois de Satan et que les Elfes étaient les anges de lumière qui guidaient inlassablement le chrétien à travers les pires embûches. Ainsi, sans violence, sans effusion de sang, les barbares passeraient insensiblement du paganisme le plus avéré au christianisme. Plus de superstitions, ni de sorcellerie.

Geoffroy de Prié, l'abbé d'un obscur monastère, s'efforçait de pénétrer dans les arcanes de la pensée de Gerbert d'Aurillac, l'archevêque de Reims. «Des basiliques partout, imaginait-il, des basiliques somptueuses et closes, pour célébrer le sacrifice, avec tant de faste que l'on pourra voir en eux plutôt des anges que des hommes.» Ainsi Gerbert d'Aurillac voulait amplifier l'œuvre de Dieu par des éblouissements paradisiaques et pour cela, il fallait rebâtir la grande église, ériger de nouvelles Romes. Rendre l'œuvre plus lumineuse, plus vaste; étirer démesurément les nefs comme un long chemin conduisant au séjour des anges. C'était bien le rêve d'omnipotence qui interdisait au corps épiscopal de quitter la terre pour les parages célestes, qui le gardait à sa juste place, c'est-à-dire fortement ancré dans le temporel, lié charnellement à toute la haute aristocratie et à l'office royal. Déjà Charles le Chauve avait cédé aux archevêques la moitié des droits perçus par un prince sur le Tonlieu, sur les navires et sur les salines, et les princes partageaient avec les archevêques les chevaux, les chiens, les mulets, les éperviers, les bouffons, les chanteurs et les animaux venant des pays lointains; il restait alors peu de choses pour les monastères, sauf lorsqu'il s'agissait de craindre Dieu et sa vengeance et de songer au trépas et à ce qui le suivrait; alors les monastères pouvaient monnayer les prières qui garantissaient le salut...

Gerbert d'Aurillac s'était émerveillé devant la splendeur de sa cathédrale; devant la représentation sculptée des onze mille vierges... Les Huns, le carnage, le massacre, cette pourpre qui venait rougir ces blancheurs, ces brassées de lis ensanglantés. Onze mille jeunes filles égorgées qui devinrent aussitôt onze mille anges qui, tour à tour, balayèrent l'ennemi et mirent en déroute Attila... c'était le signe divin, le symbole qui inspirait Gerbert lorsqu'il contemplait les reliefs de ces créatures presque immatérielles, aux visages diaphanes comme des hosties, aux regards tendres toujours noyés sous les paupières, aux yeux invisibles fermés sur leurs extases et leurs béatitudes; ces visages où transparaissaient un calme songe intérieur, un regret paisible et un chagrin sans larmes...

«Dieu, avait dit Gerbert d'Aurillac, c'est la révélation de la grandeur monumentale et il n'y a que Dieu pour habiter de pareils portails. Une cathédrale est le plus magnifique monument de tous. Qu'importe à Dieu ces misérables païens qui s'agitent à ses pieds et ne se soucient pas encore de son nom! L'architecte céleste élèvera le faîte des montagnes jusqu'aux nues et courbera les plus audacieux des incroyants. On dit qu'ils ont tant de dieux, ont-ils des temples? Des temples? Quelle offense! Des huttes de charbonnier avec un toit de vigneron, me dit-on. Même pas dignes d'une étable à pourceaux! S'ils réduisent ainsi leurs dieux à deux couples de perches inclinées et croisées à leur sommet par une perche transversale, leurs dieux ne sont pas grand-chose... C'est pourquoi nous bâtirons dans ces royaumes des monuments inouïs; des fragments de montagnes s'uniront, avec des tours cabrées en plein élan, de prodigieuses absides et des nefs qu'aucune tempête ne soufflera... et nul païen ne parviendra à leurs sommets car Dieu ne permettra qu'aux corneilles et aux chats-huants d'en hanter les tours... n'est-il pas dit à propos de Dieu dans le *Livre de la Sagesse*: 'Tu as ordonné toute chose avec mesures, nombres et poids'? Il en sera donc ainsi dans tous ces royaumes!»

Pour tout cela, Geoffroy de Prié avait peur. Les rumeurs, il le savait, deviennent légendes, et elles ont la vie dure. Cet homme avait déjà dit qu'il ne souffrirait pas plus longtemps de se transformer en instrument du diable pour débiter des mensonges contre la vérité. Et s'il était l'Antéchrist siégeant dans le Temple de Dieu? N'était-il que soutenu par la science? N'était-il que parures pourpre, or et marbre? L'hérésie ne guettait-elle point tous les hommes qui s'adonnaient à l'étude des auteurs païens, particulièrement des philosophes et des poètes? Gerbert d'Aurillac était trop familier avec Virgile, Horace et Juvénal pour ne pas être suspect d'appartenir au troupeau de la philosophie païenne... Au plus profond de son être, l'abbé Geoffroy de Prié sentait la brûlure des heurts feutrés entre sa conception de Dieu et des hommes et celle, érigée sur l'éloquence et la philosophie profane, de Gerbert d'Aurillac. Être chrétien n'était-il pas être stoïque, écorché vif même, émerger sans cesse des clairs-obscurs convulsifs des tentations de la chair et, coup sur coup, affronter ses propres ténèbres, jusqu'à sentir le Diable qui rôde; jusqu'à subir l'incandescence; jusqu'à l'honneur suprême de l'Enfer, avant de s'élever vers le Paradis?

Lentement alors se dissipa le flou des distances et des ombres et l'abbé Geoffroy de Prié frissonna. Il jeta un rapide coup d'œil au clocher de l'église abbatiale. La croix à son faîte crevait un ciel gris et bas. L'angoisse tenaillait toujours l'ecclésiaste. Voilà quelques mois à peine, des inondations avaient submergé les chemins, noyé le bétail et anéanti les récoltes. La canicule avait été accablante. Des récoltes entières avaient été dévorées par des insectes parasites. La famine s'était installée; les gens se poursuivaient même, racontait-on, pour s'entre-dévorer. Il y avait eu la peste. Dernièrement, c'était le mal des ardents qui rongeait le peuple.

Depuis, le tympan des cathédrales et les murs des monastères retentissaient des sons graves du grégorien clamant le «**Dies Irae, dies illa**...»! Cette angoisse, pensa Geoffroy de Prié, était-ce la grande peur des Temps Derniers? Un verset de l'*Apocalypse* le hantait: «Le premier ange sonna de la trompette. Et il y eut de la grêle et du feu mêlés de sang, qui furent jetés sur la terre; et le tiers de la terre fut brûlé, et le tiers des arbres fut brûlé, et toute herbe verte fut brûlée...» Pourtant non! se rassura Geoffroy. La Création était ébranlée, mais la fin des Temps, dans cette Apocalypse préfigurée, tardait à venir. On pouvait même imaginer un destin des âmes plus clément, reportant à plus tard le Jugement des pécheurs. Cela semblait même plus évident: on ne craignait plus les grandes migrations des peuples vers l'Ouest; le Sarrasin se faisait rare sur les côtes; le Norse oubliait la Francie. Certes, il y avait toujours des pestes et des famines; mais comme toujours, elles demeuraient à l'état d'une crainte sourde. «Sûrement que la nature redeviendra clémente lorsque nous approcherons du millième anniversaire de la Rédemption», pensa Geoffroy. Et son visage émacié s'éclaira un instant d'un sourire fugace.

– **Dies irae, dies illa, solvet saeclum in favilla, teste David cum Sibylla**... chantonna-t-il.

Le crépuscule s'annonçait et avec lui, une autre

nuit de veille peut-être. Le clocher n'était déjà plus qu'une masse noire, et l'église, avec ses arcs-boutants, plus sombre encore que le ciel. D'un pas rapide, l'abbé Geoffroy contourna les bâtiments de pierre taillée. Il pénétra dans la voûte obscure soutenue par de gros piliers. La nef était d'un volume simple. Néanmoins, la crypte aux chapiteaux cubiques et le chœur aux hautes arcatures témoignaient de la créativité des moines bâtisseurs. Geoffroy emprunta le déambulatoire. Passé les petites chapelles abritant les reliques des saints, il arriva devant une porte aux voussures en reliefs sculptés. Elle s'ouvrait sur le criptorium. Il y régnait l'odeur rance des chandelles fumantes. Des moines silencieux et recueillis y produisaient des enluminures en marge des manuscrits qu'ils recopiaient. Il y avait de tout: *Bible, Apocalypse, Évangéliaire, Sacrementaire*, même une *Histoire du Monde*.

Sous un angle de voûte, Geoffroy aperçut ses élèves: Cédric et Thibault. Ils trempaient méthodiquement des plumes de différentes grosseurs dans des cornes à encre aux couleurs variées. Cédric était l'élève préféré de l'abbé Geoffroy. Le regard bleu, immense, du jeune moine-enlumineur le fascinait. S'approchant, l'abbé se pencha, jusqu'à frôler le crâne tonsuré de Cédric. Il scruta le texte orné de dessins marginaux, d'initiales historiées, d'entrelacs et de rinceaux. L'écriture en minuscule caroline était minutieusement alignée sur le vélin. Déposant la plume d'oie imbibée d'encre rouge, Cédric lissa soigneusement le parchemin à l'aide d'une pierre ponce.

— Cette plume d'oie qui nous sert si bien est précieuse, un véritable trésor, murmura l'abbé Geoffroy à l'oreille de Cédric. Grâce à elle, à votre talent, à cette infinie patience qui est le don que Dieu vous a fait, nous sommes la mémoire du temps et celle des hommes. Sans elle, tout n'est qu'ombre, mensonge, hérésie; sorcellerie même!

Cédric leva les yeux vers l'abbé. La lueur des chandelles accentuait le teint cireux de Geoffroy et mettait en relief son nez aux narines pincées et ses yeux très noirs. L'abbé se surprit de l'air apeuré de Cédric, comme si ses paroles eussent semé un certain effroi chez lui.

— Qu'y a-t-il donc, frère Cédric?

Le ton se voulait compatissant.

Visiblement affligé, Cédric chuchota:

— C'est une chose affreuse d'être la mémoire du temps, maître! Car il existe... Il existe!

Geoffroy se raidit quelque peu.

— Qui vous trouble ainsi? interrogea-t-il.

Cédric secoua la tête. Geoffroy insista.

— Le Malin, finit par dire le jeune moine. Je sais qu'il est parmi nous!

D'un signe de la main, l'abbé Geoffroy invita son élève à le suivre. Traînant le pas, la tête basse, Cédric emboîta le pas à l'ecclésiaste, touchant au passage la main de son compagnon Thibault. Geoffroy ferma soigneusement la lourde porte du scriptorium derrière lui. Puis il posa une main sur l'épaule de Cédric et la serra; le geste était ferme mais également nerveux, trahissant une angoisse certaine.

— Que me dites-vous, frère Cédric?

— *Quand les mille ans seront accomplis, Satan sera relâché de sa prison. Et il sortira pour réduire les nations qui sont aux quatre coins de la terre, Gog et Magog, afin de les rassembler pour la guerre!*

Le jeune moine avait récité d'un trait un des versets de l'*Apocalypse*. En l'entendant, les traits osseux de Geoffroy de Prié se durcirent. Ses yeux se réduisirent à deux fentes.

— Vous, frère Cédric! Vous avez osé! gronda l'abbé, visiblement courroucé. Dois-je donc vous rappeler que notre Ordre interdit aux moines-enlumineurs de lire certains manuscrits?

Cédric hocha la tête, puis il tomba à genoux devant l'abbé. Mais il ne pouvait nier ce qu'il avait vu et lu lors de ses incursions nocturnes en compagnie de Thibault: dragons, serpents et monstres prenant forme, la géhenne où brûlaient des damnés, le diable partout présent. Des moines copistes chuchotant que Lucifer était apparu dans la cathédrale d'Autun, à Saint-Andoche de Saulieu, à Conques. Un moine pèlerin l'avait, paraît-il, rencontré en personne. Trois fois même; au monastère de Champeaux, à celui de Saint-Bénigne et au Couvent de Moutiers-Saint-Jean. On disait qu'il se montrait la nuit surtout, avant l'office des matines, et qu'il avait un crâne en pointe, le dos bossu, des cornes, une queue, des griffes...

Reprenant son calme, Geoffroy se signa et fixa son élève en silence. «L'apocalypse viendra peut-être, pensa-t-il. L'arrivée du **Dies Irae**! Il faut nous garder du Mal, dresser les crucifix, brûler les sorcières! Tout là-haut, Dieu est visiblement en colère...» Puis il mit sa main sur la tête de Cédric toujours prostré.

— Vous connaissez la règle, frère Cédric. Le pardon devra se mériter par la mortification, le jeûne et la flagellation...

Geoffroy força son élève à le regarder. Il s'approcha de lui, assez pour frôler de ses lèvres ses traits juvéniles.

— Que savez-vous d'autre, frère Cédric?

Le jeune moine se redressa et son œil reprit quelque éclat.

— Je sais qu'il y a un homme du hameau de Belliac qui a confessé son humilité d'origine et qui a reçu accueil et instruction des bénédictions d'Aurillac. Cet homme s'est demandé comment parler d'un Dieu souverainement bon s'il ne possédait qu'un vocabulaire imprécis et des raisonnements boîteux. Cet homme a refusé de faire disparaître ou de gratter des parchemins... Cet homme a lu Capella, Juvénal, Horace,

Démosthène. Je le sais, mon maître! Et je me demande depuis si la gloire de Dieu nous impose d'ignorer la réflexion et le discours du profane. Sommes-nous donc condamnés à la crainte perpétuelle de l'Esprit du Mal et aux seules visions de la damnation?

— Le Malin vous a donc véritablement troublé! Rien de cela n'est vrai, siffla Geoffroy entre ses dents serrées. Il cachait toutefois mal son embarras.

— Que non, mon maître! s'empressa de dire Cédric. Je découvre cette mémoire du temps que je ne connaissais pas et que je doute que mes frères connaissent. Tout cela est vrai et vous le savez; car cet homme se nomme Gerbert!

À la mention du nom de Gerbert, Geoffroy tressaillit. Encore lui! Encore cet insatiable bénédictin qui faisait fabriquer des astrolabes et les échangeait contre des manuscrits rares. Ce savant suspect qui prenait son bien là où il le trouvait, musulmans ou idolâtres, saints illustres ou philosophes païens. Geoffroy prit alors un air solennel.

— Ne blasphémez pas, frère Cédric, car vous regretteriez très tôt cette admiration immodérée que vous vouez à un homme, fût-il Gerbert! D'ailleurs il n'existe plus d'homme du nom de Gerbert; il n'y a plus qu'un domaine sacré et... à Dieu ce qui est à Dieu! Ainsi en est-il pour celui qui doit le servir à Reims. **Ipsi de Deo credendum est...**

— **Credo quia ineptum est**, ajouta malgré lui Cédric.

Geoffroy réprima à peine sa colère devant le propos vexant du jeune clerc.

— Je veux bien oublier ces mots, en les portant au compte de votre ignorance et de votre jeunesse, car je ne doute pas de votre amour pour le Très Haut — **Nihil amori Christi prae ponere** — mais même si rien n'a de prix si ce n'est l'amour du Christ, je vous commande de cesser tous ces égarements, sous peine de vous refuser l'accès du scriptorium et encore, ce ne serait qu'un début. J'entendrai votre confession lorsque votre repentir sera sincère. Aussi, dès cette nuit, vous vous soumettrez au jeûne et à la flagellation dans votre cellule. Quand sonneront les matines, vous mettrez vos bras en croix et méditerez sur les souffrances infinies de Notre Seigneur sur la Sainte Croix... **De laudibus sancta crucis, Poenitentiam agite**!

— **Amen**, murmura Cédric, sans quitter des yeux l'abbé.

Le même regard que celui des Norses, remarqua Geoffroy de Prié.

— Si votre repentir est sincère, répéta-t-il d'une voix devenue douce, et votre mortification digne de ce monastère, j'irai vous rejoindre dans votre cellule et mettrai moi-même un baume sur vos meurtrissures!

Sur ces mots, il effleura du doigt la joue de Cédric puis rabattit le capuchon de sa robe de bure sur sa tête. Ses traits ainsi dissimulés, il n'était déjà plus qu'une ombre. Il s'éloigna en silence. À peine Cédric entendit-il le frottement des sandales sur les grandes pierres du couloir. Le jeune moine resta seul, pensif et troublé.

* * *

Dans le silence nocturne, les battements de son cœur retentissaient aux oreilles de Geoffroy de Prié. Il longea l'immense corridor menant aux cellules des moines, éclairé seulement par la lune qui courait rapidement à travers de pâles nuées. Tombant par intervalles sur les vitraux étroits et élevés, ses lueurs dessinaient sur la muraille opposée une longue procession de silhouettes fantômatiques.

Geoffroy s'arrêta devant une porte basse et tendit l'oreille. Il n'entendait que des murmures, semblables

à des prières qu'on récitait à la suite. Son haleine se
fit brusque et précipitée. Il se sentit faible et s'adossa
un instant à l'obscure muraille; il éprouvait, là, au moment même, une des plus violentes émotions de sa vie.
Le Diable l'assaillait, il le savait. Il en perdait les sens,
oubliait les mots des prières et, à la place, il voyait le
corps nu d'un adolescent. Il se rendit compte que jamais encore la tentation ne s'était faite aussi forte;
mais il savait de quel mal il s'agissait car il était dans
la nature du monde des humains. «Le Diable fait toujours grand fracas tant pour la fantaisie des corps que
pour le pouvoir qu'il offre...» pensa-t-il alors. Il eut la
vision terrifiante des flammes éternelles, imaginant
aussitôt que d'attirer vers lui des élans adolescents
pour distraire sa passion secrète le condamnait irré-
médiablement à la géhenne. Que faire devant le
gouffre? Derrière cette porte, soumis à la mortification, il y avait ce jeune homme, intact, impeccable
dans sa peau intouchée. La respiration de Geoffroy se
faisait sifflante, désirable devant la pureté et la
splendeur de la jeunesse qu'il enviait. N'était-ce pas
un appel au-delà de celui de la chair? «Maintenant, se
dit-il, maintenant, sinon je voudrais être englouti dans
les proondeurs de la terre!»

Et le Diable guettait. Depuis des siècles et des
siècles, il rouvrait les plaies du cœur, ravivait les
brûlures de l'âme, forçait les sentiments de pureté à
se ratatiner. Geoffroy de Prié ébroua alors les cruau-
tés de l'âge, car celles-ci lui tressaient une couronne
douloureuse; mais il n'en voulait point, puisqu'il lui
tardait de connaître enfin le frisson mystique qui
seul viendrait par l'interdit de la chair. Ce serait la
part d'ombre inavouée et inavouable qu'il porterait
jusqu'à la fin; le débat éternel entre la passion et la
foi, entre le cœur humain et les choses de Dieu, entre
la sainteté et le péché de chair; désir de transgres-
sion, volupté de la souffrance, humiliation recher-

chée. Il ressentit une émotion encore plus forte, une grande laideur aussi. Et il trouva les lieux calmes, atrocement calmes.

La flagellation terminée, le dos à vif, Cédric venait de se mettre à genoux. Il commençait à élever son âme à Dieu, lorsque, derrière lui, tout près de lui, il sentit une présence, une chaleur...

Il entendit un profond soupir et, plus près de son oreille, il entendit prononcer son nom. Mais la voix disait autre chose, quelque chose d'irréel.

— Tant aimé, balbutiait-elle. Tant aimé...

La voix était si douce et elle portait une grande mélancolie. Ce fut alors comme si toutes les passions eussent agité son cœur en même temps et que toutes l'eussent aussitôt abandonné, tout à la fois. Car l'homme qui était là, maintenant tout contre lui, avait le coup d'œil triste mais aussi perçant d'un homme consommé dans la connaissance des autres hommes, et qui voyait, d'un regard, où tendait chaque chose.

— Ma présence vous afflige peut-être, fit Geoffroy d'une voix altérée. Mais celui qui vous parle espère encore quelque chose, quelque chose d'absolument humain; car les souvenirs que l'on conserve se mesurent toujours aux espérances qui en restent...

— Suis-je contraint d'user de ma liberté ou vous dois-je aveugle obéissance? répondit faiblement Cédric.

— Je voudrais vous connaître en cette nuit sous un autre nom! soupira Geoffroy. Car en ce moment même mon cœur ne saurait être plus sensiblement blessé; mais j'ose vous faire comprendre le langage de mes yeux! Ils expriment la tendresse, une infinie tendresse; un regard, croyez-le, qui ne souille aucune pureté...

— Peut-être que le fruit qui vous désaltérera est un poison qui nous tuera, fit Cédric d'une voix empreinte de pitié.

— Si nous n'avions de folles idées, nous ne serions

pas séduits par les secrets de la vie! répondit Geoffroy, quelque peu embarrassé.

À ces mots, Geoffroy attacha un regard brûlant sur les yeux mouillés de larmes de Cédric. C'était l'instant indéfinissable où deux êtres, jusque-là occupés par les prières, la solitude et les mortifications, découvraient avec angoisse une liberté qu'ils ne connaissaient pas, un peu comme des aveugles rendus à la lumière après de longues années dans le noir.

À la lueur de la chandelle qui achevait de fondre dans un trou du mur, Geoffroy tendit la main vers Cédric et le toucha doucement. Il ne pouvait plus résister à cette beauté fragile dont la nudité était écorchée de rouge.

— J'ignore ce que je fais, bégaya-t-il, aussi troublé qu'effrayé. Il doit s'agir d'une bien grande offense, mais...

Il attira le jeune vers lui et ne put s'empêcher de le presser plus fort encore sur son cœur, dans un ravissement convulsif.

— Dis-moi alors, poursuivit Geoffroy, dis-moi que tu ressens une chose merveilleuse sans que pour autant tu ne doutes du Ciel. Une joie rêveuse, un charme qui fassent que nous soyons enlevés au monde réel...

— Hélas! fit douloureusement Cédric. Hélas...

Puis il s'arracha un instant à l'étreinte. Tous deux restèrent sans paroles, conscients qu'ils étaient peut-être dans un de ces moments solennels, si rares et si courts sur la terre. Cédric enfouit dans ses mains son visage d'où les larmes ruisselaient. Il avait envie de se blottir quelque part, loin de cette détresse.

Geoffroy s'avança vers lui et lui caressa tendrement le front. Cédric se déroba, tituba et s'écroula lourdement. Très vite, Geoffroy fut près de lui; ils constata, soulagé, qu'une saine respiration soulevait la poitrine inconsciente du jeune homme. Alors il le

dévêtit. Il eut tôt fait d'avoir Cédric nu sous les yeux
et sous les mains. Il se coucha contre lui et le caressa
en lui murmurant de tendres mots. Le jeune homme
soupirait, s'agitait, donnait des signes d'émoi.

D'un seul coup, Geoffroy de Prié vit sa main flétrie
sur la chair adolescente. En un instant il réalisa la
décrépitude de son propre corps et il éprouva une horreur à la mesure même de sa joie. Son regard se perdit
alors à l'intérieur de lui-même; comme s'il franchissait
la frontière de deux mondes. Mais il savait que jamais
plus il n'arriverait à vivre un moment pareil; un court
moment du temps, semblable à une éternité dont il
n'avait ni le pouvoir ni l'envie de s'échapper. Il lui fallait s'apaiser, contenir ce cœur fou qui voulait sauter
hors de sa poitrine, accepter que le plus affreux des
mots, plaisir, vienne envahir les lieux du corps qui lui
donnaient naissance.

Geoffroy de Prié perdait maintenant toute sa
chair; c'était un éblouissement, la folie la plus pure.

Ce n'est que plus tard, lorsque la raison reprit le
dessus, qu'il se souvint des Écritures. Car il est écrit
dans le *Lévitique* que Yahvé parla à Moïse et dit:
«L'homme qui couche avec un homme comme on
couche avec une femme; c'est une abomination qu'ils
ont tous deux commise, ils devront mourir, leur sang
retombera sur eux»...

«Alors le début et la fin des temps auront le péché
pour cause commune», se dit Geoffroy. Quelle miséricorde pouvait-il encore espérer puisqu'il n'avait plus
de relations privilégiées avec Dieu? «Si je regarde en
arrière, même un bref instant, je deviendrai, comme
la femme de Lot, une colonne de sel»... Son esprit
s'aventura dans la *Genèse*: «Au moment que le soleil
se levait sur la terre et que Lot entrait à Çoar, Yahvé
fit pleuvoir sur Sodome et sur Gomorrhe du soufre et
du feu venant de Yahvé, et il renversa ces villes et
toute la Plaine, avec tous les habitants des villes et la

végétation du sol»... Geoffroy de Prié essaya de verser des larmes de repentir, mais ses yeux demeurèrent secs. Il lui fallait précipiter son propre châtiment; la trompette de l'Ange allait sonner. Il sut qu'il lui restait l'arbre de Judas.

La bouche de l'enfer

Un immense éclair livide couvrit Rouen et les alentours. Il fut suivi presque immédiatement d'un coup de tonnerre violent, dont l'écho se prolongea indéfiniment. Sitôt, la pluie s'échappa des nuages par torrents et un vent furieux, soufflant par tourbillons, enleva une poussière épaisse à une terre encore sèche.

Courbés sous l'orage, les cinq hommes traînaient leur victime à l'ombre d'une longue muraille à moitié démantelée, se roulant en ceinture autour d'un roc. Ils passèrent devant un bâtiment aux tourelles aiguës et aux frêles arcades en ogives et poussèrent jusqu'à une sorte de forteresse à tours carrées groupées autour d'un donjon. De ces tours, une seule était encore véritablement debout; les autres, plus ou moins dégradées, étaient liées entre elles par des lignes de ruines. Il était difficile de pénétrer dans l'enceinte; elle était obstruée de pierres, de quartiers de rochers et d'arbustes de toute espèce qui, rampant de ruine en ruine, surmontaient de leurs touffes les murailles tombées. Les hommes encapuchonnés poussèrent sans ménagement leur victime à travers une crevasse, car l'ancienne porte, encombrée de débris, était inaccessible.

Arrivés au donjon, ils soulevèrent un épais treillis de lierre, provoquant aussitôt une avalanche de lézards endormis et de vieux nids d'oiseaux. À l'intérieur, un escalier étroit et sans rampe tournait en spirale jusqu'au sommet. Deux hommes choquèrent des pierres en laissant tomber les étincelles sur des roches. En peu de temps une flamme claire s'éleva et dissipa les ténèbres. Aux pétillements du feu et à la clarté soudaine, une nuée de chats-huants s'envolèrent lourdement, avec des cris étonnés et lugubres, et de grandes chauves-souris vinrent effleurer les flammes dansantes de leurs ailes cendrées. Effrayé, le prisonnier chercha à se couvrir la tête de ses mains ligotées.

— Tu ne vas pas déjà t'émouvoir, lança un des gardiens. N'es-tu pas un familier du Diable?

— Moi, gémit l'homme, je crains les chauves-souris, les cadavres et les vampires... je ne suis pas brave lorqu'on me force à aller là où un corbeau n'oserait se percher!

— Tu n'auras pas à grimper, mais plutôt à descendre dans les entrailles de ces lieux. Ne préfères-tu pas les enfers aux cieux? Hier pourtant, tes paroles ne manquaient point d'assurance...

Ils tassèrent quelques pierres recouvertes d'une mousse visqueuse et soulevèrent une grille de fer, toute rouillée, découvrant un vilain escalier qui s'enfonçait dans un trou noir. Le premier homme s'y engagea, tenant haut la torche, pendant que les autres le suivaient des yeux, jusqu'à ce qu'ils ne vissent plus qu'une ombre vague, à peine éclairée par la lumière agitée de la torche.

— Vous pouvez venir, fit une voix lointaine.

Ils poussèrent le captif vers l'escalier de pierre. Il résista de toutes ses forces en faisant entendre un murmure vague et confus.

— Pourquoi t'effraies-tu? lui demanda un des hommes. Tu n'es pas encore mort!

L'autre émit un rugissement sourd et s'arc-bouta. Un des gardiens agita une hache pendant que les deux autres tiraient sur la corde qu'on lui avait passée au cou.

— Allons, avance! firent-ils en serrant le nœud.

L'homme avança malgré lui, à petits pas, en s'écriant d'une voix étouffée:

— Grâce! Je reconnais avoir blasphémé... Grâce!

À chaque marche, s'enfonçant un peu plus dans les ténèbres, l'infortuné essaya d'articuler quelques paroles, allant jusqu'à implorer le pardon divin. Ce n'est qu'arrivé au bas de l'escalier, en prenant pied sur un sol humide et glacial qui exhalait des relents putrides, que sa voix s'éteignit dans son gosier. Son visage prit une expression de terreur stupide. Ses yeux devinrent fixes. Son front se plissa profondément, sa bouche demeura béante, lui donnant une allure grotesque. En face de lui, un homme était debout, les bras croisés sur son épaisse poitrine. À travers une cagoule noire, un regard dévorant était fixé sur lui. Roussel reconnut du premier coup d'œil le terrible personnage; c'était la main de la justice: le bourreau!

Épouvanté, Roussel jeta un regard égaré autour de lui, comme pour appeler au secours. Mais il ne vit qu'hostilité.

— Quel est le diable auquel tu désires tant donner ton âme? lui demanda un des hommes, le visage toujours dissimulé à l'ombre du capuchon rabattu.

— Non! Non! Ce n'étaient que des mots insensés, s'empressa de dire Roussel en poussant de longs gémissements.

Puis il tomba à genoux en faisant des signes de prière et d'épouvante.

— En appelant le diable comme tu l'as fait, tu as

agité les forces des ténèbres et tous les démons soucieux de s'emparer des âmes.

— Grâce, messeigneurs! Je confesse ma faute!

Le bourreau, immobile, les bras toujours croisés, attachait sur Roussel un regard sanguinaire.

— Cela ne suffit pas, fit l'un d'eux, d'un air terrible. Crois-tu donc que Dieu se contente d'aussi faibles regrets? Crois-tu que nous nous contenterons d'une mort miséricordieuse? Que non! Tu seras jugé et nul n'ignorera plus rien de ton âme...

Alors Roussel retrouva graduellement sa lucidité, sa force et sa voix.

— Je n'ai pas à me soumettre à votre jugement, vous qui semblez craindre que je puisse voir vos visages. Je fus abusé par un esprit malfaisant. Est-ce une juste raison pour vous laisser consommer de la sorte cette horrible fatalité de ma vie, moi qui déjà ne suis qu'un gueux?

— Un gueux? Un misérable, oui; suppôt de Satan, plutôt! Ainsi nomme-t-on celui qui chante les litanies des démons!

— Que puis-je dire d'autre? rétorqua Roussel, désespéré. Je n'ai point été condamné au supplice de vous voir, n'est-ce pas? Où sont mes accusateurs? Où sont leurs visages? Qui sont-ils?

— Ta folie nous concerne tous...

— Folie? Moi? Regardez-moi bien et sachez que je ne demande qu'une mort rapide par une main qui sait bien la donner, fit-il en désignant le bourreau d'un signe de tête.

— Lui? Il n'est pas là pour te donner la mort, mais pour t'arracher le mal des entrailles, rétorqua l'un d'eux, d'une voix sinistre. Ta mort devra faire la joie du peuple et le rassurer!

Roussel roula des yeux effarés.

— La torture alors! hurla-t-il. Que l'esprit malfaisant se joue de vos cerveaux! Que les chauves-souris habitent vos sépulcres! Soyez, vivants, hantés par les morts. Malédiction sur vous et sur votre bourreau. Ce n'est qu'un cœur qui a toute l'atrocité des plus affreux brigands et toute la lâcheté aussi. Il offre à manger de la même main qu'il rompt les os sur le chevalet.

Un des hommes s'approcha du bourreau et lui parla à voix basse. Ce dernier s'avança vers Roussel, le regard fixe, l'allure menaçante sous la flamme tremblante d'une torche.

— Retirez-lui ses vêtements, ordonna-t-il.

Roussel, dénudé, frissonna violemment.

— Jamais le bourreau ne quitte ces lieux sans que ses mains ne soient souillées de sang impur, insinua un des hommes.

Levant la torche, l'homme se mit à parcourir lentement la grande pièce lugubre où ils se trouvaient. Ce que vit Roussel sur la muraille le fit tressaillir. Un chevalet de torture y était appuyé et atteignait au cintre de la voûte haute et humide. Il y avait aussi des scies de bois et de fer, des chaînes, des carcans et de grandes tenailles. Ailleurs étaient alignés des fouets de cuir garnis de pointes d'acier, des haches, des roues à dents de bronze et un rouleau de corde de chanvre.

— Grand Dieu! murmura Roussel. C'est donc ici le garde-meuble de l'enfer!

— Allumez le foyer! gronda le bourreau.

— Il y a une broche chargée de viande dans ton foyer, fit un des hommes.

Le bourreau ricana.

— C'est peut-être un quartier du diable, gloussa-t-il. Qu'importe! Il y en aura bientôt de la fraîche.

Pendant que les hommes vêtus d'une robe d'ermite nouée d'une ceinture de corde, le capuchon toujours rabattu sur le visage, le hissaient sur l'affreux chevalet, Roussel fut saisi de nausée et faillit s'évanouir de terreur!

Le bourreau se frottait les mains d'un air flatté:

— Qui que tu sois, sache qu'il s'est envolé plus d'âmes de mes mains que tu ne saurais en compter. Et toi, tu ne feras pas exception. J'ai fait crier des os entre les ais du chevalet; j'ai tordu des membres dans les rayons d'une roue; j'ai ébréché des scies sur des crânes; j'ai brûlé le sang dans des veines entrouvertes. Pour toi, je garde du plomb fondu et de l'huile bouillante. Tes aveux ont le même prix, peu m'importe la manière!

La vue de Roussel se brouilla et il n'entendit plus que le bruit confus du bois grinçant auquel se mêlait un éclat de rire sinistre.

*   *   *

Dans la salle tendue de noir s'élevait un tribunal occupé par sept juges vêtus de la bure, dont l'un, placé au centre, portait sur sa poitrine un crucifix en argent. À droite de ce tribunal, derrière une table chargée de manuscrits, se tenait debout un homme à la robe noire, la tête haute, encapuchonnée, le nez recourbé en bec d'aigle, l'œil gris, le regard particulièrement pénétrant. C'était Odbert, l'inquisiteur.

En face des juges, une rangée de moines portaient haut des torches, dont la lueur répandait de vagues rayons sur les têtes tumultueuses d'une foule de curieux pressés contre la grille de fer qui les séparait du tribunal.

— Que l'on fasse silence, commença par dire celui qui prédisait l'office judiciaire. Ce respectable tribunal juge au nom du Dieu tout-puissant et miséricordieux. Puisse-t-il donner sa force à notre infime faiblesse et sa lumière à notre recherche de vérité.

Puis il ajouta d'une voix plus sèche:

— Le tribunal va juger sans appel!

On entendit sourdre un murmure d'approbation

parmi la foule dont les têtes s'agitaient de plus en plus dans l'ombre.

— Qu'on amène l'accusé!

Roussel apparut, enchaîné et titubant, entouré de cinq gardiens. Sa figure était pâle, son œil hagard, ses mains ensanglantées et ses habits en loques. Le président se leva et s'adressa à l'abbé Odbert:

— Inquisiteur, sommes-nous en présence d'une simple créature humaine, douée de sa raison, si faible soit-elle, et croyant néanmoins en Dieu?

Immobile, l'œil tendu, Roussel sentit son cœur palpiter tellement fort qu'il crut encore une fois défaillir.

— Secourez-moi! supplia-t-il d'une voix faible.

L'inquisiteur s'avança et prit place au milieu de l'enceinte, fixant pendant tout ce temps Roussel de son regard froid. Ce dernier baissa la tête pour se dérober à l'œil accusateur d'Odbert.

— Votre révérence, fit-il sur un ton grave, je salue le respectable et judicieux tribunal qui juge ici au nom de Notre Seigneur Tout-Puissant. À votre question, je répondrai tout de suite que nous sommes en présence d'un misérable qui a voulu faire un pacte avec le Diable...

— Où serait mon crime? râla Roussel, en secouant frénétiquement ses chaînes. Même le bourreau ne m'a pas arraché un aveu!

Indifférent aux propos désespérés de Roussel, l'inquisiteur poursuivit:

— Bien au contraire, votre révérence, ce misérable a avoué qu'on lui avait jeté un sort. Un sort? Fort bien! Mais qui donc en a le pouvoir? Faut-il ici prononcer le nom du Malin? Non pas! S'il admet un sort jeté, c'est qu'alors il admet qu'un démon l'habite...

— Est-il alors suppôt de Satan? s'enquit le président d'une voix lente et solennelle.

— Nous en ferons la preuve, votre révérence, répondit Odbert. Ce misérable est probablement né sans un ange gardien et, aujourd'hui, aucun saint du ciel n'est son patron.

Roussel tressaillit; à peine distinguait-il encore, sinon dans un nuage confus, le grand Christ en bois poli placé au-dessus du tribunal.

— Noble juge, je ne suis qu'un gueux, se lamenta-t-il. J'ignore pourquoi l'on m'amène ici et pourquoi le bourreau...

Le président l'interrompit du geste et de la voix:

— Accusé, le tribunal ne vous demande pas qui vous êtes, mais ce que vous êtes aux yeux du Dieu Tout-Puissant. L'idée de livrer un infortuné aux tourments de la torture et à la main du bourreau me déplaît, mais le service de Dieu commande de scruter sévèrement les secrets d'une âme et, serait-elle coupable, de lui arracher les aveux. Continuez donc, Inquisiteur, à nous instruire du passé et des pensées de cet homme...

— Votre révérence, les témoins le feront éloquemment, reprit vivement Odbert.

Les uns après les autres, les témoins défilèrent, exprimant dans un langage parfois grossier, parfois embarrassé, ce qu'ils croyaient savoir de la vie de Roussel. Ils le firent apparaître dans toutes ses terreurs, sans modération, parsemant les récits de railleries amères ou même d'émotions déchirantes.

— Il a l'instinct des bêtes, disait l'un. Depuis qu'il a invoqué Satan devant les murs de l'abbaye, certains tombeaux de pierre ont chanté, et, une nuit, il n'y a pas longtemps, j'ai vu danser les os des trépassés.

— Il a déjà raconté, disait un autre, qu'il rêvait sans cesse à un géant qui portait à sa ceinture un crâne dans lequel il avait coutume de boire. Ce crâne était celui de son fils.

— C'est un sorcier, fit une vieille. Toujours des présages sinistres! Dès qu'un corbeau croassait ou qu'un aigle emportait dans ses serres un hibou, il

voyait des malheurs. C'est-y pas vrai que vous met-
tez chat noir en terre seulement par sorcellerie?

Roussel entendait toutes ces accusations. Surtout,
il ne comprenait rien à cette avidité craintive et à
cette haine qui animaient si vivement ceux avec lesquels il avait pourtant partagé les misères de la vie.
Frémissant d'épouvante, il se recroquevillait, sa tête
retombée sur sa poitrine, inerte, avec l'air absent et
niais de ceux qui perdent la raison.

L'inquisiteur s'acharnait de plus belle. Il exposa
avec force détails la terreur des sorciers qui utilisaient des images de cire et de plomb; recueillaient
des plantes à genoux face à l'Orient; faisaient ab-
sorber des poils, des ongles; exécutaient des enchantements et conjuraient au moyen d'incantations. Puis
s'adressant plus directement à Roussel, il l'accabla
avec toute la hargne que lui permettait sa charge.

— N'es-tu pas de ceux qui vendent des âmes à
Satan? N'as-tu pas avoué sous la torture des brode-
quins et des charbons ardents avoir fait commerce
avec des démons mâles et femelles? N'es-tu pas avec
ceux qui mènent le sabbat? Ne profanes-tu pas les
hosties? N'as-tu pas une des marques du Diable sur
le corps? N'encourages-tu pas les autres gueux à
vider l'escarcelle pour se prémunir contre les envoûtements et les philtres? N'es-tu pas avec ceux qui
continuent à rendre un culte aux sources, aux arbres,
aux pierres levées, même surmontées d'une croix?

Roussel secouait la tête, mais aucun son ne sortait de sa bouche.

— Tenez, votre révérence, fit l'inquisiteur en prenant une allure toute accusatrice, voyez cette bouche
ouverte mais muette; ouverte comme une bouche de
l'enfer! Il est écrit, là, sur ce visage, toute la ressemblance avec le Mal. Voilà, votre révérence, le monstre
à face humaine; l'envoyé de l'Antéchrist. Il jure par
toutes les réprobations infernales et se prosterne seu-

lement sur la pierre. Tremblera-t-il seulement quand
retentira la trompette du Jugement dernier? Son silence confirme les charges accablantes; sa connivence
coupable est établie. Il est suppôt de Satan — sa voix
tremblait quelque peu. Il est suppôt de Satan,
répéta-t-il, avec plus de fermeté.

Une agitation grandissante s'emparait de la foule.
Plusieurs curieux s'agrippaient aux corniches de pierre ou encore montaient sur la grille de fer. Chacun
voulait voir l'effet de ce langage sinistre sur Roussel.
Celui-ci, assis à croupetons, ne réagissait plus. Ainsi
souillé de toutes les infamies, avec une chaîne d'acier
à son cou, le regard figé comme de la pierre, il savait
qu'il ne portait plus en lui une âme d'homme.

Tout à coup, un premier coup de cloche retentit.
Un silence épais s'établit aussitôt. Les juges regardaient dans toutes les directions et la foule était inquiète. Le son s'éteignait à peine que d'autres coups
de cloche ébranlèrent les lieux; renvoyés par la pierre
de l'enceinte, ils rejaillissaient, amplifiés. Des moines
entrèrent précipitamment, effarés. L'un d'eux conféra
à voix basse avec le président du tribunal. Le visage
de ce dernier devint livide.

— L'abbé Geoffroy! fit-il doucement. Pauvre fou!
Est-il mort?

— Non, chuchota l'autre. Mais le trépas le guette.
Il demande qu'on l'aide à trouver la vaillance pour affronter sa dernière nuit. Il éprouve une grande tristesse pour le tort que causera son geste à la communauté.

Il y eut un court silence puis le président répéta
ce qu'il savait, à voix basse, à l'inquisiteur.

— L'arbre de Judas? s'étonna Odbert.

— Ses frères l'ont trouvé pendu, les poumons vidés, mais encore vivant, souffla le président avec une
grande tristesse.

— Alors la porte de l'enfer s'est ouverte sur ces lieux!

ragea Odbert. Et voilà celui qui a invité le Diable.

L'œil en feu, il se redressa, ajusta sa bure et s'adressa directement à la foule. D'une voix rauque, saisie d'une grande émotion, Odbert sema l'épouvante. Il n'eut pas à prononcer le nom de Roussel, ce qui suggérait qu'il l'avait déjà rayé du registre des vivants. Il ne parla que du Diable; de son odeur terrible venant des souterrains, des murs et du sol, de ses envoûtements faisant gronder toutes les pierres, de son rire semblable au tonnerre. Il leur cria que le Diable était unique, et en même temps légion, et que, pour chaque péché, se creusaient de nouvelles salles infernales, multipliant sa présence, poussant les hommes et les femmes dans le mal, volant leurs âmes pour l'éternité qu'il annonçait prochaine.

— Toi, tu es possédé par le Malin; plus couvert de péchés qu'un pestiféré de pustules. Pour toi et pour notre purification, il n'y a que le bûcher!

— **Fiat quod vis, Domine**! conclut en se signant le président du tribunal, imité aussitôt par tous les juges. Qu'il en arrive comme tu le désires, Seigneur!

Un long murmure, semblable à un indéfinissable frisson, parcourut la foule, hérissée par les propos terribles de l'inquisiteur. Roussel était jugé; le jugement rendu était sans appel. Le tribunal le condamna à être brûlé.

— Vous ne pouvez pas me brûler! hurla Roussel. On ne brûle pas ce qui est déjà en enfer!

Il fut ordonné que le bûcher soit dressé à l'extérieur de Rouen. On convint qu'on utiliserait des fagots bien secs, afin que Roussel brûlât vite et vif. Un des juges suggéra d'utiliser une bonne couche d'herbes mouillées au sommet des fagots, par compassion, pour faire une épaisse fumée afin que le condamné fût déjà mort étouffé quand les flammes commenceraient à le griller. Le président du tribunal trancha:

— Le Diable exultera du fond de son enfer si nous

privons ce misérable du repentir et de la souffrance dernière. Il brûlera vif!

Il ajouta que le condamné serait montré au peuple, à travers les rues et les places de Rouen.

* * *

Au chevet de Geoffroy de Prié, ceux qui y étaient assemblés lui semblaient absents. Il avait cessé de les voir, tout entier absorbé par le triste sursis et par des visions que son entourage ne soupçonnait pas. Le ciel et l'enfer étaient descendus dans la cellule; d'un côté le Christ, la Vierge et tous les saints, de l'autre les démons. Le Jugement dernier, crut-il, était commencé pendant qu'il gardait encore un peu de souffle. Dans une de ses visions, le Diable réclamait son dû derrière son grabat. La Vierge découvrait son sein, le Christ montrait ses plaies.

— Que voyez-vous, mon Frère? lui demanda doucement le prieur.

— Je vois... je vois ce qui ne se voit pas, articula Geoffroy avec difficulté. Je vois ce qui... se passe sous la terre... et qui est toujours caché aux vivants... l'image de notre destruction... l'image d'un simple sac d'excréments...

Le prieur jeta un coup d'œil attristé autour de lui, incitant les autres au recueillement.

— Avez-vous toujours la foi?

Geoffroy ne répondit pas. Il regarda les yeux bruns qui le regardaient et s'y perdit.

— La foi s'élève à la volonté première de Dieu, mon Frère, poursuivit le prieur. C'est alors que vous retrouverez l'innocence de la création...

— Il me faudra peut-être... l'éternité pour la rejoindre... la foi, finit par murmurer Geoffroy. Dieu a peut-être... séparé... les moitiés du monde, non? La foi... et la passion! La passion est saisie... par la chair... et irriguée par le sang... un sang impur...

Il ferma les yeux. Le fleuve du temps coulait, précieux comme l'ambre, fougueux sous le calme d'un
souffle qui s'éteignait peu à peu, sans toutefois s'a-
bandonner totalement. Geoffroy revit des scènes, des
visages, des cités, des paysages... Des images dan-
sant ensemble une danse de folie. Il vit jusqu'au fond
d'une brillante lumière. Il vit le diable qui espérait.
Il vit aussi la chair et l'esprit se rejoindre. Il connut
alors un moment de brève extase, sentant irrésis-
tiblement que Dieu lui accordait peut-être sa grâce...
Son esprit vacilla, mais ne le quitta point. Il sut qu'il
vivrait!

Lorsqu'il ouvrit les yeux, plus tard, le coin de sa
bouche était griffé par un vague sourire. L'odeur
d'abandon et de mort avait disparu.

— **Vir venerandus vivat... in aeternum
Regem... laudando supernum**, fit-il d'une voix mur-
murante. Dans l'éternité le Saint louera le roi des
cieux!

— **Te tua pro meritis virtutis ad astra vehe-
bat intulerat que alto debita fama polo; immor-
talis eris**, ajouta le prieur, visiblement soulagé. Sa
gloire survivra dans les générations futures qui ne
cesseront de le louer. Et cette renommée gagnée par
ses vertus assurera son immortalité dans le ciel!

Geoffroy tourna la tête à droite et à gauche, cherchant du regard autour de lui. Il ne vit nulle part
celui qu'il cherchait. Où était-il? Il ne savait plus. Sa
mémoire était si torturée qu'il oubliait tout, jusqu'au
visage de Cédric. De la main il balaya le songe; mais
les ombres demeuraient, celles qui hantaient sa faible
vie. L'agonie n'effaçait-elle pas toutes les culpabilités?
Ne faisait-elle pas des grandes orgies de sang et de
violence des refrains fragiles, désuets et pitoyables?

— Le jour est encore si loin, souffla-t-il, encore
un... Il faudra donner... donner chair aux ombres...

Alors ses yeux s'embuèrent de larmes et fixèrent le prieur.

— Est-ce mal de... craindre la mort?

Non loin de là, dans son austère cellule, Cédric souffrait dans sa chair et dans son âme. Il eut la vision terrible d'un corps céleste, brillant et rouge, errant dans la nuit, qui tout à coup éclata et tomba à terre, tandis que la lune se colorait de rouge sanglant... le corps même d'un énorme dragon, qui sortait des régions boréales et gagnait le midi de la terre en jetant des gerbes d'éclairs... Comme le verset de l'*Apocalypse*: «Le troisième ange sonna de la trompette. Et il tomba du ciel une grande étoile ardente comme un flambeau... Le quatrième ange sonna de la trompette. Et le tiers du soleil fut frappé, et le tiers de la lune et le tiers des étoiles, afin que le tiers en fût obscurci, et que le jour perdît un tiers de sa clarté, et la nuit de même»... Et Cédric implora le pardon divin, sachant que quelque chose d'étonnant et de terrible allait s'abattre visiblement sur les lieux.

Le soleil encore bas éclairait déjà la Seine. Partout, à Rouen, une foule de plus en plus dense piétinait la boue, excitée, prête à chahuter et à accabler d'injures le condamné. Un jour de beau temps s'annonçait et malgré tout le cadran solaire était figé, les coqs n'avaient pas encore chanté et les cloches de l'abbaye se taisaient.

La célébration d'Odin

Styr Force-de-Bœuf s'ennuyait du sourd mugissement des bois magiques, des cris intermittents des oiseaux sauvages et de la grave harmonie des vagues roulant sur les rochers. Il lui tardait de voir autre chose que la vaste nappe d'eau réfléchissant tour à tour les derniers rayons du jour et les premières étoiles de la nuit.

Les dix drakkars apparurent à l'occident, près des côtes de la Neustrie, envahies de criques, de plages et d'estuaires profonds. Tirés par les rameurs, les navires s'approchaient des granits déchiquetés par les vagues et des bancs de rochers usés par le va-et-vient incessant des marées. Le jour ils s'abritaient dans de petites criques, sortes de portes secrètes par où l'on entrait et sortait sans être vu. La nuit ils remontaient la Seine, dans la calme nonchalance des flots paisibles. Collines et falaises en bordure étaient autant de remparts d'une blancheur neigeuse, contrastant avec la verdure des prés et des arbres. Dans un tournant de la Seine s'élevait un éperon rocheux dominant le fleuve. De tous côtés les escarpements tombaient à pic. Styr fit signe à ses hommes de se pré-

parer au débarquement. Les drakkars glissèrent dans
la pénombre du petit matin, longeant silencieusement
un châtelet flanqué de cinq tours rondes. Rouen
apparut finalement au détour d'une suite d'ilôts. Tout
en haut des falaises, les tours coiffées de couronnes
héraldiques perçaient les bancs de brume qui rampaient encore sur la Seine.

Pendant ce temps, le sinistre convoi devant mener
Roussel au bûcher se mettait en branle. Il n'empruntait pas une voie dallée et rectiligne, mais une route
sinueuse, empierrée, faisant maints détours pour passer entre des marécages, longer le château, traverser
la forêt de sapins dont la tache sombre s'étendait derrière le bourg avant de franchir le col qui surplombait
Rouen. De cet endroit on apercevait une mer de toits
trouée de tours voisines. Il faisait grand jour lorsque
le cortège se faufila dans les rues étroites et torteuses,
entre des maisons ventrues qui ne dégageaient qu'un
mince lambeau de ciel tellement elles étaient entassées. Des ouvroirs et des boutiques empiétaient sur
une chaussée mal dallée, boueuse, encombrée de paille
et de déchets, avec une rigole nauséabonde au milieu.

Le cortège devait s'arrêter à tout moment à cause
des transporteurs et de leurs mulets chargés de sacs,
des chevriers poussant leurs bêtes et des innombrables porcs fouinant dans les immondices et la boue.
Par-ci par-là des mendiants à l'habillement gluant se
laissaient tomber devant le convoi en exhibant leurs
plaies sanglantes, rognes, gales et enflures, gémis-
sant et feignant d'être débiles de leurs membres.

Sous les cris, les huées, les invectives, la charrette du condamné arriva finalement au bûcher. Le
poteau, au centre des fagots, se dressait, sinistre,
comme un doigt accusateur pointé vers le ciel. Poussé sans ménagement au bas de la charrette, Roussel
regarda autour de lui avec une espèce de panique
animale. Tout avait changé.

L'inquisiteur était là, vêtu de noir, une grande croix à la main.

— Confesse tes péchés, cria-t-il. La miséricorde de Dieu est encore possible...

— Ne suis-je pas le monstre qui commande aux ténèbres? hurla Roussel, animé d'un ultime sursaut.

— Repentir, cria encore Odbert. Repentir ou damnation éternelle!

Roussel, l'allure d'un forcené, éclata d'un rire dément.

— Je les ai tous commis; je les ai mille fois commis, les péchés! Sorcellerie, fornication! Vous ne brûlerez pas un chiffon mou; et de là où je vais, je reviendrai vous hanter. TOUS!

Alors Odbert fit un geste vers le bûcher, et les hommes d'armes y conduisirent Roussel et l'attachèrent au poteau.

— Des chaînes, ordonna l'inquisiteur. Qu'on lui mette des chaînes!

Au signal d'Odbert, quatre hommes portant la cagoule et munis de torches mirent le feu en même temps aux quatre coins du carré de fagots.

Il y eut un grand silence. Le crépitement du bois fit se hérisser la peau de tous ceux qui entouraient le bûcher. Un brusque coup de vent survint et tordit en tourbillon la fumée qui montait, de plus en plus dense, autour du condamné. Roussel, se raidissant au poteau qui l'enchaînait, disparut à la vue. Alors l'horreur du supplice, la souffrance et la mort vive qui pénétraient ses chairs l'emplirent soudain d'une vision de fin des temps; la seule qu'il eut de toute sa misérable existence. Et Roussel le gueux se mit à hurler:

— Dieu, quel bruit ils font! La rumeur approche, c'est comme la cloche d'un couvent maudit. C'est une hideuse armée de dragons; un horrible essaim qui hurle et s'abat. Le troupeau sauvage arrache les maisons. Sortis de la mer grise ils portent un éclair au flanc. Murs, citadelle, port, rien ne résiste. Un son de cor, un bruit de chaînes... Si confus dans les ténèbres... Il ne reste que la mort... la liberté!

Réagissant aux paroles ahurissantes lancées à travers les flammes par le moribond, Odbert se signa plusieurs fois et leva bien haut la croix qu'il tenait en main.

— Et la bête fut prise, cria-t-il, et avec elle le faux prophète, qui avait fait devant elle les prodiges par lesquels il avait séduit ceux qui avaient pris la marque de la bête et adoré son image!

Roussel n'entendit pas les paroles de l'inquisiteur, ni le son énorme qui roula sur Rouen, ébranla la terre, monta vers le ciel; la rumeur de massacre, le son d'un cor, sauvage et funeste. Il y eut, venant de la foule, un soupir d'étonnement, puis de frayeur, tandis que s'élevait au cœur de Rouen un tumulte épouvantable, à la façon d'un fléau naturel, foudre ou ouragan, contre lequel il n'est pas de défense.

Tous entendirent le cri tant redouté:

— Les Norses!

*   *   *

Des géants velus se répandirent alentour. Personne n'avait jamais vu des êtres aussi grands. Ils avaient la taille d'un chêne. Ils portaient la broigne de cuir recouverte d'une veste de fourrure, le heaume prolongé d'un nasal, et, pour armes, une longue lance de frêne, une épée à deux tranchants et une hache cornue. Ils traversèrent les landes, les friches et la forêt qui s'étendait comme un manteau sombre. Ils rasèrent un village de cabanes avec sa chapelle puis, suivant les longues échines boisées en bordure d'un chemin pierreux, ils débouchèrent sur Rouen. La cité leur apparut, tassée au bord de la Seine dans le corset étroit de ses murs romains.

Avec des hurlements de loups, ils s'abattirent sur
le château. C'était une fortification de terre et de bois,
aux tours rondes, avec des fossés, des palis, des remparts gazonnés et des pentes abruptes. La horde
fondit sur le mur de pierre raidi de contreforts, tailla
à la hache et incendia la palissade de pieux qui ceinturait les habitations, les casernements et les écuries,
et massacra les défenseurs. En un rien de temps ils
ne laissèrent que faîtages vermoulus et murs éventrés, telle une œuvre de géants réduite en poussière
et abandonnée à sa légende.

Pour les habitants de Rouen le soir du monde
approchait, et même l'ombre de l'église ne put les
soustraire à la fureur des Peaux-de-Loups de Styr.
La colère divine elle-même semblait désarmée. Tous
furent atteints: les captifs dans le noir du donjon; les
serfs dans les sillons des champs; les moines dans le
tumulte solitaire des tentations et des abstinences
du cloître.

Glaive et guerrier avaient un terme pareil: la
proie. L'un comme l'autre demandaient des victimes
et répandaient un sang nouveau. La tête et le cœur
de ces monstres n'étaient pas faits comme ceux des
autres hommes. Ce qui les possédait avait une force
suffisante pour renverser les montagnes et un souffle
assez puissant pour éteindre tous les fanaux côtiers
sur les rochers, à la fois...

Avant la fin du jour, tout ce qui tenait encore
debout tremblait sous les coups. Des cris monstrueux
s'élevaient de partout: cris de guerre, cris de douleur,
cris de terreur. Des odeurs étranges parvenaient des
restes des fortifications; des odeurs d'huile, de poix,
de chairs brûlées. Rien ne venait à bout de la férocité
des Vikings, ni torches enflammées, ni pierres, ni
flèches. Ils massacrèrent les hommes et jetèrent les
corps dans les fossés déjà rougis; ils massacrèrent
aussi le bétail et firent de même avec les carcasses.

Partout ils entassèrent des branches et de la paille et mirent le feu. Il ne resta bientôt que ruine sur ruine.

Rouen s'évanouissait en fumée. À l'odeur âcre de celle-ci se mêlait celle du sang. Ici, un blessé gémissait faiblement; là, un agneau bêlait. Le temps semblait s'être immobilisé, comme pour prolonger indéfiniment le châtiment, tandis que les mouvements, les bruits et les odeurs, devenus irréels, répandaient une angoisse pire que la mort.

Lorsque enfin les flammes, poussées en tourbillons, rampèrent autour des murs de pierre, couronnèrent les toits, sortirent des fenêtres comme d'une bouche infernale, rougissant le ciel d'une clarté sinistre, les guerriers se mirent à frapper des mains et à pousser des cris de triomphe. Certains, parmi les plus féroces, trempèrent alors leurs mains dans le sang de leurs victimes et s'en fardèrent le visage, consacrant ainsi leur victoire à une divinité tutélaire. Ils ressemblaient à des bêtes à face humaine, qui buvaient du sang, assises sur des monceaux de morts. Puis la horde sauvage se tourna vers l'abbaye. Elle se dressait derrière des murs épais, massive, comme un défi de Dieu aux puissances du mal.

Pendant que des nuées de corbeaux accouraient de tous les points du ciel et jetaient une ombre noire sur la cité éventrée, Styr et les siens avançaient, plus silencieux maintenant, sous une voûte sonore dont les mille échos multipliaient le bruit des pas. Ils s'arrêtèrent un moment devant de vieilles statues, maigres et grimaçantes dans leur raideur, l'air souffrant comme la vie, et laides comme la mort. L'espace d'un instant, la crédulité superstitieuse fit hésiter Styr Force-de-Bœuf, ne sachant trop si ces effigies ne représentaient pas des démons et des fantômes captifs. Il toucha une des statues de la main; elle était poussiéreuse et froide. Alors, la tête haute, l'œil plein de mépris, il leva sa hache et frappa la statue en son centre, d'un grand coup. Les morceaux se répandirent avec fracas sur les dalles et la tête, avec des apparences de crâne brisé, roula à ses pieds. Il la foula avec dédain.

— Les nouveaux fers qui ornent nos haches n'ont pas vacillé entre leurs attaches, lança-t-il fièrement en élevant la redoutable cornue à bout de bras.

— Que cherchons-nous ici, père? lui demanda le jeune homme à la chevelure noire qui se tenait tout près de lui.

— Des moines, grogna Styr. La reine Aldis dit que ces moines savent manier la plume, tracer des signes et parler à celui qu'ils appellent le Maître des moines.

— Que valent-ils?

— Ton poids en fourrures de zibeline, Ulf! ricana Styr.

Redevenu sérieux, il expliqua qu'au marché de Birka il en tirerait plusieurs chevaux sellés et qu'à celui de Kaupang, on lui donnerait le poids d'ambre et vingt moutons pour chaque moine connaissant une écriture.

— La reine Aldis croit que certains de ces moines sont de grands magiciens, ajouta-t-il. Elle veut connaître leurs secrets.

Les moines avaient tout vu. Des hauteurs de l'abbaye, ils avaient assisté à la charge des Vikings fondant sur leur proie. Ils avaient vu les défenseurs de Rouen inopinément foudroyés, pendant qu'une clameur, formée de mille cris, couvrait leur désespoir. Ils avaient vu les barbares parvenir, tantôt en se hissant sur des ponts de morts, tantôt en s'élevant sur les épaules de leurs compagnons comme sur des échelles vivantes, jusqu'aux sommets des murailles. Rien n'arrêtait ces démons, tout écumants d'une rage convulsive, élevant et abattant sans relâche et avec une égale férocité leurs haches et leurs épées. Ils avaient vu des ruisseaux de sang couler de toutes parts. À

travers les fumées des incendies, à les voir s'agiter,
vêtus de peaux de bêtes, ils les avaient pris pour des
animaux sauvages, se jetant au milieu d'un carnage
avec hurlements de joie. Ils avaient vu parmi eux un
géant qui courait dans la mêlée comme s'il avait été
dans une fête; et sa hache sanglante qui tournoyait
sans cesse autour de lui, faisant jaillir de tous côtés
des lambeaux de chair, des membres rompus, des
ossements fracassés. Ils avaient vu le feu succéder à
l'horrible bruit d'armes et de clameurs, pendant que
s'installait un silence de mort, plus terrifiant encore.
Ils avaient vu la horde se rassembler et se déployer
en bon ordre en direction de l'abbaye, alors qu'un
combattant aux cheveux aussi noirs que les ailes
d'un corbeau se plaçait lui-même en tête, à côté du
géant... et ils avaient entendu le son d'un cor, comme
un long hurlement, qui anéantissait dans tous les
cœurs la dernière espérance.

Le prieur avait ordonné le regroupement des
moines dans la grande chapelle. Geoffroy de Prié,
trop faible pour se lever, fut transporté par quatre
moines. Il demanda qu'on le dépose au pied de l'autel. Il essaya de se recueillir, mais rien n'y fit. La
chapelle lui apparut tout à coup glaciale et la voûte
d'arêtes lui donnait le vertige, lui qui avait toujours
admiré la pureté sans ombres de la nef. Que reste-
rait-il de cette claire-voie, se demanda-t-il, et de cette
verrière colossale de translucide architecture, faite
de soleil et de bijoux? Et ces doubles arcs-boutants?
Et ces statues du Christ, de la Vierge et des Apôtres
adossées aux piliers du chœur? «Tu as tort, Gerbert
d'Aurillac, de fonder la gloire du Tout-Puissant sur
des colosses de pierre, pensa-t-il, tort de croire que
les grands clochers nous feront escalader le ciel. Il ne
restera que cadavres de tes cathédrales; des monuments, des cloches, des pierres, des maçons, et mille
ouvriers morts en plein élan pour échafauder cette

gloire. Il suffira de quelques barbares pour livrer cette opulence à la vermine. Le jour est venu où cette nef ne sera que sépulcre!»

La voix de Geoffroy de Prié s'éleva alors, suppliante:

— Nous ferez-vous tomber tous, Seigneur, entre leurs mains? C'est moi seul qui, sous mes pas, ai rompu vos chemins. Ne les châtiez point comme moi, car mon crime n'est pas le leur!

— Il n'y a pas plus aveugle que la puissance du mal, fit le prieur, compatissant. Pouvons-nous espérer finir par un autre trépas? Pourquoi? Il y a de tels malheurs que la présence même de la mort devient souhaitable. Et celle-ci fera de nous des martyrs!

— Il y a tellement de monstres en nous, mon Père, que la faculté d'imaginer déguise les maux réels, soupira Geoffroy.

— **Inder duo pericula œqualia, minus immunens eligendum es**t, invoqua sentencieusement le prieur. Entre deux périls de même nature, il faut choisir alors le moindre.

— Depuis ma faute et ma lâcheté, j'ai peur, avoua Geoffroy. J'ai peur, et je le confesse devant mes frères! Je sais que le désespoir injurie Dieu et que l'ignoble crainte de la mort taraude la plus noble des créatures.

— Dieu est miséricorde, frère Geoffroy! Nul ne pourrait, de son seul chef, apprivoiser autant de bêtes féroces que celles qui s'abattent sur nous en ce jour. Notre seule volonté ne saurait y suffire. Le bon vouloir du Christ parviendra, seul, à étayer cette faible volonté qui nous reste.

— Alors à quoi sert-il de faire plus longtemps ce qui est écrit depuis des siècles? lança Geoffroy d'une voix chargée d'émotion et de désespoir. Nous tous savons que rien ne se passe qui ne soit déjà annoncé... Et il est écrit qu'Elle est tombée! Babylone la

Grande, annonçait l'Ange, s'est changée en demeure
de démons, en repaire pour toutes sortes d'esprits
impurs, en repaire pour toutes sortes d'oiseaux impurs et dégoûtants... Ils pleureront, ils se lamente-
ront sur Elle quand ils verront la fumée de ses
flammes, retenus à distance par peur de son supplice... Et que croyez-vous que nous faisons, ici et
maintenant, mes Frères, si ce n'est de pleurer et de
nous lamenter? Il est encore écrit: Hélas, hélas!
Immense cité, vêtue de bon, de pourpre et d'écarlate,
parée d'or, de pierres précieuses et de perles, car une
heure a suffi pour ruiner tout ce luxe! Que reste-t-il
donc de notre belle cité? Où est Rouen, sinon réduite
en cendres... Vous avez entendu ce son du cor? Oui,
nous l'avons tous entendu... et tous nous avons pensé
à la trompette de l'Ange... N'est-il pas dit qu'on se
prosternera devant le Dragon, parce qu'il avait remis
le pouvoir à la Bête? Et l'on se prosternera devant la
Bête en disant: Qui égale la Bête, et qui peut lutter
contre elle? On lui donna de proférer des paroles
d'orgueil et de blasphème; on lui donna de mener
campagne contre les saints et de les vaincre; on lui
donna pouvoir sur toute race, peuple, langue... Celui
qui a des oreilles, qu'il entende! Les chaînes pour qui
doit être enchaîné; la mort par le glaive pour qui doit
périr par le glaive... Faisons donc ce que nous avons
à faire!

Le prieur acquiesça d'un signe de la tête. Et pendant les derniers instants de nuit, la lourde cloche de
l'abbaye se balança lentement avec des sons graves
et prolongés, comme elle le faisait depuis toujours,
campée en vigile, charriant une dernière fois la rumeur de mort...

Le prieur s'était recueilli. Il avait invoqué la protection de Saint-Rémi, dont une relique était pieuse-
ment conservée dans la chapelle. Ses prières termi-
nées, il s'adressa résolument aux moines assemblés:

— C'est pour nous faire pleurer sur les malheurs dont nous sommes la cause, dit-il, que Dieu a permis aux barbares de tirer à nouveau du fourreau le glaive de la vengeance et de sévir contre nous. Dans ce royaume, tous prennent la fuite; rares sont ceux qui osent dire: restez, résistez, luttez pour votre pays, pour vos enfants, pour votre famille... les païens profanent les sanctuaires de Dieu, dévastent la demeure de nos espoirs, piétinent le corps de nos saints dans le temple de Dieu comme les ordures de la rue. Nous n'avons ni les forces, ni chef, duc ou prince pour arrêter ces impies et le peuple ne viendra pas prier auprès de la précieuse relique. Peut-être devrions-nous avoir une chaussure du Seigneur ou encore une robe ayant appartenu à la Vierge que nous aurions pu porter en procession sur les remparts! Hélas! nous n'avons qu'un bras de Saint-Rémi. Alors il faut emporter au loin la précieuse relique; que l'on emporte aussi manuscrits, chartes, pièces d'orfèvrerie et tous les autres biens pouvant tenir sur des brancards.

Au soleil couchant, la précieuse relique renfermée dans une châsse très lourde et portée par des hommes vêtus de noir quitta le monastère par une sortie secrète et prit la direction d'Evreux.

Les torches et les lampes commençaient à pâlir, et les rayons blancs de l'aube traversaient les vitraux étroits de la chapelle, quand le lourd portail s'ouvrit. Un silence profond s'établit sur-le-champ, et l'on n'entendit plus que le bruit des respirations pressées et le mouvement vague des moines, serrés les uns contre les autres, mains jointes et yeux levés au ciel.

Ils étaient une cinquantaine. Deux hommes les commandaient. L'un était âgé, gigantesque, roux; l'autre était jeune, tout noir. L'épaisseur de la barbe flamboyante du géant et la longueur des cheveux du jeune homme ajoutaient quelque chose d'irréel à leur physionomie. Ils tenaient un bonnet de peau d'ours à la main et, de l'autre, une hache de combat. Ils étaient couverts de sang. Les traits du géant, que le feu des torches faisait vivement ressortir, avaient une allure tout à fait sauvage. Sa barbe était rousse et touffue et son front disparaissait sous des cheveux de même couleur; sa bouche était large, ses lèvres épaisses; et son œil gris bleu, extrêmement mobile, annonçait une totale férocité. Il regarda l'assemblée des moines, puis se mit à pousser des cris sauvages, pareils aux grondements d'un ours. À ces sons inarticulés se mêlaient de longs soupirs.

Geoffroy de Prié tira de sa bure un crucifix noir et demanda qu'on le place sur l'autel formé d'une longue dalle de granit.

— Dieu est fort! cria-t-il en élevant ses bras en croix vers la voûte.

Styr Force-de-Bœuf cessa ses hurlements et il y eut un nouveau silence dans la chapelle. Il s'avança, seul, à pas mesurés, jusqu'à l'autel et y contempla le médaillon en mosaïque qui y scintillait avec des reflets d'or. Il était encastré dans la grosse pierre. Il auréolait une tête d'homme, le sourcil arqué, le nez légèrement aquilin, une barbe taillée en pointe, lissée. Le modelé vigoureux, amplifié par les effets de lumière des torches et les cernes blancs des yeux, lui conférait une présence impérieuse, inquiétante même.

Styr s'y attaqua avec rage, assenant de furieux coups de hache et faisant jaillir mille étincelles. Mais il ne put réussir à briser la pierre du monument. Perplexe, il fit allumer un grand feu, mais elle resta immuable et dure comme un diamant.

— Dieu est fort! cria de nouveau Geoffroy de Prié, avec un accent de triomphe.

Styr, le regard enflammé et l'écume à la bouche, s'approcha de Geoffroy de Prié, la hache levée. Il vit que le visage du moine brillait d'une douloureuse joie.

— Toi, rugit-il, toi... tu me légueras ton crâne pour y boire l'eau des mers et le sang de mes ennemis!

Ulf, qui n'avait pas quitté Styr, intervint. Il se dégageait du jeune homme une force tranquille. Le géant roux interrompit son geste, pendant qu'Ulf s'approchait de lui et lui disait à l'oreille, à demi-voix:

— Tu dois épargner ceux qui savent manier la plume et qui parlent au Maître des moines, père! Alors tu dois peut-être tous les épargner... Mais celui-là — il désigna Geoffroy de Prié — intéressera particulièrement notre reine...

— Pas tous, objecta Styr.

— Et le marché des esclaves, père? Tu en tireras plus à Birka et à Kaupang qu'en rougissant ta hache sans gloire! C'est toi-même qui m'as expliqué leur valeur en chevaux et en bétail.

— Crois-tu donc qu'Odin ne souhaite pas un sacrifice... Là, sur cette pierre? dit Styr en montrant de sa hache l'autel.

— N'avons-nous pas été généreux avec Odin?

Styr secoua plusieurs fois la tête et marcha de long en large, les traits menaçants, le pas lourd, comme celui d'un ours. Puis il s'arrêta tout court devant Geoffroy de Prié en levant ses mains, larges et dures.

— Tu sauras que là d'où je viens les hommes atteignent le phoque à la nage, étouffent l'ours à la lutte, gravissent les pics comme l'écureuil gravit le chêne, chantent plus haut que le tonnerre. Peut-il y avoir dans ton monde un être qui puisse faire cela, serait-il le Maître des moines?

Geoffroy de Prié ne comprit rien des paroles de Styr mais vit l'œil qui lançait des flammes et les muscles qui s'étaient raidis de rage.

— Dieu est fort, répéta-t-il simplement, d'une voix faible mais pleine d'assurance.

Styr répondit par un ricanement farouche.

— Le tiers de ces moines! ordonna-t-il d'une voix tonnante. Ce sera la part d'Odin!

Le prieur était parmi ceux que l'on poussa vers l'autel.

— Le ciel ne pouvait m'accorder une plus grande faveur que celle de pouvoir livrer ma vie, murmura-t-il en guise d'adieu à l'endroit de Geoffroy de Prié.

L'horreur succédait à l'attente. Dans l'atmosphère épaisse de la chapelle, on n'entendait plus d'autres bruits que le choc des haches qui s'abattaient et le bruit mat suivi d'un écoulement nauséeux pendant que les têtes roulaient sur les dalles, au pied de l'autel. Geoffroy de Prié ne put quitter des yeux les têtes décapitées de ses compagnons que les hommes de Styr alignaient, l'une après l'autre, sur la grande dalle de l'autel. Il voulut prier, mais aucune parole ne sortait de son gosier. Il ne savait plus ce qui était le plus hideux: l'atroce immobilité des traits convulsés par le supplice ou ce géant auquel il ne restait rien d'humain... La seule miséricorde fut que Cédric n'était pas parmi les suppliciés. «Et les quatre anges qui étaient prêts pour l'heure, le jour, le mois et l'année, furent déliés afin qu'ils tuassent le tiers des hommes...» C'était le texte des Écritures.

Parmi les ruines fumantes de Rouen, perchés sur les flancs des hommes et du bétail tué, les charognards donnaient des coups de bec rapides, puis levaient la tête, regardaient de tous côtés et revenaient à leur festin. Les corps abattus, éparpillés sur toute l'étendue du carnage, s'élevaient en monticules funéraires, sur lesquels les corbeaux s'amassaient comme des sentinelles, se battaient à grands coups d'ailes et de becs, les moins forts ne cédant leur place qu'au dernier moment, pour s'élever d'un vol lourd et se poser aussitôt sur le monticule de corps le plus proche.

En route vers ses drakkars, Styr contempla les restes de la cité. Le seul ennui, c'est qu'il n'était pas parvenu à incendier l'abbaye. En voyant les nuées de corbeaux, il se dit que les messagers d'Odin étaient en route pour informer le dieu du carnage.

Geoffroy de Prié pleura à la vue du désastre. Enchaîné, appuyé sur deux moines, il pensa qu'un jour la rose fleurirait ici même et que son arôme s'étendrait aussi loin que les rives qu'arrose le fleuve... Mais en attendant, il voguerait vers un pays sans Pater, sans Credo, sans écriture, un pays où l'on n'entendrait parler que les langues du diable, pensa-t-il encore.

— Alors, Ulf, ne crois-tu pas qu'Odin conviera les nôtres à un grand banquet? lança Styr.

— Je le crois, père!

— Cela ne t'inspire-t-il point quelques strophes?

— Les carènes sont venues,
Avides de combats.
Alors les guerriers ont rugi
Déchaîné le combat.
Les fourrures de loup, hurlant sauvagement,
Ont agité les armes.
Alors Thor a célébré!

«Les hommes du Nord! répétait sans cesse Geoffroy de Prié, les hommes du Nord. Le prophète Jérémie n'avait-il pas mis Jérusalem en garde? *Lève les yeux, Jérusalem, et regarde ceux qui arrivent du Nord. Tu te demandes peut-être: pourquoi de tels malheurs m'arrivent-ils? Tel est ton lot, le salaire de ta rébellion. Cela vient de moi, oracle de Yavhé, puisque c'est moi que tu as oublié en te confiant à l'imposture; malheur à toi, Jérusalem, qui restes impure...!*»

Lorsqu'on entassa les prisonniers dans les drakkars, Geoffroy de Prié n'avait plus de larmes. Ces navires, ces hommes, tout accentuait l'étrangeté d'un peuple marqué de signes qui renvoyaient à des choses inconnues.

La nuit du loup

Olaf Tryggvesson était aussi beau que doué. Il avait la peau blanche et le nez droit, des yeux bleus pénétrants, les joues burinées et la tête fine, sous une épaisse chevelure blonde, mouvante comme les blés des champs. Ses coups d'épée étaient si rapides qu'il donnait l'impression de manier trois armes à la fois. Olaf, survivant à la haine de la reine Gunnhild et de ses cinq fils, fuyant toujours, avait échappé à l'esclavage. Il avait passé sa jeunesse sous la protection sûre d'un parent, à Novgorod. Puis il devint viking et prit la mer dans la Baltique. Il rapporta de ses expéditions du butin et un énorme prestige.

C'est au cours d'une de ces expéditions, dans les îles Scilly, qu'il rencontra un ermite qui savait prédire l'avenir. En le voyant, l'ermite lui avait dit le plus simplement du monde:

— Tu es fils de roi et, enfant, tu fus esclave! Cédé contre un fort et bon bélier...

Olaf fut sidéré. Puis l'ermite lui prédit qu'il serait blessé mais qu'il deviendrait ensuite un grand roi et qu'il se mettrait au service du christianisme. Le vieil homme ajouta qu'Olaf se ferait baptiser après cette blessure.

L'Angleterre fut soudainement menacée. Ce fut comme un incendie que l'on croyait éteint et qui éclatait de nouveau, plus violent et plus meurtrier qu'avant. Southampton fut pris. Thanet fut pillé et les côtes du Somerset, écumées.

En cette année de 991, cent drakkars entreprirent de remonter le cours de la Tamise. À la tête de l'expédition se trouvait Olaf Tryggvesson.

Le message qu'il fit transmettre au roi des Angles était sans équivoque:

— Tu envoies, cria son émissaire depuis la grève, pour préserver ta vie, des anneaux et des bracelets. Il est préférable pour toi que tu cèdes et évites la bataille en payant un tribut royal, plutôt que de nous affronter dans une lutte sans merci.

— Les lances seront le seul tribut! fut la réponse royale.

Un temps, les Saxons parvinrent à contenir les assauts des Vikings, mais, bientôt, ils durent céder sous la menace des haches, des épées et des lances. Une flèche atteignit Olaf qui, gravement blessé, continua néanmoins à se battre. Londres devint la proie des flammes et fut rapidement réduite en cendres.

Plus tard, remis de sa blessure, Olaf retourna voir l'ermite et lui demanda comment il avait acquis le pouvoir de prédire l'avenir. Le sage répondit que c'était le Dieu des chrétiens en personne qui répondait à toutes ses questions.

— Ce Dieu a-t-il un pays? demanda Olaf.

— Ils viennent de tous les horizons pour entendre sa parole...

— Il a un royaume alors!

— Terre et ciel réunis ne suffisent pas à en établir les frontières...

— Ce Dieu est-il puissant?

— Quelle est la taille d'un drakkar affrontant les grandes mers? lui demanda alors l'ermite.

— Pas moins de cinquante aunes, répondit Olaf.

— Saint Brandan, lui expliqua l'ermite, a sillonné le monde au nom de Christ avec dix-huit moines dans un curragh à la coque de cuir, un minuscule vaisseau bordé de bois et recouvert de peaux préparées avec du tanin d'écorce et calfaté de suif. Ils furent menacés par les dragons et les démons; ils rencontrèrent les grands poissons, une île dont les oiseaux chantaient l'office; ils louvoyèrent au milieu de glaces flottantes et échappèrent à tous les monstres. Ils arrivèrent pourtant sains et saufs dans un endroit situé loin à l'Ouest, dans l'Océan; aux limites de la terre: la Terre Promise!

— Pourquoi devrais-je te croire? fit Olaf, méfiant.

— Comment, selon toi, suis-je parvenu ici? répondit l'ermite avec une tranquille assurance.

Olaf décida sur-le-champ qu'il se ferait chrétien.

Au même moment, la Norvège fut partagée. Une partie fut placée sous la suzeraineté du roi du Danemark et dirigée par le jarl de Hladir, nommé Hakon. Celui-ci s'employa à restaurer le paganisme avec la même énergie fanatique que Harald au Manteau Gris avait mise à le détruire. Par une ironie du sort, le climat, qui avait été particulièrement rude pendant la tentative de christianisation de la Norvège, avait changé du tout au tout. Les saisons étaient belles et les récoltes, magnifiques; visiblement Thor avait décidé de se dresser devant le Dieu des chrétiens.

Olaf Tryggvesson, sûr de son droit et de sa vengeance, décida que le temps était venu pour lui de prendre la place que lui réservait le destin.

* * *

Les rochers couverts de neige entouraient le Geirangerfjord d'une ceinture blanche. Il faisait froid dans la grotte d'Aldis, malgré les feux qu'on y entretenait sans cesse. L'entrée de la caverne, creusée à vif dans le roc, s'éclairait d'une clarté dansante, incertaine, et s'ouvrait sur une voûte semblable à une salle haute et ovale, parsemée de niches profondes, grossièrement travaillées, à la façon d'une maçonnerie cyclopéenne. Des décombres informes couverts d'herbes et de mousses, à travers lesquelles rampaient lézards et araignées, gisaient pêle-mêle sur le sol. Ailleurs, la grotte recelait de véritables trésors. Dans un coin on avait entassé des crucifix d'or, des ciboires d'argent, des reliquaires d'ivoire, des tapisseries de soie et de lin, des reliures de parchemins incrustées de pierreries.

La frêle silhouette d'un homme, d'un vieillard plutôt, était adossée contre la paroi, au fond de la caverne, les pieds allongés. Il semblait n'avoir presque pas la force de bouger. Sa longue barbe blanche, sale, tombait sur sa poitrine. Ses sourcils en touffes recouvraient deux fentes aux paupières rougies. La barbe et la moustache cachaient entièrement sa bouche. Sa chevelure était également blanche, crasseuse, descendant par mèches jusqu'aux épaules.

— Je t'ai maudit, Aldis, mais les dieux ne m'entendent plus, grommela-t-il. Pourquoi me garder ainsi en vie, alors que je suis mort depuis si longtemps! J'ai soif...

Un bref ricanement se fit entendre. Le vieillard baissa de nouveau la tête et posa son menton sur sa poitrine.

— J'ai soif, répéta-t-il.

Un nouveau ricanement accueillit sa demande.

— Tu n'as qu'à tracer tes signes, fit la voix de crécelle. Tu peux toujours boire dans le crâne de Gunnar.

Le vieillard se dressa sur ses pieds mais avec peine, ses genoux n'en pouvant plus. Puis, courbé sur un bâton, il s'approcha à pas hésitants d'une cuve et remplit d'eau l'écuelle de bois; mains tremblantes, répandant l'eau sur sa barbe, il se mit à boire. Il resta un long moment près de la cuve, scrutant la surface de l'eau dans l'espoir d'y voir réfléchir ses propres traits, comme une parcelle de sa vie. Alors, péniblement, marchant à petits pas, il se dirigea vers l'entrée de la grotte. Il crut apercevoir des formes noires qui bougeaient, tout près, au milieu du tapis neigeux. Il cligna des yeux, scruta alentour, mais ne vit que de vagues contours qui se couvraient de brume et la grisaille qui s'étendait à l'infini. Le froid gagnait rapidement le corps émacié d'Einar et il se mit à trembler de tous ses membres. Il se passait quelque chose d'inhabituel; il le savait. La peur l'envahissait de toutes parts. Et cette peur se répandait de son cœur à son ventre, à ses membres. Les frissons étaient terribles. Il sut qu'il ne voulait pas mourir ainsi, même s'il souhaitait la mort de toutes ses forces; mais une mort digne d'un Viking. Il regagna lentement l'intérieur de la grotte et se fit petit, tellement que ses os craquèrent. Il avait même caché sa tête entre ses genoux tirés vers sa poitrine. Il voulut parler aux dieux, mais il n'y arrivait pas.

Qu'avait-il vu? Rien. C'était là toute son angoisse. Il n'avait vu qu'un désert. Pas le moindre bruit, pas de cri, ni de bourdonnement; comme si le jour cédait à la nuit sans le moindre signe, sans un souffle.

— Ne sens-tu pas le sang? fit-il avec effroi.

Une vieille, difforme, sortit de l'ombre et s'assit aussitôt par terre, devant lui. Ses mains entrouvertes étaient toutes pâles, fendillées, pareilles aux pattes d'un oiseau. Elle soufflait péniblement entre ses lèvres fripées. Ses yeux, à peine visibles au milieu d'un visage tout ridé, comme celui d'une morte, étaient glauques, troubles comme l'eau recouverte de poussière. Ses mains tremblaient sans cesse.

— Maudite vieillesse, glapit-elle. Il n'y a pas si longtemps, je soulevais encore des pierres sans avoir à ployer le genou, comme si elles eussent été des sacs de laine.

— Ne sens-tu pas le sang? répéta Einar, toujours aussi effrayé.

— Le sang? fit-elle en humant l'air comme une bête sauvage. L'odeur viendrait alors de fort loin... la hache de Styr s'est rougie bien plus au sud et, à présent, le vent vient du nord, comme la neige.

Aldis fixa la silhouette courbée d'Einar et vit que son corps s'agitait de mouvements faibles pendant que le vieillard poussait de petits gémissements sourds.

— Le puissant Einar craindrait-il la magie de ces moines qui croupissent plus bas?

Aldis s'agita, faisant de larges gestes vers le nord, puis vers le sud, prête à toutes les transes. Elle éclata d'un rire horrible.

— Magie? gloussa-t-elle. Rien! Ils adorent un Maître qui n'a nulle puissance. Ils ont si peur, si peu de mots à dire dans leur peur. Ici il n'y a que Thor pour tuer les géants et maîtriser les vents!

Les yeux sauvages d'Aldis sondèrent alors ceux d'Einar. Il la regardait d'un air suppliant, qui dénotait à la fois la frayeur et la répulsion. Il voulut parler, mais au même moment retentit un hurlement lointain, venant des profondeurs de la forêt. Il frissonna violemment.

— Cette odeur, râla-t-il, ce sont les loups... mais pas des loups ordinaires!

— Je le sais, murmura Aldis, redevenue très calme. Pas des loups ordinaires...

Einar regardait Aldis; il regardait ses yeux. Ce n'étaient plus des yeux humains qu'il voyait, mais les yeux d'un loup qui regardaient à travers lui. Des pupilles sombres et rouges qui se dilataient et s'élargissaient... Et pendant qu'Einar fixait ces yeux, la fascination naissante annihilait presque sa peur; et il lui semblait que sa vie glissait tout doucement vers la mort. Alors il crut voir un enfantement monstrueux: un crâne qui changeait de forme; une peau qui devenait plus sombre et plus grossière, laissant apparaître des touffes de poils; des yeux qui se fendaient vers le haut, tandis que les traits du visage s'étiraient en un museau saillant; des membres qui se raccourcissaient, se couvraient de fourrure et se fléchissaient, devenant des pattes. La métamorphose terminée, Einar vit un loup gigantesque qui se tenait devant lui, haletant, qui le regardait avec des yeux presque humains; puis, venant de la forêt, un long hurlement amer s'éleva, très proche, s'adressant d'abord aux étoiles, sanglotant d'un désespoir inhumain.

Des convulsions s'emparèrent du frêle corps d'Einar. Son visage se crispa dans un masque amer et son front, glacé, se couvrit d'une sueur de mort. De terribles visions l'assaillaient. Il se rendit dans le royaume de Hel, là où les âmes des morts dorment sous des tumulus de pierre. Le spectre d'une sibylle exhuma pour lui les secrets du passé puis défricha l'avenir: le dieu Frigg pleurant sur les malheurs d'Asgard; Loki enchaîné sur des rochers près d'une source sulfureuse; des cadavres réduits à l'état de charognes pataugeant dans des eaux croupies sous un soleil mort et tentant d'échapper à des dragons; Fenrir, le loup monstrueux, fils démoniaque de Loki, qui déchirait leurs chairs... La voyante replongea dans la transe. Elle vit le Valhöll vomir des armées de guerriers, elle vit des frères s'entre-tuer; elle vit trembler le frêne qui soutient le monde; elle vit Loki rassembler les ténèbres dans les glaces du nord, les embarquer sur le vaisseau de la ruine et les lancer sur les champs de bataille. Elle lui montra Odin comprenant qu'il n'avait, à la fin, aucune emprise sur le destin: les dieux allaient mourir et la fin du monde était proche. Au loin un loup hurlait. Alors au plus

profond de la terre, Fenrir, le loup monstrueux,
rompait un à un les liens que les dieux croyaient in-
destructibles. Le loup était encore prisonnier, mais sa
progéniture errait librement. Les louveteaux avaient
grandi démesurément. Fenrir, leur père, brisa ses
derniers liens, jaillit à l'air libre et chargea dans les
plaines glacées, mettant le feu aux forêts, aux prairies, aux bocages. Heimdall, la sentinelle des dieux,
postée au pied des murailles d'Asgard, là où s'enra-
cinait l'arc-en-ciel réunissant les mondes, souffla alors
dans sa corne pour alerter les Ases. Tous connaissaient les prophéties: «Viendra l'âge de la hache, l'âge
de l'épée, l'âge des vents, l'âge du loup.» C'était le Ragnarök, le début du déclin des Puissances. Toutes les
habitations, tous les palais des dieux et même le
Valhöll brûlèrent comme de l'étoupe. Les vents imprégnés de l'âcre odeur du sang s'engouffrèrent partout,
arrachant tout sur leur passage. Il ne resta plus un
arbre, dans les bosquets sacrés; les pierres runiques
elles-mêmes furent brisées.

*   *   *

Hennissant, se cabrant, frissonnant, tirant sur
leurs longes au point d'arracher presque leurs piquets, les pauvres animaux, pourtant de robustes
chevaux de montagne, étaient baignés de sueur et
couverts d'écume, comme s'ils avaient été frappés
d'une terreur soudaine.

Ulf savait que les loups étaient partout. Les hommes l'avaient dit: quand les loups ouvrent la gueule
au vent du nord, elle reste immobile et ouverte pendant quarante jours sans qu'ils puissent rien manger;
alors ils vont sucer la boue pour calmer leur faim;
mais au quarantième jour, l'esprit des forêts, puant
l'humus et les racines, les mène à l'assaut contre
hommes et bêtes.

Le hurlement retentit encore. Ulf connaissait ce hurlement, distinct de tous les autres. C'était celui du vieux solitaire, efflanqué, hurlant dans les vallons neigeux, appelant la meute.

— Celui-là, il faudra le pendre à la fourche du chêne, avait dit Styr. Seul un sacrifice à l'arbre aux loups peut les calmer. Il n'y a que le loup qui mange volontiers du loup!

— Non, père! avait répondu Ulf, avec un air de défi. Les loups, ça me regarde; moi seul... et ma mère!

Styr n'avait jamais vu Ulf le fixer ainsi, l'œil ardent, les bras croisés. Il n'ajouta rien, car il se souvint qu'Aldis lui avait dit un jour en parlant du jeune Ulf: «On l'appellera le loup car il marchera dans la solitude. Il fut maudit dès sa venue au monde, alors on peut croire qu'il eut comme père un loup gris; et puisque jamais loup ne vit son père, c'est vérité dans son cas.»

Les chevaux n'avaient cessé de piaffer et de secouer la crinière.

— Une tempête de neige, bientôt, constata Styr.

— Que les hommes restent tous à l'abri, répondit simplement Ulf. Veillez sur les moines.

Puis il se dirigea vers les chevaux. Ceux-ci se cabrèrent de plus belle, ruèrent, hennirent de terreur. Ulf entendit des grognements sourds et des bruits de piétinement dans les taillis et parmi les rochers. Immobile, il observa toutes ces ombres inquiétantes dont la lune blanchissait à peine les sombres contours. Quels étaient les loups? Quels étaient les rochers? Les formes indistinctes semblaient, toutes, animées, gigantesques; avec les apparences fantastiques que le pâle clair de lune prêtait aux arbres, aux pierres, aux monticules, aux brouillards même. Des ombres qui se nourrissaient tantôt de proies humaines, tantôt de terre et tantôt de vent.

Ulf enfourcha son propre cheval, une bête à robe

brune et au crin épais. Rétif d'abord, l'animal, stimulé par l'air vif et les coups aux flancs, se mit à grimper allègrement la pente en direction de la forêt. Arrivé au sommet, à l'orée du bosquet de sapins, le cheval ralentit, les oreilles dressées, les naseaux dilatés. Le silence était maintenant total. Soudain, un hurlement sinistre s'éleva tout proche. Le cheval se cabra et, en soulevant des nuages de neige poudreuse, fit un écart si brusque qu'il faillit désarçonner son cavalier. Frappé de panique, l'animal se dressa, s'ébroua, se cabra de nouveau, tandis qu'Ulf se maintenait en croupe en s'agrippant de toutes ses forces à sa crinière.

Un craquement de branches et une bête monstrueuse bondit en travers du chemin, face au cheval. Elle avait des pattes aussi larges que celles d'un ours, et un pelage rude, ébouriffé, qui saillait sur les côtés et lui recouvrait la gorge et la poitrine, jusqu'au cou, telle une crinière. Elle avait la tête baissée, les oreilles droites, et ses babines retroussées laissaient apercevoir d'énormes crocs. Ulf avait mis pied à terre. Sa main s'abattit sur le flanc du cheval apeuré qui fila aussitôt comme le feu, en faisant des bonds désordonnés, d'une longueur incroyable. Le jeune homme était maintenant à la merci de la bête. Celle-ci s'approchait d'ailleurs obliquement vers Ulf, fixant sur lui des yeux si menaçants qu'ils frappaient de terreur.

— J'ai toujours eu envie de te rencontrer, murmura Ulf, en faisant un pas en direction du loup. On dit que tu ne peux pas mourir... on ne le dira plus! Tu attireras bientôt tous les autres loups affamés. Moi, je les dominerai tous!

L'animal poussa un hurlement affreux, fit un soubresaut et s'élança d'un bond sur Ulf. Celui-ci ne recula point d'un pas. De son bras gauche, il étreignit le ventre du loup et de l'autre, il saisit le gosier de l'animal, avec une telle force que le loup émit un cri de douleur. Trébuchant alors, ils tombèrent tous les deux, les rugissements de Ulf se confondant avec ceux de la bête. Le loup se débattait avec des élancements de rage et de douleur, mais déjà, une écume livide s'écoulait de ses babines comprimées. Ses os furent broyés, ses chairs déchirées par un homme qui, à son tour, n'était plus qu'une bête féroce.

Des tremblements convulsifs couraient par tout le corps et la queue s'agitait encore faiblement lorsqu'on entendit un craquement d'os brisés par une hache; mais il ne s'y mêlait plus de gémissements. Ulf s'était accroupi sur le corps palpitant du loup et lui avait rompu les jointures, séparé la tête des épaules, fendu la peau sur toute sa longueur et dépouillé la carcasse de sa peau humide et tachée de longues veines de sang.

En ouvrant les yeux, Einar éprouva un sentiment d'horreur. Il vit, debout dans la grotte, un homme de haute taille, la chevelure noire, et à ses pieds, les restes sanglants d'un loup. L'animal était écorché vif; sa chair hachée, crevée et éclatée de partout. Einar se crut atteint de folie. Il avait bel et bien vu Aldis se dépouiller de sa forme humaine et se transformer en loup et lui-même, Einar, être plongé dans le monde des ténèbres. Pourtant, Aldis était là, près du feu, tassée, minuscule, son affreux visage tordu par une grimace. Seul un souffle de voix parvenait aux oreilles du vieillard.

— Hé bien, de quoi t'étonnes-tu? disait la voix. Tu sais bien que c'est la saison des loups. Cette fois ils sont plus affamés que jamais... Je crois que je vais leur abandonner les moines, si jamais ils daignent y planter leurs crocs.

Einar émit une plainte sourde. Il aurait voulu crier, d'un cri strident, d'un vertigineux cri d'homme, mais il n'en eut pas la force. Il était devenu si fragile

sur ce sol pierreux qu'il s'y sentait lentement englouti, chair, moelle et sang, comme la lune lorsqu'elle
flotte sur l'eau noire et le matin, désemparée, s'y
noie... «Il doit exister une magie, pensa-t-il. Elle ne
peut être une femme et une bête.»

— Abominable sorcière, s'écria-t-il alors d'une voix
lamentable.

Aldis lui lança un regard démoniaque. Avec un cri
sauvage elle se rua sur le vieillard et d'un geste brusque, inattendu, l'attrapa par les poignets. L'étreinte
hideuse et glacée lui paralysa immédiatement les
muscles et un terrible engourdissement empêcha
Einar de se servir de ses mains. Les traits convulsés
d'Aldis avaient perdu toute apparence humaine.

— Je pourrais t'arracher la langue et le cœur, s'é-
cria-t-elle, en pressant son visage contre celui d'Einar. Mais ta vie m'est plus profitable que ta mort.
J'ai encore besoin de ta souffrance!

Foudroyé par la surprise et l'épouvante, le
vieillard sentit se révéler à lui quelque chose de plus
que le désespoir; il éprouva, réunies en un instant,
toutes les souffrances dont il s'était joué durant tant
d'années. Les tourments les plus opposés le déchiraient à la fois. Toutes les désolations fondaient ensemble sur son cœur. Il oublia l'étreinte, la douleur,
car il comprit d'un seul coup, comme s'il venait d'atteindre le fond d'un gouffre, qu'Aldis ne vivait que
pour exercer sa vengeance, elle dont le cœur était en
apparence le plus desséché et le plus endurci, mais
qui, dans un dernier repli, recelait une parcelle
d'affection pour celui que Bard avait condamné dès
la naissance à être exposé aux bêtes.

— Tu peux déjà te voir devant le cadavre de celui
que tu as traité comme ton fils, n'est-ce pas? fit la
voix. Pleure ce fils, car je me vengerai de la main
même de celui que vous avez abandonné!

Les yeux d'Einar vacillèrent. Son esprit quitta les

lieux. Il entendit de nouveau la sibylle dire que Thor n'étant plus là pour maintenir l'ordre, les animaux et les humains, les géants et les nains, les esprits et les âmes errantes sombraient dans l'anarchie. La guerre se termina avec la mort de tous les participants: les géants, les dieux, les hommes et les animaux. Quelques charognards subsistèrent, mais ils périrent dans l'inondation qui suivit. Bien plus tard, un nouveau monde émergea des débris de l'ancien. Un nouveau monde, verdoyant et fertile, surgit des cendres du disparu. Mais, caché dans les profondeurs, un dragon attendait que vienne son temps...

Maintenant que le loup existait vraiment, l'esprit d'Einar franchissait les espaces en quête d'un signe. Et, tout simplement, il pensa à Bjorn.

Ce soir-là, alors que la lune presque pleine montait dans le ciel, éclata le chœur des loups; de longs hurlements, graves et mélodieux et, parmi eux, une voix haute, plus sauvage et, en même temps, plus humaine. Les fantômes gris s'assemblaient: des mâles à l'encolure puissante, et des femelles, plus minces et plus grises.

Dans les hameaux, plus bas, près de la mer, on les croyait plus haut, dans la montagne, inaccessibles. Mais la grande bande de loups se répandait partout. Un berger, à demi dissimulé sous l'écharpe de brouillard, en tête à tête avec ses moutons, eut à peine le temps de se demander ce qui pouvait bien passer par là, même si lui et son troupeau se confondaient presque avec le paysage de rocs dressés. L'aube blanchissait lorsqu'un homme et des loups, les yeux grésillant comme de la résine, fondirent sur eux. Il ne resta bientôt plus que des ossements et quelques mares de sang.

Bientôt la légende du meneur de loups se répandit dans tous les hameaux du Geirangerfjord. On parlait avec crainte d'un homme de haute taille,

recouvert d'une peau de loup, les cheveux en broussaille, tout noirs, qui se déplaçait avec sa bande de
loups, se faisait une place et mangeait avec eux,
écartant sans peine leurs museaux grognants. Les
bergers n'osaient plus mener les moutons au pâturage. Les gens se barricadaient dans leurs maisons.

— C'est un sorcier qui a la puissance de fasciner
les loups, disaient les uns.

— C'est le tueur de loups, faisaient d'autres.

— C'est le meneur de loups, racontait-on surtout.
Il les convoque aux cérémonies magiques aux carre-
fours des forêts. À côté de ses hurlements, ceux des
loups ressemblent à des plaintes.

Parole de roi

Haut dans le ciel, Olaf Tryggvesson vit une masse sombre et mouvante s'approcher, portée par le vent. Ses contours bougeaient doucement. Et soudain, des ailes tourbillonnantes s'en échappèrent, une à une, voletant vers lui, puis s'éloignant, toutes frémissantes. Des fleurs ailées, oranges et noires, virevoltant dans l'air chaud, qui tournoyaient, sans direction particulière, portées par la brise. Et comme un mirage, le nuage disparut peu à peu.

Lorsqu'il pénétra dans la forêt, suivant le chemin tortueux qui menait de l'autre côté de la montagne, il découvrit leur sanctuaire, enfoui dans les grands arbres. Ils étaient là. Dans la tranquillité de leur demi-sommeil, ils festonnaient les branches des arbres et envahissaient en partie le sol recouvert de fougères et de mousse, leurs ailes bruissant doucement.

Olaf n'avait jamais vu de spectacle plus coloré et plus magnifique. Il n'avait jamais vu autant de papillons, surtout dans ce coin de pays. Il savait que, petit à petit, ils disparaissaient lorsque les jours raccourcissaient et que l'intensité de la lumière diminuait. Il en avait vu lorsqu'il était enfant et qu'esclave, il charroyait des pierres. C'était dans un lieu où le soleil était toujours très haut, écrasant, et où les journées étaient lumineuses et chaudes. Plus tard il avait entendu dire que les papillons dormaient toujours sur les mêmes arbres, les mêmes pins aux aiguilles desquelles ils pouvaient facilement s'agripper. On lui avait dit qu'ils ne mouraient pas; ils partaient, simplement, dès que le soleil se voilait de brume. Ils partaient, très loin, bravant les vents, vers des lieux demeurés inconnus.

Ces papillons étaient donc un signe! De qui? Pourquoi? Un signe du Maître des moines, son nouveau Dieu, qui lui indiquait qu'il était choisi pour régner sur tout un peuple; pour les rassembler au nom du Christ Tout-Puissant. Là-bas, le royaume de Norvège l'attendait; il fondrait sur lui comme la masse de papillons.

*   *   *

Le drakkar, assombri par l'eau grise, tanguait puis s'abattait bruyamment sur l'écume, pendant que le vent frappait sa large voile tendue. Le bois de la coque gémissait longuement alors qu'elle fendait avec acharnement les courtes vagues. À la poupe, derrière l'homme de barre qui peinait pour tenir l'équilibre sur les planches branlantes et glissantes, Olaf Tryggvesson, le manteau de vadmal claquant au vent, était attentif aux moindres signes de la mer et des vents. Ses yeux cherchaient au loin un horizon de roche grise bordée d'eaux noires: le lieu où ses rêves se feraient réalité. En attendant, lui et ses hommes faisaient corps avec la mer et sa houle.

Dans la large coque du drakkar, les hommes attendaient; ses hommes, assis sur leurs coffres de mer. Ils lui avaient juré fidélité et le reconnaissaient comme leur roi. Ils avaient aussi juré qu'ils ne sacrifieraient plus qu'au seul Maître des moines, ce Dieu qui avait créé le monde et tout ce qu'il renferme, le soleil, les étoiles et les enfants des hommes; à ce Maître qui seul leur permettrait de soumettre le royaume de Norvège. «Thor fût-il à mes côtés, leur avait dit Olaf lors du grand rassemblement, quelle aide pourrais-je attendre d'une pierre ou d'un morceau de bois?» Ils avaient enfin juré qu'ils ne mangeraient jamais plus de viande de cheval.

Au loin, des nuages s'amoncelaient au-dessus de la silhouette d'une côte qui se dessinait, grise d'abord, puis de plus en plus nette et bleue. C'était la côte norvégienne. Olaf regarda de tous côtés: il aperçut les autres drakkars, des dizaines de vaisseaux trahis par l'écume, ombragés par les voiles, avec leurs têtes de dragon qui s'élevaient sur les respirations de la vague, menaçantes. À bord, les hommes entonnaient des chants de guerre, rassemblaient épées, haches, lances et arcs, fixaient les boucliers aux flancs du navire. Olaf se tenait maintenant en proue, à la hauteur presque de l'effigie sculptée, revêtu de la cotte de mailles et coiffé d'un casque conique qui, avec ses œillères, son nasal et les flots de cheveux blonds qui s'en échappaient, lui donnait un air terrifiant.

Le paysage se déroulait droit devant: des plages, des criques, des caps et des collines; tout en sable, en rocs et en pins; mais il n'était pas question de toucher terre, ni même de racler un fond de sable ou de frôler un rocher à fleur d'eau. Là-bas, près des côtes, apparaissant au détour d'un fjord, Olaf vit la flotte du jarl Hakon qui se déployait lentement: le dernier obstacle entre lui et le royaume de Norvège.

Les deux flottes amenèrent les voiles, simultanément, et manœuvrèrent pour former une ligne de bataille. De part et d'autre, les hommes affalaient les mâts et dirigeaient les drakkars qui allaient s'amarrer les uns aux autres, formant ainsi de véritables forteresses flottantes. Peu de temps après, un véritable chassé-croisé de lances et de flèches emplit l'air, et leur avalanche produisit sur l'onde le même effet que s'il eut plu par temps calme. Sur les vaisseaux amarrés, une haie de guerriers, les boucliers levés, entouraient Olaf.

Un premier drakkar d'attaquants enfonça vivement le centre de la flotte du jarl Hakon. À la proue, les hommes d'Olaf se ruèrent à l'abordage, parant les coups de lances et les pierres avec leurs boucliers. Plusieurs **berserkr**, têtes nues, vêtus de peaux d'ours, brandissaient des haches gigantesques et creusaient un vide autour d'eux, en poussant des hurlements de bête. D'autres assaillants, indifférents aux morts et aux blessés qui s'entassaient déjà sur les ponts, lançaient des grappins pour retenir les drakkars assiégés. Les guerriers d'Olaf déferlaient maintenant comme un essaim de frelons.

Le jarl Hakon comprit que la bataille était perdue. Il ordonna que trois drakkars, dont le sien, soient rapidement désarrimés de la formation afin qu'ils puissent battre en retraite pendant que les siens résistaient encore. Olaf, voyant la manœuvre, lança aussitôt des ordres afin qu'un de ses drakkars fonçât droit sur les fuyards à cadence forcée. Sous la poussée des rames, il éperonna le premier des trois vaisseaux par le travers. Dans la collision, l'étrave du navire attaquant brisa toutes les rames du fuyard, ces dernières éclatant une à une comme du bois sec. Près de là, un autre drakkar, à demi coulé par les agresseurs, abandonna ses hommes à la merci des guerriers d'Olaf. Les défenseurs furent aussitôt balayés des ponts de leur navire isolé, massacrés sans pitié, puis précipités pardessus bord.

Il faisait encore jour lorsque cessèrent les clameurs de la bataille. Des nuées d'oiseaux de mer survolaient le carnage, excités, pendant que des drakkars éventrés et une multitude de cadavres flottaient à la dérive sur les eaux tranquilles.

Le jarl Hakon avait réussi à fuir le massacre, mais Olaf, fils de Tryggvi, le roi détrôné, et d'Astrid, la reine fugitive, Olaf l'esclave prenait pied en Norvège pour réclamer le trône arraché à son père.

— Tous les cœurs et tous les bras de Norvège sont désormais à toi, lui dit un des chefs victorieux en guise de salut et d'éloge.

— Seulement s'ils sont résolus à observer fidèlement les lois du Maître des moines, répondit Olaf. Je devrai l'entendre de tous, à l'assemblée des peuples: bondis et esclaves, hommes et femmes... J'ai promis de gouverner un royaume qui sera consacré à un seul Dieu!

— Jusqu'au dernier souffle du dernier d'entre nous, tu seras obéi et respecté comme roi!

— Louange à Dieu et louange au roi ne sont-ils point semblables? fit Halldor, le scalde. Et il entama son chant d'honneur à Olaf:

> Filait le navire,
> Jusqu'à ce qu'au jour prochain
> Resplendissent les falaises, les collines élevées
> et l'étendue de la terre
> Dans un cliquetis d'armes,
> La grâce d'un seul Dieu a daigné garder Olaf,
> Celui qui déjà est Roi.

— **Til ars ok fridar**, renchérit Olaf d'un ton neutre, pour une année féconde et pour la paix. Sinon que je sois personnellement sacrifié pour mon Dieu!

*   *   *

D'un hameau à l'autre, de ferme en ferme, jour et nuit, Olaf et ses hommes pourchassèrent le jarl Hakon. Partout, Olaf fut reconnu comme roi. Ici et là, on l'informait qu'Hakon était accompagné seulement de son fidèle esclave Kark. Ces deux-là étaient nés le même jour et avaient affronté la vie côte à côte, Kark dormant en temps de paix au pied du lit de son maître et prenant soin de ses armes en temps de guerre.

«Ils se dirigent vers Gauldale», leur avait-on dit. À Gauldale, les gens désignèrent la ferme de Thora qui, autrefois, avait été un des alliés d'Hakon. Les hommes d'Olaf encerclèrent aussitôt la ferme et le nouveau roi promit à Thora la vie sauve s'il lui livrait Hakon. Mais Olaf prit Thora à part et lui dit:

— Je te comprends de ne pas vouloir trahir à voix haute une amitié. Je ne te demande pas de parler; un signe suffira...

D'un signe de tête Thora désigna la porcherie. Sur ce, Olaf grimpa sur une grosse pierre et, d'une voix forte, offrit honneurs et fortune à quiconque trouverait et tuerait Hakon. Mais du geste il retint ses hommes. «Laissons le destin faire son œuvre», leur dit-il avec un sourire énigmatique.

Dans la porcherie, mêlés aux cochons à demi sauvages, le jarl Hakon et Kark avaient entendu les promesses d'Olaf. À l'instant même, le visage de l'esclave s'était empourpré, brillant de convoitise, mais, craignant de se trahir, il avait aussitôt blêmi.

— Pourquoi es-tu si pâle? lui lança Hakon. Et te voici tout à coup sombre comme de la terre! Aurais-tu l'intention de te laisser séduire par les paroles de l'usurpateur et de me trahir?

— Jamais! se récria Kark. Ne sommes-nous pas nés la même nuit?

— Nous sommes nés la même nuit, en effet, reprit Hakon, et il en sera de même pour notre mort!

Peu de temps après, fourbu, Kark s'endormit d'un sommeil agité. Il ne dormit pas longtemps et se réveilla en sursaut.

— Tu as rêvé! constata Hakon, qui n'avait cessé d'observer son esclave. Dis-moi ton rêve.

— J'ai rêvé qu'Olaf Tryggvesson me passait un collier en or autour du cou...

— C'est d'un collier de sang qu'il te fera cadeau, lui lança Hakon avec mépris.

Les heures nocturnes passaient, les deux hommes restaient tapis parmi les porcs grognants et agités, grelottant, se fixant l'un l'autre dans une crainte et une méfiance réciproques jusqu'à l'approche de l'aube. Enfin, n'en pouvant plus, l'ancien roi d'une parcelle du royaume de Norvège s'endormit. Alors, sans l'ombre d'une hésitation, Kark lui trancha la gorge.

Au matin, quand il présenta à Olaf la tête d'Hakon et qu'il réclama la récommpense, Olaf hésita quelque peu, se rappelant qu'il avait été esclave lui-même. Puis il se tourna vers ses hommes:

— La loi ne dit-elle pas qu'un esclave ne peut porter la main sur son maître?

— C'est ce que dit la loi! répondirent en chœur des dizaines de voix.

Olaf ordonna immédiatement que l'on décapitât Kark.

Les chefs des hameaux avaient également raconté à Olaf que depuis la mort mystérieuse d'un des leurs, Gorm, le hameau était devenu la demeure d'un géant solitaire et inhospitalier et qu'une sorcière qui avait la faveur de tous les esprits maléfiques régnait sur le Geirangerfjord. «C'est une femme toute puissante et en même temps malfaisante qui peut changer les hommes en bêtes», avaient-ils dit encore.

— Qui est-elle? demanda Olaf.

— Nul ne le sait.

— A-t-elle des guerriers avec elle?

— Des Peaux-de-Loups, sûrement! Des hommes gigantesques et des loups!

— Des loups?

— Elle dresse des loups et elle garde des esclaves: des moines, dit-on!

— Femme qui se dit reine et qui transforme des chrétiens en esclaves? s'indigna Olaf. Dans cette terre consacrée désormais par le Maître des moines, seul Dieu, nul être ne pourra fixer de prix aussi abominable et vivre...

Le hameau, isolé, s'accrochait jalousement à la montagne. Pour y parvenir, les hommes d'Olaf devaient d'abord suivre une longue vallée dominée de toutes parts par des rochers presque à pic et tapissée d'une forêt sauvage dont aucun arbre n'avait été abattu de mains d'homme depuis longtemps. La foudre y allumait parfois des incendies. Entre les troncs gigantesques de ces arbres s'enchevêtraient des ronces aux tiges aussi grosses que des bras d'homme, bardées d'épines pointues comme des dagues. À l'occasion, la forêt s'éclaircissait et d'étroits sentiers débouchaient dans des clairières entourées d'arbres morts, noirs, sans feuilles, avec des branches sombres tendues, pétrifiées dans le désespoir. Ils durent ensuite s'attaquer à la montagne, muraille haute et compacte aux cols élevés et hérissés d'autres forêts, entourée de gouffres et de vapeurs, mère d'orages terrifiants.

— C'est là-haut, fit un des meneurs, en désignant une crête de pins coiffée de brume, dominant un paysage hostile de roc et de glace.

— On dit que les corbeaux et les vautours n'ont plus grand-chose à se mettre dans le bec dans ce lieu...

— C'est à cause des tueurs de loups...

Les hommes s'enfoncèrent dans l'ombre des arbres. Lorsqu'ils arrivèrent enfin au hameau, il y eut une mêlée furieuse. Les hommes d'Olaf étaient supérieurs en nombre et ils encerclèrent la petite troupe de Styr. Il n'y eut d'abord qu'un brouillard mouvant, creusé de tourbillons, d'où sortaient des hommes et le fracas des armes. Sifflement des flèches, éclairs de métal brillant au soleil, chairs tailladées sans pitié, blessures béantes... Les hommes tombaient; pour eux, c'était le dernier combat. Sous le nasal de leur heaume, leur visage s'était éteint. Les guerriers de Styr reculaient maintenant, deux par deux d'abord, trois par trois ensuite, enfin, par dizaines. Les cris des combattants taillés ou transpercés dominèrent ceux des autres belligérants. Lorsque la bataille se révéla enfin à la lumière du soleil, les restes du hameau, là où s'était produit le choc, étaient jonchés de corps d'hommes. Ça et là, quelques combats singuliers se déroulaient encore. Un géant roux, couvert de sang, se battait comme un ours, reculant pas à pas vers la forêt.

Dans la grotte, Aldis et Einar entendirent les clameurs de la bataille.

— Tant d'hommes venant jusqu'ici m'obliger à me sacrifier, gémit Aldis. Je voudrais pouvoir bondir, aller vers eux avec tant de fulgurance qu'ils ne pourraient mieux faire que de mourir sur place de vive peur. Mais cette fois, je ne les surprendrai plus, car à l'éclair de leur foudre je devine qu'ils vont tirer profit de ma faiblesse.

Subitement, Aldis se sentait implacablement frôlée puis enveloppée par une peur blême; cette peur mouvante qui fige le sang. Ce qui restait de cœur à la vieille magicienne heurtait sa poitrine en de sourds contre-rythmes. Elle ressentait une torturante sensation et, comme si elle était à présent sans défense, ouverte à l'effroi traître, elle émit une faible plainte qui, lentement, se tressa en douleur.

Einar épiait la terreur croissante qui prenait possession du corps malingre d'Aldis; il entendait les gémissements et savait que la mesure de la misérable vie de la magicienne s'amenuisait. Ombres et hurlements de vengeance tassaient la vieille dans le piège sans forme de sa propre peur...

— Oh! mes dieux! Où êtes-vous donc? gémissait-elle. Venez vite!

— Les dieux ne viendront plus, Aldis, murmura Einar. Pour toi, aujourd'hui, c'est le Ragnarök.

— Tais-toi, répliqua-t-elle violemment, se ressaisissant. Je suis à l'image du loup... et ce loup est difficile à surprendre et à tuer. Ulf, lui, est libre... comme Fenrir! Tu entends, Einar, comme Fenrir! Il est déjà roi!

Aldis marmonnait maintenant des mots incompréhensibles, pendant qu'au loin les hommes d'Olaf avaient laissé le silence au silence. Ils arrivaient, commandés par une voix claire et ordonnante, poussant de longs cris, leurs armes heurtant bruyamment les pierres, se bousculant sans doute pour décider qui d'entre eux s'emparerait le premier de cette proie si convoitée.

Aldis tenait entre ses doigts un ornement scintillant. C'était un bijou curieusement façonné, assemblant un nombre de pièces rondes en corne, effilées d'un côté et rattachées de l'autre à un serpent d'or.

— Voilà donc ta magie! ironisa faiblement Einar. Quelques griffes en ivoire...

— Des griffes de loup! s'écria-t-elle en lui lançant un regard malveillant. Je ne vais pas attendre que ces sauvages arrachent mon cœur!

— Les dieux ne viendront plus! se borna à répondre Einar.

— Comment peux-tu parler des dieux? répliqua-t-elle d'une voix tremblante. Ils ne viendront plus pour toi, devrais-tu dire! Toi qui as toujours ignoré tous les sentiments, qui t'es moqué de mon nom et de ma naissance! Toi qui parles si souvent de mort sans savoir combien elle peut être proche de toi! Le Ragnarök? Il sera pour nous deux alors!

Les yeux d'Aldis brillaient d'un feu mauvais et sa respiration se faisait sifflante pendant que sa frêle poitrine se soulevait péniblement, par saccades.

— À présent, c'est ton cœur que je veux, gronda-t-elle. Il m'appartiendra pour toujours!

Les hommes d'Olaf, suant dans leurs gros manteaux de fourrures, éprouvés par les derniers combats, étaient tout près de la grotte. Il faisait nuit. La lune était pleine; elle éclairait froidement les arbres dénudés qui paraissaient blancs et spectraux dans ses rayons. Le sentier et les fougères étaient recouverts de givre et un vent aigre soufflait par rafales.

Dans la grotte, Aldis s'était abattue sur la poitrine d'Einar. D'un geste rapide, elle lui avait déchiré ses vêtements loqueteux, et d'un autre elle tentait de l'éventrer. Le corps d'Einar fut secoué de violentes convulsions. Il vit le visage d'Aldis au-dessus de lui qui semblait subir une transformation terrifiante et ses traits qui perdaient ce qui leur restait d'apparence humaine. L'ombre noire de l'if se profila alors devant le vieillard et il mobilisa ses maigres forces, se raidissant autant qu'il le pouvait.

— Odin! supplia-t-il. Odin, seigneur de la chasse sauvage! Dieu-chamane du vent du nord! Maître des runes, guide mes mains et mon cœur!

Les yeux sauvages vacillèrent et une plainte jaillit de la gorge couverte de fourrure qui s'acharnait sur lui.

— Odin! poursuivit Einar d'une voix plus forte, guide mes mains et mon cœur lorsque je lance ces signes sacrés! Aux noms de Freyr, Hagel et Tiw et par le pouvoir du feu et de la glace!

À peine Einar eut-il prononcé les dernières paroles que retentit un hurlement profond, pressant. Une réponse immédiate monta des environs. La grotte s'emplit aussitôt d'une fumée âcre. À travers elle, Einar distingua vaguement le reflet d'yeux fauves, sinistres, et une silhouette qui rasait le sol en grognant sa haine. Dehors, un chœur sauvage se déchaînait...

Einar traça la rune Eoh.

— L'if est dur et rapide dans le sol, proclama-t-il de toutes ses forces. Gardien du feu, plaisir de la terre! Toi, maintenant, par l'arbre de la mort, bois d'if brûlera! Mort et renaissance!

Il entendit un amer cri de douleur se perdre dans un bruit semblable au fracas du tonnerre. En même temps, une masse mouvante d'hommes envahissait la grotte. Tous furent alors les témoins d'un changement fantastique. Ils virent un corps ressemblant à un loup s'étendre et se contorsionner; des oreilles s'enfoncer dans le crâne, tandis que les membres s'allongeaient, se dépouillaient lentement d'éparses touffes de poils noirs et terreux, laissant apparaître une peau de vieillard, toute plissée. Bientôt, le corps pantelant devint une sorcière au masque grossier. À la fin, une forme incroyablement vieille gisait sans vie sur le sol. Une forme ratatinée et desséchée qui regardait fixement le brasier avec une grimace figée de momie.

— Qui est-ce? fit un des hommes, empli d'étonnement et de curiosité autant que d'effroi.

— Une magicienne, fit Einar, à bout de forces. La mère d'un loup peut-être... mais jadis, une femme... une femme très belle, blanche et rose de teint, avec de très grands yeux et de longs cheveux tressés... mais des cheveux noirs! Une femme qui a mis fin à l'insupportable attente!

— Et toi? fit l'homme.

Einar ne répondit pas tout de suite. Il agita faiblement ses mains, marquant par ce simple geste l'ampleur de son désespoir. Les hommes virent les vieux doigts maigres, tordus, les contours osseux d'un visage envahi par une barbe en broussaille, les rides, la peau dure et sèche, les cheveux emmêlés, pleins de toiles d'araignées.

— Einar, laissa-t-il tomber. Einar d'Islande!

Un des guerriers ramassa la dépouille d'Aldis.

Elle avait le poids d'un oiseau mort. Il se dirigea vers le brasier et l'y lança.

Aussitôt, il sembla à tous qu'un éclair frappait la grotte et qu'une force étrange, dominante, venait d'y pénétrer. Puis ils virent la femme morte se lever au milieu des flammes qui l'enveloppaient pendant que la nuit se faisait toute vibrante de hurlements de loups.

— Flammes de bûcher, dit simplement Einar. Cendres mortes.

Au hameau, les corbeaux et les aigles se saisissaient des dépouilles. Les autres bêtes grises des forêts se partageaient les restes. Fait étrange, les loups n'étaient pas du festin.

*   *   *

Ils étaient des milliers assemblés au Thing de Gula. Ils venaient du Hordaland, du Rogaland, d'Egdir, de Möre, de Sognfylki et de Firafylki. On leur demandait de reconnaître et d'accepter un nouveau roi.

Jusqu'à ce jour, le Thing de Gula célébrait le dieu Njord. Mais Olaf avait dit à ses hommes que ce serait le crépuscule de cette divinité.

Tous ces hommes, la plupart en armes, étaient grands et forts, ils avaient la poitrine large, le front orgueilleux sous la broussaille des cheveux, ombrageant des faces barrées de moustaches et de barbes épaisses.

Un homme se leva et demanda le silence. C'était Olaf, le seigneur de la mer. La carrure puissante, il s'avança dans le cliquetis de ses bracelets d'or et des amulettes frappées de l'emblème de la croix. Un autre homme l'attendait; un écclésiaste: l'évêque Godred de Man, un Saxon, prince de l'Église chrétienne, portant un ample manteau chamarré de soie

ainsi qu'une croix d'argent sertie de pierres précieuses. C'est en norrois qu'il s'adressa à Olaf:

— Tu es maintenant roi de la Norvège, Olaf, fils de
Tryggvi; mais devant Dieu, qui es-tu?

— Je suis né dans le haut pays de la Norvège, répondit Olaf d'une voix puissante, là où retentissent les
arcs; mes vaisseaux sont l'effroi des peuples, j'ai fait
craquer leurs quilles sur la cime cachée des écueils,
loin de la dernière habitation des hommes; j'ai creusé
de larges sillons dans les mers; j'affronte hardiment
les combats, aucun cheval ne me désarçonne; je suis
habile à nager, je sais courir sur des patins; pour lancer un javelot ou manier une rame, je ne crains personne. Voilà qui je suis devant Dieu!

— Désormais, enchaîna l'évêque Godred, je reconnais ta noblesse et celle de ton peuple; nobles aux cheveux d'or, cheveux de lin, yeux bleus, yeux verts! Nous
tairons à jamais que vous fûtes vilains, brigands, pillards, infidèles et maudits... Vous devrez vous acquitter par le pardon et ne plus jamais prendre chevaux, vaches et veaux; ne plus semer la mort, la souffrance, la destruction, l'incendie et le deuil dans les
bourgs, les domaines, les campagnes, car vous seriez
de nouveau félons et vilains. Or vous êtes maintenant
des hommes faits à la ressemblance de Christ... Tu
ouvriras ton royaume à ceux qui sont tes frères dans
ce Christ; ils viennent de divers pays apporter des
langues, des coutumes, des instruments et des armes;
toute cette diversité qui sera pour le royaume un
ornement, pour la cour une parure et pour les
ennemis un objet de crainte. Car un royaume qui n'a
qu'une langue et une coutume est faible et fragile — et
il ajouta — **Quaecuque sunt illae lingua seu na-
tiones, possunt erudi de divina sapientia et vir-
tute** — Toutes les langues sont capables de mener à la
vérité.

— Es-tu prêt à cela, ô roi?

— Je le suis, répondit Olaf.

— Tu devras maintenant t'abaisser devant Dieu, tout roi que tu es, poursuivit Godred, pour recevoir sa lumière. Car entre tous les corps, la lumière est ce qu'il y a de meilleur, de plus beau. Ce qui constitue la perfection et la beauté, c'est la lumière et Dieu est la clarté première.

Ce baptême doit laver ton corps une fois pour toutes, cet abominable vêtement de l'âme qui ne cesse de nous humilier. Aujourd'hui, ta nudité sera vertu!

Des hommes aidèrent Olaf à retirer ses vêtements. Un à un, il les déposa au pied de l'évêque. Une fois nu, on le couvrit d'un simple drap de lin blanc. Alors Godred de Man lui imposa les mains:

— Tu dois prononcer la formule d'abjuration et, selon les usages, tu dois la prononcer en langue franque, ainsi que te l'a enseigné ton parrain, Aethebred, roi d'Angleterre. Le veux-tu?

Olaf consentit d'un signe de tête.

— **Forsachista Diabolac**? Oubliez-vous le démon?

— **Ec forsacho Diabolac**. J'oublie le démon.

— **End allum Diaboles Wercum**? Et toutes les œuvres du démon?

— **End es forsacho allum Diaboles Wercum und Wierdum, Thunaer end Woden, end allum them unholdum the hira genotas sint**! J'oublie toutes les paroles et toutes les œuvres du Démon, de Thor, d'Odin et de tous les malins esprits!

— Il t'incombe dorénavant, roi Olaf, poursuivit l'évêque, de faire proclamer les lois de Dieu dans ton royaume; dans ce Thing de Gula et dans celui de Trondheim. Tu feras ériger des cathédrales; tu feras enseigner les chants d'église, le latin, la théologie et l'écriture. Car dans tous les royaumes de la Francie, c'est au nom de Christ que les plus vastes basiliques ont été remplies de peuples, où nul ne serait frappé du glaive, d'où nul ne serait arraché, où beaucoup

ont été conduits en vue de leur libération par les ennemis compatissants, d'où personne ne serait désormais emmené en captivité; cela au nom du Christ.
Les descendants de Rollon labourent maintenant avec
nous, eux qui nous ont si longtemps ruinés par leurs
pillages. Ils se vêtent en paysans, ils s'occupent de
nous enrichir, ils fréquentent nos marchés, ils y appor-
tent des bêtes pour les vendre. Grâce à eux, de grands
espaces incultes reverdissent; cela au nom du Christ.
Devant ton peuple, roi Olaf, consacre-toi à Dieu par
cette prière:

> Dieu de grandeur, Dieu de puissance,
> Seigneur de toute intelligence.
> Enserrant, pénétrant tout lieu,
> Origine, terme, milieu,
> Indépendant, source des âges
> Paisible maître des orages
> Triple et vrai dans ton unité
> Gloire à toi dans l'éternité!

Face à son peuple, Olaf, les yeux levés au ciel,
reprit la prière de Godred, consacrant ainsi le royaume de Norvège à la nouvelle religion chrétienne.

Chaque jour, jusqu'à la tombée de la nuit, pendant
sept jours ainsi, les plus anciens du Thing de Gula et
le roi discutèrent de l'obligation du peuple de professer
son appartenance à l'ancienne ou à la nouvelle religion. Qu'arriverait-il des fêtes sacrificielles? Et la
grande fête de Jol? Interdirait-on l'abattage des chevaux?

Ils édictèrent les lois de la nouvelle religion, une à
une. Et chacune de ces lois fut annoncée au peuple.
«La première loi de Dieu, proclama le président, dit
que nous devrons nous prosterner face à l'est et invoquer le Christ pour qu'il nous comble pour notre bétail et nos récoltes. La seconde loi de Dieu dit que
dans chaque fylki s'élèvera une église et que tous les
hommes de ce fylki devront fournir du bois et l'en-

tretenir, à défaut de quoi, chacun versera une amende
de quinze marcs, dont une moitié ira au roi et l'autre,
à l'évêque. La troisième loi de Dieu dit que chaque
septième jour sera sanctifié et nommé: dimanche. La
journée précédente sera sanctifiée dès que le soleil
sera à son point le plus haut dans le ciel. Nul ne pourra chasser, même un oiseau, ni pêcher, ni aller aux
champs. Quiconque outrepassera cette loi devra verser une amende de six auras. La quatrième loi de Dieu
dit que le corps de chaque homme trépassé sera veillé
dans l'église et mis en terre consacrée; sauf les traîtres, les meurtriers, les voleurs ainsi que ceux qui auront eux-mêmes mis fin à leurs jours. Ceux-là seront
mis en terre près du rivage, à l'endroit où la mer et les
hautes herbes se touchent. De plus, un corps ne devra
pas rester plus de cinq jours sans sépulture. La
cinquième loi de Dieu dit que chacun de nous ne pourra posséder qu'une femme, celle qu'un homme aura
achetée pour la valeur de douze auras ou cinq vaches...» Aussitôt des murmures et des cris de colère
s'élevèrent de toutes parts; certains proférèrent même
des menaces à l'endroit du nouveau roi. Mais ce dernier demeura impassible. Lorsque la rumeur s'apaisa,
il fit signe au président de continuer. «La sixième loi
de Dieu condamne l'homme ou la femme coupable de
sorcellerie à la peine de mort ou au bannissement. La
septième loi de Dieu condamne celui qui est accusé de
relations sexuelles avec des animaux de sa ferme à la
castration et au bannissement à vie. La huitième loi
de Dieu établit que chaque année, au Thing de Gula,
un esclave deviendra un homme libre. Cette liberté lui
sera donnée un jour de dimanche et on lui remettra la
somme de six aurars. La neuvième loi de Dieu dit que
si un homme de la Norvège meurt à bord d'un vaisseau, pourvu que ce vaisseau n'ait pas atteint la moitié de son périple, la moitié des biens de cet homme
appartiendra au roi de Norvège. La dixième loi de

Dieu reconnaît seulement comme roi de Norvège le fils légitime d'un autre roi de Norvège!»

Au terme des délibérations, il y eut une grande célébration. Aucun incident n'eut lieu jusqu'au soir. C'est alors que deux chefs du nord, Raud et Thorer, riches et puissants seigneurs, remplirent une première corne, prirent la parole pour la consacrer à Odin puis à Thor et burent à la corne en l'honneur du roi. Olaf prit la corne à son tour et fit le signe de la croix. Sur ce, Raud s'écria:

— Pourquoi le roi fait-il cela? Continue-t-il à ne pas vouloir respecter la tradition de nos ancêtres?

Ce fut l'évêque Godred de Man qui répondit:

— Le roi agit maintenant comme tous ceux qui ont confiance en leurs propres forces et poursuivent la tradition en offrant la corne à Odin et à Thor; il exprime sa confiance dans le Christ. Il a fait le signe de la croix qui est le même que celui du marteau de Thor. N'y voyez-vous point un heureux signe du destin?

— Alors que le roi mange de la viande de cheval, rétorqua Raud.

Olaf refusa énergiquement, disant qu'il ne le ferait jamais plus.

— Qu'il boive la sauce seulement, insista Raud, visiblement irrité par le refus obstiné du roi.

L'évêque Godred arrangea temporairement les choses, réussissant à convaincre Olaf d'ouvrir la bouche au-dessus de l'anse d'une des marmites dans laquelle la viande de cheval était en train de cuire, dégageant une forte vapeur et ayant graissé quelque peu l'anse. Olaf s'approcha, entoura l'anse graisseuse de ses mains, se pencha dessus, puis revint à son haut-siège. Il y eut certaines exclamations heureuses, mais aussi de nombreux murmures et de la réprobation et beaucoup de commentaires. Alors Thorer se leva, imposa le silence d'un simple geste et déclara d'une voix aussi nette que décidée:

— En nous rendant les assemblées populaires et nos anciens droits, tu as mérité, ô roi, toute notre reconnaissance. Mais voici que tu veux nous imposer un joug plus insupportable et plus odieux que celui dont tu nous as délivrés. Nous observerons fidèlement les lois que tu as établies à notre consentement dans l'assemblée du peuple. Quant à ta volonté que nous tous recevions le baptême de ce Christ et que nous renoncions sur-le-champ aux croyances de notre cœur, sache, ô roi, que plutôt que d'y obéir, nous sommes résolus à t'abandonner et à choisir un autre souverain qui nous laissera notre liberté et la religion de nos ancêtres.

Olaf ne dit mot. L'atmosphère s'était considérablement tendue. Les paroles de Thorer furent bruyamment approuvées par ses hommes et par ceux de Raud. Tous attendaient maintenant la réplique du roi. Accepterait-il de participer à la prochaine fête en l'honneur des dieux? Mangerait-il de la chair de cheval? Porterait-il à ses lèvres la corne consacrée aux Ases? Consentirait-il à laisser debout les idoles païennes?

Olaf savait que le christianisme, maintenant qu'il était accepté par le Thing de Gula, le serait promptement par celui de Trondheim et, ensuite, par la population. Il en serait autrement dans les forêts du Nord, où le culte odinique s'était conservé dans toute sa forme sauvage, sa rudesse et son zèle excessif. Les cérémonies traditionnelles, les sacrifices et les invocations de chaque jour y étaient inséparables des futaies, des sombres forêts, des saisons et des jours.

Encore une fois, ce fut Godred de Man qui prit la parole dans l'espoir de rallier les chefs hostiles.

— Ne voyez-vous pas avec quelle soudaineté, commença-t-il avec vigueur, les dieux de vos ancêtres ont fait peser la mort et combien leur violence a frappé? Ni les bois épais, ni le courant des fleuves, ni citadelles, ni remparts, ni rochers n'ont pu échapper à vos fureurs. Ce que vous n'avez pu dompter par la force l'a été par la famine. La mère a succombé misérablement avec ses enfants. Le maître est tombé en servitude. Les maisons sont devenues des bûchers. Vous avez imposé par le glaive la tyrannie de vos dieux. Mais, je vous le demande, des dieux qui se repaissent des fléaux du fer, de la famine, de l'épidémie et des bêtes sont-ils dignes de vos sacrifices?

Voulez-vous donc que l'on continue de croire que vous êtes plus près des bêtes que des hommes? Est-ce un renom de hideur et de cruauté que vous voulez comme lot afin que l'on vous croie aussi féroces que les Huns? Eux aussi avaient des dieux sans pitié! Et au nom de ces dieux, ils menacèrent d'anéantir tous les peuples. Si féroces étaient-ils qu'ils sillonnaient de profondes cicatrices les joues des nouveau-nés afin d'y détruire tout germe de duvet; ils ne se nourrissaient que de racines sauvages ou de la chair crue du premier animal venu; ils se couvraient de peaux de rats. On les disait cloués sur leurs chevaux, ne mettant pied à terre ni pour manger, ni pour boire, et dormant inclinés sur le cou de leur monture...

Et c'est Dieu, le Dieu qu'a adopté votre roi, qui s'est dressé sur leur chemin; qui a imposé à leurs chefs de considérer les églises chrétiennes comme des asiles et qui a provoqué un prodigieux changement de la face des choses.

À travers la fumée épaisse qui s'élevait des nombreux feux, on distinguait vaguement la solide silhouette des guerriers. Leurs faces étaient étrangement illuminées par les flammes vacillantes. Les joues et les cheveux luisant de graisse, ils buvaient, la tête renversée en arrière, faisant circuler les cornes vides. Selon le rituel et les signes des uns et des autres, on s'insultait et on se lançait même des défis. Mais tous surveillaient le roi Olaf. Imperturbable, le roi se dressa de toute sa hauteur et dit d'un ton mesuré:

— Je ne crains pas ton défi, Thorer, ni le tien, Raud. Dorénavant, je ne confondrai plus le signe de la croix avec celui du marteau de Thor. Mais je veux bien démontrer la supériorité de mon Dieu, puisque mes paroles seules ne vous inclineront pas.

Il ordonna que l'on chauffe à blanc un gant de fer, puis il demanda aux deux chefs du Nord ou à l'un de leurs hommes d'y plonger la main. Ils refusèrent l'épreuve. Olaf se tourna vers Godred de Man. L'évêque saxon plongea sa main sans la moindre hésitation dans le gantelet surchauffé et la retira intacte.

— C'est de la sorcellerie! s'exclamèrent à l'unisson Thorer et Raud.

Thorer ferma les yeux. Il sentait toujours la présence d'Odin. Il croyait encore que chaque dieu avait son propre fief. Et tous les dieux devaient constamment affronter les Géants rancuniers. Le monde demeurait encerclé et menacé par des êtres terribles aux intentions néfastes. L'avenir était toujours noyé dans l'inconnu et l'obscurité pendant que planait l'ombre du Ragnarök. Les forêts et les cavernes demeuraient autant de temples. Mille êtres fantastiques, démons, génies des eaux, génies des bois, génies des montagnes, elfes hantaient encore les hommes et les bêtes. Pourquoi ce nouveau Dieu demandait-il alors un amour sans mesure et sans partage?

— De la sorcellerie, reprit Thorer d'une voix sourde. Et notre loi condamne quiconque s'y adonne. Est-ce là ce que ton Dieu nous offre, ô roi?

— Que l'on amène un véritable sorcier, commanda Olaf. Qu'il invoque tous les dieux, à sa guise, et qu'il nous montre ses prodiges. Mais peut-être choisira-t-il lui-même de s'incliner devant le Christ.

On amena un très vieil homme, décharné, chancelant, prostré; le visage enfoui sous une chevelure et une longue barbe blanches. Sa silhouette frêle comme un roseau se perdait au milieu de tous ces hommes excités par les boissons et par l'enjeu.

— On te dit sorcier, vieil homme, commença par dire Olaf.

— Je suis Einar d'Islande! murmura simplement le vieillard. Il parlait d'une petite voix brisée, les mains croisées.

— Tu étais le compagnon de cette sorcière qui se disait reine des loups, répliqua aussitôt Olaf.

— J'étais son prisonnier, corrigea Einar du même souffle.

— Vous, hommes d'Islande et du Groenland, êtes avant tout des exilés du royaume de Norvège. Je suis donc votre roi, ne le crois-tu pas?

— En Islande il n'y a pas de roi, il n'y a que des lois! fit Einar.

— Mon père, le roi Tryggvi, tenait en grande estime Thorvald, le père d'Eirik dit le Rouge, celui-là même qui est aujourd'hui à Raide-Pente, au Groenland. Leurs ancêtres étaient des hommes de haute naissance et l'un d'eux fut roi des Scots. Ne crois-tu pas qu'ils rendront hommage au roi de Norvège?

— Seul le Thing d'Islande décidera de ce qu'ils croiront et qui ils honoreront, répondit Einar.

— Et toi, que crois-tu?

— À l'origine du monde, commença Einar d'une voix plus assurée, la glace et le feu en se rencontrant firent apparaître la vie. De leur fusion naquit un géant et des dieux.

— Est-ce tout ce que tu crois? s'étonna Olaf. Un seul Dieu a fait tout cela, voilà pourquoi on le dit Tout-Puissant!

Einar se gratta le front, hésitant, ne sachant s'il devait donner la réplique au roi devant tous ses sujets. Mais il se dit qu'ayant surmonté tant d'épreuves et résisté à tant de maléfices, il saurait aujourd'hui mourir en riant.

— En Islande, commença-t-il, nous étions si pauvres et avions si faim que les bondis ne pouvaient plus payer leurs domestiques en viande d'abattage. Il n'y avait même plus un mouton pour tous les gens d'une maison. Pour survivre, nous ne savions plus qui, des moutons ou des hommes, devaient manger les quelques racines de la terre! Et les dieux nous ont secourus. Ton Dieu est dans le ciel, là-haut, et il y reste toujours. Il est invisible, trop parfait. Les miens sont partout, ils ne sont pas parfaits, mais ils sont dans ma chair, dans mon sang et dans mon âme!

Les paroles d'Einar furent reçues comme un affront par le roi. Néanmoins, Olaf demeura impassible. Il reconnaissait que ce vieillard triomphait, même s'il semblait impuissant à ses pieds. Il triomphait, comme jadis Ragnar Lodbrog, lorsqu'il chantait qu'il avait combattu avec l'épée et moissonné des guerriers comme le marteau d'Odin, alors même qu'on le précipitait dans la fosse aux serpents. Olaf savait qu'Einar parlait pour tous ces Vikings étendus sur l'herbe tendre tachée de leur sang, louant une dernière fois Odin avant de quitter le monde et, d'un même élan, renaître au Valhöll. Mais un nouveau Père de toutes choses gouvernait l'univers apaisé des hommes du Nord. Nul loup ne dévorerait plus le premier soleil et Mjöllnir, le terrible marteau de Thor, devrait être enfoui à jamais.

— Toi, Thorer, lança Olaf, et toi, Raud, et tous ceux qui refusent les lois du Dieu Tout-Puissant, avez choisi votre destin. Nous vous chasserons comme des bêtes sauvages et aucune forêt ne nous fera obstacle pas plus qu'elle ne vous abritera. Lorsque paraîtra l'aube, vous aurez quitté ce lieu!

Puis, ayant longuement regardé Einar, il s'adressa au vieillard.

— Toi, Einar d'Islande, tu refuses à la fois un roi et un Dieu. J'espère pour toi que tes dieux ont encore quelque puissance!

À l'aube, chargé de lourdes chaînes, Einar fut attaché sur un rocher où la marée montante devait le noyer lentement.

Le royaume d'Einar

Les hommes d'Eirik le Rouge apprirent qu'il y avait eu un changement de chefs en Norvège. Le jarl Hakon était mort, assassiné par son propre esclave, et Olaf Tryggvesson, lui-même vendu comme esclave durant sa jeunesse, était le nouveau roi. Les hommes du Groenland apprirent en outre qu'il y avait eu un changement de croyances en Norvège, qu'on avait rejeté les anciennes et que le nouveau roi commençait à christianiser les pays de l'ouest: les Hébrides, les Orcades, les Féroé et l'Islande. Beaucoup disaient que c'était grande honte que d'abandonner les anciennes croyances.

Eirik le Rouge avait écouté sans broncher les récits qu'on lui avait faits du zèle sauvage avec lequel Olaf, roi de Norvège, imposait le christianisme. Raud et Thorer, lui avait-on raconté, ayant refusé de se convertir, avaient armé une flotte contre Olaf. Les deux chefs furent défaits, mais Raud, qui était aussi magicien, avait fait se soulever une tempête et s'était enfui, pendant que Thorer, jeté sur la côte, était criblé de flèches et dévoré par les chiens du roi. Raud, réfugié dans une île, excitait, autour des rochers et des récifs, des orages continuels. Olaf attendit inutilement pendant huit jours. À la fin, les évêques Godred et Sigurd décidèrent de maîtriser le démon des flots en invoquant la toute-puissance de leur Dieu. Revêtus d'ornements pontificaux et montés en proue du navire d'Olaf, ils étendirent leurs crosses pastorales sur les vagues, aspergèrent le navire d'eau consacrée et balancèrent un encensoir fumant de l'avant à l'arrière du drakkar. La mer redevint aussitôt calme comme un lac, tandis que de chaque côté de l'île la tempête continuait de faire rage. Raud fut débusqué, fait prisonnier et chargé de fers. Sommé par Olaf de se convertir et ne répondant que par des injures, il fut soumis au plus affreux des supplices: on le força à avaler un serpent qui lui rongea le cœur et lui perça la poitrine.

On raconta aussi à Eirik que le roi de Norvège ruinait des temples de ses propres mains et qu'il avait brisé les idoles du plus fameux sanctuaire de Thor situé dans l'île de Moere. Partout ce n'étaient que supplices et bannissements; on enfermait les prêtres païens dans leurs temples et on y faisait mettre le feu.

Pendant plusieurs jours Eirik n'avait adressé la parole à personne. Il s'était même réfugié sur son drakkar.

— Le père de cet Olaf fut l'ami de mon propre père, avait-il finalement dit à Arnkell Regard-d'Aigle. Ce sont des liens de sang! Aussi vais-je envoyer mon propre fils auprès de ce roi... un roi que je ne reconnais pas comme étant le mien! Leif lui fera comme message que l'outrage qu'il fait à nos dieux lui coûtera un jour le trône et la vie.

Les récits et les paroles d'Eirik avaient profondément troublé Bjorn. Mais le jeune homme préféra ne pas en parler avec Arnkell; du moins pas tout de suite.

Bjorn avait trouvé un grand oiseau mort, les ailes déployées mais impuissantes, les pattes raidies, la tête tournée vers la mer. Il avait été attiré par les yeux fixes; des yeux d'un vert presque turquoise, couleur de mer, noyés dans leur innocence, figés dans la mort.

La mort de son père, Bard, de Gunnar, et la disparition d'Einar, le maître des runes, avaient cessé d'être pour Bjorn des choses abstraites. Désormais, il se figurait que la mort se présenterait toujours avec ces yeux-là. Pour Bjorn, il n'y avait plus de différence entre la nuit et le temps devenu immobile; entre le sol qu'il foulait et les espaces lointains. Il imaginait que le soleil et l'oiseau mort pouvaient à tout jamais se regarder en face et qu'il en était de même pour Bard et pour Gunnar. Lorsque Bjorn pensait à Einar, à ses enseignements, il pensait aussitôt à Odin: il était un ou plusieurs, le père des morts et des renaissances, le devin et le métamorphoseur; celui qui avait payé d'un de ses yeux la sagesse, la ruse, les connaissances et les pouvoirs. Bjorn se sentait bien à Raide-Pente. Seul le sifflement des pierres dans le vent y rompait le silence. La nature y était prisonnière de l'éternelle morsure du froid. À Raide-Pente, le temps s'étirait indéfiniment sur des horizons tout blancs; d'un côté, celui de l'océan, de l'autre, la barrière des glaces. Entre les deux s'étalait un parcours plein de soubresauts, une piste taillée dans le front de la crête, de la grisaille et des embruns.

Dans les hauteurs, le vent avait les accents aigus d'un géant essoufflé. Plus bas, il déchirait la solitude amère d'un lieu brûlé par l'air salin et traversait d'une seule haleine une steppe de pierre et de glace.

L'océan ceinturait ces terres de toutes parts. Au fil de l'éternité, ses flots avaient échancré les falaises, sculpté les récifs et les glaces, creusé les grottes. Sans relâche, ils s'enroulaient autour des quais de bois, ballottaient les drakkars amarrés, envahissaient les petites anses et engloutissaient les écueils.

Bjorn aimait le ciel du Groenland; un ciel ondoyant, sujet à la volte-face. Un ciel de nuances, de
métamorphoses, de cycles et de saisons, fécond par ses
jeux de lumière et par ses résurrections. Bjorn aimait
y perdre son regard, autant dans l'azur qu'au large,
vers cette barrière de glace que les dieux opposaient à
la curiosité des hommes. Il venait souvent au bord de
la mer, recherchant cette solitude qu'Einar lui avait
appris à aimer. D'un horizon à l'autre, les plages
étaient uniformément frangées de galets parsemés
d'os de seiches, de carcasses de poissons, que balayaient sans cesse les grands rouleaux océaniques.
Parfois un tronc blanchi, une épave délavée, venait
s'échouer parmi ces restes. À la marée suivante, le
ressac remportait les débris, les rendait aux courants
de la mer, au mouvement sans fin des eaux glacées.
Bjorn comparait cela à la vie et à la mort des hommes.

Ce jour de fin d'hiver, la tempête avait fait place à
un grand calme. Les oiseaux de mer dérivaient à
toute vitesse, ailes ouvertes immobiles sur le fond
d'un ciel de neige. Plus bas, il n'y avait que la longue
et lourde ondulation de la houle, et le déferlement
monotone des vagues sur le rivage.

Du haut des airs, les oiseaux découvrirent soudain la forme entière de deux corps, de plus de trente
aunes de long; deux dos gris ardoise, formidablement
larges, qui trouaient la mer perpendiculairement à la
houle. On ne voyait bouger aucune nageoire. Les
oiseaux, eux, distinguaient parfaitement, à travers
une faible épaisseur d'eau, les queues horizontales
qui propulsaient les créatures marines. À l'avant de
chacune s'élevait, par intervalles, un panache de
brouillard blanc. Les oiseaux voyaient le souffle, le
plongeon peu profond, le retour en surface avec, à
chaque émersion, le souffle puissant. Tandis que le
dos continuait à rouler et à s'enfoncer, avec cette
rotation qui paraissait interminable, un sillage blanc

se dessinait sur la mer, en même temps qu'émergeait la nageoire dorsale.

Bientôt, mouettes et pétrels volaient au-dessus des baleines. D'autres oiseaux venus du rivage se joignirent à eux. Des nuées d'oiseaux se posaient alors sur les dos immenses, par grappes, picorant avec frénésie, s'envolant dès que les baleines plongeaient, revenant aussitôt qu'elles émergeaient. Parfois, lorsque les cétacés sondaient, les oiseaux s'élevaient plus haut et, ensuite, continuaient dans la direction suivie par les baleines, décrivant de grands cercles. Du rivage, Bjorn avait aperçu les deux monticules noir-bleu qui glissaient côte à côte dans la mer, plongeant et reparaissant en lançant leur souffle. «C'est étrange, se disait-il, d'entendre vraiment respirer sur la mer!» Il continua d'observer la progression des deux géants, se rendant compte, en scrutant ainsi la mer, que celle-ci n'ignorait pas les saisons: sombre l'hiver, elle se faisait de plus en plus transparente sous l'écume, au sommet des vagues vertes, dès l'apparition du soleil.

Le temps s'écoulait. Les journées étant encore courtes, la surface de la mer devint très vite uniformément grise, puis noire, tandis que l'obscurité gagnait sur la clarté. Les oiseaux cessèrent de voler. Certains se posèrent sur la mer, à proximité des baleines, se laissant glisser au creux de la houle et remonter, d'autres regagnèrent le rivage.

Au jour, les baleines étaient toujours là. Bjorn était là, lui aussi. Les oiseaux volaient de nouveau au-dessus de la mer. À petite vitesse, en surface ou plongeant à peine, les deux baleines allaient et venaient dans le sens du rivage, comme si elles attendaient quelque chose. Bjorn les observait, tellement qu'il confondait parfois leurs dos lisses avec les teintes de la mer. Il n'avait jamais vu des baleines agir comme celles-ci. Mais pendant que tout cela se passait et que le souffle de la femelle s'accompagnait d'une sorte de gémissement, la houle, infatigable, déferlait en rouleaux sur le rivage, mouillant les pieds de Bjorn, comme depuis le commencement du monde.

Bjorn, à l'instar de son père, était devenu un habile chasseur de baleines. À l'occasion il chassait même le grand ours blanc. L'occasion était belle, il le savait. Encore un peu et les deux baleines s'approcheraient d'un endroit encaissé, peu profond, où, impuissantes à se mouvoir, elles seraient plus faciles à harponner. Arnkell et les siens connaissaient l'art de faire bouillir la graisse de baleine: une seule d'entre elles procurait presque trois cents tonneaux d'une huile précieuse, qu'ils utiliseraient pour l'éclairage et pour le traitement du cuir. Ils récupéreraient aussi les fanons pour en tirer des boucles de ceintures, des manches de poignards et des bêches. Et chaque baleine franche livrerait une quantité considérable de viande comestible; assez pour nourrir toute la colonie d'Eirik jusqu'à l'été.

Mais à ce moment-là, Bjorn pressentait que la mort céderait à la vie. Pendant que les grands oiseaux s'assemblaient en un nuage compact, bruyants et turbulents, des flocons de neige tombaient, venus de nulle part. Était-ce le signe que tous attendaient? Une des baleines cessa de souffler et un long mouvement la courba. Elle devint ensuite immobile. Aussitôt les oiseaux virent l'eau de la mer se troubler autour d'elle. Brusquement, elle lança son souffle de nouveau, très haut, longuement, sans aucun gémissement. Lorsque l'eau redevint transparente, il y avait, collé au ventre de la baleine, un fuseau de forme semblable à elle, de quelques aunes de long. Déjà le baleineau nageait auprès de sa mère, tout proche des mamelles que bientôt il allait commencer à téter.

Les baleines évoluèrent alors avec soudaineté, comme prises de panique. Et Bjorn devina le drame de mer. Il n'y avait rien sur le rivage mis à part Bjorn lui-même. Pourtant, autour des baleines et derrière elles, les phoques se dispersaient; ils nageaient à toute vitesse vers les rochers les plus proches; ils s'y hissaient en glissant et en criant. Bjorn vit alors une mince ligne d'écume qui rayait la mer, non loin du rivage. Puis auprès d'elle une autre; une troisième; une quatrième. Les raies devenaient de plus en plus visibles, jusqu'à devenir de véritables couperets noirs, fendant la mer à une vitesse prodigieuse, en grandissant. Les phoques réfugiés sur les rochers tendaient le cou, et ils hurlaient de plus belle. Les ailerons s'élevaient hors de la mer, comme sous l'effet d'une poussée monstrueuse, chacun devenant plus haut qu'un homme. Et derrière ceux-ci d'autres sillons d'écume naissaient, annonçant la charge meurtrière des orques.

Il y eut un soudain et furieux barattement d'eau autour des baleines. Les orques arrivaient de toutes les directions. La mêlée s'engageait dans le vacarme des queues énormes frappant autour d'elles et dans le rugissement désespéré des souffles. Peu à peu les baleines sentirent des poids énormes attachés à leurs queues. Le baleineau fut déchiqueté. L'eau grouillait, rougie, autour des baleines mutilées; d'autres tueurs arrivaient encore, s'élançant et revenant, fermant peu à peu le cercle meurtrier, semblable à une meute de loups. Bjorn assistait au massacre, comme jadis il avait assisté, impuissant, à celui de la hird de Gunnar par les Peaux-de-Loups de Styr. Il se remémora les traits grossiers d'un jeune homme de son âge, la chevelure noire et l'œil sauvage, aussi féroce que ceux qui avaient abattu les siens. Et il souffrit dans sa chair et dans son âme, sentant monter en lui une haine aussi chaude que son propre sang.

Les baleines étaient perdues. Les orques tournaient, revenaient, se jetaient sur elles avec une audace et une voracité incroyables. Les mouvements des corps énormes ralentissaient malgré eux. Ensemble, les baleines se précipitèrent alors vers le rivage. Elles arrivèrent en eau peu profonde et, dans une détente désespérée, elles se jetèrent tout entières sur la terre ferme. Les orques bourreaux, sentant l'intention suicidaire, venaient de lâcher prise.

Écrasées par leur propre poids, les baleines poussèrent des hurlements et des mugissements épouvantables, véritables messages désespérés de l'instinct.

En quelques instants, des hommes descendirent précipitamment de la falaise et le rivage s'anima. Ils accouraient, portant des lances et des tranchoirs, Arnkell en tête. Mais les soubresauts des géants les tinrent tous à distance. Avec le temps, les mouvements devinrent plus faibles, les mugissements devinrent des plaintes. La nuée d'oiseaux se faisait plus dense et plus agitée à mesure que s'espaçaient les spasmes des grands corps. Jusqu'à ce que les cris perçants, crescendo, couvrent la dernière plainte de l'agonie.

Le dépeçage commença aussitôt et les parts furent d'abord attribuées à la maison d'Arnkell. Une partie de la viande serait vite mangée; la graisse, fondue; les fanons, nettoyés et soigneusement travaillés. Les morceaux les plus délicats, les deux langues, seraient réservés pour Eirik lui-même. Quelques-uns poussèrent à la mer les barques échouées, souquant vers le large. Mais pas vers le grand large. Les souffles de quelques baleines semblaient s'élever à distance et les orques avaient disparu.

— Il me semble que te voilà possesseur de bien grands pouvoirs, fit Arnkell en étreignant affectueusement Bjorn. Nous te savions capable de chasser tous les grands poissons, mieux encore que Bàrd, ton père. Mais les attirer sur le rivage, sans même leur donner la chasse, est un prodige qui fait de toi un favori des dieux!

Bjorn sourit, hocha la tête et demeura silencieux.

Il pensa que l'esprit d'Einar revivait peut-être en lui.
Mais il pensa surtout à l'Islande, à Thingvellir, à
l'enceinte du jugement, et à la pierre de Thor.

*   *   *

La fin d'Einar fut connue en Islande, puis elle parvint à ceux de Raide-Pente, au Groenland. On racontait que sur ordre d'Olaf, le maître des runes, une fois
noyé, fut inhumé sous un tas de pierres; mais que
bientôt son esprit se mit à hanter les lieux. Chaque
jour, dès que le soleil était couché, le bétail qui approchait de sa tombe devenait ensorcelé, puis furieux,
meuglant tant qu'il crevait. Et les oiseaux qui se
posaient sur son tombeau périssaient un à un. On retrouva non loin de sa sépulture les corps de plusieurs
bergers, noirs comme du charbon et tous les os brisés.
Personne n'osait plus mener paître le bétail dans les
environs. Le fantôme d'Einar était vu partout et partout, des hommes moururent mystérieusement. La
nuit, à ce qu'il semblait, les morts cheminaient en
compagnie du revenant. Mis au courant, le roi Olaf
ordonna que l'on ouvre le tertre d'Einar. On y trouva
le cadavre non décomposé du vieillard. Quand on voulut le déplacer, plusieurs hommes parmi les plus robustes ne purent le soulever tellement il était devenu
lourd. On finit par le sortir du tumulus en utilisant
des madriers, on dressa un bûcher et on y roula le cadavre. Quand le feu prit, un grand vent dispersa les
flammes, laissant intact le corps du maître des runes.
Effrayés, les hommes halèrent à grand-peine le corps
à bord d'un drakkar. Une fois au large, ils le jetèrent
à la mer. Aussitôt, les eaux se mirent à tourbillonner,
entraînant le navire dans de dangereux remous, et le
drossèrent finalement jusqu'aux récifs...
Entendant le récit, Bjorn s'était dit que la nuit
était maintenant devenue le royaume de son maître.

Eirik le Rouge se demandait qui, entre ce nouveau Dieu et les dieux nordiques, était véritablement le plus fort.

Cette nuit-là, Bjorn fit un rêve inquiétant. Il était dans un endroit que tous disaient hanté. Les gens avaient du mal à trouver des bergers. Il arriva un étranger, très grand, aux traits étranges, avec de grands yeux gris et des cheveux gris comme le pelage d'un loup. «Je ne crains pas les fantômes!» avait-il simplement dit. Puis l'homme partit aux moutons. L'obscurité était épaisse, des rafales de neige tourbillonnaient et le vent mugissait. L'étranger ne rentra pas le soir. Plus tard, des hommes trouvèrent les moutons dispersés. Alentour, le sol était labouré, les pierres arrachées et il y avait de grandes taches de sang. L'homme gisait non loin, mort, enflé comme un bœuf. Lorsqu'on retourna chercher le corps, les bœufs attelés au cadavre ne purent le traîner. Les hommes décidèrent de l'abandonner sur place et entassèrent des pierres sur lui. Toujours dans son rêve, Bjorn se retrouva au milieu d'une grande salle commune, ravagée et à peine habitable. Il était recouvert d'un manteau grossier fait de peaux de bêtes. Soudain, il se fit un grand tapage: quelqu'un montait sur la maison, enfonçait le toit à grands coups de talon, puis descendait du côté de la porte. Bjorn vit alors l'homme trouvé mort qui entrait lentement; il touchait presque le toit tellement il était devenu gigantesque. Il y eut un féroce corps-à-corps entre Bjorn et le revenant. Les deux combattants, agrippés l'un à l'autre dans une rageuse étreinte, churent hors de la maison, le fantôme renversé sous Bjorn. Les nuages voilaient la lune par instants et, quand le revenant leva ses grands yeux fixes, Bjorn reconnut son visage: c'était le jeune homme aux cheveux noirs, compagnon de Styr Force-de-Bœuf, qu'il avait aperçu une seule fois: lors du massacre de Gunnar et des siens. Alors Bjorn parla: «Je puis décider que tu ne seras jamais plus fort que tu n'es maintenant. Désormais meurtres et méfaits t'attendent. Tu sera mis hors la loi, condamné à toujours vivre seul, loin des hommes, et voilà le sort que je te jette: toujours tu verras mes yeux devant toi et la solitude te pèsera comme un fardeau. Cela te conduira à la seule mort que tu mérites!» Bjorn tira son épée, trancha résolument la tête du fantôme et brûla le corps. Il jeta les cendres dans la peau de bête qui lui servait de manteau et les enterra là où ne passait ni homme ni animal...

Bjorn s'éveilla en sursaut. Il faisait nuit noire. Dehors la lune brillait, immense, blanche. Encore effrayé par le songe qu'il venait d'avoir, il rejeta l'épaisse fourrure d'ours qui lui servait de couverture et se leva. Il vit une haute silhouette et une tête massive encadrée d'une abondante chevelure grise. C'était Arnkell; il ne dormait pas. Bjorn se sentit rassuré par la présence de celui qui l'avait adopté comme son propre fils.

— Tu as encore rêvé! constata Arnkell à mi-voix.

— Einar me cherche, répondit Bjorn dans un souffle qui trahissait son angoisse. Je dois aller à sa rencontre!

— Ne sois pas fou au point d'aller seul jusqu'à la demeure des spectres, Bjorn! La nuit, tous les ennemis sont plus puissants qu'à la lumière du jour!

Bjorn secoua la tête.

— On dirait que j'entends la voix d'Einar partout, fit-il. Il se peut qu'il désire quelque chose. Sa voix me dit sans cesse de le rejoindre au bord de la mer.

— Méfie-toi de la lune fantastique, Bjorn, le supplia Arnkell. Même toi n'es pas à l'abri de sa mort!

— Ce n'est pas de mort qu'Einar veut me parler, le rassura Bjorn. Je te prie, père, ne m'empêche pas de rendre heureux l'esprit d'Einar; je sais maintenant qu'un peu de ses pouvoirs est en moi!

— Je le sais depuis longtemps, avoua alors Arnkell.
Depuis que tu as franchi ma porte, là-bas, en Islande.
Tu es Bjorn l'Enchanteur... Tu es bien l'héritier du
maître des runes! Dans nos pauvres terres du Nord, il
est des mots et des signes mystérieux trouvés sur le
bord d'un chemin, détachés des brins de bruyères,
ôtés aux rameaux des broussailles, cueillis sur les
tiges de l'herbe, pris dans le fouillis des buissons. Je
sais que tu connais les signes gravés sur la pierre,
mais où cela mène-t-il? Malgré les dieux et les prodiges, ceux d'Islande et ceux d'ici ont le dos tout courbé en se demandant qui donc bientôt va faire les semailles! Où sont les sapins au faîte des monts, la
bruyère dans les plaines, les arbustes dans les vallons, les bouleaux au creux des bas-fonds, les aunes
dans les sols légers, les merisiers dans les lieux frais,
les genévriers près des rocs, les chênes au bord des
rivières? Où est le bois qui nous permettra de quitter
un jour ces glaces? Lequel, du bois ou du drakkar,
viendra à manquer en premier?

— Je trouverai les réponses, répondit Bjorn d'un
air résolu avant de s'engouffrer dans la nuit.

Il attendit longtemps, admirant le lever du soleil,
désespérant à l'approche de la nuit. Mais les nuits
étaient de plus en plus courtes et à l'aube du sixième
jour de veille, à la pointe d'un cap brumeux, Bjorn vit
une tache qui s'affirmait. Ce n'était ni une barque à
la proue effilée ni un grand poisson, mais quelque
chose qui heurtait la raison, d'allure sépulcrale, mélange de glace, d'eau et de feu, substance d'ambre
provoquant dans l'âme du jeune homme l'émerveil-
lement autant que la frayeur. Bjorn voyait bel et bien
un vieillard sortir de la mer et chevaucher les vagues: c'était le fantôme d'Einar, devenu un vieillard
tout blanc, courbé par le temps, avec un regard qui
avait déjà rejoint l'éternité. Le spectre lumineux
étendit alors ses bras décharnés et aussitôt un tronc

verdoyant jaillit de la mer, dressa sa double fourche, élargit ses rameaux feuillus et voila les premiers feux du soleil affleurant l'horizon.

— Yggdrasil, murmura le jeune homme. Le chêne du monde!

Et Bjorn entendit une voix irréelle, qu'il reconnut toutefois comme étant celle d'Einar.

— Ce que j'ai jadis entendu, fit la voix, tu l'entends maintenant. Je te sais sur le continent sans verdure. Je sais que Thor est né, qu'il a grandi sur un gros tertre de charbon dans un pré couvert de scories, un marteau à la main, et qu'entre les deux est né le feu et le fer. Je sais que tu veux suivre les traces du loup, l'empreinte de l'ours, ceux qui peuvent mordre dans le bois, dévorer le cœur de la pierre, s'élancer contre leur frère.

Deux hommes sont venus pour abattre le grand chêne que voilà, pour anéantir nos croyances, pour renverser nos dieux! Ils prêchent un nouveau Dieu, capable de changer d'aspect, de prendre une autre forme, d'être plusieurs et d'être unique. On le dit capable de fracasser seul le tronc aux cents sommets. Son art magique est éternel, disent-ils. Mais l'arbre n'est pas abattu, le chêne est encore debout. Thor aiguise sa grande hache, repasse le tranchant uni et déchaîne l'âpre norois! Odin ne se laisse pas berner par leurs chants; il prépare son beau cheval dont les naseaux maintenant jettent le feu et dont les jarrets étincellent. À tous, bientôt, il demandera à quelle race ils appartiennent. Et ceux-là qui n'auront pas la mémoire des Anciens verront leur bouche et leur tête dans le verglas et leurs poings dans le gel violent. Odin peut aussi ouvrir les gouffres de la mer, rendre plus profonds les abîmes, faire surgir les montagnes et souder les rocs les uns aux autres! N'est-il pas celui qui éleva les piliers de l'air, déploya le plus bel arc-en-ciel et lança la lune dans le ciel?

Bjorn, jusque-là ébloui par l'apparition, voulut parler.

— Einar, c'est bien toi, n'est-ce pas? Que fais-tu dans la mer, à la merci des vagues? Existes-tu encore sur la terre? Quel est ton sort?

Le jeune homme crut voir le spectre esquisser un pâle sourire.

— Tu vois, Bjorn, fit la voix, nos dieux sont puissants; ils sont réels!

Il esquissa un grand geste et aussitôt le vent se mit à souffler, si fort qu'on entendait ses hurlements au-dessus des vastes abîmes. Pourtant Bjorn n'en ressentit pas le moindre souffle. Il voulut parler encore, mais à l'instant même un aigle apparut, né du ciel, déployant ses ailes et effleurant du bout des pennes le vieillard.

— Viens prendre place sur mon dos, lui dit le grand oiseau, grimpe au bout de mon aile; je te sortirai de la mer pour te mener où tu voudras, sur un rivage ou dans l'endroit au nom inconnu; et si ton rang parmi les hommes n'est plus, tu prendras ta place au milieu des héros!

Alors l'aigle, immense, délivra le spectre d'Einar des vagues et s'éleva avec lui dans les airs, le long de la route des vents. Un instant encore Bjorn vit un visage lumineux, une longue barbe blanche flottante et des cheveux tout embroussaillés...

— Où vas-tu? cria-t-il avec désespoir.

Une voix, lointaine déjà, lui répondit:

— Là où lune et soleil se lèvent ensemble, se réveillent au même instant. Près d'un forgeron fabuleux, le plus habile des marteleurs, qui forgea la voûte du ciel sans qu'on vît traces de marteau ni morsures des tenailles... Je t'y attendrai!

Bjorn appela encore, cria, supplia Einar de revenir...

— Pourquoi suis-je là? criait-il. Pourquoi donc suis-je créé? Ma raison d'homme et mes pensées ont-elles grande valeur? Comment exister? Comment vivre?

Il cria en vain. Il n'eut pas de réponse; que le silence.

Alors Bjorn imagina le vieil Einar dans un monde nébuleux, une sorte de forêt bleue, taillant les planches d'une barque, bâtissant un drakkar neuf; puis construisant un traîneau avec des patins recourbés, trouvant le bois pour les essieux, assemblant les limonières, réunissant les ais, harnachant un cheval magnifique qui partait sans cravache, sans un coup de fouet, vers des champs de neige où perçaient des herbes fines et des fleurs d'or, étincelantes comme les étoiles du ciel. Il imagina que ce monde existait, là-bas, au-delà de la barrière de glace.

— Un froid lit d'angoisse, murmura-t-il, ton troupeau meurt, ta parenté meurt, tu mourras aussi. Seul je vins au monde, seul je partirai; mais je sais une chose qui jamais ne meurt: la renommée du Viking mort!

Petite-Voyante

Eirik le Rouge craignait une nouvelle famine. Si ce fléau s'abattait sur la communauté du Groenland, ils mourraient tous, pensa-t-il. Les gens qui étaient allés à la pêche ou à la chasse avaient fait de petites prises. D'autres n'étaient pas revenus. Aussi Eirik décida-t-il de faire venir Gudrun. Elle était prophétesse et on la surnommait Petite-Voyante. Elle avait eu neuf sœurs, qui toutes avaient été prophétesses, mais elle était seule survivante.

Eirik lui réserva un bel accueil et lui fit préparer le haut-siège. Le soir, lorsqu'elle arriva, elle portait un manteau bleu qui traînait sur le sol, comme une mante royale, aux pans tout ornés de pierreries de haut en bas; elle avait au cou un collier de perles, un capuchon de peau d'agneau sur la tête, doublé à l'intérieur d'une peau de chat blanche. Gudrun tenait à la main un bâton terminé par un pommeau; ce n'était pas un simple bâton: il était orné de laiton et le pommeau était serti de pièces d'argent richement sculptées. De la ceinture d'amadou qu'elle portait à la taille pendait une escarcelle de peau, de grande taille, dans laquelle elle conservait les objets magiques dont elle avait besoin. Elle était chaussée de bottes en peau de veau à longs poils, avec de longs lacets et de gros boutons d'étain au bout. Aux mains, elle portait des gants en peau de chat à long poil. Lorsqu'elle entra, Eirik lui prit la main et la mena au haut-siège. Il la pria ensuite de jeter les yeux sur son foyer, son troupeau et toute la maisonnée. Mais Gudrun, taciturne, ne voulut souffler mot.

Eirik fit alors installer les tables. Se rendant aux désirs de Petite-Voyante, il lui fit servir un gruau de lait de chevrette et lui fit préparer les cœurs de certains animaux dont il disposait. Petite-Voyante examinait chaque morceau encore palpitant à l'aide d'une cuillère de laiton et d'un couteau dont le manche en dent de morse portait un double anneau de cuivre.

Les tables ayant été installées, Eirik s'avança devant Petite-Voyante et demanda ce qu'elle pensait de ce qu'elle voyait: si la demeure et les façons des gens étaient à son goût, quelle serait la destinée de la communauté du Groenland et ce que serait la saison prochaine. La prophétesse demeura silencieuse encore un temps, tout en jetant un regard vif et curieux sur les gens qui se pressaient autour d'Eirik, afin de la mieux voir et entendre.

— Je veux qu'une femme d'ici déclame d'abord le **Vardlokur**, dit-elle enfin d'une voix grêle.

Eirik fit chercher parmi les femmes présentes une qui sût ce poème, nécessaire aux incantations de Petite-Voyante; car c'est seulement par l'effet des charmes magiques appelés **Vardlokur** que l'esprit protecteur, qui pouvait faire d'importantes révélations, allait se manifester dans le cercle de ceux qui chantaient l'incantation.

— Toi, Inga? s'enquit Sturla, un des proches d'Eirik, en s'adressant à sa fille.

Inga était l'aînée des deux filles de Sturla, surnommé le Lutteur. Elle était très belle et de haute taille, comme son père; c'est pourquoi on l'appelait Longues-Chausses. Elle avait une chevelure rousse si abondante et si longue qu'elle pouvait s'en envelopper.

— Je n'ai pas cette connaissance, père, fit la jeune fille d'un air timide. Mais pourquoi ne demandez-vous pas à Brigit, ma sœur? Jadis en Islande, notre mère, alors vivante, lui a révélé beaucoup de choses étranges qu'elle disait tenir de sa propre nourrice!

Brigit, quoique plus jeune, se comportait comme la maîtresse de maison. Elle portait les clefs à la ceinture, des broches sur les épaules, un châle de lin autour du cou et un fin corsage. On la disait dotée d'un tempérament foncièrement libre et fier. Elle avait l'instinct sûr de son père, le grand rire du printemps, frais et joyeux, libérateur; la tête haute et les cheveux abondants, quoique moins longs que ceux d'Inga, qu'elle portait nattés comme une parure d'or. Brigit n'avait pas la stature élancée et puissante de sa sœur, mais elle se tenait très droite, cambrée même lorsqu'elle se fâchait, les seins hauts, dans un perpétuel élan de dignité, avec son regard de grand large. On la nommait familièrement Yeux-Profonds.

— Je ne suis ni versée dans la magie, ni savante d'un savoir secret, répondit-elle lorsque son père l'interpella, mais il est vrai que notre mère m'enseigna en Islande le poème **Vardlokur**.

— Tu arrives à point avec tes connaissances, gloussa Petite-Voyante, visiblement ravie. Tu pourras ainsi rendre service aux gens d'ici et cela ne te rendra pas plus mauvaise femme qu'auparavant.

Brigit déclama si bien le poème que tous furent émerveillés: ils ne l'avaient jamais entendu récité d'une plus belle voix.

— Beaucoup d'esprits sont accourus qui voulaient précédemment nous quitter et ne nous prêter aucune obéissance, dit alors Petite-Voyante. Voici maintenant que beaucoup de choses qui m'étaient cachées me sont devenues évidentes, à moi et à quelques autres!

À ces mots, ses yeux brillèrent de malice et se posèrent longuement sur Bjorn. Le jeune homme ne s'en aperçut guère, ébloui qu'il était par l'allure et la voix de Brigit. Il n'avait plus d'yeux que pour la jeune fille. L'insistance du regard bleu dont il couvrait celle-ci n'échappa ni à Brigit, ni à Sturla, son père...

— ... Je suis en état de te dire, Eirik, poursuivit Petite-Voyante, que cette disette ne durera pas plus longtemps que cet hiver, et que le temps s'améliorera quand viendra l'été. La maladie qui a sévi va s'apaiser plus vite qu'on ne s'y attendait. Pour toi, Brigit, je vais te récompenser sur-le-champ de l'assistance qui nous est venue de toi, car je vois très clairement maintenant ton destin. Tu vas obtenir ici, au Groenland, le parti le plus honorable qui soit, bien qu'il ne doive pas être de longue durée car tes chemins vont vers l'Islande. Il descendra de toi une famille de grande distinction, et sur ta descendance brillent des rayons d'un tel éclat qu'il ne m'a guère été donné d'en voir de semblables!

Puis les gens allèrent trouver Petite-Voyante et chacun lui demanda ce qu'il était le plus curieux de savoir sur sa propre destinée. Lorsque Leif, fils d'Eirik, l'interrogea sur son avenir, elle lui répondit sans hésitation:

— Je te vois à la tête de plusieurs drakkars poursuivre le soleil dans sa course vers son couchant; je te vois naviguer vers des espaces de glaciers et de rochers; vers un pays boisé tout bordé de sables blancs; vers une terre où les rivières regorgent de saumons, où les arbres sont chargés de grappes, où l'herbe ne fane point et pousse si haut que l'on ne peut voir des vaches que le bout de leurs cornes, où le sucre ruisselle des arbres et les rivières sont remplies de sirop!

Leif écoutait, émerveillé. Il ne ressemblait pas à

son père, ni d'allure ni de tempérament. Il était de taille moyenne et de carrure modeste, il avait les traits fins et une chevelure ondulée, moins flamboyante que celle d'Eirik. Ses yeux étaient grands et bleus, exprimant franchise et vive curiosité à la fois.

— Dis, Petite-Voyante, s'enflamma-t-il, que sais-tu d'un grand roi de l'Est?

— Je sais que lorsque tu reviendras à Raide-Pente, la cause que tu défendras sera difficile, car elle risquera de diviser la maison de ton père; mais tu auras la chance pour toi et ton père, Eirik, saura que ton destin s'accomplira!

Eirik qui suivait avec grand intérêt les prophéties de Petite-Voyante prit alors la parole.

— Si ce roi veut faire en sorte que mon propre fils devienne son émissaire pour me faire accepter son sceptre, il aura besoin de tous les dieux, tonna-t-il. Je le comprends de vouloir être roi; mais il sera le roi de Norvège, non celui du Groenland, ou encore de l'Islande! Comment un Viking pourrait-il vivre en sachant que sa vie ne serait qu'une misère qui le forcerait à donner à manger aux porcs et à garder les chèvres? Est-on digne d'invoquer Thor quand on se nomme Tordu, Bâtard, Grognard, Ventru, Gras-Mollet, Patte-de-Grue ou Perche-en-Bois? N'est-il pas amer de songer à toute une existence sans avoir droit, après la mort, à un tumulus? Être serviteur de roi, c'est n'appartenir à aucun clan ni à aucune famille reconnue, et n'avoir aucune protection contre le meurtre et l'exécution sommaire... Voilà ce que Leif dira de ma part à ce roi Olaf, comme il lui dira que son dieu ne viendra jamais au Groenland! Où croit-il donc que ses berserkr trouvent les forces de vaincre tous les combattants sans que ni feu ni fer ne puissent les arrêter, si ce n'est dans le giron de Thor?

— Je ne connais rien de ce roi, Eirik, fit Petite-Voyante, mais pour lui il en sera comme pour ceux qui ouvrent la porte sans être prêts à affronter l'ennemi qui est dans leur dos: sa Norvège le frappera au moment où il s'y attendra le moins!

Un homme s'approcha de Leif. Il était vieux et courbé. Il tira le jeune homme par la manche et l'invita à le suivre à l'écart. Ses yeux étaient d'un bleu très pâle et paraissaient fatigués, mais Leif y vit une détermination d'antan. Le jeune homme reconnut Herjolf, dont le père avait, le premier, foulé le sol du Groenland.

— J'ai entendu ce que t'a dit Petite-Voyante, lui dit Herjolf d'une voix mal assurée, à peine audible. Ces terres existent, j'en témoigne! Il y a vingt hivers de cela, lorsque je voulus rejoindre mon père, on m'avait dit que les montagnes étaient si hautes et l'air du nord d'une si incomparable limpidité que nous verrions les côtes du Groenland peu de temps après avoir perdu de vue celles d'Islande. Après trois nuits, il n'y avait plus que du brouillard. Puis j'ai aperçu une terre, un pays boisé, mais sans montagnes! J'ai encore navigué, cinq autres nuits au moins, et j'ai vu encore deux fois la terre avant d'arriver devant des montagnes de glace: ce n'était qu'une île! Quatre fois encore ai-je vu la terre avant d'aborder sur une langue de terre où se trouvait une barque échouée: la barque de mon père, ici, au Groenland!

— As-tu encore ce navire? lui demanda Leif.

— Certes! fit Herjolf avec fierté.

— Accepterais-tu de me le vendre?

Herjolf passa une main nerveuse dans sa tignasse grisonnante et maugréa quelque peu. Il fit mine d'hésiter, se gratta le menton, tira sa barbe, jeta un coup d'œil à la dérobée.

— Si tu ramènes suffisamment de bois de ces terres, finit-il par dire.

Sturla le Lutteur vint à la rencontre de Bjorn. Il dominait le jeune homme d'une tête. Un sourire adoucissait son visage carré, plein de cicatrices.

— Elle, murmura-t-il, se penchant vers l'oreille de
Bjorn et faisant allusion à sa fille Brigit, elle, c'est
une vierge; aussi vierge que le rameau dans le bois.
Ce qu'elle porte au cou, le collier de perles de sa
mère, ses cheveux mis en nattes, noués par un ruban
de soie, son chemisier de lin, sa robe de gros drap, les
anneaux aux poignets, c'est que pour elle, sans même
qu'elle le sache, le destin a désigné un élu!

À ces mots, Bjorn sentit son cœur battre à tout
rompre.

— ... Il ne faut pas attendre qu'elle devienne une
femme sans joie, poursuivit Sturla, car l'être languit,
la vie s'écoule d'une aune, et le corps vieillit d'un bon
empan. Il ne reste plus pour la femme que pleurs plus
épais que des grains de fève. J'ai vu ton regard, je
sais ce que cache ton cœur! Fais ce que dois pour elle
qui, vierge, est deux fois plus jolie; fais-le pendant
que les yeux sont mignons, le visage a bel aspect, le
pied est toujours agile et les mouvements sont encore
alertes...

Bjorn approuva d'un hochement de tête.

— ... Quand une jeune femme coud une chemise
pour un jeune homme qu'elle croit aimer sans même
lui avoir adressé un mot, c'est qu'elle lui signifie déjà
son amour, ajouta Sturla, le ton légèrement bourru.
La chemise que Brigit a terminé en ce jour semble
être à ta taille!

Bjorn s'étonna de la légèreté de la main, pourtant
énorme, de Sturla sur son épaule. Un geste d'affection.

*   *   *

Tout changeait au Groenland; les hommes, les
bêtes, la mer, les glaces, parce que la nuit cédait au
jour. Jusque-là, les terres presque blanches avaient
été plongées durant des mois dans l'obscurité. Elles

allaient très vite maintenant baigner dans une lumière dorée, irréelle, qui donnerait aux êtres et aux
choses une nouvelle dimension. Le retour évident de
l'été causait une joie intense à tous les hommes; une
sorte de sentiment de parvenir à une plus grande élévation et à une compréhension de la grandeur et du
mystère de la nature.

Depuis l'aube des temps, le même spectacle recom-
mençait, fascinant et insolite; comme le signe annon-
ciateur de la fin ou du commencement des choses. Le
soleil s'abaissait lentement, prêt à disparaître, mais,
au contraire, il restait quelques instants immobile,
comme si le cours des choses s'apprêtait à changer.
Pendant ces moments de courte éternité, les oiseaux,
étonnés et inquiets, se taisaient. L'ours humait le
vent. Les phoques s'entassaient sur les rochers, pressés les uns sur les autres. La banquise s'immobilisait.
Le silence se faisait lourd sur la montagne et sur la
mer. Alors, sans avoir franchi l'horizon, le soleil reprenait sa course, lente et majestueuse, vers l'azur, poussé par les géants de la terre vers les dieux du ciel. La
nuit était vaincue. Toundra au sol gelé en profondeur,
collines où affleuraient les roches primaires, végétation clairsemée de bouleaux, de saules nains et de
lichens qui se renouvelaient avec peine sous la chape
de cette nuit interminable et glaciale, baigneraient
maintenant dans la lumière et la chaleur retrouvées.

Au plus profond de lui-même, Bjorn entendait le
murmure de la mer et la chanson du vent. Chaque
jour il contemplait ce qui restait des neiges et des
glaces dans la splendeur d'un ciel bleu-noir, ce même
ciel qui baignait le regard de Brigit Yeux-Profonds. Il
avait invité la jeune fille à partager cette splendeur
quotidienne à ses côtés, à frôler le souffle des cascades, à attendre qu'un bref crépuscule succède à
l'aurore. Ils eurent la conscience que lorsque la pureté des eaux, des glaces et du ciel se mêlait sans

cesse à la pureté des roches, à la douceur de l'herbe et de l'air, tout était alors absolument vrai et tout pouvait arriver. Dans cette transparence, même les esprits se montraient à ceux qui savaient les voir.

Les chefs des deux familles s'étaient rencontrés. Sturla avait dit à Arnkell que maintenant que les destins de Bjorn et de Brigit s'étaient croisés, ils devaient convenir de tous les arrangements coutumiers, ajoutant qu'il consentait avec joie à donner Brigit à Bjorn.

— Tu as toujours été avec Bjorn comme son propre père, répétait Sturla.

Arnkell approuva et lui retourna le compliment.

— Tes filles sont aussi belles l'une que l'autre; belles comme l'était leur mère, fières et droites comme leur père. Arrangeons-nous donc pour la dot!

— Il n'y a pas de meubles, prévint Sturla, et bien peu de bois. Il y a un peu de terre, à peine un petit lot; il n'y a pas d'argent, mais des manteaux de peaux de mouton... disons, pour six aunes de vadmal par manteau; deux vaches et un bel anneau qui vaut bien une bonne épée. Et puis, Brigit sait coudre, broder... elle a aussi quelque don de voyante à ce qu'il semble, ajouta le fier Viking.

Arnkell fit mine de réfléchir avant d'ouvrir les bras en guise d'assentiment.

— J'accepte, annonça-t-il joyeusement. Cette dot, il est entendu, demeurera la propriété de ta fille. J'y ajoute autant d'aunes de vadmal que la valeur de tes manteaux de mouton et cinquante aurars de surcroît, qui seront bien à elle. Et je jure, par les dieux, qu'en cas de procès ou de réparation d'outrage, ma famille sera aux côtés de la tienne. Tu auras ta place sur mon drakkar et une part de tout ce qui échouera sur mon rivage. Je partagerai mes prises avec ta famille; et lorsque toi ou un des tiens frapperez aux portes, de jour comme de nuit, ceux de ma maison iront toujours au-devant de vous.

Sturla se déclara satisfait et remercia son hôte.

— Maintenant, déclara-t-il, je vais annoncer notre décision à Eirik. Ma fille pourra dès ce jour porter un fil d'or au front et un ruban sur les pans de son manteau pour que tous sachent que nous en sommes venus à un accord!

Les deux hommes scellèrent le pacte en vidant une corne à la gloire de Freyr.

De retour à sa ferme, Sturla avait demandé à la vieille servante qui habitait son logis, la fidèle Lyna, d'entretenir sa fille et de l'instruire. Lyna, jadis une prise de guerre et une esclave, avait élevé Brigit et Inga durant les absences prolongées de Sturla le Lutteur. Les deux filles la considéraient comme leur mère.

— Voici ce que j'ai toujours dit, commença la vieille Lyna, comment j'ai conseillé les vierges. Chez toi, tu es une fleur, la joie de ton père. Il t'appelle son clair de lune, ta mère, vivante, te disait que tu étais son soleil radieux. Tu iras bientôt dans une autre maison, auprès d'une mère étrangère, qui n'est point ta mère; elle ne t'a pas mise au monde; rarement elle t'instruira, mais elle voudra toujours te corriger. Tout autre est donc le sort de la bru; elle trime au temps des travaux; elle peine selon ses forces et même au-delà! Même si son corps est baigné de sueur, on la chasse vers le fourneau afin qu'elle s'occupe du feu. Il n'existera plus de vierge au nouveau logis, mais une robuste femme. Comment agir avec sagesse? Que faire pour être en faveur?

Quand tu quitteras la ferme de ton père, emporte avec toi tes trésors: les songes à l'aube du jour, les mots bienveillants de ton père et les chants que tu as appris. Oublie les méchancetés près de l'âtre et la paresse sur le plancher. Prends de nouvelles habitudes, renonce aux bontés de ton père, reçois celles de ton nouveau père, fais des révérences et prodigue de bonnes paroles! Si ton nouveau père est comme un loup, ta nouvelle mère comme une ourse, montre-leur le même respect, comme naguère dans ta demeure paternelle. Chaque soir aie les yeux aux aguets pour entretenir les feux, chaque matin aie l'oreille fine pour entendre le chant du coq. Mais si le coq ne chante pas, prends la lune en guise de coq! Quitte le lit alors, tire le feu de la cendre, souffle sur les vieilles braises. Va vite nettoyer l'étable, porte la pâture au bétail. Occupe-toi de la paille aux vaches, de la boisson aux veaux, des chaumes choisis aux poulains, du foin délicat aux brebis; ne brutalise pas les porcs, ne frappe jamais les gorets. En revenant à la maison, apportes-y un baquet plein d'eau dans la main, un balai feuillu sous le bras, un brandon entre les mâchoires. Commence à récurer la salle, à balayer les longues poutres, à jeter de l'eau sur le plancher. Lave la table, pense aux bords, n'oublie pas de frotter les pieds, récure les bancs à grande eau, époussette les murs, les longs bancs avec tous leurs angles, les parois le long des fissures. Fais tomber la suie, enlève les scories, sans oublier le gros pilier, sans négliger les soliveaux. Ne traînasse pas sans chemise, ne trottine pas sans souliers; ton mari s'en irriterait. Tu dois redouter fortement les sorbiers au coin d'une cour; sacrées sont les branches de sorbiers: avec elles on instruit les vierges et on corrige les servantes...

Attentif jusque-là, le visage de Brigit s'empourpra.

— Que non! fit-elle, indignée. Je ne suis certainement pas de celles dont on fait des brus qui ressemblent à des esclaves! Une vierge pareille à moi ne saurait vivre comme une esclave, ne saurait plier à toutes les volontés, rester toujours soumise à d'autres! Si quelqu'un me dit un seul mot, j'en réplique deux aussitôt; si l'on me prend par les cheveux, m'empoigne par les boucles, je sais forcer les gens à lâcher prise!

Lyna l'invita à se calmer. Elle lui prit doucement le visage entre ses mains calleuses et lui caressa les cheveux, comme elle le faisait si souvent lorsque Brigit ou Inga avaient de la peine.

— Prête l'oreille, jeune fille, chuchota-t-elle, prête l'oreille. Si tu fais cela, tu sentiras vite la dure langue, les phrases froides et le mépris des autres; les tourments dureront alors longtemps! Apprends à charmer l'esprit de l'époux, aie l'oreille de la souris, les jambes agiles du lièvre! Sache courber ta jeune nuque! Fais toujours attention de ne pas te prélasser trop, ni de te vautrer sur ton lit. Apporte un baquet d'eau à ton nouveau père lorsqu'il est aux labours, dans l'enclos ou aux abattages. Interroge les vieilles femmes sur les façons de travailler; elles te diront comment il faut moudre, faire la farine, tourner le moulin à main, chauffer le grand four, faire lever les longs pains, brunir les gâteaux, laver les terrines, rincer la seille à pétrir. Les vieilles te diront ton travail, ta nouvelle mère fixera tes besognes! Ne gémis pas près de la meule, tamise avec soin la farine, brasse la pâte avec entrain. Quand tu iras au long tas de bois pour y chercher de grosses bûches, ne dédaigne aucun des morceaux. Ne reste pas longtemps en route car on pourrait penser que tu distribues la farine aux vieilles femmes des environs. Quand viendra le moment du tissage, tisse toi-même les longs fils, tisse aussi des manteaux de gros drap, prépare des robes de laine avec le flanc d'une brebis, la toison d'un agneau d'hiver, les poils d'un mouton de printemps et la laine d'un bélier d'été.

Brigit s'agitait de plus en plus, perdant visiblement patience. Ses yeux viraient au sombre, signe d'orage. Mais Lyna insistait, raffermissait le ton.

— Écoute bien ce que je dis, les conseils que je te répète, car ton père ne saurait souffrir qu'on te méprise et que les autres brus et toutes les commères en viennent à te rejeter! Prépare la cervoise d'orge en faisant de bons feux. Lorsque tu sucreras le malt, ne brasse pas avec un croc, pas plus qu'avec une branche: brasse toujours avec les mains. Rends-toi maintes fois dans l'étuve, que le grain ne se gâte pas, même au milieu de la nuit...

N'y tenant plus, Brigit l'interrompit brutalement.

— Non! s'exclama-t-elle. Je ne serai pas ce que les femmes d'ici souhaitent que je sois, je ne serai pas plus ce que les hommes voudraient que je sois... Ni fille aux jolis doigts ni brasseuse de cervoise! Je ne puis ni ne veux être celle qui mettra l'heureuse boisson en tonneau ou encore la servira pour que les hommes soient de brillante humeur et que les fous puissent gambader. Il me semble que chaque fois que j'allumerai les feux sur le cap et que la fumée montera, chacun alentour pensera que cette fumée, étant trop fine pour un feu de guerre et trop dense pour un feu de pâtre, n'est autre chose que celui de l'infortunée Brigit, bouillant la cervoise pour rafraîchir les autres! Ma vie, ô ma bonne Lyna, ne saurait être confinée aux murmures de belles marmites, au bouillonnement de la soupe ou au crépitement du four à pain!

Lyna roulait des yeux effarés.

— Tu préfères alors les yeux torves, gémit-elle, les regards durs, les propos haineux de la part des maîtres? Tu crois que te montrer humble et docile, c'est ne plus vivre? Moi qui n'eus ni famille ni bon lignage, qui ne connut que cœurs de pierre, je ne fus pourtant pas dressée à coups de fouet et je fus esclave! Lorsque, vierge encore, là-bas dans le pays, je résolus d'aller me mettre au lit le soir près de celui qui m'avait choisi, il me bourra de coups, me frappa d'une main brutale et me menaça d'un manche en os de morse. Il me pourchassa, me saisit par les cheveux, prit à pleins poings mes longues boucles, dispersant mes cheveux à tous les vents! Je m'étais dit alors: qui donc pourrait me conseiller, qui prendre pour m'enseigner? Je n'avais ni mère ni servante... ce fut ton père, pourtant redoutable comme l'ours, qui me porta douceur et affection!

Brigit perçut de faibles sanglots dans la voix de Lyna et elle vit les yeux de celle-ci se mouiller et répandre quelques larmes. La vieille servante poursuivit néanmoins:

— Tu ne dois pas tomber dans ces maux, douce Brigit! Tu es gracieuse comme l'oiseau, et jamais ton corps n'a crié sous le bois des verges. Aussi, si tu traites bien ton époux et les siens, si tu te conduis bien dans les champs, dans la demeure, si tu enfournes bien les pains épais et brasse de la bonne cervoise, tu ne pleureras jamais de regret! Le père de Bjorn se prépare, lui aussi, à instruire le futur époux. Il lui apprend à ne point flageller ton corps, à retenir son bras, à te renseigner dans le lit, à t'instruire des choses derrière la porte close. Il lui dit déjà de ne t'interdire que par doux reproches, par de petits signes, en pressant son pied sur le tien. Et seulement si tu te montrais indocile ou refusais d'obéir, de prendre alors une prêle sifflante, de t'en menacer, mais de n'en point faire usage encore. Refuserais-tu toujours d'obéir, il devrait alors te corriger à l'intérieur des murs de la maison, en évitant que le bruit ne s'entende et que la querelle ne parvienne aux autres. Il ne te frapperait que sur les épaules et le bas du dos, jamais aux prunelles ou sur les oreilles. Son père lui répète que s'il est un homme et surtout s'il tient à le demeurer, il devra se garder d'agir au gré de sa femme, car, très tôt, celle-ci écumerait de rage et le traiterait de vieux soliveau! Or donc, si tu traites bien ces gens qui seront ta famille, on ne te tiendra ni pour esclave ni pour servante. Si l'aube de ta vie a été l'amour de ta mère, le soir de tes jours sera la joie de ton père! Voilà, douce Brigit, mes conseils à la vierge que tu es. Lorsque les hommes auront bu la cervoise de ton départ et l'hydromel, tu quitteras ces lieux au bras d'un homme qui te mènera à plusieurs jours de ta maison, jusqu'à un autre logis. Les yeux de ton père demeureront secs, ainsi qu'ils l'ont toujours été; les miens se brouilleront de larmes, car le plus bel oiseau de nos parages se sera envolé!

Brigit s'en fut retrouver son père. Elle enfouit son visage dans le creux de sa puissante épaule et pleura doucement. Elle sentit la caresse apaisante de ses mains, dont la douceur l'avait toujours fascinée, alors qu'on ne cessait d'en vanter la redoutable étreinte.

— Approche, ma fille vierge, lui murmura-t-il à l'oreille. Tu dois bientôt quitter la demeure du père, mais tu conserveras le souvenir de ceux qui t'ont aimée et t'aimeront toujours. Jadis, au saut du lit, tu recevais du petit lait; tu laissais les soucis aux pins, les inquiétudes aux poutres. Maintenant, tu vas entrer dans une autre demeure, sous les ordres d'une nouvelle mère. Là-bas, les cornes ont un autre son, les portes grincent autrement, les portails chantent avec d'autres notes. Tu n'es pas encore une femme; juste une vierge. Tu deviendras cette femme en t'en allant chez Bjorn, le jour prochain où ton pied franchira le seuil. Et le jour viendra aussi où tu seras d'un empan plus grande, plus haute de toute la tête; ceci lorsque viendra le premier enfant!

Brigit serra davantage son père.

— Je ne quitte pas avec joie cette demeure, père, sanglota-t-elle. Cette maison où j'ai grandi, les lieux aimés de mon jeune âge, ta bonté, ma sœur, l'affection de Lyna! Je m'en sépare avec grand regret, et mes pensées sont tristes, même si je crois Bjorn le plus aimant des hommes!

La jeune fille sortit de la maison et fit ses adieux à la terre, aux chemins bordés de fleurs, à la lande couverte de mousses, aux vallons et aux rives. Elle imaginait déjà le voyage vers la ferme d'Arnkell, en compagnie de Bjorn, une main posée sur les rênes, l'autre sous son bras, tandis que les boucles de cuivre et les longes cliquetteraient et craqueraient, jusqu'à un chemin bien tracé, près d'une terre brune. Le troisième jour, elle apercevrait la ferme: la fumée en sortirait bien droite, s'élèverait en épais nuage, monterait dans le ciel. Alentour, elle verrait un sol foulé par les porcs, piétiné par les porcelets, rendu lisse par les moutons, brossé par la queue des chevaux. Et tout à côté, la silhouette d'Arnkell Regard-d'Aigle, son nouveau père.

Brigit murmurerait alors ces mots à l'oreille de Bjorn:

— Je voudrais être comme cet oiseau; voler à tire-d'aile, accomplir vite un long trajet, parcourir de grandes distances, franchir une mer, puis une autre, vers les lieux où les herbes d'or poussent à la hauteur des arbres; là où l'abeille trempe dans le miel et l'oiseau baigne ses plumes dans l'hydromel.

Bjorn hésiterait quelques instants, puis, résolument, détournerait la monture vers l'inconnu.

*   *   *

Bjorn et Leif étaient sortis avant l'aube pour faire la première cueillette des plantes de printemps. Ils sentaient toutes les odeurs, celles de l'humus, des fleurs qui allaient s'ouvrir, de la fraîcheur océane. Autour, des feux perçaient la nuit, trop brève pour avoir eu le temps de devenir noire.

Bjorn confia au fils d'Eirik qu'il dormait depuis quelque temps comme dort une bête: l'œil dormait, mais l'oreille écoutait; et veillait aussi en lui ce qui n'était ni œil, ni oreille, et qui confondait l'être et le néant.

— J'ai rêvé d'un roi, confia-t-il à Leif. Il a la passion d'un dieu et d'un drakkar; il fait tuer pour un seul dieu et il veut un drakkar qui connaît les routes à suivre et qui prend les vents tout seul. J'ai vu le drakkar; très haut sur l'eau, bardé de fer, sur l'étrave duquel était sculptée la tête du roi; celui-ci lui a consacré toutes ses richesses: l'or, le bronze, les bois précieux, les plus beaux tissages. Les flancs étaient décorés de peintures; les voiles, magnifiques, étaient blanches comme la neige. Chaque rame était longue de treize aunes, et il fallait deux hommes pour manier chacune d'elles. À l'avant, un brillant dragon étincelait, son cou était décoré d'or brûlé...

— Et à quoi ressemblait ce roi? demanda Leif.

— Fort et droit, comme un forgeron, avec des cheveux abondants, brillants comme l'or; l'oreille très fine, la vue perçante. Il regardait constamment vers l'occident et semblait chercher un arc-en-ciel. Un homme superbe, une voix puissante! Et lorsque je lui demandai quel était son but, il me répondit: «Vers le nord, vers les tourbillons écumeux, vers le grand rocher, pour abattre les dieux construits tout en glace, les lancer dans le feu!» Puis ce roi disparut sous les flots!

— Et quoi d'autre? fit Leif.

— Une fosse de feu, sans limite, pleine de pierres enflammées engloutissant des hommes avec leurs armes, des drakkars bardés de fer. Moi-même je me glissai, me faufilai dans le feu, sans que mes cheveux soient roussis et une voix de femme me dit: «Tu feras un bout de chemin et, au passage le plus étroit, un loup se jettera sur toi et un ours lui tiendra compagnie!» Mon rêve ne m'a pas montré le visage de cette femme. Je dois quitter notre terre, Leif, je dois trouver mon destin, là-bas, à l'Est! Je sais que les dangers seront sur ma route, mais les prodiges écarteront les sortilèges. Je porterai la ceinture d'homme, mes chants muselleront le loup et mettront à l'ours le mors en fer; ou bien je les dépècerai!

— Je dois partir moi aussi, ajouta Leif. Viendras-
tu avec moi vers le roi Olaf?

— Je ne sais si j'atteindrai là le but de mon voyage, répondit Bjorn.

Les deux amis poursuivirent leur escalade, silencieux, ne s'accordant que des coups d'œil distraits.
Bjorn ne pensait plus qu'à Brigit. S'il regardait le ciel,
les pierres, les mousses, il y voyait son visage; s'il
regardait la mer, au loin, le bleu de ses yeux était là.
Il sentait sur son épaule, son bras, sa main, la caresse
de ses doigts, légère comme l'oiseau se posant sur son
nid. Secouant la tête pour sortir de sa torpeur, il la
chercha partout, mais ne vit que Leif, cheminant à
ses côtés, pensif lui aussi. Une nuée d'oiseaux voletaient joyeusement au-dessus de leurs têtes.

Pendant le reste de la journée, ils cueillirent les
plantes, chacun de son côté, s'aventurant parfois vers
des lieux escarpés, jusqu'au bord de précipices vertigineux. Bjorn, voulant se saisir d'une grosse touffe
de ces plantes qui poussaient à la limite de la falaise,
perdit pied. Sans un cri il se raccrocha à la touffe et,
cramponné aux plantes dont les racines commençaient à céder, pendit dans le vide du gouffre. Son
honneur lui interdisait absolument d'appeler à l'aide.
Alors il se mit à penser de toutes ses forces à Einar
et, peu à peu, se souvint des paroles du maître des
runes: «Je sais que je pendis à l'arbre battu des vents
neuf nuits pleines, navré d'une lance et donné à
Odin; à cet arbre dont nul ne sait d'où proviennent
les racines; point de pain ne me remirent ni de coupe; je scrutai en dessous, je ramassai les runes, hurlant, les ramassai, de là, retombai. Alors je me mis à
germer et à savoir, à croître et à prospérer, de parole
à parole, la parole me menait, d'acte en acte, l'acte
me menait...» Bjorn oublia sa fatigue, sa peur, le
gouffre, sa propre mort. Il eut une vision: c'était le
jeune homme à la chevelure noire, aux traits sau-

vages, qu'il lui semblait connaître depuis toujours...
Voilà qu'il décrochait un glaive du mur et saisissait
la lame étincelante. «Viens te mesurer avec moi,
Bjorn, disait la voix, voir si mon glaive est le meilleur, s'il s'ébréchera sur tes os ou s'émoussera sur ton
crâne! Mesurons-nous! Serions-nous moins braves
que notre père le fut jadis? Allons nous battre sur le
pré; dans l'enclos le sang sera meilleur, beaucoup
plus beau sur le sol nu, plus à sa place sur la neige!»
Il entra alors dans une fureur folle, son chant
évoquant aussitôt le hurlement du loup. Des hommes
armés surgirent en grand nombre, cent guerriers
avec des haches, féroces comme autant de loups!

— Bjorn! criait une voix inquiète. Bjorn! Où es-tu?
As-tu trouvé assez de plantes?

Bjorn, toujours cramponné aux racines et suspendu dans le vide, répondit d'une voix calme:

— Il me semble que j'en aurai suffisamment si
celles que je tiens en ce moment résistent!

Ce jour-là, Bjorn et Leif eurent le pressentiment
que les dangers seraient partout: dans les eaux
fermées, les cascades, les mers; près des fermes, à
l'enclos, près du feu de l'âtre même... Aussi s'enga-
gèrent-ils par serment à devenir des frères jurés: celui
qui vivrait le plus longtemps promettant de venger
l'autre. Suivant la coutume, ils devaient passer sous
trois colliers de terre. Ils découpèrent trois longues
bandes de terre, les soulevèrent en forme d'arches afin
de passer en dessous et fixèrent leurs extrémités en
terre. Tel était le serment de Bjorn et de Leif qui, à
compter de ce jour, devinrent des frères jurés.

— Je viendrai avec toi, annonça Bjorn. Et Brigit
viendra aussi. Je graverai les runes du feu sur
l'étrave et sur la lame du gouvernail. Je les marque-
rai par le feu sur chaque rame et il ne sera ni brisant
ni vague pour porter atteinte aux coursiers du
profond. Quand partons-nous?

— Bientôt si nous voulons profiter des vents, répondit Leif, visiblement heureux de la décision de Bjorn.

Lorsque les deux amis arrivèrent en vue de Raide-Pente, Leif prit Bjorn par les épaules et lança:

— Où vois-tu deux autres frères jurés qui soient notre égal en vaillance et en courage?

Bjorn haussa les épaules.

— Peut-être que l'on en trouverait si l'on cherchait partout, fit-il. Peut-être en Islande! Mais j'espère que jamais il ne nous viendra de vouloir nous mesurer pour savoir qui des deux l'emporterait sur l'autre...

— Ta vie est aussi précieuse que la mienne, le rassura Leif.

— Mais ma vie t'appartient déjà! fit Bjorn.

— Alors elle m'est encore plus précieuse!

Mis au courant de l'imminence du départ souhaité par son fils, Eirik approuva la décision de Leif.

— Lorsque le roi Olaf te demandera de quel courage sont faits Eirik et les siens, tu lui diras que droit au nord, noyée dans l'immense abîme où les confins du monde se perdent dans le grand brouillard, une pure et magnifique île, basse et sombre, flottait sur les eaux de la mer pendant la nuit, mais chaque matin, à l'aube, elle disparaissait sous les flots, jusqu'au retour de la chute du jour; alors elle émergeait de nouveau et flottait à la surface, comme la veille. Personne n'osait y mettre pied. Mais les dieux disaient que si un feu était allumé sur ses rives, elle deviendrait fixe. Dis au roi qu'Eirik et les siens finirent par débarquer et allumer ce feu; et que l'île devint alors immobile. Dis-lui que nous avons vaincu les trolls, les ours et les morses et que nos drakkars vont au milieu des glaces flottantes avec plus de certitude que le hibou dans la nuit et que l'anguille dans les ondes ténébreuses. Que ce roi sache que nous chassons le grand poisson avec des harpons et tuons l'ours géant à coups de hache... Mais ce que nous voulons surtout, c'est du bois, beaucoup de bois! Et s'il est le roi qu'il dit être, il nous fournira ce bois!

Sturla le Lutteur voyait se réaliser les prophéties de Petite-Voyante. Sa fille Brigit avait obtenu, au Groenland, le parti le plus honorable, mais son destin s'accomplirait dans les terres de l'Est, et il brillerait enfin en Islande. Il était heureux. Les dieux le comblaient. Maintenant que ses forces déclinaient doucement, il se sentait redevenir un être plus normal, un simple fermier, dont le poing redoutable ne risquait plus la comparaison avec le marteau de Thor. Désormais, il ne lutterait plus.

Un vent furieux s'était levé d'un seul coup. Il creusait la mer comme un gouffre et pendant quelques jours, des montagnes d'eau écumantes se précipitèrent sur les côtes du Groenland. La pluie s'abattit à son tour, furieuse, poussée par l'ouragan. Sur les hauteurs, les cascades devinrent des torrents, charriant des pierres énormes et arrachant des pans de terre. Le ciel était noir comme durant la grande nuit de l'hiver. Raide-Pente s'enlisait dans la boue.

Pendant ces quelques jours de tourments, Bjorn et Brigit connurent leurs premiers instants de bonheur. Ils passèrent le temps à rêver, à rire, à s'enlacer. Au plus fort de la tempête, ils sombrèrent dans un doux sommeil.

Lorsque Brigit s'éveilla, il faisait jour, ou du moins le jour avait repris son droit. Le vent s'était tu. L'océan murmurait. Partout, les oiseaux piaillaient. À ses côtés, Bjorn la regardait; il s'émerveillait de la pureté de son réveil, de l'éclat de ses yeux.

— Qu'as-tu à me dire? murmura-t-elle.

— Je t'aime, souffla Bjorn.

Brigit passa sa main fine dans les cheveux d'or de Bjorn et ce dernier soupira de ravissement. Un brûlant espoir les étreignait.

Les drakkars étaient prêts à partir. Halés à force
de bras sur des rouleaux, les cinq navires venaient
d'être mis à la mer. Au creux des carènes, sous les
avirons disposés par paires, les armes se mêlaient à
des vêtements, les javelines aux haches et aux épées,
les cottes de mailles et les hauberts à des pourpoints
en peau d'ours. Pour le départ, Leif avait ordonné
que les boucliers armoriés soient suspendus en rangée aux flancs des drakkars.

Les proues étaient tournées vers le large. Gracieusement recourbées en col de cygne, elles semblaient frémir à l'appel de la mer, prêtes à s'élancer à
l'assaut des plaines liquides.

Leif salua les siens de la main. Son regard s'attar-
da sur la robuste silhouette de son père qui se tenait
sur le rivage, immobile, sa crinière de feu déployée à
tout vent. Puis, dignement, Leif se détourna et porta
ses yeux vers le large. «À quoi bon des troupeaux? se
dit-il. Pourquoi s'acharner sur des champs infertiles?
Pauvres, nous le serons toujours, tant que nous resterons prisonniers de la terre! Mais des rivages lointains attendent, des brumes ne demandent qu'à être
vaincues! Sur ce cheval du profond, nous sommes
libres et l'océan est à nous!»

Lentement, soulevés par la marée, les drakkars
s'éloignaient de la rive. Leif entendait le craquement
familier de la coque pendant que les hommes tiraient
de toutes leurs forces sur les longues rames et se
mettaient à chanter d'une voix rauque pour soutenir
la cadence. La terre était encore proche que déjà le
vent du large se levait, faible encore, mais de plus en
plus froid. Leif vit la girouette qui frémissait. Aussitôt, comme si tous les hommes eussent entendu le
même signal, ils se turent pour écouter le vent. Bientôt ils le tiendraient captif dans leur voile.

En voyant disparaître l'horizon blanc du Groenland, Brigit refoula l'envie de sangloter. Tout près

d'elle, Bjorn souriait. Passant son bras à la taille de la jeune fille, il la serra davantage contre lui. Brigit grava ces instants dans son souvenir afin qu'ils restassent beaux comme le soleil, comme la renaissance du printemps.

Un jour passa, et d'autres encore. Jours interminables, sans brouillard pour masquer l'infini de l'océan gris-bleu. Bjorn voyait les autres drakkars qui roulaient doucement au rythme de la houle. Partout les hommes veillaient sous le vent, scrutant sans relâche l'air et l'eau. Bjorn aimait ces hommes rudes et loyaux, vigilants, ces barbes grises masquant toutes les émotions sous une allure de granit. Chacun était prêt à sonner le cor, à lever la hache, à combattre l'ours; prêt à tout instant à mourir sans une plainte, sur la mer, sur une pierre, une terre inconnue, un champ de glace, pour aller dormir à jamais avec les plus puissants.

De plus en plus soucieux, Bjorn n'arrivait plus à fermer l'œil. Pourtant la mer était calme et les vents favorables. Brigit lui demanda ce qui le préoccupait à ce point.

— Je ne sais plus, soupira le jeune homme, si la nuit je dois dormir ou veiller. Dans mes rêves, en pleine nuit, je répands des pleurs amers, car je n'appartiens plus aux miens; je ne sais plus comment est l'âme, comment est le cœur d'une mère!

Brigit le regardait avec tendresse, ses yeux brillants fixés sur lui, grands ouverts, clairs comme source. Elle lui caressa doucement la main, puis traça sur son front le signe de Thor. Il soupira encore, se rendant compte de son désarroi. De nouveau, il mit ses bras autour d'elle et il la devina de plus en plus forte, animée de l'élan des bourgeons et de la puissance des racines. Il se sentit communier à cette force...

Après quelque temps il lui confia:

— Je ne suis pas de grande race; je suis d'un logis simple, mais je garde en moi la renommée d'une vaillance: mes pères ont versé un sang pur! Devant, je trouverai ma route; je trouverai une montagne. Au sommet de cette montagne on se demandera: quel est cet étrange lointain, de quel pays arrive-t-il? Alors je reconnaîtrai les bourreaux de ma race et pour venger la mort de celle-ci, je changerai leur lieu en braises!

La terre qui les hantait était proche. Au dixième jour de navigation, ils virent une tache sombre à l'horizon. La tache s'étendait, se précisait, se dressait vers le ciel: c'était la Norvège qui élevait jusqu'aux nuages ses pics hérissés.

Bjorn n'avait jamais vu de tels fjords. Les eaux bleues, vertes, sombres de la mer pénétraient les rochers de partout. Elles contournaient des montagnes aux couronnes de glace, se disséminaient ensuite en de multiples ramifications. Des sommets bondissaient des cascades écumantes. Forêts et pâturages occupaient l'étroit littoral. De minuscules fermes s'accrochaient sur les pentes couvertes de bouleaux. C'était le royaume de la beauté sauvage, sans contrainte; le lieu d'une union parfaite entre la mer, la montagne et la neige. Masses colorées, brumes d'argent, chant des cascades, énormité des pierres, murmures du vent, clartés inattendues qui se plaquaient dans la profondeur des ombres, tout n'était qu'illusion et féerie grandioses, capable d'engendrer des êtres magiques, elfes et trolls, pendant que les cieux tourmentés demeuraient le territoire des dieux.

Les drakkars s'engagèrent dans les terres, empruntant les rivières qui, libérées des glaces, coulaient lentement et charriaient une quantité de troncs d'arbres. Partout, la nature s'épanouissait dans une profusion de fleurs et d'herbages. Les forêts renaissaient et s'égayaient d'une végétation plus souriante. C'étaient avant tout les bouleaux aux troncs blancs et au feuillage vert tendre; le tremble ensuite, dont le doux bruissement s'accordait avec le silence. Enfin, les fleurs blanches et odorantes qui grimpaient courageusement, gagnaient le massif montagneux et s'étendaient là même où la solennité monumentale des conifères s'accommodait encore de l'hiver. Finalement, ils arrivèrent en vue de Nidaross. C'était là que le roi Olaf avait établi sa résidence.

— Kodran, fit Leif en s'adressant au scalde qui, toujours, avait chanté les péripéties d'Eirik le Rouge, que devrais-je dire à ce roi pour qu'il me prête une oreille attentive?

— Dis-lui, fils d'Eirik, que seuls les plus braves ont osé défier la vigilance des dieux!

— Prête-moi tes mots; ils appartiendront à la mémoire des hommes, l'assura Leif.

Kodran, le scalde, déclama alors une strophe, tel l'hommage des dieux au courage des colonisateurs de cette terre de glace.

    — Ceux d'Eirik cinglèrent vers le nord
      Pour joindre le reflet dans l'eau
      De l'étoile immobile.
      Savoir si des trésors fleurissaient
      Dans ces pays que recouvrent les longues nuits
      Alors qu'ils montaient plus haut
      Le soleil sans descendre au-dessous
      de la plaine des eaux restait suspendu...
      Les glaces, pas plus grandes que galets,
      esquifs et boucliers
      Devinrent aussi nombreuses que les oiseaux
      et plus hautes que les montagnes.
      Mais ceux d'Eirik, plus forts que la glace,
      plus tenaces que la terre
      sans arbres, ni champs,
      lui donnèrent un nom: Groenland!

Les hommes étaient à leurs rames; le bruit des rames portait jusqu'à Nidaross. Les bancs craquaient, les avirons grinçaient contre les trous de nage. Leif dirigeait sagement la course vers un promontoire sur lequel se dressaient des habitations. Les drakkars avançaient dans les eaux étales de la rivière Nid, les rames plongeaient sans bruit.

Le son d'une corne de brume retentit et se prolongea sur les eaux. Un aigle descendit des hauteurs, un faucon fendit l'azur, des canards plongèrent à pic dans les eaux sans glace. La vision furtive d'un vieillard à barbe blanche effleura Bjorn.

Troisième partie

Le pacte des dieux

Elle vit se dresser une salle loin du soleil,
À Nästrond, la Grève-des-Cadavres,
portes tournées au nord,
Des gouttes de poison tombent par les lucarnes.
Cette salle est tressée d'échines de serpents.
Elle y vit patauger dans des fleuves épais
Des hommes parjures et des loups criminels.
Là, Nidhogg le dragon suçait les cadavres des
trépassés,
Les loups dépeçaient les hommes.

(Les prédictions de la voyante).

Le signe du corbeau

Aux premières lueurs du jour on devinait un chemin sinueux où l'on voyait plus de traces de bêtes fauves que de pas d'hommes. Le chemin montait à pic, côtoyant des ravins, franchissant des torrents. L'horizon, à peine visible, s'ouvrait sur l'apparence lointaine et bleuâtre de l'océan.

Le temps reprenait lentement son cours. Le sang ne coulait plus depuis longtemps des flancs entaillés de Styr Force-de-Bœuf. Ses blessures s'étaient refermées, une à une, les os fendus s'étaient ressoudés. Sans rouvrir les yeux, le géant soupirait d'aise. Près de lui, Ulf murmurait des mots incompréhensibles et invoquait sans cesse le même nom: Aldis. «J'ai besoin de toi, de tes pouvoirs; j'ai besoin de lui, de ses forces. J'ai besoin que tes dieux se manifestent!» Ulf avait surtout besoin d'entendre que les anciens dieux n'étaient pas morts, qu'ils étaient partout, vivants, forts; dans les lacs, les sources, les torrents, les forêts, les pierres; qu'ils refusaient le partage et balayaient tout autre dieu qui prétendait, unique, occuper l'espace et le temps, la passion des vivants, la quête des morts; tout ce que les anciens dieux avaient créé!

— Tu m'entends, mère? appela Ulf.

Le silence. Ulf cligna des yeux. Il fixa le colosse étendu non loin de lui. Un géant: debout, il dépassait de la tête l'encolure d'un cheval de bonne taille; une masse d'os et de muscles sous une cotte de mailles épaisse d'un doigt. Son heaume à nasal, forgé d'une seule pièce, était assez vaste pour servir de mangeoire à son cheval. Sa chevelure et sa barbe foisonnante avaient la couleur du sang. Malgré des blessures qui eussent laissé morts au moins vingt hommes, Styr Force-de-Bœuf, l'homme qu'Aldis avait choisi pour servir de père au jeune homme, était toujours vivant. Il avait combattu comme le fauve qu'il était, tranchant membres et os, fêlant des crânes, pendant qu'épées et haches tiraient son propre sang. Son épée d'une main, la hache cornue de l'autre, le sang lui coulant à flots dans le cou lui avait donné davantage de courage et de fureur. Jetant le désarroi parmi les hommes d'Olaf, il avait disparu dans la forêt en mugissant comme un taureau blessé. Ulf l'avait trouvé ainsi, surgissant lentement d'entre les broussailles, une apparition fantastique, rougi autant du sang de ses ennemis que du sien, l'épée et la hache pointées vers le ciel, aveuglé par un brouillard rouge, ne sachant plus où il était, scandant sans arrêt le nom de Thor.

— Tu m'entends, mère? recommença Ulf.

Alentour, l'air changea. Les arbres tremblèrent, peu mais suffisamment pour que tous les oiseaux, effrayés, s'envolent en piaillant. D'abord, Ulf crut entendre une voix, mais le son décrut rapidement et s'éteignit.

— Est-ce toi, mère?

Ulf vit une forme lumineuse, assez vague mais néanmoins au contour humain. Il crut reconnaître Aldis.

— Qui es-tu? fit la voix, aussi faible qu'un bruissement d'aube.

— Ulf! Je suis Ulf, ton fils! Ne me reconnais-tu pas?

— Qui es-tu? insista le souffle.

Ulf poussa un hurlement: celui du loup. Styr, assoupi, sursauta, effrayé par le son lugubre.

— Pourquoi me tirer de mes ténèbres? fit la voix, mal assurée.

— Qui suis-je, mère? demanda aussitôt Ulf, angoissé.

— Ah! ricana la voix, tu n'as donc pas eu l'illumination! Toutes les magies auront jusqu'ici été vaines; consumées elles aussi par le grand feu. Je te le dirai donc, aujourd'hui seulement et pour mille hivers! Tu es celui qu'on appelle loup; partout où le monde est habité on tentera de te chasser. Tu n'as pas eu de père, car l'homme qui aurait pu te réclamer a préféré ne pas te reconnaître. Cet homme s'appelait Bàrd. Il en a choisi un autre, né le même jour, de la même femme. Lorsque tu le verras, tu le reconnaîtras; son nom est Bjorn, de la hird de Gunnar: celui que Styr et toi avez occis, en Islande! Tu es donc Ulf, fils de Fenrir, le loup géant! Tu es de cette race qui fera trembler Yggdrasil. Ainsi l'avais-je juré!

— Et lui alors? demanda Ulf en montrant Styr. Il n'est donc pas mon père?

— Lui? Ce n'est qu'un chêne sur lequel tu peux t'appuyer paisiblement lorsque tu es las. Un chêne qu'on abattra un jour!

— Bjorn, répéta Ulf. Bjorn, mon frère!

— Non, Ulf! reprit la voix, furieuse. Bjorn est un dragon, possédé par l'esprit d'Einar le maudit. Le pouvoir ne saurait être divisé si tu le veux indestructible. Comme il ne saurait exister deux soleils! Maintenant que tu sais, vienne le moment où tu seras appelé!

— Comment le saurai-je? s'inquiéta Ulf.

— Un corbeau viendra se poser sur ton épaule! Ce sera le signe...

— Mais quand, mère? Quand? Et pourquoi ne reviens-tu pas?

— Bientôt, dit la voix qui s'éloignait maintenant de
plus en plus. Bientôt!

Et la voix s'évanouit dans le lointain. De nouveau
Ulf sentit le frémissement de la nature, comme le battement hésitant d'un cœur qui reprend lentement vie.
Il entendait tout: les frôlements des insectes qui faisaient leur chemin sous l'écorce, les petits grognements des hérissons, les premières notes d'un rossi-
gnol, le souffle court des loups répandus alentour. Il
ouvrit ses mains et toucha la mousse humide; elle
avait la fraîcheur naissante d'un épiderme. Pendant
quelques instants, il se laissa submerger par sa douceur; mais la terrible vision le reprit: le Feu et les
Ténèbres, le fils d'Odin et celui de Loki; l'un, si blond
et si clair de visage qu'une grande lumière jaillissait
de lui; l'autre, si noir, aux traits de loup, à la peau ru-
gueuse comme l'écorce. La lutte commença entre
leurs deux armées. Elle fut ardente, à la fois sur terre
et sur mer. L'océan fut jonché d'épaves et d'étendards.
Sur terre, les camps s'accablèrent sous une grêle de
flèches. Les deux champions pénétrèrent au plus fort
de la mêlée, frappant de toutes parts, jusqu'au moment où, renversés par Odin lui-même, ils roulèrent
parmi les morts. On les brûla ensemble, sur un bûcher magnifique, avec leurs armes. Leurs cendres
furent déposées sous un tertre unique. Vingt rois de
leur suite étaient morts à leurs côtés!

Secoué, submergé par la fureur qui se démenait
en lui et lui déchirait l'esprit, Ulf se redressa brusquement. Ses yeux sombres brûlaient du même feu
que celui de son corps. Il se sentait écrasé sous le
poids d'une montagne mais, en même temps, possédé
par une force nouvelle, énorme.

L'évocation de sa mère, Aldis, l'emplit de nostalgie. Au fond de sa mémoire il n'y avait eu qu'elle
pour meubler d'une vague affection son univers d'enfance. Désemparé, Ulf renifla puis alla s'étendre sur

le sol, tout près de l'énorme visage de Styr, toujours assoupi. Il s'endormit, blotti contre le heaume du géant.

Le serment de Geoffroy

Geoffroy de Prié, malgré les supplications de Cédric, se privait de toute nourriture jusqu'à en tomber gravement malade. Il en était ainsi depuis que les hommes d'Olaf avaient rescapé les moines et les clercs qu'Aldis et Styr avaient maintenus en esclavage. Geoffroy de Prié cultivait-il en lui la graine de sainteté en cherchant à devenir l'égal des plus mystiques? Nul ne le savait. Il avait tellement vieilli qu'on l'eut cru né vieux, avec des yeux qui tenaient maintenant toute la place dans un visage émacié et cireux.

Une angoisse perpétuelle dévorait l'ecclésiaste. Vers matines, il était encore celui qui par le baptême avait renoncé au Diable et qui, dans les ordres, était réputé avoir renoncé au monde. Mais à laudes, tous les doutes et toutes les terreurs l'assaillaient. Jadis, au milieu de la nuit, il se levait pour glorifier le Seigneur. Maintenant, la nuit était le temps de la détresse, forêt sans fin dans laquelle il se tenait pour égaré; espace d'obscurité, lieu de la tentation, des fantômes du Diable. Pendant toute sa vie, la règle du monastère avait consisté simplement à dire à Dieu: «Vous m'avez appelé, me voici!» *Christus vincit, Christus regnat, Christus imperat*! Le Christ vient, règne et commande. Jusqu'au jour maudit où le Malin avait pris possession de son esprit et de son corps, Geoffroy de Prié avait toujours observé le renoncement et gardé l'ordre sacerdotal de la souillure du sang et du sperme. Voilà que plein de démons guettaient maintenant les hommes. À chaque vice commandaient des démons qui en avaient d'autres, innombrables, sous leurs ordres, et qui incitaient sans cesse les âmes au vice et rapportaient les méfaits des hommes à leur Prince. Dieu aurait dit à Moïse: «Tu ne pourras voir ma face, car l'homme ne peut me voir et vivre!» Satan, lui, se faisait voir. Il surgissait au pied de la couche, horrible, avec sa poitrine enflée, sa bosse sur le dos, ses vêtements sordides. «J'ai souhaité qu'elle surgisse du ciel et je m'en remettais entièrement à sa justice; qu'elle s'adoucisse en un geste bénisseur ou qu'elle me châtie... mais qu'elle se manifeste, Dieu, qu'elle se manifeste! Non! *Vae, vae, ecclesia ardet*: Hélas, hélas, l'église brûle. Les plaques de plomb du toit fondent, les poutres calcinées tombent dans le chœur, les flammes s'élèvent jusqu'à quinze coudées de haut et consument ma foi jusque-là incarnée dans la pierre...»

À prime, Geoffroy de Prié était convaincu qu'on pouvait faire des miracles sans avoir l'Esprit saint, puisque les méchants, les impies, les païens, sorciers et magiciennes, pouvaient se vanter de faire des miracles. L'illusion était-elle différente? N'avait-il pas vu les prodiges qu'accomplissait Aldis? Et les enchantements de cet Einar, vieillard aussi inoffensif d'apparence que frêle de corps? Il vivait donc le châtiment au milieu de ces païens dont le roi se plaisait à jouer avec la foi en un nouveau Dieu. Car Dieu était devenu le hochet du roi: roi barbare, isolé et hargneux, échappant un rire énorme lorsqu'il était défié par les roitelets païens, plus par un besoin terrible de pourfendre que pour propager l'amour du Christ. Pouvait-il en être autrement? Assaillis par les vents du Nord, ces êtres n'en étaient que davantage près des sources du Mal, celles qui rendaient leurs cœurs comme feu et glace. Les Écritures s'accomplissaient: «Du Nord, le mal se répandra sur les habitants de la terre! J'élèverai mon trône au-dessus des étoiles du Dieu: je prendrai place aussi sur le mont de la congrégation, sur les flancs face au Nord!»

C'était par ce Nord que Gerbert d'Aurillac voulait agrandir la maison de Dieu! Que savait donc de ces païens cet évêque vaniteux enveloppé de pourpre dans son arrogante cathédrale? Les barbares au Nord, les chrétiens ailleurs! Dieu déciderait.

Geoffroy de Prié pensait alors à ce pauvre homme, ce serf ignorant qui avait été immolé à la justice de Dieu. Possédé du démon, avait-on décidé, et par sa seule faute, le Malin s'était emparé des sens de Geoffroy. Était-ce bien la justice divine qui avait condamné Roussel à comparaître devant le tribunal suprême, où sur l'un des plateaux de la balance, des diables tout noirs déposaient des péchés, tandis que de l'autre côté se tenaient tristement des anges vêtus de blanc n'ayant rien à offrir? Comme les choses paraissaient simples derrière les murs épais du monastère: *Oratores, bellatores, laboratores*! Les uns prient, les autres combattent, les serfs travaillent. C'était la raison immuable des êtres et des choses; la raison des moutons qui fournissaient du lait et de la laine, celle des bœufs qui travaillaient la terre, celle des chiens qui défendaient des loups les moutons et les bœufs. Si chaque espèce de ces animaux remplissait son office, Dieu les protégeait. Ainsi faisait-il des ordres qu'il avait établis en vue des divers offices à remplir dans ce monde. N'avait-il pas établi les uns, clercs et moines, pour qu'ils prient pour les autres et que, pleins de douceur, comme les moutons, ils les abreuvent du

lait de la prédication et leur inspirent par la laine du
bon exemple un fervent amour de Dieu? N'avait-il pas
établi les paysans pour qu'ils fassent vivre, comme les
bœufs par leur travail, et eux-mêmes et les autres? Et
les guerriers, enfin, ne les avait-il pas établis pour
qu'ils manifestent dans la mesure du nécessaire la
force et qu'ils défendent ceux qui prient et ceux qui
cultivent la terre des ennemis comme des loups? Pour
la foi, la société des fidèles ne formait qu'un corps,
mais la loi humaine distinguait vite entre nobles et
serfs: les serfs expiaient toutes les fautes, y compris
celles des nobles! N'est-ce pas que cette malheureuse
engeance ne possédait rien qu'au prix d'une peine terrible! Qui pourrait, l'abaque en main, faire le compte
des soins qui absorbent les serfs, de leurs durs
travaux? Pas un homme libre ne pourrait subsister
sans les serfs! Le maître était nourri par le serf, lui
qui prétendait le nourrir! Et le serf était livré au bûcher, car nul n'admettra que la raison puisse être en
défaut et modifie l'ordre des êtres et des choses.

— Je ne servirai pas ce roi, Cédric, je ne servirai
plus aucun roi, confia Geoffroy de Prié au jeune clerc
qui continuait de le soutenir alors que le moine faiblissait à vue d'œil.

— Mais ce roi veut que nous portions la parole du
Christ aux confins des océans! plaida Cédric.

— Au prix de combien de meurtres, de supplices,
de souffrances? Lorsqu'il n'y a plus d'espoir, il reste
les Écritures. Elles sont terribles: *Consurget enim
gens in gentem et regnum in regnum, et erunt pes-
tilentia, et farmes, et terraenotus per loca: haec au-
tem omnia initia sunt dolorum...*

(Les nations se lèveront l'une contre l'autre, les
royaumes les uns contre les autres, il y aura des épidémies et des famines, et des tremblements de terre
ici et là: et ce ne sera que le début du temps des souffrances, de l'abomination et de la désolation...)

— J'ai peut-être désobéi à la règle lorsque je péné-
trais de nuit dans le scriptorium, intervint Cédric,
mais je sais qu'il est aussi écrit: *Et civitas non eget*
sole, neque luna, ut luceant in ea; nam claritas Dei
illuminavit eam et lucerna ejus est Agnus...

(Et la Cité ne manque ni de soleil ni de lune, et ils
brillent en elle; car la clarté de Dieu l'a illuminée et
sa lampe c'est l'Agneau...).

Geoffroy de Prié, effondré, pleura toutes les larmes de son corps. Suppliant encore et toujours Cédric de lui pardonner ses égarements, il était écorché
vif par les remords; sa foi chavirait, le doute le perdait. L'émotion était vive. Geoffroy avait peine à respirer, suffoqué par ses pleurs.

— J'ai tout perdu, balbutia-t-il entre deux sanglots.
Même le châtiment que j'appelle et accepte ne vient
pas! Tant aimé! Tant aimé!

Cédric qui le regardait sans bouger, comme pétri-
fié par la douleur infinie qui ravageait ce qui restait
d'homme de Geoffroy de Prié, s'approcha de lui, lui
prit doucement les mains et tenta de le réconforter.

— Je vous prie, je vous prie, mon maître! Le mal
dont vous souffrez aura persuadé le Tout-Puissant depuis longtemps de vous pardonner.

Cédric mit un genou par terre et caressa tendrement la tête de Geoffroy. Puis il l'invita à se blottir
contre lui comme s'il était un enfant. Geoffroy tremblait de bonheur et de détresse. Après un court silence, il murmura:

— Tu es si jeune, si beau et si doux... tout est si
froid ailleurs! Pourquoi Dieu a-t-il séparé ainsi les
cœurs? Pardonne-moi!

Leurs regards se croisèrent. Celui de Geoffroy,
achevé, marqué par le temps, durci par les privations, broyé par l'épreuve; l'autre, débordant de la
fraîcheur et de la clarté de la jeunesse.

— Je n'ai pas à vous pardonner, mon maître, fit

Cédric à mi-voix, puisque vous repousser eut été au-dessus de mes forces... mais mon égarement, même si le Diable s'en est réjoui, m'aura aussi délivré... je ne crois pas que notre faute fut la plus affreuse. Il y eut en moi une lumière douce autant qu'une brûlure; mais aujourd'hui mon âme n'est plus à prendre et nous devons nous éloigner en silence!

Geoffroy de Prié reprenait vie. Il retrouvait même un peu de sérénité. Ses mains étreignaient celles de Cédric, et le jeune homme sentit toute leur fragilité et d'un coup, toute la peine et la faiblesse qu'elles expri-maient.

— Tu as raison, Cédric, dit Geoffroy. Tu as l'esprit droit et il me faut retrouver mes sens. Pour m'épar-gner de souffrir davantage, nous devons être séparés à jamais, même si je sais que ton image vivra en mon esprit et qu'il me suffira de l'évoquer pour te voir et t'entendre en quelque endroit que tu sois. Mais la place sera vide! Mes yeux troubles gardent de moins en moins la lumière du jour. Leur combat est proba-blement perdu et une nuit éternelle vaincra leur der-nière lueur: ce sera un des châtiments que le Tout-Puissant imposera à l'égarement que m'a causé ma malheureuse passion. Bientôt, je ne distinguerai plus qu'ombres vagues, mais sache, Cédric, que tu habi-teras au fond de ma mémoire, que tu tortureras encore ma chair et que le temps qui me reste n'ef-facera pas les traits clairs de ce visage que je chéris... De ma vie tout redevient froid, comme le sombre si-lence des soirs dans notre cellule. Mais je dois retrou-ver un peu de cette paix dans notre abbaye profanée. Je dois retrouver ses couloirs vides, ses lieux éteints, le mur de pierre d'une cellule, la croix nue du Sacri-fice... J'y retrouverai le Diable, toutes griffes dehors, roussi et fumant, qui tentera ma chair, infiltrera mes tourments, hantera ma paillasse, brouillera le sens entier de ce que fut ma vie par le rappel incessant de ce soir inoubliable où mon esprit, mon âme, ma volonté et mon corps ont aimé ta chair et ton souffle... Ma douleur dominée par cette lutte continuelle contre mon propre mal l'emportera-t-elle ou devrai-je encore céder à ce mal? Si tu entends que j'ai dû interrompre brutalement mes jours, tu sauras alors qu'ils furent misérables, que ce ne fut que juste expiation et par une grâce particulière; car je ne saurai devenir par ma faute l'ennemi de Dieu.

La pensée terrible me vient que je n'aurai peut-être ni le temps ni l'humilité d'être purifié et sauvé; j'espère seulement que Dieu me rendra un peu de cette humilité dont il t'a fait la grâce, le jour penché sur un parchemin, la nuit passée en prières et en mortifications. Je fais serment devant toi, Cédric, et devant Dieu s'il accepte de m'entendre, que de retour à notre abbaye de Saint-Ouen, je me tairai à jamais. Ce silence sera mon premier châtiment. Je ne vivrai alors que de plume, d'encre, de parchemin et de signes. Je serai le plus humble des copistes et, jusqu'au tombeau, je ne verrai du monde qui m'entoure que néant préfiguré... mais que toutes les flammes s'éteignent, que toutes les passions deviennent cendres, tu demeureras ma peine infernale; cela je le confesse!

– *Deo Gracias, fit Cédric. Et ostendit mihi civitatem sanctam jerusalem, descendentem de caelo a Deo...* (Et il me montra la cité sainte, Jérusalem, descendant du ciel, envoyée par Dieu...)

Rien n'était perdu pour Dieu. Tous ces partages, toutes ces luttes, toute cette confusion étaient dans son dessein; même les envahisseurs qui venaient de tous les horizons, parmi les plus dangereux, arrivés par mer, du Nord. Le Tout-Puissant enjoignait ceux qu'il aimait d'exécuter des choses difficiles, voire impossibles, mais le poids du fardeau ne dépassait jamais la mesure des forces pour le porter. Dieu bâtirait sa cité dans les pays du Nord, car il avait touché le cœur du peuple sauvage avec le réconfort de la foi. Cédric s'arrachait au doute, comme à un château de fer; il émergeait, le visage rayonnant, baigné d'une pure lumière.

— Adieu, mon maître! fit-il tendrement.

L'offense

Le roi Olaf avait ordonné que l'on fît noble accueil à l'émissaire d'Eirik le Rouge et à sa suite. Une grande réception allait avoir lieu au palais royal de Nidaross. Les murs et les bancs de la grande salle furent ornés de tapisseries. D'immenses tables furent dressées. On y entassa des victuailles, de la bière et des fleurs. Le roi mit ses vêtements d'apparat, fit lisser ses longs cheveux, beaux comme de la soie, les fit tresser et attacher par des rubans d'or. Son cheval fut paré d'une selle dorée et le mors, serti d'émail et de pierres précieuses. Olaf fit convoquer les jarls les plus importants, parmi lesquels Erling Corne-d'Auroch. On le disait l'homme le plus fort et le meilleur archer qui ait été en Norvège. On racontait qu'avec une flèche émoussée, il transperçait une peau de bœuf humide pendue à une poutre. Il était rompu à tous les exercices physiques et sa valeur au combat était extrême. C'était en outre un maître fermier, très occupé de son bétail et de son exploitation, qui n'avait rien d'un homme de faste et qui était plutôt taciturne. Il portait toujours la même tunique brune et des chausses brunes, de hautes molletières bien liées autour de

la jambe, un ample manteau gris, un large chapeau
gris, et il tenait à la main un bâton de forte taille, à
pommeau d'argent, emblème de son autorité.

Erling Corne-d'Auroch était devenu, pour un
temps du moins, l'homme le plus important de la
Norvège, tant la nouvelle avait fait du bruit. Considé-
ré comme le jarl le plus puissant, membre de la hird
royale, il s'était converti au christianisme et avait
proclamé bien haut la supériorité de Christ sur tous
les dieux nordiques. Plusieurs jarls du nord avaient
dressé contre lui des bâtons d'infamie, mais Erling
était vigilant et ses terres, étroitement gardées. Jamais il ne voyageait avec un bateau de moins de vingt
rames, tout armé. Il possédait aussi un grand skeid à
trente-deux places, assez vaste pour recevoir deux
cents hommes en expédition viking.

Erling avait eu chez lui cinquante esclaves, outre
les gens de sa maison. Le jour de sa conversion, il
avait fait vœu de les rendre libres. Il leur avait donné la permission et le temps de travailler au crépuscule ou de nuit, leur avait attribué de la terre culti-
vable pour y semer du grain, tirer profit de la récolte
et s'affranchir. Puis il les avait poussés à pêcher le
hareng, à défricher les forêts et à s'y installer une
ferme. Les autres jarls avaient vivement protesté de
la chose auprès du roi.

Lorsque le messager lui transmit l'invitation du
roi, ajoutant que celui-ci insistait pour qu'il se condui-
sît avec magnificence, Erling répondit avec un hausse-
ment d'épaule qu'il ne voyait aucune raison pour
mettre tant d'ardeur à changer de caractère. «C'est
que le roi n'entend ménager ni biens, ni vies, ni ardeurs pour le triomphe de Christ auprès des arrivants
de l'Ouest.» Erling n'ajouta pas un autre mot, se vêtit
d'habits de satin et de fines fourrures, se drapa d'un
manteau écarlate, se coiffa d'un heaume incrusté et se
ceignit de sa meilleure épée. Une centaine d'hommes

portant l'étendard du roi Olaf l'accompagnèrent jusqu'à Nidaross.

Olaf se porta à la rencontre du jarl et l'accueillit
chaleureusement.

– On ne se dérobe pas au message du roi, laissa
tomber Erling en réponse à la salutation royale.

Kalf, le scalde du roi Olaf, déclama sitôt une strophe pour commémorer la rencontre du roi et de son
vassal favori.

    – Encore se lève la louange
      Lorsque le roi fit envoyer un message
      qui sied le heaume;
      Au jarl pour qu'il vînt, nécessité pressante,
      Le retrouver par amitié
      Il a compris ce que le roi envisageait...

En récompense du poème, le roi donna à Kalf un
anneau d'or pesant un demi-marc, l'équivalent de quatre aurars. Il commanda aux domestiques de transporter les coffres et les effets personnels d'Erling, de
donner du grain à ses chevaux et de loger les hommes
du jarl.

Le festin allait bon train. Dans un va-et-vient incessant, d'une extrémité à l'autre de la grande salle du
palais royal, des domestiques transportaient des dépouilles de moutons à peine égorgés, des poulets fraîchement déplumés, des monceaux de pains chauds,
frais tirés des fours. D'autres roulaient des tonneaux
de bière ou encore emplissaient des écuelles de lait de
chèvre.

Olaf occupait le haut-siège au milieu de la salle; à
côté de lui siégeait Godred de Man, l'évêque du roi,
puis tous ses autres clercs, et vers l'entrée, ses conseillers. Dans l'autre haut-siège en face de lui se
tenait Erling Corne-d'Auroch, et plus loin, les princi-
paux chefs de guerre. Des places honorables avaient
été assignées à Leif Eiriksson ainsi qu'à ses compagnons du Groenland. Lorsque tous eurent bien man-

gé, le roi ordonna que l'on activât les feux et demanda aux hommes de boire à la gloire de Christ, ce que
firent la plupart des convives. Mais Leif, fils d'Eirik
le Rouge, Bjorn et plusieurs jarls levèrent leurs cornes à la gloire d'Odin et de Thor, Bjorn allant jusqu'à
tracer le signe runique du dieu du tonnerre sur sa
corne. Tous les yeux se tournèrent vers le roi. Olaf se
contenta de froncer les sourcils. Aussitôt, Kalf, le
scalde, proclama:

    — Toi qui élèves le coursier des vagues,
       Tu as pouvoir d'instituer le droit du pays
       Celui qui durera
       Parmi la troupe de tous les hommes!

Le roi prit la parole. Il parla d'un ton modéré.

— Lorsque des jarls gouvernaient ce pays, il n'était
pas étonnant que les gens du pays leur soient soumis
car ils avaient le pouvoir par droit de naissance; pourtant il eût été plus juste que ces jarls soient soumis et
servent les rois qui avaient juste droit au pouvoir,
plutôt que de se rebeller contre eux! Le droit de ce
pays est celui de Christ; et il est mon seul maître,
donc, le vôtre. Sinon je tiendrai pour rébellion votre
refus de l'honorer.

Et il ajouta en termes mesurés:

— ... Ceux qui se sont obstinés à vouloir continuer
les sacrifices, exposer les enfants et manger du cheval pour plaire aux idoles des temps anciens ont connu ma juste colère! Leurs flèches de guerre et leurs
bâtons d'infamie leur ont valu la honte du gibet!

Puis il s'adressa directement à Leif et à ses compagnons.

— Il y a une loi entre l'Islande et la Norvège qui
veut que les Islandais, quand ils arrivent en Norvège, paient des droits de débarquement. Je sais que
vous êtes gens du Groenland, mais vos pères sont
d'Islande; et il se trouve que j'ai entendu parler de
votre dignité, du long et difficile chemin que fut le

vôtre. J'ai entendu parler d'hommes qui ont eu une certaine gloire dans vos terres d'Ouest. À ce qu'il semble, il y a en Islande et au Groenland des gens qui ont autant de valeur que ceux de mon royaume, encore que mon royaume ne se limite pas aux seules frontières des temps anciens. Nul ne s'étant proclamé roi dans vos terres, nul ne peut donc être mis à bas de son trône. Voilà de bien étranges coutumes si l'on songe que plusieurs de vos anciens furent du pays de Norvège, hommes sages et courageux sûrement. Mais dans vos lieux isolés, il y a encore d'anciennes croyances, pas de moines pour y porter la parole de Christ et pas d'églises pour honorer le Maître des moines. Il se fait que cela doit changer au profit de justes coutumes et que le plus sage d'entre les rois y prenne sa place. Je veux que vous en fassiez votre dessein! Pour ma part, il est de mon bon plaisir de vous dispenser du tribut de débarquement; il pourrait en résulter quelque succès et une moindre ferveur à vous satisfaire de misérables coutumes.

Leif s'inclina et aucun jarl ne demanda la parole. Pour l'instant, chacun préférait jouir de l'hospitalité royale. Le roi Olaf promena son regard sur la vaste salle, décelant, ici et là, un coup d'œil haineux, un tête-à-tête furtif, un bref signe de reconnaissance. Puis il fit signe aux domestiques qui s'empressèrent de recommencer à servir, alternativement, du poisson et du lait, de la viande et de la bière.

Halfdan, un des jarls du nord qui n'avait pas encore reçu le baptême, fit remarquer au roi qu'il lui semblait plus impérieux de préparer le royaume à faire face au péril des Danois et des Suédois que de mettre les ardeurs à propager le christianisme. Olaf s'impatienta.

— J'ai été aussi longtemps à l'étranger qu'ici, au pays, la terre de mes ancêtres, rétorqua-t-il. Il m'a fallu risquer et ma vie et mon âme pour avoir ma sub-

sistance; ce que j'ai acquis, je l'ai conquis en guer-
royant. Bientôt, les jarls dans les Upplönd qui gou-
vernent des provinces et dont la plupart descendent
de la famille de Harald à la Belle Chevelure, ceux de
Heikmörk, de Valdres et de Hadaland, devront peut-
être céder du patrimoine au roi des Danois et au roi
des Suédois. Je n'irai pas les trouver pour leur demander la moindre faveur, bien que voici un moment
qu'ils décrètent que ce qui était l'héritage de Harald
à la Belle Chevelure est leur propriété. Pour dire la
vérité, j'ai plutôt l'intention de conquérir encore l'héritage de mes parents ou bien je périrai sur l'héritage
de mes pères. Je sollicite pour cela l'assistance de
tous mes jarls, de leurs parents et de leurs alliés, frères de sang et frères jurés, de tous ceux d'ici et d'ailleurs, Islandais et Groenlandais, qui voudront se
ranger à mes côtés dans ce projet. Mais je déclare
aussi que ceux qui porteront pour moi cottes de
mailles et heaumes auront des écus blancs marqués
de la Sainte-Croix, ainsi qu'une croix blanche peinte
sur le frontal de leur heaume...

— Tu n'as pas de petites ambitions, roi Olaf, fit
Halfdan, non sans une certaine irritation dans la voix.
Ce plan, à mon avis, fait preuve de plus d'ardeur que
de prévoyance et je crains fort qu'il ne plaise pas à
l'assemblée du peuple. Certes tu as bien fait tes preu-
ves à la bataille et tu connais bien les chefs étrangers.
Et nous tous sommes aussi indignés que toi de voir
tout le lignage et les États de Harald à la Belle
Chevelure déchoir. Mais il me semble que voilà un
bien grand risque de mêler ton Christ à une querelle
avec deux rois aussi puissants que Knut et Svenn.

— Je vais faire connaître mon sentiment, l'interrompit brusquement Erling, qui, jusque-là, avait
adopté une attitude renfrognée. Il me semble préférable que ce soit mon parent qui soit roi de Norvège
plutôt que des chefs étrangers. Olaf doit demeurer

souverain absolu de la Norvège et on tiendra pour le
mieux loti celui qui pourra faire état de la plus grande amitié avec lui. Nous voulons l'assister à un tel
point que nous lui concéderons la plus haute dignité
ici dans le pays et cette alliance devrait être scellée
par des serments. Je préfère qu'il soit le roi absolu de
Norvège pour un seul hiver plutôt que de n'être qu'un
vassal honteux et mourir de vieillesse. Et je dis que
nous devons proclamer la grandeur de Christ en for-
çant tous les jarls à lui jurer allégeance et totale
obéissance!

Halfdan blêmit sous l'affront.

— Tu me regardes bien en face aujourd'hui, Erling,
gronda-t-il. C'est d'ailleurs face à face que s'affron-
tent les aigles!

Indifférent au défi de Halfdan, le puissant Erling
se contenta de regarder le roi. Ce dernier sut qu'il devait agir au plus vite s'il voulait éviter un affrontement qui risquait éventuellement de faire tomber
la Norvège de ses mains.

— Veux-tu te soumettre à moi, Halfdan, ou devenir
le plus misérable des hommes de ce pays? fit-il en se
dressant sur le haut-siège, sa hache cornue bien en
main.

— Je ne t'ai pas lésé, roi, répondit le jarl, quelque
peu désemparé par la réplique autoritaire d'Olaf. Que
tu me saches mauvais gré de ces paroles, j'en ai regret, mais mon honneur me les fait maintenir. Toutefois je ne saurais être traître à mon seigneur et je
n'ai, non plus, cure de dépouiller le cadavre de celui
qui a plutôt besoin de ta protection et de ton amitié!

Les dernières paroles de Halfdan entraînèrent un
bref silence, vite dominé par des murmures d'étonnement qui s'élevèrent peu à peu de tous les coins de
la vaste salle enfumée. Un homme de haute taille s'a-
vança alors à grands pas vers les places d'honneur.
Sans avertissement, il tira son épée et frappa avec

force à la hauteur du cou de Halfdan. Le sang jaillit bien haut et l'homme abattit de nouveau la lourde lame, décapitant cette fois le jarl déjà agonisant. La tête grimaçante tomba sur la table avec un bruit sourd et roula devant le roi; le tronc s'effondra, convulsé, vomissant le sang frais alentour. Les nappes en furent rapidement couvertes de haut en bas.

Olaf demeurait impassible. Seuls ses yeux s'étaient assombris, signe d'une colère contenue. Ils fixèrent tour à tour le meurtrier et Erling.

— Tu connais cet homme? demanda-t-il à Erling Corne-d'Auroch.

— C'est Dagr, mon plus fidèle guerrier, chrétien comme moi! Je veux offrir de payer pour lui afin qu'il conserve vie et membres et que vous, roi, arrangiez et tranchiez pour tout le reste.

Olaf ne répondit pas tout de suite. Cette fois le silence était total, sauf pour les derniers soubresauts du cadavre de Halfdan. L'évêque, Godred de Man, toujours sur son haut-siège, marmonnait des prières en latin.

— Tu as beau être homme de grande valeur, Erling, finit par dire le roi, je ne vais pas, à cause de toi, violer les lois et mettre en jeu la dignité royale!

Sur ce, il ordonna que l'on s'empare de Dagr. Son regard d'acier se posa sur Leif qui le soutint, tête haute. Puis il coula vers Brigit Yeux-Profonds; un léger frémissement des lèvres trahissait son trouble, alors qu'il découvrait pour la première fois le ravissement de cette fleur d'Islande.

Les domestiques avaient emporté les nappes, les couverts éclaboussés ainsi que le cadavre de Halfdan. Ils nettoyèrent à fond tout ce qui était ensanglanté, puis répandirent de la paille fraîche à la grandeur du parquet.

Quand tout fut remis en ordre dans la salle, Olaf ordonna que l'on tue Dagr sur-le-champ.

— Sire, lui souffla l'évêque Godred de Man, n'appelez-vous pas cela un meurtre honteux que de tuer un homme la nuit?

— Qu'on le tue demain, répliqua sèchement le roi.

Dagr fut mis aux fers et enfermé, tout seul, pour la nuit. Plus tard, Erling s'approcha de l'évêque et lui glissa à l'oreille:

— Voilà ce que c'est que de servir les rois: on en retire grand honneur et on est estimé plus que les autres, mais c'est souvent au péril de sa vie, et, dans un cas comme dans l'autre, il faut se contenter de cela. N'est-ce pas que la bonne chance du roi a grand pouvoir? Alors, si tu veux avoir mon amitié, et surtout, si tu veux me voir encore soutenir ton œuvre et la parole de Christ, fais tout ton possible pour que cet homme ne soit pas tué!

Godred de Man, bien droit sur son haut-siège, battit des paupières. Erling Corne-d'Auroch grogna en guise de satisfaction. Le roi, les mâchoires serrées, n'avait d'yeux que pour Brigit.

*   *   *

Dès qu'il fit jour, Olaf sortit chevaucher, avec ses faucons et ses chiens, accompagné d'une bonne escorte. Quand ils lâchèrent les faucons, celui du roi tua d'un coup deux coqs de bruyère, et aussitôt après, il en tua trois autres. Le roi prit lui-même sa capture, chassant à l'arc, tuant quatre coqs à lui seul. Fier de sa chasse, il revenait chez lui lorsqu'au même moment Brigit entrait dans l'enclos. Elle salua le roi avec dignité, mais sans baisser les yeux. Ce dernier lui rendit le salut en riant, montra les oiseaux morts et dit:

— Connais-tu, femme, un autre roi qui ait fait une aussi belle chasse en aussi peu de temps?

— Je reconnais que voilà une belle chasse du matin, roi Olaf, répondit Brigit, mais il y a mieux: un roi qui prendrait en un matin trois autres rois et s'approprierait tous leurs États!

En entendant cela, Olaf sauta de cheval, se campa devant Brigit et dit:

— Sache que la plus belle d'entre les femmes, serait-elle dans la fleur de l'âge et goûterait-elle le miel, une fois prisonnière, ne serait même pas une esclave du roi! Maintenant que nos mots sont dits, il importe, je pense, de n'en pas dire davantage. Mes louanges demeurent; ce sont des louanges d'homme. Mes intentions de roi ne sauraient par ailleurs faire fi de ton éloquence; et elles seraient comblées de te voir au premier rang des concubines...

Brigit, blêmissant sous l'effet des propos irrévérencieux, répondit néanmoins avec une certaine grâce:

— Pour cela il faudrait être d'importance; à la fois par le lignage et les hauts faits; je ne puis me vanter ni de l'un ni des autres, n'ayant pas eu une telle fortune. J'aurais mauvaise conscience à usurper le destin d'une femme de Norvège qui serait à même, elle, d'offrir à un grand roi tous ces avantages.

Le roi avait compris; le regard de la jeune femme était de glace. Prenant un air déterminé elle ajouta:

— Mais souvent les gens qui ont peu de biens ne se battent pas plus mal que ceux qui ont été élevés dans l'aisance!

Il n'y avait rien d'autre à dire. Chacun alla son chemin, mais un pli profond barrait le front soucieux d'Olaf.

C'était jour de dimanche. Le roi convia les jarls et tous les autres invités à l'église qu'il avait fait construire à la gloire de Christ: une stavkirke, premier temple en bois debout du royaume. L'édifice témoignait de la nature grandiose des lieux, d'un art en rapport étroit avec la vie tourmentée de tous les gens du Nord. Inquiétant, multiforme, l'ensemble était très élevé, une véritable ossature de bois debout. Les piliers et les colonnes étaient reliés par des travées dans le bas de l'édifice et par des architraves au sommet. Dans la charpente puissante qui servait d'encadrement, les planches formaient des cloisons ajourées. La décoration était constituée d'une multitude de reliefs floraux et animalesques: biches aux pattes longues, serpents et dragons. Un bestiaire fabuleux, opposant des têtes de dragons aux gueules béantes et à d'humbles croix chrétiennes, laissait apparaître toute la tension dramatique entre l'église de pierre et l'église de bois, entre deux mondes si différents, deux conceptions de la vie et de la mort. Des gueules de dragons apparaissaient aussi au faîte du toit; elles semblaient mises là pour témoigner d'une crainte ancestrale mais encore présente des dieux nordiques et pour protéger, tout à la fois, dans le canevas d'une symbolique sacrée, la demeure du nouveau Dieu.

Olaf et son entourage y entendirent la messe. Dès qu'ils sortirent de l'église, le roi, s'adressant à Erling Corne-d'Auroch, dit:

— Le soleil est-il assez haut maintenant pour que Dagr, votre ami, puisse être pendu?

— Dagr a commis une grande offense, sans doute, et il saura faire face à la mort que Christ lui réserve, si telles sont sa volonté et la tienne, roi! Mais j'offre toujours compensations telles que tu voudras les fixer toi-même, et obtenir en échange grâce de vie et de membres pour lui, et droit de séjourner encore dans ce pays!

— J'ai l'impression, Erling, que tu estimes avoir tout pouvoir sur le cas de Dagr.

L'évêque Godred de Man s'interposa alors et dit en s'inclinant devant le roi:

— Sire, j'ai devoir de vous rappeler que le roi des rois, celui qui a véritablement pouvoir sur toutes choses, a souffert grandes épreuves et que celui-là est

béni qui peut lui ressembler, plutôt qu'à ceux qui le
condamnèrent à mort ou à ceux qui l'exécutèrent. Demain n'est pas loin, ce ne sera pas un jour consacré
mais un jour ordinaire. Aujourd'hui, lorsque vous re-
viendrez à l'église pour entendre none, je vous conjure
de parler à Christ et de lui demander d'éclairer votre
justice; permettez aussi au meurtrier d'être conduit à
l'église et de se rapprocher de la miséricorde du Tout-
Puissant. Votre peuple verra votre véritable grandeur!

Le roi regarda l'ecclésiaste et lui dit durement:

— C'est toi qui seras cause qu'il ne sera pas tué aujourd'hui!

Puis à Erling:

— Tu vas le prendre en charge, jarl Erling, et veiller sur lui, car je veux, jusqu'à none, me désolidariser
de sa cause. Sache en vérité qu'il pourrait y aller de
ta vie s'il s'échappe d'une manière ou d'une autre.

Godred de Man s'imposa de nouveau.

— Sire, si j'insiste, c'est qu'il y va d'une grande
amitié, de la nécessité du royaume et du sort qui sera fait, peut-être, à la parole de Christ. Je vous ex-
horte d'accorder à Dagr grâce pour sa vie et ses
membres, et que vous décidiez seul de toutes les
conditions. Et vous, Erling, donnez au roi toutes les
garanties qui lui siéront, puis que Dagr vienne demander grâce devant tous et se remette au pouvoir
du roi!

— C'est toi qui viens de décider, sire évêque, rétorqua le roi. Mes conditions seront autant pour toi que
pour Erling. Je veux que tous ceux d'Islande et du
Groenland se soumettent aux lois de Christ, car je
veux que l'on déclare que je fus le premier de tous les
rois de Norvège qui préféra mourir pour donner deux
hommes à Dieu qu'un seul au diable. Dagr, lui, au
risque de passer pour l'esclave du roi et l'égal du pire
des hommes, restera ici, à mon service, pour trois hi-

vers. Son épée défendra, mieux qu'autrement, les justes causes du roi. Et toi, Erling, prépare tes bras et ton arc à soutenir l'épreuve des défis, car je compte bien montrer à Leif et aux autres ce qu'il en est de se mesurer au champion de Christ et du roi!

L'évêque et le jarl acceptèrent les conditions de réconciliation déclarées par le roi. À l'heure de none, devant tous les convives réunis, Dagr vint demander grâce au roi Olaf et se remettre en son pouvoir pour trois hivers en lui baisant la main.

Le défi

À l'aube, cinq drakkars qui appartenaient tous à des Islandais arrivèrent à la jetée de Nidaross. Un de ces bateaux était commandé par Kristjan dit le Vif; le deuxième par son frère cadet, Jan le Duelliste; les trois autres appartenaient à Skeggi le Noir et à ses fils, Vermund et Ljot. Ils avaient vécu cinq hivers exilés en Islande et avaient entendu parler que le jarl Hakon était mort et que Olaf Tryggvesson était devenu le roi de toute la Norvège. Le nouveau roi avait ordonné que l'on changeât de religion dans le pays; les gens s'y soumettaient très diversement et en Islande, on craignait fort que ce nouveau roi ait comme dessein d'imposer, par la force si nécessaire, le christianisme en même temps que son autorité royale.

En peu de temps, Islandais et Groenlandais firent connaissance, tinrent conseil tous ensemble et se mirent d'accord pour refuser la religion qu'offrait le roi. Tous les hommes présents firent serment de se liguer.

— Il est bien de faire ainsi force commune, dit Kristjan, pendant que ses yeux gris, vifs comme ceux d'un renard, épiaient les moindres réactions des uns et des autres, mais le roi est tellement obstiné qu'il refusera de nous laisser partir tant que nous n'aurons pas accepté cette nouvelle religion.

— Dans quelle mesure as-tu envie de recevoir la foi que prêche Olaf, avec le renfort de tous ces étrangers? demanda Leif à Jan le Duelliste, dont la masse de cheveux blonds et bouclés encadrait un visage encore juvénile quoique très énergique.

— Je n'en ai pas envie, répondit celui-ci en croisant ses bras sur sa poitrine dans une attitude de défi, car cette religion m'apparaît bien faible.

— Ne vous semble-t-il pas que le roi a menacé de perte de vie ou de membres tous ceux qui ne voulaient pas se soumettre à sa volonté? questionna encore Leif en s'adressant à la ronde.

— Le roi ne fait pas de mystère pour le sort qu'il réserve à ceux qui refusent cette religion, fit Kristjan. Il est clair qu'ils subiront de rudes conditions...

— Il n'est roi que de cette terre, dit alors Bjorn, demeuré silencieux jusque-là, ni d'Islande ni du Groenland. Croyez-vous donc que le grand Egill aurait accepté pareil affront?

Jan le Duelliste, les mâchoires serrées sous sa barbe naissante, regardait tour à tour ses compagnons.

— Je ne veux être sous la domination de personne, lança-t-il, ses traits s'assombrissant. Tant que je pourrai rester debout et manier les armes, je veux que l'on respecte ma liberté, mon bateau, ma terre, mon bétail, mes dieux! Il me semble mesquin que nous soyons pris ici, comme des agneaux dans la bergerie ou un renard dans un piège; aussi, si nous devons mourir tout de même, faisons quelque chose qui restera longtemps dans la mémoire de tous ces hommes...

— Que proposes-tu? lui demanda Bjorn.

— Une action dont l'éclat sera tel qu'on en parlera jusqu'au Groenland: brûler le roi dans son palais!

Personne ne s'étonna vraiment du propos de Jan le Duelliste. Les hommes exprimèrent des hésitations et échangèrent quelques brefs commentaires à voix basse. C'est Leif qui reprit la parole:

— Ce roi a une grande chance et il est favorisé par le destin. Mais surtout, il a une garde de toute loyauté, le jour comme la nuit...

— A-t-il le courage et la vaillance de ceux qui eurent à affronter les pièges d'Aegir et de Ran dans les mers de glace? l'interrompit Jan.

Leif ne répondit pas, et les autres semblèrent à bout d'arguments. C'est Bjorn qui évoqua une autre possibilité.

— Que les dieux tranchent! laissa-t-il tomber, un sourire énigmatique aux lèvres.

Perplexes, ses compagnons le pressèrent de s'expliquer.

— La réputation est aussi importante aux yeux d'Olaf que la religion, précisa Bjorn. Les jours de fête, dit-on, sont les plus heureux, n'est-ce pas? Profitons de la présence de tous les jarls pour relever tous les défis de force et d'adresse, mais faisons en sorte que les dieux tranchent; ce sera aussi leur défi! Nous verrons alors si les chrétiens tiennent autant de puissance de ce dieu qu'ils le disent. Tel qu'est le roi, il ne sera désireux de nous forcer à fréquenter son temple que si lui et ses champions sortent vainqueurs...

— On le dit grand nageur, et cet Erling est le meilleur lutteur et le plus puissant archer de Norvège, observa Leif, quelque peu sceptique.

— Que les dieux tranchent, répéta Bjorn, obstiné. Ils portent en eux la mer, le roc, le champ de neige, la chaleur comme le froid; qu'ils portent donc nos prières et nos destins!

Cette nuit-là, Bjorn fit un rêve étrange. Un traîneau tiré par un fort cheval, les flancs fumants, avançait sur une piste que longeait un lac aux eaux stagnantes. Tout autour se profilaient confusément les silhouettes de chênes, d'aubépines, de frênes et d'ifs.

Rien ne poussait à l'ombre de leurs branches. Les saules, arrachant leurs racines du sol, suivaient le traîneau en chuchotant des paroles magiques. L'attelage était conduit par un homme très vieux, aux sourcils broussailleux et à la barbe blanche: Einar, le maître des runes. Devant lui, à bonne distance, il vit bouger un point noir qui grossissait à vue d'œil et qui, rapidement, prit la forme d'un immense traîneau qui filait comme le vent, emporté par un puissant cheval dont les sabots martelaient le sol gelé. Einar retint sa bête, mais l'autre attelage le heurta de front. Les deux traîneaux s'écrasèrent l'un contre l'autre. Empêtrés dans leurs harnais, les chevaux se débattirent, hennissant fort, tandis que leurs maîtres s'employaient à les calmer. Einar regarda le conducteur de l'autre traîneau et il reconnut Olaf, le roi de la Norvège, celui-là même qui l'avait condamné à la noyade. Le vieil homme lui demanda d'un ton calme:

— Pourquoi viens-tu me troubler?

— Dis-moi ce que tu sais! lança le roi avec arrogance.

— Peu de choses en vérité, répondit humblement le vieillard. Parler avec les aigles, évoquer les esprits des eaux, faire fleurir un champ de glace. Mais à ton tour, fit-il, dis-moi ce que tu sais...

Le roi entonna dans le vent un chant pour montrer qu'il possédait le savoir des œuvres de la nature. Mais le chant ne dépassait pas l'écorce des choses.

— Ton savoir est celui d'un enfant, lui dit le vieillard. Parle-moi de sujets plus profonds!

Le roi lui raconta alors les origines du monde. Il expliqua qu'un Dieu lui avait montré le fond des mers, la voûte céleste, le cœur de la lune et des étoiles.

— Tu mens, fit Einar, toujours aussi paisible.

Le roi le défia à l'épée. Le vieillard se mit à rire.

— Je suis déjà mort! dit-il. Mais je vais t'instruire de certaines choses...

À son tour, Einar se mit à chanter. Au rythme des paroles magiques, la terre fut ébranlée, les montagnes tremblèrent, les rochers se fendirent. Toujours chantant, le vieillard se tourna vers le roi; voilà que le bois de l'attelage se transformait en broussailles, qu'à la place de l'épée Olaf ne pouvait brandir qu'un frêle roseau. Son cheval devint rocher et les vêtements du roi s'envolèrent lourdement, transformés en corbeaux. Nu et tremblant de froid, le roi commença de s'enfoncer dans le sol devenu marécageux. Einar chantait toujours et le corps d'Olaf, lourd comme une pierre, continuait de s'enliser.

— Lève le charme, supplia le roi, et épargne ma vie; je te paierai rançon.

— Et que me donneras-tu? demanda Einar, qui cessa momentanément son chant.

— Mon royaume! offrit le roi.

Le vieillard reprit le chant et Olaf s'enlisa davantage. Quand la boue atteignit sa bouche, il hurla de désespoir et offrit alors l'unique Dieu qu'il vénérait.

— C'est quelque chose qu'on ne possède pas! lui dit en souriant le vieux magicien, se remettant à chanter doucement.

Le soleil était haut lorsque Bjorn s'éveilla. Les visions nocturnes étaient encore fraîches à sa mémoire, tellement qu'il se demanda si le roi n'avait pas trépassé pendant la nuit.

Bjorn eut la soudaine envie de galoper. Il sauta à dos de cheval et poussa la monture vers le rivage de la rivière Nid. L'air était chaud, envahi par d'extraordinaires essaims d'insectes. Le ciel, lavé par la pluie, renvoyait la lumière blanche du soleil au ras des eaux. Au sol, des oiseaux lissaient leurs plumes sous un vent d'ouest. Le rivage, très sablonneux par endroits, était vivant; il se vallonnait, dessinait des courbes, des creux, des crêtes légères, se déployait d'un trait, comme une peau qui glisse, se plisse.

Bjorn poussa le cheval dans l'eau. Il se grisa du tapage d'écume, du tumulte des mouvements puissants de la bête, des panaches et des miroitements. Rien n'était plus voluptueux que la robe du cheval en sueur, secoué de spasmes, évoluant contre l'obstacle liquide. Eau, poitrail, crinière et cavalier finissaient par composer une fresque vivante, mélange de passion, de bête, d'écume et d'émeraude.

Bjorn était heureux. Il savait que les dieux étaient vivants.

*   *   *

L'une des épreuves consistait à traverser la rivière Nid. Il ne suffisait pas de bien nager, il fallait en plus avoir la force suffisante pour maintenir le plus longtemps possible un concurrent la tête sous l'eau. Beaucoup d'hommes étaient déjà dans la rivière, mais un d'entre eux nageait beaucoup mieux que les autres: c'était le roi Olaf lui-même. Il attendait visiblement le défi d'un des arrivants. Les Islandais demandèrent à Leif s'il voulait se mesurer au roi.

— Je ne pense pas en être capable, répondit Leif.

— Je ne sais pas où je vais trouver l'ardeur, mais moi, je vais y aller, lança Bjorn.

— Que les dieux soient avec toi, fit Leif. Méfie-toi cependant des pièges, Bjorn, les rois n'aiment pas être vaincus!

Bjorn ne l'entendait déjà plus. Il avait retiré sa tunique et s'était jeté dans les eaux froides de la rivière. Nageant d'une brasse vigoureuse, il s'approcha du roi. Olaf feignait l'indifférence, mais en réalité il était sur ses gardes. Sans hésiter, Bjorn l'étreignit à bras-le-corps, l'entraîna sous l'eau et l'y maintint un moment. Ne sentant aucune véritable résistance, Bjorn le laissa remonter. Mais lui-même eut à peine le temps de faire surface qu'Olaf l'empoignait et l'entraînait à son tour sous l'eau. Bjorn sentit que ses poumons allaient bientôt éclater, mais le roi avait la poigne solide et une résistance hors du commun. Ils restèrent si longtemps immergés que Bjorn songea à abandonner. Dès qu'Olaf relâcha son étreinte, Bjorn aspira goulûment, crachant et toussant, pendant que le roi cherchait à l'attirer une nouvelle fois sous l'onde. Bjorn évita la prise et entreprit aussitôt de nager à toute vitesse vers l'autre rive. Olaf engagea la poursuite. Une nouvelle fois ils s'empoignèrent, sans échanger ni mot ni cri; qu'un regard, aussi déterminé chez l'un que chez l'autre. Pour la troisième fois, ils replongèrent et restèrent sous l'eau encore plus longtemps, tellement que les spectateurs les crurent noyés. Bjorn ne voyait plus comment ce jeu tournerait et le roi ne s'était jamais encore heurté à une telle résistance. Rompant à l'aide d'une brusque poussée des talons, Bjorn remonta, emplit ses poumons d'air et replongea, entraînant avec lui le roi visiblement exténué et au bord de l'asphyxie. Cédant à la panique, Olaf se débattait avec des gestes désordonnés. Bjorn savait qu'Olaf risquait la noyade, aussi abandonna-t-il son étreinte. Ils remontèrent et gagnèrent péniblement la rive opposée. Ce fut Bjorn qui arriva le premier et qui remporta l'épreuve.

Dès qu'ils prirent pied sur le rivage marécageux, les hommes du roi se précipitèrent pour tirer celui-ci à l'écart et le couvrir d'un excellent manteau de couleur écarlate. Bjorn resta allongé sur le bord boueux; il était à bout de forces. Lorsque les deux adversaires eurent repris leur souffle, Olaf dit:

— Tu t'es mesuré avec le meilleur nageur de ce royaume; tu es donc un homme accompli, et, en prix de cette victoire, on pourra dire de toi que tu es un homme d'importance. Es-tu aussi fort à d'autres exercices qu'à celui-ci?

— On disait, quand j'étais au Groenland et même en Islande, que j'étais assez fort à certains exercices;

mais ils n'avaient peut-être pas grande valeur puisqu'il ne m'était pas possible de prendre la mesure d'un roi! répondit Bjorn.

Le roi remarqua alors l'anneau que Bjorn portait au bras.

— Ton bras paraît bien frêle pour porter un anneau d'une telle taille, fit Olaf. Il doit avoir une bien grande valeur ou encore une bien grande renommée!

— Cet anneau, roi, me fut offert par un homme qui aurait pu être le plus grand des rois; il se nommait Egill Skallagrimsson, fort comme un dieu, viking, poète et magicien. Il fut certes très sage, car il vécut vieux, ayant préféré la liberté à la royauté.

Olaf ne répondit rien. Il connaissait cet Egill. Il avait entendu chanter ses exploits et raconter le mystère de son trésor. Il se contenta d'ôter de ses épaules l'ample manteau de vadmal et le tendit à Bjorn.

— Un homme accompli ne doit pas retourner à ses gens sans manteau, dit-il simplement en insistant pour que Bjorn le prenne.

Bjorn remercia le roi de ce présent, puis il rejoignit ses compagnons et leur montra le manteau.

— En acceptant ce présent, ne t'es-tu pas fort remis au pouvoir du roi? lui demanda Jan le Duelliste.

— En Norvège, ceci est un présent de roi; en Islande, ce n'est qu'une pièce de vadmal pour tenir quelqu'un au chaud; au Groenland, mon père en ferait un paillasson à l'entrée de sa demeure. Mais pour ce roi, nous ne serons jamais plus des culs-terreux! répondit Bjorn.

Le roi Olaf devait se rendre aux tribunaux pour y siéger et y rendre justice. Mais il préféra le refuge de l'église. Il y entendit none et se confessa.

— J'ai tué beaucoup d'hommes, confia-t-il à l'évêque Godred de Man, c'était pour de justes causes ou alors, avant que je trouve Christ sur ma route; mais aujourd'hui j'ai tenté de tuer un homme au jeu par simple envie!

— Que pouvez-vous donc envier, ô roi, que le Tout-Puissant ne vous ait pas accordé?

— Cet homme a en lui ce que redoutent et craignent tous les hommes: le sens et le goût de la grande force...

— Pourtant, ô roi, c'est une chose que vous avez toujours possédée!

— Mais nul être assez noble de corps et de cœur pour m'en admirer... Lui possède une telle femme!

— Ô roi, la femme est l'instrument de la tentation de l'homme depuis le début des temps; pour cela, elle n'a pas d'âme, ajouta sentencieusement l'évêque.

Visiblement contrarié par les remarques de Godred de Man, le roi poursuivit son propos:

— J'ai cru un instant que j'allais me noyer; jamais je n'avais eu à rester aussi longtemps sous l'eau. Alors que je perdais lentement mes sens, j'ai eu une vision: je voyais par toute la Norvège, et plus j'avais cette vision devant les yeux, plus je voyais loin, jusqu'à ce que je voie par le monde entier, terres et mers à la fois. Je reconnaissais nettement les endroits où j'étais allé et que j'avais vus auparavant. Je voyais aussi distinctement les lieux que je n'ai pas vus encore, certains dont j'ai entendu parler mais aussi bien ceux que je n'ai jamais encore entendu mentionner, habités et inhabités, aussi loin que s'étend le monde!

— Vision prodigieuse, murmura l'évêque, vision prophétique! Vous avez, ô roi, le dessein du Tout-Puissant dans l'esprit. Et vos adversaires de ce jour seront peut-être vos alliés... pour la plus grande gloire de Christ!

Avant la tombée du jour, le roi remporta l'épreuve du javelot et Erling, celle du tir à l'arc. Les dieux étaient à égalité.

Le lendemain, l'air était cristallin et le ciel, radieux. Une douce chaleur baignait Nidaross. Une foule dense et criarde se pressait pour assister à l'épreuve de lutte. Erling Corne-d'Auroch était le champion du roi; Jan le Duelliste, celui des terres de l'Ouest et des dieux nordiques.

Erling, tout en montrant ses membres trapus, véritables racines de chêne, conservait une attitude calme, un air presque triomphant. Son œil fixe plongeait sur Jan et semblait chercher de quel côté il pourrait mieux s'élancer sur lui. L'Islandais à l'épaisse tignasse blonde n'attendit pas un instant, il se jeta impétueusement sur le jarl. Ce dernier reçut l'attaque avec un grondement de bête fauve, sans céder d'un pas. Alors commença le combat. Les mouvements des deux hommes étaient rapides, mais de quelque côté que l'un ou l'autre attaquât, ils le firent inutilement, tellement les parades étaient efficaces. Surpris d'être si vigoureusement combattu par un adversaire dont l'apparence masquait une force plus féline que brute, Erling sentit une rage sombre envahir tout son être. Le calme apparent des deux combattants contrastait singulièrement avec la promptitude de leurs mouvements et la vivacité de leurs attaques et de leurs parades.

La foule s'était tue. On n'entendait d'autre bruit que la respiration pressée, parfois sifflante, des deux lutteurs. Lentement, Erling imposa sa force colossale. Labourant le sol de ses pieds, le corps lourd comme un pilier de pierre, il ceintura Jan qui se retrouva aussitôt à demi renversé sur le dos, haletant sous le poids formidable du jarl. Jan perdait pied et il lui restait peu de forces, suffisamment toutefois pour appuyer ses deux mains sous le menton hirsute de son adversaire et, d'un violent soubresaut, l'ébranler en le frappant à la gorge. Erling poussa une clameur et alla choir à quelques pas en arrière. Il se releva lentement, titubant quelque peu. Ses yeux injectés de sang exprimaient autant le dépit que la frustration.

— Tu vas apprendre à croire en Christ! grommela-
t-il, l'écume à la bouche.

— Cela est-il pire que de mourir de maladie ou de
vieillesse? le nargua Jan.

Erling grinça des dents. Jusque-là, nul n'avait
insulté Corne-d'Auroch et vu l'aube suivante. Le combat recommença, plus terrible encore. Mais alors que
les muscles puissants d'Erling se raidissaient de rage,
Jan, toujours agile, bougeait en souplesse, esquivant,
glissant sous les bras tendus, cédant d'un pas pour
déséquilibrer l'autre, le ceinturant rapidement, feignant de l'attraper aux chevilles pour l'agripper plutôt par derrière et le presser aux hanches. L'Islandais
commençait à prendre l'initiative et à imposer sa loi;
celle de la finesse et de la patience. Erling avait la
force de deux hommes, mais sa fureur la rendait inu-
tile. Son regard devenait affreux à mesure que grandissait son impatience; ses bras ne saisissaient que le
vide. Alors le jarl fonça droit devant lui, dans l'espoir
insensé de happer son adversaire à mi-corps et de le
projeter au sol. Jan évita la charge et empoigna la
tête baissée d'Erling, l'emprisonnant dans un collier
arrière. L'Islandais mobilisa tous ses muscles, jambes, hanches, épaules et bras, s'arc-boutant brutalement comme pour rompre le cou de l'autre.

Les spectateurs étaient tous debout, l'agitation
était grande, les uns prenant le parti du jarl Erling,
les autres, moins nombreux, celui de l'Islandais. Le
puissant jarl, tombé à genoux, résistait tel un fauve
au bout d'une chaîne, mais en vain; il étouffait. Jan
enserrait davantage le cou de taureau, ruisselant de
sueur, d'Erling. Une nature tout animale dominait
les combattants. Toute la force, la volonté, la fureur
de Jan le Duelliste habitant son corps, il s'employait
à réduire celles du champion du roi. Un puissant
courant de vie, brûlant, montait du ventre du jeune
homme à sa poitrine. Il ne sentait plus ni le poids ni

les contorsions et les agitations du gros corps faiblissant; seul l'envahissait un sentiment de puissance et de victoire.

— Abandonne, Corne-d'Auroch, souffla-t-il à l'oreille d'Erling en resserrant l'étreinte.

— Jamais! fit l'autre d'une voix étranglée.

Ce fut le roi Olaf qui trancha en faveur de l'Islandais.

— C'est perdu! annonça-t-il.

Le roi félicita le vainqueur et réconforta le vaincu, qui avait peine à reprendre son souffle.

— Dieu ne t'en veut pas, dit-il à Erling. Au jeu il n'y a ni faiblesse ni lâcheté. La véritable bataille n'est pas celle-là!

À quelques pas de là, Bjorn se réjouissait de la victoire de Jan le Duelliste. Il ne s'aperçut point qu'Olaf le regardait fixement. Ce n'était pas un humain ordinaire, constatait le roi, qui se trompait rarement lorsqu'il jugeait un homme. Il était jeune, beau, il avait l'œil brillant, de la grâce et de la nonchalance. Il était plus redoutable qu'un roi, il était un enchanteur, avec une tête que l'on sculptait en proue d'un drakkar royal. Et il possédait des pouvoirs. Pour son bonheur, pour son malheur peut-être, cette femme merveilleuse et forte, Yeux-Profonds, l'aimait. Et le roi se demandait pourquoi, si le Tout-Puissant commandait tous les malheurs jaillissant de la Terre et du Ciel, les dieux qu'il combattait et que Bjorn défendait étaient toujours en vie. Levant les yeux, Olaf eut alors la vision fugace d'un nuage tout blanc, duveteux, un seul, qu'un vent rapide poussait vers le lointain, au nord du ciel, au-delà des sommets bleuâtres des montagnes.

C'était le triomphe des dieux païens et le roi s'en souciait peu à ce moment-là. En ce soir de pleine lune, précurseur d'une belle nuit étoilée, son cœur, de concert avec toutes les plantes et toutes les poussières célestes, n'avait envie que de soupirer un seul nom: Yeux-Profonds. Une nuit redoutable l'attendait encore, comme toutes celles qu'il avait veillées, hanté par l'effet de chair et l'émoi que suscitait en lui cette femme si différente de toutes les autres. Sa nouvelle foi pressait Olaf à la maîtrise de son corps. Il se confessait et faisait pénitence, comme devait le faire un roi devant son peuple. Mais la seule vue de Brigit suffisait à balayer tous ses serments de repentir.

La nuit était encore jeune que déjà il songeait aux rayons de la lune sur ce corps qu'il imaginait, nu, et dont la lumière nocturne n'épargnerait aucun détail de sa beauté. Pourtant cette bouche pulpeuse n'avait jamais prononcé le nom du vrai Dieu; que des invocations païennes à la forêt, aux sources, à la pierre; ce corps n'avait pas d'âme; autant d'armes terribles capables d'anéantir un chrétien défaillant pour l'éternité. La force irrésistible de cette passion qui le poussait s'estompait alors que la peur affreuse de perdre son âme chrétienne montait en lui, le tassait, le forçait sur ses genoux, lui, le roi sauvage d'un peuple viking.

«Je suis un roi hanté, tout couvert d'une odeur de femme», se disait-il. Sa grandeur de roi et sa puissance de guerrier se débattaient douloureusement contre un chaos où le ciel et l'enfer, la passion, la mortification, les dieux païens se mêlaient dans une confusion effroyable. Il désespérait devant le désarroi causé par cette doctrine chrétienne, mélange de stoïcisme et de folie, à peine attendrie par quelques accents de miséricorde. Mais il avait préféré l'église de bois à la bouche de pierre brunie d'un autre autel, tant elle avait bu profondément le sang des victimes humaines. L'évêque lui avait cent fois rappelé qu'il y avait plus de gloire dans une prière récitée avec foi dans la solitude d'une petite église que dans tous les hauts et les bas de la destinée royale. Mais un roi sauvage comprenait mal le sens de cette gloire; sa compréhension se heurtait vite à l'idée qu'il se faisait d'un jugement que porteraient sur lui les générations qui s'élevaient. Or suffisait-il que l'on dise qu'un tel roi avait découvert le prix de l'âme chrétienne, qu'il avait rencontré sur son chemin un Dieu qui s'était fait homme par amour et que, par humilité et désir de sainteté, il avait cédé son royaume afin de descendre humblement, le crucifix à la main, dans l'éternité? En proie à ce doute, Olaf était confronté à un silence inhumain. En ce moment même, il lui semblait trouver le prix d'un royaume dans le seul regard de cette femme.

La justice de Dieu

Olaf entendit matines et alla aux tribunaux. Ce ne serait pas un jour comme les autres puisqu'il devait juger trois jarls du nord; des compagnons d'armes et des alliés. Mais la cause le dépassait; c'était devenu l'affaire de Dieu.

Les trois jarls, Jökull, Sigvat et Kalfi, furent traduits devant le roi, enchaînés, accusés de ne pas respecter la loi chrétienne du pays et de pratiquer ouvertement les anciens rites païens. Au nord, près de leurs fermes, se dressaient les statues couvertes d'or de trois dieux: Thor, Odin et Freyr. Des cérémonies avaient eu lieu et avaient duré neuf jours; de tous les êtres mâles on avait immolé neuf têtes et répandu le sang pour apaiser les dieux. Les corps avaient été pendus dans un bois sacré, près des fermes, pêle-mêle avec des carcasses de chiens et de chevaux.

Jökull fut le seul des trois accusés à prendre la parole en présence du roi.

— Il fut un temps, dit-il, où nous fûmes camarades de banc, Olaf, et ensemble nous écoutions le rude vacarme des glaives. Tu fus grand connaisseur des estocs et nous déferlâmes, pleins de fureur, sur le drakkar. Plus d'un cadavre flotta près des bancs de sable. On rougissait de sang nos écus qui étaient venus à l'assaut tout blancs. Et tu prenais plaisir à écouter le chant des anneaux. Tu ordonnas de hacher rudement les étraves noires et d'abattre des hommes, sans pitié, pour le bien des corbeaux d'Odin. Et maintenant tu chantes bien haut les louanges d'un dieu invisible et tu rejettes tous les dieux des ancêtres, ceux que tu vénérais quand nous allions ensemble sur le drakkar: le dispensateur du feu, celui des grandes épreuves, de la montagne, de la mer. Nous avons teint la mer de rouge, moi et les gens des Upplönd; nous t'avons aidé à devenir roi. Voici que ta force a crû, que bon nombre de coursiers des fjords t'ont rallié, et tu ne nous donnes même pas le choix: ton dieu ou notre sang. Aussi ai-je choisi, Olaf, et je présume qu'un bon nombre encore de ceux qui vivent au nord préféreront nouer leur destin et sombrer au fond de la mer plutôt que de renoncer au Valhöll. Je ne rampe pas ainsi, roi, et je sais, que je ne te tourne pas le dos ou que je fasse le contraire, qu'il me sera désormais impossible de boire la bière du chef!

— Ne sais-tu donc pas, homme vaillant s'il en est un sous la demeure des nuées, plus ardent à défendre ce sol que tout autre, que je peux faire de toi un des hommes les plus nobles de cette terre, moi qui ai le pouvoir de partager les revenus territoriaux à mon gré, en retour de ta conversion et de ta soumission?

— Je ne veux rien de cela, répondit fièrement Jökull. J'ai assez de naissance, de force de parenté et d'initiative pour avoir la liberté de dire ce qui sera trouvé digne d'être entendu par tout le monde, qu'ils soient nombreux ou non, puissants ou faibles, et quand bien même cela serait contraire à ce que tu veux entendre, tout roi que tu es!

— J'ai dispersé les flammes des dieux d'autrefois, répliqua Olaf.

— As-tu questionné la terre ingrate, l'hiver interminable, la mer puissante, le ciel où hurle le vent
chargé de neige? lui lança alors Jökull. As-tu retrouvé
chaque grand rocher, chaque monticule, chaque bosquet de cette terre? Tu crois ton dieu assez fort pour
balayer ceux qui depuis toujours dominent les cieux
du Nord?

Olaf feignit d'ignorer les propos de Jökull.

— J'ai dispersé les flammes des dieux d'autrefois,
reprit-il. À présent que Dieu a rehaussé ma force, je
gouverne la terre que tenaient jadis cinq rois. J'ai ré-
compensé tous les jarls d'autant de terres, de champs
et de vaches qu'ils pouvaient posséder. Certains,
lorsqu'ils mènent leurs vaches boire au lac, doivent
les pousser en rangs serrés tout autour du lac pour
qu'elles puissent y boire ensemble. Telle est la richesse que je peux vous faire partager...

— Il reste suffisamment de vikings dans ce royaume qui vénèrent encore les dieux de nos ancêtres
pour manger en un repas toutes les vaches que tu as
données en récompense à ceux qui adorent ton dieu.

Olaf estima qu'il ne tirerait rien de Jökull, qu'il ne
pourrait passer quelque accord avec les jarls du nord
et qu'il ne pouvait donc plus se fier à eux. Il fit mu-
tiler Sigvat et commanda qu'on le chassât du royaume sans autre compensation. Il fit couper la langue
au jarl Kalfi afin qu'il ne prononçât jamais plus le
nom des divinités païennes. Enfin, il fit crever les
deux yeux à Jökull, mais il ordonna que le jarl restât
près de lui, qu'on lui donnât deux hommes pour le
servir, et qu'il portât des vêtements aussi bons que
ceux du roi lui-même.

La justice de Dieu rendue, Olaf estima le temps
venu de confronter Leif, fils d'Eirik le Rouge, et ses
compagnons.

Leif Eiriksson avait longuement interrogé Godred
de Man sur ce Dieu unique, sur les origines de Christ

et sur la supériorité de sa divinité. Agressif par moment, Leif avait accompagné chaque question d'un regard insistant, comme pour donner à ses mots un prolongement ou encore suggérer qu'ils eussent un sens caché. Sa voix se faisait tantôt sourde, tantôt grondante, dès lors pleine d'une passion à peine contenue. Il cherchait au fond des yeux de l'ecclésiaste une expression vive de l'âme ou alors la manifestation que ses propres dieux dressaient contre lui quelque infamie.

Godred de Man soutint les questions et le regard de Leif avec une égale conviction. Il fit le récit des origines: Il est un Dieu; les herbes de la vallée et les cèdres de la montagne le bénissent, l'insecte bourdonne ses louanges, le loup le salue à la tombée du jour, l'oiseau le chante dans le feuillage, la foudre fait éclater sa puissance, l'océan déclare son immensité. Il n'y a que l'homme qui, en désarroi, a dit qu'il n'y avait point de Dieu. Celui-là avait-il jamais levé les yeux vers le ciel ou abaissé ses regards vers la terre? Pouvait-il croire encore que le hasard seul a pu contraindre les choses aussi désordonnées et rebelles à s'arranger dans un ordre aussi parfait? Où donc étaient les dieux nordiques avant que la terre, vieille nourrice s'il en était une, se formât de fossiles, de marbres, de granits et de laves? Car, expliqua l'ecclésiaste, Dieu planta de vieilles forêts et de jeunes taillis; des animaux naquirent, les uns remplis de jours, les autres parés des grâces de l'enfance. Les chênes portèrent à la fois les vieux nids de corbeaux et la nouvelle postérité des colombes. Ver, chrysalide et papillon, l'insecte rampa sur l'herbe et trembla dans la vague des airs. La brebis n'était pas sans agneau, la fauvette, sans ses petits, et les buissons cachaient des rossignols étonnés de chanter leurs premiers airs. Le monde de ce Dieu était à la fois jeune et vieux et c'était pour cela que le rocher en ruine pendait sur l'abîme avec ses longues graminées; que les bois montraient ce touchant désordre d'arbres inclinés sur leurs tiges, de troncs penchés sur le cours des fleuves. Le jour même où l'Océan roula ses premières vagues sur des rives, il baigna des écueils déjà rongés par les flots, des grèves semées de débris de coquillages, des caps décharnés qui soutenaient, contre les eaux, les rivages croulants de la terre. Godred de Man affirmait avec vigueur que l'ouvrage de l'Éternel était unique par sa pompe et sa majesté. Et il rappela que le jour où l'homme, sa créature, devint présomptueux au point de se prétendre l'égal de Dieu, le Seigneur ouvrit le réservoir de ses abîmes et y puisa la mort. Il souleva le bassin des mers et versa sur les continents l'Océan troublé et, détournant le soleil de sa route, il lui commanda de se lever avec des signes funestes. Toutes les querelles cessèrent. Rois, peuples, armées ennemies suspendirent leurs haines sanglantes. Les temples se remplirent de suppliants; mais la Divinité les renia à son tour. En vain les mères se sauvèrent avec leurs enfants sur le sommet des montagnes; en vain les hommes disputèrent aux ours effrayés la cime des chênes; l'oiseau même, chassé de branche en branche par le flot toujours croissant, fatigua inutilement ses ailes sur des plaines d'eau sans rivage. Le soleil se montrait terne comme un énorme cadavre noyé dans les cieux. Les volcans s'éteignirent. Le feu périt avec la lumière. Dieu, ayant accompli sa vengeance, dit alors aux mers de rentrer dans l'abîme, mais il imprima sur le monde des traces éternelles de son courroux: sachant combien l'homme perdait aisément la mémoire du malheur, il en multiplia les souvenirs dans sa demeure. Le soleil n'eut plus pour trône au matin, et pour lit au soir, que l'élément humide, où il semblait s'éteindre tous les jours, ainsi qu'il le fit au temps du Déluge. Souvent les nuages du ciel imitèrent depuis des vagues amoncelées. Sur la terre, les rochers laissèrent tomber des cataractes: la lumière de la lune, les vapeurs blanches du soir couvraient quelquefois les vallées des apparences de la mer montante. Il naquit dans les lieux les plus arides des arbres dont les branches affaissées pendirent pesamment vers la terre, comme si elles sortaient encore toutes trempées du sein des ondes. Deux fois par jour la mer reçut ordre de se lever de nouveau dans son lit et d'envahir les grèves. L'Océan sembla avoir laissé depuis ces temps anciens ses bruits dans la profondeur des forêts.

Godred de Man expliqua que l'homme, sans la crainte de ce Dieu Éternel, était déclaré infâme, comme si des ténèbres couvraient sa vue, incapable alors de contempler la véritable splendeur du soleil.

— C'est pourquoi, fit-il, voilà un nombre infini d'hivers, un homme descendit des hauteurs brûlantes où l'Éternel l'avait convié afin que cessent les infamies, les perplexités, les contradictions, les incertitudes. Les mains de cet homme soutenaient une table de pierre sur sa poitrine, son front était orné de deux rayons de feu, son visage resplendissait de la gloire de sa révélation et la terreur de l'Éternel le précédait. Prosternée au pied de la montagne, la postérité des premiers hommes de Dieu se voilait la tête dans la crainte de voir Dieu et de mourir...

— Voilà une bien faible race, l'interrompit Leif.

— Voilà un Dieu Tout-Puissant, poursuivit Godred de Man, capable d'élever tous les hommes ou de les anéantir. Car en ce jour tous entendirent sa voix: «Il ne sera point à toi d'autres dieux devant ma face. Tu ne te feras point d'idoles par tes mains, ni aucune image de ce qui est ni sur la terre ni au-dessous, ni dans les eaux. Tu ne t'inclineras point devant les images, et tu ne les serviras point; car moi, je suis Jéhovah, ton Dieu, le Dieu fort, le Dieu jaloux, poursuivant l'iniquité des pères, l'iniquité de ceux qui me haïssent, sur les fils de la troisième et de la quatrième génération, et je fais mille fois grâce à ceux qui m'aiment, et qui gardent mes commandements.» Vois-tu pourquoi, Leif Eiriksson, l'Éternel ne peut avoir pour demeure une pierre muette, sourde et aveugle, sur laquelle ne coulerait que le sang impur des sacrifices?

Leif secoua la tête mais ne dit rien et l'ecclésiaste poursuivit:

— Voilà les lois que l'Éternel a gravées, non seulement sur la pierre mais encore dans le cœur de l'homme. On reconnaît ce Père Tout-Puissant parce qu'il veille sur la création et qu'il laisse également tomber de sa main le grain de blé qui nourrit l'insecte, et le soleil qui l'éclaire.

— Mais alors, qui est ce Christ? s'étonna Leif.

— Le plus grand des prodiges: un don du Tout-Puissant; son Fils! Il est venu parmi les hommes, voilà bientôt mille hivers, leur rappeler que les lois de Dieu ressemblent peu à celles des hommes. Il a dit aux hommes que seul l'amour infini de l'Éternel l'avait poussé à créer la lumière, tracer la route au soleil et animer le cœur de l'homme. Christ a versé son sang pour que nul, désormais, ne sacrifie par le sang. Il n'eut besoin que d'une pierre pour célébrer le nom de l'Éternel, d'un arbre pour prêcher les lois de Dieu et d'un lit d'épines pour y pratiquer ses vertus.

— Ainsi, reprit Leif, celui qui ne croit pas à ton Dieu et à Christ ne serait qu'un errant, sans partage ni de la terre ni du ciel ni de la mer... et pourtant, nous tous, nous allons là où ne va aucun de tes disciples! Nous défendons nos libertés, égaux tant que nous sommes! Nos hommes luttent et meurent pour conserver une certaine beauté: celle du courage. Nul d'entre nous n'est impuissant devant un autre, ami ou ennemi.

Leif cracha à terre avec force.

— Regarde cette terre, poursuivit-il, elle est le dernier lieu où les rois s'imposent. La mer, elle, est sans limite; l'homme y est libre et l'œil ose regarder les étoiles, sans partage aucun.

Godred de Man écoutait avec une attention extrême, la tête penchée, les mains serrées. Son regard dissimulait mal la colère qui grondait au-dedans de lui, alors qu'il songeait à ce que fut cette terre du Nord avant la venue du christianisme, sinon une terre de ténèbres peuplée des pires démons. Il se disait que tant de dieux grouillants n'avaient plus de place dans les temples souillés par les excès de la gloire et de la haine et que seule la lumière de Christ pouvait sauver ces hommes de leur barbarie. La persuasion avait coulé de la bouche de Christ; elle devait couler de la sienne. La parole de Christ s'était exercée sur la valeur de l'âme; elle avait affronté les flots des mers; sans relâche, elle s'était exposée aux peuples, apportant tout ce que Dieu avait prescrit aux hommes.

— Cette terre, cette mer, ces étoiles: une même création d'un seul Dieu, s'exclama Godred de Man. Et l'homme, puissant ou faible, créature du même Dieu. Tu ne saurais changer d'espèce, Leif, et tu ne saurais arracher au temps les mille hivers de la Rédemption! Cela est-il si incompréhensible ou alors est-ce parce que tu refuses d'entendre l'appel du Tout-Puissant?

Leif se leva, le port altier, la tête légèrement poussée vers l'arrière, comme s'il questionnait le ciel. Son regard revint à Godred de Man et, pendant un instant, son expression ressembla à la première manifestation d'une amitié naissante.

— Tu exprimes bien la grandeur de celui que tu appelles Tout-Puissant, dit Leif. Je te dois le respect, mais tu me dois un respect tout aussi grand parce que tu sais que l'homme est en lutte avec lui-même toujours et partout. Je vais donc me retirer aussi longtemps que je ne saurai pas. J'ai une grande expérience de la solitude; c'est par elle que je trouverai ma réponse.

— Qu'un homme comme toi puisse aimer les étoiles, les trouver belles, ne peut qu'en faire le rameau de Dieu, répondit Godred de Man en quittant Leif.

Leif passa toute la nuit à contempler rêveusement les étoiles. Il n'était sûr de rien. Il se demandait quel dieu était assez grand pour ordonner ces poussières célestes.

* * *

Les plaies de Jökull se cicatrisèrent lentement. Le roi Olaf lui donna pour l'accompagner et veiller sur lui un homme qui s'appelait Asgaut: c'était un serviteur fidèle, selon le roi, capable d'endurer le mauvais caractère du jarl aveugle et de le guider dans ses promenades solitaires.

Peu à peu, Jökull devint plus aimable et plus bavard. Il évoquait maintes choses du passé. Lors de ses errances le long de la rivière Nid, il rappelait sa vie dans les rudes conditions des provinces du nord. Il finit par maudire le roi Olaf qui avait provoqué si brutalement un tel changement de sa puissance et qui l'avait réduit à un état de mendicité.

— Ce qui me paraît pourtant le plus pénible de tout, confia-t-il à Asgaut, c'est qu'autour de moi, les hommes sont devenus si dégénérés qu'aucun des affronts qui sont infligés à nos dieux n'est vengé!

Asgaut répondait pour dire que le roi disposait d'une force bien supérieure et que de ce point de vue, les opposants étaient mal organisés et en piètre condition.

— Es-tu un de ces chrétiens? lui demanda Jökull à brûle-pourpoint. Après tout, tu n'es peut-être qu'un vil espion du roi.

— Pas un chrétien! fit l'autre, méfiant. Mais j'appartiens à la suite du roi, aussi dois-je honorer les dieux en secret. Pas plus un espion.

— Alors pourquoi devrions-nous vivre longtemps dans la honte et les mutilations si ce n'est dans l'espoir que je puisse, aveugle, triompher de celui qui m'a vaincu par la traîtrise? Je vais ébaucher un plan et je n'épargnerais pas mes mains si je pouvais m'en servir, mais je ne le puis à cause de ma cécité. Aussi est-ce toi qui vas porter une arme contre lui.

— Non! fit Asgaut. Je veux bien t'aider, mais je ne pourrais lever une arme contre le roi; ne me demande pas de me rougir du sang royal!

— Dès qu'Olaf sera tué, insista Jökull, je sais que le royaume passera à ses ennemis. Je l'ai vu dans mes rêves. Ils guettent aux frontières comme des rapaces. Or il peut se faire que je devienne roi; alors c'est toi qui seras mon jarl. Que les dieux me soient témoins!

À force de persuasion, Asgaut accepta de procurer à Jökull une sax, arme assez courte pour que ce dernier puisse aisément la dissimuler sous son manteau et l'utiliser rapidement dès la première occasion.

— Il est rare que le roi porte sa cotte de mailles à l'église, lui souffla le serviteur en lui remettant la courte épée. Et puisque le roi insiste pour que tu ne le quittes pas autrement que sous ma surveillance...

Le dimanche suivant, le roi, comme à son habitude, alla à la grand-messe. L'évêque Godred de Man, précédant le roi, fit en procession le tour de l'église. Lorsqu'ils pénétrèrent dans le sanctuaire, l'évêque conduisit le roi à son siège. Le jarl Jökull siégeait juste à côté du roi. Il avait ramené son manteau devant son visage afin de dissimuler à la vue de l'assemblée les affreuses cicatrices qui étoilaient ses orbites. Le roi Olaf s'étant assis, Jökull lui toucha l'épaule de la main, en appuyant. Il lui sembla que le roi ne portait pas sa broigne de combat.

— Te voilà vêtu d'une bien fine étoffe, dit-il.

— C'est ainsi qu'il faut être vêtu pour se présenter devant le plus grand des rois, répondit Olaf.

— Un roi que tu n'as toujours pas vu et pourtant tu n'es pas aveugle, toi, répliqua le jarl. Je ne comprends toujours pas ce que tu dis de Christ au point de vouloir nous le fixer dans l'esprit. Beaucoup de ce que tu dis me paraît assez incroyable, même s'il s'est passé bien des choses incroyables dans les temps anciens.

La messe avait commencé lorsque le roi Olaf se leva, tendit les bras au-dessus de sa tête et s'inclina vers l'autel; son manteau glissa en arrière, lui découvrant les épaules. Jökull perçut le mouvement et entendit se tasser le vêtement. Il se leva d'un bond, tira la sax et assena au roi un coup brutal. La pointe de la courte épée s'enfonça dans le manteau, près des épaules. Plutôt que de pénétrer dans les chairs, l'arme dévia et Jökull sut qu'Olaf avait revêtu sa broigne protectrice. Désespéré, il voulut porter un second coup, mais Olaf esquiva d'un bond et l'arme manqua la cible.

— Voilà que tu fuis devant moi, Olaf, moi qui suis aveugle, hurla le jarl.

Le roi ordonna à ses hommes de s'emparer de Jökull et de le sortir de l'église. Après la messe, les hommes d'Olaf le pressèrent de faire exécuter le jarl, estimant que le roi mettait trop sa chance à l'épreuve s'il persistait à garder Jökull auprès de lui et à l'épargner.

— Il pense jour et nuit à vous mettre à mort, dirent-ils. Dès que vous l'éloignez, personne ne peut le surveiller assez bien, et si vous le relâchez, il lèvera aussitôt une armée et commettra méfait sur méfait.

— Il est exact que maint homme a reçu la mort pour l'avoir moins mérité que Jökull, répondit Olaf. Mais je répugne à gâcher la victoire que j'ai remportée, au nom de Christ, sur les jarls des Upplönd. Je me suis approprié tous les États sans avoir eu besoin de me faire le meurtrier d'aucun d'eux; il ne m'a fallu que la lumière de Christ et quelques espions bien avisés! Pourtant je ne parviens guère à voir si Jökull ne va pas me forcer à le faire tuer. Mais j'attends un signe, et il me viendra sous peu. Comme m'est venu dans un rêve l'avertissement qu'un homme aveugle attenterait à ma couronne et à mon destin!

Plus tard, le roi ordonna que l'on récompense Asgaut pour sa fidélité en lui attribuant une partie des biens que possédait le jarl Jökull. Il lui fit également cadeau de la sax qui avait servi à l'attentat; un présent royal, puisque l'arme était celle qu'Olaf avait fait remettre à son serviteur-espion. Mais le roi était soucieux et perplexe, à la fois, Asgaut l'ayant assuré que ni Islandais ni Groenlandais n'étaient les complices du méfait de Jökull. Non seulement Olaf craignait-il secrètement les dieux anciens, encore les arrivants s'imposaient-ils à lui comme des hommes d'honneur.

Le marché de Leif

Assoupi à même le sol, Leif avait sommeillé un peu sur la pierre froide, mais il n'avait pas véritablement dormi. Il en était ainsi depuis quatre nuits. Un cri terrible déchira la nuit: c'était Leif qui avait crié, en proie à un cauchemar. Éveillé en sursaut, il s'était levé bien avant l'aube, frissonnant, le corps couvert de sueur et secoué de tremblements. Seule l'étrange sensation d'être suspendu la tête en bas, ballotté comme un corbeau mort que l'on attache ainsi à un arbre pour jeter un mauvais sort, prolongeait son rêve.

Leif s'était assis à flanc de colline et regardait naître le jour. Nidaross revenait pleinement à la vie. Les files de bétail s'étiraient vers les prés. La brise soufflant du bon côté, il entendait distinctement les beuglements des vaches, les bêlements des moutons, les aboiements des chiens, les aigus rythmés d'un marteau de forgeron sur l'enclume, les grincements des roues de charrettes sur la pierre.

Leif se prélassa encore et finit par s'endormir dans l'herbe tendre. Lorsqu'il se réveilla enfin, le soleil ruisselait pleinement sur le paysage, teintant toute chose de coloris nettement tranchés. Il prit résolument le chemin du palais royal.

— Je suppose que vous m'attendiez, dit-il à Olaf, dès qu'il fut en sa présence.

D'un geste mesuré, Olaf retira sa cape pour la poser à ses côtés. Sous l'angle où le voyait Leif, le visage du roi, encadré d'une masse de cheveux d'or sombre, avait une expression plutôt triste en même temps que soucieuse. Lui non plus n'avait guère dormi ces derniers jours. Le regard d'Olaf ne fit qu'errer alentour et le silence s'éternisa.

— Tout cela est nécessaire, fit-il enfin, avec une pointe de lassitude dans la voix. Ce qui est mort ne peut continuer à faire semblant d'être en vie; et les dieux anciens sont morts, j'en ai la certitude! Maintenant, entre nous, il est question d'éternité, n'est-ce pas? Même si dans ton regard je vois encore le soupçon, j'y vois une plus grande part de doute.

— Nos pères, les pères de nos pères ont adoré le soleil, la lune, la montagne, la mer, le torrent, répondit Leif. Ils y ont vu des dieux plus forts que les hommes, mais moins puissants que tous ces éléments réunis. Et toi tu as tourné ta face vers un Dieu unique, qui, par sa seule volonté, a créé tout ce que nous adorons. C'est ainsi qu'a parlé ton prêtre.

— Il n'y a qu'une Lumière! lança Olaf. Il n'y a qu'une source infinie et nous sommes, tous, ses descendants. Prêche sa parole, Leif, ne laisse pas ton peuple dans les ténèbres, de grands malheurs en découleraient. Fais sa volonté, manie les mots sacrés, deviens orateur de sa Grâce, de son Souffle, de sa Parole.

— Plus d'un serait alors sacrifié, murmura Leif.

— Pour jouir de cette Lumière, répliqua le roi, il faut quelquefois l'épreuve terrible du sang versé; c'est inévitable. Mais l'évêque m'a enseigné que le Tout-Puissant a déjà dit à ceux de son peuple: «Je ne te frapperai d'aucune des maladies dont j'ai frappé les Égyptiens. Vos morts vivront, ils ressusciteront les cadavres.»

Leif sentait la dure épreuve l'étreindre davantage. Il pensait à son père, le redoutable Eirik le Rouge, à tous ces hommes et à ces femmes de l'Islande et du Groenland, accrochés aux pierres de ces pays dénudés; aux tas de pierres sous lesquels ils dissimulaient leurs morts; à ces terres sauvages où le moindre coup de vent arrachait jusqu'aux buissons; aux bergers en haillons qui menaient paître les maigres troupeaux jusqu'au bord des falaises; à la lumière du jour s'éteignant presque lorsque la nuit interminable confrontait les hommes avec la morne couleur de la tombe. «Un Dieu unique qui pouvait éteindre à jamais le soleil», se disait-il. Peu avant, le soleil lui avait chauffé le visage; il était si brillant qu'il avait eu peine à regarder sa traînée lumineuse. Mais sa chaleur l'avait réconforté; et il était là, rassurant, bien haut dans le ciel.

De sa main, Leif lissa longuement sa chevelure répandue. Olaf devinait le combat qui se livrait à l'intérieur du jeune homme.

— Leif, fit le roi à voix basse, conçois-tu que nous disparaîtrons tous, et avec nous les traditions, les ancêtres, l'orgueil, la langue? Mais avec ce Dieu, toi, moi, des peuples entiers, tous ceux qui croient maintenant et qui croiront bientôt à la Résurrection auront une vie éternelle. Au-delà de ta naissance, des biens de ton père, de ton destin, des démons et des illusions, ce Dieu commande le Temps, la Mort. Ne vois-tu pas que s'il a promis que nous serons comme Lui, c'est que nous serons alors des dieux! Quelle autre gloire pourrions-nous partager? Tu vois ce ciel? Ce soleil? Il n'est que pâle reflet de sa Lumière!

Le regard de Leif rencontra celui du roi.

— Tu n'es pas un homme ordinaire, fit-il. On te tue

et tu ne meurs pas; le sang n'arrive pas à sortir de tes blessures. Tu n'es pas un roi, mais l'instrument de vengeance de ce Dieu, et pour parler franchement, je crois que ton Dieu est réellement le seul vainqueur de l'ultime combat; la Mort en personne qui, dans sa mortelle existence, s'était exercée à reconnaître tous les pièges de la condition des hommes, à défier toutes les illusions pour lesquelles nous agissons et nous mourons.

Le visage d'Olaf s'éclairait.

— Donne-moi mille convertis en Islande et autant au Groenland, fais-moi la grâce de parler de Christ en mon nom et je te fais le serment que tu seras roi de ces terres, dit Olaf, inspiré par le propos de Leif.

Leif baissa les yeux. Il était tout à la fois saisi de panique et flatté de la promesse du roi.

— Tu ne comprends pas, roi, reprit Leif. Chez nous il n'y a pas de roi, il n'y a que la loi. Et la loi dit que notre seule croyance doit être vouée au culte des dieux de nos ancêtres.

— Les lois peuvent être changées, intervint Olaf. Nous avons des châtiments pour ceux qui font obstacle aux nouvelles lois. N'en as-tu pas été le témoin?

Leif regardait devant lui, fixement. Il avait à présent les mains glacées. C'était vrai ce que disait le roi. Un jour, lui ou un autre débarquerait à la tête d'une grande armée. Et il se taillerait un chemin dans les corps, les boucliers, les capes, les faibles remparts, précipitant hommes et bétail dans la nuit de l'oubli. L'espace d'un instant Leif se sentit emporté par la vision tragique. Immobile, Olaf n'ignorait pas que le fils d'Eirik le Rouge en était au moment décisif, inéluctable tout autant que si c'était le destin qui allait les réunir tous les deux ou alors la haine d'un Dieu qui les dresserait l'un contre l'autre.

— Donne-moi mille convertis en Islande et mille au Groenland, reprit Olaf, et tu as ma parole que je dispenserai ces peuples de tous les tributs et de toutes les redevances royales. Et tu pourras te vanter aux tiens d'avoir arraché cette concession au roi de Norvège! Ici, dans le royaume, chaque maisonnée où une fumée visible sort de l'âtre doit verser une mesure de malt comme étant la part du roi.

— Et le bois? laissa tomber Leif dans un chuchotement presque féroce.

Olaf frémit à ces mots, traversé soudain d'une inquiétante pensée: la radicale étrangeté des exigences de Leif. Rien d'estompé. Une demande parfaitement distincte, sans nuance, laissant paraître un homme à la mesure de ce que serait un jour la légende de son peuple. Le doute n'y était plus; la part de Dieu semblait acquise. Le tour de force que Leif s'apprêtait à réaliser n'avait rien à voir avec Christ ni même avec les dieux païens: il consistait simplement à prolonger la vie d'un peuple, quelque part aux confins des mers. C'était comme si lui, Olaf, et cet exilé, concluaient le pacte des dieux.

— Tous les trois hivers tu auras du bois pour cent bateaux, répondit le roi. Mais aucun de ces bateaux ne devra être plus grand qu'un vingt-rames. Le bois sera abattu dans les forêts appartenant aux bondis d'Agder, du Rogaland, de Hords, de Sognings, de Raumdale, de North Möre, de Tronders et de Halogaland. Le reste du bois proviendra des forêts du Vik. Les bondis te fourniront le bois, mais toi et tes hommes devrez construire les navires. Cependant, il y a deux conditions, Leif: chaque navire qui partira de la Norvège sous l'étendard de l'Islande et du Groenland aura à son bord un moine et, lorsque je le déciderai, un évêque; en plus, tu dois t'engager à ce qu'ils prennent à leur bord les mesures suffisantes de bois pour élever des églises à Christ.

L'attitude d'Olaf ne souffrait aucune discussion.

— Lorsque je me suis mis en route, dit alors Leif

d'une voix posée, j'avais de bonnes raisons de défendre la seule existence des dieux anciens. En réalité, ils ne sont que légende que les vents poussent entre les pierres. Maintenant j'ai de bonnes raisons de défendre un Dieu dont l'apogée est à venir.

— Tu brûleras tout ça? fit Olaf en fermant le poing, allusion évidente au marteau de Thor.

— Je compte ne rien brûler, roi, reprit Leif. Nos terres sont si arides qu'il n'y a pas la moindre attache où les dieux pourront encore bien longtemps se cramponner, sauf un Dieu assez fort pour faire pousser des arbres et faire jaillir l'hydromel des pierres!

* * *

Les mains de Leif tremblaient. Il s'attendait à ce que Bjorn le couvre d'un regard lourd de reproches. Mais il n'en était rien; Bjorn le regardait comme un frère.

— Renoncer aux dieux, c'est nous mettre dans l'incapacité d'accéder au savoir de nos ancêtres, commença par dire ce dernier. Tu crois que nous pourrons encore chasser les grands poissons, courir sans nous arrêter pour reprendre notre souffle, nager de plusieurs façons, manœuvrer nos bateaux, manier la hache et l'épée, travailler le fer? Nous passerons notre temps à nous épier, à espérer l'accomplissement de quelque prophétie, à placer nos familles en position délicate, peut-être à provoquer d'interminables querelles...

— Nous pourrions tenir tête à Olaf, répliqua Leif, mais à quel prix? Notre peuple est affaibli par les famines. Nous avons besoin de viande, de bois. Ce ne sont plus seulement nos esclaves qui meurent d'épuisement et de malnutrition, ce sont nos pères, nos frères, nos femmes, nos enfants. Nous ne pouvons pas nous contenter de les jeter à l'eau et de les remplacer! J'ai approfondi la question de ce Dieu unique, Bjorn;

ses moines ont de grandes connaissances. J'ignore encore ce que tout cela signifie, mais ce que l'on raconte sur les prodiges de Christ a certainement un sens.

— Quel que soit ton choix, Leif, tu devras trahir quelqu'un, observa Bjorn. Imagine que le chêne des ancêtres a grandi pendant plus d'hivers que ne puisse contenir la mémoire des mortels. Si tu envisages de l'abattre et de dresser à sa place l'autel de ce Dieu, pense à ce que tu ressentiras en donnant ton premier coup de hache.

— Je me suis déjà posé la question, fit Leif. Mais c'est de la survie de notre peuple qu'il s'agit. Peut-être que ce Dieu est assez fort pour mettre un terme à ces affrontements!

— Fumée dans le vent, lança Bjorn.

— Quel camp choisiras-tu? lui demanda alors Leif à brûle-pourpoint.

Bjorn hésita, puis poussa un long soupir tout en esquissant un geste évasif.

— Je l'ignore. J'espère ne pas avoir à prendre une telle décision. Je ne pourrais pas me battre contre toi, mon frère juré. Tout ce que je sais, c'est que je préfère devenir une victime plutôt qu'un traître.

— N'espères-tu pas connaître une vie éternelle, Bjorn?

— Une vie éternelle? reprit Bjorn. Dans nos lieux? Je crains que dans mille hivers ces lieux soient tristes et qu'on n'y trouve que des ruines de toutes parts...

— Oui, mais ailleurs?

— Où?

— Dans un havre de paix et de joie.

— Il y a le Valhöll...

— Un lieu où il ne sera plus nécessaire de combattre et de renaître constamment...

— Tu as vu un tel endroit?

— J'en ai entendu parler.

— Est-ce la vérité ou une illusion?

Les deux frères jurés échangèrent un long regard. Pour la première fois, Leif fut surpris de la profondeur des yeux d'un bleu intense de Bjorn.

— Je serai loyal à notre peuple, ajouta Leif, à mi-voix. C'est le Thing qui devra en juger. Je redoute les bouleversements, mais il faut accepter l'inévitable. Des changements se produiront, qu'on le veuille ou non; mais l'Islande et le Groenland survivront.

Au loin, un loup hurla; d'autres lui répondirent. Tout près, deux corbeaux s'envolèrent en battant lourdement de leurs grandes ailes noires. Bjorn décela dans leur croassement quelque chose de sinistre, comme un avertissement en même temps qu'un appel.

La tête de Styr

Un éclat de lumière dansait dans les prunelles de la jeune fille. Ses joues, envahies d'une belle couleur vive et chaude, avaient la carnation d'un rouge magnifiquement sauvage. Même lorsqu'elle ne disait rien, les lèvres de Brigit vivaient; leur couleur avait la douceur du velours et l'éclat de la belle santé.

— Je veux t'accompagner, dit-elle à Bjorn.

Le jeune homme la regarda avec tendresse. Il vit que le regard candidement humide et brillant de Brigit s'était assombri. La ligne de ses sourcils s'était raidie, donnant à son visage un caractère énergique et une allure qui tranchait avec sa peau satinée et la gracile fragilité de ses épaules juvéniles.

— C'est de mon destin qu'il s'agit, répondit Bjorn avec une certaine tristesse dans la voix. Je ne puis exposer ta vie...

— Tu risques d'être massacré par les berserkr si tu vas dans cette montagne, répliqua Brigit. Tu crois que ma vie aurait encore un sens alors?

Bjorn la vit raidir son corps. L'instant d'après, tout son être avait repris la lascive féminité de sa jeunesse. Il aimait la voir bouger; ses moindres mouvements avaient une grâce de vie animale.

— L'esprit d'Einar me protège, ajouta Bjorn, je le sens vivre en moi! Je n'étais encore qu'un enfant lorsque le Thing a décidé qu'il me revenait de faire justice; je suis un homme à présent et je serai un autre homme encore lorsque je redescendrai de cette montagne, et un autre lorsque je me présenterai de nouveau à Thingvellir! Si je n'obtiens pas réparation, les esprits de mes pères ne quitteront pas le royaume des ténèbres et nous, nous resterons isolés, réduits à la soumission par des sauvages.

Brigit lui effleura la joue de ses lèvres.

— Nous ne sommes pas encore morts, murmura-t-elle en prenant la main de Bjorn dans la sienne.

Ils échangèrent un long baiser. Yeux-Profonds était tellement belle, d'une beauté généreuse, et en dépit de sa silhouette mince et fragile, il émanait d'elle l'expression la plus achevée de la sensualité. Les mains de Bjorn s'égaraient dans le désordre luxuriant de la chevelure de miel de la jeune femme. Chaque baiser, chaque caresse parut être dès lors le fruit mûr de leur amour; dénué de toute hésitation. Leurs corps se touchèrent, délicatement d'abord, avant de se fondre l'un dans l'autre. Plus tard ils restèrent enveloppés, bercés par leur respiration, puis ils s'endormirent.

Au lever du jour, le visage de Brigit était radieux. Elle s'éveilla lentement, s'étira, un unique sein dénudé, d'une étonnante blancheur de neige. À demi accroupie, cheveux en désordre, elle tira la couverture contre sa poitrine.

— Je t'aime, souffla-t-elle. Si tu dois mourir, je vivrai pour nous deux.

Il apparut alors à Bjorn que leur union était véritablement scellée. Il s'accordait aux désirs de Brigit, quels qu'ils fussent, comme elle s'accordait aux siens. Ils s'abandonnèrent de nouveau l'un à l'autre, submergés d'un désir aussi fort que le mouvement des marées. Plus tard, Bjorn dit, en évitant toutefois de regarder Brigit directement:

— Je mourrai peut-être.

Elle ne parut nullement surprise; juste un peu triste. Elle lui caressa la joue:

— Peut-être à leurs yeux; mais sûrement pas aux miens!

Bjorn la regarda, admiratif. Elle paraissait encore plus belle. Il toucha sa chevelure, embrassa encore ses lèvres chaudes. Son esprit était disposé à relever n'importe quel défi.

— Y a-t-il vraiment un autre lieu? murmura-t-il. Il me semble que l'éternité commence ici.

Brigit le regarda avec espoir.

— Si je découvre ce que je cherche, nous serons libres tous les deux, continua Bjorn. Et beaucoup d'autres avec nous...

— J'ai peur, lui confia la jeune femme, mais je ne me permettrai jamais de désespérer.

Elle lui prit la main et y glissa doucement un objet. C'était une minuscule effigie de Thor.

— C'est mon présent pour toi, dit-elle d'une voix mal assurée. Tu dois revenir sain et sauf!

Son sourire était humide et il y avait une trace de larmes dans ses yeux. Ému, Bjorn lui embrassa les doigts un à un.

— Tu seras sous la protection de Leif, lui dit-il avec tendresse. Il veillera sur toi comme sur sa propre vie.

— Ce n'est pas pour moi que j'ai peur, murmura-t-elle. L'espoir de ton retour est le meilleur des gardiens!

Bjorn éprouva une grande émotion mais ne laissa rien paraître. En quittant Brigit, il se rendit compte que ses jambes fléchissaient et que son pas était mal assuré. Il serra très fort l'amulette qu'elle lui avait offerte.

Dehors une bruine froide commençait à tomber.

Beaucoup plus loin la forêt paraissait grise et
sombre. Bjorn alla droit devant lui, sans se retourner. Désormais, il ne pouvait compter que sur son
propre courage et sur Mord-Jambe, l'épée que lui
avait léguée son père.

*   *   *

La bruine se transforma en pluie. Elle tombait
drue, balayant le visage de Bjorn comme pour effacer
de sa mémoire tout ce qui lui était cher. C'était un
premier signe inquiétant. Autour de lui la nature
l'attendait, soudainement hostile. Puis l'obscurité
s'abattit, sans que ce fût la nuit, alors qu'un grondement lourd et continu s'élevait au loin, s'enflant au
fur et à mesure qu'il se rapprochait. Le roulement de
tonnerre s'accompagna aussitôt du mugissement du
vent. Un premier éclair zébra le ciel, aveuglant, suivi
de plusieurs autres. Pendant que la lumière blanche
jaillissait des sombres nuages qui tourbillonnaient
maintenant dans un ciel de poix, le vent courbait les
arbres. De temps à autre la foudre frappait un arbre,
projetant des branches de toutes tailles, ne laissant
debout qu'un tronc calciné.

Bjorn s'était réfugié dans une petite grotte, attendant patiemment que passe la fureur des dieux.
L'orage cessa aussi soudainement qu'il avait commencé, laissant un ciel lavé et une forêt détrempée.

Le soleil était bas lorsque Bjorn se remit en route.
Droit devant, le massif prenait la couleur crépusculaire du ciel. Les sommets les plus lointains se réduisaient à de simples contours. Les ténèbres allaient
bientôt avaler les bruits du jour, sauf pour le bruissement incessant du feuillage qu'agitait une brise
tardive.

Plus tard, la forme ronde de la lune se glissa dans
le ciel, baignant les choses de la forêt et de la nuit

d'une transparence étrange. Par endroits, l'épaisseur de la végétation tendait de sombres rideaux d'obscurité et, du coup, accentuait l'atmosphère trouble de ces lieux devenus irréels. Les ténèbres intermittentes, une lune spectrale, le scintillement figé des étoiles, tout cela, succédant à la violence de l'orage, tenait l'imagination de Bjorn en alerte. S'il luttait physiquement avec la raideur de la pente, il se sentait à la fois attiré et agressé par des forces invisibles autrement plus coriaces; manifestation évidente de quelque réalité redoutable. C'était une chose qui n'offrait aucune prise au temps, conservée eut-on dit par sa haine envers tout ce qui lui avait survécu, encore enchaînée à la condition des vivants. Et plus il avançait, s'arrachant aux ronces et aux rochers acérés, plus il sentait que la distance qui le séparait d'un ordre magique, d'une métamorphose, s'amenuisait. C'est ainsi qu'il passa la première nuit.

Les jours suivants il s'enfonça davantage dans la forêt. Les hautes frondaisons empêchaient le soleil de pénétrer jusqu'au sol, si bien que même en plein été, tout y était sombre, silencieux, inquiétant. Au plus fort du jour, seule une faible clarté du ciel pâlissait les ténèbres environnantes. Bjorn s'efforçait de maintenir son allure. Depuis quelque temps, des loups avaient flairé sa piste; il les entendit avant de les voir. Ces loups n'avaient rien des bêtes éperdues et affamées, prêtes à tout risquer comme au temps de la mauvaise saison. C'étaient des loups gris, nullement faméliques, et qui ne semblaient pas en quête de nourriture. Tout à fait silencieuse, la bande se maintenait à bonne distance du jeune homme, se contentant de suivre sa trace. Bjorn se rendit vite compte que leur nombre augmentait sans cesse. Partout autour de lui, il apercevait leurs masses sombres glisser entre les troncs noirs et leurs yeux luisant comme des braises. Les loups eussent aisément pu le rattraper et le mettre en pièces; ils semblaient plutôt le guider à travers l'épaisse forêt. Il avança ainsi toute la journée et, le soir venu, s'arrêta près d'un torrent. Celui-ci rugissait au fond d'un gouffre, roulant avec ses flots fangeux arbres et rocs. Alentour, la forêt s'animait d'ombres démesurées. La mousse était humide, les pierres, mouillées. Épuisé, Bjorn sombra dans un lourd sommeil.

Lorsqu'il s'éveilla, grelottant, il vit un feu qui dansait; c'était droit devant lui, sur les hauteurs. Il grimpa encore, le souffle court, les muscles brûlants. Les loups avaient disparu. Au bout de maints efforts, il s'approcha suffisamment pour voir l'éclat braisé de hautes flammes, semblables à des fleurs de sang, couronnées de fumée et fouaillées par le vent. Au seul bruit des flammes crépitantes, Bjorn imagina qu'un tel feu pouvait avoir des pouvoirs prodigieux, provoquer mille métamorphoses. Tel un grand seigneur, protecteur des esprits, le feu semblait l'attendre...

Une ombre se profilait. Était-ce une illusion? Pourtant Bjorn ne rêvait pas. Un homme d'une stature gigantesque, barbu, se dressait devant lui, jambes écartées, enveloppé de fourrures. Son visage avait la dureté du granit. Sa tête était auréolée de feu. Lorsqu'il rejeta en arrière sa lourde cape, ce fut pour tirer de son fourreau une énorme épée que l'on ne maniait qu'à deux mains. Bjorn, immobile, psalmodia alors une antique incantation runique, composée de mots étranges et animée d'un rythme mystérieux. Surgirent alors d'innombrables silhouettes, des loups, et au milieu de ceux-ci, un homme. Ses yeux étaient ceux d'un loup. Il secoua sa chevelure noire qui se déploya comme les ailes d'un corbeau...

Un brusque coup de vent aviva les flammes dont l'éclat inonda davantage les deux visages. Bjorn tressaillit car il venait de reconnaître les deux hommes. Le géant à la tignasse de feu était le meurtrier de

Gunnar et l'autre, à la chevelure de jais, son compagnon, qui n'était qu'un adolescent au moment du carnage. Bjorn revit la scène de cette nuit d'horreur en Islande comme si elle s'était déroulée la veille: la hache gigantesque qui tournoyait en creusant des sillons de mort et l'œil noir de celui qui, tout jeune encore, combattait déjà comme un fauve. Après tous ces hivers, ils étaient là, devant lui; le premier, aussi haut que la proue d'un drakkar, son compagnon, un homme parmi des loups, plutôt un loup parmi les hommes. Bjorn se souvint des paroles qu'Egill prononça le jour où l'Althing l'avait rendu seul juge de toutes les réparations et de toutes les vengeances: «Un jour tombera le pourvoyeur du loup, et l'aigle se posera sur sa charogne. Il se peut qu'un roi te concède tous les droits, mais il faut choyer par-dessus tout le chêne sous lequel on habite.» Ce furent d'ailleurs les seules paroles qu'Egill lui adressa.

— Je savais que tu viendrais, fit celui qui était au milieu des loups, d'une voix grave. Ce qui arrive aujourd'hui a toujours été voulu.

Bjorn fut instantanément bouleversé par le son de cette voix; il n'avait plus la possibilité de reculer ni celle de fuir. Il se sentait submergé par une étrange douleur, écorché au-dedans, secoué, prêt à sombrer dans un tourbillon de folie.

— Mais qui es-tu donc? lança-t-il.

— Qu'importe, fut la réponse. Toi, tu es Bjorn! Dismoi, Bjorn, lequel d'entre nous est l'enfant sans père? Ne le sais-tu pas? C'est moi, parce que je suis trop grand pour avoir jamais eu un père!

— Qui es-tu? demanda encore Bjorn.

Ulf ne répondit pas. Il s'avança à la hauteur de Styr et s'accroupit, lentement, puis enfonça ses doigts dans le sol comme pour y prendre racine. Puis il se redressa brusquement, les bras levés vers le ciel, hurlant des mots dans une langue inconnue. Des éclairs jaillirent aussitôt, leur feu zébrant le ciel de toutes parts dans un fracas assourdissant. La pluie se mit à tomber, drue, lourde, froide. L'instant d'après les traces de l'orage avaient disparu, il ne pleuvait plus, le sol était sec; tout n'avait été qu'illusion! Bjorn regardait autour de lui avec étonnement, ne comprenant rien.

— Qui t'a donné de tels pouvoirs? murmura-t-il.

— Les dieux, fit l'autre, simplement.

— Tu les as rencontrés?

— Non! Ce sont eux qui m'ont choisi!

— Et pourquoi ont-ils choisi un meurtrier honteux?

— Parce que les hommes m'ont rejeté!

— Ce sont les dieux qui t'ont révélé mon nom?

Ulf ricana. Tournant la tête, il regarda Styr. Les yeux du géant étincelaient. Les loups avançaient à pas menus, serrés les uns contre les autres, proférant des sons étranges.

— Dis-moi ton nom! cria alors Bjorn en saisissant sa propre épée, Mord-Jambe.

— Chacun me voit à sa façon, répondit Ulf d'une voix sourde. Et toi, tu es bien petit, Bjorn; autant que ce roi qui ne régnera plus bien longtemps...

Bjorn se sentait faiblir, et peu à peu, tout le courage et la fureur qui se trouvaient dans son cœur l'abandonnaient. La forêt tournait autour de lui, les silhouettes des hommes et des bêtes oscillaient. Il voulut sortir l'épée de son fourreau, mais il n'en eut pas la force. Une odeur fauve l'envahissait et il eut soudain terriblement soif. Puis sa mémoire vacilla.

*   *   *

Styr Force-de-Bœuf s'était assoupi à l'ombre du grand chêne. Quand il ouvrit les yeux, au bout de la nuit, il achevait le même songe, semblable depuis des jours. Il rêvait que deux dragons, l'un venant de l'Est et l'autre de l'Ouest, étaient libérés de la terre qui pesait sur eux. Ils jaillissaient aussitôt à la surface du sol, s'élevaient et se jetaient l'un sur l'autre en crachant le feu. C'était celui de l'Ouest qui réduisait celui de l'Est en un amas de cendres que le vent dispersait. Revenu sur terre, le vainqueur y prenait racine et commençait à engendrer une nouvelle race d'hommes; mais ceux-ci n'étaient plus des berserkr. Styr savait que les songes étaient envoyés par les dieux en guise d'avertissement; une sorte de message qu'ils renouvelaient jusqu'à ce que le rêveur en trouve le sens, jusqu'au jour où, en ouvrant les yeux, il avait devant lui ce qu'il avait vu dans le rêve; comme une brume qui passe sur les yeux et soudain se dissipe, poussée par les vents du destin.

— Ulf, confia-t-il à son fils adoptif, les dieux nous préviennent. J'ai rêvé de lui et de toi.

Pour toute réponse Ulf lui sourit et se frotta le menton du dos de la main. Sa barbe était peu fournie.

— Voilà que le temps est arrivé, père, fit-il en pointant vers le ciel.

Étonné, Styr leva les yeux mais ne vit rien de particulier.

— Que veux-tu dire? demanda le géant, confus.

— Aujourd'hui sont réunis dans cette forêt les meilleurs guerriers de la Norvège. Et je les inviterai bientôt à le prouver. Un grand festin nous attend à Nidaross!

— Et l'autre? questionna Styr en parlant de Bjorn.

— Un seul de nous deux prendra place dans le haut-siège du palais: ce sera le meilleur! L'autre sera englouti par les profondeurs.

— Qu'il prouve alors sa vaillance! gronda Styr. Une fois déjà tu as arrêté mon bras!

Ulf ne semblait pas l'entendre. Il épiait le ciel. Le soleil était haut. Autour, des colonnes de fumée s'élevaient des multiples campements. Ils abritaient des centaines d'hommes en armes venus de partout. Ces hommes étaient parmi les plus sauvages et les plus pillards du royaume. Ils étaient là pour l'aventure, pour les anciens dieux, pour renverser des murailles, pour tuer un roi. Déjà les feux brillaient moins, les flammes faiblissaient, bousculées par le vent du matin.

— Je sais que tu es le plus fort, père, murmura Ulf après un long silence. Mais es-tu le plus courageux?

Styr blêmit. Il répondit par un véritable rugissement.

— Dis-moi quelle tête je dois trancher!

Ulf n'ajouta pas un mot. Lui aussi avait rêvé et il était certain qu'il en avait été ainsi pour Bjorn. Dans son rêve, lui et son frère jumeau décapitaient Styr Force-de-Bœuf et déposaient sa tête à ses pieds. Plus tard, assis près d'un feu, ils apercevaient un homme gigantesque portant sa tête sous son bras: c'était Styr. Le revenant invitait alors Ulf à le suivre, prétextant qu'il courait un danger imminent. Venait un roi avec une nombreuse suite: c'était Olaf. Un combat féroce s'engageait et Ulf, pressé de toutes parts, appelait Bjorn à l'aide; mais chaque fois, Styr se mettait en travers de son chemin, empêchant les deux frères d'unir leurs forces. Dans la bataille Ulf trouvait la mort de bien étrange façon: il était transpercé par l'épée que Styr avait possédée. Bjorn plaçait le corps de son frère sur un bûcher. Le rocher sur lequel le cadavre avait été brûlé se fendait en deux au moment même où Styr traversait les airs monté sur un cheval gris, portant toujours sa tête sous son bras.

Ulf ne souffla mot de son rêve à Styr, mais il lui demanda de nouveau:

— Es-tu le plus courageux, Styr?

Plus calme, le géant se rendait compte que pour la première fois depuis leur rencontre, Ulf ne l'avait pas appelé «père». Mais il ne s'en surprenait pas, car il savait maintenant que cette journée n'allait pas être comme les autres.

— Si ma tête doit être tranchée, fit-il de sa voix grave, qu'on me pose la nuque sur la grande pierre et je fais le pari que mes yeux resteront ouverts quand la hache tombera sur mon cou! Le temps est arrivé, as-tu dit, Ulf? Alors il faut offrir en sacrifice un roi ou le plus courageux des sujets et rougir l'autel de son sang pour obtenir la bonne fortune. Qu'il en soit ainsi!

Ulf se sentait paisible. Styr Force-de-Bœuf était certainement l'être le plus courageux qu'il lui avait été donné de rencontrer. Mais voilà que le temps était arrivé, se disait-il. Aldis lui avait dit, au-delà du monde des vivants, que Styr n'était qu'un chêne sur lequel il pouvait s'appuyer paisiblement lorsqu'il serait las, mais qu'on abattrait ce chêne un jour. Ulf n'attendait plus que le signe.

Bjorn ne savait plus où il était. Ses yeux étaient de feu. Il n'était plus homme mais dragon. L'épée haute, il faisait face au géant roux qui grondait comme un fauve, l'écume à la bouche. D'une main Styr étreignait le manche de sa hache gigantesque et de l'autre, il dressait devant lui un bouclier massif de bois et de cuir, véritable rempart plus redoutable que la pierre. Était-ce un songe, un sortilège ou la réalité?

Bjorn n'eut guère le temps de s'interroger car Styr se ruait sur lui.

— Il ne restera de toi que charogne pour les corbeaux d'Odin, rugit-il. Mort au dragon!

Styr frappa de sa hache. La formidable cornue entama sa trajectoire de mort mais Mord-Jambe, animée par les dieux, trancha net le manche de la hache et le fer alla se perdre en tourbillonnant. Le géant secoua la tête, incrédule. Il fit un geste vers son épée, mais Bjorn frappa de nouveau en poussant un ahan féroce. Mord-Jambe ouvrit l'épaule de Styr jusqu'à l'os, provoquant un jet pourpre. En retirant l'épée, Bjorn vit le sang rougir la lame, la poignée, ses mains. Le géant ne proféra pas la moindre plainte; il ployait le genou mais refusait de tomber. L'expression de haine avait disparu de son visage; un brouillard rouge lui voilait la vue. Il distinguait à peine la silhouette de Bjorn, immobile, qui le regardait. Il attendit le coup de grâce.

Ulf désigna une pierre massive, presque rectangulaire, maculée de larges taches brunâtres: un autel. À côté se dressait un arbre avec des branches très hautes, tellement qu'elles semblaient toucher le ciel; certainement l'arbre le plus vieux de toute la forêt.

— La pierre, l'arbre, le feu; la véritable puissance des dieux, clama l'homme aux loups en s'adressant aux guerriers assemblés en un large cercle. Il ne reste plus qu'à offrir le sang du plus courageux!

Des hommes traînèrent péniblement le géant ensanglanté jusqu'à la pierre du sacrifice. Styr posa lui-même la nuque sur la pierre qui déjà se rougissait de son sang.

— Le temps est arrivé, Ulf, souffla-t-il. Un dragon attend à l'horizon de ton destin...

Rassemblant ses forces, il cria le nom de Thor. La lourde hache s'abattit sur le cou de Styr Force-de-Bœuf. Il ne cilla point et l'énorme tête roula en gardant les yeux ouverts. Un croassement sinistre retentit aussitôt et un immense corbeau vint se poser délicatement sur l'épaule de Ulf. C'était le signe qu'Aldis lui avait annoncé.

Le grand feu

Bjorn se souvenait mal; sa mémoire était confuse. Pourtant son oreille était aux aguets et il avait l'ouïe délicate. Il percevait des cris, un vacarme au-delà de la forêt, des heurts d'hommes et d'armes. Fronçant le front, tordant la bouche, il tira sur la chaîne. Il sentit son sang refluer. Un pressentiment le saisit. La mort était au milieu de cette forêt, dans le refuge des loups et des corbeaux. Sinistres, ces derniers tournoyaient sans cesse au-dessus de lui, formant une couronne noire. Leur destin était si simple, se disait Bjorn: boire le sang encore chaud, se nourrir de carcasses, lancer les os sur les rocs, éparpiller les restes sur les écueils.

Avait-il véritablement combattu Styr Force-de-Bœuf ou était-ce un de ces prodiges dont l'homme aux loups semblait détenir le secret? Il avait bien vu la tête du géant rouler, avec ses affreux yeux glauques ouverts sur l'au-delà, et il était tout couvert de sang séché! La veille, se souvenait-il, on lui avait offert quelques vivres dans une marmite: os sans chair, têtes de poissons, raclures de navets, croûtons de miches de pain dur. Des hommes s'étaient moqués de lui:

— Tu n'es pas assez homme pour boire de cette

bière, s'esclaffa l'un d'eux en vidant d'un trait un petit fût de cervoise. Avant le lever de la prochaine lune, tu n'auras plus besoin de rien: les vers grouillants ne manqueront pas et pour boire, trouve un étang; l'eau de la Nid ne sera que sang!

Leur chef, Ulf le Loup, ne lui avait presque pas adressé la parole. À l'aube il avait ordonné qu'on l'enchaîne sur la pierre du sacrifice encore rougie du sang de Styr.

— Nous serons rois tous les deux, lui avait-il dit. Moi, de ce royaume, et toi, d'un rocher: l'île sur le dos des flots, au-delà des océans. Jadis ton père s'y cacha, à l'abri des longs étés de guerre; il a choisi pour toi! Arme une barque si tu le peux et retourne sur ce rocher. Tu en seras le roi... jusqu'au jour où je te réclamerai la couronne! Ton destin tient à cette chaîne.

Ce furent les seuls mots qu'il prononça. Il fit un geste, émit un cri; les loups étaient là. La horde entière de guerriers-fauves et de bêtes se mit en mouvement en ébranlant la forêt. En se déplaçant, les cottes de cuir sur lesquelles étaient fixées des plaques d'acier et de cuivre se soulevaient, retombaient; les armes s'entrechoquaient; l'ensemble composait un chant de fer terrifiant!

Ce jour-là il faisait atrocement chaud. Le soleil resplendissait à grands rais et sa lumière brillait, intolérable. Le tumulte des oiseaux avait repris. Pourtant il y avait des bêtes sauvages dans les bois: des bêtes coulant dans les fourrés d'herbes et de fougères menées par un jeune sauvage à la chevelure de jais. D'autres bêtes lui obéissaient: des Peaux-de-Loups, de robustes traqueurs qui se frayaient un chemin à travers les taillis. Des oiseaux affolés s'envolaient avec de grands bruits d'ailes, des lièvres détalaient, des sangliers fonçaient en tout sens, d'autres bêtes se tassaient au fond de leurs tanières.

Un cri déchirant résonna tout à coup entre les

pins. Une suite de grognements, d'aboiements et de hurlements y répondit, auxquels se mêlèrent des cris rauques et les sons étouffés de cors. Une horde d'hommes et de bêtes déferla sur les premières fermes. Des bergers furent instantanément égorgés, d'autres criaient pour s'avertir, d'un taillis à l'autre, de la présence des tueurs. Mais nul ne put résister bien longtemps au fléau ravageur. Les mâtins des bergers étaient renversés par les loups, attaqués à la gorge. Puis les loups se précipitaient sur les chevaux, les vaches, les porcs et les moutons. Ils attaquaient les chevaux de face; les vaches par derrière; ils harcelaient les porcs deux par deux: un loup mordant aux oreilles pendant que l'autre égorgeait. Les moutons étaient saisis au cou et traînés rapidement à l'écart pour y être déchiquetés. Hommes, femmes, enfants et domestiques tombaient sous les haches des guerriers-fauves. Partout éclataient des incendies, ne laissant que quelques poutres calcinées à la mémoire du temps.

Le soleil lui brûlait les yeux. Patiemment Bjorn raclait la chaîne contre la saillie de la pierre massive. À travers ses paupières mi-closes, endolories, il voyait les silhouettes noires qui tournaient lentement, croassant sans cesse comme pour hâter le trépas.

— Einar, murmura-t-il, ô mon maître,
apaise mon esprit; sois mon messager
auprès des dieux... qu'ils me permettent
de venger leur honneur... qu'ils donnent
à mon épée un tranchant de feu!

Rien ne se produisait. Bjorn n'entendait que le grincement de la chaîne contre la pierre et le lourd battement des ailes noires qui le recouvraient parfois de leur ombre. Il frissonna à l'idée que bientôt ces becs et ces serres viendraient le déchirer. Il supplia les dieux:

— Dominateur des vents d'orage
maître souverain des nuages,

fais naître une brume légère
à l'abri de laquelle
je retournerai auprès des miens...

Au-dessus de lui le ciel changea d'aspect; une forme immense prit son envol, très haut, puis fondit comme un tourbillon et dispersa le cercle des corbeaux. Bjorn aperçut un grand aigle dont les yeux flamboyaient. Soudain le rapace se transforma en une ombre, quelque chose qui ressemblait à un très vieux visage. Une voix s'éleva de très loin, s'approchant peu à peu; elle parlait lentement, avec un léger tremblement. C'était la voix d'un vieillard tiré d'un long sommeil. Bjorn la reconnut immédiatement: la voix d'Einar. À ses oreilles c'était la plus douce des mélodies. Elle franchissait les longs espaces, coulait en un flot continu, pénétrait son âme.

— Souviens-toi de mes paroles, fit la voix, car ce seront mes dernières. La route est pleine de mystères, ta voie est parsemée de prodiges étranges. Des dangers te menacent; des trépas guettent à tous les endroits. Mais ton cœur est pur et tu connais la magie des runes. Ce ne sera pas ta mort lorsque tu arriveras devant un fleuve en feu, une chute en feu, un rocher en feu. Les dieux feront de toi un homme en neige, un héros construit tout en glace; ils te pousseront dans le brasier sans que tes cheveux soient roussis. Tu feras un grand chemin, voyageras une longue étape et au passage le plus étroit, un loup se jettera sur toi; il a déjà mangé cent hommes et dévoré autant de héros. Mais tu ne tomberas pas sous la dent du loup, tes chants le museleront et tu atteindras le but du voyage. Tu prendras l'épée de ton père, l'éternelle épée de ton père, la compagne de ses vieilles guerres et avec elle tu rempliras ton devoir.

Puis tu ficheras le glaive dans la poutre jusqu'à ployer la lame comme la cime d'un sorbier et nul ne pourra plus l'en sortir, ni envoûter l'épée ou enchanter sa lame. Elle restera pour toujours au froid, dans l'endroit obscur, à pleurer sans s'arrêter; mais tu diras à celui qui viendra après toi qu'il n'est pas utile de préparer le cheval de guerre, ni d'armer son bras. Tu diras à celui qui viendra après toi que le véritable chemin du héros est celui qui le mène au bout du champ qu'il cultive.

— Einar, souffla Bjorn, j'ai toujours souffert de ne pas connaître mon destin, et maintenant je souffre à la seule pensée de cet homme. Est-il homme ou est-il loup? Qui est-il pour étouffer ainsi ma haine?

— Ton destin, Bjorn! Lui et toi êtes liés. Mais tu devras te rappeler qu'un loup ne saurait avoir un frère; en aurait-il un qu'il serait son ennemi juré!

— Alors arrache-moi à ce destin, hurla Bjorn.

— Je ne connais aucun refuge contre le destin, reprit calmement la voix. Deviens-tu pin sur la colline qu'on te coupe pour faire des lattes; deviens-tu bouleau dans la vallée ou bocage de trembles qu'on t'abat pour dresser un bûcher ou qu'on te défriche pour les cultures. Deviens-tu loup dans la forêt qu'on affilera le javelot pour t'abattre. Le malheur comme le bonheur t'atteignent partout et partout le destin te frappe. Connais-tu un pays, petit ou grand, jamais pillé, jamais vaincu, jamais visité par les glaives? Un pays qui n'entre pas dans les champs de lutte des hommes, qu'ils ne détruisent pas par convoitise de l'or, ou pour conquérir de l'argent, ou pour posséder un trône? Fais donc face à ton destin, et alors seulement tu entreras paisiblement à la ferme.

La voix s'était tue. Le ciel avait repris son aspect lumineux et les corbeaux avaient reformé la couronne noire.

— Runes, murmura Bjorn, runes!
Par les pouvoirs du seigneur de la
chasse sauvage, si les guerriers me
mettent liens à jambes et bras,

j'incante de telle sorte que je vais
où je veux, fers me tombent des
pieds et liens des bras.

Usée par le frottement incessant contre la pierre,
la chaîne s'était finalement rompue.

* * *

Une clameur sauvage rompit brusquement la tranquillité de Nidaross. Des guerriers vêtus de peaux et
armés de haches, de lances et d'épées surgirent des
buissons. Devant eux fonçaient des loups gris, les mâchoires béantes, leurs langues rouges claquant dans
leurs gueules. Avec force grondements féroces, halètements et claquements de mâchoires, les bêtes se ruèrent sur les habitants. Les hommes du roi Olaf émergèrent du palais dans le désordre et la confusion. Mais
déjà des gémissements perçants couvraient les cris de
guerre et le cliquetis des armes. Une pluie sifflante de
flèches s'abattit, ajoutant au concert funeste. Elles se
plantaient avec un bruit sourd dans le bois des habitations, ricochaient sur les boucliers, s'enfonçaient
jusqu'à l'empenne dans les chairs sans protection. De
part et d'autre la grêle mortelle de traits abattait
attaquants comme défenseurs. Partout on se battait,
tant contre les loups que contre les guerriers-fauves,
parfois contre les deux en même temps. Des corps se
tordaient sur le sol aux prises avec plusieurs loups.
D'autres, debout, leurs boucliers hérissés de traits,
repoussaient les assaillants avec des épées ébréchées
et émoussées. La bataille devint une confuse mêlée
d'hommes et de bêtes, tournoyant, chargeant et frappant en tout sens. Olaf, à la tête d'une centaine de
guerriers, enfonça furieusement les rangs des attaquants, frappant d'estoc et de taille, fendant des heaumes, ne laissant nul se risquer à l'intérieur du cercle
que traçait son épée. Lorsqu'elle se brisa, il fit tour-

noyer sa hache de combat. Autour du roi, le carnage continuait. La terre, trempée de sang, était jonchée de morts et de blessés qui se débattaient. Les collines avoisinantes renvoyaient les échos du combat, le fracas des épées et des haches, les cris de guerre et de triomphe, les sourdes plaintes et les gémissements des hommes blessés à mort.

Olaf, le jarl Erling, Leif et les frères islandais Kristjan et Jan le Duelliste combattaient épaule contre épaule. Chrétiens et païens s'étaient unis pour la défense de Nidaross. Avec une même ferveur, les hommes invoquaient autant les dieux anciens que le Maître des moines! Tous étaient effrayants à voir: ils étaient si couverts de sang qu'on pouvait à peine les reconnaître. Aux approches de la nuit, les clameurs faiblirent et Nidaross résistait toujours. Dans une rumeur confuse, les guerriers-fauves et les loups commençaient à retraiter vers l'extrémité de la forêt, que noyait déjà un brouillard de fin de jour. Ils laissaient derrière eux une quantité d'hommes et de bêtes aux os rompus, gisant pêle-mêle sur un sol incapable de boire tout le sang versé durant cette seule journée.

Toute la nuit on n'entendit que les gémissements des blessés et la brise qui agitait parfois les feuilles des arbres. À l'aube, les corbeaux se répandaient déjà sur les restes humains, passant d'un corps raidi à l'autre pour arracher quelque morceau de chair putréfiée.

Les oiseaux ne chantaient plus. Aucun insecte ne dansait dans la lumière, pas la moindre abeille ne butinait sur les fleurs sauvages. L'atmosphère laissait penser que la colère de tous les dieux, chrétiens comme païens, s'était abattue sur cette partie du royaume. Ce jour-là, seuls les charognards tournoyaient aux feux du soleil; la forêt avait avalé la horde sauvage.

— Qui sont ces hommes? avait demandé le jarl Erling.

— Des bêtes que je n'ai pas invitées à prendre place à nos banquets, répondit le roi.

— N'y aura-t-il donc jamais de roi qui puisse maintenir la paix dans ce royaume? s'indigna Erling.

— Un roi n'est jamais rien de plus qu'un homme, répliqua Olaf, mais on voudrait toujours qu'il soit un dieu!

Erling n'avait pas besoin de voir ces fauves pour savoir que Nidaross était toujours sous la menace d'un nouvel assaut. Il était comme un vieux cheval qui connaissait chaque pierre d'un sentier de montagne.

— Le temps nous est mesuré, roi, fit le jarl. Ils reviendront.

— Je le sais, répondit Olaf, dont le visage devint grave. Il faut mettre tous les drakkars à l'abri; mais sans éveiller les soupçons.

— Difficile, rétorqua Erling, la nuit est éclairée par un ciel d'été.

— Que Leif Eiriksson nous montre ce qu'il sait faire!

Leif et ses compagnons se faufilèrent jusqu'aux drakkars amarrés. Lentement les vaisseaux quittèrent le rivage, côte à côte. Chacun semblait l'ombre de l'autre. Les nefs glissaient silencieusement, sans donner l'impression du mouvement, sans voiles, sans rameur et sans équipage.

La seconde attaque commença avec une nouvelle pluie de flèches. Erling fut atteint à la jambe. Une flèche avait traversé sa cuisse de part en part. Le membre blessé céda sous lui et, avec une plainte étranglée, il tomba aux pieds du roi Olaf. Dans un grondement de tonnerre les attaquants fondirent de nouveau sur Nidaross. Des torches allumées décrivaient des arcs de cercle dans le ciel pour atterrir avec un son mat sur les toits de chaume et les enflammer.

— Le feu est né dans une étoile quand le ciel était

encore vide, avait dit Ulf à ses hommes au moment du second assaut.

Nidaross s'embrasa comme un brandon. L'espace s'illuminait de multiples bûchers. Le feu s'attachait à tout ce qui lui donnait prise, mordant et dévorant le bois. Les flammes, d'abord légères, étiraient leurs reflets sanglants pour s'enfler, jusqu'à éclairer l'horizon.

Puis le feu s'attaqua au bois du palais et de l'église. L'incendie grandissait maintenant sous le vent. Les flammes, vomies de partout, immenses, léchaient les murs, les tours et les toits, sortaient en tourbillons des moindres orifices alors que poussait une colonne de fumée épaisse. L'odeur des cendres brûlées flottait dans l'air surchauffé. Même le sol, encore trempé de sang et de rosée, se crispait et grésillait. De l'église il ne resta plus qu'un amas informe de poutres calcinées, véritable bûcher dressé vers le ciel, d'où jaillissaient encore des étincelles, comme si l'esprit de Dieu voulait, par des mots lumineux, crier son courroux. Le palais s'écroula à son tour. Pendant que les clameurs des combats allaient s'amplifiant, le feu diminuait et le souffle de sa brûlure se ramenait à des tas de braises. Partout des gens étaient à l'agonie et criaient leur douleur. Des os blanchis dépassaient du tas de cendres qui avait été, l'instant d'avant, l'église de Nidaross et la fierté d'Olaf. Les lieux portaient la puanteur de la carbonisation. Une épaisse couche de suie recouvrait ce qui restait de Nidaross. À la place n'était plus qu'un vaste champ de bataille jonché de corps calcinés.

Criant leur colère, les dieux s'étaient exprimés avec le grand feu né de leur haine ou alors était-ce le nouveau Dieu qui soufflait sur les hommes pour leur dévorer la mémoire parce qu'ils se voyaient si grands? Toujours est-il que Nidaross n'était plus qu'un amoncellement de scories que défendait un roi forcené et nul n'eut pu, en ce jour, distinguer un chrétien d'un païen, même pas un homme d'une bête.

*　*　*

Le vrombissement des ailes d'un bourdon tira
Bjorn de son sommeil agité. D'un revers de la main il
chassa la bestiole. Il faisait chaud, Bjorn était trempé, ses yeux, fiévreux et cernés de sueur. Il eut l'impression d'émerger d'un mirage, comme s'il avait
traversé des siècles au galop, célébrant la mort sans
jamais avoir vécu. Il regarda autour de lui; la pierre
sacrificielle était toujours là, tel un géant de pierre.
Et Mord-Jambe, l'épée de son père, était à ses côtés,
brillante comme une flamme. Bjorn revit alors l'affreuse scène: l'énorme tête à la chevelure rousse d'où
le sang giclait à flots des artères sectionnées; la bouche ouverte, tordue; les deux yeux rouges au regard
fixe; et le corps roulant comme un arbre abattu. Bjorn
avait cherché une faiblesse dans la force de l'autre et
il lui sembla avoir trouvé une plus grande force dans
sa propre faiblesse. Animé d'un sentiment étrange et
nouveau, il se leva et tenta de trouver un chemin. Il
rencontra tout le petit peuple silencieux des bois: les
souris, les taupes, les furets, les belettes, chaque espèce étant en guerre contre les autres. Il marcha
toute une journée. L'obscurité venue, les bêtes de jour
cédèrent le territoire aux chasseurs silencieux, aux
prédateurs furtifs, alors qu'au milieu des arbres, les
chauves-souris zigzaguaient de leur vol oscillant en
poussant des cris suraigus.

Bjorn se sentait seul, désemparé. Il frissonna
toute la nuit et reprit sa route à l'aube. Il était si faible qu'il avait l'impression que le sol se dérobait constamment sous ses pas. Maintenant il avançait en direction d'un grand fracas de guerre. Les premiers
signes étaient manifestes: il n'aperçut pas une ferme
debout ni un seul homme vivant; que des ruines fumantes et des cadavres. Les odeurs et la fumée précé-
daient l'horreur du carnage. Dans les restes carbo-

nisés d'une ferme, il trouva des vieilles marmites fêlées; l'une d'elles contenait des champignons des bois, l'autre, les restes d'un épais gâteau. Il y traînait du seigle pulvérisé, des épis de blé et de la paille liée en balle. Il y avait aussi quelques pommes sauvages. Il en prit une, mordit dedans, mais elle était acide et véreuse. En grimaçant, il cracha la pulpe amère. Après avoir avalé ce qu'il put de nourriture, il recouvrit de pierres les cadavres épars. Nidaross ne devait plus être loin.

C'était le temps du maître, le souvenir d'Einar, de ses enseignements. Il y avait tant de morts alentour et pourtant, tant de vies! «Il te faut connaître les runes et savoir discerner les blessures; sur l'écorce il faut les graver, et sur le feuillage d'un arbre dont les branches tendent vers l'est...» Les paroles du maître!

Yggdrasil, l'arbre sacré du monde, était un frêne. C'est à un frêne qu'Odin se pendit durant neuf jours et neuf nuits afin de recueillir la sagesse des runes. Bjorn trouva un frêne. Patiemment, il en creusa l'écorce et la marqua de la rune Lagu, qui signifiait «eau». Il traça la rune à l'endroit, indiquant que même s'il était assailli de toutes parts, il surmonterait les épreuves du destin et émergerait de sa quête. Il y ajouta Hagel, la rune de l'air, parce que le pouvoir du destin soufflait comme le vent. Il reconnaissait ainsi que les forces de la destinée dirigeaient sa vie et lui donnaient un sens. Il en grava une troisième: Cen, la rune du feu.

— Elle éclaire lorsque se réunissent les gens de noble lignage, souffla-t-il. Elle avive le dernier bûcher; elle consume tous les mystères.

Puis il les colora de son propre sang.

* * *

Ni l'un ni l'autre camp n'avait cédé. Olaf avait perdu plusieurs de ses plus valeureux jarls. Il avait vu Nidaross réduite en cendres. Lui-même reçut plusieurs blessures, mais aucune qui mit sa vie en péril. Ulf le Loup avait lancé les anathèmes à pleine gorge. Il avait combattu avec la fièvre guerrière de dix hommes. Il avait défié le roi mais n'avait pu abattre le cercle de fer qui protégeait Olaf. Puis ses loups avaient fui le brasier et ses guerriers, les berserkr, avaient succombé sous le nombre. Le carnage s'était poursuivi jusqu'à l'orée de la forêt. Lorsque le roi ordonna de rompre le combat, les hommes ne firent pas un pas de plus; ils s'écroulèrent et dormirent sur la terre.

— Ne cesserez-vous jamais? s'était exclamé plus tard Godred de Man, à la vue du champ de bataille. Tous ces chrétiens massacrés! Ne craignez-vous pas d'encourir la colère de Dieu?

— La colère de Dieu? s'écria le roi. C'est en son nom que j'ai combattu. Pourquoi sa colère s'abattrait-elle sur moi? Des ennemis débarquent sur nos côtes, ravagent le royaume; c'est sur eux qu'il doit faire descendre sa foudre! Lorsque l'on contera l'histoire de chaque bataille, on dira comment elle a pris fin et le nom de chaque valeureux guerrier sera prononcé afin que les hommes de l'avenir puissent se les remémorer. Prononcer une fois le nom d'un mort avec respect, c'est lui redonner la vie, n'est-ce pas? Les scaldes diront que nous nous sommes battus pour Christ!

Puis les hommes du roi ratissèrent le champ sanglant et ramassèrent les armes et les armures des hommes tombés au combat: les dernières possessions des morts. Ils accumulèrent ces trophées aux pieds d'Olaf.

— Je vous promets, déclara le roi aux guerriers survivants réunis autour de lui, que les ennemis du royaume mourront tous en un seul jour. Voilà trop longtemps que nous endurons peine sur peine; que des traîtres, des rebelles, des espions se glissent dans le royaume, tuent les gens, brûlent récoltes et moissons. Une bête étrange est sortie de la forêt, causant un ciel noir et une tourmente. Mais la volonté de Christ a prévalu! Nidaross sera reconstruite, plus grande, plus puissante; et de cette forêt sortira le bois qui verra naître le plus grand vaisseau jamais construit par les hommes. Nul n'aura vu souffler un aussi puissant dragon! Dorénavant je ne reconnaîtrai que ceux qui s'inclineront devant Christ; ceux-là auront des droits réels sur le royaume... et je combattrai contre quiconque osera prétendre le contraire!

— Ton plus dangereux ennemi n'est pas aux frontières, cria un des jarls, il est dans cette forêt; et il n'est pas mort.

— C'est faux! répondit Olaf avec colère. Mon plus dangereux ennemi est la cupidité de ceux qui troquent facilement le courage et l'honneur contre maints présents d'or et d'argent.

À ces mots, il se fit un grand tumulte et chacun cria le plus fort afin de justifier sa cause.

— C'est une créature maléfique, fit l'un d'eux. Il veut ta tête!

— N'as-tu pas dit que la bonne fortune nous viendrait avec Christ? fit un autre.

— Assez de paroles, trancha le roi. Le loup veut ma tête? J'aurai la sienne! La bonne fortune? Si vous avez connu la vaillance, alors vous connaîtrez les bonnes grâces de Christ; cela doit suffire! Mais sachez que la sorcellerie ne saurait soustraire ce loup à la fureur de Dieu. Il a mortellement offensé le roi, et le seul endroit où il trouvera quelque repos sera l'endroit où il sera enseveli!

Le chant de Kalfi, le scalde du roi, calma les hommes.

— Des hommes ont l'épée au flanc,
  Les héros, leurs armes de guerre.

L'ivresse les a rendus fous,
Au poison les méchants ont goûté
Leurs chants feront succomber.
Ils ont ensorcelé les meilleurs mêmes
Une cour pleine de piquets
Sur chacun une tête d'homme.
Un seul piquet n'a pas de tête
C'est sur ce piquet qu'on mettra la tête du loup.

Les corps des morts furent rassemblés. Les occis du roi furent ensevelis en terre consacrée, sous les décombres de l'église. Les autres furent décapités, leurs têtes empalées sur des piquets et laissées en pâture aux oiseaux de proie, leurs restes inhumés dans une fosse commune, près de la forêt. Quelques grosses pierres en marquèrent l'emplacement.

Plus tard, on découvrit les corps de plusieurs moines demeurés coincés sous une avalanche de moellons, de pierres et de madriers. Parmi les cadavres se trouvait le corps de Cédric, le jeune moine copiste. Un tronçon de lance était fiché dans sa poitrine et sa gorge avait été broyée par les mâchoires d'un loup. Geoffroy de Prié avait survécu au massacre. En voyant le corps transpercé de Cédric, le moine tomba sur le sol. Fou de douleur, rampant sur les mains et les genoux, il enlaça le cadavre, posa la tête sur la poitrine ensanglantée et, les yeux ruisselants de larmes, s'écria:

— Je suis la cause de ta mort! Je suis le profanateur, celui qui a commis le sacrilège! Même la sombre cellule de pierre ne pourra sceller mon malheur et ma honte. Tu demeurais mon espoir parce que tu étais vivant. Maintenant nous ne nous verrons plus en ce monde alors qu'il reste tant de vivants! Je les voue tous à la mort si cela peut te ramener à la vie! Je suis affligé, brisé! Les quatre Évangiles ne suffiront pas à me soutenir. Ce n'est pas bien, ce n'est pas juste! Dieu a maudit cette contrée; partout ce ne sont que morts et mourants.

Il embrassa le visage de Cédric et pressa sa tête contre lui.

— Nous sommes issus d'un même désir, se lamenta-t-il à voix haute, et je souhaite entrer dans la même tombe!

Animé d'une rage soudaine, il se mit à blâmer amèrement le roi:

— Ce pays n'a fait que m'apporter chagrin sur chagrin. À cause de votre monde barbare, l'être que j'aimais le plus au monde est mort et je ne supporte plus de vivre!

Ne comprenant rien aux paroles du moine, Olaf interrogea l'évêque du regard. Il y eut un long silence. Puis Godred de Man répondit simplement:

— Il a fait maintes prophéties pour les temps à venir et il a souhaité que vous le laissiez partir. Puis-je lui dire qu'un navire le ramènera vers la Neustrie?

Le roi acquiesça. Prenant un air compatissant, il ajouta:

— Dis-lui que j'élèverai partout des églises à la gloire de Christ et que mon successeur sur le haut-siège de la Norvège et son successeur, et tous les rois issus de ce lignage, seront baptisés à Rouen. J'en fais le serment!

Le visage défait, Geoffroy de Prié leva les yeux au ciel.

— Ô Dieu, gémit-il, je suis le plus insensé des hommes; j'ai voulu dérober à ta création un semblant d'étoile! Je ne sais plus comment me comporter dans le regret et ne trouve plus les mots pour t'avouer ma faute. Toi qui supportas tant de peines, tu dois comprendre la mienne! Comment aurais-je pu empêcher qu'il meure de cette manière, si jeune encore, qu'il disparaisse en pleine force? Ce jour ne s'arrêtera donc jamais? Et moi, ô mon Dieu, quel est mon rang parmi les hommes?

Geoffroy de Prié sentit sa chair qui le brûlait. Il

avait conspiré contre Dieu; c'était le plus triste de tous les crimes, car le poison s'était étendu à celui qui emportait son œuvre avec lui dans la mort. Il voulut encore crier à Dieu la douleur de la trahison, mais il demeura muet. Il n'y voyait presque plus. Il en éprouva presque un réconfort puisque toutes les horreurs s'effaçaient de sa vue. Dieu lui épargnait les dernières infamies et lui faisait don de l'oubli.

Alentour, le sol était encore recouvert de grandes flaques de sang. Les mouches pullulaient. Partout des blessés étaient étendus sur des peaux; ils souffraient en silence. Pour calmer les douleurs, on appliquait du fumier sur les plaies; pour combattre les infections, on brûlait les moignons des amputés. Les lieux empestaient l'urine et la misère. Les hommes doutaient des dieux tout en les invoquant. Et il y avait parmi eux un roi qui ne connaissait qu'une création du Dieu unique: quelques moines miséreux. Des êtres mornes qui passaient leur vie à déchiffrer les mystères et les secrets d'anciennes connaissances enfouies dans de lourds manuscrits remplis de signes et d'images en couleurs. Mais aussi des êtres pleins de zèle; des serviteurs de Christ et des défenseurs des églises, qui ne permettaient à nul de conserver l'espoir de ne pas être découvert en l'audace de mal faire et qui laissaient savoir à tous que rien ne reste impuni; on ne résistait pas à l'ordre voulu par Dieu, pas plus qu'on ne résistait au pouvoir d'un roi. Car chacun devait savoir que la lune n'a pas d'éclat propre, elle n'a que l'éclat que lui prête le soleil. Or c'est Dieu qui fit les luminaires du firmament afin de servir de signes et de marquer le temps.

Geoffroy de Prié avait oublié les ministères célestes et royaux; peut-être ne croyait-il plus en ce qu'il avait cru! Il était tellement difficile d'affronter la nuit.

Quatrième partie

Vinland

Au-delà de Thulé, il ne subsiste ni terre, ni mer, ni air, mais un composé de trois éléments, quelque chose comme le poumon de mer, une matière qui, enveloppant de tous côtés la terre, la mer, tout l'univers, en est comme le lieu commun, et à travers laquelle on ne peut ni naviguer, ni marcher.

(Pline, *Livre II*)

Le long serpent

Au lever du soleil une silhouette en loques apparut au sommet d'une éminence, loin au-dessus des ruines de Nidaross. Frissonnant, fatigué, l'homme attendit là jusqu'au crépuscule, puis encore d'aube en aurore. Il se contentait de regarder le ciel s'éclaircir et la brume matinale se dissiper. Il vit que le spectre de la mort hantait les lieux. Des maisons qui, quelque temps auparavant, s'élevaient le long des ruelles tortueuses, il ne restait plus que de sombres murs de pierre noircis par le feu. Il n'y avait plus de palais ni d'église. Mais la rivière Nid coulait toujours, étincelante sous un ciel sans nuage. C'est vers le cours d'eau que se dirigea finalement Bjorn. Et c'est là qu'il la retrouva, comme une grâce donnée par les dieux; gracieuse, irradiée de beauté par le soleil, lavant dans l'eau argentée de longues bandes de tissu servant au soin des blessés. Elle était agenouillée, ses bras nus projetés en avant, son buste parfaitement dressé, accusant le charme de son torse juvénile. De temps à autre, sa tête, par un mouvement complaisant, rejetait en arrière les mèches indisciplinées qui s'égaraient sur son front et sur ses yeux. Il reconnaissait sa dignité hautaine et sa farouche indépendance. Il la regarda longtemps encore et l'admira, tandis que ses poings nerveux s'appuyaient sur le sol ou que ses doigts agiles faisaient jaillir l'écume. Il la regarda se relever, plier, froisser, presser et tordre les linges pour les égoutter, puis se remettre à genoux et reprendre le travail. Il l'appela doucement:

— Brigit!

Elle leva brusquement la tête. Lorsqu'elle aperçut Bjorn, ses yeux s'embuèrent aussitôt de larmes. Elle vit le visage émacié; un visage presque intemporel, sur lequel de multiples sentiments glissaient comme une brume.

— Tu es vivant! soupira-t-elle en se jetant dans ses bras.

La jeune fille lui fit le récit de la destruction de Nidaross et de l'héroïque résistance du roi et des siens.

— Leif est vivant, lui annonça encore Brigit, et il va participer à la construction d'un navire royal.

Plusieurs drakkars avaient quitté le fjord en direction de la Neustrie, le roi ayant ordonné que l'on renouât avec les populations franques et que l'on participât à la reconstruction de Rouen. Lorsque la horde viking de Styr Force-de-Bœuf avait entraîné Geoffroy de Prié ainsi que moines et clercs de l'abbaye de Saint-Ouen vers les terres de la Norvège, Gerbert d'Aurillac était encore archevêque de Reims. Pendant la Lune des Cornes, le 18 février 999, le pape George V mourait à vingt-neuf ans. Son âge et la soudaineté de sa mort firent naître bien des rumeurs. L'empereur Otton, poussé par la vénération sans bornes qu'il professait pour Gerbert d'Aurillac en raison de son incomparable science philosophique, l'éleva au souverain pontificat. Le 9 avril 999, le jour de Pâques, il fut consacré dans la basilique Saint-Pierre, à Rome. À la même époque, les Vikings célébraient l'équinoxe du printemps symbolisé par la rune Daeg: c'était la période de la Lune du Passage. Geoffroy de Prié, qui avait quitté Rouen en ruines, retrouvait maintenant une campagne tranquille qu'agrémentaient des bouquets d'arbres aux feuilles à peine frémissantes. On avait fait renaître la cité de ses cendres et elle se dressait de nouveau au-dessus de la Seine. Une énorme forteresse la protégeait; avec un épais donjon carré en pierres et en briques, quatre tours d'angle élevées au-dessus du sol de douze fois leur largeur, pleines jusqu'au niveau des murs. D'énormes contreforts lisses et une entrée percée dans un corps en saillie donnaient aux habitants l'assurance que ce redoutable guetteur, par son aspect farouche et saisissant, veillait désormais sur la Seine, la cité, l'abbaye et les terres.

Ne pouvant le faire pour cette femme qui se refusait à lui, le roi Olaf décida de consacrer toutes ses richesses à un navire royal. Pour ce cheval du profond, il commanda l'or et le bronze, les bois précieux et les plus beaux tissages. Il demanda que l'étrave soit sculptée avec soin, que les flancs soient décorés de peintures et garnis de fer, que les voiles soient blanches comme neige, avec des bandes bleues et rouges...

Pendant ce temps, loin de Nidaross, dans une caverne profonde taillée en plein roc, en compagnie d'un corbeau qu'il avait apprivoisé, Ulf avait repris ses hymnes aux dieux. Quand il eut fini, il tendit l'oreille. Ce n'était plus le sifflement furieux de la bourrasque qu'il entendait, mais le bruit des pierres funéraires qui semblaient se soulever et grandir comme par enchantement.

— Adieu donc, Aldis, ô ma mère! fit-il alors. Les hommes du roi viendront pour réclamer ma tête, mais je serai disparu!

Ulf le Loup prit alors le chemin de la mer. Il se dirigea vers un endroit où la rive était pleine de rouleaux pour y lancer un bateau. Avec quelques hommes, il hissa la voile au mât, puis il s'assit au gouvernail et s'installa pour guider la grande barque à l'aide de la solide godille. Une longue houle poussa le bateau au large sur les ondes claires du fjord. Il vogua en direction de l'Ouest.

* * *

C'est au pied des pentes boisées du fjord de Trondheim que le roi Olaf ordonna la mise en chantier du navire royal. Il y avait partout de grandes forêts de chênes, pourtant, les hommes d'Olaf eurent du mal à trouver un tronc suffisamment grand et droit pour fournir la quille massive destinée au navire. Il fallut une véritable armée pour réunir les matériaux, fendre le bois abattu, rechercher pour les membrures des pièces naturellement coudées et courbées de chêne et de sapin, transformer les racines de conifères en cordes aux fibres solides pour assembler coque et charpente, façonner rivets et clous en fer, chevilles en bois et courroies en peau de morse. Des hommes alimentaient les braises dans le grand fourneau pendant que les forgerons battaient le fer, l'écrasant à grands coups de leurs lourdes masses. Tout ce qu'ils pouvaient utiliser était fondu: marmites, débris de crémaillère, faucilles, bêches. Les plus grands arbres de la forêt furent abattus. «Un bateau de guerre, avait commandé le roi, avec une cale suffisamment profonde pour contenir une cargaison de trésors; un bateau qui aura le flanc revêtu de fer et la pointe bardée d'acier; pour pouvoir tenir dans les pires vents, rester ferme dans les grandes tempêtes.»

La construction débuta par la coque, en partant de l'énorme quille. Massive, cette dernière fut taillée dans un seul tronc faisant soixante aunes. En effet, le roi voulait que ce drakkar mesure plus de soixante-cinq aunes depuis la proue recourbée jusqu'à l'arrière.

Le drakkar devait être conçu pour armer trente-quatre avirons de chaque bord et transporter des centaines de guerriers.

Olaf confia la sculpture de l'étrave et de l'étambot recourbés au plus habile constructeur de proues: Thorberg. S'étant absenté quelque temps du chantier, Thorberg constata à son retour que ses compagnons, impressionnés par la taille de la quille, avaient monté le bordé avec des planches si épaisses que le navire allait s'en trouver beaucoup trop alourdi. Il savait bien qu'un drakkar devait être léger et maniable, quelle que fût sa dimension. La coque devait être portée comme une feuille par les vagues de l'océan; sa quille devait pouvoir fléchir et les plats-bords se gauchir, permettant à la coque de ployer avec les vagues et de les fendre avec le minimum de résistance.

Le roi Olaf, qui ne s'était pas rendu compte de l'erreur, admirait sur le chantier les formes lisses et élevées du drakkar. Jamais bâtiment de guerre n'avait été aussi grand et aussi beau. Thorberg n'avait rien dit. Durant la nuit il entailla profondément tous les bordages d'un des flancs du navire. Lorsque le roi revint sur le chantier, le lendemain, il entra dans une violente colère.

— Le chef-d'œuvre a été saccagé, écuma-t-il. Le jaloux qui a détruit le rêve du roi mourra dans les pires supplices. Je promets la plus forte récompense à celui qui le découvrira!

Alors Thorberg, très calme, prit la parole.

— Tu peux garder ta récompense, roi, car je sais qui a fait cela. C'est moi!

— Tu vas le remettre dans l'état où tu l'as trouvé, sinon tu en répondras sur ta vie! ragea Olaf.

Ce fut Leif qui calma le roi en lui rappelant que des bordés moins épais, une coque plus profonde et une lisse élevée donneraient à ce navire une supériorité évidente sur les navires plus bas, plus lents, plus vulnérables aux projectiles. Olaf reconnut le bien-fondé des arguments de Leif, car avant qu'il devienne roi, il avait surtout commandé des bandes vikings, effectué des pillages riverains et attaqué des cités anglaises. Tous ces éléments étaient, à ses yeux, affaire de vie ou de mort.

— Que ta main ne tremble pas et que ta hache ne trahisse pas ta main, Thorberg! finit par dire le roi.

— Si tu veux qu'il en soit ainsi, ne reviens que lorsque je te ferai demander, répliqua l'autre.

Thorberg empoigna solidement sa hache et commença à entamer les planches. Pendant des jours il réduisit leur épaisseur, amenuisant le bordé jusqu'à faire disparaître les entailles les plus profondes. Lorsqu'il fut satisfait de son œuvre, il le fit savoir au roi. Quand Olaf et ses hommes revinrent, ils furent étonnés de constater que le flanc du navire présentait une surface encore plus brillante et plus lisse qu'avant.

— **Scafhogg**! s'exclama le roi. Le coup qui rend lisse!

Thorberg porta avec fierté le surnom lancé par la bouche même du roi.

Puis le drakkar eut sa voile. Ce fut la plus grande voile jamais confectionnée; elle avait été tissée d'une double épaisseur de laine. Découpée en un énorme rectangle, elle dépassait les vingt-cinq aunes. Elle fut hissée, arrimée sur une grand-vergue et assurée, dans sa partie inférieure, à une bôme secondaire.

On décora enfin le navire royal. D'un côté, on voyait des moulures en or; de l'autre, des girouettes en bronze doré, pour annoncer la direction des vents. La proue se terminait en tête de dragon, coulée dans l'argent massif. Les flancs étaient couverts de figurines en métal précieux; ici, des taureaux, l'encolure et les pattes tendues, comme s'ils allaient bondir; là, des reptiles entrelacés, aux mâchoires menaçantes.

— Ô belle d'entre les femmes, s'exclama le roi, en extase devant l'œuvre achevée, regarde devant la terre les longues coutures du splendide drakkar. La crinière du brillant dragon étincelle au-dessus de la cargaison. Son cou est décoré d'or brûlé; c'est le trésor du royaume qui sera lancé sur les rouleaux.

C'est à Brigit que pensait le roi. Olaf essaya d'imaginer le destin de ce grand drakkar; il se demandait s'il traverserait l'océan ou encore s'il affronterait ses grands rivaux danois et suédois. Il n'en savait rien, sinon que ce vaisseau était maintenant son plus grand trésor. Il l'appela le **Long Serpent**.

L'an mil

La Lune des Moissons était arrivée. Un essaim de charpentiers, de forgerons et d'artisans s'affairaient à reconstruire Nidaross. Leif et ses compagnons du Groenland hâtaient les préparatifs de retour. Ils entassaient le bois coupé jusqu'à ras bord. Le roi Olaf tenait ainsi sa promesse.

Thangbrandr, un prêtre de la hird du roi, d'origine frisonne, fils de Vibaldus, comte de Saxe, était revenu d'Islande, déclarant au roi qu'il pensait que le christianisme ne serait pas accepté dans cette île. Il avait dit au roi les offenses que les Islandais lui avaient faites.

— Ils sont versés dans l'art de la magie, raconta Thangbrandr. Il y avait un homme qui s'appelait Hedinn le Sorcier et qui habitait à Kerlingardalr. Des païens l'avaient payé pour me mettre à mort. Il monta à Arnarstakksheidr et y fit un grand sacrifice. En arrivant de l'est, je vis le sol s'ouvrir sous mon cheval, mais sautant de celui-ci, je parvins à remonter sur le bord du gouffre, tandis que la terre engloutissait le cheval avec tous ses harnais; je ne les revis plus jamais. En louant Dieu, je me mis à la recherche de Hedinn le Sorcier. Je le trouvai sur la lande et le fit

chasser. Gudleifr, mon compagnon, le transperça de sa
lance. Nous tuâmes d'autres contradicteurs: Vertrlidi,
le scalde, et Ari, son fils.

Le roi fut courroucé en entendant le récit de
Thangbrandr.

— As-tu pu au moins leur montrer la voie de Dieu
et imposer les mains en son nom? demanda-t-il au
prêtre.

— Hallr ainsi que tous ceux de sa maison ont reçu
le baptême, répondit Thangbrandr. Et Kobr, Ozurr,
Surtr, fils d'Asbjorn, fils de Thorsteinn, fils de Ketill.
J'ai également vaincu Otryggr le berserkr. J'ai donné
l'occasion à tous les païens d'éprouver laquelle des
deux croyances était la meilleure. Nous avons fait
trois feux: les païens en ont sanctifié un, moi, un
autre, et le troisième fut laissé tel quel. Si le berserkr
avait peur de celui que j'avais sanctifié mais traversait celui des païens, alors tous embrasseraient la foi
chrétienne. On fit les feux et ils brûlèrent; les hommes
prirent leurs armes, montèrent sur les bancs et
attendirent. Tout le monde avait peur de Otryggr car
le berserkr ne craignait ni feu ni fer. Lorsqu'il arriva,
tout armé, et franchit le seuil, il traversa aussitôt le
feu que les païens avaient sanctifié, mais il n'osa pas
traverser le mien, disant que cela le brûlerait. Puis il
voulut m'abattre d'un coup d'épée, mais je le frappai
du crucifix, et il y eut un grand miracle car l'épée tomba de sa main. Tous intervinrent alors et tuèrent le
Peau-de-Loup. J'ai pu baptiser beaucoup de païens.
Mais ailleurs en Islande, des chefs se concertèrent et
décidèrent de me tuer. J'ai dû fuir et me voilà, ô roi,
pour te rapporter ce récit!

— Que faut-il donc à ces exilés d'Islandais pour
comprendre que leur juste cause sera désormais le
Tout-Puissant? s'exclama Olaf.

— Si cette foi est destinée à prendre de l'ampleur,
c'est à l'Althing que cela se fera; tous les chefs d'Islan-

de devront en faire leur cause, ajouta Thangbrandr.

— Tu as pourtant fait le principal, fit Olaf, redevenu calme, même si c'est à d'autres qu'il échoit maintenant de donner à cela force de loi.

Thangbrandr était accompagné de deux Islandais chrétiens. L'un d'eux, Hjalti, fils de Skeggja, fut banni pour avoir profané les dieux païens. L'autre, Gizurr le Blanc, s'était porté volontaire pour accompagner le prêtre lors du long périple de retour en Norvège. Gizurr raconta que le bateau de Thangbrandr avait fait naufrage à l'est, près de Bulandsnes. Le navire s'appelait le Bison. Les hommes furent rescapés et Steinunn, la mère d'un scalde, Refr, vint à leur rencontre. Elle prêchait les croyances païennes et elle essaya longtemps d'en persuader Thangbrandr. Ce dernier finit par lui dire que tout ce qu'elle avait raconté était faux. «As-tu entendu dire, lui lança-t-elle alors, que Thor provoqua ton Christ en duel, mais qu'il n'osa pas se battre contre Thor? — J'ai compris, répondit Thangbrandr, que Thor ne serait plus que poussière et cendres dès que Dieu ne voudrait plus qu'il vive. — Sais-tu, dit-elle encore, qui a fait faire naufrage à ton bateau? — Qui dis-tu que c'est? — Thor brisa le Bison, les dieux poussèrent le bateau vers la côte, ton Christ ne protégea pas le bateau quand il se fracassa!»

— Et toi, Hjalti, qu'as-tu dit pour mériter le bannissement? demanda le roi au compagnon de Gizurr et de Thangbrandr.

Hjalti hésita mais Thangbrandr lui fit signe qu'il n'avait rien à craindre du roi. Alors l'Islandais récita d'une voix mal assurée ce que l'on considérait en Islande comme un libelle envers les dieux:

— Je ne peux supporter que les dieux aboient. Pour moi, Freyja est une chienne; si ce n'est Freyja, c'est Odin. Il faut que l'un des deux soit un chien!

Il y eut un bref silence, puis le roi éclata d'un rire énorme.

— Digne d'un roi! lança-t-il en se tapant bruyamment les cuisses.

Redevenu sérieux, Olaf s'adressa à Gizurr:

— Tu es islandais, n'est-ce pas? Et tu es un des premiers chrétiens de cette île! Tu as la sagesse écrite sur le visage. C'est donc toi qui parleras au nom du Christ et au mien; et tu le feras devant tous les chefs d'Islande réunis au Thing. Je te ferai accompagner de mes meilleurs hommes et tu navigueras sur mes meilleurs knorrs. Il y aura des présents et du bois pour construire des bateaux; beaucoup d'autre bois s'ils conviennent de se ranger à la cause de Dieu. Fais envoyer des messages dans toutes les régions d'Islande, circule parmi les alliés, soutiens leur croyance, ordonne des banquets et fais en sorte qu'à la Lune de Jachère, au solstice d'été, la croyance au Tout-Puissant ait force de loi!

Après le roi, l'évêque Godred de Man intervint auprès de Gizurr le Blanc. Il lui demanda de prendre douze prêtres avec lui. Lorsque Gizurr s'étonna de cette requête, l'évêque lui fit part qu'il avait eu une révélation et que la mission que lui confiait le roi ressemblait étrangement à celle que le Tout-Puissant avait confié, voilà des milliers d'hivers, à Josué.

— D'où tiens-tu ce fait? demanda Gizurr à l'ecclésiaste.

— Des Écritures, lui répondit Godred de Man. Elles furent dictées par le Tout-Puissant lui-même. Et il est dit dans ces Textes Sacrés que le Tout-Puissant parla à Josué et lui dit: «Choisissez-vous douze hommes parmi le peuple, un homme par tribu, et donnez-leur cet ordre: Enlevez d'ici, du milieu du fleuve, là où se sont posés les pieds des prêtres, douze pierres que vous emporterez avec vous et déposerez au lieu où vous passerez la nuit.»

— Et qu'arriva-t-il?

— Ils demandèrent pourquoi ils feraient une telle

chose, expliqua l'évêque, et Josué répondit que c'était pour en faire un signe parmi eux; et que lorsque leurs fils demanderaient: les pierres, que sont-elles pour vous? Ils répondraient: ces pierres sont un mémorial pour le peuple, pour toujours! Ne vois-tu pas, Gizurr, qu'il s'agit d'un signe du Tout-Puissant?

— En effet, fit l'autre. Je choisirai ces douze prêtres parmi ceux qui transporteront les plus lourdes pierres sur une distance de cinquante aunes.

— Tu es, en effet, très sage! conclut l'évêque.

Le roi Olaf fut fort impressionné des dires de son évêque.

— Tu ne m'avais jamais parlé de ces Écritures, reprocha-t-il à Godred de Man.

— Le roi me pardonnera, mais cela était à dessein. Car justement, le Tout-Puissant a révélé des choses à celui que je compare à mon roi: Josué! Après la mort du grand Moïse, celui qui fut le plus fidèle serviteur du Tout-Puissant, celui-ci parla à Josué en ces mots: Moïse mon serviteur est mort; maintenant, debout! Passe le fleuve que voici, toi et tout ce peuple, vers le pays que je leur donne. Tout lieu que foulera la plante de vos pieds, je vous le donne, comme je l'ai dit à Moïse. Depuis le désert jusqu'au grand fleuve, et jusqu'à la Grande Mer, vers le soleil couchant, tel sera votre territoire. Personne, tout le temps de ta vie, ne pourra tenir devant toi. Sois très fort et tiens bon, car c'est toi qui vas mettre ce peuple en possession du pays que j'ai juré à ses pères de lui donner. Que le livre de cette loi soit toujours sur tes lèvres: médite-le jour et nuit afin de veiller à agir selon tout ce qui y est écrit. Telle fut ma révélation, ô roi!

— Alors toutes les terres jusqu'au soleil couchant me sont promises! fit Olaf.

— Tu es le roi! laissa tomber Godred de Man. Tu es l'élu du Tout-Puissant!

Les hommes d'Islande et du Groenland étaient

prêts pour le grand départ. C'est à peine quelque
temps avant l'embarquement que le roi Olaf demanda
que lui soit cédé en gage d'amitié et de bonne foi l'îlot
qui se trouvait au large de l'Eyjafjödr, en Islande, et
qu'on appelait Grimsey. Il demanda également qu'on
lui confère la propriété de certaines terres que consa-
creraient ses prêtres et que l'on verse des redevances
au nom de Dieu. En échange, le roi s'engageait à fournir les biens de la Norvège qu'on lui indiquerait.

Ce fut Bjorn qui répondit au roi. Il parla au nom
de l'Islande; sa voix était claire et forte.

— Je serai devant l'Althing, roi Olaf, lorsque ton
émissaire fera connaître les desseins de ton Dieu. Je
dirai que tu envoies, dans le pays d'Islande, à tous les
chefs et dirigeants, ainsi qu'à tout venant, hommes et
femmes, jeunes et vieux, tes salutations... c'est, je
crois, le message d'amitié que tu nous confies; car je
crois cette amitié beaucoup plus profitable que l'îlot
que tu demandes. En Islande, nul ne dispose d'un pouvoir plus grand que les autres, car ce lieu est un territoire commun. Tous y partagent un même courage et
une même pauvreté; même le bétail. Mais tu as droit à
ce que ta requête soit reçue par l'Althing, et elle le
sera. Toutefois, je te dirai mon opinion, puisque l'affaire de chacun est aussi l'affaire de tous. Je crois que
les gens d'Islande ne doivent pas se soumettre à verser des tributs au roi de Norvège ou toute autre
redevance que ce roi impose aux gens de son propre
royaume. Si nous acceptions, ce ne serait pas seulement à nous que nous imposerions cette tyrannie,
mais à nos fils aussi et à toutes nos familles qui
habitent ces terres. Tu es, ô roi, un excellent homme;
et nous tous, qui fûmes tes invités, avons tenu le
glaive et la hache, et rougi de notre sang la terre de
ton royaume pour la défense de tes droits. Mais lorsqu'il y aura changement de rois, ils ne seront pas tous
semblables; certains seront bons, d'autres mauvais.

Et si les gens de ces terres d'Islande et du Groenland veulent garder leur liberté, celle qu'ils ont depuis que ces pays sont habités, il ne faut donner aucune prise à un roi, ni en lui conférant la propriété de terres ni en versant désormais des redevances fixes qui pourraient être tenues pour contraignantes.

Leif Eiriksson tint de semblables propos. Il se devait de soutenir son frère juré. Dissimulant sa frustration et sa colère, Olaf rappela à Leif ses engagements. Le fils d'Eirik le Rouge fit part au roi qu'il entretiendrait son père et ceux de toute la communauté du Groenland de la supériorité de Christ sur les dieux païens. Il ajouta qu'il n'était pas prêtre mais homme de mer et qu'il entendait surtout naviguer vers des horizons inconnus, vers des terres qui existeraient au-delà du soleil couchant. Godred de Man lui répondit que ces terres étaient celles du Diable et que Dieu avait permis à un seul de ses saints, saint Brandan, d'y errer. Il ajouta que des montagnes surgissaient de l'océan, que les falaises étaient si hautes que même saint Brandan n'avait pu en voir le sommet; et qu'elles étaient noires comme l'enfer; que des flammes jaillissaient dans le ciel, aspirées aussitôt par les pentes, de telle sorte que la montagne ressemblait à un perpétuel bûcher en feu. L'évêque raconta encore avec force gestes que dans ces eaux maudites, la plus grande des créatures s'étendait, pareille à un promontoire, semblable à une terre mouvante, et par les ouïes absorbait une mer qu'en un souffle elle rejetait, en faisant bouillonner les abysses comme une chaudière. Il termina, se signant plusieurs fois, en disant que toute chose qui s'aventurait près du chaos qu'était la gueule de ce monstre était instantanément engloutie dans l'immense et horrible gouffre, pour périr dans l'abîme infini de sa panse.

Leif remercia Godred de Man de l'informer de tous ces dangers, ajoutant que si le Tout-Puissant avait protégé saint Brandan, il en ferait autant pour lui.

— Sinistre fut le démêlé dans le ciel, proféra sourdement l'évêque, quand ils entrèrent dans le haut feu de l'abîme, ceux qui trahirent misérablement le Seigneur!

Olaf, qui avait assisté en silence aux échanges entre Leif Eiriksson et Godred de Man, se leva.

— Je garderai vingt hommes en otages, annonça-t-il. Il est bon que des fils d'idolâtres restent là où ils se trouvent le plus mal! Puisque vous avez combattu aux côtés du roi, vous désignerez vous-même ces otages. Je respecterai leur vie jusqu'au retour de Gizurr le Blanc. Lorsqu'il me rendra compte de sa mission, je déciderai de leur sort. J'ai dit. Que les vents soient favorables!

Les compagnons d'Islande et du Groenland se concertèrent et n'eurent guère à discuter, la plupart des otages se portant volontaires. Parmi eux il y avait les deux frères: Jan le Duelliste et Kristjan le Vif.

Les drakkars firent route vers l'Ouest. Le fjord de Trondheim s'éloignait, entaillant largement les terres, dessinant des anses et des pointes sauvages. Récifs et îlots alternaient encore avec d'étroites bandes de terre s'étirant en presqu'îles au milieu des eaux calmes. Puis on déploya les voiles carrées et bientôt les contours de la Norvège se perdirent dans le lointain. Il ne restait plus qu'un océan...

Lors de la première nuit en haute mer, Brigit confia à Bjorn qu'elle avait eu une vision.

— Il s'agit du roi Olaf, dit-elle. Je crois que tu ne le reverras pas vivant. Une armée venant du nord se ruait contre le roi. Le drakkar du souverain portait à la vergue une voile immense et il défendait le pays contre trois princes. Et le corbeau ne connut plus la faim pendant que s'agitait le bâton de la bataille et que le loup hurlait sur la charogne. Le sang chaud

coulait dans la vaste mer et le roi renommé combattait sur le gaillard de son bateau désert qu'enlaçait
l'océan.

Bjorn serra contre lui le corps frissonnant de Brigit.

Sur un autre drakkar, Leif contemplait le ciel
constellé d'étoiles. Il imaginait des tempêtes qui gran-
dissaient en hurlant, une plaine glacée qui se dislo-
quait, des glaces emportées par de mystérieux courants et qui se heurtaient dans un fracas de tonnerre;
puis une terre, et des pierres, blocs entassés pêle-
mêle qui se dressaient comme des menhirs géants, et
le soleil, tel un grand feu qui consumait tout ce chaos
comme en une fin du monde anticipée. Enfin, au bout
d'une route de mer sans but et sans fin, une sourde
immensité. Il se souvenait des prédictions de Petite-
Voyante.

— Je foulerai les sols et donnerai des noms à ces
rêves. Ce seront des pays! murmura-t-il.

Les longues nefs glissaient dans la nuit.

*   *   *

Ils naviguèrent droit vers l'Ouest, croisèrent au
nord les îles Shetland dont ils distinguèrent la côte
alors que le temps était encore clair, longèrent les îles
Féroé par le sud de manière à voir les montagnes
réduites de moitié; enfin, ils dépassèrent l'Islande,
suffisamment près de la terre pour voir les oiseaux et
les baleines. Le cœur de Bjorn battait à tout rompre à
la vue des falaises lisses et noires se dressant comme
une muraille infranchissable au-dessus des eaux.
Quelque part au-delà de ces hautes pierres se dressait la pierre de Thor.

Au bout de quatre nuits, ils virent d'énormes glaciers percés d'immenses échancrures s'enfoncer dans
la mer et, droit devant, la ligne blanche du Groenland
qui courait à l'horizon. Soudain, trois lames énormes,

plus hautes que des montagnes, barrèrent la mer.
C'était comme si toutes les vagues et les tempêtes de
l'Océan s'étaient soulevées en trois masses aqua-
tiques. Elles s'abattirent avec un fracas monstrueux
et les drakkars furent instantanément dispersés. Leif
parvint à maintenir le cap, mais Bjorn et Lodinn,
leurs navires démâtés et sans gouvernail, dérivèrent
longtemps avant de s'échouer sur un rivage hostile.
Bjorn fabriqua un canot de fortune à partir des débris
de son drakkar échoué. Lui et les siens se frayèrent
un passage dans les glaces flottantes, de plus en plus
nombreuses, jusqu'au moment où ces dernières les
empêchèrent d'aller plus loin. Ils traînèrent alors leur
barque sur de longues étendues de banquise enneigée
par endroits. Les hommes s'écroulaient un par un,
sous l'effet du froid et de la faim. Leurs compagnons
enterraient les corps raidis en creusant à la hache, à
même la neige tassée et la glace, des sépultures de
fortune. Brigit, quoique affaiblie, faisait sa part pour
soutenir les plus éprouvés. Finalement, la dizaine de
survivants tuèrent un ours polaire, non sans que la
bête éventrât trois hommes qui la retenaient désespérément par les oreilles et la fourrure du cou pour éviter qu'elle ne glisse dans les eaux glacées. Mais leur
sacrifice ne fut pas vain puisque les autres mangèrent la viande de l'animal et purent ainsi survivre
pour retrouver la communauté de Raide-Pente.

Lodinn échappa lui aussi à la mort. Il récupéra les
cadavres de marins naufragés, fit bouillir la chair et
la mangea. Non seulement survécut-il, mais il trouva
les forces nécessaires pour ramener les ossements de
ses compagnons qu'il inhuma décemment dès son
retour. Partout au Groenland il fut appelé Lodinn le
Cadavre.

L'hiver fut rude. Il arriva avec soudaineté, lorsque les rafales de neige succédèrent aux embruns.
Les grands corbeaux s'envolaient des rives après

s'être nourris de poissons morts échoués sur la berge.
Les colonies de marmettes, jusque-là entassées sur
les îlots, envahissaient les icebergs qui défilaient,
poussés par les grands courants de la mer des glaces.
La récolte avait été pauvre; même l'orge n'avait pas
mûri. La communauté d'Eirik le Rouge était réduite
à se nourrir de smyoer froid et de bouillie de gruau,
les restes des vivres que Leif avait ramenés de Norvège. Les plus intrépides parmi les hommes, Bjorn
en tête, se rendirent alors dans les régions froides de
l'extrême nord. Ils construisirent des abris grossiers
et se lancèrent à la poursuite des bêtes sauvages. Les
autres se terrèrent dans les maisons basses dont on
avait accentué les parements en plaques de tourbe
pour préserver les bêtes et les hommes du froid
mordant. Ils ne quittaient presque pas le feu de
tourbe sèche qu'on entretenait jour et nuit, en l'agré-
mentant parfois de troncs de bois flotté et de branches de bouleaux nains.

À des lieux du Groenland, l'an mil s'ouvrait un dimanche pour le monde chrétien. On avait si souvent
évoqué la fin des temps que de la grande peur des
Temps Derniers on ne parlait guère plus qu'à l'ordinaire. Dans l'attente de l'Apocalypse, les pestes, les
famines et les invasions avaient tenu leur rôle. Nul ne
s'avisait vraiment qu'un millénaire commençait, sinon
quelques clercs habitués à dater les actes de l'an de
l'Incarnation; encore que certains faisaient commencer l'année à l'Annonciation et d'autres à Pâques. Il y
eut bien une éclipse de soleil, un certain dérangement
céleste et quelques épidémies nouvelles, tout cela
venant ébranler l'ordre des choses, entendu que rien
de bon ne pouvait venir d'un dérangement. Mais la
Création résista à la fin des Temps. Même si le mal
des ardents frappait encore et qu'un nombre incal-
culable d'hommes et de femmes eurent le corps con-
sumé d'un feu invisible, même si à l'abbaye de Saint-

Benoît, et de même à Cluny, on survivait en se
nourrissant de tripes d'âne et de viande de cheval, le
troisième ange ne sonna pas la trompette, ni le quatrième d'ailleurs. Voilà quatre siècles déjà que Gré-
goire de Tours avait écrit que le monde courait à sa
fin, mais les villes ne tombaient toujours pas et, même si le feu de Dieu couvait encore et toujours, Rome
et Jérusalem étaient debout.

En fin de compte les hommes mêlaient encore
Christ à la mythologie païenne, ils engendraient inlassablement des Puissances intermédiaires qu'ils sup-
pliaient pour mieux les répudier ensuite, ils emplissaient l'air, la mer et les ténèbres de leur imagination
sans limites, n'en finissaient pas de procréer des dog-
mes, de mêler leurs premières religions aux enseignements du Verbe. Mais les grelots d'Apocalypse se taisaient un à un. En attendant, les clercs allaient voir
s'allonger par nécessité arithmétique la formule de
datation des actes: *anno Domini millesimo...*

* * *

Les hommes d'Islande oubliaient déjà la brièveté
des jours au solstice d'hiver, le brouillard et le froid.
Ils avaient quitté les épaisses fourrures et les couettes bourrées de duvet d'eider pour mener les bêtes au
pâturage après l'hiver passé dans les stalles des longues étables. Le soleil montait de jour en jour, tiédis-
sant le sol encore gelé et se substituant, chaque jour
avec plus d'intensité, à la lumière vacillante et timide que répandaient les quinquets à l'huile de phoque.

Après des jours de tangage, d'embruns et de dérive, Gizurr le Blanc et les siens, envoyés du roi Olaf
de Norvège, abordèrent l'Islande au tout début de
l'été. Ils se procurèrent aussitôt des chevaux et des
gens pour décharger les bateaux. Ils apportaient
quantité de vivres, de bois et de présents. Ils envoyè-

rent des bâtons de reconnaissance aux chrétiens pour qu'ils se tiennent prêts. Beaucoup de chrétiens vinrent à leur rencontre et ils se dirigèrent vers Thingvellir avec une armée qui grandissait sans cesse. Sous la grande muraille, à l'ombre de laquelle courait la longue faille qui séparait les continents, les païens s'étaient rangés en ordre de bataille.

Chevauchant en tête des chrétiens, Gizurr portait la croix; suivaient quelques prêtres et des vierges voilées de tulle léger. De ci de là, des railleries fusaient.

— Tu avais coutume, dans les batailles, de monter à cru, lui cria quelqu'un, tu as maintenant besoin d'une selle de cuir, avec des étriers!

— L'équilibre que tu avais pour lancer le javelot ou manier l'épée n'est plus; il te faut cette grande croix, lança un autre.

Impassible, Gizurr s'avança jusqu'au logberg, le Mont-de-la-Loi, y brûla l'encens consacré et se mit à parler avec conviction et éloquence des vérités principales que contenait la religion de Christ.

Un bruit sourd, suivi d'un craquement formidable, couvrit ses dernières paroles. Tous virent un épais brouillard qui s'élevait et couvrait rapidement la grande plaine de Thingvellir. La foule commençait à s'émouvoir et des cris de femmes dominèrent les premiers murmures d'inquiétude. On pointait frénétiquement la montagne voisine et on se montrait avec épouvante les flammes, autant rouges que jaunes, qui en jaillissaient. Le volcan commençait à répandre alentour pierres, cendres brûlantes et lave.

— C'est le courroux des dieux! s'écrièrent les partisans des dieux nordiques.

— C'est l'avertissement de Christ! annonçaient triomphalement les chrétiens.

Alors la voix puissante de Thorgeir, le godi de Ljosavatn, domina le tumulte:

— Et de quoi donc s'irriteraient tous ces dieux, fit-il,

quand ces rochers de lave, que nous foulons maintenant à nos pieds, étaient eux-mêmes, avant l'arrivée
des hommes dans cette île, un torrent de flammes?

C'était un argument sans réponse, mais qui ne pré-
valait ni contre les préjugés ni contre la peur. Alors de
part et d'autre, chrétiens comme païens cherchèrent à
sceller de leur sang la vérité de leur religion. Les
païens et leurs prêtres, les godis, se purifièrent à
grande eau dans la rivière Oxara et décidèrent de sacrifier deux hommes, désignés par le sort, au courroux
céleste. Les chrétiens résolurent de choisir parmi eux
un même nombre de victimes. Lorsque l'activité vol-
canique cessa, les chrétiens montèrent leurs baraquements et les païens firent de même, s'installant à un
jet de flèche de là. Les deux camps entretinrent de
grands feux et postèrent des vigiles chargés de donner
l'alerte au moindre mouvement suspect.

Le lendemain, les deux clans se rendirent au
Mont-de-la-Loi, prirent des témoins et se décrétèrent
mutuellement hors la loi. Il y eut un tel vacarme qu'on
ne s'entendait plus parler et il s'en fallut de peu que
toute l'assemblée de l'Althing ne livrât bataille. Pourtant, cela n'eut pas lieu. Les chrétiens se choisirent
pour récitateur des lois Hallr, le premier baptisé
d'Islande, mais celui-ci alla trouver Thorgeir le godi et
lui donna de l'argent pour qu'il récitât les lois à sa
place. C'était une démarche hasardeuse pour les chrétiens, car Thorgeir était païen. Mais l'homme avait
son plan. Il demanda qu'on le laisse seul, livré au silence absolu pendant une journée et une nuit, personne ne devant lui adresser la parole. Il s'enferma
dans son baraquement, s'allongea sur son lit, la tête
enfouie sous son manteau. Il resta couché tout le jour
et la nuit suivante. «Qu'y a-t-il entre ce qui habite
mon esprit et la nature? se demanda-t-il. Entre le fer
et le forgeron, entre le métal et le feu? Il y a le marte-
leur éternel; celui qui naquit une nuit et aperçut les

grains de fer dans les traces du loup et dans l'empreinte de l'ours. Et lorsqu'il commença de réfléchir, il comprit qu'il devait les mettre dans le feu et les poser sur sa forge. Il en tira son marteau Mjöllnir, l'Écraseur, dont le signe est le symbole sacré. Et il se nomma Thor. Mais qu'y a-t-il encore qui fut avant toute chose? Un Tout-Puissant, l'Unique; qui est autant esprit que nature.»

Lorsque Thorgeir se présenta au Mont-de-la-Loi, les deux camps étaient rangés, heaumes étincelants, boucliers dressés. Réclamant le silence, il dit:

— Hommes sages, écoutez-moi; peuple d'Islande, écoute mes paroles! Notre patrie touche à sa ruine, parce que tous n'obéissent pas à la même loi et ne suivent pas les mêmes coutumes. La haine et la division se glissent parmi nous, la guerre va faire de cette île un désert. Ne savez-vous pas que l'union et la concorde fortifient les faibles, alors que la discorde et la désunion affaiblissent les forts? Je vous demande de vous unir, de peur d'être tous renversés. Cherchons un moyen de tout concilier et de vivre sous les mêmes lois et avec les mêmes coutumes, ou bien notre perte est désormais assurée. Si l'on fait deux poids et deux mesures, la paix sera également divisée, et il ne sera pas possible de supporter cela. Aussi voudrais-je demander aux païens et aux chrétiens s'ils veulent accepter les lois que je proclamerai!

Les deux camps acceptèrent.

— Je vous demande de me faire ces promesses sous serment, ajouta Thorgeir, et des serments contraignants!

Ils acquiescèrent et Thorgeir reçut des chefs des deux camps leurs engagements solennels.

— Le début de nos lois, proclama-t-il depuis le Mont-de-la-Loi, c'est que tout le monde devra être chrétien ici dans le pays, et croire en un seul Dieu, Père, Fils et Esprit, abandonner toute idolâtrie, ne

pas exposer les enfants et ne pas manger de viande
de cheval. Et pour nos morts, s'il n'y a pas de prêtre
sur les lieux, il faudra empaler au sol un cadavre;
lorsque le prêtre viendra, on retirera le pieu et on versera de l'eau bénite dans le trou. Ce sera un cas de
bannissement si l'on est convaincu avec certitude de
l'avoir fait ou d'avoir omis de faire une chose pres-
crite, mais si on le fait en cachette, cela restera impuni.

Il y eut des hauts cris, autant d'approbation que
de dépit. Les païens s'estimèrent trahis par un des
leurs. Pourtant, la foi chrétienne venait d'être insti-
tuée légalement en Islande. Alors Thorgeir proclama
le respect du jour du Seigneur et des jours de jeûne
de Noël et de Pâques ainsi que de toutes les grandes
fêtes chrétiennes.

Quelques jours plus tard on érigea une première
église: des planches de chêne dressées à même le sol,
deux poteaux pour l'arc triomphal, quatre piliers por-
teurs et une pierre d'autel taillée dans le roc volca-
nique.

Une mort de roi

Les conspirateurs s'étaient entendus pour se partager le royaume de Norvège et pour laisser le Long Serpent à celui qui réussirait à le capturer.

Le zèle impitoyable du roi Olaf allait donc lui devenir funeste, car il eut l'audace de s'en prendre aux autres royaumes au nom du Tout-Puissant. Épris de la fière Sigrid, la blanche princesse suédoise, il voulut l'épouser sur-le-champ, mais exigeait, comme elle était païenne, qu'elle abjurât immédiatement ses croyances. Comme Sigrid s'y refusait, Olaf la répudia en la traitant de vieille sorcière et osa même la frapper au visage de son gant.

— Ton outrage te coûtera et le trône et la vie, répliqua Sigrid.

Alors Olaf Skottkonung, roi de Suède, Sven Barbe-Fourchue, roi du Danemark, et Eirik Hladirjarl, un noble norvégien dissident, unirent leurs forces et décidèrent d'attirer Olaf dans un piège, chacun ayant son motif propre. Le roi de Suède avait vaincu ses voisins, les Gauts, mais craignait l'ambition du roi de Norvège; mais surtout, il voulait venger l'affront fait à Sigrid. Le roi du Danemark cherchait le moyen d'agrandir ses possessions. Il acceptait mal la perte des provinces norvégiennes qui, placées sous la couronne danoise, avaient opté pour Olaf Tryggvesson à la première occasion. Fils de Harald à la Dent Bleue, il enviait la réputation de son père. Les exploits de ce dernier, connus de tous les Vikings, avaient été gravés sur une pierre majestueuse, bloc naturel triangulaire, dont une face portait des motifs élégamment enlacés dans des gravures d'animaux, la seconde, le message de christianisation représentant un Christ auréolé, entouré d'entrelacs et les bras étendus, enfin, la troisième face portait en caractères runiques l'inscription: «Ce Harald qui unit le Danemark, entièrement, et la Norvège, et fit chrétiens les Danois.» Sven Barbe-Fourchue avait juré de mettre fin aux prétentions de cet Olaf qui se disait l'unique messager de Christ. Finalement, Eirik Hladirjarl était le fils de Hakon, assassiné par son propre esclave. Olaf l'avait dépossédé de ses biens après la mort misérable de son père.

Le roi Olaf, à bord du Long Serpent, accompagné par onze de ses grands drakkars et par plusieurs knorrs, revenait de la mer Baltique, où il avait tenté une alliance avec Boleslav le Polonais, roi du Wendland. Informés de son périple, les conjurés se préparèrent à attirer Olaf dans une embuscade. Ils soudoyèrent un allié du roi, Sigvald, qui régnait sur une île de la Baltique. Quand la flotte du roi fut sur le point d'appareiller, Sigvald persuada Olaf de le suivre par une route permettant d'éviter les hauts-fonds.

— Je connais, dit-il au roi, les endroits les plus profonds entre les îles et dans les détroits, et tes gros navires doivent naviguer en eau profonde. De la sorte, tu n'auras pas à éparpiller tes vaisseaux.

Le Long Serpent et les navires d'escorte suivirent Sigvald dans le bras de mer derrière l'île de Svold, à proximité de l'Oeresund. Du sommet d'une colline, sur l'île d'où ils épiaient les mouvements de la flotte royale, les trois chefs virent approcher le cortège des drakkars; au milieu d'eux, majestueux, avançait un grand vaisseau avec une importante tête de dragon rutilante d'or.

— Ce drakkar va me donner ma plus grande joie, se vanta Sven Barbe-Fourchue, car ce soir je tiendrai son gouvernail.

— Même si Olaf n'avait d'autres drakkars que celui-là, tu ne réussirais pas à le lui prendre avec tes seuls Danois, répliqua Eirik Hladirjarl.

Des messagers coururent droit aux tentes et ordonnèrent aux guerriers des trois armées de rassembler armes et boucliers et de préparer les vaisseaux pour l'attaque.

Comme le Long Serpent approchait de l'île de Svold, les navires d'escorte virent une flotte ennemie s'avancer en souquant dans la passe. On entendit alors le ludr royal sonner l'alarme. Un mugissement de cornes aux sonorités discordantes retentit aussitôt du côté des attaquants. L'escorte du roi Olaf se rangea immédiatement près du Long Serpent.

— Il faut fuir, ô roi, supplièrent les conseillers d'Olaf, car les forces de l'ennemi sont trop importantes!

Dressé sur le gaillard arrière du Long Serpent où il manœuvrait le gouvernail, Olaf répondit:

— Amenez les voiles; jamais les hommes d'un roi ne penseraient à fuir. Que l'on sorte les rames et que l'on batte le tambour, car je n'ai jamais refusé une bataille. Que Christ dispose de ma vie!

Étrave contre étrave, poupe contre poupe, ils s'amarrèrent les uns aux autres par l'avant et par l'arrière de manière à former tous ensemble une grande forteresse flottante. Mais le Long Serpent était si imposant que sa proue dépassait largement celle des autres drakkars. Ceci mettait en péril les meilleurs

guerriers du roi, ceux qui défendaient l'avant du vaisseau, car ils seraient ainsi exposés des deux côtés.

— Avec le Long Serpent ainsi amarré, ô roi, remarqua un des plus vaillants guerriers d'Olaf, Rolf le
Roux, ce sera une rude journée pour tes hommes!

— Je ne savais pas qu'un de mes plus fidèles sujets pouvait être à la fois rouge comme le feu et
couard, rétorqua Olaf, irrité par la remarque de Rolf.

— Alors ne me tourne pas le dos pendant que je
me battrai à la proue, fit Rolf. Je pourrais penser la
même chose de toi!

Olaf, rendu furieux par cette remarque arrogante,
saisit son arc et visa Rolf, mais ce dernier, toujours
calme, leva le bras en signe de paix et déclara:

— Tire dans une autre direction, ô roi, là où cela te
sera le plus utile. C'est pour ta victoire que je me bats
sur ton navire, ne le vois-tu pas?

Se détournant, Olaf fit face à l'ennemi. Il avait mis
son heaume laqué d'or, portait un bouclier recouvert
de plaques d'argent et avait enfilé une tunique écarlate qui dissimulait entièrement sa cotte de mailles.

— Qui est le chef de cette flotte, là, droit devant?
demanda-t-il.

— Sven, le roi des Danois, lui répondit-on.

— Ce sont des peureux, railla Olaf. Il n'y a pas de
courage dans le cœur des Danois. Et qui sont les autres chefs?

— D'un côté, Olaf, roi des Suédois, et de l'autre,
dans le grand vaisseau qui dépasse les autre, Eirik
Hakonsson!

— Mieux eut valu pour les Suédois de rester dans
leurs terres à lécher le sang païen qu'ils répandent
encore sur leurs autels que de s'en prendre au messager de Christ...

Le roi pointa son arc en direction du navire
d'Eirik.

— Le seul qui ait un motif, enchaîna-t-il, est bien

le fils de Hakon. Voilà la véritable menace, car lui et les siens sont des Norvégiens!

Sven fut le premier de la flotte ennemie à atteindre la proue du Long Serpent, mais il essuya de lourdes pertes quand il tenta l'abordage, flèches et lances s'abattant sur ses hommes tels des frelons de mort. Puis ce furent les Suédois qui furent repoussés, et ils abandonnèrent leurs navires éventrés aux ponts jonchés de cadavres. Eirik Hladirjarl ne voulait pas exposer ses guerriers au cercle de fer qui protégeait le roi Olaf. Il attaqua donc sur l'aile qui lui semblait la plus éprouvée et se tailla un chemin à coups de hache, s'acharnant sur les navires plus modestes qu'il détachait ensuite un à un. Affaiblis et submergés par le nombre, les hommes d'Olaf commençaient à céder. Ils abandonnaient les vaisseaux les plus bas et grimpaient sur les plus élevés, situés au centre de la ligne de défense; leur nombre diminuait au fur et à mesure qu'ils reculaient. Bientôt tous les survivants furent réunis à bord du Long Serpent. Se sachant perdus, Olaf et ses hommes paraient de leur mieux la grêle de flèches qui s'abattaient sur eux de toutes parts. Ce fut Eirik qui réussit enfin à aborder le Long Serpent et à y prendre pied. Il hurla son défi au roi Olaf. Le meilleur archer du roi, Thambarskelfir, prit alors appui sur le grand mât et banda son arc. Il visait le jarl. La flèche se planta dans le gouvernail, tout juste au-dessus de la tête d'Eirik, avec une telle violence qu'elle pénétra dans le bois jusqu'à l'empenne. Thambarskelfir banda son arc à nouveau, mais un archer du jarl lui décocha un trait qui brisa son arc en deux.

— Qu'est-ce qui s'est cassé avec un tel bruit? cria le roi Olaf en voyant l'air ahuri de son archer.

— C'est ton royaume de Norvège, ô roi! répondit Thambarskelfir en secouant la tête.

Olaf lui tendit son arc personnel, mais l'autre le repoussa dignement en disant:

— Je ne suis pas assez fort pour tendre l'arc d'un puissant roi!

Puis il se jeta dans la mêlée avec son épée et son bouclier en invoquant le nom de Christ.

Après une journée presque entière de combat acharné, les hommes d'Olaf n'arrivaient plus à porter à l'ennemi des coups mortels tant les lames de leurs épées et les tranchants des haches s'étaient émoussés. Olaf se précipita sur un coffre et en sortit des épées toutes neuves qu'il fit distribuer tant bien que mal à ses hommes. Ses guerriers virent alors que le roi saignait abondamment de plusieurs blessures. Bientôt les rangs des défenseurs s'éclaircirent au centre du Long Serpent, l'élite s'étant massée à la proue et à la poupe, aux endroits où le vaisseau était le plus élevé. C'est donc par le centre que les Vikings d'Eirik se ruèrent à bord. Le pont ruisselait de sang et les hommes du jarl grimpaient toujours plus nombreux, envahissant surtout l'arrière et frappant à coups redoublés. Il ne restait plus autour d'Olaf qu'une petite troupe de défenseurs.

Le roi lança un dernier regard sur son magnifique drakkar, ses yeux pleins de nostalgie, puis il esquissa un pâle sourire avant de sauter à la mer, suivi des derniers survivants. Lorsque les hommes d'Eirik tentèrent de le rejoindre pour le capturer, Olaf leva son bouclier et s'enfonça sous les eaux. Il ne reparut point. Un de ses fidèles, Kolbjorn, lui fit rempart de son corps afin d'éviter qu'une lance ou une flèche n'atteigne le roi vaincu.

Eirik Hladirjarl, fils de Hakon le maudit, prit alors possession du Long Serpent en même temps que d'une partie du royaume de Norvège.

Du carnage il ne resta pour la mémoire des hommes que le dit du scalde:

— Le choc sourd de l'épée contre le bouclier,
    Et sur le pont, le chant aigu des lances

Quand les flèches, en sifflant, volaient dru
Contre les farouches guerriers du Long Serpent.
On dit que de frais combattants
Le jarl Eirik jeta encore sur son flanc.
Ses Danois, ses Suédois, en véritables armées,
Agitaient haut les lames bleues de leurs épées.
Cerné de tous côtés par l'ennemi,
Le Long Serpent sous le coup fléchit.
Les boucliers vont se briser autour de la proue.
Cuirasses et poitrines sont transpercées de coups!

La mer renvoya d'innombrables corps. Mais elle ne rendit pas celui d'Olaf. Sa dernière vision de roi fut celle de centaines de lances, d'épées, de haches dressées, aux reflets aussi ternes que les cieux du Nord et aussi troubles que les eaux qui se refermaient sur lui.

L'appel de l'inconnu

Leif avait tenu parole. Il prêcha le christianisme au Groenland, montra aux gens le message du roi Olaf et dit les nombreuses gloires et la grande splendeur qui allaient de pair avec cette religion. Son père, Eirik le Rouge, regimba, car il ne voulait à aucun prix abandonner ses croyances païennes, mais sa mère, Thjodhildr, se soumit rapidement au nouveau culte et fit élever une église à quelque distance de Raide-Pente. C'est là qu'elle allait faire ses prières ainsi que les gens qui avaient, en même temps qu'elle, adopté le christianisme. Dès lors, Thjodhildr ne voulut plus avoir de rapports avec Eirik et ce dernier la répudia, lui reprochant de ne plus être une femme viking et d'avoir gaspillé tout le bois nécessaire pour ériger l'église, alors qu'il eut été autrement plus utile pour construire des navires.

Les deux frères jurés, Leif et Bjorn, évitaient de s'affronter au sujet des croyances et de la supériorité d'une religion sur une autre.

— Pour moi, seules comptent les paroles d'Einar, avait dit Bjorn. Je n'ai aucune confiance aux idoles; tu m'as fait parcourir maintes terres; j'ai rencontré des géants et des esprits; ils n'ont rien pu contre moi. Aussi je ne me fie qu'à mes forces et celles-ci me conduiront à Thingvellir!

— Je doute de Dieu lorsque je suis sur l'Océan, avait à son tour confié Leif à son frère juré. L'Océan est là, réel, père de toutes les joies et de tous les dangers. Alors, lorsque je tiens le gouvernail, seul l'Océan est mon Dieu!

À la Lune du Passage, le récit de la mort du roi Olaf parvint enfin à la communauté du Groenland. On racontait toutes sortes de choses, notamment chez les chrétiens, où on disait qu'Olaf n'était pas mort: en tombant dans la mer, il s'était vite débarrassé de sa cotte de mailles et il avait regagné la rive en nageant sous les flots. Il s'était réfugié au Wendland, disait-on, et, le bâton de pèlerin à la main, il avait pris le chemin de Rome. Mais tous s'inquiétaient beaucoup plus de ce qu'il adviendrait des promesses du roi que de son véritable sort.

Leif pensait à autre chose: découvrir des terres nouvelles à l'ouest. Étaient-ce les caprices des vents et des courants qui avaient fait dériver le navire de Herjolf vers ce pays boisé avec des collines peu élevées? Ou encore vers cette côte qui lui était apparue, plate et boisée? Et vers cette autre terre, élevée, montagneuse, coiffée par un glacier? Étaient-ce des îles ou tout un continent?

Il prit la décision de quitter le Groenland, en quête de ces horizons inconnus. Il se procura le navire de Herjolf en échange de l'équivalent en bois de Norvège. Mais l'audace de Leif était nuancée de prudence et quoiqu'il eût été le premier à naviguer entre le Groenland, l'Islande, l'Écosse et la Norvège pendant deux mille lieues sans jamais apercevoir une seule terre tout en arrivant droit au port, il interrogea longuement Herjolf sur les repères terrestres, les vents et les courants, les récifs et les hauts-fonds. Il savait que pour son père, Eirik le Rouge, tracassé par la conversion de Thjodhildr, l'appel de la mer devait se faire plus pressant que jamais. Son âge, cependant, faisait déjà de lui un vieillard parmi les Vikings. Mais le destin en décida autrement. Eirik, tombé de cheval, s'était cassé la jambe.

— Il est dit que je ne découvrirai pas d'autres pays que celui-ci, dit-il à Leif, et que je ne reverrai même pas l'Islande. Nos routes se séparent ici. En ce qui te concerne, Petite-Voyante avait raison: tu verras de nouvelles terres, plus grandes que toutes celles qui sont habitées!

Trente-cinq hommes composèrent l'équipage. Bjorn était du nombre. Brigit était retournée chez son père, Sturla le Lutteur. C'est dans la modeste maison qu'elle avait habitée depuis son arrivée au Groenland qu'elle attendrait le retour de Bjorn.

— Le soleil monte: fuis-le en regardant comment vient la houle, avait dit Arnkell Regard-d'Aigle à Leif. Le soleil tombe: cours après lui; voilà pour te guider le jour.

Un matin, la mer était bleu verdâtre et le ciel, couleur de mer.

— La lune a deux jours, avait remarqué Arnkell, en croissant elle amènera le vent. La lune a beaucoup d'autorité sur la mer, même si sur la terre nous la respectons peu. Les étoiles sont favorables, je le sais. Depuis quelques jours, la vague agitée a cessé de battre les rochers.

Alors Bjorn fit ses adieux à celui qui était devenu son père adoptif et rejoignit Leif et les autres membres de l'équipage. Le navire était chargé de vivres et de matériel en quantité. Leif accueillit son frère juré et lui demanda de tailler les runes dans la coque. Cela fait, il fit remettre à chaque homme une corne de brume.

* * *

La main au-dessus des yeux, ses longs cheveux collés à son front et à ses tempes par les embruns d'eau salée, Leif regardait sans la voir la terre inconnue qui, lui semblait-il, chavirait sur l'horizon noir.

Le proue du drakkar plongeait et émergeait sans relâche des flots tantôt bleus, tantôt gris, parfois verts, mais toujours furieux, fouettés et creusés par le vent.

Depuis trois jours, le drakkar roulait et tanguait ainsi, virant parfois brutalement lorsque la bourrasque s'engouffrait dans la voile avec un bruit sec et la tendait à la rompre. Au loin, il semblait parfois aux hommes comme à Leif qu'ils distinguaient entre les nuées les pointes escarpées d'un continent. Ils portaient instinctivement la corne de brume à leurs lèvres gercées. Ce n'était pourtant qu'illusion. Les hommes baissaient alors leurs paupières brûlées par le sel, frottaient vigoureusement leurs joues creusées et, courbés par les rafales, se serraient les uns contre les autres.

Bjorn portait le manteau écarlate que lui avait offert le roi Olaf. Debout contre le mât, il jetait alentour un regard à la fois inquiet et chargé d'espoir. Les paquets de mer qui balayaient le pont plaquaient sur son corps l'ample manteau de vadmal.

À la poupe, l'homme du gouvernail s'arc-boutait sur la grande rame afin d'éviter que le navire ne tournât sur lui-même. La proue se cabrait comme un étalon sur l'obstacle, alors qu'à chaque embardée, le drakkar plongeait dans un abîme liquide et en rejaillissait, marbré d'écume. Chaque vague fermait aux hommes leur vue sur l'horizon. Dès que la proue se dressait vers le ciel, ils ne voyaient que les nuages qui filaient à une vitesse vertigineuse et se déchiraient ensuite. De temps à autre, pendant une brève accalmie, un rayon de soleil surgissait brusquement, traversant à pleine lumière l'atmosphère humide.

Puis le vent reprenait de plus belle et chaque assaut de la mer était accompagné de craquements sinistres, comme si des poutres entières allaient se détacher du navire et que la coque allait éclater en morceaux. Les hommes cédèrent alors à la peur. Pour obtenir un vent favorable et la fin des terribles bourrasques, les païens insistèrent pour que l'on jette les baguettes et que l'on cède un pendu comme lot à Odin. Leif et les quelques chrétiens s'y refusèrent, mais la majorité insista.

— Et pas de simulacre, lança l'un d'eux, épargne-nous le sort du roi Vikar. Le roseau avec lequel on le piqua se transforma en une lance qui le transperça et le boyau de veau avec lequel on le suspendit devint le lien qui l'étrangla!

— La protection de Christ ainsi que celle des runes suffiront! trancha Leif.

Comme pour lui donner raison, la mer soudain fut d'huile et le soleil empourpra les derniers nuages du crépuscule. C'était au soir du quatrième jour.

Le bruit sourd d'une corne de brume s'éleva depuis la poupe du navire.

— Là! cria un des hommes. Je vois quelque chose!

Tous les hommes scrutèrent la mer vers l'endroit qu'indiquait l'homme de son bras tendu. Ils ne virent que la lueur d'une grosse étoile à l'horizon. Du moins il leur sembla que cette lueur était celle d'un lever d'étoile. Cependant, d'habitude, les étoiles n'apparaissaient que faiblement à l'horizon; on ne distinguait les plus grosses que lorsqu'elles s'étaient passablement élevées dans le ciel.

Les hommes continuaient néanmoins à fouiller l'horizon du regard. Enfin la source de la lueur émergea. Ce n'était pas une étoile mais un feu, du moins à ce qu'il en paraissait; une lumière à ras de mer. Troublés, les hommes échangeaient leurs commentaires à voix basse.

— Que veux-tu que nous rencontrions sur cet Océan? fit l'un d'eux.

— Mais tu as aussi bien vu un feu que moi! insista son compagnon.

— Un feu? C'est une étoile qui n'était jamais apparue auparavant! expliqua un autre.

— Regardez, lança Bjorn, il y a maintenant deux feux! Ce ne sont pas des étoiles, puisqu'on distingue les flammes!

— Je vois un troisième feu, cria Leif.

Lorsque Bjorn rejoignit Leif à la proue, quatre feux étaient visibles; une cinquième lueur apparaissait, puis une sixième.

— Peut-être ne sommes-nous pas les premiers hommes ici, murmura Leif.

C'était comme s'ils assistaient à la naissance, directement sur la mer, d'une constellation, leur montrant que le continent qu'ils cherchaient était là, droit devant. Puis, au moment où apparut une lueur plus forte, un feu plus puissant éclaira l'horizon et, peu après, tous les feux s'éteignirent, laissant la mer déserte et la nuit parée de ses seules étoiles.

Le surprenant spectacle, au milieu de cette immensité, laissa aux hommes l'étrange sentiment qu'ils avaient pénétré dans des parages habités par quelque puissant maléfice; énigme en vérité pour cette poignée d'intrépides errant sur une mer inconnue, présumée déserte.

Dès l'aube, une masse s'agita à l'avant du drakkar, puis plusieurs autres; des montagnes qui se balançaient et qui roulaient sans fin. Les souffles étaient aussi puissants que ceux de mille chevaux lancés au galop et les panaches s'élevaient très haut au-dessus des vagues, comme ceux des geysers. Les grands souffles étaient tout près; les énormes expirations retentissaient pendant que les têtes surgissaient en surface; des têtes comme d'immenses rochers; des ventres qui n'en finissaient pas; des bras battoirs gigantesques qui dessinaient dans l'eau des mouvements d'une élégance parfaite. La description qu'avait faite l'evêque Godred de Man revint à la mémoire de Leif.

— Tu as déjà vu des poissons aussi gigantesques? demanda Leif à Bjorn.

— Jamais! fit ce dernier, subjugué par les ébats monstrueux.

Les queues arrivaient maintenant, soulevées, semblables à des voiles vivantes, plus vastes, déployées, que la voile carrée du drakkar; mélange de souplesse, de beauté sauvage et de force brutale; tumultueuses et douces à la fois. Elles ne s'abattaient point, elles caressaient l'eau glacée et bleue, sauf pour l'ultime coup de godille.

Mais à peine les premiers rorquals glissaient-ils sous la mer que de nouveaux souffles retentissaient. Énormité des gueules, monstruosité des gorges arrondies, cataractes écumantes aux commissures des lèvres, l'œil paraissait si petit au bas de ces têtes de géants que les hommes se demandaient s'il voyait; il brillait en tout cas. En quelques coups de queue, les nouveaux venus disparaissaient à leur tour dans l'eau trouble, parmi les jets brumeux.

Les hommes étaient encore sous le coup de l'étonnement; le navire se déplaçait parmi des créatures plus longues que le drakkar royal, capables de frôler les quilles sans les toucher; des bouches aussi grandes qu'un gouffre; l'aileron dorsal plus haut qu'un homme de bonne taille; la caudale déployée large comme une maison de jarl. Alentour, tout avait changé. Par milliers, les oiseaux marins étaient apparus et festoyaient. Des goélands becquetaient en surface; des sternes cueillaient délicatement du plancton du bout de leur bec; les fous se laissaient tomber du haut

du ciel et jetaient un coup d'œil étonné lorsqu'ils remontaient.

Il y a une terre quelque part, se dit alors Leif. Il
prit la barre et ordonna que l'on navigue très près du
vent.

— Je garde un œil sur ma route, annonça-t-il aux
hommes, et l'autre sur quelque chose de nouveau. Je
ne sais pas encore si ce que je verrai sous peu est un
récif ou un continent, mais nous devons remonter le
vent car je sens la terre. Ne voyez-vous rien de particulier?

La première chose que virent tous les hommes fut
une lugubre ligne de glaciers. Ils la longèrent, cinglant toujours droit vers l'ouest.

*   *   *

Tout à coup, les hommes eurent un magnifique mirage qui surgit devant leurs yeux, aussi étrange
qu'une vision. Ils virent des îles, innombrables, comme suspendues entre ciel et mer, et pourtant claires
et nettes.

La vision fut brève, car le drakkar entra instantanément dans un brouillard dense qu'environnait une
muraille froide. Le vaisseau se trouvait à cheval sur
la limite de deux courants. À la proue les hommes
grelottaient, tandis qu'à la poupe l'air avait une certaine douceur.

Lorsque le navire émergea du banc de brume, il
se trouva face à face avec un iceberg. Véritable montagne de glace, il se balançait gracieusement d'un
flanc sur l'autre et tournait au gré des courants. Des
bancs de poissons l'entouraient de toutes parts. Des
oiseaux perchés sur les saillies s'élevaient, rasaient
les arêtes, tournoyaient dans les airs pour plonger
sur les poissons qui affleuraient. Les hommes étaient
fascinés par cette masse étincelante qu'un halo bleu

pâle semblait enluminer sur le fond bleu foncé du ciel.

L'instant d'après, toutes les cornes de brume mugirent. La terre était là, droit devant. Cette fois ce n'était pas un mirage. Un semis d'îlots d'abord, formant un bouquet serré, la plupart toutefois n'étant que roches nues; et derrière, barrant l'horizon, une côte déchiquetée, ciselée par les glaces.

Naviguant en eaux plus calmes, le drakkar s'approcha des falaises côtières. Le manteau rocheux qui ondulait à la surface de cette terre rappelait aux hommes le paysage torturé du Groenland. Ils virent des ravins suspendus, échancrés dans leurs parois à pic; des fjords profonds creusés par les coups de bélier de la mer et des pans de rocs excavés par le flux des marées. Par endroits, les hachures qui entaillaient le flanc des falaises étaient encore remplies de neige.

Leif dirigea le drakkar de façon à éviter les hauts-fonds et put mouiller dans un petit havre parfaitement à l'abri de tous les vents. La plage n'était en réalité qu'une suite d'immenses roches plates. Une fois débarqués et les galets passés, les hommes s'enfoncèrent presque jusqu'aux genoux dans des mousses épaisses. De loin ces mousses ressemblaient à s'y méprendre à des rochers.

Debout sur le faîte d'un bloc erratique, Leif eut alors la vision de la plus vaste et de la plus morne désolation qui se soit jamais présentée à ses yeux. Son cœur se glaça devant l'immensité de ces terres dénudées. Bjorn, à ses côtés, éprouva la même sensation.

Ensemble ils décidèrent de retourner au drakkar et de poursuivre leur route en longeant la côte.

— Nous n'avons pas fait pour ce pays comme Herjolf puisque nous avons débarqué, dit Leif aux hommes, avec une pointe d'amertume dans la voix. Je vais donner un nom à cette terre et l'appeler Helluland — la Terre des Pierres Plates.

Leif reprit alors le gouvernail. Il se souvint qu'un des hommes qui, jadis, avait accompagné Herjolf, un chrétien originaire des Hébrides, avait composé l'hymne des Tempêtes de la mer. Cet hymne était en même temps une prière que Leif avait recueillie des lèvres mêmes du vieil homme. «Je te prie, très saint Maître des moines, de favoriser mon voyage; Roi de la haute voûte qui surplombe cette terre, étends sur moi le siège du faucon.» Leif la récita en silence, la recommençant plusieurs fois, comme pour s'assurer qu'elle monte bien vers Dieu.

Cap au sud, Leif et ses hommes laissèrent derrière eux les îles rocheuses et les terres, possédées, semblait-il, par un hiver interminable, ne concédant vraisemblablement que quelques dégels fugaces. Ils imaginaient facilement les jours d'immobilité causés par les blizzards, les jours sans soleil, les jours d'isolement, de disette et de réclusion, les vêtements lourds et encombrants, la barrière glacée qui bloquait les fjords, les pans de glace et les icebergs défilant sans cesse le long des côtes. Une telle terre, si nouvelle fût-elle, ne pouvait être habitée par des hommes...

Deux journées encore de bon vent poussèrent le drakkar à proximité de longues plages sableuses. Le soleil réchauffait l'air et le paysage s'était adouci. Une terre de surprises attendait les hommes. Ils foulèrent des dunes soutenues par des touffes d'herbes drues. Au-delà des vallons de sable, ils virent des étendues de linaigrettes qui formaient, alentour, une grande prairie. Ils découvrirent également des arbustes à baies et des buissons fleuris ponctuant collines et prairies de leurs éclaboussures multicolores. Au loin, ils distinguèrent une forêt touffue et, tout à côté, des lacs autour desquels les saules poussaient en bouquets, tels des buissons serrés. Des rivières et des torrents d'eau, brune de terre, se jetaient dans ces lacs. Partout les mousses humides recouvraient la pierre et les boutons s'ouvraient à la ronde, parant les lieux de couleurs vives.

Des nuées d'insectes attiraient les oiseaux pendant qu'au ras du sol les hommes pouvaient cueillir des profusions de baies rouges et de myrtilles. Des lièvres couraient en tout sens. Des belettes se faufilaient d'un terrier à l'autre. Des ptarmigans au plumage moucheté quittaient leur cachette en battant bruyamment des ailes. D'énormes corbeaux, les plus gros qu'il fut donné aux hommes de voir, passaient et repassaient dans le ciel, en quête de quelque charogne.

Le pays était plat, couvert de forêts, avec des étendues de sable blanc. Les côtes étaient plates elles aussi, faciles d'accès quoique balayées par de forts vents.

— Herjolf a également vu cette terre, dit Leif. Nous pouvons désormais nous pourvoir en bois, suffisamment pour construire plus de vaisseaux qu'il nous en faudra. Nous n'aurons plus besoin du roi de Norvège, mais cette terre n'est pas celle que nous cherchons. Nous appellerons ce pays d'après son état; nous l'appellerons Markland — la Terre des Forêts!

— Quelle est donc cette terre que tu cherches tant? demanda un des hommes, visiblement impatient.

Depuis quelque temps déjà les hommes grommelaient. Ils étaient exténués, à court de vivres et souhaitaient établir un campement d'où ils pourraient chasser et pêcher convenablement.

Tyrkir, l'homme qu'Eirik le Rouge avait chargé de conseiller Leif et de veiller sur lui, suggéra à celui-ci d'écouter les hommes. Natif du Wendland, Tyrkir avait longtemps été avec Eirik et il aimait beaucoup Leif, car il l'avait vu grandir. Leif l'appelait affectueusement son père adoptif. Ce fut Bjorn qui parla aux hommes.

— Je sais, dit-il, quelle est la terre que cherche Leif. C'est celle qu'avait décrite Petite-Voyante: une terre où les rivières regorgent de saumons, où les arbres sont chargés de grappes, où l'herbe ne fane point et pousse si haut que l'on ne voit des vaches que le bout de leurs cornes, où le sucre ruisselle des arbres et les rivières sont remplies de sirop.

— Ce n'était que vision de magicienne! fit l'homme, toujours mécontent.

— Deux jours et deux nuits encore, demanda Leif.

Les hommes tinrent un bref conciliabule.

— Jusqu'au troisième lever du soleil! annonça Tyrkir.

— Alors ne perdons plus de temps, trancha Leif.

Ils reprirent la mer par vent du nord-est.

La terre des vignes

Au soir du deuxième jour, le drakkar fut enveloppé d'un épais brouillard et il tomba une fine pluie. Une odeur de terre emplissait l'air.

— L'inconnu est un appel insupportable, confia Leif à Bjorn. C'est un murmure qui ne se lasse jamais; jour et nuit!

— Il existe toujours un secret, fit Bjorn, et des hommes comme toi pour le dévoiler jusqu'au-delà des ténèbres.

— Pourtant, l'Océan du nord est le même dans toute sa largeur, dit Leif. Les limites du monde ne s'évanouissent pas dans les ténèbres et il n'existe pas de pays de la nuit et de la peur!

Les deux frères jurés rêvèrent alors à voix haute.

— Et si le blé poussait tout seul? lança Bjorn.

— Et si l'hydromel coulait en fleuve? rétorqua Leif.

— Et si la rosée était plus sucrée que le miel? reprit Bjorn.

— Et si les montagnes étaient en or? fit encore Leif.

À l'aube, le brouillard était tombé et un vent debout gonflait la voile. Le temps était clair, beau et nettement plus chaud. La mer était littéralement recouverte de guillemots à capuchon jouant dans l'écume, près de la proue du drakkar, plongeant en dessous comme par jeu et émergeant au ras du gouvernail. Poussé par le vent, le drakkar bondissait presque sur les lames. Le ciel était plein de macreuses brunes et de goélands. Les premières, en nombre immense, volaient à vive allure avec de brusques changements de direction; les seconds se déplaçaient en longues formations, d'un mouvement ondoyant, découvrant dans leurs évolutions gracieuses la blancheur pure de leur ventre.

C'est alors qu'une ligne de terre apparut. Un trait vert, encore lointain, mais se démarquant avec netteté à l'horizon. Les hommes saluèrent avec des cris de joie.

— **Haeppni**! **Haeppni**! scanda l'un d'eux.

— **Haeppni**! **Leif Haeppni**! reprirent les autres. Tu es Leif le Chanceux! Le Chanceux! Le surnom allait d'ailleurs lui rester.

En dirigeant le drakkar vers cette nouvelle terre, Leif était anxieux. Lorsqu'il en vit les reliefs, il sut que Petite-Voyante ne s'était pas trompée. Il y avait des baies, des anses, de longs rivages avec des bancs de sable et, en retrait, des grandes taches sombres, des forêts.

— **Furdustrandir**, souffla Leif, admiratif. Les rivages magnifiques!

Il passait de forts courants autour de cette terre. Ils ramèrent donc, le cap sur une des baies, et échouèrent doucement le drakkar sur un fond sableux. Les goélands voguaient avec majesté tout autour du navire. Alentour il y avait tant d'eiders que les hommes avaient peine à marcher tellement il y avait des œufs. Sous le moindre roc ils trouvèrent des nids faits d'une quantité d'herbes sèches. Dans la plupart d'entre eux il y avait d'autres œufs que les hommes trouvèrent bien tièdes sous la main et encore plus agréables à gober crus. Dans chaque flaque d'eau plongeaient de grandes sternes; à l'approche des hommes, elles s'élevaient dans le ciel en braillant. Les lieux regorgeaient également d'oies sauvages, de cormorans et de bruants. Partout éclatait une vie animale intense. Aux bourdonnements des taons se mêlaient les chants sonores des bruants et les cris aigus des goélands qui se disputaient un crabe en lambeaux. Les macareux se reproduisaient par milliers dans des terriers creusés comme des tunnels, pendant qu'entassés sur les rochers moussus, d'autres oiseaux sauvages occupaient la moindre anfractuosité pour veiller sur un œuf ou soustraire la progéniture à un prédateur.

Le pays était beau, d'allure grandiose et sauvage. Les baies semblaient se multiplier à l'infini et constituer autant de havres. La mer était saupoudrée d'îlots rocheux de toutes tailles et de toutes formes et l'ombre des nuages passant sur ces masses hérissées entraînaient aussitôt l'imagination des hommes.

Leif appela Haki. C'était un esclave du roi Olaf. Ce dernier en avait fait cadeau à Leif, qui l'avait aussitôt affranchi. Haki était un Scot. Sa résistance était celle d'un animal et il courait plus vite que les bêtes des forêts. Pour tout vêtement il portait une cape avec un capuchon en haut, ouverte sur les côtés, sans manches, et attachée entre les jambes par un bouton et une bride; sinon il était tout nu. Il avait des yeux porcins, une mâchoire saillante et une dentition de carnassier. Leif lui ordonna de courir vers le sud pour reconnaître le terrain et de revenir au bout de trois jours et trois nuits. Lorsque Haki revint au bout de ce temps, il avait à la main un épi de froment sauvage. Sans plus tarder, Leif fit sortir la cargaison du drakkar et monter les premiers baraquements. Les hommes firent sécher des troncs humides de bois flotté encore tout imprégnés de sel, ramassèrent des bûchettes, entassèrent des copeaux et de longues bandes d'écorce et creusèrent le sol pour y installer un foyer de tourbe.

Pendant ce temps, Leif était pensif. Il se tenait de plus en plus à l'écart de ses compagnons. Constatant le désarroi qui envahissait son frère juré, Bjorn le rejoignit et s'inquiéta de ce qui le rendait aussi mélancolique.

— N'est-ce pas la terre que nous cherchions? lui demanda-t-il.

— Comment le savoir? soupira Leif. Que restera-t-il de tout ceci pour la mémoire des hommes?

— L'empreinte de nos pas, répondit Bjorn sans hésitation, et la splendeur de nos récits. Ne fut-il pas dit, jadis, que l'Islande n'était faite que de sable, de falaises, d'endroits inaccessibles, de feu; que la mer y était si grosse qu'elle était impraticable pour les langskips? Pourtant, il n'est plus d'endroits où les paroles d'Egill n'aient touché le cœur des Vikings! Et le Groenland? Ne disait-on pas que la glace non effritée obligea Eirik, ton père, à rester sur une terre affreuse où la rivière est remplacée par la moraine, sans arbres, ni champs, ni herbes, et où ne pouvaient subsister que les trolls? Alors qu'avons-nous fait, sinon bâtir un pays? Nous dirons, Leif, que l'Océan ne conduit pas aux ténèbres, qu'il doit être vaincu avec le même courage, que le soleil continue à descendre chaque soir au-dessous de la plaine des eaux. Nous dirons que partout les terres sont vastes; les unes avec des pierres plates aussi grandes que deux hommes allongés se touchant par la plante des pieds; les autres couvertes de forêts si denses que même si nous abattions des arbres tous les jours, il n'en paraîtrait rien dans cent hivers. Et nous dirons qu'il y a cette autre terre, avec de la rosée sur l'herbe, si douce que lorsque nous la portâmes à nos bouches, il nous apparut que nous n'avions jamais rien goûté d'aussi suave!

Leif remercia Bjorn de ses bonnes paroles. Il

remarqua que son frère juré traçait distraitement des signes runiques dans le sable.

— Quel est ce signe? demanda-t-il à Bjorn.

Surpris, Bjorn cacha mal son embarras. Il répondit néanmoins:

— C'est Sigil, la rune du soleil. Baldur le Magnifique, fils d'Odin, est associé à Sigil; les deux représentent l'union entre ciel et terre. Nous sommes tous guidés par ce signe: le soleil est toujours un secours pour les hommes de mer lorsqu'ils écument le séjour des poissons, jusqu'à ce que leur monture les ramène au rivage.

— J'avais oublié jusqu'au nom de Baldur, murmura Leif.

— Et celui du Ragnarök? fit Bjorn.

— Le Ragnarök? répéta Leif, s'attardant sur chaque syllabe. Étrange question, Bjorn! La religion de Christ parle beaucoup d'une fin des Temps. Il ne m'était jamais apparu qu'elle ressemblait tant au Ragnarök. Te souviens-tu de ce que l'on racontait sur le grand crépuscule?

— Je me souviens de chaque enseignement d'Einar comme s'il m'avait été légué hier! répondit Bjorn.

— On le disait silencieux, fit Leif en parlant d'Einar. On disait qu'il était l'un des rares Vikings à posséder la grande sagesse.

— Il est toujours le gardien du puits sacré de la sagesse, ajouta Bjorn. Einar disait que le grand crépuscule serait précédé d'un hiver aussi long que trois hivers réunis et suivi par un tremblement de terre et une grande faim. Ce tremblement de terre libérerait les trois géants de la glace afin qu'ils puissent tourmenter le milieu du monde. Durant ce terrible hiver, le loup Fenrir briserait ses chaînes et dévorerait le soleil — c'est pourquoi je trace si souvent Sigil; pour n'en pas oublier la forme et le sens — l'arbre du monde sacré serait ébranlé des branches jusqu'aux racines, les montagnes s'effondreraient dans la mer. Durant l'ultime combat, tous les dieux et tous les géants seraient exterminés. Les étoiles fileraient hors du ciel. Mais de cette destruction procéderait un nouvel ordre; de l'Océan surgirait une terre nouvelle, verte et brillante, couverte de moissons, et le soleil apparaîtrait à nouveau dans le ciel. De nouvelles collines surgiraient du reflux des eaux, les arbres reverdiraient, les fleuves s'épanouiraient partout et le cycle des naissances et des morts recommencerait.

— Peut-être que Christ et Baldur ont fait la paix pour donner accès à tous les mortels au puits sacré de la sagesse, souffla Leif.

Les deux frères jurés échangèrent un long regard plein de tendresse. Il régnait un grand silence.

*   *   *

Le drakkar fut hissé sur des rouleaux et tiré au sec. Les hommes construisirent ensuite un abri de fortune, fait d'un amas de pierres et de branchages. Bientôt, ils érigèrent une habitation oblongue, semblable aux constructions d'Islande et du Groenland, faite de bois et de tourbe, avec un foyer central, des cadres de bois et des édredons bourrés de plumes d'eider. Ils ceinturèrent le bâtiment d'un muret de pierres, érigèrent aussi un hangar à bateau, une forge et creusèrent des fosses à cuisson. Ils nommèrent l'emplacement: Leifsbudir, les huttes de Leif.

Les bourrasques d'automne se succédaient, plus brutales les unes que les autres, assez fortes par moments pour ébranler le roc. La pluie tombait, des masses d'eau plutôt, si denses qu'elles paraissaient à peine toucher le sol ou la mer. Seul le goéland flottait à travers la tempête. Les autres animaux se cachaient quelque part sous le vent, blottis dans les fissures, glissés parmi les plus épaisses algues, tapis sous les

saules rampants. C'était aussi la saison du rut pour
les élans. Plusieurs fois, les hommes découvrirent les
traces impressionnantes d'un combat de mâles répondant à l'appel d'une femelle. Le saccage était terrible.
Dans une vaste clairière, un saule et plusieurs grands
arbres n'avaient plus de branches et les buissons
avaient été piétinés, écrasés jusqu'aux racines. Toute
la mousse était arrachée, déchiquetée; le sol et les
feuilles, tachés de sang.

Plus tard en saison, les élans, dispersés en petites
bandes, s'étaient regroupés pour la migration. Ils
avaient formé un troupeau et, bientôt, ils furent des
milliers. Le sol s'était mis à trembler sous la monstrueuse galopade. Ils déferlèrent jour et nuit, par vagues successives, ne se laissant arrêter ni par la forêt,
ni par le roc, ni par l'eau. Aucune chasse n'était possible; ni hommes ni loups n'eussent pu affronter une
telle marée sauvage. Plus rien ne détournait les bêtes. Elles continuaient droit devant elles, sautant les
unes derrière les autres, se divisant à peine pour
éviter les plus gros obstacles. Lorsque les derniers
élans eurent disparu, ce fut le tour des oiseaux. Ils
surgirent très haut dans le ciel. Leur vol était déterminé et ils criaient à pleine voix. Sans cesse, pendant
des jours, ils balayèrent le ciel de leur vol rapide.
Lorsque la ligne interminable disparut enfin à l'horizon, le soleil déclina soudain et les feuilles tombèrent des bouleaux. Le vert des sapins, seul, dominait une nature devenue presque grise. L'eau paraissait être partout: la mer, les lacs de toutes tailles, les
petites mares circulaires, les énormes tourbières, les
petits cours se jetant, après nombre de zigzags, dans
la grande rivière. La mer, pour paisible qu'elle ait été
pendant si longtemps, s'agitait de plus en plus. Au
seuil de la saison froide, les rouleaux géants déferlaient en masses écumantes sur les côtes, écrasant
les îlots rocheux, noyant la moindre plage.

Il ne gela presque pas pendant les premiers mois et il neiga très peu. En plein hiver il fit jour du premier au dernier repas, même qu'au jour le plus court, le soleil fit une apparition. L'herbe dépérissait à peine. Les saumons que les hommes capturaient de temps à autre dans la rivière étaient plus grands que ceux qu'ils avaient jamais vus. Néanmoins, le gibier se faisait de plus en plus rare. Leif demanda aux hommes d'invoquer Dieu pour qu'il leur procure des vivres, mais les païens refusèrent et les résultats furent à peu près vains.

Un des païens les plus fanatiques était Thorhall, surnommé le Chasseur. C'était un homme de grande taille et fort, noir de cheveux, l'air d'un géant, de tempérament taciturne. Thorhall avait l'odorat d'un fauve. Il était sensible au moindre effluve et pouvait débusquer le plus petit animal dans son terrier. Il s'agita un matin et renifla, nez en l'air, cherchant dans toutes les directions.

— Thor m'a rarement fait faux bond! lança-t-il avant de disparaître.

Il avait pris la direction de la mer. Ses compagnons ne le revirent pas pendant deux jours. Partis à sa recherche, ils le trouvèrent sur le sommet d'un rocher. Il était étendu là, fixant le ciel, marmonnant quelque chose.

— Pourquoi es-tu là? lui demanda un des hommes.

— Cela ne te regarde pas, fut la réponse.

Il accepta néanmoins de retourner à Leifsbudir avec les autres.

— Il se produira un prodige, dit-il à Leif.

Lorsque ce dernier lui demanda d'être plus clair, Thorhall déclama une visa:

— Revenons où sont nos compatriotes;
Que le cheval du ciel du sable explore la piste
Du vaste knorr,
Pendant que les intrépides manieurs de la tempête,

Eux qui louent ce pays,
Habitent les Furdustrandir et cuisent la baleine.

Le lendemain les hommes trouvèrent une immense baleine qui s'était échouée sur la plage. Ils la dépecèrent et commencèrent à en faire cuire de vastes quartiers. La plupart des hommes en mangèrent, mais quelques chrétiens refusèrent d'y toucher. Alors Thorhall les railla:

— Est-ce que Barbe-Rousse n'a pas montré qu'il valait mieux que votre Christ? se moqua-t-il. Voilà ce que j'ai obtenu pour prix de la poésie que j'ai composée sur Thor!

Plusieurs hommes tombèrent malades par la suite. Ils furent pris de nausées et de violents maux de ventre. Leif ordonna que l'on jette les restes de la baleine à la mer et que l'on s'en remette à Dieu.

— Les épis pousseront bientôt, fit-il pour calmer les hommes. Il y a de la provende sur terre, des œufs; et du bon poisson dans la rivière.

Voyant que malgré tout les hommes allaient en venir aux coups sous peu, Leif et Bjorn décidèrent qu'il était temps de diviser le groupe en deux et de faire explorer le pays.

— La moitié de notre groupe va rester au campement, annonça Leif, l'autre moitié va explorer le pays, sans aller si loin qu'elle ne puisse rentrer le soir et sans se disperser. J'irai tantôt avec un groupe, et tantôt je resterai au campement.

C'est ce qu'ils firent. C'était au moment où le cycle des saisons apportait d'autres changements. Des masses de feuillage surgissaient de nouveau; herbes et plantes, haies et marais bourgeonnaient, fleurissaient dans un jaillissement de vie. Les hommes pensaient au Groenland, où les moindres arbustes avaient encore les racines prises dans la glace et où les pousses les plus coriaces se repliaient sous le fouet des vents glacés. Là-bas, les immenses plaques de neige s'accrochaient encore aux coteaux alors que sur cette nouvelle terre, les clochettes de la canneberge s'épanouissaient déjà, les aulnaies éclataient de verdure, et que pinsons, linottes et mésanges entretenaient une cacophonie de tous les instants.

Un soir, il se trouva qu'un homme manquait dans le groupe d'exploration; et c'était Tyrkir. Aussitôt Leif s'inquiéta car il aimait beaucoup ce petit homme d'allure chétive, qui avait le front proéminent, le visage insignifiant au regard mobile, mais qui était habile dans les travaux manuels les plus délicats et bien modéré en toutes choses.

Leif fit de grands reproches à ses compagnons, les accusant d'avoir manqué de vigilance. Il désigna douze hommes et prit la tête du groupe, qui partit immédiatement à la recherche de celui que Leif considérait comme son père adoptif.

Ils trouvèrent Tyrkir non loin de la longue maison, titubant, roulant des yeux de tous côtés et faisant des grimaces. Par l'allure, Leif vit qu'il était ivre. Il parla longtemps dans la langue du Wendland et personne ne comprenait ce qu'il disait.

— Père, nous étions si inquiets! Pourquoi t'es-tu séparé de tes compagnons?

Tyrkir continuait de grimacer et de discourir sans tenir compte de la présence de ses compagnons. Leif le secoua un peu et insista pour qu'il leur parle en norrois.

— **Vinber**! s'exclama alors Tyrkir. **Vinber**! J'ai trouvé de la vigne et des raisins; des grappes entières de raisins! Et de la groseille, et des canneberges!

— Est-ce vrai, père?

— Sûrement que c'est vrai, dit Tyrkir, car là où je suis né, on ne manquait ni de vigne ni de raisins. Je te conduirai, Leif, et tu verras par toi-même.

Tyrkir bafouilla encore dans son dialecte incompréhensible, puis s'endormit dans un coin en ronflant.

Le lendemain, Leif dit aux hommes:

— Nous allons maintenant nous occuper à deux choses et chacun fera à tour de rôle l'une et l'autre: abattre des sarments de vigne et abattre du bois pour la cargaison.

Tyrkir les conduisit à l'endroit où il avait fait son étonnante trouvaille. Les ceps croulaient sous le poids des grappes. Il y en avait tant que les hommes n'avaient qu'à écraser les grappes dans les mains et à laisser reposer le liquide quelque peu avant de déguster une liqueur aussi délicieuse que l'hydromel.

La vigne était partout et il y avait des collines. Ils trouvèrent aussi d'autres ruisseaux qui descendaient des hauteurs et se jetaient dans la rivière. Tous ces ruisseaux étaient pleins de poissons. Ils creusèrent des trous aux endroits où la terre et la mer se rencontraient et où la marée était au plus haut, et quand la mer se retirait, il y avait du flétan dans les trous. C'était une idée de Tyrkir. Remuant sans cesse, le visage agité de tics, il avait raconté à ses compagnons que les hommes de la côte pêchaient ainsi dans le Wendland.

Leif savait qu'il appellerait ce pays Vinland, la Terre des Vignes. Le Tout-Puissant ne l'avait pas abandonné. Bientôt il ferait remplir l'arrière du navire de raisins et le reste de bois d'œuvre. Mais avant, il fallait réparer la quille du drakkar, endommagée par les hauts-fonds, et construire une petite barque.

Jusque-là, Leif et ses compagnons n'avaient trouvé que des bêtes, des vignes et du froment sauvage, mais aucune trace de vie humaine ni d'habitation quelconque. Ce soir-là, un des hommes du groupe de Thorhall revint en exhibant une pièce fabriquée de main d'homme: une monture en bois pour meule à blé. Le lendemain ils fouillèrent les abords de la forêt et poussèrent le long des côtes, scrutant les plages de sable blanc. Ils ne trouvèrent pas d'autre ouvrage humain.

Les skraelingar

Quelques jours plus tard, Thorhall et cinq compagnons virent sur les sables, plus à l'intérieur de la longue bande de terre, trois monticules, semblables à de minuscules habitations tendues de peaux. Voyant que quelque chose bougeait sous les bosses, ils imaginèrent qu'il s'agissait de quelque animal. Mais c'étaient des êtres humains, ou plutôt, des êtres ressemblant à des humains. Ils étaient noirs et hideux, avec de vilaines chevelures, de grands yeux et des pommettes larges. Ils étaient vêtus de peaux, s'agitaient beaucoup et poussaient à l'occasion des glapissements aigus.

— Des trolls! s'exclama un des hommes.

— Les trolls n'ont pas cette allure, grommela Thorhall. Ils sont encore plus petits, bossus, et vivent dans les cavernes des montagnes, avec les géants!

— Ce sont les démons de la forêt! s'entêta le compagnon de Thorhall.

— Alors pourquoi sont-ils si près de la mer? questionna un autre.

— Et s'ils résistent?

— Nous les tuerons!

En s'approchant, ils virent que les monticules étaient des canots recouverts de peau, sous lesquels neuf petits hommes se tenaient à l'abri. Ils les attaquèrent. Lorsque les indigènes virent des géants barbus fondre sur eux en poussant des hurlements féroces et en brandissant des haches, ils voulurent fuir. L'un d'eux parvint à mettre sa frêle embarcation à la mer et à gagner le large en pagayant avec force moulinets. Les autres résistèrent tant bien que mal, poussant des cris stridents, mordant et griffant les bras velus qui les agrippaient. N'arrivant pas à les soumettre, Thorhall, le souffle court, cria à ses compagnons de les abattre. Ils les tuèrent tous à coups de hache. En examinant les cadavres, ils constatèrent que les corps des petits hommes étaient enduits d'une graisse malodorante et que leurs membres rachitiques leur donnaient une allure repoussante.

— Skraelingar! fit Thorhall en crachant avec mépris, qualifiant ses victimes de petits hommes laids.

Lui et ses compagnons montèrent de nouveau sur le promontoire et observèrent les alentours avec plus d'attention. Ils repérèrent ainsi de nombreux autres monticules en amont de la baie. Ils entrèrent aussi vite qu'ils le purent afin de faire part aux autres de leur incroyable découverte.

En entendant le récit que lui firent les membres du groupe de Thorhall le Chasseur, Leif fut courroucé et il fit grands reproches à ce dernier d'avoir massacré ces hommes.

— Est-ce ta nouvelle croyance en ce Christ qui te rend couard? lui lança alors Thorhall. Barbe-Rousse au contraire se réjouit de pouvoir remplir de nouveaux crânes à son festin!

Leif blêmit sous l'affront mais demeura calme. Il invita tous les hommes à tenir conseil. Assis autour de la longue table de bois, chacun donna son avis. Mais Thorhall ne l'entendait pas ainsi.

— Il n'y a pas de différence entre ces skraelingar et des bêtes de la forêt, rugit-il. Nous devons les chasser, les uns comme les autres!

— Non, objecta Bjorn. Nous devons les approcher avec des intentions de paix.

La plupart des hommes, Leif y compris, étaient de l'avis de Bjorn.

Alors Thorhall se dressa devant Bjorn, posa son poing sur la table bien en vue de ce dernier et dit:

— Que te semble de la taille de ce poing, Bjorn?

Sans s'émouvoir, Bjorn fixa le géant droit dans les yeux et répondit simplement:

— Il est très gros, certes!

— Crois-tu qu'il y ait assez de force dedans pour imposer mon point de vue?

— Il y a sûrement beaucoup de force dedans, Thorhall, mais ton point de vue n'a pas plus de poids que celui de nous tous réunis.

— Crois-tu alors qu'en assenant un grand coup, je pourrais influencer le groupe?

— Et quelles sortes de dégâts penses-tu qu'il en résulterait? fit Bjorn, toujours calme.

— Des os fracassés, peut-être la mort et un long voyage vers Hel!

— C'est une bien mauvaise mort, constata Bjorn, avec une pointe d'ironie dans la voix, bien mauvaise! Et ce n'est certes pas celle que j'aimerais recevoir, mais cela serait que tu ne pourrais t'attribuer le siège d'honneur.

— Et pourquoi donc? le défia Thorhall.

— Parce que tu ne vivrais pas assez longtemps pour t'asseoir à la place de Leif!

Lentement les hommes, du moins la plupart d'entre eux, s'étaient massés derrière Leif, épées et haches en main. Thorhall avait perdu sa belle assurance. C'est Leif qui parla. Ses propos étaient ceux d'un chef. Ils furent sans équivoque.

— Nous savons tous que nous n'avons pas de Lögretta, dit-il en faisant allusion au tribunal des
trente-six juges de l'Althing. Mais les menaces de
Thorhall le condamnent et le verdict est sans appel.

Puis, s'adressant directement à Thorhall, il poursuivit:

— L'excès a la vie courte; en conséquence, Thorhall, nous te bannissons de ces terres, mais néanmoins nous t'aiderons à construire un navire. Il sera
modeste de taille, mais tu pourras reprendre la mer;
tu auras peut-être la chance de revoir le Groenland!

Tous les hommes approuvèrent le verdict, sauf
cinq. Ceux-là rejoignirent Thorhall.

*   *   *

Leif et les siens commençaient le chargement du
drakkar lorsqu'ils virent une multitude de canots tendus de peaux, très légers, qui semblaient voltiger sur
les flots comme le font dans le ciel les oiseaux aqua-
tiques. À bord, d'affreux petits hommes, les cheveux
coiffés en mèches, agitaient des bouts de bois qui
ressemblaient à des fléaux. Tyrkir observa qu'ils les
agitaient dans le sens de la marche du soleil.

— On dirait un signal, opina-t-il. Qu'est-ce que
cela signifie?

— Il se peut que ce soit un signe de paix, fit Bjorn.
Prenons un bouclier blanc et arborons-le en échange.

Un des hommes agita le bouclier. Aussitôt les
petits hommes ramèrent à leur rencontre. Ils étaient
encore plus petits que Thorhall les avait décrits, noirs
et imberbes, ce qui leur donnait une apparence hideuse aux yeux des Groenlandais, habitués aux abondantes chevelures et aux barbes flamboyantes. Les
petits hommes restèrent là un moment, à bonne distance des Vikings, craintifs, s'émerveillant visiblement de ces gens de haute taille qui les regardaient

avec curiosité. Puis à un signal d'un des leurs, ils sautèrent dans les frêles esquifs et s'en allèrent, doublant le cap à grands coups de pagaie.

Les skraelingar revinrent le lendemain, de bon matin. La nuée de canots parsemait la baie de petits points noirs qui grossissaient à vue d'œil. Dans chaque canot on agitait un bout de bois. Les Vikings brandirent aussitôt leurs boucliers en faisant de grands signes de la main. Quand ils se rencontrèrent, une fois les premiers instants de méfiance passés, les petits hommes noirs firent comprendre avec de grands gestes qu'ils voulaient avoir de l'étoffe rouge. Il s'agissait des pièces de vadmal qui servaient de manteaux aux hommes de Leif. Les skraelingar avaient à donner en échange des peaux et de la fourrure toute grise. C'est ainsi qu'ils se mirent à faire du troc. Pour une peau toute fraîche, les skraelingar prenaient un empan de tissu rouge qu'ils s'enroulaient autour de la tête, en gambadant et manifestant bruyamment. Lorsqu'ils voulurent troquer des peaux contre des épées et des haches, Leif s'y opposa fermement. Après quelques tentatives et maints gestes, les skraelingar repartirent dans leurs embarcations.

Les tractations durèrent plusieurs jours. L'étoffe commença à manquer chez les Vikings. De plus, Leif et Bjorn s'entendirent pour ne pas toucher au manteau de ce dernier: c'était le cadeau du roi, offert en une circonstance exceptionnelle. Ils coupèrent alors le vadmal en si petits morceaux que chacun ne dépassait pas en largeur un travers de doigt et pourtant, les skraelingar donnaient autant de peaux et de fourrures qu'avant sinon davantage. Puis le vadmal vint à manquer complètement.

Cette nuit-là une étrange torpeur s'empara des hommes et ils sombrèrent tous dans un sommeil agité. Leif crut entendre une voix qui disait: «Réveille-toi, Leif, si tu veux garder la vie, et va au bateau avec tous les hommes. Quittez ce pays au plus vite!»

À l'aube, ils virent venir une grande quantité d'embarcations; plus qu'ils n'en avaient jamais vu auparavant. Les skraelingar agitaient les bouts de bois dans le sens inverse de la marche du soleil et ils hurlaient tous. Lorsqu'ils sautèrent de leurs canots, ils avancèrent en rangs serrés, brandissant des arcs et des frondes. Alors Leif et ses hommes portèrent leurs boucliers du côté rouge et dressèrent devant eux les mantelets qu'ils avaient confectionnés pour se protéger contre toutes sortes de projectiles. Il n'y eut guère d'attente. Les deux clans s'affrontèrent et se battirent. Une nuée de flèches et de pierres s'abattit sur les Vikings.

— Si j'avais des armes, hurla Thorhall, je me battrais mieux que n'importe lequel d'entre vous!

Depuis que Leif avait condamné Thorhall au bannissement, celui-ci avait dû rendre son épée et sa hache.

— Père, lança Leif en s'adressant à Tyrkir, acceptes-tu d'armer le bras de Thorhall et de te mettre à l'abri de mon bouclier?

Sans un mot, Tyrkir tendit ses propres armes au géant à la tignasse noire. L'écume à la bouche, ce dernier fonça droit sur les skraelingar en hurlant, frappant le bouclier du plat de l'épée. La vue de cet être furieux jeta la confusion dans les rangs des indigènes. Ils avaient monté au haut d'une perche une énorme boule, comparable à une panse de mouton, toute noire, et, de la perche ils la lancèrent parmi les hommes de Leif: en touchant le sol, elle éclata en faisant un bruit affreux. Un instant les Vikings crurent à quelque sorcellerie et ils eurent envie de battre en retraite. Mais Thorhall avait commencé le carnage, clairsemant les rangs des skraelingar avec ses terribles moulinets. Ces derniers ne purent recommen-

cer l'opération. Cependant, la farouche résistance des
Vikings n'empêchait pas les skraelingar d'affluer sur
eux de tous les côtés, les uns décochant des flèches
avec vivacité, d'autres faisant tournoyer les frondes.

D'un coup, Thorhall chancela. Une première flèche lui avait transpercé la cuisse et une seconde s'é-
tait fichée dans son ventre. Il continuait néanmoins
à brandir la hache en même temps que l'épée.

— Il faut les abattre comme du bétail, hurlait-il.

Autour de lui, le sol, rouge de sang, était jonché
de cadavres de skraelingar. Plusieurs étaient proprement démembrés, résultat de la fureur des coups que
portait Thorhall.

Voyant que le géant ne tombait pas malgré ses
blessures, les skraelingar commençaient à battre en
retraite. Plusieurs étaient déjà retournés à leurs embarcations et filaient à toute rame. Bientôt les autres
disparurent dans la forêt, traînant avec eux un des
hommes de Leif blessé. Un des skraelingar avait
ramassé la hache d'un homme mort. Une fois sous le
couvert des arbres, il en frappa un tronc, puis l'un
après l'autre, ses compagnons frappèrent tour à tour.
Ils estimèrent que le tranchant mordait si bien que
c'était là un trésor. Un autre la prit et en frappa une
pierre. Étonné par le jaillissement d'étincelles il recommença, avec plus de force encore, si bien que la
hache se brisa. L'arme leur parut alors n'être d'aucune utilité puisqu'elle ne résistait pas à la pierre. Ils
la jetèrent.

Du côté des Vikings, quatre hommes étaient tombés sous les flèches et les pierres des skraelingar et
plusieurs étaient blessés. Parmi les morts gisait Tyrkir, le crâne ouvert, une pierre plate enfoncée dans sa
tête.

Lorsque Leif voulut panser les blessures de Thorhall, celui-ci refusa. Sans une plainte, il retira lui-
même la flèche plantée dans son ventre et l'examina.

— Il y a de la graisse de mes entrailles sur cette flèche, constata-t-il. Elle me mènera à la mort. Il se peut, Leif, que j'aie eu la vérité en bouche quand j'ai dit qu'il fallait les chasser comme des bêtes... Je te conseille de quitter ces lieux au plus vite... et de laisser mon esprit hanter ces skraelingar pour longtemps...

Il éclata d'un grand rire, toussa, puis cracha le sang. Leif lui traça un signe de croix sur le front.

— Est-ce le signe de Thor? le nargua Thorhall, dont la voix faiblissait de plus en plus. Écoute-moi, Leif!... je ne veux pas être enterré ici... tu m'as banni, n'est-ce pas? Alors je veux quitter ces côtes sur une nef, les armes à la main!

C'est ainsi que mourut Thorhall. Le bateau qui devait le mener en exil devint à la fois son lit funéraire et son bûcher. En voyant le navire en flammes s'éloigner doucement du rivage, Bjorn pensa à la mort de Bàrd, son père. Il lui semblait que sa mémoire sombrait dans la nuit des temps. Leif fit creuser une tombe pour Tyrkir et trois autres tombes pour les morts du groupe, tout près de la longue maison. Il fit planter des croix à la tête et au pied des sépultures et les consacra à Christ.

Le drakkar était chargé de raisins et de bois. Les hommes avaient transporté leurs coffres à bord. En attendant la marée et craignant une nouvelle attaque des skraelingar, Leif et les siens prirent une position défensive derrière une haie de boucliers. Lorsque enfin la quille quitta le fond, ils souquèrent ferme, cap vers le large, non sans jeter un regard nostalgique vers la grande baie et, tout près, vers cette crique qu'ils avaient familièrement appelée l'Anse aux Prairies.

Cinquième partie

La pierre de Thor

Tu vas obtenir ici au Groenland
Le parti le plus honorable qui soit
Bien qu'il ne doive pas être de longue durée
Car tes chemins vont vers l'Islande et là,
Descendra de toi une famille
à la fois grande et bonne
Et sur ta descendance brillent
des rayons d'un tel éclat
Qu'il n'a guère été donné d'en voir de semblables...

(Saga d'Eirik le Rouge)

La vision de Bjorn

Le drakkar cingla vers le nord en longeant les côtes arides que les hommes connaissaient maintenant. Ils contournèrent un cap avec quantité d'animaux dessus; on aurait dit que ce cap n'était qu'une immense croûte de fumier parce que les bêtes y passaient tout leur temps. Ils trouvèrent aussi cinq skraelingar en vêtements de peau, endormis non loin du cap, sur une petite plage de sable. Leif pensa que les siens apprendraient beaucoup de choses au sujet des skraelingar s'ils pouvaient les emmener avec eux au Groenland. Il envoya quelques hommes à terre, dans une des deux petites barques, afin de capturer les indigènes. Ils attrapèrent deux garçons, mais les trois adultes, parmi lesquels il y avait une femme, s'échappèrent. C'étaient probablement des fugitifs, expulsés de leur tribu et abandonnés par les leurs. Ils avaient avec eux des récipients de terre cuite contenant de la moelle d'animaux mêlée de sang.

Ils eurent ensuite bon vent et, au milieu du huitième jour, ils virent les contours du Groenland et ses montagnes en dessous des glaciers.

Depuis quelque temps, Leif fixait un point sur la

mer et serrait le vent de très près.

— Pourquoi navigues-tu si fort sous le vent? lui demanda Bjorn.

— Je pense à rentrer au plus vite, répondit Leif, mais ne vois-tu rien de particulier sur l'Océan?

Bjorn alerta les hommes et tous scrutèrent la mer, déclarant à tour de rôle ne rien voir. Bjorn pensa alors que le regard d'aigle d'Arnkell, son père adoptif, aurait été de grande utilité au moment même.

— Là-bas, fit Leif, entre la proue et le soleil. Je ne sais pas si c'est un bateau échoué que je vois ou un écueil!

— Je le vois, lança Bjorn en pointant du doigt une masse noire couverte d'écume par les flots. Il me semble que ce n'est qu'un écueil.

Leif, qui avait la vue plus perçante que quiconque, dit alors qu'il voyait des hommes s'agiter sur l'écueil.

— Nous allons croiser sous le vent afin de les rejoindre, annonça-t-il en manœuvrant le gouvernail de façon à diriger le drakkar droit sur le rocher. Il est tout à fait nécessaire de secourir ces gens, sauf si leurs intentions ne sont pas pacifiques. En ce cas, nous avons tous les avantages et eux, aucun.

Ils avancèrent jusqu'au bas du rocher et amenèrent la voile. Une quinzaine de personnes, toutes en assez piètre condition, grelottant de la tête aux pieds, y étaient massées. S'adressant aux naufragés, Leif demanda alors qui commandait le groupe. Le chef se nommait Thorir; il était norvégien. Il raconta qu'une tempête les avait éloignés de leur route et qu'ils s'étaient échoués sur le récif. Plusieurs des siens s'étaient noyés, d'autres étaient morts de froid. Leif se nomma à son tour.

— Es-tu le fils d'Eirik, de Raide-Pente au Groenland? lui demanda Thorir.

L'homme avait entendu parler de l'expédition de

Leif et il raconta qu'on faisait grand cas de cette aventure en Norvège, dans toutes les îles du nord et jusqu'en Islande. Leif les prit à son bord et les ramena jusqu'à l'Eirikrfjord et finalement jusqu'à Raide-Pente, où ils furent accueillis en héros par la communauté. Il offrit à Thorir de venir loger chez lui et il trouva un logement aux compagnons de ce dernier.

On fit de grandes discussions sur le voyage de Leif. Thorvald, le frère de Leif, estimait que le pays n'avait pas été assez largement exploré. Leif dit alors à son frère:

— Tu iras avec mon bateau, frère, jusqu'au Vinland. Tu y trouveras les bâtiments de Leifsbudir et tu en feras une grande ferme. Tu concluras la paix avec les skraelingar et tu leur apporteras notre religion; ils la tiendront un jour pour meilleure que toutes leurs croyances.

Tôt en hiver une épidémie décima le groupe de Thorir; Thorir lui-même en mourut. On fit des cercueils pour les cadavres et on les enterra en terre consacrée.

Durant tout ce temps, Leif avait fait enseigner les rudiments du norrois aux deux skraelingar et les avait fait baptiser. Dès qu'ils purent se faire comprendre, les indigènes nommèrent leur mère Vethhild et leur père Ovaegir; c'est du moins ce que les Groenlandais crurent comprendre. Ils affirmaient aussi que des rois gouvernaient les skraelingar, que l'un était Avaldamon et l'autre, Avaldidida. Leif et les siens doutèrent de la prononciation de ces noms. Les skraelingar racontèrent qu'il n'y avait aucune maison là où ils vivaient; les gens couchaient dans des cavernes ou dans des trous. Selon eux, en face de leur pays, il y avait une contrée qu'habitaient des gens en habits blancs qui portaient devant eux des perches auxquelles étaient fixés des chiffons; ces gens poussaient sans cesse des cris aigus. Bjorn pensa aussitôt au Hvitrammanland,

le pays des Hommes Blancs dont Einar lui avait
souvent parlé alors qu'il n'était encore qu'un enfant.

Lorsque Leif s'enquit de ce que les skraelingar faisaient de leurs prisonniers, les deux garçons répondirent qu'ils les assommaient à coups de bâtons et de
pierres et qu'ils dépeçaient ensuite les corps. Ils arra-
chaient le cœur pour le faire griller; puis ils le distri-
buaient en différents morceaux aux plus jeunes pour
qu'ils deviennent plus courageux. Ils faisaient aussi
une incision au cou de leurs victimes pour laisser couler le sang et pour le boire; en mêlant ainsi leur sang à
celui de l'ennemi, ils pensaient être à l'abri de ses
attaques. Ils mettaient enfin les autres morceaux de
chair dans une chaudière pour les faire bouillir ou les
faire rôtir, et ils les mangeaient.

Le récit de ces horreurs ne laissait aucun doute
dans l'esprit de Leif et des siens sur le sort qui avait
été fait à leur compagnon capturé par les skraelingar
lors de la grande attaque près de l'Anse aux Prairies.
Leif avait aussi demandé aux deux garçons ce que les
skraelingar racontaient de ces hommes barbus venus
de la mer. Ils avaient répondu que les gens de leur propre tribu les avaient désignés sous le nom de tuurngaq,
parce que bien qu'étant en apparence des êtres humains, ils étaient dangereux et plus grands que les
humains ordinaires. Ils pensaient que les tuurngaq
habitaient dans des rochers, qu'ils tuaient volontiers
des hommes et faisaient disparaître tous ceux qui
voyageaient pour leur voler tous leurs secrets. Pour
apaiser la colère des géants, les skraelingar cons-
truisaient des cairns de pierres faits à la ressemblance
de ces êtres démesurés. Beaucoup de cairns étaient
maintenant dressés au pays du Vinland.

Cet hiver-là mourut aussi Eirik le Rouge.

*   *   *

Le Groenland sortait du long hiver. Dans les maisons basses, l'unique pièce, toujours sombre, était enfumée et malodorante. Même le trou dans les toits ne laissait pas sortir toute la fumée. Une suie épaisse recouvrait les poutres, assombrissant davantage les coins les plus éloignés du foyer. Mais tout cela était maintenant ouvert au grand vent.

Brigit, en attendant le retour de Bjorn, avait passé tout l'hiver à peigner la laine de mouton pour la débarrasser des nœuds et des teignes, puis à la carder. Elle avait aussi battu le lin pour le fragmenter en filaments très fins et les tisser ensuite. Chaque jour, méticuleusement, elle avait attaché la laine à la quenouille, avait lancé le fuseau et alimenté le fil. Elle avait aussi teint le même fil en différentes couleurs avec des sucs extraits de divers végétaux. Elle avait passé le reste du temps à son métier, ajustant les pierres, fabriquant vêtements, voiles, couvertures et tapisseries.

Avec le retour d'un temps plus doux, la ferme de Sturla le Lutteur bourdonnait d'activités. Les domestiques exploitaient une pierre tendre pour en faire des bols, des lampes et des plombs pour les filets. Ils extrayaient aussi des blocs de minerai dans les marais sis en bordure de la ferme, tâche très ardue, et les transportaient près d'un grand four d'argile qu'activait sans cesse Rollo le forgeron et ses assistants. C'est de la fusion de ces gros morceaux de minerai que Rollo tirait et façonnait les armes, les ustensiles et les outils pour la ferme. Les hommes s'occupaient à mettre les charrues en ordre, car bientôt ils allaient devoir labourer les champs avant d'entreprendre les semailles d'orge. Les récoltes s'annonçaient d'ailleurs plus difficiles d'année en année.

Pendant ce temps, Inga, surnommée Longues-Chausses, la sœur de Brigit, aidée de quelques domestiques, s'occupait de moudre le reste du grain en réserve dans un grand moulin de pierre, puis de pétrir la pâte dans de grands pétrins de bois et de faire cuire quantité de petits pains sur la cendre chaude. La pêche et la chasse avaient aussi repris. Les hommes abattaient des phoques et ramenaient nombre de poissons. Les femmes ramassaient les plumes d'eider et vidaient les nids des œufs fraîchement pondus. Les plus jeunes garçons, particulièrement agiles, grimpaient aux rochers pour s'emparer des guillemots et des macareux qui nichaient par milliers sur les corniches des falaises. Les poissons étaient vidés et mis à sécher sur des rateliers en plein vent. La viande des animaux abattus était mise dans la saumure puis placée dans des tonneaux. Mais Bjorn était indifférent à toute cette agitation. Un chaos d'ombres le poursuivait. Tout devenait confus, autant que les formes des buissons, des pics rocheux, des marées devenues insaisissables à ses yeux. Il n'arrivait plus à évaluer le sens de sa vie, comme si elle s'était arrêtée, sans égard au vent qui passait, aux coloris provoqués par le soleil du printemps, aux subtilités et aux nuances infinies qui inondaient la terre et les eaux. Le soleil était pourtant ce que ces hommes et ces femmes, sortant de la longue nuit, souhaitaient le plus; surtout lorsqu'il passait du jaune fuyant au rouge de sang, en étirant un peu plus chaque jour ses voluptés et ses ardeurs.

Les frémissements de la nature laissaient donc Bjorn insensible, prostré même. Pourtant Einar lui avait déjà dit que lorsque pareil désarroi se manifestait au-dedans de soi, les ombres et les mystères dont la nature est porteuse parviennent à estomper tous les troubles. Le monde des choses avait-il tellement changé? Ou alors était-ce lui qui n'avait plus rien dans le cœur sinon de la souffrance et de la haine? Bjorn était en effet hanté par des souvenirs de plus en plus précis; plus douloureux aussi. Voilà qu'il se rappelait

chaque cri, chaque coup, le moindre gémissement, l'a-
gonie des siens, le regard de Ulf, la fureur de Styr.
Chaque fois qu'il les imaginait, chaque fois le souvenir
de tous ces visages se précisait, s'incrustait par son
acuité, accentuait sa douleur, semblable à un rêve
d'angoisse fidèle à chacune des nuits. Les mêmes scènes toujours répétées, la douleur de chaque jour, semblables aux récits du rêve des morts, indicibles avec
des mots humains, en deçà de tout langage, le poussaient à fuir son univers réel.

C'est ainsi que le voyait Brigit: absent au temps,
mais le regard brûlant, d'une intensité sans limites,
abandonnant tout à la fois ses racines les plus sûres;
désincarné, oubliant l'inspiration d'Einar, sombrant
peu à peu dans un destin d'abandon.

Ce n'était toutefois qu'apparence, car l'existence
de Bjorn tenait bon même si elle semblait suspendue
à un fil ténu. Et c'était justement grâce à cette image
de l'homme aux cheveux blancs, au regard bienveil-
lant sous un sourcil toujours à demi levé; au regard
d'aigle aussi, aujourd'hui éteint, mais toujours si ex-
traordinairement présent. C'était lui qui affirmait ne
pas connaître d'horizon indépassable. C'est précisément ce qu'Einar lui avait dit en cette dernière nuit
avant le massacre de Gunnar, avant sa propre disparition; une nuit pleine d'étoiles, plus nombreuses et
plus brillantes, comme pour marquer les dernières
paroles d'un homme sage. «Lorsque l'horizon te paraît
infranchissable, avait dit Einar, regarde-toi dans
l'eau et lorsque tu verras ton propre reflet, rappelle-
toi qu'il faut toujours se voir, soi et les autres, comme
si c'était la première ou la dernière fois. Rien n'est
alors impossible!»

Pendant un temps, à l'aube de chaque jour, Bjorn
conserva le souvenir d'un cauchemar, toujours le
même. Cela se passait dans l'enceinte d'une longue
maison, pendant que de raides vents d'hiver hur-

laient alentour. Lui et Ulf étaient présents, ne parve-
nant pas à se mettre d'accord sur cette seule question: quel était le vrai champion des terres du Nord?
Alors le loquet de la lourde porte en bois se soulevait
et tous l'entendaient tourner sur ses gonds, puis se
refermer avec un fracas tel que les murs en tremblaient. Ils voyaient un homme d'une stature gigantesque, les traits envahis par une barbe noire et ru-
gueuse, obstruer l'entrée. Une peau de bête lui cei-
gnait les reins; un molleton de laine drapé sur les
épaules, il tenait dans une de ses mains énormes un
billot, et dans l'autre, une hache. Traversant la salle
à grandes enjambées, le géant venait s'arrêter devant les deux hommes et jetait son billot à leurs
pieds. «Où pourrais-je trouver un homme capable de
faire un pacte avec moi et de s'y montrer fidèle?» ton-
nait-il. «Quel pacte?» lui demandait-on avec méfiance. «Ce soir, faisait le géant de sa voix caver-
neuse, l'homme me tranche la tête et moi, demain
soir, je lui coupe la sienne!» Ulf s'avançait en lançant:
«Je ne crains pas ce pacte; à genoux, donc!» Le géant
se mettait à genoux et posait sa tête sur le billot. Au
prix d'un immense effort, Ulf soulevait la hache du
géant et l'abattait avec un sifflement macabre. La
tête allait rouler loin du corps. Mais en un instant, le
corps décapité se remettait sur ses pieds, prenait la
hache des mains de Ulf, ramassait sa tête sanglante
qu'il plaçait contre sa poitrine et quittait la salle. Le
lendemain soir, de la même façon, le géant revenait,
sans la moindre trace à son cou musculeux, s'approchait du feu à grands pas, sa hache à la main, et
réclamait Ulf. L'homme que l'on surnommait le Loup
était absent. Le géant crachait par terre en signe de
mépris et passait le doigt sur le tranchant de la
hache sans dire un mot. Bjorn surgissait dès lors,
prêt à défendre tout honneur. Le même pacte meurtrier était scellé: tête contre tête. Bjorn brandissait

alors la hache, l'abattant avec une telle violence que
la tête volait haut avant de rouler au sol. De nouveau
le colosse se dressait, ramassait la hache et la tête et
disparaissait dans la nuit. Le lendemain, selon le
pacte, il revenait, s'avançait et appelait Bjorn par son
nom. Le Dragon était présent. Il marchait jusqu'au
billot et s'agenouillait pour recevoir le coup. Il voyait
bien le géant se dresser au-dessus de lui et la hache
qui lançait des éclats sinistres. «Frappe vite, comme
j'ai fait», hurlait Bjorn. La hache retombait, arrachant un halètement rauque aux témoins. Mais elle
ne faisait qu'entamer le sol. Et lorsque Bjorn se rele-
vait, indemne, et voulait faire face au géant, celui-ci
avait disparu. À sa place se tenait Ulf, les armes à la
main, qui le regardait paisiblement, un voile de tristesse au fond de son regard de loup.

Bjorn se réveillait en sursaut et chaque fois, c'était
Brigit qu'il retrouvait, allongée, recouverte d'une
peau de mouton, les bras écartés comme les ailes fragiles d'un oiseau. Lorsqu'elle ouvrait les yeux, elle lui
tendait une main hésitante mais toute chaude. Tendrement, Bjorn passait alors sa propre main dans les
cheveux couleur de blé et du doigt il effleurait le jeune visage dont la peau avait la douceur de la mousse.
Tout en contemplant sans se lasser le visage de l'a-
mour, Bjorn savourait le silence du matin. Un sourire
nostalgique errait timidement sur ses lèvres; mais
très vite, il pensait à autre chose et sa gorge se serrait.

— Le Loup, fit alors Brigit à voix basse; c'est lui,
n'est-ce pas?

Bjorn soupira, les poings crispés.

— Je l'ai vu, continua Brigit, comme je te vois; il
était énorme, avec un épais pelage noir auréolé d'argent. Il attendait au clair de lune et tournait autour
de moi, le poil hérissé et les yeux ambrés qui ne quittaient pas mon visage. Puis il s'est jeté sur toi et ses

longs crocs se sont refermés sur ta gorge, mais ils n'ont fait couler aucun sang. Lorsque j'ai mis mes bras autour de son cou, il a accepté les caresses. Cette nuit encore je l'ai revu! Il boitait. Du sang poissait sa fourrrure. Lorsqu'il m'a aperçue, il a poussé un long hurlement désolé et a disparu. Je ne sais plus, Bjorn, ce sont des choses magiques, étranges... inconnues! J'ai peur!

— C'est lui! murmura Bjorn au bout d'un long moment.

— Est-il chair ou est-il esprit? demanda Brigit d'une voix tremblante, battant des paupières et tournant vers Bjorn un regard douloureux.

— Il est chair, souffla Bjorn, homme et bête fauve, ensemble. Son souvenir me hante nuit et jour, maintenant encore plus qu'hier. Je le sens et je sais qu'il vit un désespoir égal au mien!

Brigit lui caressa les cheveux, lui frôla le menton, avec une telle tendresse que Bjorn ferma les yeux en souhaitant que cet instant durât l'éternité. Personne ne pouvait en demander plus.

— Après tant de couchers de soleil, ajouta Bjorn d'une voix à peine audible, le rêve doit être vécu: il me tuera ou je le tuerai! Les morts sont tous égaux devant les dieux; ils sont tous ombres, rois et esclaves confondus!

D'un geste de la main il attira Brigit vers lui et il sentit la peau de la jeune fille encore imprégnée de la fraîcheur de la nuit, autant qu'il sentit progressivement la brûlure de son corps.

* * *

Bjorn prit le chemin des pierres; une rude ascension vers des champs déserts et un lointain troupeau de moutons. Il était seul. Il se sentait écorché, du dedans comme du dehors. Voilà que s'abattaient les dernières défenses entre lui, le dragon, et le loup, dans ces lieux arides où il ne trouvait rien ni personne; fondu dans la pierre déchiquetée et, tout en haut, attiré vers le soleil, comme le vol tendu d'un oiseau qui, l'instant d'après, ne forme plus qu'un point noir dans un bleu lointain.

Il lui fallait regarder sans fin, s'élever au-dessus des êtres, se déplacer dans l'espace et le temps à la recherche d'Einar. Il devait se voir dans l'eau de la terre, perdre ses yeux dans les étoiles: l'eau sans bruit, la pierre invulnérable, la nuit qui transformait la terre en désert, un dragon gigantesque criant comme le vent! «Les grandes tempêtes s'annoncent par la brise légère», disait Arnkell.

Bjorn souhaitait se fondre dans l'oubli, se perdre dans les brumes; mais le temps était d'une telle limpidité que l'œil portait à l'infini, au-delà presque de l'horizon. Il s'installa sur une pierre plate chauffée par le soleil et laissa le doute et la douleur vive s'insinuer entre la chair et l'os. Qu'étaient devenus les dieux? se demanda-t-il. Disparus dans un autre temps, un autre monde? Impossible! Les dieux n'étaient pas morts; Einar l'avait dit. Ils étaient là, à murmurer dans la pierre, dans l'ombre d'une forêt, dans la profondeur de l'Océan. Ils étaient dans les pensées, les espoirs; ils accusaient les faiblesses des hommes; blessés, ils pouvaient souffrir. Les dieux buvaient du nectar, de l'hydromel; ils avaient besoin de la fumée des sacrifices pour se nourrir; les dieux étaient fragiles, mais ils ne mouraient jamais! Alors, s'interrogeait Bjorn, quelle était cette angoisse qui le possédait ainsi? Et ce doute qui consumait lentement tout son être? Et cette peur? N'y eut-il pas un temps où les hommes vivaient tous dans l'innocence? Ne semaient-ils et ne récoltaient-ils pas le blé pour faire le pain? N'élevaient-ils pas les animaux pour les manger? Mais il y eut bien un jour quelqu'un qui dit: «La terre, les semences, le

soleil et la pluie, ce sont les dieux qui nous les donnent. Il faut, pour les remercier, leur sacrifier une
part de nos récoltes et de nos bêtes car, s'ils se ven-
gent, ce sera pour nous la famine!» Sûrement que depuis ce jour-là, les hommes et les dieux n'avaient
jamais réussi à s'entendre sur la part que les uns devaient sacrifier aux autres. Mais les dieux n'étaient
pas morts; ils existaient!

Bjorn trouva un marais. Quand la surface de l'eau
fut redevenue lisse, il y vit son reflet. Il passa sa main
sur sa joue envahie par une barbe blonde, sur ses
traits encore délicats quoique déjà marqués aux coins
des yeux par les assauts du vent et de la mer. Puis
l'eau sembla bouger, devenir trouble; et lentement,
comme si une force invisible lui volait ses propres
traits, il vit naître une autre forme, un autre visage,
d'autres yeux, un regard de loup. Pourtant il se reconnaissait encore, comme un père reconnaît aussitôt
son frère à leur incroyable ressemblance; mais ces
traits étaient ceux de Ulf le Loup!

Bjorn retint un cri de détresse. Il se retourna vivement, regarda de tous les côtés et vit qu'il était seul.
Il respira profondément et s'aspergea abondamment
le visage. De nouveau il attendit que le miroir de l'eau
renvoie un reflet: c'étaient ses boucles blondes, ses
yeux fiévreux, ses traits pâles. Il crut entendre une
voix, toute menue, lointaine: «Pourquoi épelles-tu les
runes du mal? disait-elle. Tu t'attires malédiction; il
est hors de sens de vouloir éveiller les hommes morts.»

— Einar! cria Bjorn. Einar!

Mais il n'entendait que le vent. Alors il pensa à
cette terre qui était à l'ombre du soleil, à cette terre
proprement orientée au nord. Une terre bruissante
d'une symphonie d'ocres, de jaunes, de roses; une terre
jaillie entre la glace et le feu. Aucune baie n'y était
abritée des vents; aucune côte n'y était facile d'accès.
Qu'y avait-il d'unique dans sa vie sinon cette terre

fragile baignée par la lumière du nord? Rien n'était plus beau que cette rugosité, ce silence, immense, rampant au-dessus d'un horizon qui retient le soleil; où mer et ciel se confondent dans des bleus étonnants! Rien n'était plus beau que le dépouillement du désert de lave d'où perce soudain une minuscule touffe de fleurs, éphémères, petites. Et les champs de glace, les cascades, les falaises de basalte bleutées. L'eau et le feu marquaient cette terre. L'eau la cernait, le feu la modelait. Ensemble ils en créaient la vie et la détruisaient, tout à la fois; forces en perpétuel affrontement.

Bjorn comprenait soudain; il venait d'avoir la vision, toute simple. Ce qui s'affirmait en lui n'était que la certitude du seul destin possible. Il se trouvait en Islande: c'était la seule terre qui n'avait pas été séduite par la lumière du soleil. C'était là que se dressait la pierre de Thor. Cette terre était sa condition; la sienne et celle de sa race: être libre!

Pour Bjorn comme pour ce pays d'Islande, la liberté était devenue poème et chanson; la liberté était son destin. Il était odeurs, couleurs, racines d'Islande; la force sans limites de toutes les pierres l'emplissait. Il lui restait à s'accomplir dans la chair de l'Islande.

*   *   *

Le père de Brigit, Sturla le Lutteur, avait surgi dans la vie de Bjorn comme un simple inconnu. Mais d'un seul geste de sa main énorme, lourde comme le marteau du forgeron, il lui avait témoigné confiance et affection. C'était un homme de granit, haut comme une montagne, précédé d'une sorte de gloire, marqué des cicatrices de ses combats, imprégné de l'odeur des hommes en sueur qu'il avait terrassés, de qui se dégageait cette émanation perceptible de force immense qu'il dissimulait tant bien que mal, se tassant maladroitement, taisant ses exploits de lutteur, repliant ses mains d'ours pour les soustraire aux regards admiratifs.

— Montre-moi, avait demandé Bjorn à Sturla.

C'était plus qu'une simple demande; par le ton, par le regard, Sturla avait compris que Bjorn entreprenait sa grande quête.

Dès les premiers moments, en effleurant seulement le corps musculeux de Sturla, Bjorn sut ce qu'était la force. Sans déployer le moindre effort, Sturla avait frappé Bjorn du revers de la main, d'un tel coup à la poitrine que ce dernier fut projeté à plusieurs pas et se retrouva étendu sur le dos, ébranlé, les poumons vidés par le choc. Pourtant Sturla s'était retenu. Stupéfait, Bjorn voulut faire preuve de courage en se jetant de face contre son adversaire. Ce fut comme heurter un roc; Sturla le ceintura, emprisonna les bras de Bjorn le long du corps, l'immobilisa quelques instants, puis le projeta contre le sol en le retournant vivement. Lentement il lui mit un pied sur la poitrine, sans trop appuyer. Bjorn eut l'impression qu'il était écrasé sous le poids d'une montagne.

— Acceptes-tu toujours que je te montre? lui demanda Sturla.

Bjorn, étourdi, tout endolori en même temps que profondément ébranlé, se releva en soupirant.

— Que peux-tu faire de moi? murmura-t-il avec une certaine tristesse dans la voix.

Sturla le fixa droit dans les yeux. Il refit le geste, posant ses mains sur les épaules de Bjorn pour lui témoigner sa profonde affection. Il savait que Bjorn avait très simplement été vaincu par lui-même. Mais il avait accepté la défaite avec une véritable humilité, et à cause de cela, il ne serait plus jamais le même.

— T'apprendre à te tenir sur tes jambes avant de te laisser sauter par-dessus la falaise, répondit Sturla en souriant. Te rendre plus fort que tes propres forces. Alors tu pourras abattre le marteau de Thor sur qui tu voudras!

Ils luttèrent de jour et de nuit. Le jour, brûlés par le soleil, transis par la pluie, trempés par les efforts; la nuit, à la lueur du long crépuscule, chauffés par des feux, écorchés par le sol rugueux. Les yeux de Bjorn brûlaient d'un feu qui était celui de son être entier, de son âme. Il courbait sous le poids de Sturla, vacillait sous les coups du colosse, titubait de fatigue. Alors il serrait les poings, frappait le sol, mordait ses lèvres au sang, rejetait ses cheveux fous, collés de sueur et de poussière, et reprenait l'entraînement. Corps, visages, cheveux et barbes s'emmêlaient, se confondaient dans une danse de force qui semblait n'avoir pas de fin.

Un matin Sturla apparut avec un visage gris de fatigue, le pas traînant, alors que les yeux de Bjorn avaient le bleu tout neuf d'un ciel fraîchement délavé. Sturla sut que son élève était prêt au tumulte de la bataille des hommes, comme d'autres sont prêts à coudre le cuir ou à façonner au marteau, sur l'enclume, le fer rougi au feu de bois.

— Tu es un homme prêt à se battre pour les dieux! s'exclama le lutteur.

— Maintenant je sais que je suis né! répondit Bjorn avec un sourire radieux, le premier depuis fort longtemps.

— Alors il te reste à accomplir ton vrai destin, ajouta Sturla.

— Il sera tel que l'avait prédit Petite-Voyante, dit Bjorn. Pour moi comme pour Brigit!

— Il sera noble!

La nuit fut brève. Le soleil s'accrochait à l'horizon et ses feux irradiaient les corps des deux hommes, les submergeaient, effaçaient en eux toute fatigue, flottaient à la surface d'une mer immobile. Sturla poussa un énorme soupir comme s'il venait d'avoir conscience qu'un événement merveilleux allait se produire.

Bjorn imaginait le reste de sa vie. Demain déjà, le Groenland se fermerait à jamais derrière le drakkar alors qu'au-devant de la nef, la terre d'Islande sortirait doucement des brumes. L'air y serait encore chaud, sec, et sentirait le feu de la terre. Dans quelque direction que regarderait Bjorn, il n'apercevrait aucun arbre. Ses pas, seuls, froisseraient le silence. Le soleil lui montrerait la direction de Thingvellir, quelque part à l'abri des flancs d'un massif rocheux, derrière une rangée de pierres levées, au bord d'une coulée de lave, près du grand lac et des geysers.

Le cercle de pierres s'y trouverait toujours, avec, au centre, la grande pierre, à l'arête tranchante comme la lame de Mord-Jambe: la pierre de Thor.

Un loup en Islande

Longtemps, Ulf avait cru ce qu'Aldis lui avait dit au sujet de son père: que ce dernier était Fenrir, le loup prisonnier de la terre où les dieux l'avaient enchaîné. Jusqu'au jour où elle lui révéla qu'il n'était autre que l'enfant non reconnu d'un mortel. Il s'imagina pourtant que son destin serait celui d'un dieu, appelé un jour comme le fut cette Morrigane du pays d'Irlande.

Aldis lui avait parlé jadis de ces bardes aveugles qui, la nuit venue, berçaient de leurs chants les guerriers exténués par les combats du jour. Ils prétendaient qu'à une époque terrestre elle avait été une reine, quelque part sur le sol d'Irlande, et qu'elle était devenue une déesse. Ils l'appelaient Morrigane et disaient qu'elle n'était pas une déesse unique mais une trinité. Cependant, elle possédait une seule âme, féroce et implacable, qui gouvernait trois entités portant des noms différents. Quelle que fût sa personnalité du moment, elle était terrible. Elle s'appelait Macha quand elle fabriquait ses filtres avec le sang recueilli après les massacres; Badb quand, prenant une forme gigantesque, elle révélait aux guerriers, la veille des combats, le destin qui les attendait; Némon

quand elle chantait la mort. Elle se mêlait aux sinistres nuées de corbeaux nécrophages qui hantaient les
champs de bataille et se jetaient sur les débris sanglants des corps déchiquetés quand les combats
avaient cessé. On disait que les lugubres mélopées funèbres que l'on chantait en veillant les morts avaient
été inventées par Némon. On disait aussi que, chaque
fois que les corbeaux se disputaient un cadavre en
croassant, c'était la voix de Morrigane qui, sortant de
leur gorge, courait sur la lande.

Ulf s'était dit qu'il n'était pas si différent de Morrigane. Il était homme, ni moins réel ni moins sensible que les autres hommes, traversé de pensées et
d'espoirs, de doutes et d'angoisses. Il était guerrier,
offert à la rage, masqué d'une pourpre colère, soutenu
par les mêmes dieux cruels et vengeurs lorsqu'il brandissait la hache et répandait le sang. Il était loup, mi-
bête, poussé par un besoin de chair vive, usant de
hargne et de crocs, brassé par un sang corrosif qui lui
arrachait, ici et là, une hurlée, un vertigineux cri de
fauve. Et dans l'attente du Ragnarök, de l'apothéose
de la fureur, du moment de l'aveugle clarté qui pré-
céderait la sortie de terre de Fenrir, le loup géant, Ulf
rêvait d'or, d'argent et de puissance.

L'Islande fut alors livrée à la marque de la bête.
Une bête d'une force prodigieuse, aux yeux non dé-
pourvus d'intelligence, partageant une étrange affi-
nité avec les rayons argentés qui éclairaient les courtes nuits. Les Islandais ne voyaient plus le ciel clair
et frais. Ils étaient terrifiés, hébétés. Des hommes véritablement sauvages, surgis de la mer, les plus terribles de tous, tuaient pour l'or et le sang. On disait
que celui qui était leur chef était plutôt un loup,
tellement féroce qu'il ne quittait les lieux d'un carnage que lorsque son museau était rougi jusqu'aux
yeux, et qu'il ne se transformait en homme que lorsque le soleil l'effleurait.

Ces hommes ouvraient les tertres et cherchaient les morts entourés de leurs richesses. On disait que des flammes brûlaient en permanence sur les tertres violés. Ils tuaient sans pitié ceux qui osaient leur faire face. Ils enterraient ensuite leurs victimes dans les tourbières, recouvraient les corps de branchages, de rondins et de pierres. Parfois ils les plaçaient dans une position accroupie, parfois la tête en bas, parfois les membres liés et la tête tranchée. Il y avait des tertres un peu partout. Celui-ci s'était fait inhumer au bord du promontoire afin d'observer les allées et venues des navires; l'autre au bord du chemin à la vue des passants; un autre près des bâtiments de la ferme afin que tous se souviennent de lui.

Ulf n'hésitait devant rien; ni menaces ni malédictions. Il descendait dans les tombes les plus profondes. Faisant fi des odeurs putrides, il avançait dans le noir, à tâtons, guidé par l'odorat. Tantôt il trouvait des ossements de cheval, tantôt il heurtait le dos d'un siège sur lequel était assis un mort. La plupart du temps il ne trouvait que des armes, des ustensiles, des traîneaux. Rarement trouvait-il de grands trésors entassés, sinon, une fois sous les pieds du mort, un petit coffret rempli d'argent. Ulf ramassait tout ce qu'il trouvait, entassant ce fourbi dans un chariot que les hommes traînaient à bras.

Mais un jour il trouva des ossements humains à nul autre pareil. Ils étaient enfouis dans un tertre à Tjaldanes, non loin de Mosfell. Il vit un crâne. Ce crâne était étonnamment gros, mais surtout, d'un poids considérable; ce crâne était de plus ondulé. Il lui fit penser à la tête énorme de Styr Force-de-Bœuf. Ulf voulut alors se rendre compte de l'épaisseur de ce crâne; il prit sa hache et le frappa pour le briser. Mais à l'endroit où le coup porta, l'os blanchit, sans plus. Le crâne ne fut pas endommagé autrement, ni n'éclata.

Alors dans toute l'Islande se propagea le récit des

vieilles gens: l'homme-loup et sa horde avaient violé
les ossements du plus grand Viking et scalde d'Islande, Egill Skallagrimsson. Un tel sacrilège ne pouvait demeurer impuni: le crâne d'Egill, ses ossements, son trésor, tout cela appartenait à la légende,
fragment sacré de la mémoire de l'Islande. De nuit,
le prêtre Skapti, fils de Thorarinn, un homme sage,
ramassa le crâne d'Egill, marqué du coup de hache,
et le mit dans le cimetière de Mosfell; les ossements
furent placés à l'extérieur du cimetière, afin de rappeler qu'Egill était mort en païen. Partout les scaldes
reprenaient les strophes qu'Egill déclamait avec tant
de force de son vivant:
— Tôt me levai
   Assembla les mots par labeur matinal
   Le serviteur de la parole,
   J'ai érigé un tertre qui se dressera longtemps
   Inébranlable dans le clos de poésie...
Et partout en Islande les gens reprenaient courage. Bâtons de reconnaissance et flèches de guerre
circulaient de ferme en ferme. Les hommes laissaient
là leur bétail, leur forge, leur bateau, leur famille. Ils
avaient tous levé la main et prêté serment d'abattre
les hommes-loups qui terrorisaient l'Islande. Désormais ils n'avaient plus besoin d'un dieu puisque la
statue de pierre d'Egill s'était dressée d'elle-même.
   On ne vit d'abord que de petites processions de
torches, dont les feux se réfléchissaient sur des haches, des épées, des fourches et d'autres armes gros-
sières que la colère de la révolte empruntait aux la-
beurs des champs et de la mer. Tous ces Islandais traversaient ainsi les montagnes arides, les plaines sans
arbres; ils longeaient les glaciers, franchissaient les
torrents et les ravins. Ils marchaient gravement, sans
autre chant de guerre que la lente répétition des poésies d'Egill, amorcées à pleine voix par les scaldes,
reprises peu à peu par le reste des hommes. Jeunes

et vieux se ressemblaient étrangement, tous portant des costumes de peaux de bêtes et de larges braies. Ces singulières colonnes, à l'apparence lointaine d'un troupeau cheminant à la file, se fondaient les unes aux autres, grossissaient à vue d'œil, jusqu'à devenir une troupe impressionnante qui s'avançait maintenant en désordre. Personne ne semblait les commander, même si au-devant, deux ou trois géants robustes s'élevaient d'une bonne tête au-dessus de leurs compagnons. Sans cesse, le nom d'Egill leur servait de cri de ralliement.

Pendant qu'ils étaient en route, le son discordant des poèmes, dont les mots flottaient pêle-mêle dans une rumeur confuse, s'accordait progressivement, rythmant les pas.

— Tout seul je combattis contre huit, entendait-on,
  Et contre onze, deux fois,
  Ainsi donnâmes cadavres au loup,
  À moi seul je fus leur mort...

Plus loin, un scalde entonnait un autre poème:

— Décroissent en nombre les renommées du Thing
  d'Yngvi,
  Ceux qui diminuaient les jours de la parure de
  l'hydromel,
  Où chercherai-je les hommes généreux
  Qui au-delà de la ceinture cloutée d'îles
  De la terre faisaient grêler la neige dégouttante
  Sur mon haut plateau du faucon
  À cause de mes paroles?

Pendant ce temps, dans une caverne qui lui servait de refuge, non loin de Mosfell, Ulf faisait le même rêve toutes les nuits. Aldis la magicienne, qui lui avait tenu lieu de mère, venait à lui. Elle portait son vieux manteau de fourrure, tout rapiécé, le seul qu'elle eut jamais possédé; un capuchon de laine recouvrait sa tête: une tête de morte, avec des yeux éteints, un trou noir à la place de la bouche, et une peau si ridée qu'on eut dit du cuir racorni. Sans un mot, elle s'agenouillait au-dessus de Ulf et l'arrosait de larmes si chaudes qu'il en brûlait tout entier.

Ulf fit ce rêve jusqu'au jour où lui et ses guerriers-fauves, ayant repris leur quête sanglante, sacca-gèrent une petite église chrétienne et tuèrent ceux qui y étaient agenouillés pour prier. Après avoir flairé le sol comme une bête, Ulf ordonna à un de ses guer-riers de violer une femme agonisante à l'endroit qu'il lui désigna et d'y répandre sang et sperme. C'est là qu'il fit arracher les lattes du plancher et creuser à même le sol humide. On y trouva des ossements, noirs et inquiétants, un pendentif, une baguette ma-gique et un collier en dents de loup. C'était la tombe d'une magicienne.

— Aldis me guide, murmura Ulf, ravi que son rêve prémonitoire l'ait conduit à cette découverte. Ses pou-voirs sont en moi!

Avec un rire sauvage, il s'empara de la baguette et se para du collier. Quelques instants plus tard, l'église n'était plus qu'un tas de cendres fumantes.

*   *   *

Bjorn voulait son propre bateau, mais il manquait de bois et le charpentier était à court de bonnes plan-ches. Il trouva bien quelques restes d'épaves, de tron-çons de poutres, des morceaux de quilles, des éclisses. Il tenta d'assembler toutes ces pièces, en tira une mo-deste coque, la bourra d'étoupe, la dota d'un mât puis d'une voile. Mais Arnkell tout comme Leif lui dirent qu'un tel esquif ne tiendrait pas longtemps sur une mer agitée.

— Le temps presse, dit Bjorn, obstiné. Une moitié de moi m'attend en Islande. Le moment est venu où ces deux moitiés doivent décider d'un sort commun et trancher.

— Je craignais que tu aies oublié cette moitié, fit Leif. Je suis ton frère juré et ton sort est le mien.

— Je te dois déjà ma vie, objecta Bjorn, et...

Leif étendit le bras et interrompit son compagnon.

— Bjorn! dit-il doucement, tu es mon frère juré, tu as besoin d'un vaisseau qui puisse tenir la mer et d'une main sûre pour tenir le gouvernail. Mon bateau a le flanc revêtu de fer et la pointe bardée d'acier pour pouvoir tenir dans le vent et rester ferme dans les tempêtes. Aucune mer ne peut lui arracher les bords et emporter son agrès. Je te rendrai ta vie lorsque tu poseras ton pied en Islande et je t'attendrai le temps qu'il faudra au lieu où j'échouerai mon bateau. Maintenant, prends ton glaive au bon tranchant et prépare-le à s'enfoncer dans la gueule du loup hurlant!

Ils quittèrent le Groenland par un ciel bleu léger. La mer était lisse. Pendant deux jours ils coururent les flots bleus et naviguèrent sans embûche. Vint un vent léger qui hérissa le dos brillant de la mer et charria quelques flocons de nuages. La troisième journée, un vent vif soufflait du nord. Hautes vagues et rafales de pluie mêlaient leurs sifflements à ceux du vent. La tempête redoubla de fureur et une mer bouillonnante se lança à l'assaut de la nef. Celle-ci s'enfonçait à une vitesse vertigineuse entre les vagues, sa voile unique tendue à se rompre. Elle émergeait aussitôt, couverte d'écume et, l'instant d'après, se cabrait de nouveau et plongeait dans un nouvel abîme.

Leif fit amener la voile. Le haut mât maintenant nu, tendu vers le ciel, le drakkar se mit à dériver obliquement, incliné, presque appuyé sur la mer, s'abritant tant bien que mal des grandes vagues derrière le remous créé par sa dérive. La proue plongeait, émergeait ensuite, ruisselante, pendant que les vents violents dispersaient les embruns. De nouveau le drak-

kar montait au sommet des grandes lames, glissait
dans les creux et remontait, défonçant la crête suivante en faisant éclater l'écume. Soudain, lorsque la
vague s'abaissa, Bjorn vit un panache, une tête énorme et, un peu plus loin, la grande queue. Au-delà, il
aperçut un second souffle, et un troisième. Là, devant
les hommes ébahis, tout près, au cœur de la fureur
océane, il y avait trois baleines. Et ces bêtes énormes
jouaient dans la mer. Les hommes les voyaient du
côté vers lequel s'inclinait le drakkar; ils les voyaient
donc à leur hauteur et même plus haut qu'eux lorsque les baleines arrivaient au sommet des vagues, à
croire qu'elles allaient se jeter sur eux.

Collés les uns aux autres, les hommes firent entendre des murmures mêlés de soupirs de crainte.
Non seulement la puissance du vent leur plaquait un
froid atroce au visage, mais autour du navire secoué,
au travers des eaux vertes qui s'entrebrisaient, les
énormes têtes remontant d'un creux risquaient à tout
instant de faire chavirer la nef. Leif tenait le gouvernail sous son bras droit en s'appuyant dessus de tout
son poids, le cou gonflé par l'effort, le regard vers
l'avant. À la poupe du drakkar, la mer s'élevait par
instants jusqu'à couvrir presque toute l'étendue du
ciel. Des masses d'eau se ramassaient, formaient une
montagne hérissée d'écume voltigeante qui s'abattait
furieusement, charriant aussitôt le navire vers un
nouveau sommet. Les baleines s'étaient éloignées.
Peu à peu la mer devenait moins effrayante. Les hommes regardaient le ciel, du côté du vent. Sur un fond
gris devenu moins opaque, ils virent des trouées. Le
vent perdait de son mordant et l'océan reprenait son
souffle. Le drakkar tenait déjà mieux sur la mer
moutonneuse. Le cinquième jour, le relief montagneux
de l'Islande se détacha de la ligne grise de l'horizon.

Leif mouilla dans une petite baie à l'ombre du
majestueux Snaefellsnes. Lui et Bjorn convinrent

d'un rendez-vous dans une lune. Puis Bjorn partit seul. Il assura Mord-Jambe à son ceinturon et serra précieusement l'anneau d'Egill qu'il portait au bras.

Bjorn reconnut les terres, les rives, les anciens endroits familiers, les collines, les crêtes, les rocs et les rares bosquets. Il reconnut l'herbe à sa façon de frémir sur le sol et les fleurs qui émaillaient le bord des landes à leur odeur. Le vent aussi lui était connu; ce vent qui balayait constamment cette terre jusqu'à l'oubli. Mais il ne trouva rien à la place de la maison de Gunnar. «Le vent a dispersé jusqu'aux dernières cendres, pensa-t-il. Il ne reste même pas une pierre pour en marquer l'emplacement.» L'ombre d'un oiseau balaya le sol. C'était un aigle qui planait dans les airs. «Peut-être cet aigle se souvient-il? Non! Il ne se souvient pas de moi. Pour lui j'ai péri, frappé par les glaives tranchants, massacré à coups de hache!»

Bjorn aperçut de faibles traces; l'herbe foulée à maints endroits et, au loin, des pistes à travers la lande. Il suivit l'une d'elles. Il rencontra des fermes et entendit partout que chaque homme avait affilé son glaive et aiguisé sa hache, pris une fourche, un pieu, une pierre même.

Il comprit pourquoi le bétail était à l'abandon et pourquoi nul ne veillait à ce que leurs sabots ne s'embourbent dans les marécages ou ne se prennent dans de perfides fondrières. Il comprit qu'il y avait quelque chose d'infiniment plus important que la corne d'hydromel, les herbages dorés, les marécages, les rapides écumants, la pâture parmi les bruyères d'argent. Des gens hostiles menaçaient les monts, les landes, les champs, les mares, les sources, les chutes de cette terre. Que seraient les mousses, les plantes odorantes, les terrains riches en baies, les champs de linaigrettes sans la liberté? Tous les Islandais traquaient enfin les sacrilèges qui avaient violé le tertre d'Egill.

Le fils d'Islande

Aux premières blancheurs de l'aube, non loin de Thingvellir, à l'ombre de la saillie rocheuse qui longeait la grande faille, les Islandais surprirent les Peaux-de-Loups. Poussant une clameur comme un seul corps, ils s'élancèrent les uns contre les autres. Le bruit de guerre s'amplifia, rumeur tumultueuse, avec un fracas intermittent dominé par des cris de désespoir, d'épouvante et de rage. Les rangs enfoncés se mêlèrent. Tous se heurtèrent, s'étreignirent. Les épées, les haches, les fourches brillaient au-dessus des têtes. Certains luttaient corps à corps, ne pouvant employer d'autres armes que leurs mains ou leurs dents. Une égale fureur était vomie par toutes les bouches, invoquant tour à tour le Maître des moines et les dieux païens. Les premiers blessés combattaient encore, même foulés aux pieds ou rampant dans des ruisseaux de sang, griffant, mordant, faisant jaillir des lambeaux de chair.

Tous ces hommes s'affrontaient dans un enchevêtrement de regards fous, de jambes, de corps et d'armes. Les yeux des guerriers-fauves étaient injectés, sauvages; ils découvraient leurs dents en rugissant alors que l'écume leur venait à la bouche. Les Islandais les combattaient avec tout ce qui leur tombait sous la main, certains leur jetant même des pierres.

De partout s'élevaient des plaintes sourdes, des cris étouffés, des hurlements rauques, des râles de moribonds. Quelques-uns s'affalaient comme une masse; d'autres se convulsaient, les os brisés. La terreur des uns cédait à la vengeance, pendant que haine et frénésie de sang poussaient les berserkr au carnage. Ils se ruaient comme des bêtes, le regard allumé par la voracité, véritables loups communs poussés à l'égorgement. Mais les Islandais étaient prêts à guerroyer monstre et peur. Maintenant qu'ils avaient vaincu leur angoisse, ils étaient devenus hargneux, capables d'affronter les transes meurtrières des guerriers-fauves. Ils les lapidaient, les piétinaient, leur enfonçaient des pieux dans la poitrine, les écorchaient vifs, n'arrêtant le massacre que lorsque s'éteignaient les râles et que les yeux se noyaient dans une buée d'effroi. Bientôt les berserkr n'étaient plus qu'une dizaine contre la centaine d'Islandais qui les encerclaient. Rompant alors le cercle de fer avec sa hache sanglante tournoyant sans cesse, Ulf franchit d'un bond prodigieux l'amoncellement de morts et s'enfuit en direction des hauts rochers.

Il courut sans s'arrêter, avec la vélocité du loup, le vent déployant ses longs cheveux noirs. Il franchit un marais puis disparut entre les rochers qui, à cet endroit, se dressaient à une hauteur de cathédrale. Il y trouva une sorte de grotte, naturellement creusée dans le flanc de la muraille. Les parois n'offraient pas d'autre ouverture que de larges fentes, à travers lesquelles on apercevait les lointaines montagnes. Des pierres longues et massives, posées debout sur le sol, en soutenaient une autre, plus large et lourde, formant un autel. Des caractères runiques étaient gravés sur toutes les pierres.

Haletant, Ulf s'affala sur le sol humide. Ses blessures le faisaient souffrir. Il tenait encore sa lourde hache maculée de sang. D'instinct il serra l'arme contre sa poitrine. Sa tunique de peau de loup, en lambeaux, empestait le sang. Son regard trahissait une peur singulière et un pli de détresse barrait son front.

— Mère, souffla-t-il, je ne peux plus, mère!

Il sentit alors une présence autour de lui. C'étaient des ombres. Celle d'une très vieille femme, hoquetante. L'autre était celle d'un homme, tout aussi vieux et frêle.

— Que dois-je faire? fit une voix très faible, presque suppliante.

Une voix d'homme, profonde, marquant les mots et détachant bien les syllabes, lui répondit:

— Franchir à jamais la porte des ténèbres et oublier le monde des vivants!

— Sans mes pouvoirs, il risque de périr, s'affola la première voix.

— S'il doit vaincre ou s'il doit périr, ce sera sans tes pouvoirs, reprit la voix grave. Rien qui ne soit au-dessus de ses ressources d'homme ou de la faveur des dieux ne doit altérer son destin. C'est à lui seul de l'affronter! Il aura le mérite de vaincre ou l'honneur d'être conduit à une tombe marquée de son souvenir.

— Je ne veux pas qu'il meure... les rois ne meurent pas au fond d'une tanière comme des bêtes!

— C'est qu'il n'est pas roi et qu'il ne le sera jamais, fit la voix d'homme. Toi et moi, Aldis, sommes morts dans des trous de pierre. Nous n'avons plus de véritables pouvoirs; personne ne peut nous reconnaître. Nous échappons même à l'emprise des dieux!

— Toi peut-être, Einar, mais moi, je vais appeler les forces de l'air et du feu!

— Alors je les combattrai avec celles de la terre et de l'eau, gronda la voix d'Einar.

Pendant un instant, la petite brise qui soufflait entre les rochers se transforma en fort vent. Des flammes naquirent au ras du sol et d'épaisses fumées s'en dégagèrent. Mais aussitôt les pierres géantes se mirent à trembler et des trombes d'eau noyèrent les feux.

Le fantôme d'Aldis sentait son poids humain lui revenir brutalement, ses os trembler dans sa chair morte, ses pouvoirs diminuer et s'arracher d'elle. Mais alors qu'elle se demandait encore si elle renouait avec un visage, un corps, une âme, la terre s'entrouvrit, engloutissant avec fracas les pierres géantes et ce qui restait d'Aldis la magicienne.

Étranger à lui-même, le fantôme d'Einar s'abandonna au temps, empruntant le seul chemin par lequel les esprits se rejoignent et se confondent. L'air se refermait à jamais autour de lui.

Ulf avait-il rêvé? Il ne savait plus. Ses sens d'animal en plein éveil lui signifiaient que la menace était partout. Une étrange sensation l'envahissait; un besoin de métamorphose, l'envie désespérée de laisser sa chair d'homme pour le corps de la bête. Mais seule sa pensée se transformait, se réduisait à un état sauvage.

Il imaginait qu'il avait le sens aigu du loup, sentait la vapeur humide monter de son museau et ses mâchoires claquer en se refermant. Il lui semblait que son poil se hérissait et que ses yeux d'ambre s'assombrissaient par désir de vengeance. Il se voyait déjà se ruant avec fureur, crocs et griffes sortis.

Le vertige cessa brutalement et Ulf constata avec stupeur qu'il était toujours humain. Il ne s'était pas métamorphosé en loup; peut-être n'avait-il jamais été un loup! Il tremblait. Ses blessures saignaient. Il revivait pleinement le cauchemar et sentait la morsure des estafilades sanglantes qui balafraient sa poitrine, son dos, ses épaules. Un sang chaud coulait lentement sur ses flancs, le long de ses bras.

C'est ainsi que les Islandais le capturèrent. Il avait le visage las, maculé, et un rictus mauvais donnait à sa bouche une allure de mépris. Ses yeux fiévreux dévisagèrent ceux qui l'entouraient. Ils le réduisirent à l'impuissance et l'enchaînèrent. Mais tous les Islandais se demandaient encore avec crainte quelle sorte de créature leur avait fait face et les avait si longtemps terrorisés.

*   *   *

Tous les Islandais se ruaient vers Thingvellir pour voir si la bête existait vraiment, aussi démesurée qu'on l'avait décrite ou qu'ils l'avaient vue pour la première fois.

Bjorn vit le long cortège. Ils étaient des centaines qui brandissaient des torches en plein jour, agitaient des croix, invoquaient le nom de Christ. Quelques-uns scandaient les noms des dieux païens tout en simulant, du poing levé, le marteau de Thor. Bjorn se mêla au flot humain. Le vent soufflait très fort sur la vieille terre burinée portant les traces des plissements, des volcans et des glaciers qui l'avaient travaillée depuis la nuit des temps.

Les rapaces planaient en larges orbes au-dessus d'un paysage de pierres, aux curieuses configurations. Ciel, horizon et distances indéfinies transfiguraient ce monde minéral, façonné par un lent et patient labeur d'altérations, de remaniements successifs, d'imprégnations, de dislocations et d'usures millénaires, en un décor monté pour les dieux et les géants. Thingvellir était le lieu de la puissance naturelle, de l'image cachée dans la pierre, de la magique apparition des forces obscures, de l'énigme, des façades brisées, figées depuis toujours, piliers de l'arc-en-ciel, sur lesquelles s'étendaient les tonalités et les ombres. Dans la grande plaine de lave, l'Althing allait rendre justice. Les trente-six chefs et leur entourage y étaient regroupés au pied du logberg, le rocher d'où le récitant des lois présidait la grande assemblée. Tous les anciens, hommes libres ayant un domicile fixe en Islande, s'étaient, eux aussi, massés près du rocher.

Partout se dressaient des campements et des abris pour le bétail. On avait même érigé à la hâte une modeste chapelle, mais un violent orage s'était abattu sur Thingvellir durant la nuit et la croix qu'on y avait dressée fut consumée par le feu du ciel, ce qui ne manqua pas d'aviver le débat sur les faveurs et les malédictions des dieux, autant que sur les mérites de Christ.

Ulf était resté étendu sur la terre, enchaîné, la tête appuyée sur une pierre. Il avait demandé une botte de paille pour dormir, mais les gardiens lui avaient répondu qu'il ne méritait rien de plus qu'un lit de pierre. Afin de garder un peu de chaleur, Ulf continuait de se mouvoir dans ses chaînes, dont les anneaux rendaient des cliquetis incessants dans l'ombre.

À l'aube, les juges ordonnèrent qu'on amène la bête devant l'Althing. Quatre hommes poussèrent Ulf sans ménagement, le frappant du plat de leurs épées et le rouant de coups de bâton dès qu'il trébuchait. Il avançait péniblement sous les huées et les vociférations. Arrivé devant les juges, Ulf voulut leur faire face pour les défier, mais ses gardiens le maintinrent à genoux un bon moment, attendant un signe du récitant des lois. Lentement, Ulf se mit debout et promena un œil farouche sur les juges, les anciens et la grande assemblée. Les insultes avaient cessé et le silence gagnait peu à peu la foule. L'on eut dit que tous tressaillaient sous le regard de cet homme, pourtant désarmé et enchaîné.

— Qui es-tu et d'où viens-tu? lui demanda le plus ancien des juges.

— Ulf, répondit-il en rejetant sa tête vers l'arrière comme pour mieux dévoiler ses traits grossiers. Je ne suis d'aucune terre, mais j'aurais pu posséder la Norvège.

— Est-ce tout ce que tu peux dire?

— Si tu veux savoir de qui je suis l'héritier, je te dirai que je suis le descendant de Fenrir, le loup, et que je porte en moi ses pouvoirs et son esprit.

À ces mots les juges échangèrent des coups d'œil inquiets pendant qu'Ulf poursuivait:

— J'ai des secrets communs avec les dieux! Ma mère Aldis me voulait roi, le destin a voulu que je ne sois que loup! J'ai assez fait couler de sang, vous pouvez faire couler le mien! Cette mort que je porte en moi, je ne veux la transmettre à aucun héritier.

— Tu as violé toutes les lois de l'Islande et profané notre terre et nos morts, lui dit alors le juge.

— Et j'ai violé toutes les lois de la Norvège et fait trembler son roi, l'interrompit Ulf.

— Le peuple de l'Islande, qui est le témoin de tes crimes, t'accuse et te condamne!

— Qu'il en soit ainsi! grogna Ulf, secouant ses chaînes avec mépris.

De nouveau la rumeur grandissait et l'agitation gagnait la foule. Solennels, les juges se levèrent. Le plus ancien prononça le jugement:

— La hache qui t'abattra sera ornée d'un nouveau fer, assuré d'une double attache. On n'abandonnera pas ton corps à la pourriture pour qu'il soit à la fois la pâture des vers et la proie des rapaces, de crainte que l'on vienne en foule examiner ton squelette et composer quelque visa sur tes restes. Il sera livré au feu afin qu'il n'en reste rien. Tu as commis assez de crimes pour mériter d'être noyé, d'avoir la tête tranchée, le corps brûlé, et que tes cendres soient jetées au vent et ta tête exposée sur la pierre jusqu'à devenir charogne.

Ulf ne manifesta aucune émotion. Il ne cilla même

pas. Il avait repris une physionomie impassible. Pendant un long moment, son regard noir erra sur l'assemblée, puis au loin, vers les montagnes.

Soudain, une voix puissante s'éleva, dominant les exclamations de la foule.

— Un jour tombera le pourvoyeur du loup, et l'aigle se posera sur sa charogne, lança-t-elle.

Tous les regards se tournèrent vers celui qui venait de prononcer ces paroles. Il était debout, les traits pâles, la chevelure blonde cascadant en désordre sur ses épaules, le regard bleu rivé sur les juges. C'était Bjorn. Il avait répété les seules paroles qu'Egill Skallagrimsson lui avait adressées ce jour-là, en ces mêmes lieux. Et ce jour-là, Bjorn n'était encore qu'un enfant.

— N'est-ce pas, poursuivit-il, que pour celui qui a commis un meurtre honteux, si les témoins se manifestent et les juges estiment légales les accusations et pensent que celui qui réclame justice a obtenu assez de renforts, alors la condamnation est la proscription? Et le proscrit n'aura alors plus le droit d'habiter nulle part, hormis dans les forêts? Et quiconque le rencontre pourra le tuer sur place impunément?

— C'est ce que dit la loi! répondit le récitant.

— Or il n'y a pas de forêts en Islande, n'est-ce pas?

— Telle est l'Islande! fut la réponse.

— Voilà quinze hivers, enchaîna Bjorn, l'Althing a décidé que je jugerais seul de toutes les réparations et de toutes les vengeances pour le meurtre honteux de Gunnar et de sa hird! Celui-là — il montra Ulf du doigt — doit répondre des crimes honteux qu'a commis Styr Force-de-Bœuf, car celui-là en fut le témoin et l'appelait son père.

— Et où est ce Styr Force-de-Bœuf? demanda un des juges.

— Il est tombé sous la morsure de Mord-Jambe, répondit fièrement Bjorn en levant bien haut l'épée de son père. Je viens aujourd'hui réclamer mon droit.

— Alors nomme-toi, fit le juge, car tu n'es encore qu'un étranger devant cette assemblée.

— Je suis Bjorn, fils de Bàrd l'Épée, fils adoptif de Gunnar et, depuis sa mort, fils d'Arnkell Regard-d'Aigle de la hird d'Eirik le Rouge. Voilà quinze hivers, j'ai quitté l'Islande pour le Groenland.

— Que nous donnes-tu comme preuve?

— Ceci! lança Bjorn en exhibant le bracelet d'or que lui avait remis Egill Skallagrimsson.

Bjorn se fraya un chemin jusqu'aux juges et leur remit le bracelet. L'objet circula entre leurs mains, puis entre celles des anciens. Ils l'examinèrent soigneusement, le palpant et le retournant dans tous les sens.

— C'est bien de l'or, fit l'un d'eux.

— C'est le bracelet qui a appartenu à Egill, fit un autre. J'ai vu celui qu'il portait à son bras et il était tout à fait semblable; il était le seul à en posséder d'aussi précieux!

— Qui peut nous dire que c'est bien Egill qui lui a fait un tel présent? demanda un juge en s'adressant à la fois aux anciens et à la foule.

Nul ne se prononçait. Les anciens continuaient à manipuler nerveusement le bracelet pendant que la foule, curieuse, se pressait pour examiner l'étranger et le célèbre anneau d'Egill. Alors, sans attendre de réponse, Bjorn déclama de toutes ses forces ces paroles:

— Ce serait injuste pour celui qui n'a pu ériger un tertre qui se dressera longtemps, injuste pour celui qui ne trouverait que terrain vide, sans même une piste de mouettes, injuste de ne pas délivrer d'un heaume de terreur, indigne de nous tous si nous ne laissions à notre fils que railleries ou haineux libelles. Que l'Althing laisse à ce serviteur de la parole, que je vois pour longtemps inébranlable dans le clos de la poésie, le droit de juger seul et lui confie le

soin de décider lui-même des réparations qu'il exige.
Car gît sous sa langue la foudre des rois!

Bjorn se tourna aussitôt vers le récitant des lois:

— Tu es la mémoire de l'Islande, de cette assemblée, lui dit-il. Crois-tu que j'ai pu inventer ces paroles? Ne te semblent-elles pas familières?

— Elles le sont! répondit le récitant sans la moindre hésitation. Elles furent transmises à ma mémoire; elles furent prononcées par Egill Skallagrimsson voilà quinze hivers devant cette assemblée!

— Et comment aurais-je pu connaître ces paroles?
fit Bjorn.

— Tu es bien Bjorn! reprit le récitant.

— C'est Bjorn, c'est bien lui, je me souviens maintenant, lança une voix. J'ai vu de mes yeux Egill, fils
de Grimr le Chauve, lui donner le bracelet d'or!

— Oui, fit un autre, moi aussi, je me souviens. De
lui Egill avait dit qu'il était le véritable fils de l'Islande!

— Nous te reconnaissons, Bjorn d'Islande, annonça solennellement le plus ancien des juges. Nous te
reconnaissons également toutes les raisons pour
lesquelles tu peux exiger réparation ou vengeance.
En ce jour, toute l'Islande est ton témoin. Nous souhaitons que tu nous dises comment tu entends exercer ton droit!

Bjorn se tourna et marcha droit sur Ulf. Face à
face, l'un blond, l'autre noir, les deux hommes contrastaient de façon saisissante. C'était comme si la
lumière et les ténèbres se côtoyaient pendant un bref
instant. Figés, les deux hommes se pénétraient du
regard et les deux eurent mal. Peu à peu ils s'enfermaient dans un cercle, appelant en silence toutes les
forces de la vie et de la mort. Ils appartenaient à un
autre monde et semblaient se perdre dans un rêve
d'angoisse et de détresse. Dans le silence absolu,
Bjorn prononça un seul mot:

— Holmgänga!

Bjorn avait choisi le duel à mort. Un pâle sourire éclaira quelque peu le visage de Ulf. Ce simple mot l'élevait tout à coup à un état de grâce. Il avait déjà oublié le passé, les sortilèges. Il ne se troublait pas de savoir qu'il ne trouverait en ses pouvoirs aucune ressource.

La liberté

Les deux hommes souffrirent toute une nuit, cachés l'un de l'autre. Au clair de l'aube, on les escorta sur les rives de l'Oxara où ils se dévêtirent, prirent un bain pour se laver, car il était hors de question qu'on leur fît chauffer de l'eau dans une étuve. Seule l'Oxara devait être leur baignoire et ses eaux glacées, leur bain.

Les règles du duel leur furent dictées: ni bouclier ou cotte de mailles, le torse nu, la hache contre l'épée; le moment était venu pour chacun de conquérir sa propre gloire devant le peuple de l'Islande.

La vaste prairie sauvage bordée au couchant par le lac, encaissée dans les murailles rocheuses, se drapait encore d'une pâleur nocturne. La superstition rôdait entre les pierres et mêlait toutes les croyances. Mais en ce matin, cela n'avait guère d'importance pour la multitude d'Islandais présents, pas plus que pour Bjorn et Ulf. L'enclos de pierre devenait la seule réalité, le seul lien qui eut un sens évident. Tout ce qui les environnait était maintenant hors de leur vie. Leurs corps allaient s'affronter, leurs âmes étaient déjà ailleurs.

Les deux hommes se faisaient maintenant face, à quelques pas de la redoutable pierre de Thor. Ils se toisaient avec prudence, sans tressaillir, craignant peut-être qu'au moindre signe l'un ou l'autre y trouvât la faille pour porter le coup fatal.

Ulf tenait la hache à deux mains; Bjorn assujettit Mord-Jambe dans sa main droite. Vivement sa mémoire d'enfant lui revint, le souvenir de son père; Bàrd l'Épée qui entassait du fer sur le feu, de l'acier sur les charbons rouges; qui peinait au soufflet, sur le fond de l'âtre surchauffé, sur le rebord du creuset rougi; qui sortait le métal du feu, le martelait sur l'enclume pour voir naître le glaive, l'orner de dessins, le munir de plaques d'argent, former sa garde et penser qu'avec cette épée au tranchant de feu, il pourrait fendre des montagnes, partager des rochers en deux.

Tous deux se précipitèrent dans un même élan, d'égal à égal, l'arme haute. Cette première attaque vit l'épée de Bjorn rebondir sur le tranchant de la hache; des étincelles volèrent en tout sens comme du fer ardent que le forgeron bat sur l'enclume.

Alentour, en rangs serrés, les Islandais, excités par cet affrontement sans rémission, criaient leurs encouragements à Bjorn. L'enjeu de vie et de mort portait les combattants à une ruse et à une férocité extrêmes. L'un et l'autre assenaient de grands coups, fonçaient, esquivaient, pressaient tour à tour, combattaient sans trêve ni repos. D'un moulinet particulièrement vicieux, Ulf entailla l'épaule de Bjorn et le sang coula de la chair blanche. Mais aussitôt Mord-Jambe laboura les côtes de Ulf, rougissant son flanc et lui arrachant un grognement de douleur. Le temps passa sans qu'un des belligérants put prendre avantage de l'autre. Leurs forces déclinaient et pourtant, ils continuaient à rendre coup pour coup. Mais leurs armes glissaient très souvent l'une sur

l'autre. L'épée de Bjorn, quoique polie et luisante, et
la hache que brandissait Ulf devenaient d'instant en
instant plus lourdes à manier. Elles n'étaient pas brisées, à peine ébréchées, mais les mains des deux
hommes étaient tellement couvertes de blessures que
les armes devenaient un fardeau.

D'un même geste ils renoncèrent à l'épée et à la
hache et en vinrent aux mains. Coulant par plusieurs plaies, leur sang se mêlait en même temps que
les odeurs et la sueur. Soudain, se glissant sous la
garde de Bjorn, Ulf le saisit à bras-le-corps, sa mâchoire rivée à la gorge de l'autre, tel un loup. Bjorn
sentit l'effet de la morsure dans toute sa chair et son
esprit. Un son rauque et prolongé, un rugissement
presque, montait de la poitrine de Ulf. Un étonnement mêlé d'effroi frappa les spectateurs des premiers rangs, qui reculèrent instinctivement.

Ulf s'était suspendu tout entier à Bjorn, comme le
fauve s'attache de la gueule et des griffes aux flancs
de sa proie. Ses doigts s'enfonçaient dans les épaules
de Bjorn, ses jambes se nouaient aux hanches de son
adversaire, tandis que sa bouche sanglante tentait
de déchirer davantage sa gorge. Bjorn sentait que sa
vue se troublait peu à peu; son visage blêmissait
alors que le sang coulait abondamment de sa gorge.
«Je vais mourir!» pensa-t-il. Aussitôt un frisson le secoua et il se sentit envahi par une étrange quiétude,
comme si son esprit s'apprêtait à quitter lentement
son corps. Il entendit des sons merveilleux, et comme
dans un rêve, il vit Brigit qui lissait sa longue chevelure, brossait ses belles boucles blondes avec une
brosse d'argent; il vit des larmes jaillir de ses yeux,
se répandre sur ses joues et à ses pieds, jusqu'à devenir des ondes transparentes au fond desquelles il alla
lui-même recueillir les larmes qui s'étaient gonflées
en perles, changées en joyaux précieux. Il se rappela
ses propres paroles: «Si je découvre ce que je cherche,

nous serons libres tous les deux; et beaucoup d'autres avec nous», avait-il dit à Brigit. «L'espoir de ton retour est le meilleur des gardiens...» avait-elle répondu. Dans l'esprit de Bjorn, tout n'était plus que mémoire et lumière. Il avait la tranquille certitude de sa mort et aucune peur ne le troublait. Il ne sentait presque plus de douleur. «Je vais mourir!» pensa-t-il de nouveau. «Peut-être aux yeux de tous les autres, mais pas aux miens...» lui avait déjà répondu Brigit. «Y a-t-il vraiment un autre lieu?» Il pensa alors à l'amulette, la minuscule effigie de Thor. Il imagina l'impétueuse divinité se dressant dans la tempête, le marteau pointé vers le ciel, appelant la foudre. Voilà que l'amulette grandissait, jusqu'à une hauteur d'homme, et encore, s'élevant à la taille d'une montagne, à la démesure d'un dieu.

Les deux corps ne faisaient plus qu'un. Ulf s'acharnait comme une bête, Bjorn résistait comme un homme, luttant avec toute l'énergie que lui avait communiquée Sturla. Mais la fureur de Ulf avait quelque chose de désespéré. Le sang de Bjorn coulait dans sa bouche et il avait l'impression que c'était son propre sang. Il ne voyait plus rien, ne savait plus rien, sinon que Bjorn était toujours vivant. L'incertitude se mit alors à l'envahir et, peu à peu, il décida qu'il ne devait pas échapper au châtiment. L'issue du combat ne lui importait plus; le moment était venu, cela lui suffisait. Toute son attente d'une vie s'effaçait d'un seul coup et, clairement, il entendit une voix, un appel, le mélange de deux noms. Un nuage rouge se formait devant ses yeux, s'élargissait, s'épaississait.

Pas à pas, en chancelant, Bjorn s'approchait de la pierre de Thor, traînant avec lui celui qui le vidait de son sang. Dans un sursaut aveugle, il s'arracha quelque peu à l'étreinte de Ulf. Il le vit, couvert de sueur et de sang. Son visage était défait, son regard noir, éteint. Bjorn bondit, hurlant, une traînée rouge marquant l'empreinte de ses pas. Soulevant Ulf, il s'écrasa avec lui sur l'arête tranchante de la pierre du jugement. Il y eut un craquement sinistre d'os. Une vie avait cédé.

Tout s'était arrêté. Aucun son, sinon un murmure d'horreur et de rage qui parcourut un instant la masse des spectateurs. Pétrifiés, ces derniers cherchaient à deviner lequel des deux corps, maintenant immobiles, avait survécu. Nul ne se souciait de Ulf, tombé en travers du corps de Bjorn. C'est pourtant lui qui bougea le premier, en émettant un râle. Bjorn bougea à son tour; ses mains serraient celles de Ulf. Il les sentit devenir froides. Il vit le visage de ce dernier tout près du sien. Il sentit un souffle. Puis il vit son regard, encore vivant, mais sombrant doucement, sans regret. Si près de la vengeance, Bjorn n'éprouvait plus la moindre haine. Il savait maintenant que rien ne le séparait plus de la liberté, celle qui s'ouvre en chaque vivant.

Ulf ne parvenait plus à bouger. Il avait l'échine brisée. Il essaya de sourire. Ses traits se détendirent quelque peu, perdant ainsi leur aspect bestial.

— Ce sang, fit-il dans un souffle. Ce sang... c'est aussi mon sang!

Bjorn ne comprenait pas tout à fait les paroles du moribond. Mais il devait savoir.

— Qui es-tu? demanda-t-il à Ulf, sa bouche contre l'oreille de ce dernier.

— Ulf, murmura-t-il, fils de Bàrd... ton frère...! J'ai froid... Bjorn!

Bjorn fut foudroyé. Il se couvrit le visage de ses mains. Il resta ainsi un long moment, pendant que les sanglots lui montaient dans la gorge. Lorsqu'il retira ses mains, son visage rayonnait doucement, baignant dans une lumière nouvelle.

Ulf était mort sans un soupir. Bjorn le regardait. Le visage du mort avait changé. Il était paisible, comme s'il allait partager jusqu'à la fin des temps la certitude de leur enfance avec Bjorn; la seule d'ailleurs qui ait eu une importance.

Bjorn mit un genou par terre et souleva péniblement le corps inerte de son frère. Il le serra contre lui avec infiniment de respect. Une odeur parfumée entrait par toute sa peau et une voix semblait venir de la terre, du ciel, de l'eau, de partout; peut-être venait-elle même de l'au-delà. Ulf mort et lui étaient les seuls qui entendaient cette voix; la voix de la vérité première, de la certitude.

Dès qu'il atteignit la frange de la foule toujours massée autour de l'enceinte du jugement, Bjorn chercha les juges du regard.

— Tu as exercé ton droit, exulta le plus ancien des juges, il en fut fait selon la volonté de Christ.

À ces mots, Bjorn déposa lentement le cadavre de Ulf et pendant un instant, ses yeux bleus très clairs semblèrent perdus dans un rêve lointain. Puis il s'adressa directement à l'assemblée:

— J'ai dit que j'exercerais mon droit; j'ai obtenu réparation, il est vrai. Tous les crimes ont été lavés dans le sang et avec honneur... mais j'avais aussi promis que je défendrais l'Islande contre les volontés du roi de Norvège, ici même, devant l'Althing, et cela je ne l'ai pas fait, du moins jusqu'à ce moment. Je dis que les gens d'Islande ne doivent jamais se soumettre à un roi, ni verser aucun tribut ni aucune redevance; n'accepter aucun dieu par obligation, ne céder aucune terre ni même une pierre... et je me suis engagé devant le roi de Norvège à dire ce fait ici, à l'Althing! Moi, Bjorn d'Islande, ne crois pas à la volonté absolue de Christ, ni à celle des autres dieux; géants et esprits n'ont rien pu contre moi, je me contente de vivre et de mourir par mes seules forces. Pourtant, je sais que les dieux existent, et qu'ils ne meurent pas. Il arrive que leur destin décline, que le temps de leur puissance achève; alors ils se mettent en quête de leurs secrets et s'enferment dans des tombeaux, des rochers, des arbres, des lacs, des fleurs même. Ils redeviennent pauvres et modestes, comme les hommes. Et si jamais ils meurent, ils ne ressuscitent pas. Nul dieu ne saurait régner en permanence; ni sur terre ni dans le ciel. Nul roi ou moine ne saurait promettre ou menacer en son nom; car un dieu ne rendra pas une justice qui se fait déjà dans le cœur des hommes. Mais les dieux existent! Ils sont le simple reflet de l'homme; ils sont un peu son espoir.

Une clameur salua les paroles de Bjorn et la foule voulut le porter en triomphe. Mais Bjorn déclina tous les honneurs. Il récupéra le bracelet d'or et demanda qu'on lui remette deux chevaux: un pour lui, l'autre pour transporter le cadavre de Ulf. Lorsqu'on lui demanda sa destination, il sourit et répondit simplement:

— L'Islande! Il reste bien quelques pierres et une terre, là où Bàrd, mon père, avait jadis bâti sa ferme.

Bjorn traça sur le sol la rune Feoh, consacrée au dieu de la fertilité Freyr, également dieu de la paix et du bonheur. Cette rune protégeait celui qui espérait tirer au sort son jugement devant les dieux. Quinze hivers plus tôt, c'est au même endroit qu'il avait tracé la rune Thorn: elle représentait pour Bjorn la plus grande épreuve de sa vie. Puis il hissa le corps de Ulf sur un des chevaux. Longtemps encore il fixa le visage paisible de son frère en se demandant s'il devait garder la vie de Ulf dans son corps maintenant que la sienne était à jamais sortie de celui de Ulf; car il savait qu'un corps ne pouvait posséder qu'un seul cœur.

*　　*　　*

Sur le rivage de la péninsule qui s'avançait un peu

au nord d'un lieu que l'on appelait Reykjavik, Bjorn construisit une modeste nef. Il y chargea le corps de Ulf, les mains jointes sur sa hache de combat; puis il la tira à flot, disposa le gouvernail vers la mer et incendia le bûcher de bois sec sur lequel il avait déposé le cadavre. Le vent soufflait de terre vers le large. Immobile, Bjorn vit la nef embrasée disparaître à l'horizon comme un soleil couchant.

— Il est doux d'être sur les ondes, murmura-t-il en guise d'adieu, de parcourir les flots immenses, de laisser glisser le cheval des mers. Le vent du nord vient bercer la nef; le vent du sud pousse en avant. Nous ramperons le long des rives, nos doigts serviront de rames, nos mains deviendront des godilles. Vient le trépas sur le dos des flots!

Leif attendait Bjorn dans la petite baie à l'ombre du Snaefellsnes. En voyant son frère juré, le corps marqué de plaies encore vives, il sut que le destin de Bjorn s'était accompli et que ce dernier avait enfin trouvé la paix. Pendant un long moment ils restèrent face à face, sans dire un mot, comme pour s'apprivoiser l'un l'autre. Ce fut Bjorn qui parla le premier.

— Dis à Brigit que nous sommes libres! Dis-lui que je vais construire notre ferme et que j'irai la chercher aussitôt qu'un toit pourra nous abriter. Nos fils et nos filles naîtront dans la lumière du Nord, la lumière d'Islande!

— C'est moi qui te l'amènerai, l'assura Leif. D'ici la prochaine lune, vous serez réunis, bien au chaud dans votre ferme d'Islande.

Les deux hommes s'embrassèrent comme s'ils se voyaient pour la dernière fois.

Au matin, comme tous les matins depuis l'aube des temps, les parfums de la vie se répandaient alentour. C'était la merveilleuse odeur des fleurs qui poussaient partout. Bjorn comprit alors que l'espoir de l'homme se trouvait dans les fleurs.

Épilogue

Geoffroy de Prié, devenu le plus humble des copistes à l'abbaye de Saint-Ouen, avait tenu son serment de ne plus prononcer un seul mot jusqu'à
l'heure de son trépas. Il tint parole. Tout comme il
resta fidèle à la mémoire et à la tentation de Cédric.
Devenu aveugle, il s'enferma dans sa cellule, se contentant des maigres légumes qu'on lui apportait; la
nuit, il revêtait un cilice et maudissait en silence sa
faute: «La Bête est chair, la Bête est souillure, la Bête
est là qui attend la maléfique Incarnation!» Lorsque
vint l'agonie, le moine, halluciné, se mit soudain à réciter les versets de Jérémie: «Annoncez la nouvelle
parmi les nations. Ne cachez rien, proclamez que
Babylone est prise, Baal confondu, ses idoles terras-
sées, ses temples écroulés. Fuyez, fuyez, habitants de
Babylone. Sa coupe d'or enivrait la terre entière, les
nations s'en abreuvaient, devenaient folles. Babylone
est tombée. La Bête est là qui attend!» Ses derniers
mots exprimèrent l'insondable doute: «Le Mystère de
la foi est notre tombeau!» Sa dernière pensée fut pour
Roussel, le pauvre hère qu'il n'avait jamais vu, mais
qui expia sur le bûcher en victime innocente.

Geoffroy de Prié mourut en 1014, le jour même où un drakkar royal apparut au tournant de la Seine, tout près de la ville encombrée de toits, de beffrois, de clochetons, dominée par la flèche aiguë d'une cathédrale telle que les aimait Gerbert d'Aurillac. Rouen se dressait sur un nouvel univers chrétien. La ville normande enfermait dans ses tours carrées, ses clochers, ses abbayes, les premiers chants du Nord et des annales remontant aux temps où les runes étaient encore secrètes et où Odin lui-même avait à peine été engendré. Mais Rouen, ce jour-là, vit débarquer le futur roi de Norvège. Il s'appelait Olaf, fils de Harald du Groenland.

Vexilla Christi proderent, fulgat crucis mysterium. O crux, ave, spes unica! récita-t-il dans la langue latine. «Les étendards de Christ s'avancent, la croix rayonne en son mystère. Salut, ô croix, unique espérance!» Issu du lignage royal de Norvège, il venait se faire baptiser à Rouen et honorer la parole donnée jadis par Olaf Tryggvesson à Geoffroy de Prié, promettant que les descendants du haut-siège de Norvège seraient baptisés dans la cité normande.

Olaf Haraldsson connut un règne glorieux. Il convertit de force les gens au christianisme et à la vraie foi et châtia cruellement ceux qui faisaient la sourde oreille. Il christianisa le Halogaland, le Vörs et le Valdres. Il imposa des tributs aux gens des Orcades et des îles Féroé. Mais les Islandais refusèrent de payer tribut et de perdre ainsi leur liberté.

Olaf Haraldsson mourut au combat en 1030. Le jour de sa mort, le soleil s'était éclipsé, comme pour le Christ, et la première année du règne de son successeur danois Sveinn fut marquée par une disette et une famine inconnues pendant les quinze années du règne d'Olaf. Des miracles avaient suivi immédiatement sa mort. Quand, un an et cinq jours après celle-ci, on ouvrit sa tombe, l'évêque Grimkell trouva ses restes non décomposés, cheveux et ongles ayant poussé à un tel point qu'il fallut les lui couper, ses joues aussi rubicondes que de son vivant. Il fut déclaré saint.

La foi chrétienne apporta une certaine délivrance à ce qui restait du monde viking, mais les anciens dieux n'était pas vaincus pour autant. Longtemps encore il y eut des sacrifices humains. Pendant plus longtemps, les Vikings consultèrent les morts près de leurs tombeaux. Honorés d'un culte dévot et craintif, les arbres, les rochers, les cascades, les fontaines sacrées gardaient en secret leurs prêtres. Les runes étaient encore sculptées sur les rochers, sur les pierres, sur les obélisques, les armes, les vases domestiques et funéraires, les amulettes, les coques des drakkars et sur les écorces des arbres. Et les chants des scaldes reprenaient inlassablement les poésies sacrées, honorant les mémoires des grands Vikings et racontant les quêtes des dieux. Car se méfier et se souvenir demeuraient des nécessités pour tout fils d'Odin, qui ne savait jamais ce qu'il y avait vraiment dans la pierre, la fleur, la mer, le ciel, les nuages et, surtout, dans le cœur de l'homme. C'est ce qu'avait souhaité Bjorn d'Islande.

Pendant que le Moyen Âge, sombre, mystique, replié sur lui-même, plongeait le monde chrétien dans les ténèbres et que s'abattaient de nombreux fléaux, dans le lointain Groenland s'éteignaient les derniers hommes du Nord. Les glaciers grossissaient, l'Océan se refroidissait considérablement et une grande quantité de glace dérivait vers le sud, encombrant la mer comme nulle part ailleurs au monde. Beaucoup plus tard, un navire de commerce, poussé par les vents, aborda aux alentours d'un fjord du Groenland. Sur une île où régnait un grand silence, les hommes aperçurent des bâtiments en ruine mais d'allure familière, semblables à ceux qu'ils avaient aperçus en Islande:

des cabanes de pêcheurs, des séchoirs pour le poisson, des maisons basses avec des toits en tourbe. Devant eux, les marins virent alors un homme allongé; une capuche de laine couvrait son visage sale, émacié. Il portait des vêtements en peau de phoque et en laine; près de lui, il y avait un couteau avec une lame usée par les ans. Le manche était gravé d'inscriptions runiques. L'homme reposait là, dans la quiétude de la mort.

Quand, en 1492, le pape de la Renaissance Alexandre VI exprima sa préoccupation pour ses ouailles du Groenland vivant au bout du monde, il apprit que la dernière d'entre elles était morte sans glas, sans cercueil et sans bruit. C'était l'année où un Gênois, Christoforo Colombo, conçut d'aller à l'ouest, plus à l'ouest, découvrir de grands pays, îles et terres fermes, très riches en or, en argent, en perles, en pierres précieuses et en peuples infinis, pour arriver jusqu'aux terres de l'Inde et au royaume du grand Khan. Il demandait aussi le titre de grand amiral de la mer océane, avec toutes les prééminences, prérogatives, privilèges, droits et immunités dont jouissait l'amiral de Castille.

Des siècles plus tard, lorsque l'Islande fut enfin conquise par les Danois, on chuchotait qu'elle n'était pas un pays et que les Islandais n'étaient pas des hommes. On disait qu'à l'extérieur de cet entonnoir de l'Enfer, un peuple d'esclaves pouilleux traînait une vie lamentable à base de résidus d'huile de baleine et de requin pourri ainsi que d'aumônes du roi. Mais d'un autre côté, il était tout aussi sûr que ce pays surpassait le reste du monde et que d'ailleurs tous les gens y étaient des héros et des scaldes de grandes familles.

On ne sut jamais ce qu'il advint du trésor d'Egill Skallagrimsson, ni même si ce trésor existait véritablement. Mais la mémoire de l'Islande avait conservé sa poésie. Plus encore, la tradition se perpétua, ainsi qu'en témoignèrent les écrits du plus grand scalde de l'Islande moderne, Halldor Kiljan Laxness:

— Il fut un temps, est-il écrit dans les livres, où la nation islandaise ne possédait qu'un seul bien qui eût quelque valeur marchande. C'était une cloche. Cette cloche était suspendue au pignon de la maison de la Lögretta, à Thingvellir, sur la rive de l'Oxara, attachée à une poutre sous les combles. On la sonnait pour se rendre aux tribunaux, et avant les exécutions...

L'Islande perdit cette cloche et n'eut plus un seul bien. Pourtant, les Islandais ne renoncèrent jamais à la liberté. En 1955, Halldor Kiljan Laxness se vit décerner le Prix Nobel de littérature. Avec l'indépendance enfin acquise, ce fut la plus grande richesse de l'Islande...

North Berwick, Écosse 1986
Oslo, Norvège 1987
Reykjavik, Islande 1987
Québec 1988

Notes

De l'origine des Vikings [1]

Ils venaient de Norvège, de Suède et du Dane-mark, mais ils étaient d'origine scandinave. Ils par-laient une même langue, le norrois, ils avaient une même religion et les mêmes coutumes. Ils étaient les meilleurs marins du monde, de grands guerriers, des fermiers, des artisans et des poètes. Ils attachaient la plus grande importance à l'égalité dans le partage et à la liberté d'entreprise, d'organisation et d'expres-sion. Ils acceptaient l'autorité d'un chef parce qu'il était le plus valeureux et le plus expérimenté. Ils re-poussaient avec vigueur les structures féodales con-traignantes de leurs contemporains des nations d'Eu-rope occidentale.

Il n'y eut jamais une véritable nation viking, mais

1. BARTHÉLÉMIE, Pierre. *Les Vikings*, Paris, Albin Michel, 1988.
ADRIEN-GUITRANCOURT, Pierre. *Histoire de l'Empire Normand et de sa civilisation*, Paris, Payot, 1984.
Textes traduits, présentés et annotés par Régis BOYER. *Sagas Islandaises*, Paris, Éditions Gallimard, 1987.
BRENT, Peter. *Les Vikings*, Paris, Marabout, 1978.

il existait une culture viking avec des variantes régionales et une norme commune discernable, faite d'une langue unique et d'une religion polythéiste.

Vers le VIIᵉ siècle, les peuples qui habitaient la Scandinavie y vivaient selon un mode tribal, sous l'égide de chefs qui régnaient un court moment avant de céder la place à d'autres chefs, plus forts, plus audacieux et plus expérimentés. En Norvège, Ostland, situé sur le long cap de l'Oslofjord, était un centre puissant, lieu où s'étaient établis de nombreux clans, en même temps que la capitale d'un État embryonnaire. Au nord, se trouvait Tröndelag, avec une terre riche, de nombreux pâturages pour le gros bétail. Plus vers l'ouest, se trouvaient les fjords où les pâturages étaient pauvres. C'était le Hordaland, d'où étaient sortis les premiers assaillants vikings.

Le terme «Viking» reste obscur. En dialecte norrois, **vik** signifie «petite baie» ou «crique». Des spécialistes de l'ère viking font également un rapprochement de sens entre «viking» et la région de Viken, nom donné à une grande zone entourant le fjord d'Oslo. Au temps des Vikings, le terme était un substantif qui s'appliquait à une expédition guerrière, tel un raid en terre étrangère. Celui qui y participait était un «vikingr». Le mot tel qu'employé au sens contemporain et, par conséquent, plus large, s'applique aux hommes et à la culture de la Scandinavie du VIIᵉ au XIᵉ siècle.

Pour les habitants de l'Europe de l'Ouest, ils étaient les Norses ou les Northmen ou encore, plus simplement, les hommes du Nord. Les Francs utilisaient généralement le mot «Normanni», c'est-à-dire «Normands», et les ecclésiastes se bornaient à les désigner par les noms de «païens» et de «barbares». Les Anglo-Saxons les nommaient «Danes», quelle que fût leur origine; les Irlandais les appelaient «Lochlannach» ou encore «Gall» (étrangers); les Allemands les

désignaient par le terme «Ascomanni» (les hommes de
frêne), par référence à une des essences qu'ils
utilisaient pour construire leurs navires; les arabes et
les byzantins leur donnaient le nom de «Rus», d'après
le mot suédois Ruosti (rameurs), et les Grecs les
appelaient «Varègues» (de l'expression Varingjar en
norrois).

Quelques étapes de l'ère viking

Aux environs de l'an 700 de l'ère chrétienne, des Norvégiens débarquent dans certaines îles au nord de l'Écosse.

En 793, le premier raid viking a lieu sur le monastère de Lïndisfarne en Northumbrie sur la côte nord-est de l'Angleterre.

En 795, des Norvégiens se manifestent sur l'île de Man, aux Hébrides.

En 800, alors que Charlemagne est couronné empereur, des Suédois explorent les cours inférieurs des fleuves de la future Russie.

En 820, sous le règne de Louis le Pieux, une flotte normande entre dans l'estuaire de la Seine.

Entre 840 et 850, les Vikings établissent des bases permanentes en France, en Irlande et en Grande-Bretagne.

En 870, les Vikings norvégiens entreprennent la colonisation de l'Islande et en 873, Harald à la Belle Chevelure réalise l'unité de la Norvège.

En 885, les Vikings entreprennent le grand siège de Paris.

En 930, plus de 20 000 Vikings norvégiens s'établissent en Islande et se dotent du premier parlement à Thingvellir.

En 980, les Normands se rendent maîtres de l'Angleterre et en 985, Erik Raudi dit le Rouge établit la première colonie viking au Groenland.

En 999, le christianisme est adopté officiellement par le parlement d'Islande.

En 1000, Leif Eiriksson, fils d'Eirik le Rouge, découvre l'Amérique du Nord en établissant le campement de Leifsbudir à l'Anse aux Prairies, à la pointe nord-ouest de l'île de Terre-Neuve.

En 1066, Guillaume le Conquérant remporte la bataille des Hastings. En triomphant de Harald Hardradi, roi de Norvège, et en devenant roi d'Angleterre, Guillaume accéléra le déclin de l'ère viking, qui aura duré près de quatre siècles.

Parmi les chefs et les rois vikings, il faut retenir le nom de Rollon, également connu sous les noms de Hrolf, Rolf ou Gange-Rolf. Par l'intermédiaire de l'archevêque de Rouen, Francon, le roi Charles le Simple négocia une trêve avec Rollon, lui concéda un ensemble de terres et obtint, en contrepartie, la conversion de Rollon et un serment de fidélité au roi de France. Il devint en 911 le premier duc de Normandie et reçut le titre de Robert, comte de Paris. Ses descendants furent Guillaume 1er dit Longue Épée, Richard 1er, troisième duc de Normandie, Richard II, Robert 1er dit le Magnifique et Guillaume II dit le Conquérant, septième duc de Normandie et roi d'Angleterre en 1066.

La généalogie des rois de Norvège de la lignée du Vestfold montre que Harald à la Belle Chevelure, l'unificateur de la Norvège, était le fils de Halfdan le Noir. Ses descendants furent Hakon le Bon, Erik à la Hache Sanglante, Harald au Manteau Gris, Olaf Tryggvesson, Olaf Haraldsson dit le Saint, Magnus le Bon et Harald Hardradi, le dernier de la lignée royale, défait à Hastings par Guillaume le Conquérant.

Des institutions et
des lois des Vikings

Le **Thing** fut sans doute l'institution de base de la communauté viking, comme il fut l'une des institutions les plus originales du monde germanique ancien. C'était l'assemblée des hommes libres, réunie à périodes fixes ou sur convocation du roi, pour trancher des affaires de l'État, de la région ou de la communauté locale, modifier ou instituer les lois, juger les causes pendantes. La liberté de parole y était absolue. En principe, le roi ne pouvait agir, dans les grandes occasions, sans avoir préalablement pris l'avis de cette assemblée.

Les premières lois furent édictées en Norvège, sous Hakon le Bon au début du Xe siècle, lors du Thing de Gula. Il en résulta un code des lois connu sous le nom de Gulathingslög. Parmi ces lois se trouvent celles qui régissaient les obligations de chacun à l'égard du christianisme.

En Islande, le recueil des lois islandaises, rédigé à la fin du XIIIe siècle, mais en fait bien antérieur par l'énoncé et la mise en vigueur, était le Gràgàs.

En 1030, après avoir envoyé l'un des leurs se documenter en Norvège, le pays de leurs ancêtres, sur ce qui se faisait en matière de justice, les Islandais instituèrent l'**Althing**, une sorte de parlement en plein air, dans la plaine de lave de Thingvellir, au sud-ouest de l'île. Sous l'autorité morale d'un président d'assemblée élu pour trois ans et appelé **lögsögumadr** ou «l'homme qui dit la loi», ils décidaient des destinées du pays, réglaient les affaires pendantes, mariaient leurs filles, vendaient ou échangaient terres et bétail, faisaient circuler des nouvelles des différentes régions de l'île et, lorsque c'était possible, de la Norvège, écoutaient les auteurs de sagas et les scaldes, jouaient, joutaient, luttaient, complotaient et procédaient aux exécutions des condamnés. De ce fait, l'Althing était une institution sans précédent. Ce fut toutefois le thing de Kjarlandes qui fut le premier thing en Islande. Il fut institué vers la fin du IXe siècle par Thorsteinn, fils du premier colonisateur de l'Islande, Ingölfr Arnason.

L'assemblée siégeait pendant deux semaines, à partir du solstice d'été. Elle regroupait les 36 chefs représentant les 12 things islandais. Ses décisions devaient recevoir l'approbation unanime de toutes les personnes présentes. Les décisions, qui avaient été préparées dans des assemblées de printemps (varthing), étaient également transmises à des assemblées locales d'automne (leidir).

L'Althing avait une fonction essentiellement juridique. Il devait statuer sur les procès de toutes sortes, lancés constamment par des hommes et des femmes pour qui le droit était sacré. À un moment donné de chaque session, l'Althing se transformait en un tribunal (Lögretta), où les 36 juges devaient trancher après délibération, formulation précise de l'accusation dans les termes exacts des codes des lois en vigueur, appel à témoins et intervention d'un jury qui pouvait avoir recours à l'arbitrage des sages. Une fois prononcé, le verdict n'était pas sans appel: une «cinquième cour» (Fimmtardomr) était créée, devant laquelle certaines causes, tenues pour mal jugées, étaient reprises.

L'Islande de cette époque n'ayant jamais eu de pouvoir exécutif, le système ne connaissait pas les juges d'application des peines. Il revenait à chacun d'obtenir satisfaction et de faire exécuter le verdict. Il ne suffisait donc pas d'être dans son droit; il fallait encore disposer de la force nécessaire ou encore d'alliances pour obtenir les compensations ou les réparations pour les torts causés, d'où les interminables rebondissements et vengeances dans les affaires d'importance.

En 999, l'Althing décréta que le christianisme serait la religion officielle de tous les Islandais. Semblable décret était déjà en vigueur en Norvège depuis plus de cinquante ans.

De la religion des Vikings

Les dieux anciens de la Scandinavie étaient nombreux. On les croyait presque immortels, établis dans un univers accepté par tous, dont la cosmologie était faite pour donner à chacun la place qui lui revenait. Leur nature était semblable à celle des mortels; elle reflétait les qualités viriles de courage, de force, de ruse et elle était faite de brutalité, de colère, de luxure et d'humour tranchant. Leurs légendes inspiraient les Vikings, pour qui les fêtes et les festins monstrueux qu'elles racontaient étaient un modèle de célébration.

Le cadre de l'univers scandinave était Yggdrasil, l'Arbre du Monde, la cendre sacrée et universelle, sans cesse attaqué par le dragon furieux, par un pourrissement maléfique du tronc et par les quatre cerfs qui dévoraient ses feuilles, mais constamment protégé par ses trois gardiens, les Norns. Sur cet arbre se trouvait Odin, perché pour y apprendre la sagesse cosmique.

Asgard était au centre de l'univers, grande montagne entourée de nuages que les dieux habitaient, où ils faisaient des festins et où le Valhöll gardait une porte ouverte pour les héros morts en combattant.

Odin était le chef de l'Aesir, l'ensemble des dieux
nordiques. Odin avait conquis sa suprématie aux
dépens de Tyr, devenu le dieu de la Guerre. Pour bon
nombre de Vikings, le plus important des dieux, souvent, n'était pas Odin, mais Thor, le dieu du Tonnerre. Il détenait les objets les plus précieux: Mjöllnir,
le grand marteau, à la fois son arme et son symbole,
et qui, jeté au loin, revenait toujours dans les mains
de celui qui le possédait; les gantelets de fer qui lui
permettaient de soutenir et de manier une telle arme;
et la grande ceinture qui doublait sa force.

Une autre tribu divine, le Vanir, comportait des
dieux un peu à part, d'une race différente. Njörd en
était le chef, en même temps qu'il était le dieu de la
Mer. Ses enfants étaient Freyr et Freyja. Le premier
était un dieu de la Fertilité, et l'orgie et la prostitu-
tion sacrée étaient liées au culte qu'on lui vouait.
Freyja était l'épouse d'Odin et avait pour tâche de
recueillir les âmes des morts. Ce faisant, elle était
souvent associée aux valkyries, ces vierges terribles
et assoiffées de combats.

Le Bien et le Mal sont associés aux traits de deux
autres divinités: Baldur, le second fils d'Odin, symbole de la pureté et du mystère, et Loki, le père du
mensonge. Hel, la reine des enfers, dominait le royaume des ténèbres. Quant au Valhöll, le rendez-vous des
morts méritants, c'était un lieu hanté par les dieux,
difficile d'accès, car l'entrée en était protégée par une
rivière furieuse, et surtout par Valgrind, la porte
magique qui ne laissait passer que les plus vaillants.

Ragnarök signifiait le monde de la fin, le déclin
des Puissances. Après un hiver terrible qui doit durer
trois ans, le loup Fenrir, dont les mâchoires s'étendent dans le firmament et qui est de cette race terrible engendrée par Loki et par une géante, rompt ses
chaînes, pendant que Jörmungand, le serpent du
monde, surgit des mers en projetant son venim mor-

tel. C'est alors l'affrontement final entre les Géants du froid, les Géants du feu, les fils de Hel, les dieux, Fenrir et le Serpent du Monde. Les flammes dévorent la terre et réduisent le ciel en cendres.

Le Ragnarök est l'épisode de la fin, mais viendra la résurrection. Les fils et les filles de Baldur survivront et restaureront le soleil. Deux fils d'Odin et deux fils de Thor assumeront le fardeau de la divinité, car ils auront hérité du marteau Mjöllnir. Un couple humain survivra aussi, qui repeuplera la nouvelle terre, encore plus verte que l'ancienne. La rumeur courra alors qu'un nouveau Père de toutes choses viendra pour gouverner l'univers apaisé.

Certains mythes du paganisme nordique trouvent d'ailleurs une interprétation chrétienne, en raison même de leur similitude avec de nombreux mythes indo-européens. Le genre de visions contenues dans le *Livre des Révélations*, l'idée de l'Apocalypse, la prophétie de la Résurrection et celle d'un univers refait à la mesure d'une humanité meilleure, craignant Dieu et ses lois, sont autant d'expressions présentes dans la pensée nordique et dans l'importance donnée au Ragnarök.

Des sagas des Vikings [1]

Les sagas appartiennent essentiellement au patrimoine culturel nordique. «Une saga est une œuvre islandaise, un récit en prose agrémenté ou non de strophes scaldiques, voire de poèmes entiers, composé entre la fin du XIIe siècle et le milieu du XIVe siècle, par des écrivains, clercs ou formés par l'Église pour la plupart, qui sont à peu près toujours demeurés anonymes. Selon la catégorie à laquelle elle appartient, la saga relate soit la vie de rois norvégiens ou danois, soit les hauts faits, réels ou déformés par le souvenir, des colonisateurs de l'Islande, laquelle fut découverte en 874 et peuplée de cette date à 930 environ; elle peut faire la chronique des événements locaux des XIIe et XIIIe siècles, ou rapporter les légendes véhiculées dans l'aire d'expansion germanique; enfin elle adapte parfois à ses propres lois d'écriture et à la mentalité spécifique de ses auteurs les aventures des héros courtois occidentaux» (selon la définition de Régis Boyer).

---

1. Tiré des textes annotés, des commentaires et des définitions de Régis Boyer, traducteur des sagas islandaises.

La saga n'est ni un chef-d'œuvre poétique, ni un document historique incontestable, ni une geste héroïque au sens classique du terme. La saga représente une branche tout à fait originale de la production littéraire de l'Occident. Cela étant, il serait inadéquat de la mettre en équation avec un autre genre, fût-il de la même époque.

La saga se situe par conséquent au point d'articulation exact de l'histoire, au sens où nous entendons ce mot aujourd'hui, et de la légende, ce qui la démarque du document historique, de la poésie, du récit dramatique, des jeux antiques et sacrés. Dans ces limites, «il serait donc abusif d'intégrer les sagas au corpus des textes intéressant l'historien des religions et, ainsi, d'en faire des consignations sûres du paganisme germano-nordique».

Régis Boyer présente l'évolution des genres de sagas en distinguant les périodes de rédaction ainsi que les œuvres profanes ou sacrées. Il classe au XIIᵉ siècle les consignations de généalogies et de lois ainsi que les traductions d'ouvrages religieux et de leurs commentaires. Suivent les premiers ouvrages historiques de Saemundr et d'Ari Thorgilsson, les vies des saints et des apôtres et les livres de colonisation. Vers la fin du XIIᵉ siècle, ce sont les sagas royales (Konungasögur), les sagas de contemporains, les sagas des Islandais (Islendingasögur) et les sagas des évêques (Biskupasögur). Les sagas des types préclassiques, classiques et postclassiques s'échelonnent du début du XIIIᵉ siècle à l'articulation du XIIIᵉ siècle et du XIVᵉ siècle. Les sagas légendaires (Fornaldarsögun) et les sagas des chevaliers (Riddarasögur) sont le fait du XIVᵉ siècle.

Chaque saga est une œuvre éminemment humaine, inspirée notamment de l'exode d'aventuriers venus en Islande de la Norvège, du Danemark et des îles celtiques de l'Atlantique Nord, Orcades, Shetland, Hébrides et Irlande. Chaque saga reflète donc un curieux type de société, sensiblement différente de celle des autres pays scandinaves; une société sans roi, sans aucun pouvoir héréditaire de quelque nature que ce soit.

L'âge des sagas (söguöld) correspond à une période allant de 930 à 1000 environ. La plupart des textes rapportent des événements censés avoir eu lieu au cours de cette période, laquelle est aussi l'âge d'or de l'Islande. Cet âge est le temps des prestigieux voyages de découverte, notamment au Groenland, au Markland (Labrador) et au Vinland (Golfe du Saint-Laurent, Terre-Neuve et probablement rives du Maine). L'autre époque relatée par les sagas est située entre 999 et 1150. On lui a donné le nom d'âge de la paix (fridaröld), en référence à une société islandaise solidement assise et convertie au christianisme. Dès lors, l'Église avait appris à lire et à écrire aux Islandais.

La rédaction des sagas a duré quelque cent cinquante années, entre 1200 et 1350 environ. Parmi les rédacteurs de ces sagas, il faut retenir le nom de Snorri Sturluson comme l'un des plus grands écrivains du Moyen Âge occidental. On lui attribue les *Sagas des rois de Norvège* (Noregs Konunga Sögur), l'*Edda* en prose (le dit des Dieux Nordiques) et la *Saga d'Egill*, fils de Grimr le Chauve.

La saga coïncidait avec la conception islandaise de l'honneur, de la vie et du monde. Le genre a cessé à la fin du XIVe siècle, au moment où l'Islande, dominée successivement par la Norvège, puis par le Danemark, a connu sa «Longue Nuit». Unique par son caractère tranché, son réalisme froid, sa force d'expression et son absence de complaisance, la saga islandaise occupera une place prépondérante dans la culture occidentale.

De la construction navale et
des navires des Vikings [1]

Les techniques de construction navale particulières à la Scandinavie des IXe et XIe siècles s'inscrivent dans une tradition plus que millénaire: celle du clin. La disposition des bordages à clin faisait référence à un mode déterminé d'assemblage des bordages (planches de revêtement de la membrure) caractérisé par un recouvrement partiel d'un bordage sur l'autre. De la sorte, les lignes de bordages, étroitement liées les unes aux autres, présentent un bordé semblable à une enveloppe ligneuse homogène.

Les bateaux scandinaves de cette époque sont d'un même type général: montage à clins, symétrie approximative de la proue et de la poupe relevées, quille d'un tenant unique, poutres transversales reliant les deux bords, absence de cale, tillac amovible sur l'avant et sur l'arrière, non pontés, une seule grande voile

---

1. Basé sur les recherches de Eric Rieth, CNRS, Laboratoire d'Histoire Maritime; sur le *Dictionnaire de la marine à voiles* (1848) de Bonnefoux et Paris; sur l'interprétation iconographique de la Tapisserie de Bayeux et sur les documents du Viking Ships Museum de Bygdoy en Norvège.

rectangulaire, un mât fixé dans une poutre spéciale en forme de poisson qui permettait d'abattre le mât immédiatement en cas de besoin, trous de rames sur le bordage conçus de telle sorte que l'on puisse rentrer les rames depuis l'intérieur, gouvernail fait d'une sorte de rame courte à pale très large fixée sur tribord arrière par des attaches de cuir et permettant de faire virer le bateau sur place, tirant d'eau très faible qui permettait de naviguer sur les rivières ou de le rouler sur des rondins pour passer d'une voile à une autre.

Le navire scandinave était essentiellement un bateau à tout faire, donc non spécialisé. Comme la plupart de ces navires avaient des figures de proue sculptées, souvent en forme de tête de dragon (le terme scandinave étant **dreki**), l'expression française consacrée par l'usage devint **drakkar**. Il s'agit en fait d'une longue déclinaison d'un terme norrois qui fut sans aucun doute repris par les Anglo-Saxons et plus tard par les Français.

Même si les bateaux vikings étaient ambivalents et se prêtaient indifféremment à la guerre et au commerce, un vocabulaire particulier en vint à les désigner en fonction de leur nombre de bancs et de trous de nage.

Le «langskip» (bateau long) désignait un navire particulièrement long et relativement étroit, conçu surtout pour les grandes expéditions guerrières. Il était doté de bancs pouvant recevoir plus de cinquante rameurs.

Le «knorr» était un navire aux flancs plus larges et plus creux, destiné au transport des marchandises sur des distances plus grandes, notamment pour les expéditions sur la Route de l'Ouest (l'Atlantique Nord).

Le «skùta» est une sorte de cotre, un bateau de pêche commun. Il s'agit d'un petit bateau moins apte à affronter la haute mer qu'à faire du cabotage. Il était surtout utilisé pour la pêche au hareng.

Le «karfi» est un bateau d'assez petite taille, qui peut contenir environ quarante hommes. Ce bateau faisait du cabotage. Il naviguait à la voile et à la rame et, en raison de ses dimensions réduites, on pouvait aisément le transporter à dos d'homme ou le faire avancer sur des rondins.

Le «byrdingr» est un gros navire marchand, large et haut de bordage, lourd et lent, qui transporte des cargaisons lourdes le long des côtes.

Les découvertes archéologiques ont permis de mettre au jour les vestiges de plusieurs navires de l'ère viking et surtout de restituer les principales phases du montage de la coque. Ces découvertes ont été effectuées entre 1867 et 1962, tant au Danemark qu'en Norvège. On identifie ces découvertes comme étant celles de Hjortspring et de Nydam au Danemark, de Halsnoy, Gokstad, Tune et Oseberg en Norvège. Les phases de montage étaient dans l'ordre: la mise en place de la charpente axiale primitive: quille, étrave, étambot; l'assemblage des cinq premières virures à lin effectué au moyen de rivets métalliques; l'introduction à l'intérieur de la coque des éléments inférieurs de la membrure et fixation par des chevilles en bois de ces pièces au bordé; achèvement du bordé; pose de la carlingue – emplature; introduction des barrotins qui joignent les extrémités supérieures des membrures; fixation des courbes des barrotins, des allonges, des barrotins supérieurs.

Les deux principales essences utilisées par les constructeurs scandinaves étaient le chêne et le pin. D'autres essences étaient employées dans des proportions moindres: l'aulne, le bouleau, le frêne, le hêtre, le saule et le tilleul.

Parmi les grands drakkars de plus de trente bancs construits durant l'ère viking, les plus remarquables furent:

Le Ormen Korte (Petit Serpent) pour Raud le Fort; le Ormen Lange (Grand Serpent) pour Olaf Tryggvesson; le Visanden pour Olaf Haraldsson dit le Saint; le Mariasuden pour le roi Sverre; le Kristsuden pour Hakon Hakonsson.

Selon les auteurs scandinaves Brogger et Kaakon Shetelig, on désigna par le terme générique de «dragon» tous les grands navires de roi.

Des origines et
de la signification des runes

L'écriture runique a été utilisée pendant long-temps et abondamment par les scandinaves. Ces symboles, dont la création fut attribuée à Odin, étaient liés à la sorcellerie, à la magie, au surnaturel et au mystère. Bien avant l'an mil et avant l'apparition de l'alphabet latin en Scandinavie, les runes inspiraient aux hommes du Nord crainte et respect.

En vieux norrois, le terme «run» signifie mystère ou secret. En vieil allemand, «runa» signifie chuchoter. La racine indo-européenne «ru» évoque également une chose mystérieuse, secrète, comme ce que l'on souffle à l'oreille.

L'alphabet secret runique fut originellement porteur d'une profonde signification spirituelle. La personne qui soufflait les runes devait être prêtre ou prêtresse de l'ancienne religion, ou bien œuvrer, de la façon chamane, à l'écart des institutions. Le terme «runa» renvoie également à la notion de sage, de celui qui sait.

Avoir recours aux runes supposait que l'on croyait possible une transformation subtile de la réalité en manipulant l'énergie incluse dans tout être vivant ou objet inanimé. Bien que les runes soient pour la plupart liées au savoir ancien et magique, en pratique elles ont eu beaucoup d'emplois à la fois sacrés et profanes. Chaque rune avait une signification et un symbolisme spécifiques et, soit seule soit combinée, pouvait être utilisée dans des charmes magiques. Leur utilisation dans les travaux magiques signifiait que l'on avait des runes de naissance, de santé, de mort, de fertilité, de climat, d'amour et de malédiction.

Les runes étaient souvent employées pour protéger les tertres funéraires. Elles étaient gravées sur des pierres spéciales érigées soit dans la tombe, soit à l'entrée. De telles runes devaient être gravées la nuit et sans le recours à des outils en fer. Un autre attribut peu connu des runes était leur pouvoir de permettre à des prisonniers d'échapper à leurs chaînes. Les guerriers gravaient les runes sur les lames de leurs glaives et sur les gardes. Ils peignaient aussi la rune du dieu de la guerre Tyr sur leurs boucliers. De tels guerriers appartenaient souvent au culte spécial de disciples d'Odin connu sous le nom de **berserkr**, un mot dérivé du norrois et qui signifiait «chemise d'ours» ou «peau de loup».

Les anciens maîtres et maîtresses des runes étudiaient durant des années la science, la sagesse et la pratique du système runique. Leur éducation se situait dans le contexte d'un cadre spirituel embrassant les idéaux philosophiques les plus élevés. Ceux et celles qui étudiaient l'ancienne sagesse des runes croyaient que chaque lettre runique était associée à un esprit élémentaire qui, une fois évoqué par l'usage de cette rune, devait être traité avec respect.

L'écriture runique était essentiellement épigraphique. Les lettres étaient gravées pour former des inscriptions et pour donner des indications. Gravées surtout dans la pierre, les runes étaient aussi incisées dans le bois et dans les objets précieux en métal.

Il existait deux ensembles de lettres, désignés chacun sous le nom de **futhark** et correspondant à des époques données. Le premier futhark comptait vingt-quatre signes et fut à l'honneur des origines jusqu'au IXᵉ siècle. Dans sa forme première, le futhark transcrivait les sons du système phonétique germanique ancien, surtout pour les consonnes; pour les voyelles, il répondait aux besoins de la langue norroise. Il n'existait alors aucune orthographe fixée par les règles. Le second futhark fit son apparition au début du IXᵉ siècle. Le nombre de signes passa de vingt-quatre à seize, car certaines lettres correspondaient à des sons qui n'existaient plus dans la langue norroise. C'est en cours d'utilisation du second futhark qu'apparut la combinaison de deux voyelles accouplées (digraphes), tel qu'il est fait couramment en français.

Chaque caractère runique de l'alphabet magique utilisé par les anciens maîtres et sages avait une image archétypale, un symbolisme et une signification à la fois matérielle et spirituelle. L'oracle runique se composait des runes suivantes:

Feoh, pour la divinité de la fertilité, Freyr; Ur, pour le pouvoir; Thorn, pour le dieu Thor; Os pour Odin, le seigneur du Valhöll; Rad, pour la recherche de la vérité; Cen, pour le feu; Gyfu, pour le don; Wyn, pour la joie; Hagel, pour l'air; Nyd, pour la nécessité; Is, pour la glace; Ger, pour la terre; Eoh, pour la mort; Peorth, pour le foyer; Eolh, pour la protection; Sigil, pour le soleil; Tyr, pour la guerre; Beorc, pour la naissance; Eh, pour le cheval; Man, pour l'homme; Lagu, pour l'eau; Ing, pour la fertilité; Daeg, pour l'aube et Odal, pour l'ancêtre.

En s'imposant, le christianisme a dû proscrire les voies anciennes en les associant directement au diable et interdit ainsi le recours à la divination par les runes. Les augures païens furent dès lors considérés comme nécessairement erronés et déloyaux à

Dieu. Après l'introduction du christianisme en Islande, le Gràgàs, recueil des lois, précisait que «si quelqu'un pratique la sorcellerie, cela lui vaudra proscription complète. Il y a sorcellerie quand quelqu'un provoque maladie ou mort d'hommes, d'animaux, par ses paroles ou par ses pratiques.»

Glossaire

Aune: avant 1200, l'aune islandaise mesurait 15,5 centimètres.

Aurar: pluriel de «eyrir» qui pouvait se traduire par «once». Unité de poids, puis de monnaie, qui devait peser environ vingt-sept grammes. L'eyrir valait six aunes de vadmal.

Bannissement: le bannissement, selon la loi, obligeait le condamné à s'exiler de l'Islande pour trois ans, après lesquels il pouvait rentrer «blanchi» au pays. Il avait un délai de trois ans pour se trouver un passage sur un bateau en partance pour l'étranger, et devait pendant ces trois années résider en trois endroits différents, éloignés l'un de l'autre d'une journée de marche au maximum.

Berserkr: guerriers-fauves, surnommés aussi chemises-d'ours ou peaux-de-loups, clairement rattachés à l'idéologie odinique, qui entraient dans une sorte de fureur sacrée et se rendaient alors capables des plus invraisemblables exploits. Ils se battaient torse nu, doués momentanément de la force d'un ours dont ils portaient souvent la peau en guise d'armure. On les nommait aussi: Ulfhednnir.

Blot: sacrifice païen nordique qui admettait l'immolation d'humains et d'animaux et les offrandes aux divinités. Il y avait des sacrifices officiels aux solstices et aux équinoxes. Le grand blot du solstice d'hiver était Jol, qui correspondait à la fête chrétienne de Noël et se tenait pendant la Lune du Loup (décembre).

Bondi: le mot signifie en propre: l'homme qui prépare la terre pour la rendre propre à la culture. Désigne le paysan-propriétaire libre qui avait par naissance pleinement droit d'ester et pouvait exiger pleine compensation en cas d'offense.

Cairn: mot celtique désignant les monticules de terre et de pierres élevés en Bretagne, en Écosse, en Irlande, notamment. Désigne également le monticule par lequel les peuplades des régions glaciales marquent leur passage et laissent des repères.

Curragh: simple barque dont la coque était faite d'une ossature de bois recouverte de peaux, utilisée par les ermites irlandais pour aller se fixer dans une île lointaine.

Dagmal: l'heure où le soleil devient généralement visible et qui correspond au premier repas de la journée. Il pourrait s'agir d'environ neuf heures du matin.

Drakkar: terme générique désignant le navire traditionnel viking. Longue déclinaison vraisemblablement dérivée du terme scandinave «dreki» signifiant «dragon», par référence aux figures de proue de ces navires. Le drakkar englobe toutes les sortes de navires de l'époque: knorr, snekkja, karfi, byrdingr, langskip (voir notes à ce sujet).

Flèche de guerre: bâton taillé en forme de flèche que l'on faisait circuler de ferme en ferme, selon la coutume bien établie par laquelle on convoquait les hommes à la guerre.

Fraternite jurée: tradition païenne dont le modèle vivant a existé de façon mémorable en Islande. L'usage se basait sur un certain nombre de rites comme le mélange des sangs et le passage sous le collier de terre. La fraternité jurée (fostbroedralag) obligeait au devoir contraignant de vengeance, à l'intégration complète au clan de l'autre et à la mise en commun de tous les biens.

Freyfaxi: cheval sacré associé au dieu de la fertilité Freyr, sur lequel aucun homme n'avait le droit de monter.

Fylki: nom, relativement ancien, de la division administrative à la tête de laquelle régnait un jarl, sous l'autorité d'un roi. La désignation figurait dans tous les anciens textes de lois.

Godi: terme désignant à l'origine le prêtre païen chargé de la garde et de l'entretien d'un temple. Il cumulait fonctions religieuses et autorité temporelle. À l'époque chrétienne, le mot prit le sens de chef de district et de responsable d'un thing (assemblée).

Haut-siège: siège surélevé, assez vaste pour contenir plus d'une personne, situé au milieu d'un des longs côtés de la salle commune, face à la fosse au feu. Le haut-siège était le siège d'honneur. Lorsque le maître recevait des invités, il était fort important qu'il respecte les préséances et place ses hôtes à des endroits, dans la salle, qui convenaient à leur rang.

Hird: garde composée d'hommes d'élite recrutés avec soin et dont s'entouraient les jarls et les chefs.

Hoggva srandhogg: activité prédatrice typique des Vikings qui consistait à dévaster une côte étrangère. Ils abordaient à l'improviste, pillaient tout ce qu'ils pouvaient, emportaient le bétail qu'ils pouvaient capturer ainsi que des habitants qu'ils réduisaient à la domesticité, mettaient le feu aux habitations puis rembarquaient avant que quiconque ait eu le temps de réagir.

Holmgänga: duel singulier généralement tenu dans un lieu désert, telle une petite île. C'était une institution légalement admise par les communautés vikings. La loi prévoyait le choix des armes, la délimitation du terrain par des rameaux de coudrier (si possible), le sacrifice d'animaux aux dieux et le taux des amendes que devait payer le vaincu s'il n'était pas tué. Le holmgänga fut aboli avec la christianisation des pays nordiques.

Hydromel: boisson adoucissante et laxative obtenue par la fermentation de miel additionné d'eau.

Innstafar: grands piliers de bois qui constituaient les bases de la maison traditionnelle scandinave. Lors des grandes migrations maritimes, le rite de prise de possession d'une terre consistait à jeter par-dessus bord, lorsque le bateau arrivait en vue des côtes du pays à coloniser, ces grands piliers, ainsi que les montants sculptés du haut-siège du maître de maison. Là où, poussés par les courants, ils s'échouaient, les Vikings s'empressaient de délimiter leur nouveau territoire.

Jarl: titre nobiliaire, fort ancien dans le Nord. Il qualifiait originellement un homme de bonne naissance et de grande famille, sans désigner pour autant un fonctionnaire royal. Le titre s'appliquera en pratique à de nobles hommes chargés par le roi du gouvernement d'une partie de ses États. C'est le sens que gardera le terme anglo-saxon *earl*.

Jol: grande fête du solstice d'hiver pour tout le Nord. Cette fête était traditionnellement marquée, à l'époque païenne, par des sacrifices et des banquets.

Logberg: littéralement: le mont de la loi. Rocher sur lequel se tenait le récitateur des lois à Thingvellir, en Islande, et à partir duquel il présidait l'Althing.

Lögretta: expression désignant le moment où l'Althing, l'assemblée du peuple, se transformait en un tribunal qui comprenait trente-six membres.

Logsogumadr: homme versé dans la connaissance des lois, tenu de réciter publiquement, par tiers, chaque année, les lois du pays, lors de la réunion saisonnière de l'Althing à Thingvellir. Littéralement: l'homme qui dit les lois.

Lüdr: instrument de musique nordique; sorte de longue trompe recourbée. Les attaques étaient généralement accompagnées des sons du lüdr royal.

Marc d'argent: unité de monnaie de la Scandinavie ancienne. Le marc pesait environ 214 grammes d'or et valait 384 aunes de vadmal.

Ordalie: pratique qui consistait à se soumettre à diverses épreuves pour prouver son innocence. Il s'agissait ou de porter un fer chauffé au rouge sur neuf pas, ou de marcher sur ce fer pieds nus, ou de plonger le bras dans un chaudron rempli d'eau bouillante pour en retirer une pierre. L'ordalie consistait non pas à se tirer de l'épreuve sans dommage, mais à présenter des cicatrices ou plaies dont les juges considéraient qu'elles étaient de nature à innocenter le présumé coupable. L'ordalie était pratiquée par les Scandinaves païens bien avant le christianisme.

Piquet d'infamie: pratique magique associée à la sorcellerie noire et qui consistait à graver un pieu de runes, à l'orner d'une tête de cheval empalée et tournée vers l'endroit où se trouvait l'individu à flétrir et à déclamer une formule d'imprécations. Le but était d'effrayer les esprits tutélaires qui veillaient sur l'individu visé par le rituel.

Proscription: c'était une sentence terrible. Le proscrit n'avait plus le droit d'habiter nulle part, hormis dans les forêts, d'où son nom de skogarmadr ou homme des bois. Quiconque le rencontrait pouvait le tuer sur place impunément.

Ptarmigans: une des espèces les plus répandues parmi les oiseaux qui vivent en Islande.

Ragnarök: littéralement le déclin des Puissances. Dans la mythologie nordique, le Ragnarök est associé au temps de l'affrontement final des puissances divines, comparable à certaines allusions de l'Apocalypse.

Skali: pièce principale des anciennes demeures islandaises, tout à la fois salle de réception, salle à manger, endroit de réunion et chambre à coucher. Des places pour dormir et des lits clos étaient disposés tout le long des parois.

Skraelingar: expression s'appliquant indistinctement à n'importe quelle sorte de «sauvage». Selon plusieurs auteurs, le terme désignait plus particulièrement certains Indiens vivant dans la région de Terre-Neuve. Mais il pourrait aussi s'agir d'Esquimaux. Ce terme a été utilisé par les hommes de Leif Eiriksson lors de la découverte du Markland et du Vinland, donc, de l'Amérique du Nord et plus particulièrement du Canada.

Smyoer: petit lait aigre que l'on conservait et que l'on buvait en lieu et place de bière.

Stavkirke: littéralement: église en bois debout. Ce type de construction en bois était typique de la Norvège et commença avec l'introduction du christianisme dans ce pays. Le trait commun à ces églises était une ossature constituée de poteaux ou de planches verticales. À l'origine, la stavkirke avait un plan pratiquement carré et qui aboutit à la longue à un type d'église à nef centrale flanquée de deux rangées de colonnes. Vers 1100, il y avait plus de 800 stavkirke en Norvège.

Thing: réunion saisonnière de tous les hommes libres d'une région ou d'un pays pour légiférer, traiter des questions d'intérêt commun et régler les affaires générales, tout en jugeant les principales causes pendantes. Le droit de parole y était accordé à tout homme libre. Il en existait au moins trois par année: au printemps, en automne et vers le solstice d'été, l'Althing.

Troll: créature mythique, monstrueuse et géante. Selon les croyances scandinaves, les trolls hantaient les forêts et les montagnes.

Tuurngaq: nom par lequel, selon les légendes, les Esquimaux désignaient des êtres gigantesques et féroces. Ils les appelaient tuurngaq parce qu'ils tuaient des hommes, faisaient disparaître ceux qui voyageaient et habitaient dans les rochers.

Vadmal: peut s'écrire vadmel. Étoffe de laine assez grossière, couramment tissée en Islande. Elle a longtemps servi de monnaie courante. Une aune de vadmal équivalait à quarante-neuf centimètres environ. Autre monnaie d'échange, les manteaux de peau de mouton ou d'agneau. Un de ces manteaux correspondait à six aunes de vadmal.

Valhöll ou **Valhalla**: lieu de félicité, sorte de paradis, promis aux guerriers scandinaves morts au
combat. Ils y buvaient, s'y battaient à longueur
de journée, se relevaient le soir de leurs blessures et savouraient la viande d'un sanglier
tout en buvant l'hydromel.

Visa: se nomme également Visur. Nom d'une strophe
de poésie scaldique utilisant l'image symbolique et la métaphore.